W0020589

Johan Christian Lindner, Mitte dreißig, im gehobenen Verwaltungsdienst tätig, politisch links und Sportliebhaber, erinnert sich an seinen Vater – den Hammerwerfer Mattias Engnestam. Der hatte im Jahr 1947 – in bester Absicht – seinen Wurfhammer um 400 Gramm leichter gemacht und damit fast einen neuen Rekord erzielt. An einem historischen Tiefpunkt der schwedischen Leichtathletik wollte er die nationalen Ergebnisse verbessern. Doch dann wurde sein Hammer gewogen, und Mattias Engnestam, der es doch nur gut gemeint hatte mit Schweden, in der Folge von allen Wettkämpfen für immer ausgeschlossen. Ein Schicksal, das den treuherzigen Sozialdemokraten und Anhänger der Arbeitersportbewegung, in den psychisch-existentiellen Ruin trieb.

Sein Sohn, der Sekundant, Zeuge der Niederlage seines Vaters und 16 Jahre alt, geht zwei Jahrzehnte später dieser traurig-grotesken, tragisch-komischen Geschichte nach. Entstanden ist eines der berührendsten und eigenartigsten Vaterporträts der Literatur und ein großer Roman über den Sport.

»Ironisch distanziert und beschwörend teilnahmsvoll, rondohaft mit immer neuen Einsätzen und protokollhafter Gelassenheit – Enquist bestätigt auch mit diesem Buch seinen Rang als einer der hervorragendsten Vertreter der schwedischen Gegenwartsliteratur.« Siegfried Lenz in ›Frankfurter Allgemeine Zeitung‹

Per Olov Enquist, 1934 in einem Dorf im Norden Schwedens geboren, lebt in Stockholm. Er arbeitete als Theater- und Literaturkritiker und zählt heute zu den bedeutendsten Autoren Schwedens. Für seinen Roman ›Der Besuch des Leibarztes‹ wurde er u.a. mit dem Deutschen Bücherpreis 2002 ausgezeichnet. Verleihung des Nelly-Sachs-Preises 2003. Zuletzt erschien sein Roman ›Lewis Reise‹ (München, 2002). Im *Fischer Taschenbuch Verlag*: ›Der Besuch des Leibarztes‹ (Bd. 15404), ›Die Kartenzeichner‹ (Bd. 15405), ›Auszug der Musikanten‹ (Bd. 15741), ›Gestürzter Engel. Ein Liebesroman‹ (Bd. 15742) und ›Der fünfte Winter des Magnetiseurs‹ (Bd. 15743).

Per Olov Enquist

Der Sekundant

Roman

Aus dem Schwedischen
von Hans-Joachim Maass

Fischer Taschenbuch Verlag

Veröffentlicht im Fischer Taschenbuch Verlag,
einem Unternehmen der S. Fischer Verlag GmbH,
Frankfurt am Main, Juni 2004

Lizenzausgabe mit freundlicher Genehmigung
des Carl Hanser Verlag München Wien
Die Originalausgabe erschien
unter dem Titel ›Sekonden‹

Satz: Fotosatz Otto Gutfreund GmbH, Darmstadt
Druck und Bindung: Clausen & Bose, Leck
Printed in Germany
ISBN 3-596-15744-7

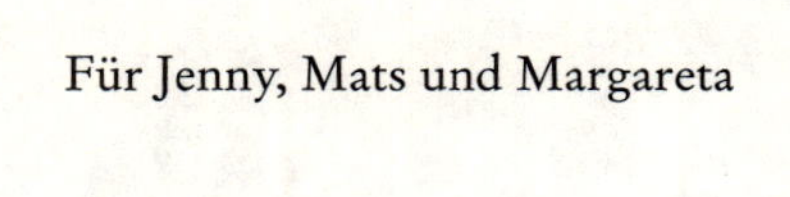

Für Jenny, Mats und Margareta

Das Holzfernglas

Im Traum war er immer von den Köpfen der Pferde umgeben. Sie nickten, rieben sich an ihm, alles schien in weiches, warmes Dunkel eingehüllt, als wäre es ein Sommerabend. Es war wie damals, als ich ihn zuletzt sah: dann löste sich alles auf; Papas kantiges Indianergesicht wurde ausradiert und glitt weg, und ich war wach.

Ich will es sagen, wie es war: Ich erwachte mit einem Gefühl vollkommener Schwerelosigkeit.

Ich stand auf, stellte das Radio an und lauschte dann allen Sondersendungen dieses denkwürdigen Tages. Ich kochte Kaffee. Die Nachrichten waren in diesem Jahr 1968 schon immer eigenartig gewesen; jetzt hielt ich sie für merkwürdiger als je zuvor. Schon seit dem Winter hatte ich teils das Gefühl gehabt, alles sei verloren, teils gemeint, noch bestehe Hoffnung, aber möglich war alles. Und jetzt dies. Ich stellte das Radio ab und fing mit den Zeitungen an. Das half weiß Gott nicht viel. Der erste Satz, auf den ich stieß, lautete wie folgt: *Die bildschöne zwanzigjährige Anhalterin kletterte aus dem Wagen, rief lachend aus: »Mir ist nichts passiert«, schüttelte dann den Kopf und fiel tot zu Boden. Dies war das entsetzliche Ende eines alltäglichen Ereignisses.*

Nun, was soll man dazu sagen? Ich wurde natürlich von heftiger Unsicherheit gepackt, arbeitete ein paar Stunden im Garten, aß zu Mittag, und am Nachmittag schlief ich. Am Abend stand ich lange unten am Ufer und blickte auf die Bucht hinaus, das Wasser, den Wald. Alles war wie sonst. Ich dachte: noch ist es nicht Herbst.

Ich schrieb einen Brief. Ich unterschrieb ihn mit meinem vollen Namen: Johan Christian Lindner. Vor dem Zubettgehen machte ich zehn Reihen von Kniebeugen – jeweils zwanzig – und schlief ruhig ein. Meine Träume waren jetzt viel sanfter, Papa hielt sich fern, und ich träumte meist von Tieren, wenn auch nicht von Pferden. Gegen ein Uhr nachts wurde ich wach und machte einen gefühlvollen und angestrengten Versuch zu weinen. Ich probierte es mit kleinen abgehackten und leichten Schluchzern, aber es ging nicht, worauf ich beruhigt wieder einschlief. Der August ist der schönste aller Monate, aber ich träumte wieder, ich befände mich im Eisschloß und arbeitete an einem Puzzle. Plötzlich, wie von selbst, fügten sich die Teilchen zusammen und bildeten den deutlich erkennbaren Umriß eines Vogels. Sogar im Traum spürte ich, wie mein Herz schlug und schlug.

Ich kenne eine gute Geschichte, die eigentlich gar nicht hierhergehört. Das ist die Geschichte vom Telegraphen auf der königlichen Toilette. In der Zeit der bayrischen Räterepublik traf es sich, daß der Außenministerposten dieser jungen Republik mit einem merkwürdigen, aber interessanten Menschen besetzt wurde. Dieser richtete sein Büro in der eroberten königlichen Toilette ein, füllte die Badewanne mit konfisziertem königlichen Champagner, ließ eine Telegraphenstation installieren, setzte sich auf den reich geschmückten Klodeckel und fing an, in den nächsten Wochen Telegramme um die Welt zu schicken.

Er schickte sie an die Außenminister der großen Nationen, denen er in wichtigen Fragen detaillierte politische Ratschläge erteilte. Er widmete seine Zeit der Aufgabe, von der königlichen Toilette aus Mitteilungen zu schreiben und der Welt ein Ratgeber zu sein. Zu seinem Pech – vielleicht auch zum Unglück der Welt – sahen die übrigen Mitglieder der provisorischen Revolutionsregierung bald ein, daß die Telegrammkosten die Staatskasse zu sehr belasten würden, und gaben schon nach einigen Tagen Befehl, die Telegraphenleitungen gleich außerhalb der Wände der königlich-bayrischen Toilette zu kappen. Seine Ratschläge kamen also nie an. Sie wurden als Telegramme zwar auf-, aber nie durchgegeben, weil sie nie einen Zuhörer oder Empfänger erreichten.

Ich weiß nicht, warum diese Geschichte mich immer so sehr ergriffen hat, aber jetzt ist sie jedenfalls überstanden, jetzt können wir anfangen: Mein Papa, von dem dies alles handeln soll, hieß Mattias Jonsson-Engnestam-Lindner. Er war ein in den vierziger Jahren wohlbekannter Hammerwerfer, Mitglied der Leichtathletik-Nationalmannschaft und schwedischer Rekordhalter. 1947 wurde er wegen Täuschungsversuchs disqualifiziert. Das ist alles. Die Geschichte kurz zusammengefaßt.

Und dann?

Wenn ich die Augen ganz fest schließe, kann ich Papa noch heute sehen, wie er sich in dem Trainingsring hinter den Nebengebäuden still und versonnen dreht, immer wieder. Er trägt den blaßblauen Trainingsanzug mit dem Stern [illegible]ntergrund erkenne ich das leicht sich [illegible], das heute als Geräteschuppen dient [illegible] Hintergrund für das einzige Ölbild [illegible]n Papa meines Wissens verewigt wur[illegible]inzelheit erkennen, obwohl ich die [illegible]lte. Es ist Krieg, Frühjahr 1943. Nein, [illegible]nicht zu diesem Zeitpunkt an, aber in [illegible] mein Holzfernglas. Viereckig, schach[illegible]t verjüngend, ein eingepreßtes Stück [illegible]ng keine Rede. Aber durch das vierek[illegible]ie Papa sich herum- und herumdrehte, [illegible]mer zusammenwuchs und, was Gleichgewicht[illegible]n betraf, immer besser wurde. Ich stand auf dem Scheunendach und sah durch das enge Gesichtsfeld meines Holzfernglases, wie er sich drehte und wie der Hammer schließlich abhob und stieg: Aber ich behielt Papa im Blickfeld, sah, wie er mit herunterhängenden Armen, nachdenklich, prüfend, ermunternd und hoffnungsvoll der Bahn des Hammers folgte, bis dieser schließlich aufschlug und der Versuch beendet war.

War dies der Zeitpunkt, an dem es anfing? Oft saß ich an späten Frühlingsabenden neben dem Trainingsring und sah ihm zu, immer mit dem Holzfernglas unterm Arm, fast immer schweigend. Im Hintergrund die Scheunenwand, der Schuppen, der Hammerwurfring, die Wiesen hinunter zum Wasser und zum See. Das Fernglas wird geschwenkt, und alles sieht gleich bedeutungsvoll aus; trotzdem hat alles keine Bedeutung bis auf die kurzen Augenblicke, in denen das Fernglas stillgehalten wird, wenn der Mann im Wurfring ins Blickfeld kommt: sein ehrgeiziges Indianergesicht, sein schwerer, viereckiger Körper, seine Reglosigkeit, nachdem der Hammer weggeflogen ist, in einem Augenblick der vollkommenen Ruhe, indem er mit noch halb erhobenen Armen der Flugbahn des Hammers folgt. Da steht er, mitten im Bildausschnitt des Holzfernglases, ich halte ihn fest, und er ist ein kleines, starkes, gewandtes viereckiges Standbild: Mattias Engnestam, nach dem Abwurf im Frühjahr 1943.

Wir waren von Stockholm hingezogen, und ich kann mich noch sehr gut an den See und die Holzflößerei erinnern. Das Holz kam aus den Bergen, und es kam vor, daß sich der See während einiger weniger Frühlingstage mit Stämmen füllte. Im Mai konnte ich es von unserem Fenster aus beobachten: wie der See mit Baumstämmen gefüllt wurde, wie das Holz gemächlich und melancholisch nach Süden glitt und wie alles an irgendeinem Maitag schließlich verschwunden war. Nicht alles Holz: ein Teil wurde ans Ufer getrieben und blieb dort hängen. Es waren gute Stämme, grobes, prachtvolles Holz, das weit aus dem Wasser herausragte. Wir wußten, was mit diesen Stämmen passieren würde. Nach einer Woche würden die Flößer kommen, die Stämme vom Ufer wegstoßen, sie zu Flößen zusammenziehen, ins Schlepptau nehmen und sie hinter den anderen herschicken. Die Flößer gingen in ihrer weichen, nach Rauch duftenden Sicherheit am Ufer entlang. Sie konnten den See an einem Tag freikriegen. Dann waren die restlichen Stämme weg. Danach war der See blank.

Ich hatte einen Bruder namens Peter.

Die Holzstämme kamen, und in diesem Frühling versteckten wir drei davon. Etwa dort, wo wir wohnten, mündete ein Graben in den See, dorthin zogen wir die Stämme: zwanzig Meter weit, sorgfältig mit Gras bedeckt, heruntergedrückt und getarnt. Das dauerte einen ganzen Tag. Wir wußten, daß es verboten war, aber Peter, der ein Jahr älter war als ich, sagte, das spiele keine Rolle, die Holzfirma habe verdammt noch mal genug Holz, die könnten ruhig ein Jahr warten. Dies war ein Standpunkt, der Papa sicher nicht behagt hätte: nicht etwa, weil er uns das Floß nicht gegönnt hätte oder die Holzfirma liebte, aber der Gedanke, daß seine Söhne einer noch so gaunerhaften Großfirma auf unehrliche Weise Holz vorenthielten, hätte ihn mit ernstem Kummer und seine niedrige Stirn mit sorgenvollen Falten gefüllt. Uns hätte das maßvolle Gardinenpredigten eingebracht, auch in solchen Fällen äußerste Ehrlichkeit walten zu lassen, die äußerste und rigoroseste Ehrlichkeit.

In dem nicht vergrößernden, leicht schmutzigen Blickfeld des Holzfernglases ist Papas Gesicht zu weit entfernt und undeutlich: ist seine Stirn faltig? Ist er mit mir unzufrieden? Bin ich nicht so ehrlich, wie ich sein sollte? Er hat das Gesicht des Jahres 1943, schwitzt leicht. Nein, es hätte ihm nicht gefallen, daß wir die Stämme versteckten. Dennoch taten wir es, lagen am Waldrand an jenem Tag, an dem die restlichen Stämme flußabwärts geschleust wurden, sahen die Flößer herankommen. Sie gingen am Seeufer entlang, und draußen auf dem Wasser wurde ein Boot gerudert. Wir drückten uns an die Erde, lagen unbeweglich da und sahen die Männer mit ruhigen Schritten an den Graben kommen, in dem wir die Stämme versteckt hatten. Ich konnte Peters Atemzüge und mein eigenes Herzklopfen hören.

Dann gingen die Männer vorbei und hatten nichts gesehen.

Am nächsten Tag war der See von Baumstämmen befreit. Die letzten Reste waren weg, und der See gehörte uns. Wir warteten zwei Tage – sicherheitshalber –, dann zogen wir die Stämme aus dem Versteck und begannen unser Werk. Den längsten legten wir in die Mitte und die beiden anderen rechts und links daneben. Vorn nagelten wir ein Brett quer über die Stämme fest, in der Mitte drei, und ganz hinten eine sinnreich konstruierte kleine Plattform unregelmäßigen Charakters. Wir befestigten die Bretter mit ein paar Sechszoll-Nägeln, die Peter irgendwo aufgetrieben hatte.

Jetzt bin ich sehr nahe daran, ihn zu sehen. Ich hatte einmal einen Bruder. Er hatte helles Haar und hieß Peter. Im Frühjahr 1943 bauten wir gemeinsam ein Floß. Er schlägt einen Sechszöller mit ruhigen, zielbewußten Hammerschlägen ein, und ich höre fast, wie er mit dem Mund voller Nägel mit undeutlicher Stimme sagt: »Wenn wir dieses Ding nicht mehr brauchen, schlagen wir die Querbretter ab und ziehen die Nägel heraus. Wenn wir die Nägel drin lassen, geht die Klinge der Maschinensäge zum Teufel. Und das versaut den Jungs den Akkord.«

Und dann, nach einer Weile:

»Wir müssen an den Akkord denken.«

Ich hatte einen Bruder. Er war nur ein Jahr älter als ich, aber er verstand sehr viel von solchen praktischen Dingen. Viel mehr als ich. Ich war genauso groß wie er, aber er war viel schwerer. Gutes Werfermaterial, wie mein Vater mit seinem freundlichen Steingesicht zu sagen pflegte. Was mochten wir gewogen haben? Mein Bruder vielleicht 46 Kilo, ich etwa 39 oder 40. Zusammen also vielleicht 85 Kilo. Zwei kleinere Bretter wurden Paddel, der Stock, mit dem wir uns vom Grund abstießen, war drei Meter lang, in einer kleinen Kiste, die achtern mit einzölligen Nägeln an der Plattform befestigt war, bewahrten wir unseren Proviant auf. Dieser bestand aus: einer Flasche Wasser, einem Stück Wurst (zehn Zentimeter lang), einem halben Laib Brot, acht Stück Zwieback, einem Messer, 100 Gramm Margarine, 20 Stück Würfelzucker, einer kleinen Dose Melasse (einer Art dunkleren Sirups. Peter behauptete, Melasse schmecke besser als gewöhnlicher Sirup. Ich glaube, man verfüttert sie an Kühe.). Die Bordbewaffnung bestand aus einer hölzernen Armbrust mit sechs Pfeilen, einer Weidenschleuder mit Munition (sechs Tannenzapfen) sowie Peters alter Gummischleuder mit Reservegummi und zehn kleineren Steinen.

Ich sitze da und sehe mir an, was ich geschrieben habe: Proviantlisten, Bordbewaffnung, Zahlen. Ich frage mich, welche Art von Sicherheit ich zu beschwören versuche. In jenen Jahren las ich Robinson Crusoe, und in einer Art besessenen Versuchs, meine Begeisterung auf andere zu übertragen, las ich Papa eines Abends laut aus dem Buch vor. Er lag auf dem Sofa und war zu nett, um mich zu bitten, lieber das Maul zu halten. Diese Listen über Strandgut. Die Höhle, mit Einrichtung, Sicherheiten, der möblierte Schrecken, in seinem Leben keinen Mittelpunkt zu haben. Ich las, bis mein Vater zu schnarchen begann. Er hatte die Hände über der Brust gefaltet, sein Gesicht war friedvoll, und das Kinn hing ihm herunter. Das Gesicht Mattias Jonsson-Engnestams vom Jahrgang 1943, vier Jahrs vor der Katastrophe. Soll ich angesichts dieses friedvollen Bildes mit der Aufzeichnung meiner Erinnerungen beginnen? Oder muß ich weit früher anfangen?

An jenem Abend gingen wir gegen sechs aus. Papa war nach Hause gekommen und hatte Zeit gefunden, sich den Trainingsanzug überzustreifen. Sein Oberkörper war im Innern des Werkzeugschuppens verschwunden, er war vermutlich dabei, seinen geliebten Wurfhammer hervorzukramen. Wir hatten ihm gesagt, daß wir fischen gehen wollten. Während der beiden letzten Tage hatten wir auf dem Floß mit einem Segel experimentiert: einem zwischen zwei Stöcken gespannten Laken. Damit ging es nicht besonders gut. Es war schwierig, die beiden Stöcke zu befestigen, und mühevoll, sie dauernd festzuhalten. Es ging überhaupt nichts besonders gut. An diesem Abend war es recht windig, und wir wollten neue Varianten ausprobieren. Auf der anderen Seite des Sees ging die Sonne unter, wir glitten recht gut durchs Wasser und hatten ablandigen Wind. Ich erinnere mich, wie dies alles aussah: Wir hatten ziemlich kabbelige See, die Sonne ging unter,

Peter saß vorn am Bug und war damit beschäftigt, einen der Masten festzuzurren. Es war recht hübsch.

Ich hatte mein Holzfernglas bei mir.

Es war etwa dreißig Zentimeter lang, sah aus wie ein länglicher, an einem Ende schmaler werdender Holzkasten und hatte an beiden Seiten Fensterglas. Ich saß achtern und sah, wie der Strand sich langsam entfernte. Die Sonne ging unter, ich hatte das Fernglas vor den Augen und sah in der Ferne eine kleine Figur, die in einem Trainingsring herumwirbelte: Papa, aus sehr großer Entfernung gesehen. So ist er mir aus jenem Frühjahr in Erinnerung geblieben, und aus der Zeit stammen auch meine ersten eigentlichen Erinnerungen an ihn. Das, was sich früher ereignet hat, muß ich auf andere Weise ausgraben, aber von der Zeit des Holzfernglases an bin ich selbst dabei. Ich war damals elf Jahre alt. Der erste in der Geschichte ist Großvater, dann kommt Papa, und schließlich bin auch ich mit von der Partie. Ich komme genau hier ins Bild: Ich bin ein Junge auf dem Heck des Floßes, habe ein Holzfernglas vor den Augen, und die sehr kleine menschliche Figur wirbelt in unendlicher Entfernung in einem Trainingsanzug herum.

Die Dämmerung kam. Hinter mir hörte ich ein heftiges Klatschen. Ich drehte mich um: Ja, sehr richtig, mein Bruder hatte nicht aufgepaßt und war ins Wasser gefallen. Es war nicht das erste Mal. Ich legte das Fernglas beiseite und ging vorsichtig zum Bug des Floßes. Ich sah alles wie einen Scherenschnitt vor mir. Den Horizont, die Wellen, den schiefen Mast. Und genauso deutlich sah ich Peters Gesicht vor mir (ängstlich, weil er nicht sehr gut schwimmen konnte, verlegen, weil er sich so tölpelhaft angestellt hatte). Der See ging ziemlich hoch. Ich streckte ihm die Hand hin. Es war genau zur Zeit der Dämmerung: Ich konnte nur schwer etwas sehen, das Wasser war sehr kalt, am Horizont, wo die Sonne gerade untergegangen war, erschien ein heller roter Rand. Sein Gesicht da unten im Wasser, er lächelte verlegen, als dächte er: Verdammt, habe ich mich wieder dämlich angestellt. Ich streckte ihm die Hand hin.

Lange Zeit später würde ich ein Wort kennenlernen: *agape*. Für mich hat dieses Wort die Bedeutung gewonnen: sich der Gnade nicht verdient machen zu müssen. Ein neuer Anfang, reinen Tisch machen, keinen Vorsprung für die Tüchtigen, die sich abgerackert haben, damit man ihnen verzeiht. Jedermann glaubt, der Terminus sei theologisch, aber jedesmal, wenn ich an Papa und mich und all die anderen in meiner merkwürdigen Familie denke, weiß ich, daß er im Kern politischer Natur ist. Ach nein, übrigens: Ich scheiße drauf, ihm ein Etikett aufzukleben. Es gibt kein Etikett, keine Schublade. Das Wort ist unser Wort, ein Familienwort; es geht keinen Menschen etwas an, wie wir es anwenden. Eine kleine Energiezelle, die sich tief im Innern befindet und die ich noch nicht ans Licht zu holen gedenke.

Meine Erinnerung ist nicht vollständig. Es gibt da eine kleine, überschaubare Gedächtnislücke von, na, sagen wir ein paar Stunden. Das nächste, woran ich mich erinnere, muß sich nämlich einige Zeit später abgespielt haben. Ich saß ganz hinten auf dem Floß. Peter saß im Bug, wandte mir den Rücken zu. Er kauerte sich zusammen, als wäre ihm kalt. Und als ich mich auf dem Floß umsah, wurde mir klar, daß allerlei über Bord gegangen sein mußte in dem Durcheinander, als Peter ins Wasser gefallen war. Das Segel war weg. Die Holzstücke, mit denen wir paddeln wollten, waren weg. Der Stock, mit dem wir uns hatten abstoßen wollen, war weg. Das ganze Floß war leer, wenn man von der festgenagelten Kiste mit dem Proviant absieht, denn auf der saß ich. Peter und ich saßen an je einem Ende des Floßes zusammengekauert. Ich kann mich merkwürdigerweise nicht erinnern, damals gefroren zu haben.

Am eigenartigsten war aber, daß der Wind sich gelegt hatte. Es war völlig ruhig, das Wasser spiegelblank. Es war spät am Abend, das Wasser war glatt und ruhig, und der Mond war aufgegangen. Es muß eigentümlich ausgesehen haben: mitten im Mondschein lag ein stilles und fast zerschlagenes Floß, auf dem zwei Jungen zusammengekauert saßen. Das

Wasser war schwarz und dennoch wie Silber. Es war ruhig und absolut totenstill.

Ich drehte mich um und sah die Lichter unseres Hauses: kleine Lichtstiche in die Dunkelheit. Der See lag in einem Tal. Ich fühlte mich sehr ruhig, konnte mich aber nicht bewegen. Ich sah den Mond an und das Wasser. Das Holzfernglas lag vor meinen Füßen, ich hob es aber nicht auf. Das Floß lag mitten in der Lichtstraße des Mondes, das Wasser war glatt, ich war ruhig, und Peter wandte mir den Rücken zu. So blieben wir lange Zeit still sitzen.

Ich hatte einmal einen Bruder, aber noch heute fällt es mir schwer, mich an sein Gesicht zu erinnern. Seinen Rücken dagegen sehe ich noch sehr genau vor mir. Ich versuchte herauszufinden, was geschehen war. Warum der Wind sich gelegt hatte, warum mein Bruder gefallen war, warum der Mond leuchtete. Und dann hörte ich die Geräusche. Es waren Geräusche von Ruderblättern. Sie kamen nicht von zu Hause, sondern von Osten, aber es waren ohne Zweifel die klatschenden Geräusche von Ruderblättern. Ich starrte in die Dunkelheit und hörte die Schläge immer näher und näher herankommen. Es wurde langsam gerudert. Und dann sah ich ein Boot sich im Widerschein des Mondes auf dem Wasser abzeichnen. Direkt in die Lichtschneise hinein glitt ruhig ein Boot, ein Eichenkahn. Das Ruderboot hielt auf uns zu, und ich sah den Rücken eines rudernden Mannes.

Ich hatte mich hingestellt und sah, daß auch Peter stand. Wir standen still und glotzten das Boot an, das immer näher kam.

»Ahoi!« schrie ich plötzlich über das Wasser hinaus. »Komm her und hilf uns!«

Der Mann im Ruderboot drehte sich um und sah uns an. Das Ruderboot glitt langsam auf das Floß zu. Im Mondschein sah ich, wie das Wasser von den Ruderblättern tropfte. Es ging alles so langsam und war wie ein Traum. Ich sah, wie der Mann gekleidet war. Er trug ziemlich weite schlotterige Hosen, und den Oberkörper bedeckte eine ziemlich verschossene blauweiße Trainingsjacke mit weißem Schulterteil. Der Mann war dunkelhaarig und mager, und ich hatte ihn noch nie gesehen. Er sagte nichts und war plötzlich da.

Er sah nicht mich, sondern nur Peter an. Er war nicht aus der Gegend, kam aber vom östlichen Teil des Sees her angerudert. Er hielt Peter die Hand hin, und Peter nahm seine Hand und kletterte vorsichtig ins Ruderboot. Er setzte sich ins Heck. Keiner der beiden sagte ein Wort.

Dann glitt das Ruderboot ein Stück hinaus, und dies geschah so unmerklich, daß ich zunächst nicht begriff, was da vorging. Aber der Mann an den Riemen fing plötzlich an zu rudern. Peter saß im Heck und drehte sich nicht um. Und dann verschwand das Boot langsam in der Dunkelheit.

Ich konnte nicht rufen. Ich blieb wie gelähmt stehen. Ich muß lange so dagestanden haben.

Jetzt fragt man mich: Was ist dir von ihm im Gedächtnis geblieben? Damit meint man: Was ist dir von Mattias Engnestam im Gedächtnis geblieben, dem berüchtigten Mogler, der zufällig dein Vater war? In meiner Schreibtischschublade habe ich ein Bild. Das Bild ist im Strafraum eines Fußballfelds aufgenommen und zeigt einen hart bedrängten Stürmer, der das Gleichgewicht verloren hat. Er ist mit dem Wrist in schrägem Winkel auf den Rasen geprallt, wobei der Unterschenkel gebrochen worden ist. Das Photo ist exakt in dem Augenblick aufgenommen worden, in dem das Bein die Erde erreicht und gebrochen wird: Man sieht auf schrecklich deutliche Weise, wie der Knochen durch den schützenden Strumpf in die Luft ragt.

Für mich ist dies zum Bild des Schmerzpunkts geworden. Zu dem kleinen, beharrlichen, nicht tödlichen, täglichen und unerbittlichen Schmerzpunkt. Ich kenne auch andere: Einer findet sich in einer Situation, in der Papa und ich Hand in Hand die Sturegatan in Stockholm entlanggehen. Es ist der Sommer 1947, und ich halte seine Hand ganz fest in meiner. Aber es gibt so sehr viel, was sich vorher ereignet hat. Es ist so sehr viel im Weg. Das Butterfaß, die Bahngleise, die Ballons, der Islandhering – o Herrgott, es ist ein so langer Weg zurückzulegen.

Und dann das Floß und das Holzfernglas.

An all das, was sich nach der Nacht auf dem Floß ereignete, habe ich nur eine wirre Erinnerung. Ich saß auf der hinteren Plattform. Ich muß sehr gefroren haben. Ich weiß, daß ich die Kiste mit dem Proviant öffnete, daß ich aß. Ich nahm das Glas mit Melasse, dem dicken Sirup, den man ans Vieh verfütterte und den ich eigentlich gar nicht mochte: Ich nahm davon und aß. Ich nahm mit den Fingern und steckte sie mir in den Mund. Es schmeckte süß. Ich saß dort auf der hinteren Plattform, und die Nacht glitt vorbei. Der Mond verschwand, es wurde völlig dunkel. Ich hörte Rufe, antwortete aber nicht. Dann zog langsam die Morgendämmerung auf, das Licht stahl sich über den See hinweg, es war ein graues, unwirkliches Licht. Ich weiß noch, daß leichte Nebelschleier über dem Wasser lagen.

Es war Papa, der als erster bei mir war. Er rief während des Ruderns meinen Namen. Er ruderte schnell und kam rasch näher. Als er bei mir war, hatte er gerade aufgehört zu rufen. Ich stand auf. Mein Gesicht war verschmiert, und die Melasse war mir den Hals hinuntergelaufen. Papa faßte mich um die Taille und hob mich ins Boot. Ich hatte zwar ein verschmiertes Gesicht, war aber völlig ruhig. Auch Papa war sehr ruhig und stellte mir keine Fragen, aber dafür, daß es Papa war, machte er sehr hastige Bewegungen. Ich weiß noch, daß er mich auf die Bodenplanken des Ruderboots legte. Ich streckte alle viere von mir und blieb still liegen. Er hüllte mich in eine Decke, die er von einem zweiten Boot erhalten hatte, das gerade angekommen war. Dann begann er zu rudern, sehr schnell, als hätte er es sehr eilig. Ich lag auf dem Boden des Boots, mein Mund und mein Hals waren verschmiert; die Melasse war an mir heruntergelaufen. Papa sah mich die ganze Zeit an. Er sah stark und behende aus. Dies alles ereignete sich im Mai 1943. Dies ist tatsächlich das erste Ereignis, von dem mir das Gesicht meines Vaters in Erinnerung geblieben ist. Aus der Zeit davor habe ich keine Erinnerungen. Ich lag auf dem Boden des Ruderboots, Papa ruderte sehr schnell, ich lag da und betrachtete sein Gesicht. Schließlich kamen wir ans Ufer.

Aber als sie mich nach Peter fragten, konnte ich keine Auskunft geben. Alles, was ich ihnen geben konnte, war ein geheimnisvolles Lächeln. Jemand war in einem Boot gekommen und hatte mich trotzdem allein zurückgelassen, ich hatte Melasse gegessen, schließlich war Papa gekommen, und alle diese Auskünfte gab ich ihnen mit einem leichten und geheimnisvollen Lächeln, das alle ihre Fragen schließlich verstummen ließ.

Papa las sehr selten selbst, aber er stand meinem Lesen positiv gegenüber. Er war im Grunde ein positiver Mensch, ich meine, er hatte ein wohlwollendes, freundliches, nettes und positives Verhältnis zu allem, was positiv war. Was für richtig gehalten wurde. Als angepaßt und gesellschaftskonform betrachtet wurde. Er war in allen Bereichen des Lebens ein guter Sportkamerad, das war er wirklich. Es war selbstverständlich, daß der Junge Bücher lesen sollte. Und ich las auch viel. Am liebsten mochte ich Geschichten, die ich im Grunde nicht verstand. Die Geschichte von den Kindern vor dem Thron der Schneekönigin, das Eispuzzle, das nie zu Ende gebracht werden konnte, die Geschichte vom Jungen mit der Glasscherbe im Auge, dessen Herz zu Eis und dessen Haut dick wurde. Oder die Geschichte vom Fliegenden Holländer, der versagt und keine Liebe gezeigt hatte und deshalb dazu verdammt war, auf ewig auf den Weltmeeren herumzusegeln.

Ich schlief. In jener Nacht träumte ich vom Vogel, vom Jungen und dem Eispuzzle.

Als ich aufwachte, war es schon heller Tag. Das Haus war leer. Ich ging ans Fenster und sah über das Tal und den See hinaus. Ich sah die Boote draußen. Papa war auch dabei, ich wußte es genau. Dann setzte ich mich ins Bett und blickte ins Nichts. Darüber wurde es Abend. Schließlich kam Papa.

Er setzte sich auf die Bettkante, und ich sah, daß er sehr müde war. Seine Augen waren rotgerändert vor Erschöpfung, sein Oberkörper schwankte langsam hin und her wie ein Baum im Wind, seine Hände lagen passiv auf den Knien. Er sah mich mit einer unsicheren, verwunderten und hilflosen Verzweiflung an, die ich noch nie an ihm gesehen hatte. Ich selbst war vollkommen ruhig. Er fing an, mir Fragen zu stellen, aber ich schwieg natürlich. Er fragte, was geschehen sei, fragte nach Peter, fragte, wie es mir gehe, aber weil die Fragen sich nicht in der Nähe dessen bewegten, was ich für wichtig hielt, antwortete ich nicht. Es war schrecklich, diesen unerhört starken Mann so ermattet oder verwirrt zu sehen. Schließlich ging er.

Als er in der Tür stand, sagte ich:

»Es kam ein Boot, das Peter abholte. Ich weiß nicht, wer ruderte, aber er kam von Osten.« Ich sah, wie er in der Tür gewissermaßen gefror, aber nur eine kurze Sekunde lang.

Am selben Abend versuchte ich, einen Kontakt herzustellen, aber es mißlang. Ich holte meine Taschenlampe, schlich mich zum Seeufer hinunter, hockte mich dort hin und fing an, Signale zu geben. Es war Dämmerung, und ich schickte die Signale direkt auf den See hinaus. Zweimal kurz, einmal lang. Zweimal kurz, einmal lang. Dann wartete ich einige Minuten und untersuchte jeden Abschnitt der Dunkelheit. Dann gab ich neue Blinkzeichen. So saß ich, zusammengekauert, fast eine Stunde lang, bevor Papa mich fand. Auf meine Signale hatte ich keine Antwort erhalten. Ich glaube, daß ich um mich trat und schrie, als Papa mich zurücktrug. Er atmete hart und stoßweise, beinahe so, als müßte er vor Anstrengung schluchzen. In der folgenden Nacht träumte ich wieder von einem Vogel, der zu einem Berg im Meer flog.

Wir haben an so vielen Orten gewohnt. Vor langer Zeit in Västervik, dann in Stockholm, dann hier, später in Hälsingborg, dann in Eksjö und schließlich wieder hier. Dieser Ort ist irgendwie Anfang und Ende. Trotzdem kenne ich ihn kaum, das Tal, die Dörfer, den See. Woran ich mich noch gut erinnere, ist ein heute fast zugewachsener Weg, auf dem ich früher Milch holen ging. Der Weg führte durch einen Wald, und dort gab es kleine Frösche, die zur Seite sprangen, als ich kam. Vor Fröschen hatte ich keine Angst. Ich nahm sie in die Hand; das hatte Papa mir beigebracht. Wenn es kleine Frösche waren, konnte man sie mit beiden Händen umhüllen. Sie rührten sich dann mit kleinen beharrlichen Bewegungen. Sie gaben mir ein unerhörtes Gefühl von Leben. Ein kleiner Frosch in der Hand, dünne Haut und viel Leben. Dies ist vielleicht eine weitere dieser verdammten Sackgassen, die von meinen Aufzeichnungen über Papa wegführen. Ich sage es aber, wie es ist: An die Frösche erinnere ich mich, weil sie sich in meiner Hand lebendig anfühlten. Dünne Haut, kleine, schnelle Bewegungen. Ich meine: Ich schreibe dies lange Zeit später, und ich befinde mich in der Mitte meines Lebens, und es fällt mir schwer zu sehen, wohin mein Weg mich geführt oder wohin Papas Leben ihn gebracht hat, aber an die Frösche und ihre Bewegungen erinnere ich mich.

Papa trug mich nach Hause. Sie brachten mich zu Bett, und Mama hielt mir eine idiotische Ansprache. Schließlich fielen wir uns erschöpft und schluchzend in die Arme, nicht versöhnt oder erleichtert, sondern aus Verzweiflung oder Erschöpfung. Man versuchte mir einzuhämmern, daß man Peter gefunden habe, aber auf so einfache Kniffe fiel ich nicht herein, ich bin zwar ein lieber Kerl, aber es gibt Grenzen. Am Tag darauf begann ich, das östliche Seeufer abzusuchen. Dies war der Teil des Sees, den wir den »Scheißsumpf« nannten. Kein schöner Teil des Sees – es lag Baumrinde auf dem Grund, viel versunkenes Holz und Baumstümpfe, der Strand war voller Reisig und auf jene trockene und schreckliche Weise kahlgeschlagen, die einem die Kehle trocken werden ließ, wenn man nur an diesen Teil des Sees dachte. Aus dieser Ecke war der Mann mit dem Ruderboot gekommen, dorthin war er mit Peter zurückgekehrt, und dort mußten auch Spuren zu finden sein.

Ich nahm mir Wasser in einer Flasche mit und begann zu suchen. Ich begann am unteren Ende, ging hundert Meter weiter hinauf, kehrte um, ging kreuz und quer. Ich untersuchte das östliche Ufer des Sees äußerst methodisch, fand aber nichts. Das einzige, was ich entdeckte, war ein halb verrottetes Ruderboot, das schon viele Jahre an Land gelegen hatte. Das Holz war weiß geworden, von Teer war kaum noch etwas zu sehen, und damit mir nicht auch noch diese letzte Möglichkeit entschlüpfte, untersuchte ich dieses weiße, trockene Holz Zentimeter für Zentimeter. Ich fand keine Spur, kein Zeichen, keine Inschrift. Das östliche Ufer des Sees konnte mir nicht mitteilen, was geschehen war. Ich legte mich ins Boot. Durch seine Bodenplanken wuchs Gras. Ich drückte die Wange an die Bordwand; das Holz war warm. Ich blickte zur Sonne hoch. Ich erinnere mich, heftig geschwitzt zu haben, aber die Lösung des Rätsels war noch immer weit entfernt.

Nein, sage ich denen, die Fragen stellen. Nein, Papa war nicht verrückt. Nein, meine frühesten Erinnerungen an ihn sind undeutlich. Nein, ich habe nie Prügel bekommen. Nein, er hat mir nicht beigebracht zu mogeln; jede Mogelei war ihm zutiefst fremd. Er war immer darauf eingestellt, *loyal sein Bestes zu geben*. Der Mann in der Mitte der Gesellschaft.

Ich lag lange da, eingeschlossen im Gras auf dem Boden des Boots, die Wange an das trockene Holz gedrückt. Ich hatte einmal einen Bruder. Er hieß Peter. Schließlich war mir klar geworden, daß am östlichen Ufer des Sees keine Spuren von ihm zu finden waren. Ich weiß, daß ich mich aufrichtete; die Sonne schien, es war sehr warm, ich formte die Hände zu einer Flüstertüte, rief laut und gellend übers Wasser hinaus:

»Peter! Peter!«

Es kam aber keine Antwort, kein Echo, nichts. Ich weiß nicht, warum ich mich so entsetzlich einsam fühlte. Ich versuchte, an Mama zu denken, sah aber nur ihre frommen kleinen Tränen und hörte ihre Gebete. Sie gaben keine Wärme, und man konnte sie nicht anfassen oder sie zu irgend etwas gebrauchen. Und dann versuchte ich, an Papa zu denken, aber er verlor sich in einem Wirbel tanzender Schritte, rotierender Wurfhämmer und wohlwollend gerunzelter Stirnen: Wo befand er sich jetzt eigentlich? An Peter konnte ich mich überhaupt nicht erinnern; ich sah nur seinen Rücken, nichts als seinen Rücken, die ganze Zeit nur seinen Rücken.

An jenem Abend ging ich wieder zum Ufer hinunter. Ich nahm das Boot und ruderte hinaus. Das durfte ich zwar nicht, tat es aber trotzdem. Es war sehr still, und in mir war ich völlig stumm. Ich ruderte langsam hinaus, was ich zwar nicht durfte, aber trotzdem tat. Es war Abend, nein, noch nicht richtig; die Dunkelheit war noch nicht gekommen, nur die Abendnebel lagen über dem See. Es war noch hell, aber neblig, und ich ruderte im Nebel. Der Nebel war durchsichtig und nur ein paar Meter hoch; mir war, als würde ich in eine völlig unbevölkerte und verlassene Welt hineingleiten. Es war schön, aber sehr merkwürdig, und ich wußte nicht, was ich noch tun sollte. Ich suchte nach Peter und dem Mann im Ruderboot, suchte aber auch nicht. Eigentlich hatte ich Papa dabei haben wollen, aber er trainierte sicher gerade. Ja, er war bestimmt hinterm Haus im Wurfring neben dem windschiefen Klohäuschen. Ich hatte ihn nicht gesehen, aber vielleicht war er dort, obwohl er bei mir hätte sein sollen. Manchmal meinte ich, die Hammerwerferei zu hassen, aber das war, bevor ich es besser wußte. Ich ruderte jedenfalls über den See, glitt genau durch die Mitte des Sees, zog die Riemen hoch, wartete.

Die Nebelschwaden lagen nicht still; sie schienen zu steigen und zu sinken, sich zu öffnen und zu schließen: Plötzlich konnte ich den Strand sehen, dann war er wieder verschwunden, und ich saß in einer weißen Dunkelheit. Genau so habe ich Papa in Erinnerung. Es sind die frühesten Bilder: Der Nebel lichtet sich unvermutet ein wenig, ich sehe ihn aus sehr weiter Ferne, er schwitzt heftig, steht mit dem Hammer in der Hand da und sieht mich an. Plötzlich ist er verschwunden, es zeigt sich ein Loch im Nebel, und ich erkenne das Ruderboot mit Peter und dem fremden Mann, dann ist es weg; ich sehe den Jungen mit dem Holzfernglas: das bin ich. Er liegt auf dem Dach des Nebengebäudes. Er hält das Holzfernglas vor die Augen, hat helles Haar und ist recht mager. Er sucht mit dem Fernglas den See ab. Sein Bick gleitet über die Häuser, über den Mann mit dem Wurfhammer, über das Tal. Er sieht alles. Er mag etwa zehn Jahre alt sein. Sein Gesicht ist gespannt und neugierig, als sei er im Begriff, etwas zu entdecken.

Das war im Mai 1943.

Damals sah ich das Boot im Nebel auf mich zukommen. Es war ein Eichenboot, in dem ein Mann saß und ruderte. Im Heck saß Peter, er sah mich an. Es konnte nicht den leisesten Zweifel geben. Er lächelte und sah genauso aus wie früher. Er war also doch zu mir zurückgekommen.

Ich weiß nicht genau, welche Kenntnisse oder welche Einsichten er mir vermittelt hat. Er war nur ein Jahr älter als ich, aber vor meinem geistigen Auge erscheint er als ein Mensch voller Sachlichkeit mit überlegenem Wissen und von großer Reife. Er war es, der genau wußte, daß Nägel in den Holzstämmen die Rahmensägen beschädigen und den Akkord verderben konnten; er war es, der den guten Willen des Unternehmens anzweifelte, er war es, der einen Schlachthammer unter Strom setzen und dann zusehen konnte, ohne wie andere einfach wegzulaufen, er war es, der mit Mama sprechen konnte, ohne sie und sich selber vor lauter Empfindsamkeit verlegen zu machen. Ich selbst konnte nichts, ich konnte nur zuhören und mit meinem Holzfernglas über die Welt hinsehen, die unsere Welt war. Ich habe mich manchmal gefragt, welche Mitteilungen er von der königlichen Toilette aus abgesandt hätte, wenn es ihm vergönnt gewesen wäre zu leben. Und gleichzeitig weiß ich tief im Innern, daß er für mich eine Wand war, ein Vorhang, etwas, was mich daran hinderte, mit eigenen Augen zu sehen: ein Zutrauen und eine Bewunderung, die allzu groß waren und mich verblendeten. Ich weiß ja, wie es zuging, als ich erwachsen wurde: Es war an einem Sommerabend im August 1947, an dem Abend, als ich den endgültigen Schritt tat aus der Welt, in der ich ein Kind gewesen war, mit den Gedanken eines Kindes und dem Vertrauen eines Kindes. Aber vorher gibt es auch noch etwas, einen Augenblick, in dem ich zu sehen beginne. Aus diesem Grund muß die Geschichte von Papa, soweit sie mich betrifft, hier anfangen und nirgends sonst: gerade in dem Augenblick, in dem der Schleier fortgezogen wird. Hier wird der Blick durch das Holzfernglas klar, und das zögernde Suchen und Drehen hört auf.

Der Nebel lichtet und verdichtet sich, lichtet und verdichtet sich. So ist es zugegangen. Ich erzähle so, wie meine Erinnerung es mir eingibt. Sie glitten sacht auf mich zu, als ich in Papas Ruderboot mitten auf dem See saß und in den Abendnebel blickte. Sie fuhren vielleicht zehn Meter von mir entfernt vorbei. Die ganze Zeit sah Peter mich an, und er hatte einen so eigenartigen Ausdruck im Gesicht. Er lächelte schwach und blickte mir voll in die Augen. Es war, als wollte er mir sagen: Hier bin ich. Du brauchst mich nicht länger zu suchen. Du hast mich gefunden. Und da du mich gefunden hast, mußt du aufhören, mich zu suchen. Außerdem mußt du damit aufhören, dich zu verkriechen. Du mußt anfangen zu sehen.

Wir sagten kein Wort zueinander, aber ich weiß, daß ich mich sehr ruhig fühlte. Und ich erinnere mich, daß ich dachte: Jetzt weiß ich. Jetzt ist es an der Zeit, nach Hause zu rudern.

Die Zahlen, die zu Papas Entwicklung gehören, habe ich kristallklar im Kopf. Ich glaube, ich werde sie nie vergessen. Wenn jemand mich fragen sollte, Sommer 43, werde ich blitzschnell antworten: An den erinnere ich mich sehr gut. Da hatte er eine persönliche Bestleistung von 46,55 und in den zehn besten Wettbewerben einen Durchschnitt von annähernd 44 Metern.

46,55, ja, das hatte er geschafft. Dies war der Sommer, der folgte. Jetzt beginnen die eigentlichen Aufzeichnungen gleich, ich stehe jetzt kurz davor. Es bleibt nur noch das eine mit Peter zu erzählen. Ich ruderte nach Hause, Papa stand am Ufer und wartete. Er sah nicht sonderlich fröhlich aus, eigentlich recht nachdenklich, an der Grenze zur Wut also: Nein, Papas Gesichtsausdruck war bei Gott nicht leicht zu deuten. Besonders unergründlich pflegte Papa bei den wenigen Gelegenheiten auszusehen, wenn es Mama gelungen war, ihn in die Kirche mitzuschleppen. Da sah er immer erwartungsvoll und glücklich aus, was ganz sicher seinen Grund darin hatte, daß er ans Angeln dachte oder einen Länderkampfsieg auf Vorschuß nahm. Jetzt stand er am Ufer und sah keineswegs fröhlich aus. Aber bevor er Zeit gefunden hatte, etwas zu sagen, und um ihm zuvorzukommen, sagte ich:

»Du brauchst nichts zu sagen, Papa, denn jetzt weiß ich es ohnehin. Ich werde nicht mehr nach Peter suchen, denn jetzt weiß ich.«

Er sah mich verblüfft an, aber dann begriff er schließlich und betrachtete verlegen seine Schuhspitzen.

»Ach so«, sagte er.

»Ich weiß«, sagte ich, »ich begreife jetzt.«

Er wandte sich um und ging auf den Hof zu. Ich folgte ihm. Es war im Mai, beinahe Dämmerung. Papa schlurfte mit seinem viereckigen, starken und unförmigen Leib vor mir her. Er rollte leicht von einer Seite zur anderen. Während ich weiterging, dachte ich, wie merkwürdig all das ist, was einem widerfährt: Man bekommt eins auf den Kopf, aber nichts ist hoffnungslos. Manchmal will man nur sterben oder sich verkriechen, aber wenn alles hoffnungslos aussieht, gibt es doch immer eine Lösung. Ich weiß noch, daß ich weinte. Papa ging fünf Meter vor mir. Er drehte sich nicht um, aber ich fühlte dennoch, daß wir auf irgendeine Weise zusammengehörten. Das spürte ich zum ersten Mal. Es war in diesem Frühjahr, daß ich zu sehen begann. Alle Erinnerungen, die ich habe, stammen aus der Zeit nach diesem Frühjahr. Aus den Jahren davor weiß ich nichts. Erwachsen wurde ich nicht, aber irgendwo muß man anfangen. Es war, als erwachte man aus einem Traum und begann zu gehen. Nein: als erwachte man aus einem Traum und begann zu sehen.

Jetzt können wir anfangen. Im Traum kommt Mattias Engnestam noch immer zu mir und ist dann wieder von der weichen warmen Dämmerung umhüllt, an die ich mich vom letzten Mal her erinnere, als ich ihn sah, von den Pferden umgeben. Er fragt wie ein Kind: Weißt du jetzt? Hast du dir schon Klarheit über mich verschafft? Er ist noch immer verdammt stark und unerschütterlich schwer, aber nicht auf erschreckende Weise, sondern auf eine leichtere und behendere Art. Weißt du? fragt er. Eine niedrige Stirn hat er, aber sie hat Platz für unzählige bekümmerte Falten. Jetzt können wir anfangen.

Großvaters Butterfaß

»Beim Training gebt nicht Ruh,
Macht alle mit, auch du!«

Auf den oberen Rand des Blatts schreibe ich seinen Namen:
Mattias Jonsson-Engnestam-Lindner.

Zuerst streiche ich Lindner aus, den Namen, der ihm Anonymität geben und ihn der Vergessenheit anheimfallen lassen würde. Dann Engnestam, den Namen, der für alle Zeiten in die Rekordtabellen eingetragen werden und ihm und mir ein Stück von der Ewigkeit geben würde. Nun bleibt nur noch Jonsson, der Name, mit dem er anfing.

Mattias Jonsson. Auch das klingt nicht übel. Vor sehr langer Zeit war es Mats Jonsson, noch schmaler und farbloser, eigentlich fast gar nichts.

Auf der Rückseite des ersten Photos, das ich von ihm besitze, hat er seinen Namen geschrieben, mit runden, ehrgeizigen Buchstaben. Dort steht: Mats Jonson. Noch dazu mit einem s. Das Bild ist 1918 aufgenommen worden. Papa ist fünfzehn Jahre alt und steht wie ein bleicher, vorwurfsvoller Stengel in der Landschaft und blickt erstaunt in die Kamera, während im Hintergrund eine Mannschaft sich offensichtlich anschickt, im Tauziehen die Entscheidung herbeizuführen: Man sieht ein straff gespanntes Seil und drei Männer, die sich am rechten Bildrand energisch in den Erdboden stemmen, um sich, wenn möglich, aus dem entlarvenden Bildausschnitt herauszuziehen. Mats Jonson. Nicht viel für den Anfang, weder als Mensch noch als Name, aber es war da etwas in Papas Blick, was auf seine Entschlossenheit hindeutete, daß er sich ein für allemal entschieden hatte zu wachsen und zuzulegen, und das in jeder Beziehung. In der Länge, der Breite, an Toleranz und Klugheit, an Entschlossenheit und Macht und auch, was die Länge und Qualität seines Namens betraf.

Mats Jonson war ein dünner Bengel mit nur einem s; er war nicht viel. Mattias Jonsson war aber schon auf dem Weg: ein ausgezeichneter Kamerad, ein guter Leichtgewichtler, aktiv im Sportverband. Mattias Engnestam, aktives Mitglied in Stockholms AIF, Abteilung Boxen, ein unter Arbeitersportlern bekannter leichter Schwergewichtler mit unter anderem einem Sieg über den Dänen Hansen, der Aufmerksamkeit geweckt hatte.

Ja, auch das ist Papa. Er hatte seinen Namen von einem weltberühmten norwegischen Schlittschuhläufer entlehnt, ihn leicht verändert, um ihn schwedischem Sprachgefühl anzupassen. Es war ein guter Name. Mattias Engnestam und sein Junge. Mattias Jonsson-Engnestam und seine zahlreichen politischen Drehungen, die außerhalb des Familienkreises keine große Beachtung fanden. Mattias Engnestam während des Krieges, der nette Fahrer des 6. Kommissariats, großer Aphoristiker und Ehrenmann, freundlich und findig, stark und nicht sonderlich begabt, aber ein Mann, der viele gute schwedische Eigenschaften in sich vereinigte. »*Der Schwede ist reinlich, sagte das Weib und wischte den Tisch mit dem Kätzchen sauber!*« Engnestam stellt einen neuen schwedischen Rekord im Hammerwerfen auf. Nicht übel. Jetzt wachsen er und sein Name, es ist Nachkriegs- und Erntezeit. Der spillerige kleine Jonson mit einem s ist weit, weit weg. Und dann wird der Knopf gedreht, es wird völlig dunkel, irgend etwas zerbricht, und er ist mit einem Mal ein anderer. Mattias Lindner.

Christian Lindner nenne ich mich. Aber was ist an diesem Namen, was eigentlich mir gehört?

Das Photo von 1918 mit den tauziehenden Männern im Hintergrund kenne ich gut, weil Papa es unzählige Male hervorgekramt und in pädagogisch und moralisch aufrichtender

Absicht verwendet hat. Pädagogik und Moral waren nicht nur für mich bestimmt, sondern sollten auch dazu dienen, ihm selbst immer wieder zu bestätigen, daß *unser Weg der richtige gewesen ist*, wie es in Parteidirektiven der SED zu heißen pflegt.

Es gab viel anzumerken. Die Haltung war schlecht, Papa machte auf dem Photo einen lungenkranken Eindruck, wirkte mager, apathisch und allgemein nostalgisch. Ein junger Mann auf dem Weg aus dem Leben. Zu diesem Photo gehörte ferner eine kurze Betrachtung, im allgemeinen zum Thema *Entschlossenheit*. Als Kind habe er eine schlechte Konstitution gehabt, sagte Papa. Wenn man in seiner Klasse Mannschaften für Ball- oder andere Spiele aufgestellt habe, sei er fast immer als letzter gewählt worden. Infolge seines schwächlichen Körperbaus sei er zum Prügelknaben der Klasse geworden. Der Schwache, so sagte er mir mit einer bekümmerten kleinen Falte zwischen den Augenbrauen, wird oft einer solchen Behandlung ausgesetzt. Er habe sich danach *entschlossen*, seine Konstitution zu verbessern. Die meisten der Geschichten, die er dann noch erzählte, folgten dem gleichen Muster: Es ging darin immer um einen einsamen, isolierten Jungen, der sich der Verachtung seiner Kameraden gegenübersah, dem es aber dank seiner Willenskraft gelang, zum tonangebenden und dominierenden Mitglied seiner Gruppe zu werden, jedoch ohne dabei die neue Position zu mißbrauchen, die Umgebung zu unterdrücken. *Nettigkeit und Entschlossenheit!*

Was die tauziehenden Männer im Hintergrund machten, wurde mir nie klar. Daß dieser Hintergrund auf irgendeine vage symbolische Weise etwas mit dem allgemeinen Weltbild meines Vaters zu tun hatte, ging, wenn auch undeutlich, daraus hervor, wie er über seine Jugend sprach: Ein junger Mann macht seinen Weg, indem er solidarisch *sein Bestes gibt.*

Manchmal erzählte er von seinem eigenen Vater, also von meinem Großvater, und wie er von ihm erzählte, sagte einiges über ihn selbst, vielleicht mehr als über Großvater. Mein

Großpapa, der aus irgendeinem Grund auf den Namen Erik Valfrid getauft worden war, hatte im Steinbruch gearbeitet. Im Alter von sechzehn Jahren hatte Papa seinen Vater von einem Arztbesuch nach Hause kommen und anschließend fünf geschlagene Stunden lang am Küchentisch beharrlich schweigend aus dem Fenster glotzen sehen. Es sei der Rücken, habe dieser später erklärt. Eine dieser eigenartigen Krankheiten, die sich nicht in sichtbaren Symptomen äußern, gleichwohl aber Getuschel über Arbeitsunwilligkeit, eingebildete Krankheit und allgemeine Wunderlichkeit hervorrufen. Es mußte also ein leichterer Job her. In manchen Zeiten gab es überhaupt keine Arbeit, und schließlich gab es den Kompromiß mit der Schuhmacherwerkstatt, der Großpapa für immer in den Duft sauren Leders, von Verfall und Mißerfolg hüllen würde.

Ich glaube, Papa ist in einem Milieu aufgewachsen, in dem es irgendwie zum Axiom geworden war, daß *der Mißerfolg* im Grunde ein Zeichen für eine kranke Moral ist. Wer arbeiten will, findet auch einen Job. Wer bereit ist, sein Bestes zu geben, kommt durch.

Aber als Großvater krank wurde, fing Papa an zu denken.

Daß Erik Valfrid Jonsson abgerackert und vorzeitig verbraucht war, sah Papa ein, aber weil es sich ihm eingeprägt hatte, daß nur im Grunde asoziale Wesen die Hilfe der Fürsorge in Anspruch nehmen, während ehrliche Menschen allein fertig werden, war er sehr verwirrt. Der Kommunismus war in seinem Heim bis dahin als eine Erfindung des leibhaftigen Teufels verfemt gewesen (weil Begriffe wie *Saufen*, *Fluchen*, *Kartenspielen* oder *Kommunist sein* immer in einen Topf geworfen wurden) –, aber in dieser Situation erschienen bestimmte kommunistische Ideen unleugbar in einem anderen Licht. Papa war nicht der Mensch, der eine Ideologie leichtfertig einer anderen opferte, und ich glaube, daß er es bis in seine letzten Tage hinein für beschämend hielt, daß Großvater sich einen kaputten Rücken zugezogen hatte – für beschämend und der Fabrik gegenüber unsolidarisch. *»Hät-*

te Großvater seinen Rücken ordentlich aufgebaut und trainiert, hätte das nie zu passieren brauchen«, wie er mehrmals im Tonfall eines traurigen und enttäuschten Betriebsarztes sagte; dann hängte er eine weitere seiner pädagogisch-historischen Parallelen an, um die Bedeutung des Sports zu zeigen. Aber zugleich war dies alles, wie ich glaube, im Kern eine etwas verspätete kleine Entschuldige-Verbeugung vor dem Fabrikbesitzer, der so überflüssigerweise um einen brauchbaren Arbeiter betrogen wurde. Der Fabrikbesitzer würde dies gewiß überstehen; er war sicher nicht des Trostes bedürftig, aber lieber ein schlechtes Gewissen zuviel als eins zuwenig, wird Papa wohl gedacht haben. Unter dem zeitweise radikalen Firnis schleppte er zeit seines Lebens einen kleinen ergebenen Kern von Verständnis für die schwierige und exponierte Position des schwedischen Kapitalisten mit sich herum und trug daran.

Na schön, Papas Kopf kläffte manchmal, aber sein Herz leckte mit der Ergebenheit eines Welpen die Hand, die Großvater, Papa und all die anderen am Nackenfell festhielt.

»Lieber ein Einverständnis zuviel als gar kein Verständnis«, wie Papa später oft mit seiner unübertroffen ehrgeizigen Fähigkeit, die Fragen der Zeit in politische Aphorismen zu kleiden, den Sachverhalt ausdrücken sollte. Ich schreibe oft, und das meine ich auch: Papas Ruf als Redner, Sprichwörtler und Aphoristiker (ein Ruf, den er zumindest im Familienkreis genoß) war zum Teil ein wenig unverdient, weil er seine Zitate offensichtlich klaute und sie außerdem wirklich eine Spur zu oft wiederholte. Überdies pflegte er dieses Wort vom *Einverständnis* noch auf seine sprachlichen Bestandteile hin abzuklopfen und zu analysieren. Mit seiner ein wenig ruppigen, groben, grizzlyähnlichen, brummenden Prosa malte er das Bild des schwedischen Volkes, wie es um ein riesiges Lagerfeuer in der Wildnis versammelt saß, wie es sich wiegte und summte und mit den Armen auf den Schultern des *Nächsten* dabei war, gemeinsam Einverständnis zu fühlen und so alle Fragen von Gewicht zu lösen. Dies war in der Tat eine

Art, Gegensätze im Volk zu lösen, die man nur als schwedisch-lutherisch-romantische Hausabfüllung bezeichnen kann, und wenn er seine sich regelmäßig wiederholende kleine Rede vom Einverständnis schloß, blieb kein Auge trocken. Aber all dies ereignete sich später, in den vierziger Jahren, und noch heute bin ich ein wenig unsicher, wie dieser schweigsame, aber nett-freundliche Welpe von Arbeiterjunge nun wirklich zu dem Mattias Jonsson-Engnestam-Lindner wurde, den ich dann als meinen Vater, als Hammerwerfer und Rekordmann, großen Freund von Kameradschaft, als Amateur-Aphoristiker, als einen in Treue festen Mann mit Rückgrat, als loyalen Eckpfeiler der schwedischen Leichtathletik und schließlich als klassischen Mogler und Verräter kennenlernte.

Ja, wir müssen hier anfangen: beim Lagerfeuer in der Wildnis, bei dem freundlich-netten Wesen, bei Großvater.

Papa wurde am 4. April 1903 in Västervik als dritter Sohn des Steinbrucharbeites Erik Valfrid Jonsson geboren, zu dieser Zeit Angestellter von *Tjust mekaniska verkstad*, später aber hochgeschätzter und schlechtbezahlter Lohnsklave bei *AB Bröderna Fahléns Granitstenhuggeri*, wo er sich im Verlauf vieler Jahre ein paar in der damaligen Zeit noch unbekannte Berufskrankheiten und einen kranken Rücken zuzog sowie *last, not least* auf sympathische, unauffällige und ehrgeizige Weise zum Anwachsen des Fahlénschen Familienvermögens beitrug. Großvater war ohne Zweifel die Verkörperung des schwedischen Arbeiters in seiner besten Ausprägung, eine Tatsache, die am sinnfälligsten in seinem Verhalten bei den Hungerkrawallen von Västervik im Jahre 1917 sichtbar wurde.

Ich selbst habe keinerlei Erinnerungen an Großvater, weil er schon tot war, als ich geboren wurde, aber auf Bildern sieht er verläßlich und gut aus. Er hat eine auffallende porträtgleiche Ähnlichkeit mit dem später so bekannt gewordenen Bischof Dick Helander. Schwer, glatzköpfig, eine recht lange Nase und ein düsterer, frommer und ergebener Gesichtsausdruck: das sind seine besonderen Kennzeichen. Beim Betrachten dieses Bildes erscheint es sonnenklar, daß so ein Mann in reichem Maße über die Fähigkeit verfügt, eine heimelige Atmosphäre zu schaffen. Dies nur für diejenigen gesagt, die lange Zeit später Papas persönliche Katastrophe als Ergebnis neurosebegünstigender äußerer Umstände beim Erwachsenwerden und einer fehlerhaften Erziehung erklären wollen.

Nein, Erik Valfrid Jonsson, schwedischer Arbeiter und Sozialdemokrat, loyaler Lohnsklave und Anti-Alkoholiker, Erster-Mai-Sänger und einer der vielen kranken Rücken, auf denen das Steinbruchimperium gegründet wurde, war kein schlechter Mann. Nachdem er der Gewerkschaft der Schwer- und Fabrikarbeiter, Abteilung 84, angehört hatte, die 1917 124 Mitglieder zählte, ließ er sich 1916, ein bißchen verspätet wie immer, bei der Gewerkschaft der Steinbrucharbeiter, Abteilung 43 eintragen, die im vorgenannten Jahr (1917) über 72 Mitglieder verfügte.

1917 war ein beschissenes Jahr, wie Papa immer sagte, und dies war sicher richtig gesehen. Im Februar hatte sich der Kreis um den sozialdemokratischen Jugendverband von der Mutterpartei losgesagt und die sozialdemokratische Linkspartei Schwedens gegründet. Die Syndikalisten nahmen an Stärke und Bedeutung zu, nicht zuletzt in Västervik; die Lebenshaltungskosten stiegen, die Löhne wurden eingefroren. Bei Brotgetreide gab es ein Defizit, und in Västervik, das 1917 eine Einwohnerzahl von 11530 hatte, brachte das Jahr auch noch im Fußball eine Periode des Niedergangs und der Dekadenz, denn Västerviks IF mußte eine Reihe von Niederlagen hinnehmen.

Strenggenommen war nur die Plötzen-Angelei gut.

Die örtliche Krisenorganisation in Västervik bestand aus einer Lebensmittelbehörde, einem Getreidekontor und einem Futtermittelbüro; es gab alles nur auf Karten, einschließlich Stearinkerzen und Karbidlampen.

Als am 14. April 1917 der Krach begann, verschwand die Hälfte der Arbeitskräfte aus den Steinbrüchen der Stadt, um den Spitzen der Behörde, die für die Brotverteilung zuständig war, ihre improvisierte Aufwartung zu machen. Großvater aber arbeitete weiter, wenn möglich noch härter als gewöhnlich, um seinem Unwillen über die regelwidrige Form der Aufwartung Ausdruck zu geben. Ich glaube, er regte sich vor allem darüber auf, daß der ideologische Führer der syndikalistischen Kooperative sich an die Spitze der Aktion gestellt hatte, ohne die Gewerkschaft zu befragen. Großvater arbeitete an diesem Sonnabend also energisch weiter, schwitzte mißbilligend und sagte beim Nachhausekommen nicht viel, obwohl Papa, enthusiastisch angesichts der Aussicht auf das Ausbrechen einer Revolution, aus seiner ganzen vierzehnjährigen Hellhörigkeit heraus nach allen Seiten hin Information über das versprühte, was geschehen war.

Am Montag darauf begann der Streik.

So etwa gegen zwölf Uhr mittags war der Streik eine Tatsache; sämtliche Industriebetriebe der Stadt waren betroffen. Da mußte sogar Großvater mit dem Strom schwimmen. An und für sich gar nicht unwillig: Ich glaube, er war über die sich abzeichnende Hungersnot, die Ungerechtigkeiten der Lebensmittelverteilung und die Krisengewinne der privaten Händler genauso aufgebracht und stinkwütend wie jeder andere beliebige Arbeiter in Västervik. Er war auf Verbesserungen der Lage ebenso erpicht wie auf Proteste. Aber irgendwo im Kern seines Wesens war ein kleiner Moralist eingebaut, der nachdrücklich und beharrlich sagte: *Streik – das gehört sich nicht*.

Ich glaube, daß Großvater irgendwann einmal folgende Überzeugung gewonnen hat: Der Begriff des Streiks ist von einer Gruppe von Arbeitsunwilligen geschaffen worden, die ihre Faulheit haben rationalisieren wollen und denen es unglückseligerweise gelungen ist, ehrliche Arbeiter auf ihre Seite zu ziehen. Außerdem ist der Streik als Waffe im Arbeitskampf nicht recht *männlich*: Viel besser wäre es doch, zum Arbeitgeber (den Begriff Arbeitskäufer hat Großvater in seinem ganzen Leben nicht einmal verwendet) hinzugehen –

ihm in die Augen zu sehen, freundlich, fest, loyal und unnachgiebig, und mit ruhiger Baßstimme darauf hinzuweisen, daß der Lohn so niedrig sei, daß er erhöht werden sollte. Dann würde der Kamerad auf der anderen Seite des Tisches voller Einverständnis nicken, und die beiden schwedischen Männer würden gemeinsam ins Freie hinaustreten, durch die Dämmerung zum Lagerfeuer des Einverständnisses in der schwedischen Wildnis wandern und wortkarg, freundschaftlich, aber männlich in die Flammen starren, um dann gemeinsam Speck zu braten und sich Jagdhistörchen vorzulügen.

Dies war der Ursprung der Lagerfeuerideologie. Jack London, Luther und Großvater fanden sich in wortloser Eintracht. Dies war haargenau Großvaters Vision davon, wie Konflikte auf dem Arbeitsmarkt zu lösen seien. Diese Vision hatte weder Platz für wilde Streiks noch für Kapitalistendärme, an denen man die letzten Bourgeois würde aufknüpfen können. Und es war bemerkenswert zu sehen, wie tief diese milde Pennerphilosophie sich in Papas Bewußtsein eingegraben hatte; der Unterschied war nur, daß Papa nicht genauso viele Vorurteile gegen Kommunisten hatte und daß sein Arbeitgeber ein anderer war, ebenso wie seine Loyalität. Statt der *AB Bröderna Fahléns Granitstenhuggeri* hatte Papa für sich den Sport, den Schwedischen Leichtathletikverband und das Hammerwerfen als Objekt für seine liebevolle Loyalität ausgesucht. Im übrigen war es Großvaters verschwitzte Nettigkeit, die unsere Familie Generation nach Generation durchtränkte und schließlich auch mich erfaßte und von mir akzeptiert wurde, selbst am heutigen Tag noch – aller Vorbehalte und allen Einsichten zum Trotz, die mir sagen, daß dies Wahnsinn ist, nichts als blanker Wahnsinn.

Dieser Wahnsinn, der 16. April 1917, wurde zu einem in der schwedischen Arbeiterbewegung denkwürdigen Abend, weil er sowohl Anfang als auch Ende der später so vieldiskutierten Revolution von Västervik bezeichnet; dieser Abend hätte der Funke werden sollen, mit dem die schwedische Arbeiterklasse, die bereits Feuer gefangen hatte, voll hätte entflammt werden können. Die Revolution wäre geschaffen worden. Erik Valfried Jonsson hatte seinen Sohn mitgenommen, eine doppelte Portion Kautabak eingelegt, was seinem sonst eher bischofsähnlichen Profil einige Fülle verlieh, und war ohne Eile zu dem Lokal losmarschiert, das man Augustenburg nannte.

Schon am Nachmittag hatte sich ein Arbeiterkomitee zusammengesetzt, um die Forderungen der Arbeiter zu formulieren, und jetzt, als das ganze Lokal gerammelt voll war, nachdem man geduldig auf alle gewartet hatte, die zunächst nicht hatten hereinkommen können, und nachdem Papa und Großvater, beide eingeklemmt wie Heringe, annähernd eine halbe Stunde in der Wärme gewartet und ihre Mützen in der Hand gedreht hatten, begann der Papa wohlbekannte Syndikalist Erik Nilsson, auch er ein Steinbrucharbeiter, aber bei den Flinks beschäftigt, die Forderungen der Resolution des Arbeiterkomitees zu verlesen.

Es begann gar nicht schlecht, wenn ich dem ideologisch sensiblen Ohr Großvaters trauen darf. *»Wir richten eine ernste und eindringliche Mahnung an die Verantwortlichen, den Verhältnissen, wie sie heute zutage getreten sind, ihre ungeteilte Aufmerksamkeit zu schenken.«* Großvaters Gesicht hellte sich auf, und er starrte den Mann da vorn beharrlich, aber mit Sympathie an. »Eindringlich«, »Mahnung« und »ernst« waren gute Wörter, die im Umgang mit Behörden und Arbeitgebern angebracht waren.

Er war mit bösen Vorahnungen zu diesem Treffen gegangen, weil er gerüchteweise erfahren hatte, daß die Menge sowohl in Reuterdahls Laden wie in die Holländische Mühle eingedrungen war: Im Laden hatten sich einige jüngere Arbeiter gewaltsam Zutritt verschafft und Brot genommen, ohne zu bezahlen (was Großvaters Gesicht sich verfinstern ließ, denn er meinte, daß ein schwedischer Arbeiter niemals etwas stiehlt, sondern lieber verhungert), und in die Mühle war ein größerer Menschenhaufen eingedrungen und hatte zur allgemeinen Wut entdeckt, daß Mehl infolge unsachgemäßer Lagerung verdorben war. Großvater hatte böse Vorahnungen gehabt; Aufruhr und Anarchie lagen in der Luft, schwedische Arbeiter schienen vom Gift der Anarchie und des Syndikalismus angefressen zu sein, die solide Vernunft war zurückgedrängt: Aber noch war die Resolution gut.

»An die Gemeindebehörden richten wir folgende Forderungen«: Er saß mit durchgedrücktem Kreuz da und lauschte mit verkniffenem Mund. Auf die Gemeindebehörden hatte er ein wachsames Auge. Die Brüder konnten sich ruhig einige Forderungen anhören: *»Es müssen bald energische Maßnahmen ergriffen werden, um die Not zu lindern«*, und jetzt kam der gesamte Katalog. Die Stadt sollte Land an die Armen auflassen, damit diese Kartoffeln anbauen könnten; Saatgut sollte gratis verteilt werden. Es war von der Einrichtung einer städtischen Garküche die Rede. Großvater nickte zustimmend, aber mit einer kleinen ängstlichen Falte zwischen den Augenbrauen. Der Katalog der Forderungen fing an, beängstigend lang zu werden, und das Ganze schien fast *rechthaberisch* zu wirken, was Papas Vokabular zufolge ein Zeichen für schlechte Erziehung war. Rechthaberisch, sich aufdrängen, zur Last liegen, Gewese von sich machen: lange Zeit später sah ich in Papa und in unserem Heim das Echo der Wertvorstellungen, die Großater mit sich herumgetragen hatte, und die Ausprägungen, die er den Wörtern verliehen hatte. Nein, ein ehrlicher schwedischer Mann war kein rechthaberischer Typ, der anderen zur Last fiel und sich aufdrängte: Er stand frei wie eine Statue, ohne Hochmut, aber auch ohne Furcht. Wie arm er auch war. Wie hungrig er auch sein mochte.

Der Katalog ging weiter: *»Das Eintreiben der Reststeuern von Personen mit einem Jahreseinkommen von weniger als dreitausend Kronen wird eingestellt.«* Großvaters Gesicht färbte sich noch dunkler; dies war wirklich verlockend, aber konnte man das einfach so machen? War es gesetzlich? *»Die durch die Kriegskonjunktur entstandenen unverdienten Einkommenssteigerungen müssen kräftig besteuert werden. Aus* *dem Erlös müssen die Mittel für eine Erleichterung des Preisdrucks auf dem Lebensmittelmarkt bereitgestellt werden.«* Jetzt war man bei den Forderungen an die staatlichen Behörden angelangt, und Großvater atmete erleichtert und zufrieden auf. Die lokalen Probleme waren nach rechts abgeschoben worden, und er konnte mit Wärme im Herzen der Forderung zustimmen, daß *»Reichstag und Regierung beschließen, jedes Einkommen unter dreitausend Kronen pro Jahr von jeglicher Besteuerung auszunehmen«*. Diese wohlgesetzten Worte sowie der seriöse und ausgewogene Ton waren Dinge, die Großvater mochte. *»Außerdem verlangen wir, daß der Verkauf alkoholischer Getränke bis auf weiteres verboten wird.«* Großvater wäre am liebsten aufgesprungen und hätte Bravo gerufen, aber er war ein beherrschter Mann und konnte sich damit begnügen, stilles Glück zu empfinden: Das Verbot des Verkaufs alkoholischer Getränke in Zeiten der Unruhe konnte der erste Schritt auf dem Weg zu einem allgemeinen Alkoholverbot sein, und angesichts dessen war er sogar bereit, das ein wenig rechthaberische »verlangen« in Kauf zu nehmen.

Dann folgte der bedenkliche harte Kern der Resolution, die Forderungen an die Arbeitgeber. Die Mehrheit des Arbeiterkomitees hatte gefordert: *»Der Achtstundentag wird mit sofortiger Wirkung eingeführt. Der Tageslohn wird so festgesetzt, daß er einer hundertprozentigen Erhöhung gegenüber dem Stand bei Kriegsausbruch gleichkommt. Bis zur Bewilligung unserer Forderungen wird ein sofortiger allgemeiner Ausstand beschlossen.«*

Die Worte trafen Erik Valfrid Jonsson, als hätte er einen Vorschlaghammer auf den Kopf bekommen. Er war Familienvater und Arbeiter, Feind der Syndikalisten und ehrlicher Schwede. Sofortiger allgemeiner Ausstand, daß hieß in dürren Worten sofortiger Streik. Nach dieser imponierenden Reihe von Forderungen an Staat, Gemeinde und Arbeitgeber wurde ein Streik vorgeschlagen, um die Forderungen durchzudrücken.

Das Problem war, daß er nicht genau wußte, wo die Gewerkschaft stand; hätte er die der Gewerkschaft gegenüber loyale Linie gekannt, hätte er sich sofort hingestellt und seine Verbundenheit mit ihr in den Saal gerufen und seinen eventuellen Protest gegen syndikalistische Abweichungen gleich dazu. In Wahrheit wußten nur sehr wenige, wo die Gewerkschaft stand. Metall 134 und Holz, Abteilung 80, hätten, so wurde gemunkelt, am Nachmittag in Tjust und in der Augustenburg vorbereitende Gespräche geführt, aber niemand in dieser schwitzenden, verwirrten und wütenden Versammlung wußte, was gesagt worden war und was die Gewerkschaft im übrigen meinte. Daß alle Anwesenden einig hinter den meisten Forderungen standen, war klar, aber wie stand es mit der hundertprozentigen Lohnerhöhung? Und wie sollte es nun möglich sein, dies alles mit Hilfe eines allgemeinen und direkt wirkenden Streiks durchzusetzen, der vielleicht – vielleicht – das ganze Land in die Auseinandersetzung einbezog?

Die Debatte konnte also beginnen.

Papa war zu dieser Zeit nur vierzehn Jahre alt, und von dem Mattias Jonsson-Engnestam-Lindner, der mit der Zeit wie ein eckiger, massiver, wenn auch etwas kleinwüchsiger Felsblock aussehen würde, war noch nicht viel zu sehen. Mit fünfzehn Jahren würde er im Flinkschen Steinbruch zu arbeiten anfangen, weil Großvater der Meinung war, daß Väter und Söhne nicht im selben Unternehmen arbeiten dürften: Dies würde bei den Söhnen entweder Minderwertigkeitskomplexe hervorrufen oder ihnen aber ungehörige Privilegien verschaffen. Diesem antinepotistischen Gesetz zufolge war Fahléns Steinbruch also für Papa verschlossen, und er wurde an den Flinkschen verwiesen, wo er Gelegenheit haben würde, seinen Körper zu stärken. Aber noch war er ein bleicher, kleinwüchsiger Jüngling, der – der Wahrheit die Ehre – früher am Tage die Erstürmung des Reuterdahlschen Ladens als Augenzeuge miterlebt, aber nicht gewagt hatte, mit den Plünderern gemeinsame Sache zu machen; er hatte nämlich Angst vor

Tumulten und überdies befürchtet, Prügel zu beziehen. Jetzt saß er also zwischen Großvater und seinesgleichen, eingeklemmt und platt wie eine trockene Scheibe Brot. Er verstand nicht viel von der Debatte, aber an Großvaters einzigen, kurzen, aber mit wohlgesetzten Worten vorgebrachten Diskussionsbeitrag würde er sich noch lange erinnern.

Erik Valfrid Jonsson reckte nämlich seine rechte, leicht rotgeäderte Faust in die Luft, winkte mit kleinen, mädchenhaften Bewegungen in Richtung des Vorsitzenden, wurde auf die Rednerliste gesetzt, erhielt schließlich das Wort, stand auf und begann mit vor Nervosität und Empörung leicht hitziger Stimme zu sprechen.

Die gestellten Forderungen seien in manchen Punkten recht und billig, meinte er. Das Verlangen nach einer hundertprozentigen Lohnerhöhung allerdings sei unrealistisch. Und es sei vor allem die Forderung nach einem Streik, die ihn empört habe. In diese Versammlung ehrlicher schwedischer Arbeiter (hier zitterte seine Stimme leicht, weil dies eine der wenigen Reden war, die er je gehalten hatte, und weil er plötzlich seine eigenen Worte hörte und von ihnen ergriffen wurde) – in diese ehrenwerte Versammlung hätten sich leider syndikalistische Splitterkräfte eingeschlichen. Die Abweichler säßen offensichtlich auch im Arbeiterkomitee. Anders könne man die Forderung nach einem Streik nicht auslegen. Er selbst habe den Generalstreik mitgemacht und wisse, was ein Streik bedeute. Er bedeute hungernde Kinder und Frauen, und er selbst habe vier Familienmitglieder zu versorgen (jetzt wurde es recht still im Saal). Es seien ja mehrere hier, die wüßten, was ein Streik bedeute. Ein Streik müsse vorbereitet werden. Sich zum Streik zu entschließen, sei eine große Sache. Besser als ein Streik sei es, wenn man mit Nachdruck an die Arbeitgeber appelliere, höhere Löhne zu gewähren. Besser sei es, solidarisch einig zu sein und durch Verhandlungen zu versuchen, die Arbeitgeber zum Eingehen auf bestimmte Forderungen zu bewegen. Mit Drohungen erreiche man gar nichts. Streikdrohungen führten nur zu Gewalttätigkeiten, deren Folgen und Ende man nicht absehen könne. Die Zersplitterungsaktionen der Syndikalisten lockten die Arbeiter nur in extremistische Situationen, von denen der ehrliche Arbeiter in Västervik Abstand nehmen müsse.

Und dann setzte er sich mit einem entschlossenen Krachen hin, begleitet vom etwas unsicheren und verwirrten Beifall.

Großvater hatte das Seine getan, und Papa saß da, eingeklemmt und mit hochrotem Gesicht. In seiner vierzehnjährigen Nervosität war er gelähmt vor Angst, sein Vater könne sich lächerlich gemacht haben. Papa war fast bis zur Bewußtlosigkeit erleichtert, als der Beifall kam, mußte sich aber auch gestehen, ein wenig verschämt über das zu sein, was Großvater gesagt hatte. Erst einmal diese Worte von »vier Familienmitgliedern, die er selbst zu versorgen« habe, und von »hungernden Kindern und Frauen« – in jenem Augenblick war ein leichtes Kichern zu hören gewesen, das dieser Haremslöwe von Västervik zum Glück nicht bemerkt hatte. Papa erfüllte aber auch eine schwache, doch unbestimmte Scham darüber, daß Großvater die *Stimmung* zerstört hatte – der Saal hatte vor Kampflust gebebt, und dann war Großvater mit seinen hungernden Kindern und seinen Verhandlungen ins Fettnäpfchen getreten.

Gewissen Eindruck hatte er aber gemacht. Nicht zuletzt auf Papa. Und im Verlauf der späteren Jahre sollte diese außerordentlich freundschaftsselige Klugheit meines Großvaters in Generationen einsickern; sein verständiges und ehrliches Wohlwollen sollte uns durchtränken, und am Ende würde es unmöglich sein zu sagen: Hier hört Großvater auf, und hier fängt Papa an, und hier ziehe ich selbst die Trennungslinien. Und aus all dem würde Papas Wurfhammer in die Lüfte steigen und wie ein Ballon weiterschweben; ein Kunstwerk und ein Rätsel für uns alle; er würde aus den zwanziger Jahren direkt in die siebziger Jahre schweben. Großvaters antiextremistisches Gewissen würde sich ausbreiten, siegen, dekoriert werden und Geschichte machen. Einmal, am Ende der sechziger Jahre, hörte ich ihn sprechen. Leicht karikiert zwar, aber immerhin. Er sprach durch den Mund eines fünfundfünfzigjährigen Weibsstücks, der Ehefrau eines Bankdirektors in Malmö. Glück lasse sich nicht nach Einkommensstufen einordnen, meinte sie. Ein Arbeiter mit niedrigem Lohn könne sich genauso glücklich fühlen wie ein Bankdirektor. Mit Gewalt könne der Arbeiter nichts gewinnen. Gewalt sei wider die Natur des schwedischen Arbeiters. Wichtiger als jedes Verlangen nach höherem Lohn sei die Einsicht, daß man stolz auf seine Arbeit sei. Berufsstolz kompensiere geringen Lohn. Das Tragische der besonderen schwedischen Situation sei zweifellos, daß zahlenmäßig schwache sogenannte Eliten mit terroristischen Forderungen nach Gleichheit, daß Intellektuelle die Arbeiterklasse in Situationen der Aggressivität und des pochenden Verlangens brächten, nach denen der ehrliche schwedische Arbeiter keinerlei Sehnsucht habe. Gezwungenermaßen schon gar nicht. Einvernehmliches Zusammenraufen und vorsichtige Anpassungen ergäben bessere Ergebnisse als pochende Forderungen und Streikdrohungen; im übrigen sei ja, wie bereits gesagt, Glück mit höherem Lohn durchaus nicht identisch. Wozu dann diese militante Hetze?

Und so weiter in immer stärker ermüdenden Wiederholungen: Ich weiß nicht mehr, in welchem Jahr dies geschah, aber ich glaube, es war 1967 oder 1968. Kein Argument drang durch – nicht einmal der Vorschlag, man solle ihrem Mann den Berufsstolz gönnen und dem Arbeiter das Gehalt des Bankdirektors. Unsichtbar für uns alle schwebte Papas abgegriffener Wurfhammer wie ein totenstiller Satellit über unseren Himmel. Ich entsinne mich, daß ich sehr müde war. Am Ende unserer Diskussion versprach ich ihr – in einem warmherzigen Versuch, Mäßigung zu zeigen –, daß ich ihr nach der Machtübernahme durch die Arbeiter in Schweden auf Grund meiner besonderen Sympathie für sie zu besonderen Privilegien verhelfen werde: in ihrem Arbeitslager solle es kaltes und warmes fließendes Wasser geben, gute hygienische Verhältnisse, ungeflickte, saubere Kleidung und eine warme Mahlzeit pro Tag. Es machte aber keinen Spaß, solche Vorschläge zu machen. Großvaters Geist hatte den Raum verlassen. Die Frau brach bei meinen freundlichen Worten in völlig unerklärliche Tränen aus, und die Stimmung sank.

»Das war nicht passend«, hätte Papa hinterher eisenhart zu mir gesagt, wenn er dabeigewesen wäre, *»unpassend«* oder *»unwürdig«*, und er hätte sich meiner geschämt, weil ich mich nicht *erwachsen* gezeigt hätte.

Erwachsen war man, wenn man das Gleichmaß behielt, sich nicht extrem zeigte, seine Beherrschung und seine Ruhe bewahrte. Västervik am 16. April 1917 war ein Ort gewesen, an dem das Mißvergnügen aufgeflammt war. Die Arbeiter hatten sich aber schließlich als erwachsene Männer gezeigt. Wie ein bleicher Hering zwischen stämmigen Steinbrucharbeitern eingeklemmt, hörte Papa an diesem Abend, der immer länger wurde, wie der von syndikalistischer Seite angeregte Totalstreik immer mehr in den Hintergrund gedrängt wurde, an Aktualität verblaßte, verwelkte, alterte und unter der Reihe von Kompromißvorschlägen plattgedrückt wurde, die sich erwachsenen, beherrschten, fetten und passenden Hintern gleich auf diesen dummen extremistischen Streikvorschlag setzten.

Danach gingen alle nach Hause und konnten den Rest des Frühjahrs damit verbringen, die Wirkungen des Abends zu beobachten, die nicht imponierend und nach zwei bis drei Monaten überhaupt keine mehr waren.

Weil ich meinen Großvater nie gesehen hatte und die Geschichten über ihn in unserer Familie folglich die Chance hatten, sich zu verzweigen und zu wachsen, ungeachtet dessen, wie die Wirklichkeit gewesen war, bewunderte ich ihn sehr. Er war in seiner Jugend – alles der Familienmythologie zufolge – ein vielseitiger Kraftkerl gewesen, großer Fuchsjäger, einige Jahre lang Straßenarbeiter in Norrland, dann Schmied. Später kam er nach Västervik, und damit hörte die Exotik auf.

Papa war Nummer drei in einer Reihe von vier Söhnen. Er äußerte immer großen Respekt vor seinem Vater, zeigte sich aber bemerkenswert wortkarg, wenn man ihn nach Einzelheiten aus dem Zuhause seiner Kindheit fragte. Das einzige, was er zu wiederholten Malen herausstellte, waren die Loyalität und ehrliche *Konsequenz*, die Großvater im Umgang mit Kameraden und Vorgesetzten stets gezeigt habe. Er habe eine Ehrlichkeit besessen, meinte Papa, die ihn nicht habe davor zurückscheuen lassen, sich unbeliebt zu machen. Als sich jedoch der Rückenschaden zeigte und Großvater auf eine äußerst unmerkliche, tückische Art halb arbeitsunfähig machte, tat sich jedoch ein Sprung in Großvaters Weltbild auf, darüber konnte es keinen Zweifel geben.

Da saß er nun als elender Sozialfall herum, obwohl er sein Leben lang immer sein Bestes gegeben hatte, obwohl er fleißig und loyal gewesen war und zu jeder Zeit gekämpft hatte, um die bestmöglichen Ergebnisse zu erzielen. Seinen eigenen Wertvorstellungen zufolge hätte er sich nun selbst verachten müssen, aber das tat er nicht.

»Hätte er seinen Rücken ordentlich aufgebaut und trainiert, wäre das nie passiert.« So sah Papas Patentlösung aus, aber diese Äußerung schnupperte nicht einmal in der Nähe der Probleme Erik Valfrid Jonssons, die im Grunde auch die Probleme Papas waren.

Der Hunger ging in jenem Frühjahr weiter, die vorübergehend gesenkten Milchpreise stiegen rasch wieder, ebenso die Preise für Holz; es gab keine Saatkartoffeln, und die vorübergehende Kontrolle über die Profite des Fischhandels, die man sich auserbeten hatte, verschwand in nebliger Ferne. Die Qualität des Mehls wurde schnell so schlecht wie früher, die Verteilung der Einmachzuckerkarten geriet immer wieder durcheinander, und zu allem Überfluß wurde auch noch der Umbau des Bahnhofsgeländes zurückgestellt: Jetzt war die Arbeitslosigkeit eine drohende Realität. Und diesmal kam es tatsächlich zum Streik, was Großvater nach seiner Rückkehr vom Folkets Park am 2. August dem Familienrat mitteilte.

Alle Familienmitglieder saßen am Tisch in der guten Stube, falls man diese Kammer überhaupt gute Stube nennen kann.

Alle außer den Eisenbahnern und den Lokführern beteiligten sich am Streik, und Großvater hatte schon am Tisch gesagt: Wer streike, habe seine Gründe, und wer draußen bleibe, habe sicher ebenso seine Gründe. Er selbst streike, weil er sich solidarisch fühle. Man müsse aber kameradschaftlich akzeptieren, daß andere Arbeitsgruppen es ablehnten zu streiken. Alles andere sei *unkameradschaftlich.*

Dann hatte er sich mit festem, ernstem, überzeugtem und entschlossenem Blick im Kreis der Familie umgesehen, eine neue Prise Kautabak eingelegt, sein Käppi aufgesetzt und war hinausgegangen, um die Streikluft zu schnuppern. Nur Papa hatte ihm als einzig Befugter ins Freie folgen dürfen. Er war der Lieblingssohn, vermutlich weil er sich so total mit Großvaters Art zu denken, zu agieren, sich zu äußern und sogar zu gehen identifizierte.

Sie beide gingen geradewegs auf den Krach beim Bahnhofsgelände zu, der eigentlich kein großer Krach, sondern nur ein kleiner Zwischenfall war. Aber sie gingen hin. Papa, bleich und mager und schwarzhaarig, schrägäugig wie ein Indianer, die Hand in Großvaters Hand: August 1917, dreißig Jahre vor dem Augusttag, an dem sein eigentliches Leben endete. Der Schalter wurde umgedreht, und die Katastrophe war ein Faktum. Ich glaube, ihn vor mir zu sehen.

Vor mir auf dem Tisch, an dem ich schreibe, steht Großvaters spackes altes Butterfaß, das er selbst hergestellt und in dessen Boden er die Initialen EVJN eingebrannt hat. Kein schlechtes Handwerk. Einer der wenigen Gegenstände, die ich von Papa mit mir nahm, als ich nach seinem Tod aufräumte. Jetzt steht das Faß hier; ich habe es in vielen Sitzungen immer wieder blank gescheuert. Die braune Farbe ist heller geworden, aber der Duft sitzt noch immer drin: Wenn ich das Faß an mein Gesicht führe, steigt der helle, süße, frische Duft auf, aber ich weiß nicht recht, wonach es riecht. Ich weiß aber, wozu der Duft *geworden* ist: zum süßen, rätselhaften, aromareichen Duft Großvaters, der Stadt Västervik nach 1910 und zu Papas Hintergrund; zur hinteren Kulisse.

Das Butterfaß hat Großvater irgendwann in den zwanziger Jahren hergestellt, nachdem der Rücken endgültig seine Dienste aufgekündigt und Großvater sich, um einen modernen Terminus zu gebrauchen, selbst zum Schuhmacher, aber ohne moderne Hilfsmittel, *umschulte*. Und hier sagt die Geschichte »Halt«, schlägt einen Haken, hier enden die Informationen, und die Rätselhaftigkeit wird zu einem gleichsam dunklen, schamvollen Schweigen: Nach 1920 bis zu seinem Tod im Jahr 1924 hört Großvater auf zu existieren. Die Geschichte macht eine Pause, und irgend etwas ist geschehen.

Aber noch geht er, gerade und felsenfest, mit seinem vierzehnjährigen Sohn an der Hand: Es ist August 1917, mitten im Dreh- und Angelpunkt der schwedischen Arbeiterbewegung, die im Begriff ist zu zersplittern.

Es ist Sommer, und Mattias Jonsson fühlt sich feiertäglich neugierig. Er hält Großvaters Hand. Die Luft ist lau, Menschen in Bewegung sprechen eifrig miteinander, und es weht ein leichter Wind. Geschieht es in dieser Atmosphäre, daß Mattias-Jonsson-Engnestam Lindner recht eigentlich geboren und zum Leben erweckt wird? Oder wann geschieht es? Diese leichte, laue Erregung; die Sonne scheint; der Hochsommer und die eigentümlich hohe, aggressiv aufgeräumte Exaltation, die aus der Bitterkeit, dem Hunger, dem Streik erwächst; das Gefühl, daß dies alles bedeutungsvoll ist. Mattias Jonsson geht da, aber im Grunde ist er schon Mattias Engnestam, ja, die Verwandlung ist eingeleitet, er ist auf Gedeih und Verderb auf dem Weg zu seiner zweiten Jugend.

Also: unterwegs.

Weil es nicht gelungen war, die Eisenbahner zur Teilnahme am Streik zu bewegen, was eine Niederlage von großem strategischem Gewicht war, hatte man am Nachmittag versucht, den Bahnverkehr trotzdem auf irgendeine Weise zum Erliegen zu bringen. Um fünf Uhr sollte eine Lok abfahren; die

Streikenden waren zum Lokschuppen gegangen und hatten vor dessen Tor eine Barrikade aus Steinen und Holzbohlen errichtet. So war es ihnen gelungen, die Abfahrt der Lok zu verhindern.

Großvater und Papa kamen eine halbe Stunde später dort an, gegen halb fünf. Sie kamen gerade in dem Augenblick, in dem der Sieg festzustehen schien und die Niederlage dennoch mit peinlicher Deutlichkeit von Norden her herandonnerte. Von dort kam nämlich eine neue Lok, die – wie sich zeigte – von einem Maschinisten namens Hedros geführt wurde. Dies war ein Mann, der für streiksolidarische Maßnahmen nur geringes Verständnis aufbrachte und infolgedessen fest entschlossen war, seinen Zug pünktlich abfahren zu lassen.

Großvater stand da inmitten des Gewimmels und der Verwirrung; der Priem lag noch gut im Mund, und den Jungen hatte er an der Hand. Er hatte den Gesichtsausdruck des tief beunruhigten, verantwortungsbewußten und zugleich besorgten schwedischen Arbeiters, den Papa mehr als alles andere bewunderte. In der Menschenmenge hatte man damit begonnen, Schlagworte zu rufen, und Großvater lauschte mit wachsendem Mißtrauen. *»Alle Macht dem Volke«* und *»Weg mit den Streikbrechern«*: Jedenfalls behauptete Papa dreißig Jahre später, daß man dies gerufen habe, aber er kann sich geirrt haben.

In den Tiefen seiner Seele war Großvater jetzt einem großen Zwiespalt ausgesetzt. Er mochte es nicht so recht, daß die Arbeiter versuchten, sich bemerkbar und *Aufhebens von sich* zu machen. Irgendwo herumzustehen und Schlagworte herauszuschreien, war in seinen Augen falsch; es klang dissonant. Und wenn er die Genossen ansah, die da schrien, so fand er, daß sie nicht so recht echt aussahen, daß sie sich verstellten und versuchten, eine Rolle zu spielen, die bedeutender war, als ihnen zukam. Man soll sich weder einen Bruch heben, noch großes Getue um sich veranstalten. Diese Überzeugung war als ein wesentlicher Bestandteil in die Erziehung seiner vier jetzt lebenden Söhne eingeflossen: Er hatte die

Welt als einen Ort dargestellt, in dem der gute Mensch nett, schweigsam und loyal zu sein hat und ja nicht versuchen soll, sich für was Besonderes zu halten. Und nun dies: Das war nicht gut.

Sie schrien ihre Schlagworte hinaus, und er stand da und hörte zu, so begeistert wie ein Eiszapfen und mit einem von Abscheu gesättigten, einsichtsvollen, aber zugleich verblüfften Gesichtsausdruck: Es war etwas *Ausländisches* in dem, wie sie sich benahmen. Ja, es war sicher ausländisch; es kam von draußen und war also etwas Krankes. Ein echt schwedischer Arbeiter brüllte keine Schlagworte im Chor mit anderen und regte sich auch nicht so auf. Wenn er überhaupt gewalttätig wurde, dann eher in der Form, daß er den verhaßten Arbeitgeber an den Haaren zur Thingstätte schleifte, ihm unter mißbilligendem Schweigen den Kopf abschlug und dann mit den anderen *Schweden* Blicke wortlosen und unsentimentalen Einverständnisses wechselte, bevor man sich *in vollem Einvernehmen* trennte.

Diese angebliche Vorliebe für *unsentimentales* Handeln war um so wichtiger, als ich später entdeckte, daß es in unserer Familie eine Neigung zu bodenloser Sentimentalität und zur Weinerlichkeit gab. Diese Züge äußerten sich nicht in Augenblicken echter Trauer (Papa weinte zum Beispiel weder beim Begräbnis meines Bruders Peter noch bei der Beerdigung meiner Mutter), sondern brach immer nur dann durch, wenn sich etwas Feierliches begab. Papa hat wirklich nicht viele Reden in seinem Leben gehalten – das war in unserer Gesellschaftsschicht auch gar nicht Sitte. Wenn er aber eine hielt, dann immer mit tiefer Bewegung, gleich bei welchem Anlaß. Es wurde behauptet, daß er die Anlage dazu von Großvater geerbt habe. Wenn Papa aufstand, um sich fürs Essen zu bedanken, kam schon bei »Liebe Elsa« ein leichtes Zittern in seine Stimme, und nachdem er fünf Sekunden später auf die schönen Kartoffeln zu sprechen kam, weinte er offen wie ein Kind. Niemand konnte begreifen, warum, nicht einmal er selbst, schämte er sich doch ein wenig. Er war doch ein Mensch, der sich am liebsten im Hintergrund hielt. Einmal soll er aber gegen seinen Willen gezwungen worden sein, anläßlich eines Leichtathletik-Vergleichskampfs im Jahre 1946, für die Mannschaft Hälsinglands die Dankrede an die Sportfreunde aus Västerbotten zu halten. Schon beim einleitenden »Liebe Sportkameraden« brach er in Tränen aus. Obwohl ich diese Anfälligkeit geerbt habe, verstehe ich nicht, woher sie kommt. Vielleicht ist es aber so: Wenn jemand viel Liebe in sich hat und sich deswegen schämt, wenn jemand so viel Liebe in sich spürt, daß die Scham ihn übermannt und alles zu härtestem Eis gefriert, so kann es sein, daß dieser gigantische Eisberg hoffnungslos zusammengefrorener Gefühle nur mitunter, bei absonderlich bizarren und feierlichen Anlässen gerührt wird, in denen Empfindungen und Sentiments sich tropfenweise hervorwagen, als wären sie anekdotische kleine Schmelzgewässer eines Inlandeises, das groß und mächtig ist und eigentlich, in einer anderen Welt und in einer anderen Tradition, etwas sehr Wichtiges und Bedeutungsvolles sein könnte: Ich meine, es war nicht so, daß Großvater und Papa keine Liebe in sich hatten, im Gegenteil. Aber die Liebe, über die sie verfügten, war zu groß und zu schamerfüllt und war eingefroren, war zu einem Berg geworden, einem Berg im Meer.

Und inmitten dieser eigenartig ausgelassenen, gehässigen, sommerlich leichten und revolutionären Situation in Västervik im August 1917 stehen also Großvater und Papa (wobei Großvater dieses *ausländische* Verhaltensmuster immer schärfer mißbilligt, während Papa den Ereignissen mit Ausgelassenheit und Verblüffung folgt) da, während die Lok mit Maschinist Hedros an den Schalthebeln (heißt es so bei einer Lok?) heranrollt und augenblicklich vereinzelten, wenn auch aufrichtig gemeinten Steinwürfen ausgesetzt wird.

Man versuchte, sich der Lok in den Weg zu stellen, worauf diese ihre Geschwindigkeit verlangsamte.

Schweden war für ein Ådalen (wo auf Streikende geschossen wurde und diese ihrerseits vor großer Härte nicht zurückschreckten) in Västervik noch nicht reif, aber die Streikenden legten ein Schienenstück quer über die Gleise. Maschinist Hedros, ein Mann mit einem üppigen Schnurrbart und großem Ehrgeiz, lehnte sich verwirrt aus dem Seitenfenster und rief den wenigen Polizisten, die sich zu einem verschreckten, aber hochmütigen Haufen zusammengedrängt hatten, zu, sie sollten ihm helfen, das verdammte Schienenstück aus dem Weg zu räumen. Dann verschwand er blitzschnell ins Innere der Lok, um den kleinen Steinen zu entgehen, die in immer entschlosseneren Schauern auf die Lok herabregneten.

Die Polizisten, vier an der Zahl, versuchten, mit ihren Körperhaltungen ihrem Ruf als Knechte des Establishments gerecht zu werden, aber ihre Gesichter zeugten von verlogener Unruhe und großer Verwirrung. Sie standen dicht beieinander; von Zeit zu Zeit zuckte es unentschlossen in diesem Polizeiklumpen, aber auf eine entscheidende Attacke schienen sie nicht eingestellt zu sein. Die Lok stand still; ein junger Arbeiter kletterte schnell und gewandt hinauf, sah durchs Fenster und brüllte dem armen Maschinisten Hedros etwas Unverständliches zu, der kurze Zeit darauf im dunklen Innern der Lokomotive mit bleichem, unruhigem Gesicht auftauchte und einen jetzt schon etwas schrilleren Ruf ausstieß, man müsse die verdammte Schiene endlich wegräumen, bevor ein Unglück passiere.

Es mögen etwa dreihundert Personen anwesend gewesen sein.

Die Polizisten standen still; Steine und Schmährufe hagelten weiter auf Lok und Lokführer ein. Man sprach von Streikbruch und unsolidarischen Lokführern. Es war Nachmittag. Und was dann geschah, läßt sich sehr leicht zusammenfassen: Großvater ließ Papas Hand los, ging direkt zur Lok, dann weiter zum Schienenstück, das der Lok den Weg versperrte, bückte sich, ergriff ein Ende, zog und riß daran, drehte und wendete es methodisch, bis er die Schiene mit Erfolg von den Gleisen gewuchtet hatte. Dann stellte er sich mit rotem Gesicht und einer merkwürdig steifen Haltung in seiner ganzen Gestalt hin und winkte dem Lokführer, er könne weiterfahren. Und die Lok bewegte sich.

Dies alles war so überraschend schnell geschehen, es schien fast unwirklich zu sein, so daß niemand auf den Einfall gekommen war, Großvater Einhalt zu gebieten. Der erste, der etwas sagte, war ein Arbeiter um die sechzig, ein magerer. Mann mit leicht krummem Rücken, der mit einer Mischung aus Verachtung, Verblüffung und Verwirrung sagte:

»Mußte das denn wirklich sein?«

Im Grunde weiß ich nicht, mit welchen Worten man über diesen in bestimmten Kreisen berühmt und berüchtigt gewordenen kleinen Einsatz meines Großvaters bei den Hungerkrawallen von Västervik im Jahre 1917 berichten soll. Er war bei Licht betrachtet bedeutungslos: Später wurde die Lok noch einmal gestoppt, die Polizei griff ein, diesmal um etliche Mann verstärkt und besser organisiert, die Züge fuhren ab, der Streik ging weiter und endete; alles wurde, wie es gewesen war. Die Hungerunruhen von 1917 lassen sich vielleicht nicht in Pastellfarben schildern, auf jeden Fall nicht in fröhlichen. Hinterher habe ich aber dennoch verstanden, daß Großvater offenbar eine Art höherer Moral vertreten zu haben meinte als die der Solidarität: So nahm es sich jedenfalls aus, wenn man Großvater durch Papas Brille sah, und dies ist es, was für mich zählt. Die Moral der großen Sportliebhaber ist eigenartig, setzt sich aber gleichwohl aus den Moralstückchen zusammen, die die Gesellschaft für sie bereithält; und Papa war ein großer Sportliebhaber, vielleicht der größte der Geschichte, was ihm zum Schicksal und zum Verhängnis werden sollte.

Bizarr ist, daß die Anekdote zwei Momente mit fast demonstrativ biblischen Parallelen enthält. Sie sind vermutlich von Großvater nachträglich bei seinen Rekonstruktionen im Familienkreis in die Geschichte eingebaut worden; auf jeden Fall aber spiegelten sie sich gehorsam und getreulich in seinem Sohn Mattias Jonsson-Engnestam wider, zur Zeit der Erzählung verläßlicher Atheist, zugleich aber ein ebenso verläßlicher Spiegel der Umgebung, in der er aufwuchs. Das erste ist der Augenblick, in dem Großvater die Schiene von den Gleisen wuchtet und sich die Verachtung der Menge zuzieht: So sieht Großvaters Deutung der biblischen Szene aus, in der Simon aus Cyrene auf dem Weg nach Golgatha Jesu Kreuz trägt.

Das zweite ist die Schlußphase der Geschichte: Großvater nahm Papa bei der Hand und ging *mitten durch die Menge* nach Hause, ohne daß diese ihm etwas tat.

Die Wortwahl, der unterschwellige Stolz darüber, jemand zu sein, der seine Selbständigkeit so weit treibt, daß sie ihm allgemeine Verachtung und Hohn einbringt, die Tatsache, daß er den Hohn selbst *gewählt* hatte, die Moral, die darin steckte, daß er die Konsequenz so weit getrieben hatte, daß sie sich in Unmoral verkehrte, das Fehlen ideologischer Zusammenhänge sowie die Vorliebe für sentimentale Gesten – dies alles liegt zugrunde und noch vieles mehr. Ebenso offenbar ist, womit er die Geschichte drapierte: Lukas 4, Verse 29 und 30. Darin wird Jesus von den Bewohnern Nazareths an den Rand eines Berges geführt, von dem sie ihn hinabstürzen wollen. Aber er geht mitten durch sie hinweg.

Großvater war kein Amateurgelehrter, nicht einmal auf dem Gebiet der Bibel. Dennoch griff er zu Sprüchen und Gleichnissen, die in diese Richtung deuteten, wenn er das zu beschreiben und zu rechtfertigen suchte, was seiner Umgebung gleichwohl als absonderliche und unerklärlich falsche kleine Abweichung von einem sonst geradlinigen Kurs im Gedächtnis blieb.

Ich beuge mich vor, und der Duft von Großvaters kleinem selbstgezimmerten Butterfaß steigt auf: leicht, süß, geheimnisvoll. Die Moral des Sportliebhabers und des Betrügers, des Moglers und des Ehrenmannes: Einen kleinen Teil des Legespiels placiere ich auf dem Tisch. Es ist der Duft des dunklen Holzes und der Anfang seines Namens, der schmale und unbedeutende Teil: Mattias Jonsson.

Das ist nicht viel für den Anfang. Nein, ich weiß wirklich

nicht viel darüber, was ihm widerfuhr, bevor er erwachsen wurde. Ich weiß, wie Großvater das Schienenstück entfernte, und weiter weiß ich, daß die Jahre 1920 bis 1924 ausradiert und dunkel sind. Was Großvater betrifft, so machte die Geschichte eine Pause, und dann starb er. Was hätte man beim Treffen in der Augustenburg tun sollen? Wie hätte man sich organisieren sollen? Zehn Jahre nach diesen Ereignissen ergriff Papa als einer von vier Männern die Initiative zur Gründung des Arbeitersportvereins in Västervik, der mit der Zeit wuchs und zu einem der Pioniere des Arbeitersports in Schweden wurde. Man beschäftigte sich zunächst vorwiegend mit Boxen. Kraftsport ist proletarischer Sport. Mattias Jonsson ist unter den Gründungsmitgliedern genannt. Bilder von ihm gibt es nicht, aber er war der Sohn Erik Valfrid Jonssons und hatte einen Hintergrund. Der Duft des Holzes ist süß und geheimnisvoll. Es ist nicht leicht, die Rolle des Sports in der Gesellschaft als Ganzem zu sehen, aber vielleicht kann man ein Weilchen nachdenken?

Ganz oben auf dem Papier steht sein Name: Mattias Jonsson-Engnestam-Lindner. Und dann der Name Großvaters: Erik Valfrid. Und dann meiner: Christian Lindner. Was noch? Warum nicht Christian Engnestam wie früher?

Ganz im Hintergrund steht Großvater. Er ist rot im Gesicht, weil er ein Schienenstück von den Bahngleisen gewuchtet hat. Ja, das ist mein Großvater. Er geht zu Papa, nimmt ihn bei der Hand, seine Mütze sitzt schief auf dem Kopf, und der Priem ist fest verankert. Er hat soeben etwas getan, von dem er nicht genau weiß, was es ist. August 1917. Und dann nimmt er Papa an die Hand und geht nach Hause.

Er geht mitten durch die Menge, und die Menschen weichen zur Seite, *wie in der biblischen Erzählung*, denkt er später. Sie weichen zur Seite und machen Platz für den Schienenheber und seinen Sohn.

Papa, fünfzehn Jahre alt und mit tauziehenden Männern im symbolhaften Hintergrund. Der Schienenheber ist aus dem Bild, und Papa steht da und wartet darauf, in einen

Zusammenhang gesetzt zu werden. Gar nicht leicht. Er ist bleich wie Quark und sieht untröstlich lieb aus. Wo haben wir die schwedische Arbeiterbewegung im Kampf um die Jugend? O nein, dies ist immer noch Schweden, und Papa wird noch ein Jahrzehnt in Ruhe in die Gegend gucken können.

Seht doch Preußen an, sagen die Klugen listig zueinander und lassen ihn dort stehen; in Preußen schlug man sich um die Sportjugend, aber was half es? Hat man nicht verloren? Betrachtet doch einmal die große ideologische Schlacht zwischen den Jahren 1907 und 1914: den Kampf um eine Generation mit Hilfe des Sports. Was hilft es, sich zu schlagen? Die Organisation von Arbeiterturnvereinen, die gleichzeitig ideologische Schulungszentren waren. Die Organisation sozialistischer Arbeitersportzellen, die ständig wuchsen und gefährlich wurden. Die plötzliche Furcht der Behörden, das Verbot des Turnens in »bestimmten Vereinen«, den links stehenden also, während »Sport an sich« die volle Zustimmung der Behörden hatte. Sport im Zusammenhang mit Klassenbewußtsein wurde verboten. Er stand im Widerspruch zu »allgemeinen Erziehungsinteressen«. Seht doch den härter werdenden Druck, die Polizeirazzien gegen die Turnhallen der Arbeiter, die Verhaftungen. Die Posten, die vor jeder Halle Wache standen, die geheimen Nachrichtenverbindungen. Den Kampf.

Nein, Papa steht wohl recht einsam und klein da; warum wird er nicht eingerahmt? Seht den ideologischen Kampf in Sachsen, den Druck auf die Sportorganisationen der Linken. Ja, da ist Karl Liebknecht, der für viele Jahre zum Anwalt der deutschen Arbeitersportler wird. Ja, da ist er, und jetzt bewegt sich Papa auf seinem Photo, er wirkt unruhig, und die Verwirrung in Västervik ist hilfloser als je zuvor. Wo hat Großvater jetzt sein kleines Lagerfeuer? Verhält es sich in Wahrheit so, daß der wesentlichste ideologische Kampf des frühen zwanzigsten Jahrhunderts auf dem Feld des Sports ausgetragen wird? Und daß es die folgenschwerste Unterlassungssünde der schwedischen Arbeiterbewegung ist, diesen Kampf nicht aufgenommen zu haben?

Nein, das kann nicht wahr sein. Papa sieht bleicher aus als je zuvor, und seine Golfhosen hängen impotent und traurig um seine noch sehr schmalen Beine. Im Frühjahr 1910 spricht Liebknecht wieder. Er hält eine Reihe von Reden, und in allen geht es um das Recht der Arbeitersportler, den Sport zu politisieren. Das zwanzigste Jahrhundert ist noch zu jung, er spricht mit bemerkenswertem Optimismus, und der Sport ist noch keine lächerlich schweißtriefende Beschäftigung für bürgerliche Blödiane: »Wir werden dafür sorgen, daß diese Arbeitersportorganisationen, die schon jetzt ein so beachtliches Wachstum gehabt haben, noch schneller wachsen und noch stärker werden, und unser bestes Agitationsmittel wird sein, daß ...« Nein, die schwedische Arbeiterbewegung ist noch nicht erwachsen genug, dies zu tragen.

Sport »an sich« ist vorzuziehen. Sport »an sich« ist erlaubt. Arbeitersport ist kein Sport »an sich«. Der Duft von Großvaters handgearbeitetem kleinen Butterfaß ist dunkel und rätselhaft; irgendwo muß Großvater der geworden sein, der er wurde; irgendwo muß Papa der geworden sein, der er wurde.

Und dann ich.

Großvater mit Papa an der Hand; ein starkes Stück mit einem blassen Pups als Anhängsel. Das zweite Bild lege ich dicht daneben. Es sieht fast genauso aus, obwohl es exakt dreißig Jahre später aufgenommen worden ist: Papa hielt mich an der Hand. Der Betrüger und sein Sekundant. Jetzt gilt es aufzupassen. Doch, es sind Großvater, Papa und ich. Großvater mit Priem und frommem Blick, Papa mit dem Wurfhammer und ich. Ich beuge mich vor, und der Duft von Großvaters kleinem Butterfaß steigt auf: Was bedeutet es? Was bedeutet es?

Blockierung: Ausgangspunkte

»Die Masse muß von ihrer eigenen Minderwertigkeit überzeugt werden. Sie sollte die Sportgötter, die Halbgötter, die auf die Erde hinabgestiegen sind, untertänig betrachten, ebenso wie sie einmal Ludendorff betrachtet haben. Mit ihrem Sportheldenkult will die bürgerliche Gesellschaft den erschütterten Glauben an die Allmacht der Persönlichkeit lebendig erhalten. Das Handeln der Masse wird so lange gehemmt, wie sie passiv von den ›Persönlichkeiten‹ das erwartet, was sie nur durch eigenes Handeln erreichen kann. Dem Arbeiter, der eine Sensation erleben will, weil die ihn aus dem tristen Jammertal des Alltags emporzieht, gelingt es nur dadurch, dem Streben der eigenen Klasse zu widerstehen. Er ist in den Banden der bürgerlichen Lebensanschauung gefesselt, und ihn in dieser Situation zu befreien, ist nicht leicht.«

Paul Franken,
»Vom Werden einer neuen Kultur« (1930)

Papas Kameraden. Der erste noch immer Junggeselle; an der Wand aufgeklebte Photographien aus der AIF-Zeit. Er zeigt mit einem stumpfen Finger auf Papas Gesicht. »Ja, natürlich erinnere ich mich an Mattias Jonsson. Er war ein guter Kamerad. Ich glaube, er kam aus Västervik. War er nicht ein bißchen schwach auf der Brust – hatte er nicht Tuberkulose? Was ist aus ihm geworden?«

Die Situation des Arbeiters. In einer immer mehr mechanisierten Industrie, in der sein persönlicher Einsatz immer bedeutungsloser wird, in der es den *guten* Arbeiter kennzeichnet, daß er mechanisch, präzise und ohne jede Abweichung seine Handgriffe macht, in einer solchen Arbeitswelt wird die Versuchung mächtig, neben der wirklichen Welt eine davon völlig autonome zu schaffen. Familie, Isolierung, Sicherheit, Sport. Unterhaltung anstelle von Integration. Der Sport: eine autonome Welt mit eigenen Regeln, Ergebnissen, Fakten, fiktiven Spielregeln und fiktiver Moral, aber zugleich eine verläßliche Spiegelung der Arbeitswelt, wenngleich ohne Qual. Die Hölle in einem Spiegel, dazu noch lusterfüllt. Das Verhältnis des Arbeiters zum Sport ist unmöglich zu verstehen, wenn man nicht mit seinem Verhältnis zur Arbeit beginnt. Seine Ansicht vom Sport, seine Sicht des Sports, ist eine Funktion seiner Entfremdung.

Während seiner fünfjährigen Dienstzeit als Geschäftsführer des Nachtclubs Daily Girl weiß K., welche Anforderungen das Leben an die Arrangeure von Zuschauersport stellt: dies nur als Hinweis. Er selbst habe es als eine Ehrensache angesehen, das Programm immer in kurzen Abständen zu verändern, dem Zuschauer immer etwas Neues zu bieten. Man müsse so handeln, *als ob* die Leute wiederkommen würden, als ob eine Entwicklung unausweichlich sei. Für einen wiederkommenden Besucher gebe es ja nichts Deprimierenderes, als ein bestimmtes Mädchen sich von neuem ausziehen zu sehen. Dies müsse für ihn so etwas wie die Rückkehr in die eheliche Tristesse sein. Das Publikum habe wirklich Anrecht auf immer neue Spitzenleistungen.

Beim Fußball hätten, so meinte er, fast alle großen Klubs dieses Denken akzeptiert. Durch klugen und flexiblen Einkauf von Spielern, durch die Übernahme einer Garantie für wohltrainierte Objekte und dadurch, daß sie niemals mit der Qualität pfuschten, hätten die Großklubs von heute eine an das Denken unserer Zeit angepaßte neue Fußballmoral geschaffen. Vergangen seien – glücklicherweise – die Zeiten, in denen einzelne Spieler kraft ihrer angeborenen Begabung beim Training pfuschen, bohemehaft leben, sich in den Abgrund saufen oder bei einem entscheidenden Spiel lasch spielen könnten. Dies sei ein Typus von Romantik, der sich zwar verführerisch ausnehmen könne, im Grunde aber dem zahlenden und kaufenden Publikum gegenüber unmoralisch sei, denn man habe diesem ja ein ausgewachsenes und ausgereiftes Produkt angeboten. Heutzutage sei das Denken der Großklubs völlig anders. Niemand ist unersetzlich. Jeder hat seine produktive Periode, danach heißt es nur noch: Daumen runter. Weg von Siegerprämien und Supergehältern. Er selbst habe gerade deshalb am Fußball mehr und mehr Gefallen gefunden. In den fünfziger Jahren sei alles sehr viel legerer und schlampiger gewesen. Jetzt sei der Fußball mit den Anforderungen der Gesellschaft zusammengewachsen. Die loyale, abschleifende, zurechtstutzende Einübung der vorhandenen Spielkombinationen, die Fähigkeit, in verschiedenen Situationen immer bestimmte Verhaltensmuster parat zu halten, die beim Training einprogrammierten und vom Trainer konstruierten Verhaltensmuster – dies alles eliminiere die Gefahr eines riskanten, unloyalen und verhaspelt schlampigen Denkens. Man müsse aber beachten, daß es – zugegebenermaßen mit einem Schuß abgewogenen Eigeninteresses – im Sinn des Vereins sei, wenn die Spieler von sich aus ein Quantum persönlichen Schöpfertums, individueller Launenhaftigkeit an den Tag legten! Beim Gegenüberstellen zweier Muster könne das eine nur mit Hilfe des Irrationalen aufgebrochen werden. Und dies ist wichtig: Eigentlich war er der Meinung, daß der Unterschied zwischen Striptease und Elite-Fußball nicht sehr groß sei. Es sei aber ein grundlegender Zug im Spiel, ein Anflug von Hasard, der bewirkte, daß Fußball niemals sterben könne. In unserer Zeit, so meint K., gebe es eine allzu große Zahl von Shows, bei denen Regie geführt worden sei. Darum sei es für den Menschen wichtig, ein Spiel betrachten zu können, in dem der Zufall noch eine gewisse

Rolle spiele. Fußballergebnisse könne man nie genau vorhersagen. Zugleich aber befinde sich mitten in der Unsicherheit ein festes Muster, das den Zuschauer beruhige. Die Unsicherheit sei niemals gefährlich und destruktiv. Es könne alles Mögliche geschehen, aber im Rahmen. Dies lehre den Menschen, daß innerhalb der Grenzen des Rahmens alles zu haben sei, und das sei auch richtig. Sicherheit inmitten der Spannung: dies sei notwendig.

L.s wichtigste Aufgabe als Handballspieler liegt beim Angriffsspiel im Blockieren. Dem Anschein nach ordnet er sich in die Angriffslinie ein. Er geht auf die linke Seite hinaus, drückt bohrend in die Mitte, versucht, den Verteidiger zurückzudrängen, aber es mißlingt ihm, er geht um den Verteidiger herum und sperrt nach innen ab. Bekommt Ellbogen in den Bauch. Von rechts kommt ein eigener Verteidiger und macht eine Finte nach links, L. blockiert den gegnerischen Verteidiger, wuchtet sich nach rechts, plötzlich entsteht eine Lücke, L. fühlt wie einen Windhauch, wie ein eigener Außenstürmer in die Lücke saust und den Ball ins Netz wirft. L. hat seine Funktion erfüllt. Beim nächsten Mal folgt eine Absperrung nach rechts; er zieht den Verteidiger aufs Feld hinaus, geht um ihn herum und blockiert; wildes Handgemenge, Lücke, eigener Verteidiger erzielt ein Tor aus einem Winkel von vierzig Grad. L. berührt in zehn Minuten den Ball nur einmal, wirft kein Tor, ist aber die direkte Ursache für vier Tore. Seine Spielweise ist der Ausdruck eines Moralsystems mit politischer Färbung. Von der Zuschauertribüne aus betrachtet, wird er einer anderen politischen Wertung ausgesetzt. Man hält ihn für eine Null. Mitunter rühmt man – absurderweise – seine Defensivarbeit: Er spielt da in der Mitte des Spielfelds und stößt und stört. Er ist Spezialist, wenn es darum geht, Sprungwürfe durch rempelndes Hochspringen zu vereiteln (die Risiken, des Feldes verwiesen zu werden!). Ist sein Spiel trotzkistisch?

Die verschiedenen Seiten des Sports. Die individuelle: der Instinkt, sich zu bewegen, das Bedürfnis nach Bewegung, die Freude angesichts des Spiels, der Spieltrieb, die Freude über die vollbrachte Leistung. Die gesellschaftliche, soziologisch relevante: die politische Funktion des Sports, seine Ausformung, der Spiegel der Gesellschaft, das Instrument und das Messer.

Mattias Jonsson-Engnestam-Lindner: 1933 schlägt er den Dänen Hansen nach Punkten.

»Der Hammer muß aus einer Kugel aus Eisen, Messing oder aus einem anderen Metall bestehen, mit oder ohne Füllung aus Blei oder einem anderen Material, aus einem an der Kugel befestigten ›Schaft‹ aus Federstahldraht (mindestens 3 mm Durchmesser) oder Klavierdraht Nr. 36 (2,6 mm Durchmesser) und ein oder zwei dreieckigen starren Handgriffen, die mit einer Schleife am Schaft befestigt werden. Die Länge des Geräts beträgt höchstens 1,22 m und sein Gewicht mindestens 7,257 kg.«

Gegen das Fenster, mit den Flügeln

»Schlaf wohl, du kleiner Trompeter!«

Ja, sage ich zu Papa, so bist du gewesen, ohne Zweifel.

Zeichne ihn aufs Papier als ein molliges Rechteck mit einem kleinen Klecks von Kopf. Mich selbst als Komma daneben. Das klassische Komikerpaar, jedoch ohne den leisesten Anflug von Scherz, mit dem man den Leuten kommen könnte.

Als ich ein Junge war, nannte man mich den »Sekundanten«. Ich war grenzenlos geschmeichelt, ohne richtig zu begreifen, warum. Als Beschreibung einer Lebenshaltung ist diese Bezeichnung vielleicht gar nicht so dumm: ein Sekundant betrachtet den Kampf schräg von unten, aus der Nähe, aber durch die Seile geschützt, und in den Pausen ermuntert und dirigiert er die eigentlichen Teilnehmer des Kampfes mit Hilfe von Hocker, Wasserflasche, Handtuch und beruhigenden Wörtern. Kein dummer Name, schonende Aufgabe, ich zeichne Papa als molliges Rechteck und mich selbst als Komma. Wo sollen wir anfangen? Im August, dem klassischen unter allen Monaten! Plopp, dann war der Schalter umgedreht worden, Papa war entlarvt; wir verließen den Stockholmer Hauptbahnhof und sollten nach Västerås fahren. Der Teufel weiß, warum. Wir wohnten ja in Hälsingborg, Papa sollte einen Tag nach den Stadionwettkämpfen in Västerås antreten und hatte für Zimmer und das Drumherum gesorgt, aber er war ja ausgesperrt. Västerås, jedenfalls. Wir kamen gegen halb zwölf dort an. Es war keine Delegation angetreten, uns zu begrüßen, aber das erstaunte uns nicht.

Von der Bahnfahrt weiß ich nicht mehr viel, aber Spaß hat sie sicher nicht gemacht.

Wir schliefen. Das Zimmer war klein und unmodern. Papa hatte seine Matratze auf den Fußboden gelegt, um es mir bequem zu machen, und begnügte sich selbst mit dem Kissen und den eisernen Sprungfedern. Als ich gegen neun aufwachte, war er offensichtlich schon aufgestanden, hatte sich angezogen und war ausgegangen.

Um zehn Uhr kam er wieder. Ich bin davon überzeugt, daß er in der Zwischenzeit die Zeitungen gelesen hatte.

Dann setzte er sich aufs Bett, glotzte die Wand an und schien nicht gewillt, überhaupt etwas zu sagen. Da fing ich an zu weinen, so vierzehnjährig wie ich war, aber er tätschelte meinen Kopf, brummte etwas Unverständliches, und da hörte ich auf. Nach einer Weile begann er, den Koffer auszupacken. Er holte beide Hammer heraus und legte sie aufs Bett. Dann nahm er den leichteren und fing an, an der Kugel herumzustochern. Auf einer Seite befand sich ein aufgelöteter kleiner Deckel; Papa hatte einen Schraubenzieher bei sich und bohrte am Rand des Deckels, um ihn herauszubekommen.

»Was machst du da, Papa?« fragte ich bescheiden.

Er grunzte nur und fuhr fort, zu drücken und zu bohren und zu zerren. Schließlich bekam er die eine Kante des Deckels ein wenig auf.

»Was machst du?« fragte ich wieder.

»Man kann«, sagte er nach einer Weile mit konstruktiver Stimme, »hier wieder Blei einfüllen. Dann bekommt die Kugel das richtige Gewicht. Weg mit all dem Zinn und rein mit vierhundert Gramm Blei.«

»Jaa?« sagte ich.

»Dann kann man den Hammer so gut verwenden wie vorher«, sagte er.

Und dann sah er mich an. Es war ein auffordernder, kühner Blick, der gleichzeitig eine völlig nackte und unverhüllte Angst enthielt, die ich noch nie an ihm gesehen hatte. Jetzt würde er nicht mehr sehr viel tun können, und das wußte er auch, hatte aber Angst, es zuzugeben, und wurde also sehr steif und wich aus, ängstlich wie er war. Er saß da auf dem Bett und fummelte an seinem verdammten Hammer herum und fummelte und fummelte, als hätte er die Chance, die gesamte Entwicklung bis zu dem Zeitpunkt zurückzufummeln, an dem alles von vorn beginnen und nichts schiefgehen konnte. Die ganze Geschichte wegfummeln, die Mogelei, die Scham.

Was wollte er eigentlich tun? Er hatte sich den ganzen Sommer fürs Hammerwerfen dienstfrei genommen, um Weltbester zu werden. Der Wurfhammer war sein Leben. Hier saß er in unserem großartigen gemieteten beschissenen Zimmer, das sich für zwischenlandende Weltstars kaum eignete, und wußte, daß er *nie mehr würde werfen dürfen*. Nie mehr. Genauso wütend versuchte er, den Hammer zu reparieren und die vierhundert Gramm, die er einmal herausgefummelt hatte, wieder hineinzufummeln.

Und zu allem Überfluß sah er mich an, auffordernd, als ob ich ihm hätte helfen können.

»Papa«, sagte ich. »Schmeiß den Scheißhammer sofort weg. Bitte, lieber Papa.«

Er sah mich an, als hätte ich etwas sehr Unpassendes gesagt. *Scheißhammer* – das hatte er selbst unzählige Male gesagt. Aber er hatte es immer mit einem warmen und freundlichen Tonfall gesagt, wie zu einem geliebten kranken Pudel, der sich übergeben mußte. In meiner Stimme war aufrichtiger Haß gewesen, und das war sehr unpassend, und jetzt war Papa verletzt. Er legte den Hammer auf den Fußboden. Es war völlig still im ganzen Haus. Es würde ein warmer Spätsommertag werden. Die Wettkampfbedingungen würden, wie Papa sich in Augenblicken großer Begeisterung auszudrücken pflegte, *hervorragend* sein, aber an diesem Abend in Västerås würde er nicht dabeisein. Die Zeitungen waren schon gekommen, und er hatte sie vermutlich gelesen. Es war – rums – zu Ende.

Er saß lange still auf dem Bett. Dann sagte er, leise, aber mit großem Nachdruck:

»Wenn sie nicht anders wollen, bitte sehr. Wenn sie's nicht anders wollen. Aber die Ergebnisse werden schlechter werden. *Wenn sie's nicht anders wollen, bitte sehr.*«

»Natürlich werden die Ergebnisse schlechter werden«, sagte ich fast desperat, denn ich wußte nicht, was ich mit ihm anfangen sollte. »Du kannst einen drauf lassen, daß sie schlechter werden!«

Er sah mich an und sagte felsenfest, fast überlegen: »Nicht nur das. Aber sie werden *schlechter*.«

Dann saßen und lagen wir in diesem sehr zufälligen gemieteten Zimmer in Västerås im August 1947, den ganzen fürchterlich langen Tag lang. Papa weigerte sich zu sagen, was wir nun tun sollten, aber um fünf Uhr hatte er zu Ende gedacht und sich entschlossen, und in diesem Augenblick schien es mir, als hätte er etwas von sich abgeworfen. Er rollte vom Bett herunter und ging ans Fenster. Ich hob den Blick von der Leitartikelseite im *Rekord-Magasinet* und sah ihn da von mir abgewandt stehen, wie er über einen Hinterhof in Västerås hinausblickte.

»Es ist am besten, wenn du heute abend abfährst«, sagte er still. »Fahr du man zu Mama nach Hause. Ich bleibe noch eine Weile hier. Pack bitte gleich deine Sachen.«

»Und was willst du denn noch hier machen, Papa?« sagte ich zu dem unbeweglichen Rücken am Fenster. »Komm du doch bitte auch mit nach Hause.«

Er schien nachzudenken, aber nicht lange. »Nein«, sagte er, »ich bleibe noch ein bißchen.«

Er half mir beim Packen. Ich konnte es nicht lassen, ihn anzusehen. Mein ganzes Leben lang hatte ich ihn als einen Giganten erlebt, als einen eckigen Felsblock, der – obwohl Papa nicht sehr hochgewachsen war – einen unerhörten Eindruck von Kraft machte. Er war kein Riese, aber ein fast übermenschlich solider Haublock. Aber im Grunde war er ja fast schon alt. Er war tatsächlich vierundvierzig Jahre alt. Bis gestern hatte er, diesem achtunggebietenden Alter zum Trotz, zu den vier, fünf besten Hammerwerfern der Welt gehört. Noch gestern hatte es den Anschein gehabt, als könne er nur noch besser und besser werden. Und dann wurde ein Schalter betätigt, und er war nichts mehr. Oder: Er war, was er war, aber ohne die *Ergebnisse*. Vierundvierzig Jahre alt war er. Ich muß damals fast zehn Zentimeter kürzer gewesen sein als er, oder irre ich mich? Fing ich erst später an zu wachsen oder schon vorher? So wie er über meinen Koffer gebeugt dastand, schien er dennoch nicht so stark zu sein wie früher.

Vierundvierzig Jahre alt war er, und ich empfand in dieser Stunde eine schmerzhaft selbstverständliche Identifikation mit diesem halbverblühten Hammerwerfer, der mein Vater war. War er mein Vater? War er nicht mein Kind, für das ich die Verantwortung hatte?

»Wie lange bleibst du?« fragte ich ihn.

»Bis das Schlimmste vorüber ist.«

»Das Schlimmste, was denn?«

»Das weißt du schon.«

Der Koffer war fertig gepackt. Papa setzte ihn mit dem entschlossenen »Tjapp!« auf den Fußboden, das irgendwo erzählt, daß es hier im Haus keine Sorgen gibt, o nein, sondern daß es hier, der Teufel soll mich holen, wenn es anders ist, noch einen Mann gibt, der noch lange nicht ausgeknockt ist. Aber geschlagen war er dennoch. Pfui Teufel, war er geschlagen, ausgezählt, runtergemacht, mußte das denn sein, er war so dämlich über die Schnürsenkel gestolpert und hatte die Nase in den Eckpfahl gerammt, Scheiße, hatte der Mann ein grandios schlechtes Match geliefert.

»Wir werden wiederkommen«, sagte ich in einem einfältigen Versuch, die Stimmung zu heben. »Uns bricht man weiß Gott nicht so leicht das Rückgrat.«

Er saß auf der Bettkante und sah in seine Fäuste, die, um das Maß voll zu machen, nicht einmal das Exemplar von *Rekord-Magasinet* hielten, das uns über den Tag hinweggeholfen hatte. Papa schien nicht in Form zu sein.

»Papa«, sagte ich, »du kriegst ein Comeback. Mensch, denk doch ans Comeback. Weißt du noch, damals, als ich in der Ecke stand und schrie, weißt du, damals, als ich dein Sekundant war? Komm wieder, warte aufs Comeback.«

Ich stand da vor ihm, und wir drucksten herum und wanden uns und jammerten nichtssagende und freche kleine Sätze hervor, weil wir um jeden Preis unsere bodenlose Lust beherrschen wollten, wie zwei alte Weiber loszuheulen: Wir haben es in unserer Familie seit jeher schwer gehabt, die sentimentalen Anwandlungen in den Griff zu bekommen. Mehr sage ich nicht. Aber ausgeknockt war er, ohne Zweifel, und jetzt sollte ich abhauen und ihn verlassen, und er wollte hier sitzen bleiben und auf bessere Zeiten warten. In diesem Zimmer. Nicht gut.

»Grüß Mama«, sagte er. »Vielleicht möchte sie übrigens eine Zeitlang zu Großmutter fahren. Ich komme bald wieder nach Hause.«

»Die Disqualifikation gilt vielleicht nicht fürs Boxen«, sagte ich in einem letzten verzweifelten Versuch, die Wolken zu vergolden. »Vielleicht kannst du da wieder anfangen?«

Er sah zu mir auf und lächelte.

Wann war dies? Es war im August; es war der Tag nach Stockholm. Es war etwa gegen sechs Uhr abends. Wir verabschiedeten uns salopp mit einem »Hej«, und ich sollte gehen. Da legte er sich aufs Bett und sagte, er wolle ein Nickerchen machen. Er legte sich hin und machte die Augen zu. Und dann hörte ich, wie er anfing, leise vor sich hin zu summen. Es stimmt: Er sang wirklich, als ich ihn damals in Västerås verließ.

Woher soll ich wissen, was er sang. Wohl aber weiß ich, warum er die Augen zumachte. Er sah klein, behende und freundlich aus. Er lag da und hielt die Augen geschlossen, und ich wußte wirklich nicht, was ich mit ihm anfangen sollte.

»Also, wir sehen uns dann in einer Woche«, sagte ich an der Tür.

»Bitte lies keine Zeitungen«, sagte er, ohne die Augen zu öffnen.

»Nein, nein, keine Angst«, erwiderte ich.

Er fuhr fort, vor sich hin zu summen. Das klang nicht gut; es klang wirklich gar nicht gut, aber was sollte ich tun? Ich wollte ihn nicht verlassen. Sein Indianergesicht war ruhig, aber er schien alt zu sein. Er hielt seine kleinen schrägen blinzelnden und plierenden Augen geschlossen; die Arme lagen reglos an seiner Seite. Die Hände hielt er leicht geöffnet, als wären sie verlassene und klobig zubehauene Wurfhämmer, die auf einer Wolldecke ruhten.

Heute abend läßt es sich leicht zeichnen: ein bulliges Rechteck, ein kleiner Pfropfen von Kopf, und daneben ein Komma. Ja, Papa, so hast du in der Tat ausgesehen. Eine Textvignette wollen wir noch dazulegen. *»Vorwärts, und nicht vergessen – unsere Solidarität!«* »Kuhle Wampe« sah ich im Frühjahr 1970 zum erstenmal. Ich wußte überhaupt nicht, daß Brecht je einen Film gemacht hatte, und als die große reportageähnliche Montage des letzten Drittels über die Leinwand zog, als ich die Kulmination der deutschen Arbeitersportbewegung sah, war mir, als würde mir eine Hand ums Herz greifen, als hätte ich Papa in jungen Jahren gesehen, inmitten der unzähligen Gesichter, als wäre gerade er es, der das Lied von der Solidarität sang. »Vorwärts, und nicht vergessen.« In Preußen hieß die Zeitschrift der Arbeiter *Vorwärts*. Später war sie verboten und konfisziert worden, und der braune Nebel hatte den Arbeitersport in tödliche Schwaden gehüllt. Vorwärts. Ich selbst habe *Idrottsbladet* und *Rekord-Magasinet* mit der Muttermilch eingesogen. Damit bin ich aufgewachsen. Möglicherweise eher *Rekord-Magasinet*, das immerhin Per Stigman enthielt, aber *Idrottsbladet* und die üblichen Nachrichten – nun ja, man soll mich nicht beschuldigen, für bürgerlichen Opportunismus anfällig zu sein, ohne dies alles zumindest *zu verstehen*. Damit genug.

Ich sah »Kuhle Wampe« in Westberlin, wo ich für zwei Wochen eine Zwischenlandung machte. Am Tag darauf fuhr ich in die östliche Hälfte der Stadt. Es war der letzte Tag im April 1970. Erstaunlicherweise fiel an diesem Tag Schnee in Ostberlin. Ich sollte Gisela und ihren Mann treffen. Die letzten Jahre scheinen mir merkwürdig episodenhaft zu sein; sie haben nicht den rechten Zusammenhang. Periode folgt auf Periode. Die erste kleine Aufzeichnung über Mattias Jonsson-Engnestam-Lindner, den großen Hammerwerfer und klassischen Erneuerer der Entwicklung, also die erste Zeile über ihn schrieb ich am 23. August 1968 nieder, und an diesem Tag begann eine Periode. Die nächste begann, als ich Gisela im Dezember 1969 in Minsk begegnete und sie mitten in allem anderen vom Streik in Kiruna erzählte, den sie dank der ausgezeichneten Fernsehberichterstattung in der DDR hatte verfolgen können. Dies gehört auf eine etwas bizarre Weise zum Bild von Papa. Dann die nächste Periode: vom letzten Apriltag 1970 an, als ich Gisela wiedersah.

Hier hätte Papa dabei sein sollen: Es wurden die ostdeutschen Juniorenmeisterschaften im Amateurboxen abgehalten, und Papa hatte immer ein Herz für junge Amateurboxer gehabt. G. war technische Leiterin der Truppen aus Leipzig und Gera, die aus irgendeinem Grunde zusammengelegt worden waren, und Claus sollte sich offenbar ganz allgemein nützlich machen. Wir trafen uns wie verabredet auf der Straße, über diese Begegnung gibt es nicht viel zu sagen. Dann fragten wir uns zum Eingang der Halle durch (die eigentlich eine Schulaula war, die man umfunktioniert hatte). Sie lag in Pankow, und Gisela und ich sollten in stillem Glück nebeneinander sitzen dürfen, während Claus seine Arbeit machte. Er sollte nämlich Sekundant sein (angesichts meines eigenen alten Spitznamens klingt dies wie ein etwas angestrengter Scherz, aber ich kann nichts dafür, er *war* tatsächlich Sekundant, Gott helfe mir).

Ich konnte nichts dafür, aber ich war recht froh, sie wiederzusehen. Herrgott, ich erinnerte mich so gut an unsere Begegnungen: in Greifswald im Oktober, 1956, die Woche in Schweden im Jahr danach, und dann an die völlig unmöglichen Tage in Minsk. Jetzt war sie verheiratet, und die Briefe, die wir einander schrieben, waren sonderbar.

Ich wünschte, sie hätte Gelegenheit gehabt, Papa kennenzulernen.

Claus ließ uns schon beim Eingang allein. Zehn Minuten später sahen wir ihn wieder. Er stand dicht am Ring, jetzt im Trainingsanzug und mit einem kleinen lächerlichen gelben Eimer in der Hand.

Er sah aus wie ein Kind, aber ein Kind mit absoluter Autorität, das die Szene total unter Kontrolle hatte. Das Kühle und Undurchdringliche an ihm war weg, und damit auch das, was Schüchternheit oder Zurückhaltung zu sein schien. Wir saßen dicht nebeneinander, und ich glaube, wir glotzten ihn die ganze Zeit an, obwohl wir etwas anderes hätten tun können. Er muß ein außergewöhnlicher Sekundant gewesen sein, mit der überlegenen Autorität der erfolgreichen Boxer, die den Gipfel ihrer aktiven Karriere hinter sich haben und dann als Ringrichter oder Funktionäre die alte Selbstsicherheit ausstrahlen. Hier wurde nun eine der Endrunden der ostdeutschen Juniorenmeisterschaften im Amateurboxen ausgetragen, und die Reihe ideologisch geschulter Kämpfer glitt durch die Seile in den Ring. Nein, das ist wohl eine etwas zu billige Ironie. Aber ist es nicht so, daß ich eigentlich ihre Überzeugung teile? Die Überzeugung, daß Kämpfer ideologisch trainiert sein sollten? Na also, zum Teufel.

Hier kamen sie jedenfalls, die ganze Reihe, kamen mit starkem Pathos und welpenhafter Schlaksigkeit. Hier kamen sie mit ihrer anziehenden, aber ein wenig wirkungslosen Schnelligkeit, ihrer Schwierigkeit, den Mundschutz natürlich aussehen zu lassen, und mit ihrer schreckerfüllten Tapferkeit. Sie agierten alle nach dem gleichen Muster. Lässige Selbstsicherheit in der Ringecke, unterbrochen durch verlegene kleine Seitenblicke zu Verwandten und Bekannten auf den Rängen. Dann der explosive Start, der alle unroutinierten Amateure auszeichnet: das Ruckhafte, der Wille, eine rasche Entscheidung zu suchen, der Ehrgeiz, korrekt zu atmen und das Kinn unten zu halten, die Schnauze um den Mundschutz fest zu schließen. Und dann kam allmählich die Müdigkeit angekrochen: Sie öffneten die jungen, kindlichen Münder, die meist wie Löcher ohne Zähne aussahen und kunststoffrot leuchteten. Die Müdigkeit kam, die Schnelligkeit verschwand. Es begann das Schieben, Stoßen, In-den-Clinch-Gehen.

Claus stand da in der Ringecke als der feste Punkt in dieser Welt. Saß während der Runden unten am Ring auf einem Hocker, sprang rasch, aber ohne Getue hoch, wenn der Gong ertönte, hängte sich mit der charakteristisch ruckhaften *Beugung* zwischen die Seile, die so bewundernswert selbstverständlich aussah, trocknete ein Gesicht ab, lockerte einen Hosenbund (als hätte das einen echten Effekt und als wäre es nicht nur ein eher symbolisches Zeichen dafür, daß die Jungen an der Schwelle zu der seriösen Boxerwelt standen, in der das Lockern des Hosenbundes mehr als nur eine rituelle Funktion hat) und fächelte dem Kämpfer mit einem Handtuch Kühlung zu. *Tjapp, tjapp, tjapp.* Frische Luft in kleinen, befreienden Portionen. Ich sah, wie der Mund von Claus sich öffnete und wieder schloß, hörte aber keine Worte.

Ich wußte aber trotzdem ungefähr, wie er arbeitete. Er würde an diesem Abend mit der freundlichen Stimme des *guten* Sekundanten sprechen. Die Stimme der Überzeugung, als ob die realen Ratschläge nicht das Wichtigste wären, sondern eher die Tonlage der Stimme, die ruhige Sachlichkeit, das Gefühl, daß jemand inmitten der verwirrten Augenblicke des verzweifelten Kampfes dennoch vollständige Kontrolle über das Geschehen besaß, wußte, warum zwei Jungen sich schlugen, Zusammenhänge erkennen konnte und alle drei Minuten willens war, auf einfache, pädagogisch richtige und überzeugende Weise die Dinge zurechtzurücken und Ordnung ins Chaos zu bringen. Der Kampf, so würde die ruhige und kühle Stimme des guten Sekundanten versichern, bestehe nicht aus verwirrenden Bruchstücken, es gebe Möglichkeiten, den Überblick zu behalten; es sei möglich, das Geschehen zu durchschauen.

Dies war etwas anderes als damals in der fröhlichen Zeit, als Papa versucht hatte, sich den Weg an die Bezirksspitze zu bahnen, als er mich als Wassereimerschlepper und Handtuchtrockner in gemietete Turnhallen in Norrmalm in Stockholm mitgenommen hatte.

Ja, etwas sehr anderes. Zwischen den beiden da oben in der Ringecke, zwischen Boxer und Sekundant, gibt es – das war nicht nur an diesem Abend so, sondern das läßt sich bei allen Turnieren feststellen – eine fast erschreckende Intimität; die ganze Szenerie erhält eine absonderlich sexuelle Färbung, wirkt beinahe herausfordernd. Da sitzt der Boxer mit den Armen auf den Seilen und mit einladend geöffneten Beinen in einer offenen und obszönen Attitüde, in der die geöffneten Arme den Gegner einladen, in der zugleich aber der Abstand als Schutz dient. Exhibitionismus auf Abstand, der Blick ständig nach vorn gerichtet, die Arme offen, die Beine geöffnet. Aber dies alles ist trotzdem nur eine höhnische Geste, ein Gegenstück zu der Geschlossenheit und Deckung, die der andere während des Kampfes hat kennenlernen können.

Komm her und nimm mich, sagte die Geste, ich bin für alles zu haben, aber für dich gilt das nicht! Und dann hinter dem Kopf des Boxers ein anderer Schädel, heruntergebeugt und murmelnd, die ständig unterbrochene Intimität des Sekundanten mit seinem Adepten. Die Stimme, die Ruhe und die Ergebenheit, die beiden zur Hälfte Zusammengewachsenen, wenn sie ihre Gesichter still nebeneinander hielten. Eine Oase in der Gefahr, Sicherheit für eine Minute.

Und dann: Hinaus aus der Sicherheit. Hinaus ins Leben. Gong. Die Welt ist ein Wirrwarr aus umherfliegenden Fäusten. Und dann?

Es scheint zwei Sekundanten-Schulen zu geben. Der eine Sekundanten-Typus sagt nicht viel, scheint aber mit Gesten und Bewegungen beschwören zu wollen, indem er den Mundschutz spült und mit dem Handtuch Kühlung fächelt, indem er Schweiß trocknet und blutende Augenbrauen in Ordnung bringt, indem er Zitronenstücke anbietet und noch unbeschädigte Augenbrauen mit Fett einschmiert; hier herrscht eine Atmosphäre harter komprimierter, aber konstruktiv schweigender Restaurationsarbeit. Die Männer dieser Schule sprechen nicht viel, sagen in jeder Rundenpause nur einmal etwas, sprechen nur über eine Sache, versuchen, die Situation zu vereinfachen und den Boxern nur eine einzige, einfache, zentrale und begreifliche Verhaltensweise einzutrichtern. Ich bin zutiefst davon überzeugt, daß die meisten Boxer diesen Sekundanten-Typus vorziehen: Wenn die Müdigkeit kommt, kann es unzumutbar schwierig sein, auf viele Detailvorschriften zu hören. Da ist es schon besser, nur eine einzige Verhaltensmaßregel zu bekommen und sich im übrigen damit zu begnügen, Ruhe und Ergebenheit zu empfinden.

Die Sekundanten der zweiten Schule sprechen zumeist ständig. Ich bin mir nie richtig darüber klar geworden, was dabei die eigentliche Absicht ist: Will man wirklich viele und detaillierte Ratschläge geben, oder will man vielmehr nur eine lange und gemurmelte Messe herunterleiern, dem Adepten das fortwährend weiterrollende Geräusch einer freundlichen Stimme geben, den Klang von Sicherheit und Vernunft, Rationalität und Hoffnung, eine Vorahnung der Kritik und der Kommentare, die nach dem Kampf kommen und sagen würden, er sei gut, ehrlich und tapfer gewesen? Der Traum vom Erfolg in Form einer gemurmelten Beschwörung mitten im Kampf.

Hier wurde die neue sozialistische Generation in Mut und Entschlossenheit geschult. Hier wurde ein Stück des sozialistischen Menschen geschaffen. Oder was? Boxen ist der beste Spiegel der Gesellschaft, das habe ich schon immer gefunden. Was war es denn, was ich hier sah? Die Vorderseite der Medaille im Westen ist das Bild des ausgebeuteten Menschen. Die Kehrseite ist meine eigene völlig absurde Liebe zum Boxen. Hier konnte diese Liebe möglicherweise auf der Vorderseite eingeprägt werden. Aber was würde es auf der Kehrseite geben?

Na und: Bei den Heimspielen von Hertha BSC begrüßt das Publikum die Vorstellung der Gäste mit einem vieltausendstimmigen und ironischen *»Na und?«*. Ich habe schon immer gefunden, daß dies das perfekte Bild vom westlichen Humanismus ist. Ironie ist eine bürgerliche Eigenschaft, von der Gott mir durch Vererbung und Taufe ein allzu großes Quantum vermacht hat. Das Beste an Papa war sein totaler Mangel an Humor und Ironie. Er hätte dieses *Na und?* nie verstanden. Dies nur als Erklärung für meine Verliebtheit in ostdeutsches Amateurboxen und in Gisela.

In der Pause gab es eine Vorstellung der jungen oder besser jüngsten Garde des gastgebenden Klubs. Dies waren die Jungen von zehn bis fünfzehn Jahren. Sie waren ansprechend, aber verwirrend in ihrem Ehrgeiz. Schnelle Zwanzig-Sekunden-Runden, ein paar Boxer in jeder Ecke, Schulboxen, Turnen, Gymnastik, Schnelligkeitstraining, Schattenboxen und Seilspringen, deutliches Ende, Aufstellen in einer Reihe, Verbeugungen mit der raschen schweifenden Boxerverneigung, die sie auf so rührende Weise aus der Welt der Erwachsenen hatten kopieren wollen. Weg vom Boxring, heraus mit den Hanteln, Beifall.

Ich sah, daß Gisela lächelte, aber ihr Lächeln war vollständig undurchdringlich und unmöglich zu deuten. Dann wurde die Reihe der Kämpfe fortgesetzt, mit der eigentümlichen Formelwelt, die sich immer herausbildet, der Formelwelt des Sekundanten und des Boxens.

Claus muß ein sehr guter, mit Autorität ausgestatteter und sachlicher Sekundant gewesen sein. Als der dritte seiner jungen Adepten schon in der zweiten Runde ungeheure Mengen Prügel bezog, sich aber dennoch weigerte, sich auszählen zu lassen, obwohl er offensichtlich keine Chancen mehr hatte und schwer durchgeschüttelt worden war, wedelte C. mit einer überlegen gewichtigen, autoritätsvollen Bewegung das Handtuch in den Ring, griff sich den Jungen, trocknete ihm das Gesicht, legte ihm den Frotteemantel um, der blaßblau und schlackerig dünn war, nahm ihn aus dem Ring, herunter in den Zuschauerraum: alles in einer einzigen weitausholenden, freundlichen und völlig selbstverständlichen Bewegung, die Ergebenheit, Fürsorge, Verantwortung und zugleich einen leichten Unterton von Verachtung für den Ringrichter ausdrückte, der nicht Verstand genug gehabt hatte, das Match aus eigenem Antrieb zu stoppen.

Es ist vielleicht ein Mythos, daß ostdeutsches Amateurboxen dazu beiträgt, eine entschlußfreudige Generation sozialistisch bewußter Menschen mit Führungsqualitäten zu schaffen. Dieses Boxen legt aber in all seiner Einfachheit viele grundlegende psychologische Verhaltensmuster des Menschen frei. Nicht zuletzt beim Publikum.

Ein Publikum ist immer lehrreich, ist immer der Spiegel eines tieferliegenden Musters, im Osten wie im Westen. Früher in diesem Frühjahr hatte ich bei Sechstagerennen in Westberlin herumgehangen, nachtein, nachtaus; es war gut gewesen, eine ausgezeichnete Betäubung. Das war Sport als Dekoration und als Unterhaltung. Sehr gut, keine Heuchelei und keine Verstellung. Ich schlich mich immer kurz vor Mitternacht hinein, wenn die Kartenabreißer von all dem Bier schon glasige Gesichter hatten und durchgehend heftigen Pinkeldrang verspürten. Da ließen die rigorosen Kartenkontrollen nach. Da konnte man umsonst reinkommen. Ich stand meist an der Vordergrenze der E-Sektion, dicht am Schutznetz der Kurve. Von dort konnte man fast direkt auf die scharf vertikal hochgezogene Kurve hinabsehen.

Dort fühlte ich mich sicher und wohl. Die Bahn bestand aus Holzbohlen, kleinen, lamellenartigen Brettern, die man dicht aneinandergeklebt hatte. Die verschiedenen Markierungsgrenzen leuchteten in Rot und Weiß. Die Radfahrer kamen und stiegen mir entgegen, stiegen und sanken wie rhythmische Wellen, wie pulsierende Wellen, rissen ihre drei oder vier Runden ab, holten die Ablösung, streckten die Hand schräg nach vorn, fuhren vorbei und rissen den Nachfolger beim Wechsel mit sich: Der befreite Fahrer fiel mit heftig steigender Geschwindigkeit, fiel schräg nach unten, versank im Feld der Fahrer, vereinte sich mit dem Hauptfeld und war verschwunden. So ging es zu, Runde auf Runde; nur manchmal peitschten die Lampen der Spurtrunden zu frischer Aktivität auf.

Ja, hier war es möglich, sich zu verstecken und Betäubung zu finden. Dort oben konnte ich Nächte hindurch sitzen und auf die aufgetakelten kleinen Boxen herabsehen, die dicht nebeneinander an der Außenbahn lagen, die kleinen Verschläge mit den Betten, den Reihen von Flaschen, Liniment und Salben. Die abgelösten Fahrer defilierten müde hoch oben am Rand der mit Holzbohlen belegten Rennbahn; ich hätte sie mit den Händen greifen können. Mit ihren rasierten, rötlich glänzenden und fachmännisch eingeschmierten Beinen sahen sie eigentümlich unpersönlich aus.

Dies war die abgeschiedene Welt, der Sport hinter Glaswänden. Die andere Welt, die Welt des Publikums und unsere Welt, lag gleich nebenan, direkt außerhalb oder innerhalb der Glaskuppel, des Glashauses. Natürlich gab es hier ein paar hundert Menschen, die begriffen, was in diesem Lauf vor sich ging; Menschen, die auf Placierungen achteten und diese im Auge behielten, Menschen, die Spurtpunkte ausrechneten: Man konnte beinahe mit den Fingern auf sie zeigen, weil an den verblüffendsten und unerwartetsten Stellen plötzlich Schauer von Zorn, Glück, Bestürzung oder Gram über ihre Gesichter zogen.

Den meisten Zuschauern allerdings war mit vollem Bewußtsein scheißegal, was da unten geschah. Für sie war dies Sport als notwendige, aber nicht unbedingt interessante Dekoration. Diejenigen, die das meiste Geld hatten, saßen an den Tischen direkt neben der Bahn, tranken Bier und Wein in merkwürdigen Folgen, aßen zu Abend und unterhielten sich. Dies war, in ökonomischer Hinsicht, die sogenannte Oberschicht. Die Allerärmsten fanden sich auch an der Bahn, mußten aber stehen. Sie widmeten sich handfesten Beschäftigungen. Sie aßen Würstchen, tranken Bier und sangen kautabaksbraune Volkslieder aus dem fröhlichen Bayern: In Wahrheit erinnerte diese hysterisch frohsinnige Ansammlung von Menschen innerhalb der seilumzäumten Freistatt auf schlagende Weise an das Bild, das man von der Wall Street in

Augenblicken großer Unruhe erhält. Die Börse gerät außer sich, nur Gesang gibt es dort keinen.

Aber hier wurde gesungen. Das Bier platschte in den Gläsern, und die Halle schaukelte. Es pfiff auf Trillerpfeifen, es jaulte vor Gemüt, hier gab es alles, was ein sehr einsamer Mensch braucht: Wärme, Rausch, Intimität. Die Intimität war aber trotzdem brutal, und ebenso war der Abstand zum Geschehen auf der 166 Meter langen Bahn enorm. Profiradfahren, Profipublikum. Wie eine tanzende schattengleiche Dekoration bewegte sich der Vorwand, drehte sich im Kreis, wirbelte in der Halle herum, herum.

Aber mitunter schien das Rennen dennoch der eigentlichen *Situation* die Maske vom Gesicht zu ziehen. Spät in den Nächten, als die Spurtrunden und ihre Abstände voneinander immer länger und länger wurden, schien auch die sportliche Politur abzublättern. Der offizielle Standpunkt verblaßte, und es wurden die Mechanismen sichtbar. An den Tischen des Innenraums, an denen die glücklich lauschige Bourgeoisie jetzt singenderweise in Bewußtlosigkeit versank, hingen Cliquen von Voll- oder Halbprostituierten herum: Die Berauschung nahm zu, und in ausgelassener oder desperater Herausforderung begannen diese Figuren, ihre Blusen den Fahrern zu öffnen, die mechanisch defilierten und ihre Runden drehten; schließlich standen Spurtrunden und bessere Zeiten bevor.

Keine schlechten Mädchen zum Ansehen. Sie ließen ihre Brüste aus den Blusen heraushängen und den Fahrern entgegenbaumeln, die mit einem immer schräger werdenden Grinsen ihre Kreise zogen. Halbe kleine Diologe begannen sich zwischen den Inhaberinnen der Brüste und den Fahrern zu entwickeln. Kleine »interruptus«, die auf den halbleeren Rängen gegenüber schläfrig, aber interessiert verfolgt wurden. Es lag so etwas wie ausgelassene Grausamkeit in der ganzen Situation: Die Prostituierten hingen über der Barriere, ließen ihre Brüste baumeln und aneinanderschlagen, den Fahrern sehr nah, gleichzeitig aber unendlich weit von ihnen entfernt.

Dies geschah wie in ausgelassener Grausamkeit, aber ihr Exhibitionismus schien zugleich auch den Abstand der beiden Welten voneinander zu illustrieren und bildhaft vorzuführen, was dieser Wettbewerb eigentlich bedeutete.

So nahe zog die Karawane der Fahrer an ihnen vorrüber, so nahe, und doch so weit weg. Und genauso war auch die Situation des Zuschauers: Er war der heimliche Spanner, der Voyeur, der einen Akt betrachtete, aber nicht an ihm teilnahm. Denn auch wir auf den Rängen waren ja Betrachter und heimliche Gucker, waren nur indirekt am halbvollendeten Liebesakt des Profiradfahrens beteiligt. Gemeinschaft, aber nicht Seite an Seite. Gleichzeitiges Fühlen, wie immer im Zuschauerraum bei einer Sportveranstaltung. Aber welchen Inhalt, welchen Gehalt hatte das Gefühl eigentlich?

Fröhliches Winken, geöffnete Blusen, Räder, die vorbeirollten, ein unüberwindlicher Abstand und nichtvollzogene Liebe.

Wir sangen frohe bayrische Weisen. Das Feld legte wieder los. Es löste sich auf, dehnte sich aus; die Jagd begann wieder, die Räder schnurrten, und irgendwo im Durcheinander schienen Duelle ausgetragen zu werden, deren Sinn rätselhaft blieb. Es war zu dämlich, nein, das meine ich nicht, ich meine nur: Ich bekam keinen Überblick. Ich fühlte Verwirrung, alles war Chaos, also spürte ich Ruhe: Auch dies war wert, geliebt zu werden, oder zumindest verdiente es starke Ergebenheit. Signale. Rauch und Musik. Gesang und Bier. Und inmitten alles dessen das unablässig pfeifende einsame Geräusch von Fahrradreifen auf Holz.

Ich weiß: Ich verirre mich. Ich verlaufe mich. Wir saßen also zusammen, wir zwei. Wir sahen einem Turnier zu, das bald zu Ende ging. Wir hatten noch zwanzig Minuten, bevor wir uns wieder trennten. Ich glaube, Gisela sagte etwas über den Unterschied zwischen Box- und Fußballpublikum: Wieviel besser, sachlicher und weniger aggressiv das Boxpublikum sei. Ungefähr darüber sprachen wir. Ich begann, völlig unmotiviert, über Papa im Jahre 1947 zu sprechen: Weltmeister im leichten Hammerwerfen und sehr viel mehr. Ich glaube, ich sagte, daß er auch die Wirklichkeit ausgehöhlt zu haben schien.

Und daß er lange Zeit wie auf Eierschalen ging. »War er krank?« fragte sie.

»Nein«, erwiderte ich, »nicht mehr als ich.« Und während wir dem Ausgang zustrebten, dachte ich, nein, krank war er nicht, nicht kranker als ich. Aber ich weiß, wie er es empfand.

Ich weiß, wie es ist, auf nachtaltem Eis zu gehen, auf Eierschalen. Müssen wir so lernen weiterzuleben?

Ich hatte ja immer geglaubt, daß es ein Ausdruck programmatischer Demut war, wenn er nach einem weiten Wurf mit kleinen Schritten ging. Aber vielleicht empfand er es so, so wie ich heute. Denn er ging ja auf Eierschalen. Mattias Jonsson-Engnestam, *Lehrer, Freund und Vorbild*, wie es in größeren Zusammenhängen heißt. Vielleicht hatte er mir mehr beizubringen, als ich überhaupt verstand. Vielleicht hätte er mich lehren können, wie es ist, auf Eierschalen zu gehen und zu überleben.

Ich glaube, ich weiß jetzt, wie er es empfand: Jetzt glaube ich es zu wissen. Man baut seine Welt und hofft. Und plötzlich weiß man, daß alles auf Sand gebaut ist.

Am Tag darauf sollte ich sie schon um halb neun treffen, weil die Demonstration um neun begann: Es war also der 1. Mai. Ich verschlief aber und kam zu spät. Darum versäumte ich die einleitende Militärparade auf dem Marx-Engels-Platz, die Parade mit Panzern und Fernlenkwaffen und drohend rasselnden Kettenfahrzeugen. Wie die meisten Menschen habe ich Angst vor Militärparaden, weil ich instinktiv ein Gleichheitszeichen zwischen Phänome setze, die nur an der Oberfläche gleich sind: gleichartige Paraden setzen ein Gleichheitszeichen zwischen die Regimes, die die Paraden veranstalten.

Nun ja, ich kam zu spät. G. und C. sah ich nur aus der Ferne. Sie gingen in einer Gruppe, die aus Abordnungen von Sportvereinen bestand. Als sie an der Ehrentribüne vorbeidefilierten, sah man, wie sie ihr rhythmisches »Sport frei« ausstießen. Erst rief jemand durch einen Lautsprecher »Sport«, worauf die Menge mit einem satten und vollen »frei« einfiel. Mein Herr Jesus, dachte ich traurig, dies hätte Papa in den dreißiger Jahren erleben sollen: Der arme totgeborene Arbeitersportverband AlF, hoffnungslos unterernährt und von bösen rechtsopportunistischen Anschlägen erwürgt, der Fötus, der nie die Möglichkeit erhalten hatte, zu leben und sich zu entwickeln. Fünfunddreißig Jahre zu spät marschierte hier ein Heer von Arbeitersportlern auf, wohlorganisiert und zumindest von dem Ehrgeiz erfüllt, ideologisch bewußt zu sein. Die sozialistische Armee des Sports, zur falschen Zeit geboren. Denn zur rechten Zeit, als diese Armee wirklich gebraucht wurde, als sie herzzerreißend notwendig gewesen wäre und die Geschichte hätte verändern können, hatten die Gegner es verstanden, den Sport für ihre Zwecke einzuspannen. Es war ihnen gelungen. *»Gebt der deutschen Nation sechs Millionen tadellos trainierte Leiber, alle beseelt und durchglüht von fanatischer Vaterlandsliebe und zum größten Angriffswillen erzogen, und in einem Jahr wird daraus eine nationale Armee erstehen.«* Die Sportdekrete der Faschisten waren ohne Zweifel in Klartext formuliert, und man weiß, wozu man den Sport gebrauchen kann.

Hier kamen jetzt die Arbeitersportler anmarschiert, und ich setzte mich sofort auf ansprechende Weise zwischen die Stühle. Ich bin immer der Meinung gewesen, daß es ein entscheidender Verrat der schwedischen Sozialdemokratie an der schwedischen Arbeiterbewegung gewesen ist, in den zwanziger und dreißiger Jahren einer sozialistischen Sportbewegung gegenüber so viel Gleichgültigkeit oder offen demonstrierten Widerwillen zu bekunden. So kam kein Gegengewicht gegen den bürgerlichen Sport zustande. Es wurde versäumt, den Sport als politisches Instrument in der politischen Basisarbeit innerhalb der Arbeiterbewegung einzusetzen. Dies war eine ernste Unterlassungssünde, die erhebliche praktische Konsequenzen nach sich ziehen würde.

Ich weiß nicht, ob es in Trägheit und Unwissenheit begann, oder ob hysterische Furcht eine Rolle spielte, die Furcht, daß der kleine Embryo *Arbetarnas Idrottsförbund* durch kommunistische Infiltration befleckt werden könnte. Vermutlich hatten einige auch Angst, die schwedische Arbeiterklasse auf allzu entscheidende Weise zu aktivieren und sie in etwas anderes als eine brave Stimmabgabemaschine zu verwandeln, die zwar durchaus fähig war, kleine Zettel in Wahlurnen zu stecken, aber zu mehr nicht; nun ja, darüber weiß ich nicht viel, aber man kann ja was vermuten. Dies war der eine Stuhl: der offenbare Verrat.

Der zweite Stuhl, auf den mich zu setzen mir auch nicht ganz gelang, war die leise Skepsis, die ich angesichts des Phänomens empfand, das ich hier betrachtete.

Alle Parolen, die ich sah, waren außerordentlich. LEBENSFREUDE UND ERHOLUNG. Konnte ich mit Freude akzeptieren. GESUNDHEIT UND BILDUNG. Die Einsicht der sozialistischen Sportideologie, daß die Entwicklung des Körpers niemals von der Entwicklung der Seele isoliert werden könne, machte sie im Prinzip der Bürgerlichen unerhört überlegen, ja, nur das. WETTBEWERB UND LEISTUNGSSTREBEN – was zum Teufel bedeutete das eigentlich; gefährlich, bürgerliche Parolen, konnten die sich nicht in eine Nebenstraße verdrücken? FREUNDSCHAFT UND CHARAKTERSTÄRKE – dieses Gerede von charakterstärkenden Übungen habe ich mir nie so richtig zu eigen machen können, nachdem unser Bataillonschef einmal behauptete, kleine disziplinstärkende Übungen wie Schuhputzen und Spindreinigen stärkten auch den Charakter, was eine Einübung von *Gehorsam* bedeutete. LIEBE UND TREUE ZUR SOZIALISTISCHEN HEIMAT, na ja, die Vaterlandsliebe erlebt ja eine augenfällige Renaissance in der Welt von heute, also wollen wir auch das durchgehen lassen. VERTEIDIGUNGSBEREITSCHAFT UND WEHRFÄHIGKEIT – Verteidigungsbereitschaft, gut, das muß wohl sein, aber das andere? BRÜDERLICHKEIT UND ZUSAMMENARBEIT, das war gut, ebenso die letzte Parole, in der von Frieden und Versöhnung zwischen den Völkern die Rede war.

Alles war richtig, beinahe richtig zumindest, aber in mir blieb trotzdem diese kleine reservierte Ironie, die ich als so eigentümlich empfand. Und ich dachte, im Grunde bist du ja doch ein Bourgeois mit all den verdammten Vorbehalten eines Bourgeois und all seinen sophistischen Ironien. Bei der Wahl zwischen einer etwas kantigen Solidarität mit einer Bewegung, die gerade jetzt ohne Zweifel einen immer brutaler werdenden ideologischen Kampf mit dem immer mächtigeren Weltfaschismus austrug, bei der Wahl zwischen dieser Solidarität und der Chance, eine kleine elegante Ironie zu formulieren, hatte ich unzweideutig die letzte Möglichkeit gewählt.

Und leider war ich damit nicht ganz allein. Vielleicht war es so, daß meine ganze Generation, diese eigenartige Zwischengeneration, das Gefühl von Ausgehöhltsein und Zweideutigkeit mit mir teilte, weil wir alle zu einem Leben und zu einer Wertschablone erzogen und dann gezwungen worden waren, ein anderes Leben nach anderen Wertmaßstäben zu führen?

Zwei Stühle. Aber gab es keine dritte Alternative? Eine politisierte Arbeitersportbewegung, die *lebte*? Und eine Möglichkeit für mich, mich zu verändern?

Ich trieb langsam mit dem Demonstrationszug mit. Wir müssen Hunderttausende von Menschen gewesen sein, hollahi, hollaho, hier komme auch ich. Dies war etwas anderes als so ein läppischer schwedischer Erster-Mai-Umzug. Es war so absonderlich mit dem Gefühl von *Stärke*, das es hier gab. Erschreckend – und verlockend. *Du gehst auf Eiern, du hast schwankenden Boden unter den Füßen.* Oder war nur ich schwankend und hohl? Ich hatte so lange in westkapitalistischen Gesellschaften gelebt, in denen die Linke stets untadelig beweglich, antiautoritär, intellektuell nach allen Seiten abgesichert, sophistisch, zersplittert, kraftlos und im Grunde ungefährlich und bedeutungslos gewesen war, daß ich es im Augenblick für befreiend hielt, eine sozialistische Gesellschaft als Augenzeuge zu beobachten, die steifbeinig, dogmatisch, intolerant, kantig und auf mancherlei Weise beschissen war (zumindest der Gruppe der Gesellschaft gegenüber, zu der ich gehörte), die aber funktionierte, die nicht die Macht aus den Händen ließ, die wirklich verdammt viel für die Arbeiterklasse getan hatte, was nicht einmal den phantastischen Schweden gelungen war, die sich in einem grauen, uncharmanten und wenig spektakulären Alltag vorwärtsschleppte, sich aber auch tatsächlich weigerte, irgendeinen reaktionären Hund über die Brücke zu lassen.

Die letzten Jahre waren lehrreich gewesen. Nicht nur in einem Land war der Frühling zu Ende. Der hoffnungsvolle Pariser Frühling vom Mai 1968 war zu Ende. Der Prager Frühling war zu Ende, er war in einigen nachtschwarzen Augusttagen 1968 zu Ende gegangen, als sich die Straßen Stockholms mit schwedischen Bürgern füllten, die Tränen in den Augen und Freude im Herzen hatten. Danach war es Herbst geworden, etwas war zugeschnappt, der Winter war da. Und der ideologische Winter würde lang werden. Er hatte wohl keinen Platz für Utopien und Träume. Da gab es nur Platz für graue Realisten, weil die Gegner sich nicht mit Blumen und Charme stürzen ließen. Man konnte sie nur mit Organisation zerschlagen. Die Frage war nur: Welche Träume soll man sinnvollerweise dem Kampf zuliebe opfern und welche muß man behalten?

Sah die nächste Zukunft des Sozialismus wirklich so aus wie hier? So grau? Dann würde nur eins bleiben: die Realitäten anzuerkennen, die Tränen zu trocknen und einige Illusionen zu opfern, plus einige allzu schöne Träume, die vom Wintersturm verweht worden waren.

Sie riefen mir etwas zu, weit in der Ferne. *Sport frei. Sport – frei!*

Eine Stunde später entdeckte ich sie. C. trug eine Binde um den Arm, die ihn als irgendeine Art Funktionär auszuweisen schien. Sie trug ihren üblichen blauen Mantel und schien zu frieren.

»Sport frei, ihr beiden«, sagte ich in einem mißglückten Versuch, ein Spaßvogel zu sein. Sie lächelte mich nicht einmal an, und mit einemmal fühlte ich, daß es falsch gewesen war.

»Ich weiß, daß du es nicht magst«, sagte sie kalt. »Für uns arme Vettern vom Land bist du zu sophistisch. Wenn du herkommst, fährst du sofort zu deinen intellektuellen Brüdern. Ihr kippt Scheiße über den pervertierten DDR-Sozialismus und tut euch gegenseitig leid. Deshalb sagst du auch so ›Sport frei‹, wie du es eben getan hast.«

Ich war auf den Angriff nicht vorbereitet und verstummte völlig: Er war so dumm und ungerecht, daß ich nicht wußte, was ich sagen sollte. Ich hatte aber offensichtlich auf einen bestimmten Knopf bei ihr gedrückt, und sie wollte gar nicht aufhören.

»Wir haben dem mißlungenen Sozialismus in der DDR ein lebendes Denkmal errichtet«, sagte sie hart. »Er wohnt nur drei Häuser von hier entfernt, und dorthin pilgern sie immer, die aus dem Westen kommen. Ich möchte dir sagen, daß ich ihn verdammt gern habe, aber nicht die Pilger.«

»Ich wollte gar nicht ironisch werden«, sagte ich lahm. »Verzeih.«

»Wir haben neue Klassengrenzen gezogen, weißt du«, sagte sie etwas ruhiger. »Das ist es nur, was dich verwirrt. Privilegierte Arbeiter, Technokraten und Sportler. Unterdrückte Intellektuelle und Schriftsteller. Die publizistische Zukunft in der DDR sieht also nicht hell aus.«

»Verzeih mir«, sagte ich.

»Sport frei selbst dann.« Und dann war es weg. Sie lächelte ein warmes, liebes Lächeln, das so überraschend war wie die Bitterkeit zuvor.

»Sport frei selbst.«

Ich versuchte, ihnen ein wenig von dem zu erklären, was ich empfand – die Zwiespältigkeit angesichts dieser eigenartigen Demonstration der Stärke, all der gängigen Standpunkte. Und sie sahen mich beide mit ernsten, aufmerksamen Gesichtern an. Schließlich war es Claus, der mich dennoch unterbrach.

»Ich habe verstanden«, sagte er, »daß du es nicht magst, wenn der Sport im sozialistischen Kampf eingesetzt wird.«

Er sagte es sehr ernst. Alles schien zur Parodie zu werden. Wir redeten aneinander vorbei, was hauptsächlich mein Fehler war. »Ich glaube«, fuhr er fort, »daß es mit vielen Menschen im Westen so ist. Ihr seid Individualisten, und Solidarität zu zeigen ist etwas, was euch verlegen macht. Theoretisch kann man Solidarität fühlen, aber sie durch die Tat auszudrücken, fällt euch schwerer, besonders im Zusammenhang mit etwas so Vulgärem wie Sport. Das kommt euch schmierig vor.«

Dies war der komprimierteste Vortrag über einen politischen Gegenstand, den er in meiner Gegenwart gehalten hatte. Er schien verlegen zu sein, so klar und mit solcher Hitze gesprochen zu haben, und schwieg entschlossen. Es war der 1. Mai 1970. In zehn Minuten sollten wir uns trennen nach einem völlig mißlungenen Zusammentreffen. Gisela stand fast abgewandt da und sah über den Platz hinaus. Ich fand keinen Einstieg in ein neues Gespräch. Wir hatten Worte voller ungewöhnlicher Banalität gewechselt und waren alle drei gescheitert. Der Winter hatte begonnen und würde sehr lang werden. Diejenigen, deren Hoffnung überleben wollte, mußten sich mit großer Kraft wappnen. Wenn die Hoffnung in der Lage sein sollte zu überwintern, mußten die Träume gepanzert und gegen Kälte und Feuchtigkeit resistent gemacht werden. Was sollte ich tun? Die Aufzeichnungen über Mattias Jonsson-Engnestam-Lindner zu Ende zu führen, würde ohne Zweifel eine adäquate Aufgabe sein. Wir nahmen Abschied voneinander. Ich hätte weinen mögen, konnte aber nicht. Wir gaben uns die Hand. Sie sagte: »Grüß alle schwedischen Sportfreunde.«

In meiner totalen Einsamkeit sah ich, später an diesem Abend, eine zwei Stunden lange Reportage des zweiten DDR-Programms über eine Gemeinde im Süden der DDR. So etwas wie ein Massen-Amateurwettbewerb wurde ausgetragen. Radfahren über eine Slalombahn, Laufen in Autoschläuchen um Hindernisse herum, Familienstaffeln, bei denen die Kinder getragen, gerollt oder vorwärtsgeworfen wurden. Munter keuchende Eltern entledigten sich dieser Aufgabe. Stabhochsprung, eine Sportart, die so bizarr ist, daß sie sich nicht beschreiben läßt, die aber den Lesern von Instruktionsbüchern für Arbeitersport aus den zwanziger Jahren bekannt sein dürfte. Hier gab es vieles, was in die Vergangenheit zeigte, auf eine halb entschlafene Sportkultur.

Gab es auch etwas, was in die Zukunft wies? In diesem ausgedehnten Familienfest mit Sport und Spiel lag eine demonstrativ zur Schau getragene Ideologie des Glücks, gegen die ich mich wehrte: eine Art Garten Eden des Sozialismus, Abteilung Sport.

In der Nacht konnte ich nicht schlafen. Ich lag wach mit einem Gefühl der Scham. Ich betrieb ein falsches Spiel, aber ein schlimmeres als Papa, weil meines prätentiöser war. Ich kultivierte meinen Zweifel wie eine kleine Blume. Ich füllte mich selbst mit koketten kleinen Subtilitäten, wies in eine Richtung und ging selbst sofort in Deckung. In einer offenbaren Kampfsituation, in der die Macht der Reaktion unerhört war und immer mehr zunahm, widmete ich mich bestimmten privaten Ironien, die bestimmte, vielleicht nicht so subtile Ungereimtheiten im sozialistischen Lager betrafen. Ich konnte des Beifalls von bestimmter Seite sicher sein, also machte ich weiter. Ich sprach von Solidarität und Kampf, aber wenn ich dem Kampf begegnete, mißtraute ich ihm.

Ich konnte nicht schlafen. Ich wußte, daß ich mogelte. Dann lag ich lange wach, während die Müdigkeit kam und ging, konnte aber dennoch nicht schlafen. Da stand ich auf und las aufs Geratewohl in allem, was ich bei mir hatte. Ich begann mit Wonnebergers Buch über deutsche Arbeitersportler im Kampf gegen den Faschismus, dann kam Wagners feiner »Arbeitersport« von 1931 (warum war in schwedischer Sprache vierzig Jahre lang nichts geschrieben worden, was auch nur annähernd so durchdringende und gute Erkenntnisse über Sport vermittelte?). Dann Fritz Wildungs Buch mit dem gleichen Titel. Dann Julius Deutsch. Der Schlaf wollte sich nicht einstellen. Danach wagte ich mich an den vierten Band »Geschichte der Körperkultur in Deutschland« heran, an den Teil, der die Nachkriegszeit umfaßt und an dessen Ende sich das gute klassische Bild befindet: »Der Erste Sekretär des ZK der SED und Staatsratsvorsitzende Walter Ulbricht beim Volleyballspiel«, jenes bekannte Photo, auf dem er hochspringt und sich streckt, um den Ball übers Netz zu bringen; auf die Photos von Walter Ulbricht komme ich noch zurück. Es ist wirklich unfaßbar, wie groß die Armut an schwedischer Sportliteratur ist. Ich könnte aus dem Stegreif dreißig deutsche Buchtitel aufzählen; diese Werke sind in jeder Hinsicht – ideologisch, analytisch und an Faktenreichtum – allem überlegen, was je in schwedischer Sprache erschienen ist. Besonders in der Zeit zwischen 1920 und 1932 wimmelte es in Deutschland von ausgezeichneten Analysen von Funktionen und Struktur des Sports. Na ja, ich las, ich konnte nicht einschlafen, ich ging wieder zu Bett, und die Lösung war so weit entfernt wie je.

Im Januar 1943 waren wir nach Norrland gezogen. In der Erinnerung an die vierziger Jahre ist die gesamte vorhergehende Zeit der Kriegsjahre fast vollständig ausradiert. Es ist, als hätte ich erst mit dem Jahr 1943 begonnen, mich zu erinnern. Papa arbeitete zunächst im Wald, dann als Stauer, dann als Wachmann; der Teufel weiß, wie viele Jobs er überhaupt hatte. Den Wald hatte er am liebsten gemocht. Wie dem auch sei, im Januar 1943 fuhren wir hinauf in den Norden, und an die Winter dort erinnere ich mich.

Die vierziger Jahre hatten so eigentümliche Winter. Wir wohnten in einem großen grünen Holzhaus, hatten die obere Etage gemietet mit freiem Zugang zum Keller. Dort bewahrte Papa seine Gewichte auf, und dort lernte ich auch rauchen.

Ich rollte Zeitungspapier zusammen, steckte ein Ende an und atmete den Rauch bis zum Gaumensegel ein.

An die Nächte erinnere ich mich. Es geschah oft, daß ich nicht schlafen konnte. Mein Bett stand an einem Fenster, und da setzte ich mich ans Fußende, rollte mich in eine wärmende Spirale aus Decken, die nur den Kopf freiließ. Es war nachts fast immer kalt im Zimmer. Ich lag in einer Art Verschlag neben dem Schlafzimmer meiner Eltern; die Verbindungstür war geöffnet, und ich hörte das männliche Schnaufen Papas und Mamas bescheidenes Pfeifen. Aber oft ließ ich die Tür auch geschlossen, und dann hörte ich die andere Musik.

Ich saß auf dem Bett und sah aus dem Fenster. Woran ich mich noch erinnere, ist, daß es immer Mondschein und Schnee zu geben schien. Mondschein, Schnee und äußerst strenge Kälte. Ich saß auf dem Fußende meines Bettes, in meine Decken gehüllt, und sah übers Tal hinaus. Es sang im ganzen Haus. Es sang in den Telephondrähten, dumpf und klar, hart und beharrlich. Ja, in diesen Kriegswintern der vierziger Jahre war die Kälte oft sehr hart, der Himmel oft klar und beinahe blauschwarz. Die Häuser auf der anderen Seite des Tals waren dunkel und bogen sich fast unter ihren gewaltigen, wie Hefe aufgegangenen Schneedächern. Dies waren die klaren Nächte, die den Eindruck unerhörten, unwirklichen nächtlichen Lichts schufen. Alles war unerhört. Das All, die Schwärze. Das Licht vom Mond, der Widerschein des eisblauweißen Schnees, die Kälte, die oft auf 40 Grad unter Null absank; alles war unerhört.

Der See, weiß und unerhört, dessen Oberfläche ich mit dem Holzfernglas abgesucht hatte, der aber dennoch nie sein äußerstes Geheimnis preisgegeben hatte.

Es war aber der Gesang in den Telephondrähten, wobei das alte Holzhaus als gigantischer Resonanzboden diente, den ich nie vergessen würde. Ich hatte den Eindruck, als ob der Weltraum sang, als ob ich mich im Kern der gigantischen Schnecke des Weltalls befand, die alle äußersten Geräusche auffing und sie an mich weiterleitete. Dies war der Gesang, den ich hörte. Ich saß in meine Decken gehüllt, in der innersten Windung der Schnecke versteckt, und die Schnecke öffnete sich zu einem immer riesiger werdenden Schlund, der den blauweißen Weltraum in sich hineinzog und auch das Dunkel, das jenseits lag.

Und ganz hinten waren die äußersten Geräusche. Sie wurden zu dem Gesang, den ich im Verstärker der Schnecke hörte.

Der Weltraum sang für mich, dumpf und heulend. Es klang, als sängen deformierte Stimmen. Der Gesang vom äußersten aller Welträume hatte Stimmen in sich. Die Stimmen waren eigentümlich und unmenschlich. Sie kamen von weit her, schienen aber eine Botschaft zu haben. Sie sangen dumpf und heulend, aber sie sprachen auch. Der Gesang war *gerichtet*, er spiegelte etwas wider und war auf mich gerichtet, der ich mich in der innersten Windung der Schnecke befand. Der Gesang schien anzudeuten, daß weit dort draußen ein Gespräch geführt wurde; ich hörte das heulende und deformierte singende Geräusch von Menschen oder Wesen, die Kontakt hatten, die miteinander kommunizierten. Wenn ich äußerst sorgfältig zuhörte, konnte ich in dem anschwellenden und schwächer werdenden Chor von Stimmen sogar Individuen unterscheiden, einzelne singbare Motive, Tonschlingen und Stimmungen.

Einige der Stimmen waren feindlich und hart. Die ließ ich in den Hintergrund gleiten, weil sie mich erschreckten. Andere summten freundlich, nickten mir zu. Sie schienen etwas zu singen, was nach Aufmunterung klang: Es lag aber ein drohender Unterton in der Freundlichkeit. Ich saß da einsam in der innersten Windung der Schnecke. Meine Einsamkeit war scheinbar, und man bot mir die Möglichkeit zur Flucht. Es gab Gemeinschaft, weit weg von der Welt. Kontakt war möglich. Die Stimmen sangen, und ich lauschte. Und so saß ich lange Stunden dicht neben der fast zugefrorenen Fensterscheibe und blickte über das nachtweiß schimmernde Tal hinaus. Die harten schwarzen Mondschatten der Bäume fielen schräg über die Schneefelder, und im innersten warmen

Raum der Schnecke verborgen hörte ich die Stimmen von der Gemeinschaft erzählen, die es jenseits des äußersten schwindelnden Dunkels geben sollte, wo meine Vorstellungskraft ein Ende hatte.

Die Stimmen waren nicht aufdringlich. Sie stellten keine Forderungen nach Teilnahme, sie lockten nur geheimnisvoll mit einem möglichen Teilhaftigwerden. Und ich wurde wie der Junge in H. C. Andersens Märchen, der im Saal der Königin sein Puzzle aus Eisstücken legte, während die schwach klirrenden Laute in den unendlichen Sälen versanken. Und während dieser eintönige, an- und abschwellende Gesang mich im Innersten der Schnecke erreichte, konnte ich schließlich einschlafen, so wie ich saß, mit den Decken um mich herum.

So pflegte Papa mich zu finden, wenn er, von der merkwürdigen Rastlosigkeit getrieben, die niemand bei diesem stabilen Mann für möglich gehalten hätte, mitten in der Nacht aufwachte, aufstand und zu mir kam. Er tapste in seinen langen grauen Unterhosen und seinem Unterhemd aus Flanell herein, berührte meine Schulter, und ich wachte auf.

»Sitzt du schon wieder«, sagte er.

Ich sah sein Gesicht in dem bleichen Lichtschein vom Schnee und dem Mond draußen. Ich nickte und sagte ihm: »Es singt so komisch. Hörst du das?« Und da stand er dann gehorsam in der Unterwäsche am Fußende des Bettes, wandte das Gesicht dem Tal zu, und wir hörten beide den heulenden Gesang von den Telephondrähten und dem Weltraum. Ich versuchte nie, ihm etwas zu erklären, jedenfalls nicht, was mit der Schnecke und den Stimmen zusammenhing. Aber wir lauschten gemeinsam, und er mußte die Stimmen gehört haben, denn er stand geduldig mit herabhängenden Armen da und hörte mit stillem Gesicht zu. Und wir lauschten gemeinsam.

Das Eisstück im Auge, die Glasscherbe im Auge, der Junge mit dem Puzzle, der Gesang. Wen beschreibe ich eigentlich? War Papa wirklich in Västervik geboren, oder war er es selbst, der dreizehnjährig in Decken gehüllt dasaß und im Innersten der Schnecke dem Gesang lauschte? 1917 hatte er dort unten gewohnt. Aber davor?

Wir hingen so hartnäckig zusammen, daß wir uns fast miteinander vermischten. Abends, nachdem Papa nach Hause gekommen war, gingen wir oft hinaus, um gemeinsam zu pinkeln. Wir standen auf der Brücke, in der klaren, eisig kalten Luft, im Strahlenkreis der nackten Brückenlampe. Wir pinkelten zwei tiefe Löcher in dieselbe Schneeverwehung. Das gelbe Loch wurde größer und größer und fraß sich immer tiefer unter den warmen Strahlen, so daß unsere Pisse schließlich in der Unterwelt zu versinken schien, um sich dort zu vereinigen und sich zu geheimen unterirdischen Seen auszuwachsen. Da standen wir, der Hammerwerfer und des Hammerwerfers Sohn, und pinkelten wortlos und still in dieselbe Schneeverwehung.

Zusammen mit Papa gelang es mir in solchen Momenten, eine unerhörte Ruhe zu empfinden, als wäre die gewaltige, gesetzte Gestalt neben mir ein Anker, der mich an diese Welt band, mich daran hinderte, ruderlos hinauszutreiben und ins All gespült zu werden, wo sich nur die einsamen singenden Stimmen befanden. »Hörst du, wie es singt?« fragte ich ihn. »Hörst du?«

Er stand im kühlen Mondlicht am Fußende des Bettes. Wir lauschten. Er muß verstanden haben. Und dann beugte er sich vorsichtig über mich, hob mich ans Kopfende zurück, legte mich hin, breitete die Decken über mich: Und ich sah sein Gesicht; es war bleich und kantig, aber in etwa von traurig behauener Freundlichkeit. Völlig still stand er, während der Gesang sacht erstarb und ich in die geborgene, traumlose Stille entschwand, die nur er mir geben konnte. Der äußerste gähnende Schlund der Schnecke war fest verschlossen; er konnte zu seinem Bett zurückgehen. Ich weiß noch, wie seine Hände und Arme bei seinem wiegenden Gang aussahen: Sie hingen gerade herunter. Sie waren plump zurechtgeschnittene Wurfhämmer, die dennoch größere Macht besaßen als die still vor sich hinheulenden Stimmen aus dem entferntesten All.

Ich zeichnete Papas Bild: ein bulliges Rechteck mit einem kleinen Knopf von Kopf.

Werde nicht traurig, aber so hast du tatsächlich ausgesehen. Erneuerer des schwedischen Hammerwerfens, Humanist, guter Kamerad und Liebhaber des Boxens. Außerdem ein in der Geschichte des schwedischen Sports klassischer Verräter. Ist das alles vereinbar? Ich selbst bin ein kleines Kommazeichen daneben, bleichgesichtig, aber optimistisch. Hingegebener Liebhaber des Boxens überdies, wie immer ich diese Liebe geerbt haben mag. Wo fangen wir an? Im Januar 1970, dem klassischen unter allen Monaten!

Ich betrat die Sporthalle durch den Mittelgang, gerade in dem Augenblick, als das erste Match beginnen sollte. Ich sah den hell erleuchteten Ring aus einer Entfernung von dreißig Metern, sah den langen, schlaksig-geschmeidigen Boxer auf den kleinen untersetzten zugehen. Der Hochgewachsene schlug einen harten, schrägen rechten Haken, der ins Ziel traf und den anderen der Länge nach auf die Bretter schickte. Im Fallen stieß er mit dem Kopf gegen die Seile und fiel dann graziös zu Boden, wo er sich zusammenkrümmte und als unsortierter Haufen liegenblieb. Dann hieß es nur noch zählen. Es war Schluß mit einem Mal; dies war der schnellste Kampf, den ich je gesehen hatte.

Ich mag Profiboxen wirklich gern, aber dennoch spürte ich einen Stich von Unlust. Schnell entschiedene Kämpfe sind nicht gut. Keiner dieser beiden Boxer hatte eine Chance gehabt, sich zu profilieren. Vor dem raschen Ende hatte ich kaum eine Andeutung von sinnvollem Boxen gesehen. Es konnte sich um einen getürkten Kampf gegen eine Null handeln, die so schnell wie möglich hatte aus dem Ring genommen werden wollen. Möglicherweise war es aber auch ein Sonntagsschlag gewesen. Wie auch immer: Diese Sportproduktion war unbefriedigend ausgefallen. Mindestens einer der beiden Angestellten hatte die Erwartungen des Arbeitskäufers kaum erfüllt, und jetzt pfiff das Publikum anstelle des Arbeitskäufers, weil es zu den ungeschriebenen Regeln der Sportindustrie gehört, daß die Angestellten ihren Job erfüllen, pünktlich sind, ihre Verträge einhalten und sich nicht allzu frühzeitig ausknocken lassen, sondern sich hart anstrengen, so daß der Sportkäufer und seine Kunden eine möglichst hohe Ausbeute an Zufriedenheit erhalten.

Es war aber nach höchstens zwanzig Sekunden zu Ende gewesen. Man hob den Burschen von den Brettern, stellte ihn auf die Beine, kippte eine Flasche Wasser über ihn und führte ihn behutsam hinaus. Ich stand noch immer neben der Treppe, die zu den Umkleideräumen hinabführte, und er ging dicht neben mir vorüber. Er sah ungeheuer benebelt aus, hatte aber einen entschlossenen Ausdruck im Gesicht, der sehr merkwürdig war. Ja, er verließ die Arena ausgeknockt und benebelt, aber noch immer mit einem absurden kleinen Rest von Entschlossenheit im Gesicht, als hätte er noch immer nicht begriffen, daß der Kampf begonnen hatte und sogar zu Ende war, daß alle Chancen verpaßt waren und daß er geschlagen war.

Er hatte noch nicht Zeit gehabt, sich von Entschlossenheit auf Resignation umzustellen. Auf dem Weg zum Umkleideraum ging er an mir vorüber und torkelte mit wiegenden Schritten und großer Zuversicht weiter.

Ich setzte mich, die Lichter wurden gelöscht. Der zweite Kampf sollte beginnen. Dies war eine feine und klassische Halle. Hier hatte Goebbels seine großen Reden gehalten, und heute konnte man sich ans Boxen halten. Ich sah die Köpfe der anderen Menschen wie schwarze Scherenschnitte vor mir, zwischen ihnen den weißen Dunst von Tausenden von Zigaretten. Die ganze Halle atmete heftig, in einer gleichzeitigen und lebhaften Bewegung. Es war, als reagierte das Publikum jetzt mit unerhörter und blitzschneller Aufmerksamkeit, mit hysterisch hochgeschraubter Empfindlichkeit: als wäre jeder einzelne Zuschauer ein Teil der Schläge, ein Teil des Schmerzes.

Ja, dies war wirklich Sport. Dies war auch das Theater des kleinen Mannes. Denn während das Theater lange einer bestimmten Gesellschaftsschicht, einer bestimmten Klasse vorbehalten gewesen ist und sich immer der Vergünstigung sicher sein konnte, große und schmeichelhafte Aufmerksamkeit bei Intellektuellen zu erregen, und während Sozialisten in allen Ländern ständig diskutieren, welche Art Theater sie haben wollen und wie dieses Theater ans Volk heranzubringen sei, so wird dem Theater, das tatsächlich, ja tatsächlich, das Volk erreicht, wenn überhaupt, dann nur selten Aufmerksamkeit zuteil.

Der Sport, das Arme-Leute-Theater. Dieses zum Beispiel. Das Aussehen dieses Theaters, Inhalt, Struktur und politischer Gehalt – das waren Dinge, die niemanden kümmerten.

Nun ja, das wäre ja auch zuviel verlangt. Das Arme-Leute-Theater läßt sowohl Glanz wie Exklusivität vermissen. Zwar braucht es, meiner entschiedenen Überzeugung nach, äußerst gutes szenisches Theater, um interessanter zu sein als selbst mediokres Profiboxen, aber lassen wir das. Das Theater des kleinen Mannes muß auch weiterhin abseits der *eigentlichen* Aufmerksamkeit sein Leben fristen, angefüllt mit seinem verrückten, schwer faßbaren und launenhaften Reichtum.

Und ebenso gewiß würde ich fortfahren, diesen gottverdammten Brei zu lieben, wider besseres Wissen zwar, aber hoffnungsvoll und hartnäckig.

In dem letzten Match vor dem Hauptkampf tauchte plötzlich der alte Giulio Rinaldi im Ring auf; wo hatte ich ihn zuletzt gesehen? Er war vor etwa fünf Jahren Europameister gewesen, aber seitdem war es langsam, aber stetig mit ihm bergab gegangen. Jetzt war er zum Vorkampfboxer degradiert und als solcher natürlich eine nicht zu verachtende Attraktion. Ja, ich hatte ihn vor ein paar Jahren irgendwo in Europa gesehen (was hatte er eigentlich getan? Wurde er nicht einmal in einem Kampf gegen Bubi Scholz disqualifiziert?), aber jetzt wirkte er fetter, schlechter trainiert, besaß aber noch immer eine gewisse Schwere und Autorität. Seine Schwere saß jetzt jedoch zum überwiegenden Teil auf den Hüften und war bald zu bemerken, sobald er sich nämlich bewegte: Ich konstatierte eine beginnende Schwerfälligkeit, die teils Fettleibigkeit, teils Müdigkeit war, teils etwas, was Ausdruck eines untergrabenen Selbstbewußtseins sein mußte.

Dem Programmheft zufolge hatte er in den letzten Jahren eine ansehnliche Menge von Verwarnungen und Disqualifikationen hinnehmen müssen, was durchaus glaubhaft erschien: Denn wenn er müde wurde, und dies geschah heutzutage öfter, schlug er lieber zu, als zu zielen; aber er schlug ohne Präzision, er neigte dazu, das Gleichgewicht zu verlieren, er schlug schräg und mit offenem Handschuh und zudem auf den Rücken des Gegners, und außerdem sah ich ein paar haarsträubende Nierenschläge. Schon in der zweiten Runde kam der erste Nierenschlag, und dies blieb nicht der letzte. Es war aber nicht so schlecht, wie es vielleicht aussehen mochte; Rinaldis Nierenschläge gehörten nicht zu den verräterisch geschickten, die ein guter und durchtrainierter Boxer sich gelegentlich leisten kann, weil er sich bewußt ist, daß er mit einem solchen Ausnahmeschlag dem Gegner zwar schwer schaden kann, selbst aber keine Gefahr läuft, disqualifiziert zu werden; nein, hier sah ich schwerfällige, tastende Nierenschläge, die ein Foul sozusagen nur vorzutäuschen schienen, dem Gegner aber nie ernsthaft Schaden zufügten.

Jetzt wurde er ein paarmal verwarnt, schlug sich noch immer tapfer zwischen seinen Fehlschlägen, aber mit der entschuldigenden, hilflos unschuldigen Miene, die ein müder und schlecht trainierter Boxer bei Verwarnungen oft aufsetzt, weil er weiß, daß sie berechtigt sind, die er aber trotzdem nicht verhindern kann, weil er müde ist und sich nicht mehr unter Kontrolle hat.

Rinaldi war wie ein junger Hund, obgleich er auch in seiner Erschöpfung noch unerhört stark war. Er wurde nämlich in den ersten vier Runden sehr müde, verhielt sich mitunter wie ein Anfänger, klammerte, ging vor dem Break aus dem Nahkampf, ließ die Arme herunterhängen und retirierte mit unschuldsvoller Empörung, wenn er dabei einen selbstverschuldeten linken Haken einfing. Es lag keine Konsequenz in dem, was er machte. Dennoch war er keine lächerliche Figur. Die zwei letzten Runden überstand er trotz seiner Erschöpfung erstaunlich tapfer und gut, aber dieses Aufraffen kam zu spät.

Es war viel zu spät für Giulio Rinaldi. Als der Ringrichter den Sieger ausrief – und der hieß also nicht Rinaldi –, stand Giulio abgewandt in seiner Ringecke, mit dem Gesicht zum Hallendach, und goß sich eine Flasche Wasser übers Gesicht.

Danach blieb ihm nur noch übrig zu gehen.

Ich weiß nicht, warum ich aufstand und der geschlagenen, kleinen Delegation auf dem Weg nach draußen folgte: Vielleicht aus dem Grund, daß es beim Verlierer eine rätselhafte Verlockung und eine heimliche Würde gab, die ein Sieger nie hat. Rinaldi ging mit kurzen, wiegenden Schritten; der massige Oberkörper war unter einem etwas zu langen Seidenmantel verborgen. Er ging die Treppen hinunter und verschwand in einem der labyrinthartigen Korridore. Schweiß und Wasser liefen ihm übers Gesicht. Es tropfte und lief. Zuerst ging er an der Spitze einer kleinen Gesellschaft von vier Mann, dann fiel einer ab, dann noch einer. Schließlich ging er allein.

Die Umkleideräume, wie immer in heftigem Kontrast zur Welt dort oben, waren fast menschenleer. Hier war es still und trist, fast erholsam. Rinaldi ging direkt zwischen die Stahlspinde, setzte sich auf einen Stuhl und schnitt selbst, mit der langen gebogenen Spezialschere, seine Bandagen auf. Ging zu einer Waschschüssel, beugte sich hinunter, spülte Haar und Gesicht und dann wieder das Haar.

Ich sah ihn genau so: auf der anderen Seite des leeren Umkleideraums, völlig allein nach der Niederlage, wie er sein Haar spülte. Unerhört pathetisch, dachte ich, und war wie immer bereit, eine Träne zu vergießen. Aber war es wirklich pathetisch? War es nicht nur Null und nichts weiter? Der Arbeitstag zu Ende, die Ware abgenutzt, der Körper bald ausgebrannt, auf dem Weg von einem hohen zu einem niedrigen Einkommen. Der Facharbeiter ausgequetscht, bleibt noch Maschinenputzen. Aber war dies etwas, wobei man sich aufhalten sollte, nur weil er zufällig ein Profiboxer war? War dies alles nicht ein einfacher, normaler Ausdruck der gesellschaftlichen Situation?

Er selbst mußte sich ja auch an die große Zeit erinnern, in der er sich vor lauter Journalisten im Umkleideraum kaum rühren konnte. Aber Erik Valfrid Jonsson seligen Angedenkens wurde verdammt noch mal nie die Ehre zuteil, von Journalisten ausgefragt zu werden, und dann saß er doch da mit seinem kaputten Rücken. Und Papa? Nun, vor grauer Vorzeit hatten sich die Journalisten jedenfalls um Giulio Rinaldi gedrängt. Jetzt mußte er seine Bandagen selbst aufschneiden. Er war zerschlagen, und seine nicht völlig geglückte Karriere war bald zu Ende. Alles war wieder im Lot und ausgeglichen.

Gerade in diesem Augenblick hörte ich ihn eine Melodie summen. Er summte leise und weich, als wäre er gerade von einem anstrengenden Arbeitstag nach Hause gekommen und als wäre er müde und recht glücklich zugleich, als hätte er seine Ausbeutung eingesehen, seine Erniedrigung, sich aber entschlossen, einen absurden kleinen Rest von Stolz in sich zu bewahren. Er summte und pfiff, und mit fast schmerzhafter Schärfe erinnerte ich mich an das Zimmer in Västerås, an Papa, der mit geschlossenen Augen auf dem Bett lag, und daran, wie ich in der Tür stand und nicht gehen wollte. Auch Papa hatte eine Melodie gesummt, aber ihn hatten sie für immer und ewig ausgezählt. Ich hatte in der Tür gestanden und nicht gehen wollen, aber genauso verdammt gewiß war ich gegangen, obwohl er dort gelegen und vor sich hin gesummt hatte.

Der Abstand, in Jahren gerechnet, war groß; mich nannte man nicht mehr den Sekundanten, aber wohin ich mich auch wandte, so schienen sich überall die gleichen Szenen abzuspielen. Ich weiß nicht, ob ich manisch oder einäugig bin, aber für mich scheint die Welt von ausgezählten Moglern, kleinen Betrügern, gescheiterten Humanisten, summenden, ausgebeuteten und plattgedrückten kleinen Schissern bevölkert zu sein, denen es ebenso wie mir schwerfällt, das zu sehen, was sie plattgedrückt hat. Papa kommt im Traum zu mir und fragt: »Weißt du?«, aber noch immer weiß ich nicht so recht. Ich weiß, daß es darum geht, unsere Hoffnung gegen Feuchtigkeit und Nässe resistent zu machen, sonst wird es sehr schwierig für die Armeen von Moglern, Ausgezählten und plattgewalzten kleinen Schissern, die in meinen Augen die Welt bevölkern. Ich fange an zu glauben, daß wir in der Mehrzahl sind.

Und ich erinnere mich, wie Giulio Rinaldi, ehemaliger Europameister aus Italien, über den Fußboden zu seinem Stuhl ging, sich hinsetzte, und wie ein knotig ausdrucksvolles, geschwollenes Gesicht völlig ruhig und von etwas erfüllt war, was tatsächlich nach Glück aussah. Da saß er nun und wartete, während niemand kam, vollkommen still, voll der selbstverständlichen Würde und des relativen Glücks, das ein guter, aber verlorener Kampf zu geben vermag. Er summte eine Melodie vor sich hin und sah gerade heraus ins Nichts, während der Schweiß an seinem Körper trocknete und die Rufe vom nächsten Match wie das schwache Echo lauten Grölens durch die Korridore hallten.

Und ich dachte: Nein, es ist gut so, keine Tränen und keine Sentimentalität, keinen Blick zurück auf alte Rosen, die schon längst verwelkt sind. Ein guter Kampf ist ein guter Kampf. Er hat ein Recht zu singen. Er hat tatsächlich ein Recht zu singen.

Noch mal von vorn: Ausgangspunkte

> *»So ist das Entzücken der Intellektuellen gegenüber dem Bergsteigen beschaffen: behaftet mit dem Tragikomischen eines Don Quijote. Sie greifen eine Bergwand an, um nicht die Ausbeutung sehen zu müssen, sie kämpfen gegen die Berge, um nicht gegen die herrschenden Klassen kämpfen zu müssen.«*
>
> »Der Naturfreund« (1928)

Vor dem Hotel in M., Schnee, bleiche Farben. G. müde. Der Sekundant: »So ist es. Wir sind frei gewesen, einander unverbindlich zu lieben, frei, feige zu sein, frei zu betrügen. Jetzt sind wir erwachsen und haben die Unfreiheit des Mitgefühls erreicht. Das ist ein großer Schritt.«

Dresden: Am Rande der Stadt, im Mai blühten die Gärten, und von dem leichten Abhang zur Stadt hin sah diese bemerkenswert jung und unschuldsvoll aus, unverwundet und ohne Erinnerungen. Sie ging vor, Erde auf dem Weg, herabhängende Zweige, der Geruch?

Dresden 2: Wie hieß die Straße? Es roch auf der Treppe, aber drinnen waren die Zimmer erstaunlich groß und geräumig. Claus drehte sich um und lächelte: Bedeutung? An der Wand ein Bild, mußte G. sein. Der Kontrast zwischen dem schrägäugigen, sachlichen Marxisten und der fast vulgären Sinnlichkeit des Bildes: Was war richtig? »Gemalt in einem Anfall von… nein, ich weiß nicht.« »Nein, das bin ich wohl nicht.« Schräges, fast zweideutiges Lächeln, warum? Die Luft draußen lau. Die Straßenbahn. 15 Pfennig bezahlt?

Der Fußballplatz in Gera, eng, gab dem Spiel einen völlig anderen Charakter. Das Publikum kühler, weicher: »Junge, Junge!« Die Schlange von Pensionären, gratis. Johann Wolfgang von Goethe: *»Eigentlich ist so ein Amphitheater recht gemacht, dem Volk mit sich selbst zu imponieren.«* Die Zementbahn, Rollschuhe. Laute: scharfes Rasseln, Zement gegen Räder (Gummi?). Regen: Sie bleiben sitzen, wie treue Raben, trotz des strömenden Regens.

Das Turnen. Jahn 1819 wegen umstürzlerischer Tätigkeit angeklagt. Das Turnen wächst, wird stärker, vereint sich mit der bürgerlichen Freiheitsbewegung. Das Turnen wurde, wie sich herausstellte, durch die politischen Wünsche der kapitalistischen Gesellschaft geprägt, wurde zum Kampfinstrument der Bourgeoisie, mit dessen Hilfe sie die vorher herrschende Klasse niederringen und stürzen wollte. Militärische Disziplin, Präzision, Einteilung in kleine Einheiten, die Unterordnung des einzelnen unter den Willen des Führers. Militärisches Kommando: Ein Vorwand, um außerhalb der Armee und unter unschuldigen Formen Verbände wohldisziplinierter und wohlorganisierter Kampfgruppen aufzustellen. (Vgl. AIF und deutschen Arbeitersport, besonders das Jahr 1933!) Immer mehr näherte sich das Turnen dem rein militärischen Drill. Das einzige, was noch fehlte, war das Gewehr. Dieses wurde auch sehr bald durch einen Eisenstab ersetzt, als Vorwand. Das Turnen als Gehorsamsprobe. Das Turnen sollte, so exakt wie nur irgend möglich, die Lebensformen der kapitalistischen Gesellschaft imitieren und sie *bekräftigen*. Ein Führer, eine Masse, die sich unterordnete. Turnen als politische Unterweisung der Masse: Unterweisung in Gehorsam, im Verhältnis zwischen Führer und Geführten.

Aufgabe des einzelnen Turners war nicht, sich selbst zu entwickeln. Seine Aufgabe war es, sich einzuordnen, auf so exakte Weise wie möglich zu gehorchen. Aber nicht nur er, sondern auch der Anführer beim Turnen war ein Produkt des Systems. Es galt, sich in der kapitalistischen Wettbewerbsgesellschaft zu erneuern: Und so wurden Reihen neuer Kombinationsbewegungen geschaffen; sie alle waren für den einzelnen Turner gleichermaßen sinnlos, aber sie boten erhöhte Schwierigkeitsgrade und stellten erhöhte Anforderungen an Observanz, Gehorsam, Unterordnung. Die technokratische Gesellschaft entwickelte sich auf erhöhte Kompliziertheit hin. Die erste Regel des Fabrikarbeiters lautete: Gehorche. Die zweite: Passe dich an den Produktionsprozeß an. Man vergleiche damit den Turner. Sobald das Bewegungsschema eingeübt war, galt es, neue Schemata zu schaffen, neue Anforderungen zu stellen, die sämtlich Spiegel der Situation des Arbeitslebens waren.

Man beachte den Sprung vom Freiluftturnen zu den Turnhallen: Effekte? Die Loslösung des Menschen von einem natürlichen Verhältnis zur Landschaft, seine Hinführung zur industriellen Umwelt der Großstädte, dem Sportmilieu der Großstädte. Die Organisation in einer Fabrik: keine Einsicht in die Produktionsabläufe, punktuelle Arbeit nach Plan wie beim Turnen. Der faschistische Mensch: Reih und Glied, Stiefeltritte im Takt. Ein *guter* Gruppenturner ist der, der nicht abweicht. Der niemals das Muster durchbricht.

Große Massenturnfeste auf Sportplätzen: Der Beifall gilt der Dressurleistung, die darin besteht, dreitausend Menschen zu beherrschen.

Man beachte die Veränderungen von heute! Die liberale Gesellschaft konnte es nicht länger zulassen, daß die Machtstruktur sich so brutal und unsophistisch in der Welt des Sports widerspiegelte. Maskierung war notwendig, also wurde das Turnen verändert. Die gerade Linie ist durch die Kurve ersetzt worden, das Quadrat durch den Kreis, die autoritären Züge wurden maskiert. Der Führer ist nicht mehr die charismatische Sonne in der Mitte. Er ist zwar noch da, aber beherrscht mit anderen Mitteln. Man beachte das Phänomen des tänzerischen Frauenturnens als Ausdruck der heutigen Gesellschaft: Serien einprogrammierter Verspieltheiten, mit militärischer Präzision eingedrillt. Der totalitäre Staat durch Schönheit maskiert, durch Verspieltheit und Spontaneität.

Einem Interview mit P. K. am 22. 7. 69 zuf. war Papa ein guter Turner im AIF zw. 31–33. Unters. die Struktur dieses Turnens. Warum »gut«?

Zeit: 29.15, nein, wirklich nicht schlecht

»Wenn wir uns zum Wettkampf stellen,
um zu messen Geist und Kraft,
gilt für alle eine Losung:
Leistung, Sieg und Meisterschaft!«

Nein, sehr viel an Leben war das nicht, aber vielleicht eine annehmbare Art, langsam zu verkümmern: Ich hatte ihn in Paris kennengelernt und traf ihn jetzt in Hamburg. Er war Tourneeleiter einer reisenden Catchertruppe und verantwortlich für die gesamte Administration. Sie sollten bald aufbrechen, sie waren auf dem Weg nach Berlin. Ich weiß zwar nicht, ob es zu meinen Einsichten etwas hinzuaddierte oder zum Puzzle in seiner Gesamtheit, aber ich sprach mit ihm, notierte. Der Job verlangte zwar nicht sehr viel, von Sprachkenntnissen abgesehen, und die hatte er. Nachdem er im Juli 1968 seine politische Tätigkeit abgebrochen hatte, ging er auf die Jagd nach Arbeit. Diese hatte er im November des gleichen Jahres bekommen. Da hatte er mit einem Mal zugeschlagen. Er dachte nicht mehr an eine Rückkehr: Nein, jetzt nicht mehr.

Es gab viele Ursachen dafür.

Er behauptete, die Arbeit als Catcher-Organisator gewählt zu haben, weil das Catchen eine so saubere und anständige Branche sei. Es sei eine Linie, die bis an ihren äußersten Endpunkt getrieben worden sei.

Dort, an der äußersten Grenze, könne man Ruhe finden, wenn man besiegt sei.

Er mochte die Ringer. Jeder kannte jeden durch und durch. Jedes Auftreten war wohl einstudiert und erprobt, jeder

Schlag, jede Geste, jedes Gebrüll. Heute, so meinte der Expolitiker, laufe es meist nach Routine. Am schlimmsten sei es, wenn irgendein neuer Ringer in die Show herein sollte. Nicht jeder sei in der Lage, sich alle Verhaltensmuster rasch anzueignen: in welcher Reihenfolge man sich auf die Matte werfen lassen, wann man sich weigern sollte, dem Gegner die Hand zu geben, wann man den Ringrichter zu Boden schlagen sollte.

In der bürgerlichen Gesellschaft erschien dem Tourneeleiter die klar definierte Formelwelt des Catchers als moralisch.

Er hatte die Verhaltensmuster an alle Ringer weitergegeben, klare Direktiven über die innere Ordnung der Formeln. Es gelinge aber nicht allen, ihnen zu folgen. Ringer seien ja prächtige Menschen, sie arbeiteten manchmal aber sozusagen aus der Hüfte, verließen sich auf Routine und Improvisation. Dann werde der Laden etwas müde. Einige griffen zu den einfachsten Mitteln: drehten dem Gegner den Arm um, drückten ihm die Kehle zu und brüllten, hielten seine Beine fest, träten um sich. Das sei einfach und bringe die Zeit weiter; viele seien entzückt davon, die ersten beiden Runden mit solchem Hühnerkram zu füllen, aber die Zuschauer entdeckten zum Schluß immer, daß es eben nichts weiter war als Hühnerkram. Mit solchem Denken könne man unmöglich eine Tournee über die Runden bringen.

»Weiter, schneller, höher –
Mut und Disziplin!
Manches wird gelingen,
was unmöglich schien.
Höher, schneller, weiter –
Stoß und Sprung und Lauf!«

Viele seien der Auffassung, daß Schläge, gespielte grobe Fouls oder schwere Brutalität erst am Ende der zweiten oder in der dritten Runde eingesetzt werden sollten. In unserer Zeit sei es völlig unangemessen, die Dinge so zu sehen. Spätestens zu

Beginn der zweiten Runde müßten die schweren Geschütze aufgefahren werden. In allen anderen Bereichen der Gesellschaft gehe das Denken in die gleiche Richtung. Zum Beispiel beim Strippen könne man diese Tendenz beobachten. Vergangen seien doch die Zeiten, in denen die Puppen drei Minuten lang in voller Montur herummimten, bevor die Klamotten fielen. Schneller zur Sache kommen, auf den Kern der Show, so sei es doch nun einmal, überall.

»Keiner hält des Menschen
kühnes Streben auf.
Weiter, schneller, höher –
Wissen, Anmut, Kraft!«

Das Interessante beim Catchen sei, daß es eine Kunstform ohne jede Heuchelei sei. Hier sehe man alles klar. Dies sei eine total gekünstelte Welt, die sich auch als nichts anderes ausgebe. Die Gekünsteltheit zur Vollendung getrieben, wie eine Oper, eine Formelwelt voller toter Gebärden und kodifizierter Gesten. Er hatte gelernt, das Catchen zu lieben, weil es für ihn so etwas wie ein behaglich langsames Sterben in einer Welt bedeutete, die sich nicht verstellte. Als schlenderte man mit versteinerten und toten Gefühlen durch einen Park. Hier gab es alle äußeren Insignien des Sports: das formelle Moment des Wettbewerbs, Ringer, Ringrichter, Kampf, Griffe, Schweiß, Publikum, Stimmung. Aber dennoch war alles nur der Abklatsch eines richtigen Lebens.

Der Abklatsch machte aber deutlich, was die Gesellschaft von heute war, ohne humanistische Schleier, ohne Heuchelei. Eine Art Ehrlichkeit dennoch: jeder Wurf einstudiert, jeder Schrei eingeübt, jeder Griff ein Ergebnis der Tatsache, daß ein anderer seinen Griff lockerte. Jeder Sieg am Abend zuvor beim Zusammentreten des Sekretariats ausgelost.

Es lag eine geheimnisvolle Verlockung darin, in einer Scheinwelt zu leben, die ehrlich war. In jenem Herbst, in dem er Arbeit bei den Tourneeveranstaltern gesucht hatte, hatte er ein unerhörtes Gefühl der Befreiung erlebt. Sein völlig schizophrenes Gefühl, für alles verantwortlich zu sein, ließ nach. Er hatte ein neues Denken akzeptiert. Die Welt war auf Kulissen reduziert, auf Formeln, die Gefühle waren zu Versatzstücken geworden. Die Kameraden, die er vorher gehabt hatte, in Paris, hatten alle auf die verschiedenste Weise reagiert. Er selbst hatte schließlich wie geschehen reagiert. Sollten andere ihre Auffassungen behalten. Er behielt seine. Hier brachte er seine Tage damit zu, mit diesen freundlichen, dicken Muskelbergen zu diskutieren, die vielleicht nur selten sophistisch waren, dafür aber sehr viel natürliche Herzenswärme und Rücksicht zeigten. Er mochte sie. Sie diskutierten darüber, wer am kommenden Abend die Rolle des Bösewichts und wer den »Guten« spielen sollte. Alle wollten die böse Rolle spielen; sie waren kindlich entzückt bei dem Gedanken, ausgepfiffen, herausgeworfen, gehaßt zu werden. Er selbst mußte die Entscheidung fällen. Er hatte das letzte Wort, und sie gehorchten ihm. Er liebte sie alle. Er liebte ihre Wärme, ihre Treue und Anständigkeit, ihre Freude, sich verstellen zu dürfen, und in dieser Welt ständigen Organisierens und immer neuer Reisen hatte er jetzt zwei Jahre gelebt.

An die alte Zeit erinnerte er sich noch. Er war nicht so geworden, wie sie geglaubt hatten. Einige, wie er, widmeten sich jetzt dem Überleben. Nein, sehr viel an Leben war das vielleicht nicht, was er lebte. Aber es war schön, etwas schonender, daher seine Liebe. Es war eine annehmbare Art, langsam zu sterben, ohne Schmerz. Oder, wie er zu singen pflegte:

»Sport ist unser Kräfte Quell
und für die Gesundheit wichtig;
die Beine schnell, die Köpfe hell –
so sind wir grade richtig.«

An dem Tag im August 1947, als Papa entlarvt wurde, war in ihm alles zu Ende: unvermittelt, als hätte man einen Lichtschalter betätigt und einen Raum verdunkelt. Alles wurde gelöscht, hörte auf, und auch er hörte auf. Er hörte mit den Experimenten und den Skizzen auf, auch damit, mit dem, was sein Leben in den letzten drei oder vier Jahren in so hohem Maße erfüllt hatte. Die eigentliche Bedeutung des Sports für Papa wurde mir zum erstenmal klar, als Johan Peter Engnestam, sein Sohn und mein Bruder, Peter genannt, zu Grabe getragen wurden. Das war im Mai 1943.

Im Jahr zuvor hatte Papa 40,65 als Bestleistung erzielt. In jenem Sommer würde er noch 45,66 erreichen. Für 44 Meter war er immer gut. Es war eigentlich völlig unfaßbar. Er notierte es selbst mit freundlichem Wohlbehagen, konnte es aber nicht ausstehen, wenn man auf sein Alter hinwies: Er wurde in diesem Jahr vierzig. Es war mitten im Krieg. Als der stets freundlich-gesellige und kameradschaftliche Fahrer des Sechsten Kommissariats war er gerade gefeuert worden, nach nur wenigen Monaten Dienstzeit; er hatte in Långmora Islandhering gegessen und eingesehen, daß ein Hammerwerfer nicht unbedingt Polizist sein muß; wir waren nach Norrland gezogen; dies allein brachte ihn fast sechs Meter weiter. In jenem Frühjahr *verunglückte* Peter (ich mag dieses Wort; warum, weiß ich nicht. Es ist nicht zu durchschauen, ist ein undurchsichtiges Wort), und wir trugen ihn zu Grabe.

Am Tag der Beerdigung war es düster und regnete ununterbrochen, ich hatte bis dahin gar nicht richtig begriffen, daß Peter tot war. Vielleicht hatte ich auch nicht begreifen wollen, aber jetzt kam die Gewißheit plötzlich, schnell wie ein Überfall, und nichts war mehr zu ändern. Ich stand wie eine Salzsäule schräg hinter Papa im Nieselregen. Er hielt ein Gesangbuch in der Hand und sang. Dies war das zweite Mal in meinem Leben, daß ich Papa singen hörte, chronologisch gesehen das erste. Eine schöne Stimme hatte er nicht, aber er sang trotzdem.

Wir waren so wenige, die wir dort standen.

In seinem schwarzen, etwas zu langen, aber allzu engen geliehenen Jackett sah Papa unglaublich merkwürdig aus, völlig deplaciert mit seinem gewaltigen untersetzten Rumpf, der wie eine Wurst in die schwarze Wurstpelle der Trauer gestopft worden war, mit seinem regennassen Haar, das in schwarzen Strähnen an seinem unregelmäßig buckligen Kopf klebte. Er stand mit gepreizten Beinen breitfüßig da und glotzte starr und empört ins Gesangbuch und sang mit, gleichsam aus Scham, aber auch mit dem Trotz enttäuschter Trauer, weil dies die Beerdigung seines ältesten Sohnes war und weil so wenige anwesend waren und der Gesang so elend war und weil man um des toten Sohnes willen einen *solidarischen Einsatz* machen sollte. Und das machte er auch. *Den widrigen Umständen zum Trotz gebe ich mein Bestes*, schien sein schwarzer, wie eine Wurst schwellender Rücken auszusagen, als handelte es sich um ein Referat über Geländemärsche in den Bergen. Papa sang' sich dumpf, falsch, aber loyal durch alle Verse hindurch, während der Regen allmählich immer heftiger wurde und der eiskalte Klumpen von Einsamkeit in meinem Magen immer mehr anschwoll.

Und so ging die Zeremonie unerbittlich weiter. Es war ein Wochentagsnachmittag, der Schnee war fast völlig weggeschmolzen, und alles war grau und trist. Der Pastor da vorn sprach über den unerhörten Verlust der Familie und die unendliche Trauer. Er hatte eine freundliche Miene und sprach mit vibrierender Stimme, und Papa hörte aufmerksam zu, dazu noch etwas vornübergebeugt, als wollte er damit seine höfliche Aufmerksamkeit demonstrieren und seine Würdigung der berufsmäßigen Geschicklichkeit des Pastors, während Mama in der ihr eigenen Art hicksend und etwas sentimental weinte. Ich weiß noch, daß ich der einzige zu sein glaubte, der durch den Tod Peters bis ins Mark getroffen war. Aber was half meine Verzweiflung, sie allein oder verstärkt durch die von Mama und Papa, ich konnte dennoch nicht zu meinem Bruder vordringen, der dort in seinem Sarg lag, auf dem Weg in die Verwesung, umhüllt von seinem süßen Gestank, mit geschlossenen Ohren und geschlossenen Augen und mit gefalteten Händen.

Dann gaben wir drei kleine Schaufeln Erde ins Grab, Papa klappte sein Gesangbuch mit einem Klatschen zu, nachdem er zuerst vorsichtig, aber vergebens versucht hatte, die schlimmste Nässe von sich abzuschütteln. Dann ging er mit seinem stabilen, wiegenden und rollenden Gang ans Grab, hielt die kurze Ansprache, auf die er und Mama sich geeinigt hatten, und behielt seine Stimme die ganze Zeit fest in der Gewalt. Das war bemerkenswert: Er, der aus der Tiefe seiner kaum verhohlenen Sentimentalität heraus fast immer weinte, wenn es galt, eine Rede zu halten, weinte jetzt nicht, und erst später ist mir klar geworden, daß dies das äußerste Zeichen dafür war, wie tief seine Trauer saß. Danach rollte er zu uns anderen zurück, um für den nächsten Trauergast und die nächste kleine Ansprache Platz zu machen.

Ich sah ihn, als er zurückkam: Sein Gesicht war völlig steif, er weinte nicht und schien jede Gefühlsregung eingefroren zu haben. In ihm steckte aber eine Starre, die ihn viel Schmerz gekostet haben mußte, um sie so starr zu halten.

Aber als ich an der Reihe war, konnte ich kein Wort herausbringen, nicht einmal weinen. Schließlich fuhren wir mit dem Bus nach Hause.

Papa war im Grunde kein geborener Hammerwerfer. Dazu war er nicht groß genug, nur 172 Zentimeter, und wie sehr er auch versuchte, in die Breite zu gehen, konnte dies seine Kleinwüchsigkeit nie ganz ausgleichen: Dies war überdies noch die Zeit, in der man mit drei Drehungen arbeitete; das goldene Zeitalter der Technik der kleinen, schnellen, aber starken Männer war noch nicht angebrochen. »Man muß Kilos auf dem Leib haben, mit denen man sich abstemmen kann, wenn der Hammer sich dreht«, sagte Papa immer, »mit denen man *sich abstemmen* kann.« Er hatte zwei Söhne und behielt uns sehr genau im Auge. Er führte heimlich kleine Gewichts- und Maßtabellen über uns, wie wir später erfuhren, »um zu sehen, in welche Richtung wir uns entwickelten«, wie er sich ausdrückte.

Ich glaube – und dies ist keine Bosheit gegenüber Papa, sondern eher ein Versuch zu beschreiben, wie seine Liebe strukturiert war –, daß ein Teil seiner Trauer um Peter in jenen Tabellen seine Wurzel hatte. Die Wahrheit ist ganz einfach, daß Peter ein verdammt guter Werfer geworden wäre. Obwohl er nur ein Jahr älter war als ich, war er viel größer, schnell und bewies außerdem eine gute, vielversprechende Zähigkeit beim Gewichtheben.

Es hätte ein verdammt guter Werfer aus ihm werden können, wenn er hätte am Leben bleiben dürfen.

Und damals, als wir an der Bushaltestelle standen und warteten und Mama sich schon beruhigt und aufgehört hatte zu weinen, damals erschien Papas Gesicht mir so eigentümlich krampfhaft verschlossen, so voller Enttäuschung und Gram, als hätte sich eine Chance für immer verflüchtigt, als würde sie nie mehr wiederkommen.

Ich glaube, daß er Peter auf diese Weise betrauerte, *auch* auf diese Weise, heftig persönlich und unpersönlich zugleich, in einer zornerfüllten Bitterkeit über eine elende Ungerechtigkeit, bitter darüber, daß ein Mensch keine sportliche Chance erhalten hatte, das zu zeigen, was er hätte leisten können.

Ja, so war es wohl: darüber, daß ein Mensch keine sportliche Chance bekommen hatte, die Ergebnisse zu erzielen, die er hätte erzielen dürfen sollen. Peter war tot, in einen Sarg gestopft und von Erde bedeckt, und damit waren alle Tabellen und Zukunftsprognosen Papas hinfällig und sinnlos geworden.

Das war nicht gerecht.

Wir kamen nach Hause und aßen in einer elenden Stimmung zu Abend. Mama ging ins Schlafzimmer ud legte sich aufs Bett. Ich sah sie durch den Türspalt. Sie hatte die Hände gefaltet und zeigte schon einen schläfrigen Gesichtsausdruck; vielleicht war es auch Trauer. Bei Mama konnte man nie zwischen frommer, trauriger oder schläfriger Miene unterscheiden. Ein paar Jahre später zogen wir nach Hälsingborg. Sie fing bei der Post an, und ich sah sie manchmal nur ganz flüchtig, wenn sie lange gearbeitet hatte und müde war: Damals sah sie auch traurig fromm aus, wenn die Schlange der Postkunden vor ihrem Schalter zu wachsen begann.

Ich saß am Küchentisch und las *Idrottsbladet.*

Dann verschwand Papa plötzlich. Ich sah nicht, wann er ging, aber mit einem Mal war er fort. Durch den Türspalt sah und hörte ich, daß Mama eingeschlafen war, und ich freute mich darüber, um ihretwillen. Sie hatte ein sehr schmales, mageres und vogelähnliches Gesicht, war nur 155 cm groß und ziemlich knochig. Schön an ihr waren die Augen, aber auch sie hatten sich im Lauf der Jahre verhärtet. Ich lebte ein halbes Leben zusammen mit ihr, ohne sie eigentlich verstehen zu können oder sie spontan zu lieben, dann starb sie 1948, und in einer Nacht, während ich vor ihrem Totenbett saß und stumm die Wand über ihrer eingetrockneten Leiche anstarrte, begriff ich, trauerte und erahnte die Umrisse des von Papa und mir an ihr begangenen Verrats. Jetzt schlief sie, und das war gut so. Es war fast dunkel draußen, ich las die Kolumnen der berühmten Koryphäen, begriff aber kein Wort.

Ich ging in den Keller, und dort fand ich ihn. Dort stand Mattias Jonsson-Engnestam, vielversprechender, aber etwas zu alter Hammerwerfer. Er stand mitten auf dem Fußboden, hatte seinen alten abgetragenen und geflickten Trainungsanzug an. Er hatte eine Umhängetasche (die eher ein Segeltuchsack war) mit Büchern vollgestopft und stand damit mitten auf dem Zementfußboden. Auf den Boden hatte er mit Kreide einen Wurfring gezeichnet. Die Konturen waren dort etwas verwischt, wo er übergetreten war. An der Decke leuchtete eine nackte Glühbirne. Er hielt die Tasche mit beiden Händen fest und sah mich mit völlig ausdruckslosem Gesicht an.

»Was machst du, Papa?« fragte ich. »Trainierst du?«

Die Gestalt gurgelte bejahend, dann wandte Papa sich um, ging zum hinteren Ende des Kreidekreises und blieb dort wie ein hypnotisiertes Huhn stehen. Dann umfaßte er den Griff der Tasche und fing an, sich zu drehen. Zeh-Absatz, Zeh-Absatz, Zeh-Absatz. Tjapp, tjapp, tjapp. Merkwürdig aber war, daß er sich in einem rotierenden Kreis zu bewegen schien. Er ging nicht quer durch den Wurfring wie bei normalen Abwürfen, sondern folgte dem mit Kreide gezeichneten Rand, eine volle Umdrehung. Hielt inne, sah mich an.

»Man könnte sich einen gebogenen Rotationsweg vorstellen«, sagte er. »Einen Kreisbogen vor dem Abwurf, dann könnte man Raum für mehr Umdrehungen gewinnen. Was meinst du?«

Er hatte die Tasche vorsichtig auf den Boden gestellt und sah mich forschend an. Und plötzlich entdeckte ich, daß er an der Wand ein Papier befestigt hatte, ein großes weißes Blatt Papier mit eingezeichnetem Wurfring und markierten Schritten und Drehungen: der rechte Fuß wie immer in korrektem Schwarz. Dies war nicht die erste Schritt-Skizze, die ich in meinem Leben gesehen hatte, und es fiel mir also nicht schwer, sie zu deuten. Der hier skizzierte Werfer sollte in einer dreiviertel Umdrehung am Außenrand des Ringes herumwirbeln, bevor er nach sechs Drehungen von seinem geliebten Hammerklumpen befreit wurde.

»Bist du jetzt darauf gekommen, Papa?« fragte ich, denn mir fiel nichts anderes ein, was ich hätte sagen können.

»Im Bus nach Hause«, sagte er.

Da stand er, mitten in dem kalten Licht auf dem Zementfußboden im Keller, mit der Tasche vor sich und der Skizze an der Wand, ließ seine Klodeckel von Händen herunterhängen, während er mich äußerlich völlig gleichgültig, aber dennoch irgendwie wortlos appellierend ansah. Herr mein Gott, an wen appellierte er da eigentlich: Ich war erst elf Jahre, noch ein dünner, blasser kleiner Strich in der Landschaft, den er in einer Hand hätte zusammenknüllen können, wenn er gewollt hätte.

Aber im nachhinein habe ich mich an seine Augen erinnert, als hätte der Appell in ihnen gelegen; als hätte er mir seine Art zu denken und zu lieben, zu leiden und zu trauern verständlich machen wollen, als hätte er mir einen Teil seiner Liebe zum Hammerwerfen und zum Sport angeboten, als wären die

Liebe, die Trauer und das Leiden ein unteilbares Ganzes. *Im Bus nach Hause war er darauf gekommen.*

Im Bus nach Hause.

Und da stand ich wie eine verwirrte nasse Katze, ertränkt von meiner eigenen Empfindsamkeit, felsenfest überzeugt, daß meine Trauer die einzig echte und daß Hammerwurftraining am Tag der Beerdigung des eigenen Sohnes zutiefst unmoralisch war. Wie eine nasse Katze stand ich da und leckte meine eigene Empfindsamkeit, und da stand er und hatte die genialste Verbesserung der Welt in der Hammerwurftechnik erfunden. Dennoch war es ja nur eine Frage, welche der verschiedenen Sprachen der Trauer und der Liebe wir akzeptieren sollten: seine oder meine.

Und er sagte, zu meinem fortgesetzt stummen unfaßbaren Erstaunen:

»Du siehst das Prinzip. Dem Sonnensystem entnommen. Die Erde dreht sich um die Sonne und dreht sich gleichzeitig um die eigene Achse. Oder, ich meine, der Mond um die Erde. Das braucht man nur noch auf den Abwurfring zu übertragen.«

Dies war, wie ich glaube, das erste Mal, daß er mit mir die Rätsel des Weltalls erörterte, weil er sonst die Metaphysik und die Astrophysik dazu mit Freuden Mama zu überlassen pflegte. Aber jetzt war das Universum im Wurfring gelandet, und damit war es existent geworden. Ich glaube, ich stand lange Zeit still und glotzte ihn nur dumm und stumm an. Und dann drehte ich mich auf dem Absatz um und ging hinauf.

War es dort? Das Holzfernglas wird weitergeschwenkt, ich versuche zu sehen. War es dort, wo er einsam wurde und alles anfing schiefzugehen? War es so, daß er glaubte, die Liebe aller zu verlieren, außer die des Sports? Nein, das ist zu einfach, nein, so geht es nicht. Aber ich ging trotzdem hinauf.

Mama hatte immerhin noch Gott und die ewige Seligkeit und die Wiedervereinigung hinter den goldenen Pforten, um sich aufzurichten: Als ich nach oben kam, hörte ich ihren pfeifenden Schlaf hinter gefalteten Händen und geschlossenen Augen. Sie brauchte ihren Schlaf und ihre Ruhe, und sie hatte jetzt ja noch immerhin ihren Gott, wo sie ihren Peter nicht mehr hatte. Aber Papa hatte nichts. Die Gesellschaft, die ihn geschaffen und geformt hatte, hatte alle Solidarität außer der des Sports ausradiert, und die hatte ihn gelehrt, einsam zu sein; sie hatte ihn in den kleinen, in ideologischer, sozialer und menschlicher Hinsicht isolierten Glaskäfig gesteckt, in dem die freie Wahl der Liebe und der Gefühle nicht verdammt groß ist.

Es gab strenggenommen nur noch Gott und das Hammerwerfen, zwischen denen man wählen konnte. Und er wählte den Wurfhammer und den Sport. Mit Mama war es das gleiche, aber weil sie sich nicht sonderlich gut aufs Hammerwerfen verstand, hatte sie Gott gewählt. Und dann wurde es so, daß sie da oben lag und betete, bis sie einschlief, während er dort unten im Heizungskeller stand und Wurfschwünge übte.

So wurde es eben in unserem Land.

Nein, den Glauben durfte Mama für sich allein behalten, ein Kind Gottes war er nicht. Ich habe ihn nur ein einziges Mal in einer Situation erlebt, in der er sich in einer religiösen Frage hart engagierte, nämlich damals, als Gunder Hägg und Arne Andersson disqualifiziert wurden. Damals war er selbst schon dabei gewesen, sich zur Elite emporzukämpfen, und kannte sie beide, wenngleich nur oberflächlich, daß heißt auf die freundlich-schnoddrig zunickende Art, mit der ein Elite-Werfer einen Elite-Läufer kennt. Also fast überhaupt nicht. Es gibt ja auch in der Leichtathletik Kastengrenzen und Klassenmauern, die Springer in einem hochmütigen Haufen placieren, in dem man unter sich bleibt; dies ist ein Haufen, der mit Respekt, aber auch mit fragender Verwunderung die Mittelstreckler betrachtet, mit Erstaunen und leichter Verachtung auf die Langstreckler herabsieht (»je länger, desto dümmer«) und für die proletarischen Muskelpakete der Werferzunft nur freundliche Herablassung übrig hat.

Papa kannte dieses Gespann zwar nicht besonders gut, aber trotzdem ging ihm die Disqualifikation an die Nieren. Er verstand dennoch mit den Überresten seines einstigen ideologischen Bewußtseins, das von der Zeit, dem unpolitischen Sport und der Gesellschaft geschleift worden war, daß dies in der grandiosen Einheit von Ausbeutung und Heuchelei ein bezeichnender Fall war, der so nur auf dem fruchtbaren Nährboden der kapitalistischen Gesellschaft gedeihen konnte. Er selbst nahm nie ein Öre zuviel, weder auf seinem Weg nach oben noch während der kurzen Jahre, in denen er zur absoluten Europa-Elite gehörte. Er moralisierte aber auch nicht über diejenigen, die sich unterderhand Geld geben ließen, vermutlich aus dem instinktiven Gefühl, daß die eigentlich treibende Kraft des Sports die Sportler selbst sind und daß es nie falsch sein kann, wenn die arbeitende Produktivkraft selbst Mehrwert, Profit und Moneten mit Beschlag belegt.

Dagegen hörte ich ihn einmal leicht irritiert davon sprechen, welche inflatorische Honorarsituation im Kielwasser von Gunder Hägg und Arne Andersson entstanden sei. Die großen Stars hätten Preismaßstäbe gesetzt, sie hätten die Ansprüche der Mittelschicht in die Höhe geschraubt, und schließlich hätten die Kleinunternehmer, das heißt die Kleinarrangeure, nicht mehr mithalten können. Hinterher behauptete er sogar, daß es gerade die Honorarforderungen der Mittelschicht seien, die die Kleinarrangeure dieses Zirkus hätten müde werden lassen; nur so sei zu verstehen, daß auch Hägg und Andersson auf den Opferaltar geworfen worden seien. Das war sicher richtig gesehen. Die Großunternehmen des Sports, die großen Klubs, hatten keine Probleme mit den steigenden Lohnkosten. Sie freuten sich sogar über die Psychose. Es waren die kleinen Klubs, die nur über schmale Etats verfügten und nie auf den Gedanken kommen würden, Gunder oder Arne zu engagieren, die durch das steigende Honorarniveau beim Fußvolk besonders hart getroffen wurden. Wenn die Etats noch magerer wurden, waren es immer die Kleinunternehmen, die in die Knie gingen. Jetzt schlugen die Kleinunternehmen zurück, und zwar rechtzeitig. Man kann die Abrechnung mit den Profis nicht verstehen, wenn man dabei nicht die Krise des Textilmarkts im Hinterkopf hat und die Mechanismen, die sie auslösten. Im übrigen ist sie ziemlich uninteressant. Aber mitunter, wenn ich schwedische Lohnverhandlungen und das Tarifvertragswesen – einschließlich der Prügeleien vor den Verhandlungslokalen – insgesamt betrachtete, habe ich an diese Geschichte gedacht; mehr sage ich nicht.

An dem Tag, an dem die Nachricht kam, man habe Arne und Gunder disqualifiziert, trainierte Papa lange und hart. Er kam erst in der späten Dämmerung nach Hause und setzte sich in seinem nach Schweiß stinkenden Trainingsanzug an den Küchentisch. Er blieb lange, lange dort sitzen und sah zum Fenster hinaus. Er wollte nicht ins Bad gehen und sich waschen. Irgend etwas ging ihm im Kopf herum und wollte keine Ruhe geben. Schließlich kam es heraus. Er sah mich an und sagte beinahe feierlich:

»Am Tag des Jüngsten Gerichts werden die Kapitalisten in der Hölle schmoren.«

Genau so drückte er sich aus. *Am Tag des Jüngsten Gerichts werden die Kapitalisten in der Hölle schmoren.* Dies war aus seinem Mund eine völlig unfaßbare und absurde Äußerung, denn sie deutete auf ein ideologisches Bewußtsein hin, das er nicht haben wollte. Hätten Großvater oder Mama, zwei Personen, denen er großen und mitunter schreckhaften Respekt entgegenbrachte, gehört, was er gesagt hatte, hätten sie beide mißbilligend die Augenbrauen gehoben. Aber was meinte er eigentlich? Und ich fragte ihn aus der Tiefe meiner grenzenlosen elfjährigen Naivität:

»Was denn für Kapitalisten? Meinst du Arne und Gunder?«

Da sah er mich an, traurig und vorwurfsvoll, niedergeschlagen über meine unerhörte Einfalt, und sagte: »Du sprichst von zwei unschuldigen Sportkameraden von mir.«

Und er *sah* mich mit dem starken, ruhigen, aber tief gekränkten Blick an, unter dem ich bewußtlos vor einsichtsvoller Scham hätte zu Boden sinken sollen. Nein, Arne und Gunder waren es nicht, die schmoren sollten.

Dies war, glaube ich, das einzige Mal in seinem Leben, daß er anklingen ließ, dem Glauben an eine existierende Hölle mit irgendeiner Form von Begeisterung entgegenzusehen. Aber zu der Zeit war ich auch schon selbst auf dem Weg hinaus und weg von dem Glauben an Christus, auf dem Weg hinein in die schwindelerregende leere Freiheit des Unglaubens, hinein in den kühlen Limbus, wo es keine Qual des Sündenbewußtseins gibt und keine Furcht, aber auch keine Hoffnung und keine Vergebung.

Ich glaube, was mich am meisten an dem schreckte, ein *Christ* zu sein, war der eigentliche Akt des Bekenntnisses, daß man seinen Glauben offen darlegen, offen bekennen muß. In einer Welt, in der das Aufdringliche, das Prätentiöse und auch das Wichtigtuerische Todsünden sind, schien mir damals auch der offen bekannte und exponierte Glaube eine Schamlosigkeit zu sein, im Kern. Natürlich war ich auch feige. Die Demut ist etwas Schönes, aber das offen gezeigte Gefühl und das klare Engagement sind blasphemisch und egozentrisch, etwas, womit sich nur die sehr von sich selbst Überzeugten in ihrer sündhaften Welt befassen. Papa war von Kindesbeinen an von diesen Dingen durchdrungen, und sie fanden im praktischen Leben mitunter die bizarrsten Ausdrucksformen. Wenn er etwa weit warf, und das kam gelegentlich vor, blieb er immer einige Sekunden im Ring stehen und sah dem Hammer nach. Dann ging er zum Kleiderhaufen zurück, und war der Wurf weit gewesen, ging er mit *kleinen Schritten*.

Dieses massive Muskelpaket ging mit kleinen, putzig abgezirkelten Schritten zurück zum Kleiderhaufen: nicht aus falscher Bescheidenheit, sondern weil er ein für allemal gelernt hatte, daß es sich nicht schickt, seine Gefühle zu zeigen, wenn es um große Dinge geht, daß Beherrschung eine Tugend ist und daß niemand großspurig und selbstbewußt durchs Leben staksen soll, jedenfalls nicht in der Stunde des Erfolgs.

Also ging er mit kleinen Schritten.

Ich konnte es aus hundert Meter Abstand sehen, ob er weit geworfen hatte: Dann trippelte ein demutsvoller, beherrschter und netter schwedischer Sportler, der sich wahrhaftig *nicht erhöhte*, zurück zu seinen Kleidern und nahm die Glückwünsche der anderen mit einem entschuldigenden kleinen Lächeln entgegen. Dies war eine anspruchslose kleine Gartenzwerg-Philosophie, die für alle Zeiten den Gedanken zunichte machte, Papa und seinesgleichen in einen Faktor des revolutionären Klassenkampfes zu verwandeln. Wie zum Teufel soll man auf den Barrikaden stehen, wenn man nichts anderes im Kopf hat als das fieberhafte Bemühen, anspruchslos und niedlich auszusehen? Ich meine, daß man meine Religiosität und die von Papa im Licht all dieser Dinge sehen muß.

Es liegt – auch dies fand ich heraus – eine erschreckende Verlockung darin, sich in der Einsamkeit der kleinen, demütig diskreten Schritte zu verbergen. Denn man kann dies alles auch als Brücke in eine gleichwohl sichere und besser abgesicherte Welt anwenden: Papa betrat sie nie, aber ich war sein Sohn, und ich drang tiefer ein oder entfernte mich weiter. Und diese Brücke führte direkt in den abgelegenen, ruhigen und abgeschiedenen Schneepalast, in den der Mensch – wie die beiden Kinder in Andersens Märchen von der Schneekönigin – sich geflüchtet hatte. Diese Kinder saßen auf dem Boden des großen Saals im Schneepalast, in dem das Echo widerhallte, und versuchten, Eisstücke zusammenzufügen, die sich nie zusammenfügen ließen. Die Kälte war hart, die Haut aber dick, die Luft kalt, aber leicht zu atmen, und die Einsamkeit war völlig ruhig und voller Abstand.

In diesem Frühjahr und diesem Sommer verbrachten wir unsere letzte Zeit in Hälsingland in einem kleinen Dorf zwölf Kilometer außerhalb von Bollnäs.

Dies war, wie es in der Sprache der Eingeweihten heißt, ein strenggläubiges Dorf, und Mama fühlte sich in diesem, dem Glauben günstigen Klima wie der sprichwörtliche Fisch im

Wasser. Ich glaube allerdings, daß dies das einzig Versöhnliche war, was sie hier in ihrer Einsamkeit sah. Der rituelle Höhepunkt des Jahres war, wie es sich gehört, der Abend des Gründonnerstags, an dem die Dörfer der Umgebung gemeinsam einen Bus charterten, der sie ins Dorf und an den Tisch des Herrn brachte.

Dies war die jährlich wiederkehrende Hohe Zeit des Bekenntnisses, die Nacht, in der Jesus mit seinen Jüngern zusammensaß: Da sie aber aßen, nahm Jesus das Brot, dankte und brach's und gab's den Jüngern und sprach: Nehmet, esset; das ist mein Leib. Und er nahm den Kelch und dankte, gab ihnen den und sprach: Trinket alle daraus; das ist mein Blut des neuen Testaments, welches vergossen wird für viele zur Vergebung der Sünden (Matth. 26,26–28). Und so versammelten sich alle, so flossen all die kleinen Rinnsale an der Kirche zusammen, herein zwischen die flammenden kleinen Marschälle in den Gängen, die anzudeuten schienen, daß ein Fest im Gang war, in Wahrheit aber nur zeigten, daß eine Zeremonie ihren Anfang genommen hatte: die Zeremonie, in deren Verlauf die Schafe von den Böcken getrennt werden sollten, die Zeremonie, die zeigen sollte, daß es trotz allem eine Grenze gibt zwischen den Gewohnheitschristen und den anderen, den Starken und Aufrechten im Glauben, zwischen den Feigen, Lauen und den in der Seele Brennenden.

Während der gesamten vierziger Jahre war ich Mama an diesem Abend in die Kirche gefolgt: In der Zeit, in der wir im Süden Stockholms wohnten, und nach diesen Jahren auch oben in Hälsingland. Zuerst als passiver Zuschauer und außerhalb der Gemeinschaft des Abendmahls, weil ich nicht konfirmiert war, später als aktiver Teilnehmer. Aber am Nachmittag des Gründonnerstag 1945 gegen vier Uhr sagte ich ihr, daß ich nicht die Absicht hatte mitzukommen.

Wir saßen wie gewöhnlich in der Küche, Papa, Mama und ich. Als Papa hörte, was ich sagte, wurde er offensichtlich nervös und ging sofort zu seinen Hanteln und Gewichten in den Keller, um sich zu beruhigen. Mama dagegen sah mich eine

Weile mit ihrem schmalen, vogelähnlichen Gesicht an, nicht wütend, aber so, als hätte sie etwas gehört, was sie nie hätte hören wollen, wovor sie sich aber zeitlebens gefürchtet hatte.

Danach ging sie ins Schlafzimmer und blieb lange, lange weg.

Dies war der erste Frühling, in dem Papa und ich gemeinsam trainierten. Wir hatten schon das Frühjahrstraining begonnen. Er hatte es schon aufgegeben, mich zu einem guten Werfer zu machen, aber noch gab es Hoffnung für mich; in anderen, durchaus achtbaren, aber nicht so vollwertigen Disziplinen: dem Hürdenlauf zum Beispiel oder dem Stabhochsprung. Ich glaube, daß Papa sich irrsinnig freute, mich dabei zu haben. Der Schnee schmolz schon allmählich weg, die Straßen und Wege waren frei, wir rutschten mit angezogenen Knien bergab durch den Schnee, kamen verschwitzt und müde nach Hause und begegneten den Augen Mamas. Sie waren abwartend und traurig. Mama hatte uns einmal zurückhaltend, aber entschieden zu verstehen gegeben, daß sie zwar wisse, daß der breite Weg in die Hölle und der schmale in den Himmel führe, daß es aber äußerst ungewiß sei, ob man am einen oder anderen Ort lande, wenn man durch den Schnee rutsche. Im Laufe der Jahre hatte sie sich jedoch eine gewisse Toleranz angewöhnt, eine abwartende Gleichgültigkeit mit eingebauten Vorbehalten. Sie sah uns mit abwartenden Augen an, in denen manchmal so etwas wie freundliche Ironie aufblitzte. Ach so, ihr seid wieder durch den Schnee gelaufen. Jaa, pflegte sie manchmal hinzuzufügen, langsam wie zu sich selbst, Gott hat uns unseren Körper gegeben, damit wir ihn pflegen. Das ist richtig. Von anbeten hat er aber nichts gesagt.

Pflegen, aber nicht anbeten.

Jetzt lag sie dort in der Kammer, und ich wußte, daß sie weinte. Ich versuchte, in der jüngsten Ausgabe des *Rekord-Magasinet* zu lesen, konnte mich aber nicht konzentrieren. Ich war auf dem Weg aus etwas hinaus und in etwas anderes hinein, und alles war sehr unbehaglich. Ich hatte sie traurig gemacht, und weil ich wußte, daß sie immerhin ein sehr einsamer Mensch war, wollte ich sie nicht traurig machen. Unten im Keller war Papa am Werk und pumpte mit seinen Gewichten. Und leise, durch das Schweigen hindurch, hörte ich Mamas trockenes Schluchzen. Zu dieser Zeit glaubte ich noch an die Existenz der Hölle. Ich stellte sie mir als eine ewig schmerzende brennende Qual vor. Und, noch wichtiger, Mama glaubte das auch.

Daß sie weinte, war nicht schwer zu verstehen. Was ihr im Leben noch geblieben war, war ein Mann, den sie auf eine merkwürdige Weise mochte, den sie aber nicht mehr verstand und der in einen Brunnen der Untreue von zuvor ungeahnter Beschaffenheit gefallen zu sein schien: Er war insgeheim in einem unauflöslichen eheähnlichen Verhältnis mit einem Wurfhammer verbunden. Was ihr noch geblieben war, war ein Sohn, der sich auf dem Weg fort von den Pforten des Himmelreichs befand. Sie war vierzig Jahre alt, sie war mager, und ich habe den Verdacht, daß die Geschwulst schon begonnen hatte, sich in ihren Körper hineinzufressen; als sie 1948 starb, war sie kaum mehr als eine ausgetrocknete Schale um einen grotesk aufgepumpten Magen herum. Wenn sie sich in der Welt umsah, schien diese voller vereinzelter Dinge und Erscheinungen zu sein, die man nicht miteinander vereinen oder in Einklang bringen konnte. In Gott hatte sie den übergreifenden Rahmen gefunden, der die Zusammenhänge faßbar machen konnte. Darum glaubte sie, aber jetzt wandten sich alle von ihr ab. Auch ich war auf dem Weg von ihr weg mit meinen immer deutlicher werdenden Vorbehalten gegenüber der Freude in Gott. Sie schien instinktiv zu ahnen, daß sie krank war, daß sie nicht mehr viel Zeit hatte, und in einer angstvollen Gewißheit, daß sie bald vor dem Ewigen stehen und über die ihr anvertrauten Leben Rechenschaft ablegen würde, fühlte sie schmerzhaft klar, daß es kein überwältigendes Fazit war, das sie vorzuweisen hatte. Addierte man alles zusammen, so kam sie auf einen vor der Zeit dahingeschiedenen Sohn, einen etwas abstrakten Teil, bestehend aus einigen Bezirksrekorden im Hammerwerfen, und einen weiteren Sohn, der sich auf dem Weg in die ewige Verdammnis befand.

Und dafür war sie verantwortlich. Wir waren ihre Verantwortung. Und deshalb weinte sie jetzt, während die Dämmerung herangeschlichen kam und schließlich der Abend des Gründonnerstags da war.

Wir wußten beide, worum es ging; irgendwelche religiösen Heuchler hat es in unserer Familie nie gegeben. Das Abendmahl war ein Bekenntnisakt, der nicht bagatellisiert werden konnte oder durfte, besonders der große demonstrative und zeremonielle Bekenntnishöhepunkt des Gründonnerstags nicht. Daß dieses Bekennen in dem sozialen Milieu, in dem wir lebten, im praktischen Umgang mit Menschen Konsequenzen hatte, war eine andere Sache. Es fällt mir leicht, das im Klartext zu formulieren: Der Weg des Bekennens ist der Weg der Einsamkeit, der Weg der Verleugnung ist der Weg der Gemeinsamkeit. Und alles, alles hatte Kehrseiten, und alles bedeutete, daß ich mich zum Betrüger machte: Ich würde in beiden Fällen zum Falschspieler.

Dann schien das Schluchzen in der Kammer schließlich aufgehört zu haben. Es war vollkommen still, und bald kam sie zu mir heraus. Sie hatte sich wieder gefaßt, ihr Gesicht war starr, die Trauer kontrolliert. Einzig die Augen verrieten, daß sie geweint hatte. Und ich konnte nicht anders als kapitulieren.

Ich sagte ihr: »Ich habe es mir überlegt, ich komme wohl doch mit.«

Ich hätte dies schon längst sagen können, aber irgendwo in mir saß eine Sperre, ich wollte nicht aufgeben; es war, was man eine existentielle Situation zu nennen pflegt, und wir befanden uns beide in einer Sackgasse. Und wir hatten beide gleichermaßen wenig Freiheit.

Sie sagte:

»Nein, das tust du nicht. Zum heiligen Abendmahl, zum Tisch des Herrn zu gehen, wenn man sich nur dazu gezwungen fühlt, ist eine Sünde, die schwerer ist als jede andere. Du sollst dich nie dazu gezwungen fühlen. Im Bus fahren nur die mit, die es wirklich wollen. Die übrigen sollen zu Hause bleiben.«

Die übrigen sollen zu Hause bleiben. *O Herr Gott, da saß ich nun!* Ich wußte ja genau, was dies bedeutete: eine Verweisung auf den Tag, an dem der Herr kam, um die Seinen heimzuholen, um sie von Heim und Angehörigen fortzureißen, sie in die Herrlichkeit des Himmels aufzunehmen und die Verdammten zurückzulassen, die auf das Jüngste Gericht warten mußten. Dort sollten wir also sitzen und warten, wir mit unseren verdammten Sportgeräten, unserem Herumstapfen im Schnee, unserem Wurfhammer und unserem Unglauben.

Mama zog den Mantel an, drückte den Hut auf den Kopf, wandte sich in der Tür um und sagte mit einem großartigen Abschiedswort, das sie aus irgendeiner Frauenzeitschrift haben mußte: »Du mußt deine eigene Wahl treffen, mein Junge. Wenn die Stunde der Entscheidung naht, kannst du nie mit dem Bus eines anderen abfahren.«

Und damit ging sie.

Es war dunkel geworden. Mit Regen vermischter Schnee peitschte in einer gleichmäßig dicken Schicht gegen die Fensterscheiben. Papa kam herauf und fand mich, wie ich am Küchentisch herumhing. Er zog seinen Trainingsanzug aus und hängte ihn über den Küchenherd. Die Wanduhr tickte gleichmäßig und methodisch, sie maß mit absoluter Präzision und hammerähnlicher Unerbittlichkeit die Zeit, die noch bis zum Jüngsten Gericht blieb. Ich hatte das Gefühl, zwischen zwei Abgründen zu schweben; ich konnte mich aber nicht entschließen zu fallen. Papa sah, daß etwas nicht stimmte, und schließlich bekam er die ganze Geschichte aus mir heraus.

Er saß am Küchentisch. Er hörte aufmerksam zu. Sein Gesicht zeigte bekümmerte Verwirrung und Wohlwollen. Er dachte eine Weile nach, rutschte auf seine typische Art unruhig und etwas zappelig herum, sah mich dann abwartend an und sagte vorsichtig: »Wenn der Bus schon weg ist, können wir ja mit dem Rad fahren.«

So kam es, daß Papa und ich am Gründonnerstag des Jahres 1945 die zwölf Kilometer zum Tisch des Herrn mit dem Fahrrad zurücklegten.

Nach der Katastrophe im August 1947 fragten mich viele, was für ein Mensch Papa eigentlich sei, ob er noch ganz bei Trost und ob er immer ein guter Vater gewesen sei. Sie fragten, wie er so habe werden können und wann ich die ersten Anzeichen von Verrücktheit an ihm bemerkt habe. O Herr mein Jesus, was sollte ich ihnen antworten? Daß er einer der Menschen war, die ich in meinem ganzen Leben am liebsten hatte, und daß er vermutlich ein bißchen verdreht gewesen war, wenn auch auf sehr schwedische Weise?

Die Idee, mit dem Fahrrad zum Tisch des Herrn zu fahren, war ein Einfall, der nur von einem leicht verdrehten schwedischen Gehirn wie dem Papas hatte kommen können, nein, nicht eigentlich die Idee, aber die großartig konsequente und sportliche Art, mit der er diese Expedition durchführte.

Ich warf mich also in weißes Hemd, Krawatte und Konfirmationsanzug, zog das Ölzeug darüber, war in fünf Minuten fertig, und als ich herauskam, entdeckte ich sehr richtig, daß Papa schon Overall, Stiefel und Regenmantel angezogen hatte und jetzt an der Tür stand und auf mich wartete. Draußen auf dem Hof überließ er das einzige Herrenrad der Familie mir, während er Mamas leicht klappriges Damenrad bestieg und unseren Auszug anführte.

Nach fünfzig Metern hielt er unter der einzigen Straßenlaterne des Dorfes an: Jetzt regnete es nur noch, das Schneetreiben hatte aufgehört, aber es war kalt, und die Schauer trieben schräg und kühl durch den Lichtkegel. Papa sah auf die Uhr und sagte über die Schulter:

»Wir hauen genau um 19.35 Uhr ab. Wie lange brauchst du immer, um ins Dorf zu fahren?«

Wir bogen um die Ecke und verschwanden in Richtung

Wald, wo der Weg vor uns in grauem, treibendem Dunst verschwand. Papa war der Schrittmacher, und ich hielt mit, so gut ich konnte. Ich dachte: In einem Zustand schwerer Unsicherheit und tiefer Dunkelheit wird es schwierig sein, die Zwischenzeiten zu kontrollieren.

Es war bemerkenswert, Papa von hinten anzusehen: aufgedunsen, unförmig und wie ein Bär von einer Seite zur anderen rollend, machte er in der Dunkelheit auf dem schmächtigen Fahrrad einen beinahe unwirklichen Eindruck. Der strömende Regen und der flackernde Lichtschein der Fahrradlampen verstärkten diesen Eindruck noch. Damals war der Glaube etwas, woran ich weder Lust noch Freude fand; von der Kanzel wurde oft von der Freude in Gott gesprochen, aber ich hatte den Glauben eher als eine Qual erlebt, als eine hartnäckige Plage, deren Abstufungen an Schmerz, Erniedrigung oder Scham nur durch die jeweilige Situation bestimmt wurden. Ich hatte diese Strecke natürlich schon oft zurückgelegt, viele Male, aber immer nur im Sommer und auf trockener Straße. Meine beste Zeit auf dieser Strecke war 26.15, aber die hatte ich im Sommer unter idealen Bedingungen erzielt, und es erschien mir (selbst wenn man die Schrittmachertätigkeit Papas in Rechnung stellt) vermessen, jetzt auch nur in die Nähe dieser Notierung zu kommen. Zugleich hatte ich an Papa gesehen, wie er den Sport erlebt hatte; wie er das Hammerwerfen und den Sport überhaupt als unerhört lusterfüllt, voller sinnlicher Möglichkeiten und unerwarteter Freudenmomente erlebt hatte. Er hatte die Sinnlichkeit der Bewegung entdeckt, die von Schuld und Angst befreit war. Es war ein absonderliches Leben, das er durch sein Hammerwerfen erleben durfte: Es schien sich in oder sehr nahe der Welt abzuspielen, es war voller Lust und dennoch unverbindlich. Ich hatte auf dieser Strecke eine Reihe von Orientierungspunkten, an denen eine sorgfältige Kontrolle der Zwischenzeiten ungefähr zeigen konnte, welche Endzeit wir erreichen würden. Den Kamm des ersten Berges, nach etwa einem Kilometer, sollte ich nach Möglichkeit unter 3.30

Minuten schaffen, um sicher zu sein, die gesamte Strecke in weniger als eineinhalb Stunden zurückzulegen. Ich hatte aber auch schon erlebt, daß eine Zwischenzeit von 3.40 eine Endzeit von 27.30 zur Folge gehabt hatte, was darauf hinzudeuten schien, daß ein lockeres Angehen der Strecke in bestimmten Situationen empfehlenswert sein konnte. Die Gemeinschaft und die Gemeinde aber waren für mich nur eine hohle Konstruktion: Dort wurden alle eher durch eine gemeinsame Angst oder durch gemeinsame Unruhe zusammengefügt.

Die Gemeinschaft zeigte mehr auf Angst als auf Freude; sie war nicht warm, sondern kalt.

Ich schrie Papa »Jetzt!« zu, als wir den Orientierungspunkt erreichten, und im Licht meines Scheinwerfers sah ich, wie er den Arm hochnahm und die Zeit kontrollierte. Dann schrie er mir zu: »Dreidreißig!« Kalter Schneeregen trieb mir in die Augen, ich konnte nur schwer sehen. Konnte ich mich darauf verlassen, daß die Zwischenzeit stimmte? Sie war nicht schlecht, aber war es nicht auch denkbar, daß Papa sich um eine volle Minute geirrt hatte? Ich entdeckte plötzlich, daß ich weinte oder zumindest schluchzte. Ich empfand alles als völlig hoffnungslos und voller Angst, aber mir war auch klar, daß mein Schluchzen den Atemrhythmus verlangsamte und damit den Erfolg unseres Unternehmens gefährdete. Ich hörte also auf zu weinen und versuchte, gleichmäßig und ohne Seufzer zu atmen. Papa war stark wie der Teufel, und es fiel mir schwer, mit ihm mitzuhalten. Sowohl in der Religion wie beim Sport gibt es etwas, was Beschwörung, Zeremonie und Ritus ist: Beide scheinen in der Lage zu sein, zwischen Zeremonie und Wirklichkeit eine Glaswand zu ziehen. Es ist aber nicht zu ändern, daß die Glaswand des Sports dünner ist und einem dennoch das Gefühl gibt, daß das eigentliche Leben sich nicht hinter der Wolkenbank der Zukunft oder der Dunkelheit des Todes verbirgt, sondern gleich um die Ecke liegt, gleich um die Ecke. In der Kurve unterhalb der Sandgrube, wo ich vor einem Jahr gesehen hatte, wie ein zehnjähriges

Mädchen bei einem Sandrutsch beinahe ums Leben gekommen wäre, schrie ich Papa das nächstemal zu, er solle auf die Uhr sehen. Er kontrollierte die Zeit, ich schloß zu ihm auf, und er teilte mir die neue Zwischenzeit kurz angebunden und keuchend mit. Wir lagen über anderthalb Minuten über der normalen Zwischenzeit, und das bedeutete, daß wir eine Endzeit von über 30 erreichen würden, wenn wir nicht eine schnellere Gangart anschlugen. Ich sagte ihm dies, und er nickte. Er hatte verstanden.

Mein Gesicht war vor Kälte und Nässe völlig starr, und das Wasser lief mir den Hals hinab. Der Dynamo sang, und die Scheinwerfer sprangen methodisch und geduldig vorwärts durch die Dunkelheit. Ob ich wohl den Dynamo abschalten könnte? Der von Papa würde doch sicher ausreichen? Andererseits wäre das ein wenig feige gewesen. Ich erhob mich im Sattel und führte einige Minuten lang. Ich sah, wie Papa mich anblinzelte, als ich ihn überholte, und ich hatte das Gefühl, daß er lächelte. Er mußte in der Nässe und mit seinem massiven Körper auf dem Damenfahrrad schwer geschuftet haben. Ich führte jetzt, aber schon nach wenigen Minuten fiel ich wieder zurück und blieb hinter Papa. Die Beine waren taub, und ich schleppte mich nur noch mühsam weiter. Es kam die unbehagliche stehende Müdigkeit in den Lungen. Sie biß sich fest und blieb. Teils war es Schmerz, teils brennende Übelkeit.

Es war dennoch schön, daß wir zu zweit waren. Es war eigentlich sehr schön.

Fahr, dachte ich, wie die Jungs in den Novellen des *Rekord-Magasinet* immer dachten, wenn es nicht mehr lief. Fahr, zum Teufel. Vielleicht gibt es noch eine Chance, die Strecke in weniger als einer halben Stunde zu schaffen.

Als wir auf den Platz vor der Kirche einbogen, war der Schneeregen in reinen, strömenden Regen übergegangen. Ich war verschwitzt und durchnäßt, ich keuchte schwer, und ich sah, daß Papa sofort auf die Uhr blickte.

»20.04,15«, sagte er. »Was gibt das?«

Ich dachte nach, aber es war nicht schwer. Wir hatten es in genau 29 Minuten und 15 Sekunden geschafft.

»Nicht übel«, sagte Papa nach einer Weile. Nein, dachte ich, nicht übel. Eigentlich gar nicht übel. Viel besser, als ich geglaubt habe, viel, viel besser.

In der Kirche sangen sie schon. Das Unbehagen quoll langsam, aber unerbittlich hervor. Ich würde hineingehen, ohne eigentlich würdig zu sein. Ein Mogler. Im Himmelsreich würde es am Tag des Jüngsten Gerichts für Mogler wie mich keinen Platz geben. Ich war ein Unwürdiger.

»Kommst du mit rein?« fragte ich Papa.

Er troff vor Wasser und war ziemlich rot im Gesicht, sah aber trotzdem noch recht gut beieinander aus, wie er so dastand.

»Nein«, sagte er.

Er schwieg ein Weilchen und sah mich an. Plötzlich war mir, als wäre er schüchtern oder verlegen vor mir. Er sagte, er wolle auf mich warten. Er werde sich in die Wartehalle der Bushaltestelle setzen, sagte er. In einer Stunde wolle er zurück sein. Danach wollten wir wieder nach Hause fahren.

Wir standen da und sahen uns an. Wir lächelten leicht: Es war eine harte halbe Stunde gewesen, aber es hatte sich gelohnt. Wir waren gut gefahren. 29.15, das war nicht schlecht gewesen. Ich hob die Hand und sagte »Tschüs«. Er stand neben dem Rad und hielt es fest und nickte, und ich spürte, daß ich eigentlich etwas hätte sagen sollen, was ihm klar gemacht hätte, wie dankbar ich ihm war, daß er mir Gesellschaft geleistet hatte, aber ich brachte kein Wort heraus. Der Lichtkegel der Straßenlaterne bewirkte, daß der Regen wie ein Wasserfall aussah, und mitten in dem reißenden Strom stand Papa, völlig still, und sah mir nach, als ich auf die Kirche zuging. Als ich mich im Kirchenportal umdrehte, stand er immer noch da. Da steht Papa, dachte ich. Wenn er zu schwitzen aufhört, wird er ganz verflucht und jämmerlich frieren.

Dann hieß es nur noch hineingehen. Ich öffnete die Tür, zog mir in der Vorhalle die Regenkleidung aus, öffnete die

Innentür und sah die vollbesetzten Bankreihen der Kirche in einem breiten, helldunklen perspektivischen Bild. Das Unbehagen mahlte sacht in mir, aber es war nicht so schlimm, wie ich befürchtet hatte. Ich dachte an Papa, der wie ein schwarzer kleiner Riese draußen im Regen gestanden und mir nachgesehen hatte. Er war da, es gab ihn, und vielleicht dachte er an mich: Das war schön. Wir hatten es in 29.15 geschafft, das war nicht übel. Nicht schlecht. Das Ergebnis kann aber verbessert werden. Ich werde viel besser werden. Ich kann vielleicht sogar gut werden.

Man kann sich an einer Zahl, einem Resultat festhalten; und ich glaube, daß Papa genau dies zu tun versuchte, als die Welt verwirrt wurde und unzusammenhängend, als er älter und älter wurde und nicht wußte, wo er in seinem Leben stand. Als er ein Fremder im Leben wurde und etwas brauchte, da schien ihm eine Zahl etwas zu sein, woran man sich halten konnte, und da stellte er eine Zahl her und entschloß sich wie alle anderen, diese Zahl *»schwedischen Rekord«* zu nennen.

Er brauchte eine Zahl, und da machte er einfach eine. Die Entfremdung wurde etwas geringer, und es ließ sich leichter leben. Und ich selbst saß hier in einer anderen und viel geringeren und banaleren Situation; ich hielt mich fest und dachte: 29.15. Nein, das ist nicht schlecht.

Ich dachte nach. Wenn man von meiner besten Zeit auf dieser Strecke ausgeht, also von 26.13, so bedeutet dies, daß ich genau drei Minuten unter meiner Bestzeit lag. Die Belastung durch den Fahrrad-Dynamo mußte einen Zeitverlust von ungefähr zwei bis drei Minuten gebracht haben. Hinzu kommen noch das schlechte Wetter, der Schneeregen, die Kälte, die Dunkelheit und der schwere, aufgeweichte und leicht lehmige Weg.

Sagen wir also: Zwei Minuten für den Dynamo, zwei für den Straßenzustand, legen wir eine Minute für die Schrittmacherdienste hinzu, ziehen wir zwei für den Regen und die Kälte ab, die einen natürlich steif machen – es sollte noch hinzugefügt werden, daß wir nicht direkten Gegenwind hatten; er kann vielmehr als schräg böig bezeichnet werden; manchmal kam er sogar schräg von hinten. Bei dieser Berechnung kommt man dazu, daß die 29.15 von Papa und mir einer Zeit von rund 25 Minuten bei einwandfreiem Straßenzustand entsprechen würden. Vielleicht sogar einer Zeit darunter – sagen wir 24.30.

29.15 war also nicht schlecht. Und endlich spürte ich so etwas wie eine Art Ruhe. Ich saß in meiner Kirchenbank und hörte den stillen Gesang, Christi Blut, für dich vergossen. Ich wußte, daß ich ein kleiner Schummler war, aber ich krallte mich an der Zahl fest, die ich herausbekommen hatte, und damit fühlte ich mich schon etwas wohler. Nicht einmal während der schmerzlich gespaltenen Minuten, als das Abendmahl seinen Verlauf nahm, von mir Besitz ergriff und ich mich hinstellen und den Mittelgang entlanggehen mußte (ich saß nicht an Mamas Seite, sah aber ihren Blick, als ich an ihr vorüberging), nicht einmal während des Höhepunkts der Zeremonie oder etwas später, als ich unter dem stillen Summen der Gemeinde wieder an meinen Platz zurückging, war es so schlimm, wie ich befürchtet hatte.

Manchmal, wenn ich an Papas Liebe zum Sport denke und daran, unter welchen Umständen sie wuchs, bis sie so stark wurde, daß sie ein ganzes Gesellschaftsmuster zu sprengen und freizulegen schien, manchmal, wenn ich an diese Liebe denke, *verstehe* ich. Und dann erinnere ich mich an jenen Abend, denke daran, wie wir uns abstrampelten, quälten und 29.15 erzielten und wie ich mich zu dieser Zahl wie zu einem heimlichen Ort der Ruhe flüchten konnte; dies war eine Zahl, die die Qual im Glauben linderte und die Erniedrigung des Bekenntnisses ausradierte.

Es ist sechsundzwanzig Jahre her; ich könnte weit wegfliegen, und es könnte viel dazwischengeraten, was alles unklar und verschwommen machen würde, aber es würde auch immer etwas übrigbleiben. Ich weiß, was es ist: Es ist das Bild von

Mama und Papa, die nebeneinander stehen, damals, als wir am Abend des Gründonnerstags 1945 aus der Kirche kamen. Ist es wirklich schon sechsundzwanzig Jahre her? Ja, sechsundzwanzig Jahre. Mitten im Leben befinde ich mich, in meinem Leben, sehe dennoch nicht, wo die Mitte ist.

Auf dem Weg nach draußen wartete Mama in der Vorhalle auf mich. Sie sah meine Hosen an, die noch immer von den Knien bis zu den Schuhen naß waren, sah mein Ölzeug, sagte aber nichts. Wir gingen gemeinsam hinaus; der Regen hatte aufgehört.

Papa stand neben der niedrigen Mauer, die die Kirche umgab. Mamas hart hergenommenes kleines Damenfahrrad hatte er an das Fundament der Straßenlaterne gelehnt; er selbst hatte die Hände in den Hosentaschen und blickte unausgesetzt und ein wenig verlegen direkt hinüber zu Markströms Eisenwarengeschäft, dessen Schaufenster dunkel waren und keine Geheimnisse preiszugeben hatten. Papa sah unglaublich deplaziert aus, weil er unter dem Regenmantel seinen Overall trug, der zwischen dem unteren Rand des Regenmantels und den Stiefelschäften sackartig heraushing. Papa sah in seiner Kostümierung beinahe unwirklich viereckig aus. Ich sah, wie Mama zusammenzuckte, als sie ihn entdeckte. Er nickte unbeholfen, aber sie starrte ihn nur an.

»Was machst du denn hier?« fragte sie leise.

Er schraubte sein Gesicht zu etwas zusammen, was wie nachdenkliche Falten aussehen sollte, und sagte dann, während sein Blick noch immer an dem dunklen Schaufenster der Markströmschen Eisenwarenhandlung klebte:

»Bin mit dem Jungen hergefahren. Damit er nicht allein mit dem Rad hermußte.«

Mama stand vollkommen still und sah ihn an. Sie war völlig *still* in ihrem Gesicht; dies ist das einzige Wort, das mir einfällt, weil sich dort eine Mischung aus Trauer, Liebe und absoluter Verblüffung fand, aber alles durcheinandergemischt und in eine Art stille Resignation verwandelt. Ich betrachtete ihr

Gesicht und wußte mich nicht zu fassen. So rutschte es mir heraus:

»Wir sind in 29.15 hergefahren. Nicht schlecht bei diesem Wetter!«

Papa glotzte noch immer zu Markströms Eisenwarengeschäft hinüber, und endlich hob Mama den Blick von ihm und sah mich an. »Habt ihr denn die Zeit genommen?« fragte sie ausdruckslos. »29.15«, sagte ich etwas weniger enthusiastisch, in dem vagen Gefühl, daß ich wohl doch einen Fehler gemacht hatte.

Aber niemals werde ich das Gesicht vergessen, das Mama damals machte. Der Platz vor der Kirche war fast völlig leer, die Menschen drängten in die Busse. Mama war beinahe die letzte und mußte bald gehen. Sie hatte endlich verstanden, und dies alles spiegelte sich in ihrem Gesicht wider. Sie hatte ein sehr schmales, mageres und sprödes Gesicht mit Augen, die einmal schön gewesen sein mußten. Sie hatte verstanden, und sie sah den Hammerwerfer an und dessen Sohn. Sie hatte mich in die Kirche kommen sehen und vermutlich etwas gefühlt, was große Freude gewesen sein mußte. Sie war aus der Kirche gekommen und hatte Papa dort unter der Straßenlampe in seiner frierenden Ungeduld warten sehen. Sie hatte die Zahl gehört, verstanden, und dort, wo sie uns gegenüberstand, erschien sie sehr hart, unglaublich ruhig und zugleich auf eine so furchtbar endgültige Weise einsam, daß keine Rettung mehr möglich war.

Wohl weiß ich noch, wie wir dort standen, wir drei. Papa mit seiner kleinwüchsigen bärengleichen und unerschütterlich starken Verlegenheit, noch immer unablässig fasziniert von dem schwarzen Schaufenster der Markströmschen Eisenwarenhandlung, Mamas spilleriges kleines Damenfahrrad erschreckt mit der rechten Faust festhaltend. Mama, wie ein trauriger kleiner Vogel, der endlich eingesehen hat, daß seiner Einsamkeit nicht abzuhelfen ist. Sie wußte, daß Worte uns nicht mehr erreichen konnten. Und dann ich.

Es ist so lange her. Bald sechsundzwanzig Jahre. Manchmal fragen mich heute Menschen, was ich über Schweden denke;

wir diskutieren über Politik und die kommende Revolution, wir erörtern das, was wir »die revolutionäre Situation« nennen, wir sprechen über die existierende Gesellschaftsstruktur. Wir versuchen uns zu beschreiben, welche Menschen tatsächlich – also nicht theoretisch – hier wohnen und wie man sie werde verändern können. Aber ich weiß nicht. Wenn ich mir den Schweden und seine gesellschaftliche Situation vorzustellen versuche, wird das Bild von einem total irrelevanten anderen Bild verdeckt, das, wie mir scheint, das Bild unserer heutigen Situation ist. Dieses Bild ist nichts Besonderes; keine verdammte Pointe steckt dahinter, denn die Menschen, die ich darauf sehe, sind nur wir drei: Papa, Mama und ich.

Wir stehen da und drucksen vor der Kirche herum; es hat aufgehört zu regnen, und Mama und ich kommen gerade vom Tisch des Herrn. Wir haben uns aufgestellt für ein Gruppenbild. Papa links mit Mamas Fahrrad in der einen und dem berühmt gewordenen manipulierten Wurfhammer in der anderen Hand. Er sieht klein, aber stark aus, zugleich unerhört ehrgeizig und ehrlich, hat ein listiges kleines kameradschaftliches Glitzern in den Augen, während er demütig verlegen in die Kamera lächelt. Rechts steht Mama mit der Bibel in der Hand, dem gelben Hut auf dem Kopf und einer frommen kleinen Träne im Auge. In der Mitte stehe ich und versuche zu vermeiden, allzu dämlich auszusehen. Wir stehen sehr nahe beieinander, aber das Einzigartige an dem Bild ist, daß es verdeutlicht, in welcher unempfindlichen Einsamkeit wir uns aufhalten, jeder für sich. Bei uns allen findet sich viel Liebe, aber auch viel Abstand. Und nicht ein Wort haben wir einander zu sagen.

J. C. Lindner: Ausgangspunkte

»Eine starke Organisation verachte nicht und die Bewegung erst recht nicht!«

Spontaner Reim, J. C. L.

»Der organisierte Fußballsport ist ein Teil dieser Industrie, die dazu dient, das Realitätsprinzip der Herrschenden einzuüben und zu zementieren, um so die Opfer des industriellen Apparats unter Kontrolle zu halten.«

Gerhard Vinnai

Die Systeme: Der Übergang zum 4-2-4 oder ähnlichen Systemen im Fußballsport brachte eine notwendige Anpassung an das moderne Denken auch in der Großindustrie mit sich. Die stark spezialisierten Funktionen des alten W-Systems (Linksaußen schnell und linksfüßig und so weiter) mochten ihren Zweck in der industriellen Arbeitswelt, wie sie sich vor zwanzig Jahren darstellte, erfüllt haben, jetzt aber taugten sie dazu nicht mehr. Die gesteigerte Arbeitseffektivität der Industrie vertiefte einerseits die Kluft zwischen Technikern mit Spezialausbildung und ungelernten Arbeitern, andererseits schuf sie den Wunsch nach einem Allround-Arbeiter, den man in verschiedenen Funktionen einsetzen konnte, nach einem Arbeiter, dessen Arbeitszeit total ausgefüllt werden konnte, auch außerhalb der alten spezialisierten Funktion. Auf die gleiche Weise war es unwirtschaftlich, einen hochspezialisierten Verteidiger beschäftigungslos in einer Angriffssituation herumstehen zu lassen. Das System wurde geändert, man schuf den Allround-Spieler, der eine Reihe von Funktionen ausfüllen und einen maximalen Anteil der Spielzeit in Arbeit gehalten werden konnte. Frage: Welche kommende Veränderung der Arbeitswelt wird exakt welche Veränderung des strategischen Denkens im Fußball mit sich bringen?

Das Intervalltraining in der Leichtathletik und seine Ausbreitung. Man beachte, woher die Idee stammt: Aus der Analyse der Industrie, die errechnet hat, wie lang die effektivste und kürzeste denkbare Ruhepause exakt sein darf, um einen maximalen positiven Effekt zu erzielen. Zeitstudiensysteme.

»Man hat mir einen Platz an den Schalthebeln der Macht angeboten. Hat man ihn mir wegen meiner Unselbständigkeit offeriert? Soll ich ablehnen? Wenn ich Mißerfolg habe, bleibt mir trotz allem noch die Möglichkeit, Pädagoge zu werden. Welche Verlockung geht doch von der Macht aus! (J. C. L.)

Ein korporatives Dilemma. Im Reichssportverband ist ein neuer Vorsitzender zu wählen. Soll man diesen Vorsitzenden aus der Welt der Großindustrie oder aus den Korridoren der sozialdemokratischen Macht holen? Wie schwer sind doch solche Entscheidungen, von so großem Gewicht für die Zukunft des Sports!

Von der Wurzel zur Blüte: eine utopische technische Skizze dessen, wie man sich in der Theorie die Wanderung des Mitbestimmungsrechts vom einzelnen Sportler bis zum Sportreichstag vorstellt. Beschreibe den Verlauf. Wie der Sportler seinen Vereinsvorsitzenden wählt. Wie der Bezirksvorstand gewählt wird. Wie die Spitze der Einzelverbände aussieht. Wie Delegierte ernannt werden. Und dann die äußersten beschlußfassenden Organe der Sportwelt. »Es ist eines der wichtigsten Anliegen des bürgerlichen Sports, im Interesse der herrschenden Klasse das Volk von den Gefahren der Nah- und Direktdemokratie fernzuhalten.«

Die Urlaubspolitik aus der Sicht Mattias Engnestams. »O ja, ich weiß noch sehr gut, wie befreiend es für uns Rekruten war, Urlaub zu kriegen.« (Juli 1955)

Seelenbinder nahm trotz allem an den Olympischen Spielen teil. In dem ostdeutschen Buch, das über ihn veröffentlicht worden ist, war er von der antinazistischen Widerstandsbewegung dazu beordert worden. Dem Plan zufolge hätte er auf dem Siegerpodest eine antinazistische Demonstration ausführen sollen. Wurde vom Schweden Cadier geschlagen, kam nie aufs Siegerpodest. Hat es so einen Plan wirklich gegeben?

Bei den Londoner Olympischen Spielen 1948 holte die schwedische Mannschaft Gold im Dressurreiten. In der Mannschaft befand sich auch Sergeant Gehnäll Persson auf dem Pferd Knaust. In den Statuten stand aber, daß die Dressur »Offizieren und Gentlemen« vorbehalten sei. Gehnäll Persson, als Unteroffizier, war also kein Offizier, und als Gentleman konnte man ihn auch nicht definieren. Die schwedische Mannschaft wurde folglich ein halbes Jahr später auf einen französischen Protest hin disqualifiziert. Gehnäll Persson mußte seine Goldmedaille zurückgeben. Das Reglement wurde unmittelbar darauf geändert, damit die klassenbetonte Ausprägung dieser Sportart nicht mehr *so* stark betont wurde. Die erwähnte Bestimmung in den Reiterstatuten war in ihrer ungeschickten Tölpelhaftigkeit natürlich ein Fehler gewesen.

In seinen Memoiren, die ein Jahrzehnt später herauskamen, erwähnt Gehnäll Persson das Ereignis mit keinem Wort. Man kann das Buch vielmehr als ein hochspezialisiertes Handbuch für Dressurinteressierte bezeichnen, das in einer sehr weitgehend technischen Fachsprache abgefaßt ist. Frage: Wie steht Gehnäll P. persönlich zu dem, was in London geschehen ist, wie sieht er das Verhältnis zwischen Offizieren und Unteroffizieren sowie zwischen anderen Klassen der Gesellschaft? Wie sieht er die Rolle des Sports? Untersuche!

Der Ursprung des Professionalismus: einmal der Unterschied zwischen Gentlemen und anderen. Die Bedeutung dessen, andere auf Abstand zu halten, die es sich nicht leisten können, Amateure zu sein. Die veränderte Bedeutung des Begriffs Profi im Kapitalismus. Entwickle den Begriff »Ware«.

Interview in *Expressen*, zweiter Weihnachtstag 1970, mit dem amerikanischen Botschafter in Stockholm, dem Farbigen Jerome Holland. Auszug.

»Kommt es vor, daß Sie einen Konflikt zwischen Ihrer privaten Auffassung und der Auffassung spüren, der Sie als Vertreter der amerikanischen Regierung Ausdruck geben müssen?«

»Nein, das glaube ich nicht. Es mag in jedem Beruf zu Situationen kommen, in denen man sich zwischen zwei Auffassungen hin- und hergerissen fühlt. Ein Konflikt ist das aber nicht. Ich glaube, dies liegt daran, daß ich vom Sport erzogen worden bin. Dabei habe ich gelernt, einer in einem Team zu sein. Wenn der Trainer wollte, daß wir nach rechts liefen, so liefen wir nach rechts. Wir dachten nicht: Wäre es nicht besser, nach links zu laufen? Wir stellten uns vollkommen darauf ein, rechts für die beste Richtung zu halten, wenn er es uns sagte.«

Die Ballons über dem Stadion

»Klassenbewußte Männer zögern nicht,
ihr Recht zu nehmen.
Für arme Leute in Not,
zu Sieg oder Tod,
kämpfen mit der Farbe des Sieges: Rot.«

Aufzeichnung ist ein gutes Wort.

Aufzeichnung. Eine Weile dachte ich daran mit der Absicht, über Papa und sein Leben eine Biographie zu schreiben, verfaßt von seinem bemitleidenswerten, aber getreuen Sohn, aber es lag etwas zu Prätentiöses darin. Aufzeichnung ist viel besser. *»Wenn AIF zum Kampf uns ruft, sind wir da: für Freiheit, gegen Zwang.«* Text von »Browin«, sehr gut. Ich habe Papa einmal diesen Sportmarsch von AIF mangels Sängerstimme rezitieren hören, und es war ungeheuer imponierend. Das Wort »Aufzeichnung« trägt unprätentiösere, zugleich aber auch mehr statuarische Züge, und das paßt gut.

Ich habe einmal gefunden, daß diese Idee von einer eigenen, politisierten Sportvereinigung der Arbeiter, von einem eigenen Sportverband ideologisch kampfbewußter Menschen, daß dies eigentlich sehr eigenartig und lächerlich sei, aber ich habe meine Meinung geändert. Die Aufzeichnung sollte also nicht nur Papa mit einbeziehen, sondern auch den bemerkenswerten, zwischen 1930 und 1936 unternommenen Versuch, einen arbeitereigenen Sportverband zu schaffen: dieses aber ist nicht möglich. AIF wird seinen eigenen Chronisten und Schilderer erhalten, und der werde ich nicht sein. Davon abgesehen, daß alles mißlang und zu einer Parenthese wurde, an die sich heute kein Mensch mehr erinnert, war es ein bemerkenswerter Gedanke.

Und warum nicht! Warum soll die Gewerkschaft sich nicht des Sports bedienen, warum empört man sich allein schon beim bloßen Gedanken? Warum sollte es etwa kein gesamtschwedisches Finale zwischen dem Sportverein Christlicher Maoisten (SCM) und der Industriegewerkschaft Metall Sektion 2,2 SV (IMS 22) vor einem vollbesetzten Stadion in Råsunda geben? Ich gehe dabei davon aus, daß der SCM sich nicht als Großklub einen Namen machen könnte, der mit rücksichtslosen Raffke-Methoden kleine Vereine brandschatzt; ich meine, daß die Ideologie tatsächlich in den Sport integriert werden würde.

Möglicherweise hatte Papa ähnliche Gedankengänge im Kopf, als er im Februar 1929 – mit einem Gewicht von rund sechsundsiebzig Kilo – wie eine Luftblase aus dem proletarischen Västervik aufstieg, sich durch das liebliche Sörmland in die Höhe arbeitete, um schließlich das Licht, die Wasserfläche und Stockholm zu erreichen, wo er seinen Dienst als Handlanger in einem Warenlager auf Kungsholm antrat. Er wäre der proletarischen Sportbewegung vermutlich nicht erhalten geblieben, wenn er nicht aus purem Zufall im sogenannten »Arbeiterklub« in der Drottninggatan 77 gelandet wäre, der es sich zur Aufgabe gemacht hatte, seine Mitglieder in gutem proletarischen Geist zu erziehen sowie den Arbeitern gutes Theater und Vorlesungen etc. zu bieten – dort traf Papa in einem Gespräch mit einem frischgebackenem AIFer, der meinte, Papa solle sich aufs Radfahren verlegen, auf die Verführung des Sports. Außerdem verkaufte er das emaillierte AIF-Abzeichen für 1 Krone 10.

So fing es an, und Papa würde bis zum bitteren Ende im Jahre 1936 in Stockholms AIF aktiv sein.

Aus der Perspektive des internationalen Arbeitersports gesehen war der gesamte rote Sport in Schweden nur ein verspäteter, verkrüppelter und etwas ängstlicher Vetter vom Lande, der zu enge Kleider trug und unablässig von seinem großen

Bruder in Gestalt der sozialdemokratischen Rechtsopportunisten gehänselt und unterdrückt wurde. Aber draußen im übrigen Europa war die Arbeitersportbewegung bereits ein starker und mächtiger ideologischer Faktor, der jedoch von dem Dreifrontenkrieg aufgesplittert wurde, den man ständig führen mußte: teils gegen die bürgerliche, »unpolitische« Sportbewegung, die die »Politisierung« des Sports für einen Verrat an der Idee des Sports hielt, teils gegen den stärker werdenden Faschismus, teils gegen die Sozialdemokratie, die in der ursprünglich von Kommunisten dominierten Arbeitersportbewegung eine große Gefahr für die Einheit der Arbeiterbewegung sah. Aber wie der milde und blaßrot phosphoreszierende Widerschein eines größeren Kampfes wurde im Mai 1922 Schwedens erste proletarische Sportorganisation ins Leben gerufen, Stockholms AIF. Damit war das Eis gebrochen.

Ringsum im Land entstanden zahlreiche AIFs; alle wurden dem bürgerlichen Reichssportverband angeschlossen, was in allzu vielen Fällen zu einer zunehmenden Identifikation mit den Zielen und der Denkweise dieses Verbandes führte, einer immer auffälligeren Verschwommenheit des ideologischen Profils. Im Oktober 1927 wurde der erste Schritt zu einem Austritt unternommen: Es wurde ein Dachverband der Arbeitersportvereine gebildet. Fünfzehn Vereine waren Mitglieder, blieben aber gleichzeitig Angehörige des Reichssportverbands.

Die Spaltung der Kommunistischen Partei im Jahre 1929 traf das gerade in Stockholms AIF eingetretene Mitglied Mattias Jonsson mit der Wucht eines roten Hammers, der auf einen völlig unschuldigen Schädel niedersaust. Papa, der im Prinzip gegen jede Uneinigkeit war, welcher Art sie auch sein mochte, sah jetzt mit wachsendem Mißvergnügen, daß es nicht mehr zwei Arbeiterfronten waren, zwischen denen er zu wählen hatte, sondern drei. Der Streit war ungemein lebhaft. Die Gruppe um Kilbom versuchte, die Kontrolle über den Dachverband an sich zu reißen; die Anhänger Silléns, die es liebten, sich als »die Komintern-Gruppe« zu bezeichnen, weil das hochgestochener klang, hielten einen harten Grundsatzbeschluß durch: Einmal solle ein Sportverband der Arbeiter geschaffen werden, zum andern solle dieser der Roten Sportinternationale, RSI, angeschlossen werden.

So wurde am 1. Januar 1930 *Arbetarnas Idrottsförbund* gegründet, eine Sektion der RSI, mit dem aus Västervik stammenden, allgemein sportbegabten Mattias Jonsson als Mitglied; so wurde im selben Jahr *Arbetarnas Idrottsunion* (AIU) ins Leben gerufen, als Organ der Kilbom-Kommunisten, und so blieben die Sozialdemokraten übrig, mit ihrer Mitgliedschaft im Bürgerlichen Reichssportverband, und das ganze ansprechende Spiel konnte beginnen.

Papa beantwortete die zunehmende ideologische Kompliziertheit und die Verwirrung damit, daß er sein Trainingspensum erhöhte, an einem Studienkurs der Zeitschrift *Idrottsfolket* in Leninismus teilnahm, sich mit der politisch nicht aktiven Tochter eines rechtsopportunistischen Maurers verheiratete, die im März 1933 starb, und sich im übrigen in begrenztem, aber solidarischem Umfang der Aufgabe widmete, *Idrottsfolket* zu verkaufen, und zwar für 15 Öre, wobei er 3 Öre verdiente. Bei Gelegenheit verhökerte er auch die feine AIF-Nadel mit der roten Fahne.

Ich selbst würde in engem Zusammenhang mit der Heirat meiner Eltern geboren werden, und noch heute weiß ich kein bißchen darüber, wie sie in jenen Jahren lebten, was er an Lohn nach Hause brachte, wie schwer ihnen das Leben wurde oder exakt welchen Grad politischen Bewußtseins er besaß.

Ich neige zu dem Glauben, daß er im Grunde seines Herzens Sozialdemokrat war, nicht zuletzt auf Grund seiner nachträglichen Analyse der Fehler, die gemacht worden waren. »*Wir* hätten den gesamten AIF übernehmen können, wenn wir gewollt hätten«, sagte er in den vierziger Jahren, und mit diesem »Wir« meinte er ohne Zweifel die sozialdemokratische Gruppe. »*Wir* hätten uns der Luzerner Internationale anschließen sollen«, meinte er mißmutig. Dies war eine Ansicht, die damals, zu Beginn der dreißiger Jahre, in den Kreisen um Sillén, hart an der Grenze des Landesverrats lag, denn die Luzerner Internationale war die Antwort des Rechtsopportunismus auf die revolutionäre Sportbewegung.

Aber natürlich hatte er recht: Die Sozialdemokratie hätte AIF sehr leicht übernehmen können. In Wahrheit verfügten die Sozialdemokraten über eine solide Mehrheit. Nicht mehr als etwa zwanzig Prozent der schätzungsweise zehntausend aktiven Mitglieder von AIF in seiner Blütezeit waren überzeugte Kommunisten. Sie aber saßen auf den wichtigen Posten, sie waren überzeugt und fleißig, sie nahmen an den Studienkursen teil, die zwischen den Trainingsveranstaltungen abgehalten wurden, sie bevölkerten die Redaktion von *Idrottsfolket*. Und so kam es, daß das Bild, das AIF nach außen bot, von diesen Umständen geprägt wurde. AIF war eine kommunistische Organisation.

Weil AIF ein armer Verband war, ohne den leisesten Anflug von Förderungsmitteln, ohne Unterstützung durch die Gewerkschaften auskommen mußte und fast völlig auf den Idealismus der Mitglieder angewiesen war, geschah es auch, daß Papas schwächster Punkt angegriffen wurde: Seine idealistische Magensäure begann sich abzusondern, wenn man ihn nur vorsichtig anpiekste. Treu wie ein Grubenpferd trottete er zwischen den Aufträgen daher, froh über die Dankbarkeit, die man ihm erwies, froh, eine Aufgabe zu haben. Ich glaube, daß Papa fast allein die Sammelaktion organisierte, die der Ringerabteilung die Ringermatte sicherte. Nebenbei tat er 1933 und 1934 noch als Anzeigenakquisiteur für *Idrottsfolket* Dienst.

Ich habe seine Buchführung gesehen; sie ist unsäglich rührend, aber völlig untadelig. Die Kopie des Dankbriefs, den er den Inserenten des Kiruna-Teils in (vier Jahre!) der Jubiläumsnummer 1934 schickte, ist erhalten. »Ein besonderes Dankeschön an Schuhmacher John Öman dafür, daß er unser Rabattangebot nicht ausnutzen wollte, sondern lieber den vollen Preis bezahlte.« Papa war nicht der Mann, der etwas vergaß. Unverkennbar ist auch seine Handschrift auf dem Papier, mit dem über die wirtschaftliche Bilanz der großen Aktion gegen den schwedisch-deutschen Länderkampf Rechenschaft abgelegt wird. Die landesweite Sammelaktion hatte insgesamt 86 Kronen 5 Öre erbracht, wozu Gåsbornshyttans AIF in Värmland mit 6 Kronen 25 einen der größten Einzelbeiträge geleistet hatte.

Nein, die Sammelaktion hatte nicht sehr viel eingebracht, aber Papa hatte in seiner runden Schulmädchenhandschrift, die nichts dem Zufall überließ, alles säuberlich aufgezeichnet. Die Ausgaben waren etwas summarisch aufgeführt, sprachen aber auf ihre Weise für sich. Auf einem separaten karierten Blatt stand:

Ausgaben

1.	Flugblätter	60,–
2.	Bußgelder	20,–
3.	Verschiedenes	15,–
	Summe Kronen	95,–

Im nachhinein wollte Papa gern den Eindruck erwecken, als habe er während der AIF-Zeit eine schnurgerade Karriere als Boxer gemacht, die mit einem Sieg über den Dänen Hansen gekrönt worden sei. In Wahrheit flunkerte Papa loyal auf allen Gebieten, abgesehen vom Motorradfahren, bei dem die ursprünglich sehr starke Motorsportsektion von Stockholms AIF sich infolge fraktioneller Arbeit der Kilbom-Gruppe abspaltete und rasch ins bürgerliche Lager hinüberwechselte. Von Motorsportveranstaltungen hielt er sich also fern. Im übrigen ergibt die genaue Lektüre veröffentlichter Ergebnisse, daß er ein fleißiger und vielseitiger Mann war. 1931 notierte man für ihn 10,26 im 5000-Meter-Eisschnellauf. Er schien auch, jedoch ohne größeren Erfolg, bei den LLL-Wettkämpfen 1931 gerungen zu haben (den Wettkämpfen, die »zur

Erinnerung an die drei Arbeiterführer Lenin, Liebknecht und Rosa Luxemburg« veranstaltet worden waren).

Ringen und Boxen ebenso wie Gewichtheben waren Sportarten, die im AIF lebhaft gefördert wurden, und das aus klaren ideologischen Gründen. Kraftsport war notwendig: *»Die Sportorganisationen der Arbeiter müssen verstehen, wie notwendig es ist, starke und mutige Männer heranzubilden, die vor den Schwierigkeiten im Klassenkampf nicht zurückweichen.«* Oder mit anderen Worten: *»In jedem AIF-Verein eine Kraftsportsektion!«*

Im übrigen schien er sich mit Gehen, Radfahren und, natürlich, Leichtathletik beschäftigt zu haben; auf diesem Gebiet aber nicht als Hammerwerfer, sondern als Sprinter.

Es ist interessant und in psychologischer Hinsicht bezeichnend, mit Hilfe der Ergebnislisten seine persönlichen Bestleistungen in der Leichtathletik zusammenzustellen. 100 Meter in 12,1, 200 Meter in 26,8, 400 Meter in 61,4. Weitsprung 4,66. Hochsprung 1,45. Kugelstoßen 11,78. Auffallend ist der Qualitätsunterschied zwischen der 100- und der 200-Meter-Zeit, aber das Ganze ergibt doch ein sehr gutes Bild von Papa: Er war sehr schenkelstark und folglich schnell beim Antritt. Schlechte Füße, stummer Schritt.

Es ist schade, daß ich keine 60-Meter-Zeit zur Verfügung habe. Sie wäre vermutlich, relativ gesehen, noch besser, und sie hätte das Bild noch deutlicher machen können. Der Wert im Hochsprung ist verblüffend, ein wenig zu gut eigentlich, das muß ich zugeben. Auf jeden Fall im Verhältnis zu Papas Bestleistung im Weitsprung. Druckfehler?

Es waren aber gute Jahre damals. Zu Beginn des Jahrhunderts hatte einer der strahlendsten Bonzen des Sports, Freiherr Hermelin, beruhigend konstatiert, daß *»wir von der Jugend, die sich auf dem Sportplatz aufhält, keinerlei politische Quertreiberei zu befürchten haben«*, aber er hätte einen Nervenzusammenbruch erlitten, wenn er gewußt hätte, welche politischen Quertreibereien im AIF angestrebt wurden. Abgesehen davon, daß der Einsatz der AIF-Leute bei der

Wahlarbeit im Jahre 1932 als weniger erfolgreich beurteilt wurde, führte man eine harte, aber gerechte Hetzkampagne gegen die militaristische Heuchelei des bürgerlichen Verbands durch. Auf die undemokratische Konzentration von Direktoren, Kapitänen, Generälen und Kronprinzen im Vorstand des Reichssportverbands wurde besonders hingewiesen.

Jeder größere Arbeitskonflikt wurde kommentiert, AIF-Leute wurden aufgefordert, sich als Streikposten zur Verfügung zu stellen, Kerntrupps bei Demonstrationen zu bilden, mit den Bedingungen des Klassenkampfes solidarisch zu sein.

Wirklich wichtig aber war die Koppelung der sportlichen Betätigung mit der politischen Studienarbeit. *»Wir dürfen nicht vergessen, daß wir nicht nur Sportler, sondern auch Arbeiter sind. Darum müssen wir uns Kenntnis vom Kampf der Arbeiterklasse verschaffen sowie uns zu tauglichen Klassenkämpfern schulen. Die Arbeiterklasse hat keine Verwendung für bloße Rekordmaschinen, sondern fordert bewußte Klassenkämpfer und eine fähige Jugend. Darum müssen die politischen und gewerkschaftlichen Fragen der Arbeiter innerhalb des AIF behandelt werden.«*

Ich weiß nicht, wieviel Papa davon verstand. Was übrigblieb, waren seltsam unzusammenhängende Erinnerungsfragmente aus einer schwach rot gefärbten Jugend, Fragmente, die er bei verschiedenen Anlässen aus der Schublade holte, mit verständnisloser Miene putzte und dann wieder in die Geschichte entließ. Die Parolen waren halb vergessen, aber manchmal tauchten sie auf: Reste all dieser Aktionen, die man einmal begonnen hatte, die aber so einen bedauerlichen Effekt hatten. *»Für Solidarität mit den Sportlern – den Antifaschisten in den Ländern des faschistischen Terrors!«*

Verstand Papa die ideologische Einfassung? Vielleicht, damals. Aber das, wovon er später erzählte, waren die Fragmente, die Anekdoten. Der Staffellauf nach Paris, der 1934 als Protestaktion gegen den Mißbrauch des Sports durch den

Faschismus durchgeführt wurde: der lange Propaganda-Staffellauf von Narvik nach Paris. An den erinnerte er sich, weil er daran teilgenommen hatte und in der Gegend von Södertälje mit seinem Fahrrad einen Platten bekommen hatte und zehn Kilometer ohne Luft im Schlauch weitergefahren war. An die großen Göteborg-Spiele erinnerte er sich, weil er kein Geld gehabt hatte, um hinzufahren. An die Studentenkurse in Leninismus erinnerte er sich, aber nicht daran, was er gelernt hatte.

Und im Verlauf der Jahre würden dann und wann verblüffende kleine Relikte dieser Periode in Papas Entwicklung auftauchen: Wie er nach dem Boxtraining am Freitag mit den anderen in die Räume an Gamla Brogatan ging, um mit ihnen die letzte Ausgabe von *Stormklockan* zu diskutieren und um seinen Lenin zu lesen. *Jedesmal!* Dienstags wurde in der Schule von Örby trainiert, da wurde es abends zu weit für einen Spaziergang. Es wurde vorausgesetzt, daß man sich an diesen Tagen im Einzelstudium mit Marx und Stalin beschäftigte.

Du lieber Himmel: Papa, Stalin lesend.

Ich meine, wo blieb dies alles in Papa? Versank es nur im Brunnen des Vergessens, wurden bizarre punktuelle Kenntnisse und anekdotische Erinnerungen daraus, oder spielten diese Dinge wirklich eine Rolle für ihn?

Nein, seinen Lenin würde er vergessen. Aber Mattias Jonsson, einer der vier jungen Männer, die 1928 die Initiative zur Gründung von Västerviks AIF ergriffen und sich besonders um den Aufbau der Kraftsportabteilung und der Boxsektion bemühten, würde dennoch bis zum Ende beim Arbeitersport bleiben. Denn das Ende sollte kommen. Seitdem die Olympischen Spiele von 1936 glücklich gelaufen waren, ohne daß etwas hatte getan werden können, sie zu stoppen, seitdem der Widerwille der Gewerkschaften gegen den politisierten Arbeitersport immer heftiger geworden war, seitdem der Gewerkschaftsbund sich distanziert hatte und seitdem immer mehr Sozialdemokraten die Farbe des AIF für allzu rot befunden und das sinkende Schiff verlassen hatten, blieb nicht mehr viel zu tun. Die braunen dreißiger Jahre gingen ihrem Höhepunkt entgegen; in Deutschland war der Arbeitersport zerschlagen, und es gab gute Gründe, sein Haus zu bestellen: Eine revolutionäre Arbeiterbewegung, die sich in einer klar abgegrenzten Sportorganisation gesammelt hatte, in der es definierte Mitgliedskader und zugängliche Mitgliederlisten gab, konnte sehr verwundbar sein. Es gab Beispiele aus Deutschland, die klar zeigten, daß Namenslisten in den Händen einer faschistischen Diktatur lebensgefährlich sein konnten.

Und so ergingen von der Roten Sportinternationale neue Direktiven. Dies war im Herbst 1936. Die Direktiven wiesen den angeschlossenen Verbänden eine neue Taktik an. Man dürfe sich nicht länger in abgesonderten roten Sportverbänden isolieren. Man solle statt dessen die bürgerlichen Verbände infiltrieren, versuchen, die dort eingeschriebenen Arbeiter zu überzeugen, rote Zellen in dem bürgerlichen Sportkörper bilden und auf diese Weise den Machtapparat des Sports von innen her erobern. AIF in seiner gegenwärtigen Form weiterleben zu lassen, sei allzu gefährlich, weil die Faschisierung Europas inzwischen so weit fortgeschritten sei, daß für die nächsten Jahre wenig Hoffnung bestehe. Man solle also untertauchen, infiltrieren und den Riesen von innen her erobern.

So starb *Arbetarnas Idrottsförbund*, der erste und vermutlich letzte Versuch, in Schweden eine Sportbewegung zu schaffen, die in die Gesellschaft integriert war. Denn obwohl die Theorie von der Infiltration, den roten Zellen, die den Riesen von innen her eroberten und ihm eine neue Seele gaben, obwohl diese Theorie schön war, die Wirklichkeit war anders.

Es war die alte Geschichte, wie der Apparat sich der Idee bemächtigt, wieder einmal. Als sich die Verbindungen der Arbeitersportvereine untereinander lockerten, als sich die Kampflinien verwischten, griff die Gleichgültigkeit um sich, und alles fiel in sich zusammen. Über Papas feinen alten AIF wurde der unpolitische Deckmantel gebreitet, der die Idee vom Sport als einem Kampfmittel der Arbeiterklasse vernichten sollte. 1936 im Herbst begann die Auflösung, und ein Jahr später war sie praktisch vollendet.

Sechs Jahre hat das eigentliche Leben der Idee in Schweden gedauert.

Bei Papa hatte diese Zeit sehr wenige sichtbare Spuren hinterlassen. Oder irre ich mich? Gab es etwas in diesen Jahren, was bedeutungsvoll war? Einen Wendepunkt in seinem Leben, zu dem man zurückgehen konnte, einen exakt definierten kleinen Punkt, an dem man sagen konnte: Hier ist es. *Hier*. Hier hat es angefangen schiefzugehen, hier ist die erste Zelle, die von der Krankheit angegriffen worden ist, der erste kleine Scheideweg, an dem Papa gezwungen wurde, die existenzielle Wahl zu treffen, die vor allen anderen Entscheidungen liegt, die er später zu fällen hatte: *Hier ist* es. Ich weiß ja, daß dies alles nur ein einfältiger Traum ist, daß das Leben niemals so einfach ist, daß eine einzige Entscheidung alles andere steuern kann, daß Situationen sich niemals so einfach und von Hintergrund und Umgebung isoliert formulieren lassen; und dennoch hat Papa so gefragt, als er im Traum zu mir kam. *Ist es dort gewesen?* hatte er gefragt. Weißt du? *Weißt du jetzt?*

Nein, das weiß ich nicht, noch nicht. Aber während der Winter seinen Lauf nimmt, können wir ja ein paar von den alten Liedern singen. *»Wenn AIF zum Kampf uns ruft, sind wir alle da: für Freiheit, gegen Zwang. Dann stehen wir einig, alle, alle, folgen mit im Takt und mit Gesang.«* Immerhin etwas. Oder ist es an der Zeit, zu den Liedern überzugehen, die das andere Lager schrieb: Der künstlerische Gehalt ist nur unbedeutend anders, aber die Ideologie scheint durch. Am liebsten mag ich das feine lange Gedicht, das am Tag nach dem schwedisch-deutschen Länderkampf 1934 in *Idrottsbladet* veröffentlicht wurde. Dort findet man zahlreiche Perlen. *»Gewaltige Schwedenkräfte zertrümmern im Sturmschritt die deutsche Attacke.«*

Möglicherweise bin ich gegen Papa etwas ungerecht gewesen. Vielleicht hatte er dennoch eine deutlich bewußte ideologische Überzeugung in diesen Jahren, eine Überzeugung, die erst später allmählich verwitterte? Ist es so gewesen?

Man hat einen Glauben, und dann verwittert er allmählich. Man hat Hoffnung, die dann plötzlich durchlöchert wird. Aber man lernt zu überleben. Ich habe es gelernt, habe gelernt, gegen die Verwitterung anzukämpfen. Papa hatte nur Gelegenheit zu lernen, *im Gleichtakt* mit der Zeit und Entwicklung zu verwittern. Es hat keinen Sinn, darüber zu moralisieren. Papas Tragödie war, daß seine Überzeugung so verwundbar war, daß er die Welt von Mächten erfüllt glaubte, die zwar feindselig gesinnt waren, die aber einen fairen Kampf ausfechten und ihm dann kameradschaftlich für ein gutes Match danken würden. Er wußte nicht, daß derjenige, der dort unten lebt, sich nach oben durchprügeln muß, und das unter Bedingungen, die von der Gegenseite diktiert werden. Schließlich lernte er zu überleben, aber das lernte er allzu gut. Am Ende war das alles, was er konnte: überleben.

Eines habe ich übrigens vergessen: die Isolierung des AIF. Es gibt eine Isolation, die selbstgewählt, und eine, die einem aufgezwungen worden ist. Die isolierte Lage des AIF war beides. Man zog es vor, sich von den bürgerlichen Vereinen abzusondern, enthielt sich jeden Sportaustauschs. Ein Arbeitersportler tritt nicht gegen einen Bourgeois an. Er vermeidet es, soweit sich das überhaupt machen läßt, bürgerliche Sportveranstaltungen zu besuchen. »Eine Krone Eintrittsgeld bei einer bürgerlichen Sportveranstaltung bedeutet eine Krone in der Hand des internationalen Kapitalismus.« Die Isolierung war aber auch aufgezwungen. Der bürgerliche Sportverband führte systematische Isolierungsaktionen gegen die Arbeiterclubs durch, lockte die wenigen Stars des AIF zu sich herüber, sperrte die AIF-Leute von den Sportplätzen aus und verbaute ihnen die Möglichkeit, bestimmte Trainingsanlagen zu benutzen.

Wo die Isolierung auch immer begann, sie machte sich am

Ende bemerkbar; sie wurde fühlbar. Die Inzucht wurde offenkundig, die Qualität der AIF-Veranstaltungen sank, die Erneuerung ging langsam vonstatten. Auf der anderen Seite des Zauns spielten die Arbeiter, die sich für den Reichssportverband entschieden hatten, und dieses Spiel war glanzvoller, abwechslungsreicher, wurde besser unterstützt und subventioniert und konnte überdies einer großartigen Berichterstattung durch die Presse sicher sein.

Papa pflegte davon zu erzählen: von der Isolierung und der Zersplitterung. Von der Kabbelei zwischen Kilbom- und Sillén-Anhängern, zwischen AIF und AIU, von der Front gegen die Sozialdemokratie. Die Linke murkst in ihrem süßen kleinen Puppenhaus immer vor sich hin, während man sich auf der anderen Seite der Front in aller Stille organisiert und unerbittlich unschlagbar wird. Die Gleichgültigkeit Papas, seine Neigung dazu, sich anzupassen – sie beginnen irgendwo in einer großen Enttäuschung oder in einer Vielzahl kleiner Enttäuschungen. Wo sollen wir mit der Erzählung beginnen? Es spielt keine Rolle, wo, seine Überzeugung verwitterte, ging allmählich in die Brüche, und die Stücke fielen auf die Erde.

September 1934, Leichtathletik-Länderkampf zwischen Deutschland und Schweden: Bei der Ankunft der deutschen Sportler am Freitagmorgen kam es im großen und ganzen nicht zu unangenehmen Zwischenfällen. Der Zug lief um 6 Uhr 30 ein. Mehrere der deutschen Sportler waren zu dieser Zeit noch gar nicht aufgestanden, aber nach einiger Zeit gelang es ihnen, sich auf dem Bahnsteig zu versammeln. Einige waren unrasiert und schienen noch nicht ganz wach zu sein. Zuvor hatte man zwei Personen, die möglicherweise bolschewistische Ruhestörer waren, vom Bahnsteig verwiesen. Als sie wegen ihres augenfällig verdächtigen Aussehens von anwesenden Funktionären befragt wurden, »was sie wollten und wer sie seien«, erwiderten sie, sie seien ehrliche schwedische Arbeiter und wollten das Mißvergnügen der Arbeiterklasse gegenüber »den Nazi-Sportlern und dem

Hakenkreuz« zum Ausdruck bringen. Einer der Anwesenden machte ihnen dann klar, daß der Sport über solche politischen Nichtigkeiten erhaben sei und daß Sportler auch über die politischen Trennungslinien hinweg zueinander finden sollten. Einer der Störenfriede wiederholte darauf mit stereotypem Tonfall, daß sich »die Demokraten« dagegen verwahrten, daß »die Hitleristen Propaganda bekämen«.

Den beiden Bolschewisten wurde dann in scharfem Ton befohlen zu verschwinden, worauf sie sich tatsächlich, ein wenig bedrückt nach diesem Anpfiff, trollten.

Der Himmel war bedeckt, und es regnete leicht. Nach einiger Zeit wurde den deutschen Sportlern befohlen, sich in Reih und Glied aufzustellen, was alles sehr schnell ging; mehrere der anwesenden Presseleute notierten mit Wohlgefallen, welchen Schliff die deutschen Jungen zu haben schienen. Von ihren schwedischen Gastgebern wurde eine Grußadresse verlesen. In einem Absatz wurde auf die von bolschewistischer Seite gemachten Versuche angespielt, sich dem Länderkampf zu widersetzen und den Wettkampf zu boykottieren. Ferner hieß es wörtlich: *»Überhaupt mißbilligen wir aus außen- und innenpolitischen Gründen proklamierte Aussperrungen untadeliger Sportler von den Aschenbahnen, auf deren schwarzer Erde mit himmlischer Klarheit und Gleichheit Linien gezogen sind.«*

Nach der Ansprache tauschte man Blumensträuße aus. Anschließend zog man durch den Hauptbahnhof und hinüber zum Hotel Continental, wo man die deutschen Sportler einquartiert hatte. Alles war ruhig verlaufen.

Ausgangspunkte: *»Die Bolschewiken haben begonnen, in ihre rostigen Trompeten zu blasen, um beim bevorstehenden Länderkampf Schweden-Deutschland Unruhe zu stiften. Aber folgendes muß jedem klar sein: Jede unfreundliche Handlung gegenüber der deutschen Mannschaft heute bedeutet, daß man den Unseren ein Bein stellt, die bei den Olympischen Spielen 1936 antreten werden.«* Ferner, über den Västberga-Lauf: Start beim Slakthusplatsen in Enskede, Ziel bei Hammarby allé. Der Lauf, der von Arbetarnas Idrottsunion veranstaltet wird, der mit den Kilbom-Kommunisten zusammenarbeitenden Sportorganisation, die sich nach links scharf gegen AIF abgrenzt und nach rechts gegen die Luzerner Internationale, der Lauf wird im allgemeinen als die Antwort der sozialistischen Sportbewegung auf den Länderkampf der Bourgeois gegen das faschistische Deutschland aufgefaßt.

Grundlegende Komplikationen, eine erste Übersicht. Nachdem die Kommunistische Partei in zwei Fraktionen aufgesprengt worden ist, entstehen zwei miteinander heftig konkurrierende Arbeitersportbewegungen, AIF und AIU. AIF ist das Organ der Sillén-Kommunisten oder der Komintern-Gruppe und wird in der Presse von *Ny Dag und Idrottsfolket* vertreten. AIU ist der Kilbom-Gruppe unterstellt; Organ *Folkets Dagblad*. Diese beiden Arbeitersportorganisationen wiederum distanzieren sich von der von Sozialdemokraten beherrschten Luzerner Internationale.

Ein erstes Ausspiel. AIF verkündet in *Ny Dag* einen allgemeinen Boykott des schwedisch-deutschen Länderkampfes. AIU sieht sich in dieser Situation vor einem schweren Dilemma. Eine Solidarisierung mit der Aktion des AIF würde ja eine Unterstützung der rivalisierenden Fraktion sowie eine Anerkennung dessen bedeuten, daß die Maßnahme der anderen Fraktion ideologisch korrekt sei und dem Wohl der Arbeiterklasse diene. Was tun? Durch *Folkets Dagblad* wurde darauf hingewiesen, daß die Aktion zwecklos sei; das Stadion werde sich dennoch mit Menschen füllen. Boykottaktionen aber, die von vornherein aussichtslos seien, seien nutzlos und schadeten der Sache der Arbeiter. Die Propaganda gegen einen Besuch des Länderkampfes sei überdies sinnlos, weil der Boykott »der menschlichen Natur zuwiderlaufe«.

Ein taktischer Mißgriff. Die Haltung von *Folkets Dagblad* ist taktisch falsch. In der folgenden Ausgabe wird der Mißgriff korrigiert. Man erklärt, die Boykottaktion sei schlecht durchdacht, fordert die Arbeiter aber dennoch auf, dem Stadion fernzubleiben. Von sozialdemokratischer Seite wird die Aktion nicht nur nicht unterstützt, sondern offen bekämpft. SAC, IRH und der Kommunistische Jugendverband unterstützen sie. Die bolschewistische Boykottaktion erregt in der schwedischen Presse jedoch große Aufmerksamkeit, denn eine solche Politisierung des Sports mit Boykott und Demonstrationen als Waffen hat es bisher noch nicht gegeben. Der Zorn in der schwedischen Presse gegen die schmutzigen Vorhaben der Bolschewiken wird allgemein. Man erinnert sich, daß bei den im übrigen sportlich durchgeführten Olympischen Spielen von Los Angeles eine ähnliche Aktion stattgefunden hat. Ein sozialistischer amerikanischer Gewerkschaftsführer, Tom Mooney, war kurz vor Beginn der Spiele ins Gefängnis gesteckt worden. Die soziale Unruhe in den USA war in jenem Jahr groß, und linke Gruppen hatten die Olympischen Spiele für ihre propagandistischen Zwecke eingespannt. Eine Aktionsgruppe, die sich »Free Tom Mooney« nannte, ging zum Angriff über. Bei der im übrigen perfekt ablaufenden Eröffnungszeremonie war eine Reihe von Demonstranten in Sportkleidung auf die Aschenbahn gelaufen, und dort hatten sie ihre Parolen und Schlagworte hinausgeschrien.

Die Demonstration der Bolschewiken war mit Pfiffen bedacht worden. In der schwedischen Presse hatte man diesen peinlichen Zwischenfall mit seinem Versuch einer »Politisierung« des Sports ausführlich beschrieben. Man sprach von dem »geschmacklosen Zwischenfall«, notierte aber auch, daß die Reaktion des Publikums »die Schreihälse zum Schweigen« gebracht habe. Mit scharfen Augen wurde festgestellt, daß mehrere Demonstranten eine schlechte Kondition zu haben schienen und daß sie schon nach wenigen hundert Metern auf der Aschenbahn erschöpft waren. *Idrottsbladet* reagierte heftig und mit Recht gegen diesen Versuch, den Sport mit Parteipolitik zu beschmutzen. Nachdem die Demonstranten ausgepfiffen worden waren, »trollten sie sich durch einen Seitenausgang«. Die Demonstration insgesamt war ein Ausdruck des »bolschewistischen Rüpelgeists«, was man kurz mit dem »Geist der Lümmelhaftigkeit« gleichsetzen kann.

Von diesem vereinzelten Fall sportlicher Politisierung abgesehen, bedeutet diese Aktion der Bolschewiken vor dem schwedisch-deutschen Länderkampf jedoch ein Novum. Der Wegfall dieser Aktion würde also eine Probe sportlicher Solidarität und des Willens sein, den Sport über die Politik zu erheben. Es haben sich jedoch in den letzten Jahren Tendenzen gezeigt, besonders auf bolschewistischer Seite, bestimmte Zwischenfälle bei Sportveranstaltungen in der Propaganda auszuschlachten. Als die schwedische Fußballnationalmannschaft bei der Weltmeisterschaft in Bologna in Italien das Publikum mit erhobenem rechtem Arm, dem Faschistengruß, begrüßte (was beim italienischen Publikum stürmischen Beifall auslöste), reagierten die Bolschewistenblätter sauer. Der Kapitän der schwedischen Nationalmannschaft, Ceve Lind, rückte die Dinge jedoch mit einer scharfen und klaren Stellungnahme wieder zurecht. *Es wäre eine Dummheit ohnegleichen gewesen, das italienische Volk durch tölpelhaftes Auftreten der schwedischen Mannschaft herauszufordern.*

Besonders unglücklich war, daß die bolschewistische Aktion, mit der der Länderkampf sabotiert werden sollte, zeitlich mit zwei anderen wichtigen Ereignissen in Stockholm zusammenfiel. In den Tagen vor dem Länderkampf wurde nämlich in Stockholm der internationale Kongreß der IAAF eröffnet, der unter der Schirmherrschaft des Königs stand. Unter anderem nahm daran auch ein Vertreter des Organisationskomitees der kommenden Olympischen Spiele teil. Dieser hatte in einem weithin beachteten Referat dargelegt, wie der deutsche Staat und seine Führung die Spiele auszurichten gedächten. Gleichzeitig wurde, ebenfalls in Stockholm, zwischen Schweden und dem Deutschen Reich ein Handelsabkommen unterzeichnet.

Parolen. »*Gegen den deutschen Mordfaschismus und seine*

›sportlichen‹ Propagandaveranstaltungen.« »Für eine zielbewußte und siegreiche antifaschistische Aktion.«

Wichtig war, wie man die Parolen formulierte, wie klar und entschieden sie abgefaßt waren.

»Weg mit dem Hakenkreuz aus dem Stadion.« Diese Parole wurde als im Grunde sozialdemokratisch abgelehnt: Es wurde mit Recht darauf hingewiesen, daß auch Sozialdemokraten einer Hissung der Hakenkreuzfahne widersprachen, sich aber nicht dagegen wehrten, daß Hitlers Sportler sich dem Wettkampf auf der Aschenbahn des Stadions stellten. Man achtete mehr auf die rein äußerlichen Formalitäten. *»Keine Propaganda für das Mörderregime.«* Eine Parole, die durchaus folgerichtig auf die Ereignisse der letzten sechs Monate in Deutschland anspielte, auf den heftigen Machtkampf, die Morde und Säuberungen, die Coups, den Reichstagsbrand und die Schauprozesse. *»Keine Reklame für die Henker Thälmanns und Torglers.«* Die Zahl der Verhaftungen hatte im Verlauf des letzten Jahres ohne Zweifel zugenommen, und es mußte richtig sein, eine Parole auszugeben, die darauf direkt Bezug nahm. *»Raus mit den Nazis aus dem Stadion.«* Eine eindeutig falsche Parole. Niemand hatte behauptet, daß diese Sportler, die jetzt gegen die schwedische Mannschaft antreten sollten, selbst Nazis oder Rassisten seien: Eine solche Behauptung war nichts anderes als das Eingeständnis der eigenen Unwissenheit. Es wäre besser gewesen, darauf hinzuweisen, wie diese Sportler und dieser Länderkampf dazu benutzt wurden, ein rassistisches und faschistisches Regime international aufzuwerten. *»Kein antifaschistischer Arbeiter im Stadion«* – sollte wohl richtiger heißen *»ins Stadion«*. Im großen und ganzen richtig, war diese Parole aber doch ein wenig undeutlich – ein Arbeiter ist selbstverständlich ein Antifaschist, sonst wäre er kein Arbeiter, sondern ein Klassenverräter. Der Ausdruck ist also tautologisch. *»Stoppt den Nazi-Länderkampf«* – richtig zwar, aber über die Maßen heroisch, überdies sachlich fehlerhaft, weil ja nur eine Boykott-Aktion geplant war.

Am Abend des 28. August wurden einige dieser Parolen in den Straßen Stockholms getestet, als drei Sandwich-Männer, Arbeiter, die dem AIF angehörten, ein paar Stunden lang durch die Straßen schlenderten. Auf einem der Plakate wurde einerseits die Freilassung Thälmanns, Torglers und anderer Nazigegner gefordert, andererseits ein Boykott des Länderkampfes: Dieses Plakat enthielt den meisten Text, war aber auch das sozusagen schwierigste. Man hatte allgemein das Gefühl, daß die einfacheren Schlagworte von den Passanten am deutlichsten verstanden wurden.

In *Ny Dag* wurde am nächsten Tag festgestellt, daß die Demonstration »von vorübergehenden Arbeitern mit lebhaftem Beifall aufgenommen« worden sei.

Ein junges Regime möchte gern Vertrauen gewinnen. Der kommende Länderkampf hatte ohne Zweifel den Charakter eines Europameisterschaftsfinales. Die eine Nation, die Deutschland und Schweden die Ehre streitig machen konnte, Europas führende Sportnation zu sein, war Finnland. Aber Schweden hatte seit dem »Fall Nurmi« keinen Länderkampf mehr gegen Finnland bestritten aus Sicherheitsgründen. Die Position Deutschlands als Europas wohl stärkste Sportnation war nicht zu bestreiten. Jedoch hatten die heftigen Umwälzungen der letzten Jahre sowie die Judenhetze Deutschland in bestimmten Teilen der schwedischen Presse eine ungünstige Publizität verschafft. Die Arierparagraphen der verschiedenen deutschen Sportverbände, die den Ausschluß und die Aussperrung von Juden statuierten, waren den Bolschewiken ein Dorn im Auge.

Die deutschen Arbeitersportverbände waren zu dieser Zeit zwar noch nicht völlig besiegt, standen aber unter äußerst hartem Druck. Da die Arbeitersportbewegung mit ihrer starken linkssozialistischen und kommunistischen Färbung in den Jahren vor 1933 der Kern und der in organisatorischer Hinsicht stärkste Teil des antifaschistischen Widerstands gewesen war, war es selbstverständlich eine der ersten Maßnahmen des faschistischen Staates, die deutsche Arbeitersportbewegung zu liquidieren. Als der SA-Gruppenführer von Tschammer und Osten im April 1933 als Reichssportführer eingesetzt wurde, verabschiedete er sehr schnell die grundlegenden Regeln, nach denen der Sport im faschistischen Reich geprägt werden sollte. Am 24. Mai 1933 wurde die vorrangige Bedeutung »der endgültigen Liquidierung des Arbeitersports« unzweideutig formuliert. In einem früheren Dekret wurde festgestellt, daß die Sportpolitik der Weimarer Republik »gefährlich« gewesen sei und daß sie »zum Selbstmord des deutschen Volkes geführt« habe.

Andere Schlüsselworte: »jüdisch-liberal«, »pazifistisch« sowie »jüdisch-demokratisch«.

Die Sportbewegung sollte sich unbedingt den allgemeinen politischen Richtlinien der Partei unterordnen. Nach außen hin sollte die Sportbewegung – was besonders bei den Olympischen Spielen wichtig war – als »Friedensbrücke« dienen und den politischen Widerstand ausradieren, auf den der junge faschistische Staat in seinen ersten Jahren noch immer stieß.

Diese klare Politisierung des Sports machte sich natürlich auch in den bürgerlichen Sportverbänden bemerkbar; im Zusammenhang mit dem Röhm-Putsch am 30. Juni 1934 wurden auch einige allzu widerborstige und skeptische bürgerliche Sportfunktionäre liquidiert, unter anderem Männer aus den Reihen der evangelischen und katholischen Sportorganisationen. Die bürgerlichen Verbände in ihrer Passivität und Abneigung gegen einen aktiven Widerstand machten dagegen wenig Mühe. Sie ließen sich leicht von der faschistischen Sportbewegung aufsaugen und an sie anpassen.

Die Arbeitersportbewegung würde zum Hauptgegner werden. Die Jahre 1933 und 1934 brachten den Höhepunkt des Kampfes zwischen den sozialistischen Sportgruppierungen und dem Faschismus. Der faschistische Terror gegen die Arbeitersportvereine nahm zu, die Reihe der Verhaftungen und Morde wurde länger und länger, und einzelne Kulminationspunkte des Kampfes erreichten auch die Außenwelt. Da ist zum Beispiel der »Blutsonntag von Eisleben« zu nennen, der jedoch nur vier Todesopfer in Form ermordeter Arbeitersportler forderte, sowie die Zeit nach dem Reichstagsbrand, in der über viertausend Vereine, die in der »Kampfgemeinschaft für Rote Sporteinheit« zusammengefaßt waren, liquidiert wurden.

Ein weiterer Höhepunkt des Kampfes wurde Ende Mai 1933 erreicht, als eine große Zahl von Arbeitersportlern ermordet wurde. Nachdem die Arbeitersportvereine aufgelöst und folglich Milionen Arbeitersportler aus der sehr starken deutschen Arbeitersportbewegung freigestellt worden waren, erging an die bürgerlichen Sportvereine das vorübergehende Verbot, Mitglieder aus »marxistischen« Organisationen aufzunehmen. Das Verbot wurde im Oktober 1933 aufgehoben. Es war offenkundig, daß die offen sozialistische Sportbewegung in Deutschland großen Gefahren ausgesetzt war. Mitgliederlisten konnten bei Säuberungsaktionen benutzt werden, Material beschlagnahmt und Organisationsmuster offengelegt werden.

Im Sommer 1933 begann deshalb der Einzug der deutschen Arbeitersportbewegung in die Illegalität. Es wurden die geheimen Sportorganisationen geschaffen, und der Kampf wurde von Stellungen »unter der Erde« aus weitergekämpft. Mit nächtlichen Plakatklebeaktionen, Flugblattverteilungen und Demonstrationen wurde der Kampf fortgeführt. Große Schwierigkeiten gab es beim Beschaffen geeigneter Druckereien. Die Druckerzeugnisse, die für die antifaschistische Propaganda unerläßlich waren, mußten jetzt in Dänemark und in der Tschechoslowakei hergestellt und über die Grenze geschmuggelt werden.

Zu Beginn des Jahres 1934 kulminierte dieser erbitterte Kampf. Kaum ein Echo davon erreichte Schweden. Die schwedische Haltung war klar: Sport ist eine unpolitische Erscheinung und kann nichts anderes sein. Der Reichssportführer von Tschammer und Osten, ein in Schweden geschätzter Sportfunktionär, der für seine brillanten Bankettreden bekannt war, war jedoch anderer Meinung. Am 1. Oktober 1933 schrieb er in der *Frankfurter Zeitung*: *»Heute muß, das betone ich offen und unzweideutig, der Sport politisch sein. Wenn edle Sportler, ehrliche deutsche Menschen, sich unter den neuen Ehrenzeichen und unter den ruhmreichen alten Farben des Reiches bemühen, Siege zu erringen und die besten Ergebnisse zu erzielen, ob bei Wettbewerben in Paris oder London, von Wettkämpfen in Deutschland und in den abgetretenen Gebieten ganz zu schweigen, so ist dies politische Arbeit und nicht allein sportliche Betätigung.«*

Diese politische Arbeit war jedoch selbstverständlich allein Ariern vorbehalten. Als im September 1934 der schwedisch-deutsche Länderkampf vor der Tür steht, kann folglich die schwedisch-bolschewistische Aktion als ein äußerst sanftes Wellenkräuseln im Vergleich zu dem heftigen sportpolitischen Sturm bezeichnet werden, der in Deutschland seit mehreren Jahren gerast hatte. Die schwedische Presse, die mit kaum verhohlenem Zorn die Agitation verfolgt hatte, kann jedoch mit Freude feststellen, daß es bei der Eröffnungszeremonie des Länderkampfes nicht zu einer Schändung des fremden Reichssymbols kommt, in diesem Fall die Hakenkreuzfahne, und das Publikum die deutschen Gäste ehrenvoll ins Herz schließt. *Dagens Nyheter* konstatiert: *»Die Kommunistenreklame hat die Wirkung gehabt, daß mehr entblößte Häupter, als wir je in unserem Stadion gesehen haben, die beiden deutschen Fahnen grüßten – die schwarzweißrote und die Hakenkreuzfahne, die miteinander verschlungen worden waren.«*

Das Wetter am Sonnabend war grau, etwas kühl, und über der Stehplatzkurve hingen große schwarze Wolken. Die Wettbewerbe sollten um 17 Uhr 30 beginnen. Vor den Eingängen waren starke Polizeikräfte postiert. Alles war klar, man konnte beginnen.

Um vier Uhr nachmittags versammelten sie sich im AIF-

Büro in der Barnhusgatan, in den beiden Räumen, über die man verfügte, und schlossen die Tür zu dem dritten Raum, in dem der Schrebergartenverein Iris residierte, der von einem ideologiefreien, unbewußten Pensionär geleitet wurde, der jedoch nie zu direkten Feindseligkeiten überging, sondern sich auf abwartendes Abstandnehmen beschränkte. F.T., damals Sekretär der Reichssektion des AIF, erläuterte den anderen Anwesenden die Lage in taktischer und ideologischer Hinsicht.

Die Situation der deutschen Genossen sei, wie jeder wisse, sehr schwierig. Die Arbeitersportbewegung, die noch vor wenigen Jahren mehr als 1,3 Millionen Mitglieder in Tausenden von Vereinen gehabt habe, sei verboten worden, zerschlagen und in den Untergrund getrieben. Zahlreiche Genossen säßen im Gefängnis, die Zahl der Ermordeten sei noch nicht genau bekannt, aber es stehe fest, daß mehrere Hundert von den Faschisten kaltblütig umgebracht worden seien.

Der Kampf gehe jedoch weiter, auf den verschiedensten Ebenen.

Viele arbeiteten illegal. Andere, beispielsweise der unter schwedischen Ringerfreunden so allgemein geschätzte Werner Seelenbinder, seien aus taktischen Erwägungen heraus beordert worden, bürgerlichen Sportvereinen beizutreten, um dort Widerstandszellen zu bilden. Man habe es mit einem rücksichtslosen Gegner zu tun, der kaltblütig und bewußt den Sport für seine politischen Zwecke einspanne. In diesem einzigen Punkt könne man von den Faschisten sagen, daß sie klüger seien als die Bürgerlichen: Sie sähen sehr deutlich, daß der Sport politisch genutzt werden müsse.

Die Lage sei jetzt so, daß die Faschisten offensichtlich beabsichtigten, diesen Länderkampf politisch auszuschlachten. Der Kampf gegen sie müsse also auf sämtlichen Ebenen geführt werden. Es müßten die richtigen Parolen ausgegeben werden. Von Sozialdemokraten und Gewerkschaften könne man keine Unterstützung erwarten. Auch der sozialdemokratische Jugendverband habe sich in einem windelweichen und liebedienerischen Brief an die Veranstalter des Länderkampfs von der Boykottaktion distanziert. Die Kilbom-Fraktionisten und die Abtrünnigen hätten wieder einmal ihre im Grunde arbeiterfeindliche Position gezeigt, indem sie der Aktion ihre Unterstützung entzogen hätten. Die Auseinandersetzungen der jüngsten Zeit hätten aber bewirkt, daß die Allgemeinheit sich der politischen Implikationen des Länderkampfes bewußt geworden sei. Die Raserei der bürgerlichen Presse sei ein Beweis, daß die Aktion sinnvoll sei.

Man solle jetzt aber klar sehen, über welche Möglichkeiten man verfüge. Man sei zahlenmäßig zu schwach. Man solle jetzt die Verteilung von Flugblättern vor den Toren des Stadions vorbereiten. Wenn möglich, solle man aber auf jeden Fall vermeiden, sich der Gefahr einer Verhaftung auszusetzen – die Zeiten seien kritisch, und angesichts der faschistischen Versuchung der schwedischen Polizeimacht sei es alles andere als angezeigt, einige der besten Genossen auf die Schwarzen Listen der Polizei zu bringen. Man könne nie wissen, was sich in den kommenden Jahren noch alles ereignen werde.

Es gebe jedoch, meinte F. T., noch andere Methoden, und auch hier wiesen die deutschen kommunistischen Freunde den Weg, welche Kampfmethoden am geeignetsten seien. Beim fünfzehnten Sportfest 1933 in Stuttgart hätten die Nazis eine Reihe von Maßnahmen ergriffen, um bei dieser Sportveranstaltung, die von ihnen kontrolliert und politisch umgemünzt worden sei, Demonstrationen zu verhindern. In Stuttgart habe man schon vor Beginn des Sportfestes zweihundertsechs Aktive und Funktionäre der Roten Sporteinheiten verhaftet; in den umliegenden Ortschaften Stuttgarts habe man mehr als sechshundert revolutionäre Sportler festgesetzt. Sie seien in Konzentrationslager gebracht worden. Die deutschen Genossen hätten dennoch Flugblätter drucken lassen können, die, trotz riesiger Aktionen von SS- und SA-

Einheiten, sogar in die Kleiderschränke der teilnehmenden Sportler hätten hineingeschmuggelt werden können. Bei der zum Sportfest gehörenden Ruderregatta auf dem Neckar seien die Veranstalter durch kleine Flöße mit antinazistischen Aufrufen überrascht worden, die plötzlich den Fluß heruntergekommen seien. Das habe bei den Zuschauern einen nachhaltigen Eindruck gemacht. Beim Höhepunkt des Sportfestes sei es den antinazistischen Widerständlern gelungen, eine Menge kleiner Luftballons mit anhängenden Flugblättern aufsteigen zu lassen. Diese Ballons seien vom Wind fortgetragen worden und hätten große Aufmerksamkeit erregt. Der starke Wind habe die Ballons später weit ins Land getragen, sogar bis in den Schwarzwald, und die Nazis seien gezwungen gewesen, in der örtlichen Presse, so in Horb am Neckar, in Schwenningen, Freudenstadt und so weiter, die Bevölkerung zu ermahnen, diesen Flugblättern keine Aufmerksamkeit zu schenken.

Während der Aktion sei kein einziger Arbeitersportler verhaftet worden. Trotz immer strengerer Kontrollen sei es auch weiterhin möglich gewesen, ähnliche Aktionen durchzuführen, so zum Beispiel bei Wettkämpfen in Berlin am 29. April 1934.

Diese »Ballonstrategie« sei auch heute genau richtig.

Für diesen Fall hatte man aus Mitteln des AIF zehn mit Gas gefüllte Ballons eingekauft. Der Demonstrationstrupp solle jetzt in zwei Gruppen aufgeteilt werden. Die erste und größere Gruppe solle vor den Eingangstoren des Stadions Flugblätter verteilen. Die zweite Gruppe solle Ballons mit anhängenden Plakaten aufsteigen lassen.

Für das letztgenannte Vorhaben wurden drei Mann ausgewählt. Alle drei waren Mitglieder der Boxsektion in Stockholms AIF. Der dritte unter ihnen war ein dreißigjähriger leichter Schwergewichtler mit dem Namen Mattias Engnestam, ehemals Jonsson. Er war kräftig gebaut, fast viereckig, hatte ein schweres, kantiges Gesicht mit schrägstehenden Augen und schwarzes, zurückgekämmtes Haar. Weil er, wie

F. T. es ausdrückte, am schwersten und das Risiko, daß er mit den Ballons vom Winde fortgetragen werden könne, folglich am geringsten sei, habe man ihm die Aufgabe zugewiesen, zu Beginn der Aktion die Ballons in die Nähe des Stadions zu tragen.

Die Erörterung der anstehenden Aufgaben war gegen 16 Uhr 30 beendet. Die Teilnehmer der Sitzung brachen sofort auf und gingen in kleinen Gruppen, die etwa zehn Meter Abstand voneinander hielten, zum Stadion.

Sie gingen Valhallavägen und Drottning Sofias Väg entlang und blieben an der Längsseite des Stadions vor dem burgähnlichen Haupteingang eine Weile zögernd stehen. Viele Menschen hatten die drei Männer verwundert angeschaut, besonders den kurzen, kräftig gebauten, der hinter den anderen herging und ein Bündel Luftballons in der Hand hielt, wobei er eine düstere Miene aufgesetzt hatte. Die Männer waren jedoch von niemandem angehalten worden; jetzt blieb nur noch die Frage, von welchem Platz aus sie am besten agieren könnten.

»Der Wind muß aus der richtigen Richtung kommen«, sagte Mattias Engnestam.

Das war zweifellos richtig, und sie hielten inne und vergewisserten sich, in welche Richtung er wehte. Es herrschte offensichtlich Windstille. Es hatte noch nicht angefangen zu regnen; der Niederschlag hing aber sozusagen ständig in der Luft, und weil die Wolken schwarz und schwer am Himmel hingen und weil es schon halb fünf vorbei war, machte sich bereits die erste Abenddämmerung bemerkbar.

»Wenn überhaupt etwas zu sehen sein soll, bevor es schummrig wird, müssen wir allmählich anfangen«, sagte einer der Männer.

Sie blickten nach oben. Noch immer kein Windhauch, aber dort oben bewegten sich die Wolken immerhin ein wenig. Sie kamen aus Richtung Lidingö über die Stehplatztribüne und setzten ihren Weg zur Innenstadt fort. Es wehte zwar kein

Wind, aber die Wolken bewegten sich in Richtung City. Es gab also nur eine vernünftige Möglichkeit, über die die Männer sich rasch einigten: Das Steigenlassen der Ballons mußte hinter der Stehplatztribüne erfolgen. Dies war um so besser, als es dort auch Gebüsch gab, hinter dem man sich verstecken konnte.

Die Männer gingen Drottning Sofias Väg hinauf, umrundeten das Marathon-Tor und bogen nach rechts ab. Engnestam mit seinen Ballons ging jetzt an der Spitze der kleinen Prozession. Die Männer boten ein fröhliches und angenehmes Bild. Die Ballons waren rot und blau, aber der Mann, der sie trug, machte ein unverändert düsteres Gesicht. Dort hinten war es vollkommen menschenleer. Die AIF-Demonstranten setzten sich auf den kleinen Abhang, die Gesichter der Rückseite des Stadions zugewandt, und wußten nicht so recht, wie sie anfangen sollten.

»Da oben ist bestimmt mehr Wind«, sagte Mattias Engnestam melancholisch.

Keiner von ihnen hatte je zuvor an einer Demonstration teilgenommen. Besonders eigenartig war auch, daß die erste, die sie erleben sollten, so aussehen mußte wie diese. Irgendwo tief in einer verborgenen Ecke ihrer Herzen fühlten sie einen kleinen Stich von Angst, daß dieses gesamte Projekt ihnen schaden könnte, daß man sie verhaften, an den Pranger stellen und als »die Männer mit den Ballons« lächerlich machen könnte. Als hätten sie alle den gleichen Gedanken gleichzeitig zu Ende gedacht, sagte der kleine Federgewichtler plötzlich:

»Man kommt sich ja beinahe wie Andrée vor.«

Still und niedergeschlagen saßen sie da und grübelten über diese Äußerung nach. Hätten sie doch nur Flugblätter verteilen und sich vielleicht mit den Faschisten herumschlagen dürfen! Papa sagte, er habe immer wieder daran denken müssen: Hier saßen drei der besten Amateurboxer Stockholms, starke und entschlußkräftige Männer, denen man die Aufgabe zugeteilt hatte, Ballons aufsteigen zu lassen, während ihre Genossen an den Toren des Stadions womöglich in Lebensgefahr schwebten. Dort befanden sich die Faschisten aus dem Prominentenvorort Lidingö, die würden zu Tausenden kommen; das könnte gefährlich werden. Dort befanden sich auch alle Polizeifaschisten. Und hier hockten sie selbst wie Schulmädchen an einem Wandertag und hielten Ballons in den Händen.

An der Planung und der Organisaton des ganzen Unternehmens mußte irgend etwas faul sein.

Die Eröffnungszeremonie war bereits vorüber. Ein Schuß ertönte, sie hörten das Geschrei und Gejohle der Menge, das noch mehr anschwoll und in einem Gebrüll kulminierte und dann in einem vergrätzten, resignierten Gemurmel verebbte. Papa hatte auf die Uhr gesehen. Der Jubel hatte ungefähr zwanzig Sekunden gedauert. »200 Meter«, sagte er vorsichtig. »Es hätte sich wohl anders angehört, wenn Strandberg gewonnen hätte.«

Die anderen sahen ihn mit offenkundigem Mißtrauen an.

»Du kennst dich unter den bürgerlichen Stars recht gut aus, wie ich sehe«, sagte der Federgewichtler kalt.

»Wir haben doch selbst die Listen mit den Aktiven veröffentlicht, die sich zur Verfügung stellen«, sagte Papa kleinlaut. »*Ny Dag* von vorgestern.«

Der Federgewichtler ließ ihn mit den Blicken nicht los, aber das stahlblaue Glitzern seiner Augen milderte sich allmählich. Er nahm die Papprolle mit dem fertig getexteten Plakat, entrollte es vorsichtig und sagte:

»Also los, dann wollen wir mal.« Es gab zwei Plakate. Sie maßen etwa 1,5 mal 1 Meter. Das Papier war Butterbrotpapier und sehr leicht, den Text hatte man mit schwarzer Tinte oder Tusche aufgemalt, und dort standen zwei Dinge.

»KEINE NAZIS IM STADION«

»BOYKOTTIERT DEN LÄNDERKAMPF DER ARBEITERMÖRDER«

Sie betrachteten stumm die Parolen. Die erste war kurz, aber sie alle spürten einen schwachen Zweifel, als sie sie lasen. Die zweite war gut und geradeheraus.

Die Ballons waren mit einem dicken schwarzen Zwirn zugeschnürt; die Männer befestigten je zwei Ballons an den oberen Enden der Plakate, so daß jedes Plakat von jeweils vier Ballons getragen werden würde. Das sollte wohl genügen.

»Jetzt«, sagte der Federgewichtler. »Jetzt, wo kein Lauf im Gang ist.«

Sie nahmen die Plakate und die Ballons und liefen in leichtem Laufschritt zur Rückseite der Stehplatztribüne. Sahen sich an, nickten und ließen die Ballons gleichzeitig los.

Diese stiegen langsam auf. Der Auftrieb war richtig berechnet worden. Der Aufstieg der Ballons ging langsam vonstatten, aber das war kein Fehler. Nach sekundenlangem Zögern ließ Papa auch die zwei übriggebliebenen Ballons los, die träge hinter den anderen hersegelten. Die Plakate gewannen sehr langsam, aber stetig an Höhe, stiegen senkrecht auf, und die Männer standen wie angewurzelt da und harrten der Dinge, die kommen sollten, wenn sie die Hügelkuppe überschritten.

»Bitte, ein bißchen Wind jetzt«, sagte der Federgewichtler verbissen, »ein kleiner Windhauch nur, damit den verfluchten Bourgeois Hören und Sehen vergeht.«

Die Ballons schwebten majestätisch über die Hügelkuppe. Da kam ein schwacher Windhauch, aus Süden. Der Wind kam aus dem Innern der Stadionburg, drückte ein paar Sekunden lang die Ballons nach unten: Sie tauchten nickend herab, stiegen zögernd in einem leichten Bogen auf, glitten schräg weiter vom Stadion weg hinauf in den grauen, regenschweren Himmel.

»Gottverfluchter Naziwind«, sagte der Federgewichtler leise und resignierend. »Gottverfluchter beschissener Naziwind.«

Aus dem Innern des Stadions stieg schneller und harter Jubel auf, wurde abgeschnitten, Beifall folgte. Ein Wurf? Ein Schwede? Die drei standen still auf dem grasbewachsenen Abhang und sahen den Ballons nach. Diese waren jetzt schon recht klein, trieben nach Nordosten. Sie würden sicher irgendwo auf Gärdet oder vielleicht Lidingö vorübergleiten und weitertreiben.Die Plakate hatten sich zusammengerollt, man konnte den Text nicht mehr lesen. Es herrschte ein schwacher Wind.

Es dauerte zehn Minuten, bis die Ballons völlig aus dem Blickfeld verschwunden waren.

Mattias Engnestam begann, unentschlossen auf Lidingövägen zuzugehen. Die anderen folgten ihm, langsam und sacht, ohne zu wissen, was sie sonst hätten tun sollen. Sie gingen um den Glockenturm herum und stellten sich vor den Haupteingang. Dort war es ruhig. Kleine Gruppen von Polizisten wanderten auf und ab und blickten sehnsuchtsvoll durch die Eisentore. Keine Schlangen, so weit das Auge blicken konnte; dagegen herrschte an den Würstchenbuden Gedränge. Papa stand direkt vor dem Haupteingang und linste ins Stadion. Er sah eine Kurve, sah vier Läufer vorüberlaufen: Einer von ihnen führte mit zehn Metern. Es war ein Schwede. Drinnen gab es ziemlichen Lärm. Er fühlte, wie ihn jemand am Arm packte. Es war der Federgewichtler.

»Na, stehst du herum und glotzt die Nazis an?« sagte er vorwurfsvoll.

Sie gingen gemeinsam fort. Papa war der Schwerste unter ihnen. Er wog achtundsiebzig Kilo und würde vielleicht Schwergewichtler werden können. Sie hatten ihren Auftrag erledigt. Von ihren Genossen war nichts zu sehen. Die Polizei hatte offenbar ganze Arbeit geleistet und den Vorplatz gesäubert.

»Man sollte da drinnen vielleicht Flugblätter verteilen«, sagte Papa prüfend. Er ließ den Gedanken eine Weile auf der Zunge zergehen; er war nicht aus der Luft gegriffen. Dann sagte Papa: »Wenn wir da drinnen gesessen hätten, wäre es vielleicht leichter gewesen zu demonstrieren. Vielleicht sollten wir es morgen versuchen.«

Die anderen antworteten nicht. Papa begann, schneller zu gehen, dachte nach, versuchte, sich darüber Klarheit zu verschaffen, was er fühlte. Die Ballons waren in die falsche Richtung geweht worden. Über die Winde herrschte niemand, hatte niemand Gewalt. Den Länderkampf konnte niemand stoppen. Hoffentlich würden die Schweden jedenfalls nicht verlieren. Ny hatte in der letzten Kurve geführt. Er war sicher der Weltbeste über 800 Meter, jedenfalls im Augenblick. Das Endergebnis würde er sicher im Radio hören können.

Er ging etwas schneller auf Stureplan zu. Als er sich umdrehte, sah er die anderen nicht mehr. Die sozialdemokratische Haltung dem Länderkampf gegenüber war feige, kein Zweifel. Sie bot aber einige Aspekte, über die zu diskutieren sich lohnte. Morgen war immerhin auch noch ein Tag.

In jenem Jahr wurde ich drei Jahre alt und kann mich folglich an nichts erinnern. Wir wohnten damals im Süden Stockholms. Papa arbeitete in einem Warenlager auf Kungsholmen, wo er jeden Morgen mit dem Fahrrad hinfuhr. Aber obwohl ich mich an nichts erinnere und obwohl er mehrere Jahre lang nichts über diese seine Jahre in AIF erzählte, gehört dieser Länderkampf mit zu meinem Bild von den dreißiger Jahren. Als ich größer war und nachdem wir nach Norrland umgezogen waren, erzählte Papa oft von Stockholm und den dreißiger Jahren und von der Zeit, in der er für AIF boxte und sich politisch betätigte.

Das Steigenlassen der Ballons erwähnte er nur einmal, als Kuriosität sozusagen. Es war aber der zweite Tag des Länderkampfes, auf den er immer wieder zurückzukommen pflegte. Dies war für mich eine Paradenummer, und ich quengelte und drängte immer wieder, sie von neuem zu hören.

Bemerkenswert daran war aber nicht, daß Papa von diesem zweiten Tag erzählte. Bemerkenswert war vielmehr, wie beziehungslos er es tat, mit harter Konzentration auf Ergebnisse und Referate über einzelne Wettbewerbe. Erst irgendwann in den fünfziger Jahren rückte er mehr aus Zufall damit heraus, daß er mit einem Packen Flugblätter in der Tasche ins Stadion gegangen war. Und als er dies sagte, geschah es auf diese halb verlegene, kopfnickende, leicht lächelnde Weise, die völlig undurchdringlich war. Legte man aber die Puzzle-Stücke und die Andeutungen zusammen, erhielt dieser erste Septembersonntag dennoch so etwas wie eine Überschrift, die aus zahlreichen Komponenten bestand. Da gab es das Puzzle-Stück, das von seiner Sehnsucht kündete, nicht nur gegen AIF-Sportler anzutreten. Den Gram über die mißlungene Demonstration. Die Unsicherheit angesichts der Zersplitterung der Linken. Die Unlust angesichts des Sektierertums, ein Teufelskreis. Das Effektivitätsdenken: Wenn man keinen Erfolg haben kann, braucht man gar nicht erst tätig zu werden (ich glaube, daß er sich einen großen Teil der Sozi- und Kilbom-Propaganda zu eigen gemacht hatte). Das deprimierende Gefühl, daß eine Niederlage die nächste gebiert. Die Sehnsucht, der Kühle draußen auf dem linken Flügel zu entfliehen, in die Nestwärme des großen sozialdemokratischen Vaterhauses, wo die Strategen ihre Getreuen nicht hinausschickten, um Ballons aufsteigen zu lassen.

Ein Stück seiner ideologischen Überzeugung muß damals mit fortgeweht worden sein, als die Ballons die Oberkante der Tribüne erreicht hatten und dann in die falsche Richtung weitertrieben. Nein, vielleicht nicht seine Überzeugung. Es verschwand aber ein Teil seiner Zuversicht, ein Teil seines Willens. Denn Papa, dessen Nettigkeits-, Ehrlichkeits- und Anständigkeitsneurose mit den Jahren immer nur weiterwuchs, war ja so schwedisch in seinem Wohlwollen: im Grunde ein richtiger kleiner lutheranischer Haublock, der sich in aller Demut hinstellte und darum bat, von allen verfügbaren Äxten in der Nähe mißhandelt zu werden.

Nett sollte man sein zu seinen kommunistischen Arbeitskameraden, nett und gleich und solidarisch mit allen: Und so wurde er Sozialist. Er konnte es aber nicht so richtig verdauen, daß ein Sozialist gegenüber Arbeitskäufern und Kapitalisten nicht gleich nett sein darf. Das störte ihn, und so krachte er mitten in die Sozialdemokratie hinein. Das war eigentlich völlig unvermeidlich.

Mir ist nie recht klar geworden, ob er die Flugblätter am zweiten Länderkampftag als eine Art Alibi verwendete, als reinen Vorwand. Ich glaube es eigentlich nicht. Es hätte Papa nicht ähnlich gesehen zu mogeln. Es wird vielmehr so gewesen sein, daß er aus Enttäuschung über das Mißlingen seines Auftrags seine Aufgabe am zweiten Tag um jeden Preis vollenden wollte: *Hat man eine Aufgabe, so muß diese zu Ende geführt werden*. Und pflichtbewußt, nett und freundlich ging er also am nächsten Tag ins Büro von AIF, holte sich einen Packen Flugblätter, steckte sie in die Tasche und ging zum Stadion.

Stand eine halbe Stunde nach einer Karte an und kam dann hinein.

Zu diesem Zeitpunkt wußte niemand genau, wie der Länderkampf punktemäßig stand. Am Tag zuvor hatte es einen Wechsel in der Führung gegeben. Die Deutschen hatten in der kurzen Staffel gewonnen, mit zwanzig Meter Vorsprung sogar, hätten aber von Rechts wegen disqualifiziert werden müssen. Das wurden sie schließlich auch. Gerade als der Länderkampf wieder beginnen sollte, wurde über die Stadionlautsprecher durchgegeben, daß die deutsche Staffel disqualifiziert worden sei, daß »Schweden aber nicht die Absicht habe, sich die Siegerpunkte gutschreiben zu lassen«. In diesem Wettbewerb gab es also ein Null zu Null. Es gab einen richtig ansprechenden Beifallssturm über dieses außerordentlich sportliche Verhalten, und das muß direkten Zugang zu Papas Herz gefunden haben, der für derlei empfänglich war. Ein guter Start also, und wenn er die Absicht gehabt haben sollte, jetzt mit der Verteilung der Flugblätter zu beginnen, so wird diese Nachricht ihn dazu gebracht haben, das Elend noch ein bißchen hinauszuschieben.

Zwölf Punkte Vorsprung für die Deutschen also.

Und da saß Papa nun, während der Nachmittag verging.

Er saß auf der Sofia-Tribüne in unmittelbarer Nähe des Marathon-Tors, und das Ritual muß ihn fast sofort eingefangen und nicht wieder losgelassen haben. Er sah, wie Xoop über 400 Meter Hürden riß und disqualifiziert wurde, was sich später als entscheidend für den ganzen Länderkampf erweisen sollte. Der Stabhochsprung ging zum Teufel. Diskus war wie erwartet glänzend, aber Harald Andersson kam nicht über 50 Meter. Das Wetter war besser an diesem Tag, und nach und nach fing Papa an, sich wohl zu fühlen. In seiner Erinnerung stand dieser Tag immer als »strahlend« oder »außerordentlich spannend« da, was nicht exakt seine Sprache war, aber Ausdrücke dieser Art waren wohl die angemessenen. Zuweilen war die Lage jedoch düster: Um 13 Uhr 55 führten die Deutschen mit 17 Punkten nach Doppelsiegen, unter anderem im 100-Meter-Lauf. Aber um 15 Uhr 47 hellte sich die Lage für die Schweden auf: Skiöld ging *mit einem außerordentlich wohlabgewogenen Hammerwurf* am Deutschen Seeger vorbei, und jetzt schien die Staffel entscheidend zu sein.

Es war bemerkenswert, Papa erzählen zu hören, was geschah. Papa selbst war kein Sprachvirtuose. In seinen besten Augenblicken konnte er freundliche Neukonstruktionen des Typs »Hörmalhermeinlieberfreund« oder »Tjaweißtduindiesemschwedenland« zustande bringen, aber dies waren Erinnerungen an Milieus, Menschen und Jargons, denen ich nie begegnet bin.

Aber über den Länderkampf konnte er sprechen, als wäre er so etwas wie ein berauschter Torsten Tegnér. Da wuchs der Enthusiasmus, da kam eine Sprache heraus, die eine perverse Mischung aus zweitklassigen Dichtern und kleinen Einsprengseln aus dem Wörterbuch der Schwedischen Akademie zu sein schien. Ich glaube, daß er außerdem nicht eine einzige Nummer von *Idrottsbladet* verpaßte, wie sehr diese Zeitschrift auch in *Idrottsfolket* und *Ny Dag* madig gemacht wurde. Irgendwie war er absolut *eins* mit der Moral des *Idrottsbladet*: dem pfadfinderfrischen, ehrlichen Schwedengeist, bei dem es aufs Kämpfen ankam, aufs Gesundsein und vor allem darauf, daß man sich *sportlich* verhielt. Und ich glaube, daß nichts ihn härter traf als die Artikel in *Idrottsbla-*

det, nachdem seine Mogelei aufgedeckt worden war. So vollkommen hatte er sich mit dieser Sprache identifiziert, dieser Art zu denken und zu fühlen, daß es gewesen sein mußte, als hätte sich ein Teil seiner selbst von dem anderen distanziert.

Ich weiß nicht, in welchem Stadium des Länderkampfes er die Flugblätter vergaß. Er sprach später nie mehr von ihnen. Er vergaß den politischen Hintergrund, vergaß Thälmann, vergaß die deutschen Genossen und die nazistischen Mörder.

Worauf er später noch oft hinwies, war die einzige Moral, die von Wachenfeldt zu einem Helden machte, nur weil dieser zufällig der letzte Läufer der Staffel gewesen war, und nicht etwa Skiöld, den eigentlichen Helden. Hätte Skiöld seinen Gegner nicht besiegt, hätte die Staffel nach Belieben enden können, die Deutschen hätten den Länderkampf doch gewonnen. Jetzt hatte er für den unerhörten Staffellauf den Boden bereitet. Und natürlich war die Staffel unerhört. Ja, Papa konnte lange über diesen Nachmittag und diesen problematischen Länderkampf sprechen, darüber, wie er dort auf der Sofia-Tribüne stand und zusammen mit zwanzigtausend anderen schrie und schrie und schrie, wie in einem betäubenden, sich immer mehr steigernden Rausch, in dem aller Augen an zwei Staffelläufern hingen und in dem jeder von seinen Gefühlen fortgetragen wurde.

Eine gigantische Messe, die ihnen allen Erlösung, ja, einen seelischen Orgasmus schenkte, wortlos, wortlos, weil die Wörter, die sie hatten für all dies, so unerhört schwedisch-puritanisch und arm waren, daß sie einfach nicht ausreichten.

Die Flugblätter hatte Papa vergessen. Sie schrien alle und schrien in einer langsam anwachsenden Orgie, deren einziges Ziel es war, Dämme brechen zu lassen, sie alle am Rausch teilhaben zu lassen und sie von Worten zu befreien.

Was Papa um sich herum sah, war bemerkenswert.

Da standen sie und schrien und schrien, und nachdem es zu Ende war, sanken sie zusammen und schluchzten. Zu seiner Rechten stand eine Frau um die fünfzig, die schluchzend hin- und herschaukelte, ihrem Glück hilflos ausgeliefert. Sie murmelte unhörbare Litaneien, und Tränen liefen ihr an den Wangen herunter. Alle Menschen, die Papa sah, weinten oder lachten. Sie weinten verzweifelt und schamlos offen, auf fast verdrehte Weise, als hätte der unerhörte Orgasmus der letzten fünfzig Sekunden ihnen alle Widerstandskraft abgezapft, als bliebe nur noch die letzte Möglichkeit: mit den anderen in der gewaltigen Flut der Gefühle mitzutreiben, willenlos und betäubt. Das Gefühl war phantastisch, weil es von so vielen geteilt wurde, aber niemand wäre in der Lage gewesen, über Inhalt und Substanz dieses Gefühls Auskunft zu geben. Niemand sah, in welche Richtung das Gefühl sich bewegte. Sie konnten in jede Richtung mitgeführt werden, diese Menschen, in jede beliebige Richtung.

Dort unten auf der Aschenbahn waren jetzt die orgiastischen Huldigungen organisiert worden. Man trug die vier Staffelläufer in einer Ehrenrunde um die Bahn, hielt vor der Königlichen Loge inne, in der der Prinz schon längst seinen Hut verloren hatte und noch immer schweißnaß vor Glück war. Der Stadionsprecher stimmte ein vierfaches Hurra für die tapferen besiegten deutschen Sportkameraden an, und aus tausend Kehlen donnerten großzügige, warme, glückliche Hurrarufe zu Ehren der großartigen, netten, hinreißenden deutschen Verlierer, die so stilvoll für ihr Land und ihre Fahne gekämpft hatten.

Papa blieb noch eine halbe Stunde sitzen und sah widerwillig, wie das Stadion sich allmählich leerte und wie die Sportler in die Umkleideräume geschleust wurden. Die Tribünen entvölkerten sich. Nachdem die Menschen verschwunden waren, sah es aus wie in einem Schweinestall. Überall lag Papier herum, sogar im Glücksrausch fortgeworfene Kleidungsstücke waren da und dort zu sehen. Ein paar Leute gingen herum und suchten nach irgend etwas. Plötzlich fielen Papa wieder die Flugblätter ein. Er zog sie aus der Tasche und sah sie an. Ihr Ton war schön scharf. »*Kein Arbeiter zum Nazi-Länderkampf der Bourgeoisie*.« Vielleicht hätte er sie früher verteilen sollen. Jetzt war nicht mehr so sehr viel zu tun. Der zweite Tag des Länderkampfes war wirklich attraktiv gewesen. Boykottaktionen sind schwer durchzuführen. Menschen aufzufordern, sich um Darbietungen von diesem Schlag überhaupt nicht zu kümmern, widerstrebt wirklich der menschlichen Natur, wie *Folkets Dagblad* sehr richtig geschrieben hatte. Man ist ja manchmal gezwungen, sich anzupassen und Kompromisse zu schließen. Nur die knüppelharten Dogmatiker widersetzen sich Kompromissen. Man muß Rücksicht nehmen. Man muß sein Bestes geben, dabei aber eine bestimmte Rücksicht walten lassen. Schließlich geht es auch darum, daß man sich der Gesellschaft und der Welt, in der man lebt, anpassen muß. So ist das Leben.

Papa hob den Packen Flugblätter auf. Es waren etwa dreißig. Eine Weile zögerte er, dann nahm er die Blätter, eines nach dem anderen, und verteilte sie auf den Sitzbänken. Das war bald geschafft. Die rechteckigen Blätter lagen fein säuberlich aufgereiht hinter der zwölften Reihe der P-Sektion der Sofia-Tribüne. In dem etwas schmierigen Chaos, das hier herrschte, machte das Ganze einen sauberen und ordentlichen Eindruck. Papa blieb einen Augenblick stehen und sah sich seine Arbeit an; es war jetzt später Nachmittag, es war vorüber, er konnte gehen.

Danach ging er. Die Flugblätter blieben säuberlich aufgereiht liegen. Die Demonstration war endgültig durchgeführt.

Dann fiel es ab, Stück für Stück, verwittert, die Zuversicht blätterte ab, bis schließlich nur noch die pragmatische Apathie übrigblieb. War es so?

Papa ist schon seit langem tot und braucht nicht mehr zu antworten, aber mir hat er alles hinterlassen, und es ist alles noch da. Sport als Verführung und als Flucht, oder Sport als ein Teil der Gesellschaft? Ich kann mir ein Fußballspiel ansehen und die donnernde Empörung betrachten, und dann hämmert es jedesmal in mir, immer wieder: *Stell dir vor*, die *Linke hätte diese Basis*. Sie hat sie aber nicht. Diese furchtbare, attraktive Verführung, die der Sport nun einmal darstellt:

Ich selbst habe in meinem Leben mindestens vier oder fünf wichtige politische Demonstrationen versäumt, nur weil sie zeitlich mit Sportereignissen kollidierten. Die große klassische Kambodscha-Demonstration in West-Berlin von 1970 etwa, bei der die gesamte Innenstadt in ein blutiges Schlachtfeld verwandelt wurde und insgesamt fünfhundert Polizeibeamte und Studenten in Krankenhäuser eingeliefert werden mußten – die ließ ich im Stich, weil gleichzeitig ein Fußball-Länderspiel zwischen Westdeutschland und Irland stattfand. Schlechter Fußball war's noch obendrein. Oder, der andere Typus von Verführung: Ich betrachte eine politische Demonstration und bewundere aus ganzem Herzen deren sportliche Durchführung, die Organisation, die Kraft der Attacken, um schließlich in vollkommen hilflosen ästhetisierenden Betrachtungen zu landen, bei denen es nur um visuelle Eindrücke und um Linien geht (»Die Bewegung der roten Tücher«). Das eine führt zum anderen, und alles zusammen führt in die Irre. Es führt weg von der Wirklichkeit, und übrig bleibt nur die politische Handlung als Geste.

Ich bin wirklich der Sohn meines Vaters. Die politische Geste ist uns irgendwie mit der Muttermilch eingegeben worden, und darum ist auch so beinhart logisch, was beim schwedisch-deutschen Länderkampf im September 1934 geschah.

Flugblätter in einer säuberlichen Reihe. Im Sommer 1970 hatte ich ein langes Gespräch mit einem ostdeutschen Parteifunktionär, bei dem wir die Politisierung des Sports, Demonstrationen bei Sportveranstaltungen und die Haltung der DDR zur bürgerlichen Sportwelt diskutierten. Der eine oder andere mag sich fragen, was zum Teufel das mit Papa zu tun habe, mit AIF in den dreißiger Jahren und einer mißlungenen Aktion beim schwedisch-deutschen Länderkampf 1934.

Nein, diese Dinge hängen vielleicht nicht so gut zusammen. Aber irgendwie doch.

Vor die Frage gestellt, warum die sozialistischen Länder Osteuropas 1969 in Athen nicht die Europameisterschaften der

Junta boykottiert hätten und wie die besondere Haltung der DDR zu dieser Frage aussehe, leitet der Funktionär das Gespräch mit einem Zitat vom 4. Verbandstag des Deutschen Verbandes für Leichtathletik (DVfL) in der DDR ein, in dem es ausdrücklich heißt: »*Wir stellen uns als Hauptziele: bei allen männlichen und weiblichen Leichtathleten der DDR eine Fähigkeit zu guten Leistungen bei der Arbeit, beim Studium, in der Schule und im Sport zu schaffen, dies alles, um eine verstärkte und aktive Mitwirkung beim weiteren Aufbau der DDR zu gewährleisten. Ferner: bei der Ausbildung und Erziehung sozialistischer Persönlichkeiten mitzuwirken, die nach immer besseren Leistungen streben, die Liebe und Treue zu ihrem sozialistischen Vaterland empfinden, die sich zu bewußten Staatsbürgern entwickeln und in solidarischem Verantwortungsgefühl ihren Beitrag zur allseitigen Stärkung der DDR leisten.*«

Nein, sagte der Funktionär, die Teilnahme der sozialistischen Länder sei kein Verrat gewesen, nicht einmal eine Gedankenlosigkeit. Der Beschluß der sozialistischen Front teilzunehmen, sei korrekt gewesen. Allerdings müsse dieser Entschluß motiviert und analysiert werden.

Er blinzelt, stützt sich mit der Hand langsam und methodisch an der Tischplatte ab, spricht ruhig und ein wenig kühl. Die schwedische Haltung, so sagt er, kenne er gut. Er kennt Schweden überhaupt gut.

Die bürgerliche Sportbewegung in Schweden, meint er, habe viele Wandlungen durchgemacht. Die meisten seien scheinbar, aber auch Scheinverwandlungen könnten sehr interessant sein. Der bürgerliche Sport in Schweden sei immer als unpolitisch definiert worden, und jeder Versuch, darauf hinzuweisen, daß die Pazifizierungsprozedur, welche die Verbürgerlichung des Sports mit sich gebracht habe, ja eine politische Handlung (eine sehr effektive sogar) von außerordentlich großer Bedeutung sei, sei auf heftigen Widerstand der bürgerlichen Kreise gestoßen, in deren Interesse es liege, die potentiell mächtige Sportbewegung in einem »unpolitischen« Zustand zu halten. In der heutigen Lage werde es jedoch immer schwieriger, den Mythos vom unpolitischen Sport aufrechtzuerhalten. Die liberal-bürgerliche Front müsse dann ihre Einstellung zu den Begriffen »Sport und Politik« verändern. Dies geschehe auch. Es sei jedoch wichtig zu erkennen, wie, warum und mit welchen Absichten diese scheinbar erfolgte Haltungsänderung sich artikuliere.

Da die bürgerliche »unpolitische« Auffassung vom Sport dennoch entlarvt worden sei, sei es für die Bourgeoisie wichtig, die schädlichen Auswirkungen zu begrenzen. Man habe dann einen taktischen Rückzug angetreten. Man erkenne an, daß die Begriffe Sport und Politik zusammengehörten. Man lasse die Politik einen Sektor des Sports erobern, aber den ungefährlichsten. Sport, so meine man, könne *zu Demonstrationszwecken* als politisches Instrument angewandt werden. Man könne Sportveranstaltungen boykottieren oder sie aus politischen Gründen absagen oder stoppen.

Sport und Politik gehörten zusammen, so meine man; der Sport könne dazu benutzt werden, Mißvergnügen und Abstandnehmen zu demonstrieren.

Damit erreiche die bürgerliche Front mehrere Ziele. Teils gelingt es ihr, als etwas weniger einfältig und politisch naiv dazustehen. Teils definiere man den Begriff »Sport und Politik« sehr eng. Man behalte ihn lediglich Zwecken der Demonstration vor. Teils, und dies sei am wichtigsten, gebe man dem politischen Sport eine ausschließlich *negative* Definition. Die politische Funktion des Sports sei es, *sich zu enthalten*. Nicht teilzunehmen, zu stoppen, zu verhindern.

Diese *negative* Definition sei für die bürgerliche Front sehr wichtig. Sie sei geschickt. Der politisierte Sport werde als eine im Grunde puritanische, moralisierende und destruktive Waffe hingestellt. Akzeptiere doch nur, daß Sport und Politik zusammengehören, sage man mit einem raffinierten Augenzwinkern. Tu's nur. So ist es eben. Dann wirst du an manchen Wettbewerben nicht teilnehmen können, dir dafür aber viel Ärger einhandeln. Du erhältst eine gewisse moralische Befriedigung, aber die Koppelung von Sport und Politik wird immer negativ geprägt sein. Das heißt sich enthalten, nicht erschaffen.

Daraus sei zu lernen, meint er, daß auch Ereignisse wie die Krawalle von Båstad, von denen er mit großem Interesse gelesen habe, im Grunde eine für die Bürgerlichen nützliche und ungefährliche Episode seien. Er selbst habe verstanden und stelle sich hinter die Sache der Demonstranten. Die ganze Episode sei aber ein bürgerliches Scheinergebnis von naiv gefährlicher Natur, deren Konsequenzen dem Gedanken, daß Sport und Politik zusammengehörten, im Grunde diametral entgegengesetzt seien. Sport und Politik gehörten zusammen. Die Politisierung müsse aber von einer anderen Ecke her beginnen, von der Basis ausgehen, und dann die gesamte Sportbewegung durchsäuern. Wenn man mit kleinen »politisierten« Gesten an der Oberfläche der Sportbewegung beginne, diene man im Grunde nur der Sache der Bürgerlichen. So sei es auch mit Båstad der Fall.

Es gäbe nämlich einen anderen Weg, den man beschreiten könne, betonte er, nämlich einer tatsächlichen Politisierung des Sports; man müsse eine sozialistische Sportbewegung schaffen. Man müsse die faschistoide und undemokratische Struktur des bürgerlichen Sports zerschlagen und gegen dessen Menschenverachtung reagieren, die sich in der Erschaffung von Muskelphänomenen äußere, die Seele des Menschen aber links liegen lasse. Man müsse eine Sportbewegung schaffen, deren Ziel es sei, einen ganzen sozialistischen und politisch bewußten Menschen hervorzubringen. Man müsse einen Arbeitersport schaffen, einen sozialistischen Spitzen- und Massensport, bei dem der Sport nichts weiter sei als ein Teil der Erschaffung eines bewußten Menschen. Man solle den Sport in die Gesellschaft integrieren, in die er gehört.

Dies alles sei schon in den zwanziger Jahren in Deutschland herangewachsen, aber leider vom Faschismus zerschlagen worden, zumindest zu einem großen Teil. Und dieser sozialistische Volkssport, dazu ausersehen, einen ganzen und politisch bewußten Menschen zu schaffen, sei für die kapitalistische Gesellschaft gefährlich, sehr gefährlich. Er durchsäuere die gesamte Gesellschaft. Mitunter könne er Demonstrationen durchführen, aber das tue er *auch*. Er tue *nicht nur* das.

In einem kapitalistischen Land wie Schweden, meint er, müsse man unter dieser bürgerlichen Verdammnis leben, solange die Revolte nicht aus der Sportbewegung selbst entstehe. Wenn ein paar hundert linke Studenten, die im Grunde dem Sport vielleicht sogar feindselig gegenüberständen, bestimmte Gesten oben an der Oberfläche der Sportbewegung mit Glanz absolvierten, sei das zwar lobenswert, zugleich aber tragisch. Solange die schwedische Sportbewegung bürgerlich, von kapitalistischer Struktur und im Aufbau korporativ oder offen faschistisch sei, würden vereinzelte pseudopolitische Handlungen des Typs »Boykottiert Athen« nichts weiter als rührende oder lächerliche Ausdrucksformen einer im Kern kranken und degenerierten Sportbewegung sein, die ihre wahre Verfassung hinter kleinen politischen Gesten an der Oberfläche zu verbergen versuche. Darum sei die schwedische Boykottaktion gegen Athen oder vielmehr der Versuch einer Boykottaktion nur der Ausdruck von Naivität und bürgerlicher Scheinheiligkeit. Sei es denn nicht so, daß bürgerlich-liberale Presseorgane sich an die Spitze der Aktion gestellt hätten? Gehe angesichts dieser Tatsache der schwedischen Linken nicht ein Licht auf?

In einem sozialistischen Land wie der DDR müsse die Analyse vollkommen anders ausfallen, und er sagte, jetzt wolle er die von mir gestellte Frage auch direkt beantworten. Nach der Verwirklichung des Sozialismus in der DDR sei auch eine totale Umwandlung des Sports vollzogen worden. Man habe mit den faschistischen Strukturen der deutschen Sportbewegung reinen Tisch gemacht, einen Breitensport geschaffen, ferner die Voraussetzungen für einen sozialistischen Sport, der sich selbst als klar politisch verstehe. Vor allem habe man sich des *ganzen* sporttreibenden Menschen angenommen.

Der Funktionär zitiert noch einmal den Satz vom Beginn des Gesprächs: *»Wir stellen uns als Hauptziel: bei allen männlichen und weiblichen Leichtathleten der DDR eine Fähigkeit zu guten Leistungen bei der Arbeit, beim Studium, in der Schule und im Sport zu schaffen.«*

Beachten Sie die Totalität, sagte er, beachten Sie auch die Reihenfolge. Heute werden die Früchte dieses sozialistischen Sports geerntet. Es sei nicht nur so, daß der sozialistische Sport dazu beigetragen habe, den sporttreibenden Menschen bewußt zu machen. Vielmehr trügen auch die Resultate des Sports, die spektakulären Äußerungen des Leistungssports, dazu bei, den nationalen Zusammenhalt zu stärken. In dieser Hinsicht würden sie sich auch nach außen hin auswirken und politisch effektiv sein. In einer Situation, in der die DDR bedroht, nicht anerkannt und vernachlässigt sei, sei jede von einem DDR-Sportler errungene Meisterschaft ein wichtiger Baustein bei der Errichtung des Staates DDR. Das gebe dem sozialistischen Heimatland DDR Prestige, wirke auf lange Sicht mit, das sozialistische System zu stärken, und diene auf diese Weise allen unterdrückten Völkern der Welt.

In diesem Licht müsse man die Beteiligung der sozialistischen Länder an den Europameisterschaften der Junta in Athen sehen. Zwar sei man dabei vor ein Dilemma gestellt worden, denn eine Teilnahme an Veranstaltungen dieser Art könne reaktionären Machthabern wie etwa der Junta dienen und deren Prestige erhöhen. Aber angesichts der Wahl zwischen der zwar guten, aber kurzsichtigen spektakulären Geste und der harten, massiven Arbeit in die Tiefe und auf lange Sicht habe der sozialistische Block die letzte Alternative gewählt. Der Sozialismus, so meint der Funktionär, sei das System, das am Ende siegen werde. Die Zukunft gehört uns, wir müssen unsere Stärke zeigen, unser Prestige aufbauen, Medaillen holen, wissen, daß die Zukunft uns gehört.

Unser Beschluß kann kritisiert werden, sagt er. Man kann sagen, wir hätten einen Fehler gemacht, wir hätten wegen unserer Teilnahme eher an Prestige verloren. Aber von schwedischen Linksintellektuellen können wir auf gar keinen Fall kritisiert werden, denn die haben es selbst unterlassen, den Kampf um die sportinteressierte Jugend aufzunehmen, die es wiederum selbst unterlassen hat, eine sozialistische Sportbewegung aufzubauen. Der Verrat der schwedischen Linken am Sozialismus äußert sich am deutlichsten in ihrer ahnungslosen Unterlassungssünde, keine sozialistische Sportbewegung geschaffen zu haben. Darum ist unsere Linie die richtige, darum fahren wir nach Athen, darum seid ihr zum Zerfall verurteilt, unabhängig davon, welche schönen Gesten ihr auch macht.

Wir können kritisiert werden, sagt er mit einer Nuance steigender Wut, aber wir nehmen von pseudopolitisierenden kleinbürgerlichen Linksheuchlern aus Schweden keine Kritik an. Verräter, sagt er, ist nur der, der politische Aktion durch politische Gesten ersetzt.

In jenem Sommer, dem Sommer 1934, legte Papa seinen alten Namen ab und wurde Mattias Engnestam. Ich weiß eigentlich gar nicht, warum. Um die dreißiger Jahre schließt sich eine Glaswand; dort drinnen bewegen sich verschwommen Figuren, und eine davon ist Papa. Der Duft von Großvaters handgemachtem kleinen Butterfaß steigt auf, süß und rätselhaft, Papa tritt AIF bei, und an einem Augusttag des Jahres 1934 nimmt er einen neuen Namen an und wird zu Engnestam. Einige Wochen später steigen die Ballons über dem Stadion auf, steigen auf und werden weggeweht.

Im September 1934 befand sich die schwedische Arbeitersportbewegung schon auf der anderen Seite des Bergs, auf dem Weg in die Auflösung. Rechtgläubige Sozialdemokraten hatten den Gedanken an einen politisierten Arbeitersport verfemt, weil das Risiko einer kommunistischen Infiltration zu groß war; rechtgläubige Gewerkschafter hatten sich der

Idee widersetzt, also ging es nicht. Im September 1934 wurde in mustergültiger Ordnung der Leichtathletik-Länderkampf Schweden gegen Nazi-Deutschland durchgeführt. Der Wind wehte aber aus der falschen Richtung, und die Zeit war falsch. Papa ist da hinter der Glasscheibe der dreißiger Jahre zu sehen; er sieht froh, aber verwirrt aus. Die Ballons steigen auf, und die mächtige Dampfwalze der Geschichte setzt sich in Bewegung. Es ist noch nicht sichtbar, wer am Steuer sitzt.

Papa sieht stark und gewandt aus. Er steht dort hinterm Glas und läßt kleine Luftballons steigen. Ist dies wirklich mein Papa?

Ja, aber gewiß.

An der grünen Schiefertafel der Geschichte würde dieser Länderkampf als der vielleicht höchste Gipfel in der Geschichte der schwedischen Leichtathletik verewigt werden. Es war der Länderkampf des heroischen Staffellaufs, der Länderkampf der in die Luft geschleuderten Hüte, der Länderkampf des hysterischen Glücks, der Länderkampf der angeregten Rundfunkberichte. *Renne, Mattias Jonsson-Engnestam, renne*, denn die Geschichte hat dich bald eingeholt! Die Ballons steigen auf, und von Wachenfeldt läuft. Aus der Entfernung von bald vierzig Jahren sind alle Einwände vergessen. An der grünen Schiefertafel der Geschichte sind die kleinen politischen Vorbehalte weggewischt und vergessen.

Hinter der Glasscheibe scheint Papa mir Zeichen zu geben. Er öffnet den Mund, er fragt etwas: Was sagt er? *Ist es hier gewesen?*

Dennoch: Als man ihm sagt, er solle sich freuen, wird er unerklärlich melancholisch

»Sport, der gehört zum Leben,
wie zur Arbeit der Fleiß.
Siege wird es nur geben
mit viel Training und Schweiß.
Wir treten an. Sportler voran!«
Joachim Rähmer

In Leipzig, wo ich etwas Merkwürdiges zu erledigen hatte, das mit dem dahingeschiedenen Hammerwerfer Mattias Engnestam nichts zu tun hatte, das im Rahmen dieser Aufzeichnungen gleichwohl genannt werden soll, traf ich mit J.K. zusammen, der sich in einem Augenblick heftiger Emotion weigerte, sich von der Emotion verführen zu lassen. Es war spät abends. Ich saß mit seinem Vater zusammen und unterhielt mich mit diesem über das Aussehen einer bekannten ostdeutschen Schauspielerin. Weil ein Bild von ihr sich angeblich im Zimmer des Sohnes befinden sollte, holte der Vater eine Taschenlampe, ging mit mir über den Flur, öffnete vorsichtig die Tür zum Zimmer des Sohnes und suchte mit der Taschenlampe das Zimmer ab.

Er schläft, flüsterte der Vater, wir wollen ihn nicht wecken.

Im schwachen Lichtschein der Taschenlampe sahen wir, daß die Wände von der Fußbodenleiste bis an die Decke mit Bildern von Popstars, Schauspielern, Schauspielerinnen und unbekannten Gesichtern vollgeklebt waren. Nach allem, was ich sehen konnte, stammten die meisten aus dem Westen. Dort befand sich auch eine Photographie der Schauspielerin. Wir sahen sie schnell an; sie war identifiziert. Als wir aus dem Zimmer gingen, schweifte der Lichtkegel noch einmal durch den Raum. Das Zimmer war klein, vollgestopft mit Plakaten, Büchern, Gegenständen aller Art. Ich sah ein Bett. Dort lag J. K., achtzehn Jahre alt. Schüler. Er lag voll angekleidet und mit geöffneten Augen auf dem Bett. Eine kurze Sekunde lang war sein Gesicht zu sehen. Er lag mit geöffneten Augen da, vollkommen still, aber mit einem stumm abweisenden Gesichtsausdruck.

Wir verließen sofort den Raum.

Am selben Abend hatte ich ein Gespräch mit seiner Mutter. Sie erzählte, was in den letzten Tagen mit ihrem Sohn geschehen war. Obwohl die Familie grundsätzlich nur selten das ostdeutsche Fernsehen einschaltete, das von allen dreien als allzu gelenkt, humorlos und bürokratisch empfunden wurde, hatten sie in dieser Woche dennoch die Übertragung von der Handballweltmeisterschaft in Frankreich verfolgt.

Was die DDR betraf, so bedeutete diese Weltmeisterschaft den letzten Versuch, sich in die Weltspitze hineinzuspielen. Unter dem letzten Versuch ist in diesem Fall wirklich der letzte Versuch zu verstehen. In früheren Jahren war man allzu oft schon in den Vorrunden aus dem Rennen geworfen worden, war in den Qualifikationsgruppen auf dem letzten Platz gelandet oder hatte sich gerade unter dem Strich befunden, der die ganz großen Handballnationen von den weniger großen trennte. Hier galt es nicht nur, sich als eine der acht Mannschaften zu qualifizieren, die bei den Olympischen Spielen in München um die Medaillen kämpfen sollten, hier galt es auch und vor allem, die politische Tauglichkeit des ostdeutschen Handballs denjenigen Politikern zu beweisen, die Geldmittel bereitstellten und verteilten. Es galt zu beweisen, daß der ostdeutsche Handball erwachsen genug war, als politisches Instrument eine Rolle in dem Spiel zu spielen, das der Anerkennung der DDR als selbständiger Staat galt, das der Etablierung eines starken nationalen Zusammengehörigkeitsgefühls galt, in dem der Sport eines der wichtigsten Mittel darstellte.

Diese Weltmeisterschaft 1970 im Handball war der letzte Versuch. Wenn man hier keinen Erfolg hatte, würde der

Handball wieder in die Reihe der Sportarten zurückfallen, die zwar erlaubt, gestützt, toleriert waren und zu denen man ermunterte, auf die aber von den Politikern nicht gesetzt wurde. Die Geldmittel, die sonst für den Spitzensport bereitgestellt wurden, würden stark gekürzt werden. Ja, der Staat und die Partei würden ihre schützende Hand vom Spitzenhandball wegziehen, wenn eine Nationalmannschaft, welche die Überlegenheit des sozialistischen Systems nicht erfolgreich unter Beweis stellte, für eine bestimmte Zeit wieder zu ihren mehr amateurhaften Ursprüngen zurückkehren mußte.

In dieser hart bedrängten Lage begann diese Weltmeisterschaft nun mit einer unfaßbaren Niederlage gegen Schweden. In derselben Qualifikationsgruppe gab es einen ebenso unfaßbaren Sieg über die Sowjetunion. Die Qualifikation für einen Platz unter den acht Mannschaften, die in den Viertelfinalspielen die immer härter werdenden Kämpfe um das Weiterkommen, Medaillen und politischen Status bestreiten sollten, war also geschafft.

In dieser Woche sah J. K. zusammen mit seiner Familie, wohnhaft in Leipzig, DDR, wie die ostdeutsche Mannschaft erst im Viertelfinale Westdeutschland besiegte, dann im Semifinale Jugoslawien an die Wand spielte und schließlich in einem ungeheuerlich dramatischen Endspiel von Rumänien Prügel bezog. Rumänien erzielte das Siegestor erst nach zwei Verlängerungen. Die ganze Zeit über war hinter den Bildern die hart treibende und erregende Rhetorik des ostdeutschen Fernsehreporters zu hören.

Dieser machte deutlich, daß es in der ostdeutschen Mannschaft keinen Star gebe. Der erfolgreiche Kampf der ostdeutschen Mannschaft sei ein Triumph des Kollektivs. Dieser Triumph sei im Grunde ein Triumph der DDR, ein Sieg für die sozialistische Heimat. Um die Spiele und den Kampf zog er ständig klare Grenzen, mit denen er die Zuschauer dazu bringen wollte, sich mit der Mannschaft zu identifizieren, mit dem Begriff »Nationalmannschaft der DDR«. Die DDR als nationale Identität.

Dies ist die DDR, sagte die flehende Stimme. Dies ist unsere Nation. Diese Nation ist erfolgreich. Die Augen der Welt ruhen auf dieser erfolgreichen Nation. Es ist unsere Nation, wir sind stark, wir siegen, wir sind stark, identisch mit dieser Mannschaft, die Handballnationalmannschaft der DDR heißt.

In dieser Woche wurden die vorbereitenden Gespräche für die bevorstehenden Ost-West-Verhandlungen in Erfurt geführt. Aber als sie vor dem Fernseher saßen, schien der Sohn plötzlich mit eigenartigem Widerstreben auf die Rhetorik des Sportreporters zu reagieren. Der Sohn interessierte sich zwar für Sport, aber als man ihm sagte, er solle sich freuen, wurde er unerklärlich melancholisch. Nach dem Sieg im Semifinale, nachdem er die Freudenszenen nach dem Sieg betrachtet hatte, schien er von einem schweren Anfall von Melancholie heimgesucht zu werden. Er saß still da, weigerte sich zu antworten, und ging nach zehn Minuten in sein Zimmer.

Seine Mutter ging hinterher und setzte sich zu ihm auf die Bettkante. Er hatte geweint. Nach einer Weile beruhigte er sich und erklärte seinen Eltern, daß er den ganzen Abend über gehofft habe, die DDR werde verlieren. Er sagte, einen Sieg der DDR könne er nicht ertragen.

Es muß hinzugefügt werden: Die Eltern waren beide gegenüber dem gegenwärtigen Regime in der DDR sehr kritisch eingestellt. Der Sohn war Mitglied der FDJ. Es hatte einige zermürbende Gespräche im Familienkreis gegeben. Der Sohn schien zwischen doppelten Illoyalitäten hin- und hergerissen zu werden und reagierte mitunter übertrieben heftig und wenig durchdacht.

Seine Mutter erklärte mir, daß sie sich über die Melancholie ihres Sohnes freue.

Ich sah diesen am Abend nach diesen Ereignissen. Er hatte die ostdeutschen Zeitungen nicht gelesen und folglich die überwältigend positive Reaktion verpaßt, die der ostdeutsche Semifinalsieg in der Presse hervorgerufen hatte. Am Abend zuvor hatte er in seinem Zimmer auf dem Bett gelegen und Platten gehört, meist Vivaldi, aber auch Brecht, gesungen von Gisela May.

Dies füge ich meinen Aufzeichnungen hinzu. Papas Initiative, Västerviks AIF zu gründen, Abteilung Boxen. Den Kampf zwischen AIF und AIU. Die Ballons im Stadion. Die Vernichtung der Arbeitersportverbände durch den Faschismus. Papas platten Hinterreifen bei der Staffel nach Paris. Und dann, als ein kleines Kommazeichen, das bißchen, das ich von J. K. sah, von J. K., achtzehn Jahre alt, 1970 in Leipzig wohnhaft, Leipzig, DDR: sein Gesicht im Bett im raschen, schwachen Lichtschein der Taschenlampe, seine geöffneten Augen, sein verschlossenes Gesicht, seinen ausgestreckten und hart angespannten Körper, als hätte er zwischen zwei festen Punkten eine Brücke geschlagen, als wäre er die letzte, schmerzerfüllte, verwirrte Hoffnung, zwei Positionen zu vereinen. Von ihm sah ich im Schein der zuckenden Taschenlampe nur einen flüchtigen Schimmer. Dann schlossen wir die Tür zu seinem Zimmer.

Die Ikonen und der Vogel

»Jugend aller Nationen,
uns vereint gleicher Sinn, gleicher Mut!
Unser Lied die Ozeane überfliegt:
Freundschaft siegt!«

Auf einem Gruppenbild in der Zeitschrift *Idrottsfolket* vom Herbst 1933 findet sich Papa ganz links in kniender Stellung. Er hat den rechten Arm erhoben und umarmt einen sowjetischen Sportkameraden, blickt aber fest geradeaus. Er sieht noch ziemlich bleich aus, während das Bild insgesamt Glück, Kameradschaft, Stärke und die feste Entschlossenheit ausstrahlt, den ersten Arbeiter- und Bauernstaat, die Sowjetunion, gegen äußere und innere Feinde zu verteidigen.

Das Gruppenbild ist sehr gelungen. Dort stehen eine feine Auswahl von AIF-Leuten sowie fünf sowjetische Arbeitersportler: drei Ringer und zwei Boxer. Alle Namen sind genannt, auch der Papas, wenngleich nicht ganz korrekt: Mattias Jonnsson. Soviel ich weiß, ist dies das einzige Bild, das von Papa in einer Zeitschrift oder Zeitung der dreißiger Jahre existiert. Es ist vermutlich auch das einzige Mal, daß er mit dem Namen Jonsson genannt wird. Als der Schnee schmolz und der Frühling kam, als die Blumen ihre Köpfe hochreckten und der Hochsommer da war, hatte er sich sozusagen in Engnestam verwandelt.

Dieser Name ist ungewöhnlich gelungen. Er fand ihn im Januar 1934.

Arbetarnas Idrottsförbund war ja der einzige Sportverband, der reguläre Sportkontakte mit der Sowjetunion aufrechterhielt. Die bürgerlichen Verbände wurden von den

Russen boykottiert, und diese Tatsache hatte in der Sportwelt einiges an interessantem Unfrieden und großem Gemecker ausgelöst. Aber auch Neugier auf den Standard der sowjetischen Sportler, was nicht verschwiegen werden soll. In Wahrheit waren die Sportkontakte mit der Sowjetunion die kleine verlockende Mohrrübe, die von AIF ausgehängt wurde, um Leute von den bürgerlichen Verbänden herüberzulocken: Es war die einzige kleine Mohrrübe, über die man verfügte, ehrlich gesagt, die einzige sichtbare kleine Verlockung, die dem armen und isolierten AIF verblieb. Danach wurden die starren Fronten aufgeweicht, es folgten die Abstriche von der Ideologie. Es kam eine russische Fußballmannschaft, die gegen Gårda unentschieden spielte. Dann wurden bürgerliche Sportstars in die Sowjetunion eingeladen.

Papa war kein Autogrammsammler. Er hielt es wohl für etwas Erniedrigendes und Ausländisches, fremde Menschen um ihren Namenszug anzubetteln; vielleicht empfand er auch einen Anflug von Angst vor der Voodoo-Magie, die im Autogrammsammeln liegt. Als Papa starb, fand sich dieser Zettel in seiner kargen Hinterlassenschaft. Es war ein kariertes Blatt Papier, das aus einem Rechenheft zu stammen schien. Dort stand auf norwegisch: *»Auf dem Heimweg von der Sowjetunion.«* Darunter drei Namenszüge: Ballangrud, Staksrud, Engnestangen. Dort also hatte er seinen Namen geklaut. Daraus sollte Engnestam werden.

Alle drei norwegischen Sportler traten für einen bürgerlichen norwegischen Sportverband an, und die Einladung der Russen an sie verursachte in allen ideologischen Lagern unerhörte Verwirrung. Da die bürgerliche Presse vor Wut schäumte, weil die drei Weltstars tatsächlich gereist waren, hatten *Idrottsfolket*, *Ny Dag* und *Folkets Dagblad* es jedoch ein wenig leichter und akzeptierten mit einer Kraftanstrengung das Abweichen von der ideologisch korrekten Linie. Dies fiel ihnen um so leichter, als irgend jemand im sowjetischen Sportministerium darauf hingewiesen hatte, wie wichtig es für die Entwicklung des Sports in der Sowjetunion sei, an der *technischen Entwicklung* des bürgerlichen Sports teilzuhaben.

Die Mohrrübe war schon angenagt. Diese Medizin war bitter. Einige, denen es schwerfiel, sie zu schlucken, sprachen eine Zeitlang wenig freundlich über die verdammte technische Entwicklung, die als Entschuldigung für allerlei rechtsopportunistische Abweichungen herhalten sollte. Aber als die drei norwegischen Eisschnelläufer über Stockholm zurückkehrten, nachdem sie fast alle Wettbewerbe gewonnen hatten, zumindest bei den Wettkämpfen in Leningrad, hatte man dennoch einen aufmerksamen kleinen Presseempfang im Stockholmer Hauptbahnhof arrangiert, bei dem jedoch aus naheliegenden Gründen kein Vertreter der bürgerlichen Presse auftauchte.

Aber Mattias Jonsson war da.

Die Norweger hatten bewundernd und herzlich über die Aufbauarbeit in der Sowjetunion gesprochen. Sie zeigten sich willig, die feste Entschlossenheit der sowjetischen Sportfreunde zu bekräftigen, den ersten Arbeiter- und Bauernstaat zu bauen. Die Norweger hatten eine Reihe von Fabriken besichtigt, einen Rundflug gemacht, waren vor fünfzigtausend Zuschauern angetreten und hatten mit zahlreichen proletarischen Sportlern freundschaftliche Verbindungen geknüpft. Was die norwegischen Spitzenfunktionäre des Eisschnellaufverbands über ihre Reise dachten, war ihnen, wie sie sagten, scheißegal. Warum sollte man nicht gegen die Russen antreten dürfen, die hervorragende Sportler seien und sie, die Norweger, als Menschen und nicht als Rennpferde behandelt hätten, mit denen man Geld verdienen müsse?

Papa war da, und er nahm alles gierig in sich auf. Danach erhielt er seine Autogramme.

Es sollte Papas Schicksal werden, niemals die schwedischen Grenzen zu überschreiten, und es sollte auch sein Schicksal werden, während der gesamten dreißiger Jahre ununterbrochen Auslandsreisen als schillernde Trugbilder am Horizont auftauchen zu sehen, die sofort wieder verschwanden. Für die Spanienreise als Gegenveranstaltung zu den Olympischen Spielen von 1936 konnte er sich nicht qualifizieren, und folglich kam er nicht einmal bis Paris, wo die glücklich Auserwählten bekanntlich erfuhren, daß der spanische Bürgerkrieg ausgebrochen sei und daß alle antifaschistischen Sportveranstaltungen aus natürlichen Gründen abgesagt werden müßten.

Dreimal war Papa auf dem Weg in die Sowjetunion: 1931, 1933 und 1934. Beim ersten Mal platzte die ganze Reise. Beim zweiten Mal war er erkältet. Beim dritten Mal hatte er kein Geld. Dennoch verwandelte die Sowjetunion sich in seiner Vorstellungswelt in das *Ausland* schlechthin: in das glückliche, sagenumwobene *Ausland*, das zu besuchen so verlokkend war und das auf so wundersame Weise von *Ausländern* befreit zu sein schien, jenen schwarzlockigen kleinen Figuren, die sich mit so unschwedischen Bewegungen bewegten und denen es so sehr an Gleichmaß mangelte. Der sowjetische Ausländer war für Papa nämlich gleichbedeutend mit dem sozialrealistischen Musterarbeiter, den er so oft schon auf Reproduktionen neuerer stalinistischer Kunst in *Idrottsfolket* oder *Ny Dag* bewundert hatte. Die Sowjetunion war das Ausland ohne Ausländer, der Arbeiterstaat, der von kräftigen, muskulösen Arbeiterjungen bevölkert wurde, die einen festen Händedruck besaßen und ihren Freunden unbeirrt in die Augen blickten. Ihre Muskeln spielten sichtbar unter der Haut, ihre Kiefer waren aus Granit, und am Horizont ging die Sonne auf. Als Papa dann gegen Ende der vierziger und während der fünfziger Jahre wie alle anderen – was völlig natürlich war – dem Kommunistenhaß des kalten Krieges anheimfiel, gelang es ihm auf fast virtuose Weise, diesen Haß abzukoppeln von seiner Vorstellung vom anständigen Arbeitersportlerstaat Sowjetunion in den zwanziger und dreißiger Jahren, der Sowjetunion, die zu besuchen das Schicksal ihm verwehrt hatte, über die aber so viele beredt und wohlwollend Zeugnis abgelegt hatten.

Der Schlittschuhläufer Engnestam, zum Beispiel, wie Papa mit nach innen gekehrtem und prüfendem Blick zu sagen pflegte. Nein, Engnestangen hieß er. Engnestangen.

Über die imperialistische Sowjetunion, wie sie sich in den fünfziger Jahren präsentierte, konnte er seinen wohlabgewogenen Abscheu ausgießen, aber auf Stalins feinen alten Arbeiter- und Bauernstaat aus den zwanziger und dreißiger Jahren mit dem damals noch vorhandenen Sportsgeist ließ er nichts kommen. Eigentlich war es gar nicht schwer, aus Papa schlau zu werden: Man brauchte nur einen alten Kommunisten aus den Eisenerzfeldern zu nehmen, einen sektiererischen Kleinbauern mit kryptokonservativen Zügen, einen Militärseelsorger und einen Verbandstrainer in Leichtathletik, all diese Figuren in einen Topf zu gießen, die ganze Scheiße schön zu verrühren, und heraus kam dann ein richtig echter Sozialdemokrat namens Engnestam. Schwierig war es nicht, man mußte nur genau hinsehen, und dies ist zum Teil auch der Grund, warum es mir so schwerfällt, schwedische Sozialdemokratie aufrichtig zu kritisieren.

Aber traurig über seine nicht zustande gekommenen Auslandsreisen war Papa dennoch. Und später würde er so viele Fragen haben. Was hielt man in den kommunistischen Ländern von der Rolle des Sports? Wie sah man das Boxen? Wie war eigentlich die Stimmung dort im Osten? Wie war die Stimmung unter den Werfern? Welche Rolle hatten die Amateurboxer? Hielt man viel vom Hammerwerfen, wurde es hochgeschätzt?

Aber Engnestam nannte er sich, frei nach dem Blockadebrecher, Augenzeugen und Sowjetfreund. Und, wie ich hinzufügen sollte, dem Bourgeois und Geschäftsmann. Und Engnestam nannte er auch mich. Es gibt eine Engnestam-Periode in Papas und auch in meinem Leben. Sie begann 1934 und endete im August 1947. Da hatte sie ein Ende.

Auf dem Photo in der Zeitung, jenem Bild, das den Betrüger und seinen Sekundanten auf dem Weg aus dem Stadion von

Stockholm nach der Entlarvung zeigt, halte ich die rechte Hand suchend hoch, als versuchte ich ängstlich, Papas Rockschoß zu fassen.

Das Gesicht kreideweiß, die Augen verwirrt aufgerissen, den Mund offen, und das Gesicht der Kamera zugekehrt.

Weiß Gott, kein Sekundant, mit dem man Staat machen konnte. Ich sah mehr nach regelloser Flucht aus. Es sollte nicht die einzige Flucht bleiben. Kleine, ängstlich registrierte Stationen: Hallstahammar, Kopenhagen, London, Skörde, Dresden, wieder Hallstahammar, Berlin, Minsk. In Minsk sah ich zum erstenmal seit dem Sommer 1957 ein ostdeutsches Mädchen wieder, das ich 1956 in Greifswald kennengelernt hatte und deren Gesicht sich künftig auf seltsame Weise bei allem, was ich tat, über die Gesichter Papas und Mamas legte. Daß ich sie traf, war reiner Zufall und als solcher fast unfaßbar gut vorbereitet. Sie war Verwaltungssekretärin im ostdeutschen Boxsportverband.

Wir hatten ab und zu korrespondiert, jeder aus seinem kleinen Käfig. Und dann begegneten wir uns.

Gegen das Fenster, mit den Flügeln. Der Vogel flatterte mit schnellen, atemlosen Bewegungen: Ich sah ihn von der anderen Seite der Scheibe her, wie er gleichsam zitternd und vibrierend einige Sekunden lang in der Luft verhielt und seinen Vogelkopf auf mich richtete. Während einiger kurzer Augenblicke sah ich mein eigenes verschwommenes Spiegelbild und gleichzeitig den Kopf des Vogels sowie vibrierende Flügel in einem undeutlichen atemlosen Bild vereint: War dies ein Wintervogel? Ein Vogel drinnen in der Halle? Dann verschwand er im Sturzflug. Es war Zeit, wieder anzufangen, die Pause war zu Ende, das nächste Match sollte beginnen. Was sollte ich anfangen?

Es war jetzt zwei Tage her, seitdem ich sie wiedergesehen hatte. Sie hatte am ersten Tag des Turniers auf der Tribüne gesessen, das Muttermal auf der Wange war noch da. Sie mochte etwas schmaler sein, als ich sie in Erinnerung hatte, aber im übrigen war alles wie damals. Kurzgeschnittenes Haar, sie war es, kein Zweifel. Dann begegneten wir uns. Ein wohlarrangierter und unfaßbarer Zufall. Sie sah mich schon von weitem; sie hatte Papiere auf dem Schoß und einen Mantel um die Schultern. Es wurde nicht viel gesagt. Sie saß die ganze Zeit meist ernst da, nickte manchmal.

»Oktober«, sagte sie sachlich. »Es war im Oktober 56.«

Sie war Tourneeleiterin und Dolmetscherin der Truppe. Ihr Mann war auch hier, er sollte in einer Stunde in den Ring. Es gab nicht sonderlich viel zu sagen. Wir hatten in den Briefen, die wir einander geschrieben hatten, eine ganze Menge gesagt, aber als wir uns endlich wiedersahen, gab es nichts als verdammte Verlegenheit, und ich glaube, wir fühlten beide eine heftige, etwas lächerliche Enttäuschung. Wir einigten uns auf einen gemeinsamen Lunch, nicht weil einer von uns es eigentlich wollte, sondern weil die Höflichkeit es erforderte. Sie mußte ins Sekretariat. Ich blieb sitzen: Sie sammelte säuberlich ihre Papiere ein, stopfte sie in eine Tasche und reichte mir die Hand zum Abschied. Ich sagte:

»Ist er gut?«

»Wer denn?« sagte sie mit höflich ausdrucksloser Stimme.

»Dein Mann.«

»Er ist gut, ich kann mich auf ihn verlassen.«

Sie reichte mir die Hand, sagte, daß es nett gewesen sei, mich wiederzusehen, und das im Tonfall einer Pastorenfrau nach dem Leichenschmaus. Ich kapierte kein verdammtes bißchen, aber sie ging jedenfalls. Sie ging die Tribünentreppe hinunter, eine bald dreißigjährige Frau in Pullover und etwas zu langem Rock, dunklem, kurzgeschnittenem Haar, recht hübschen schrägstehenden Augen, aber mit dem charakteristischen dunklen Muttermal auf der Wange, das ihr ein brutales und zugleich hilfloses Aussehen verlieh. Dann verschwand sie, ich drehte mich zum Boxring um, und von links kam jetzt ihr Mann herein, den ich zum erstenmal sah. Sehr ansprechend. Bei meinem großen Plan, die totale Beschreibung der Entwicklung des Weltsports von der Antike bis in die moderne Zeit zu wagen, muß er mindestens als Fußnote vorkommen. Dies war also ein ostdeutscher Weltergewichtler, der sehr gut und zuverlässig sein sollte. Er stand unterhalb des Rings, harzte seine Schuhe in der Holzkiste und blickte ausdruckslos geradeaus.

Sie hatte gesagt, daß man sich auf ihn verlassen konnte.

Und wenn es so ist, dachte ich mit einem Anflug von Neid, dann ist dem verdammt noch mal nicht viel hinzuzufügen. Dann ist er halt gut. Lunch morgen um 11 Uhr 30, das würde interessant werden, sehr interessant. Der ostdeutsche Weltergewichtler, dessen Vornamen mir zunächst nicht einfallen wollte (Etwas mit K? Karsten? Klaus? Claus war es!), betrat den Ring zum ersten Kampf des Turniers im Weltergewicht. Er bewegte sich schwer; er mußte über dreißig sein. Er stand mit beiden Füßen auf der Erde und war *south paw*, ein Linksausleger. Ich sah mir den Kampf dreißig Sekunden lang an. In dieser halben Minute hatte der Mann aus Dresden seinen litauischen Gegner mit zwei schweren Schlagserien an den Rand des Knockouts gebracht. Die Schläge kamen fast unsichtbar herein, ohne Hast oder Unruhe.

Ja, auf diesen Mann war ohne Zweifel Verlaß. Das Match wurde nach 1.12 in der zweiten Runde abgebrochen. Es würde unzweifelhaft ein interessanter Lunch werden.

Als wir nach links abbogen, öffnete sich eine Ebene vor uns. Sie war unbebaut. Sie lag beinahe im Zentrum von Minsk. Dies war kein Park, sondern nur ein 1944 dem Erdboden gleichgemachtes und vernichtetes Gebiet, das einmal das jüdische Ghetto gewesen war. Es war kalt, ich ging zwischen den beiden.

In der trockenen, klaren Luft klangen unsere Stimmen seltsam spröde und unpersönlich. Es war mitten am Tag und sehr hell. Der Himmel war fast genauso grauweiß, selbstleuchtend, hell und niedrig, wie ich ihn aus meiner Kindheit in Erinnerung hatte, vom Tal und der Ebene her. Der Schnee war weiß, sehr heftig weiß; wir gingen. Sie sagte mit klarer, fast mädchenhaft ruhiger Stimme:

»In einem Sommer war ich mal mit einer Handballmannschaft in Schweden. An die schwedischen Wälder erinnere ich mich am besten. Wir sollten Handball spielen. Einmal wurde ich in ein schwedisches Sommerhäuschen eingeladen. Es war sehr schön, ich werde es nie vergessen.«

Auf der anderen Seite der weiten freien Fläche standen Häuser. Dort begann ein anderer Stadtteil. In Minsk lag die unbebaute freie Fläche beinahe in der Stadtmitte, alles übrige lag weiter draußen. Sie hatte ein Eisstück gefunden. Claus lachte und breitete die Arme in einer hilflosen Gebärde aus. Wir gingen ernst weiter. Sie sah mich fragend an. Sie holte einen Kamm mit Metallgriff aus der Tasche und begann, in das Eisstück etwas einzuritzen. Wir standen lächelnd neben ihr, und es war erst kurze Zeit vergangen und noch immer sehr hell. Sie zeichnete einen Vogelkopf. Das sah ihr ähnlich. Sie hielt das Eisstück in die Höhe, und wir betrachteten es schweigend. Der Schnee leuchtete heftig weiß. Sie umfaßte das Eisstück mit beiden Händen und hauchte ihren Atem auf den Vogel. Sie blies die Luft mit gespitztem Mund aus und summte gleichzeitig ein Lied. Allmählich schmolz das Eis, die Zeichnung verschwand, der Vogelkopf löste sich auf, die Oberfläche des Eisstücks wurde blank.

»Ein bißchen Wärme, und das Kunstwerk ist weg«, sagte sie mit einem Lächeln.

Papa pflegte immer zu sagen: Boxen ist kein roher Sport. Es ist ein feiner proletarischer Sport. Ein richtiger Arbeitersport.

Während des Essens, das wir in Minsk hatten, fragte ich, ob sie auch dieser Meinung seien. Ja, erwiderten beide. Boxen ist ein proletarischer Sport. Darum haben die Liberalen ihn immer mit scheelen Augen angesehen. Sie geben dem Blut und der Brutalität die Schuld, aber es geht nun einmal nicht, das Klassenmuster einfach wegzuleugnen.

Ich stimmte dem lebhaft zu. Kein schlechter Start für ein so schwieriges gemeinsames Essen. Und dann?

In den Aufzeichnungen, die ich nach diesem Essen machte, läßt sich nicht mehr auseinanderhalten, was er oder sie gesagt hatte. Sie hatte am wenigsten gesprochen: mit ihrer spröden, klaren, unverkennbaren Stimme, die mir noch von 1956 her wohlbekannt war. Er hatte das meiste gesagt.

Den Aufzeichnungen zufolge waren die ersten Nachkriegsjahre – die zwischen 1945 und 1948 – eine für das ostdeutsche Amateurboxen unglückliche Periode. Claus hatte noch schwache Erinnerungen an die Situation seines älteren Bruders, sie besaß die Dokumente darüber: Ihre Examensarbeit war eine kleinere Untersuchung über die Situation einiger Amateurboxer in Gera und Magdeburg. Auf diese Weise hatten sie sich kennengelernt. Mindestens einer der von ihr untersuchten Boxer muß in Wahrheit zu den besten Fliegengewichtlern Europas gehört haben, aber wegen der Komplexität der Situation nie Gelegenheit erhalten haben zu zeigen, was in ihm steckte.

Ich mußte eine ganze Menge dazulernen. Wollte ich das auch?

Es sei offenkundig, meinte Claus, daß mit dem Zusammenbruch des Nationalsozialismus für den deutschen Sport insgesamt eine sehr schwierige Lage entstanden sei. Der Sport sei ja in der Zeit des Dritten Reiches für politische Zwecke mißbraucht worden, die seinem eigentlichen Wesen fremd seien. Es habe kaum Sportverbände gegeben, in denen der Nazismus nicht eine starke Position gehabt habe. Die Anbetung des durchtrainierten Körpers habe bei der Verherrlichung des arischen Menschen eine Funktion erfüllt. Die Überlegenheit des arischen Sportlers, die Schönheit seines Körpers – all das seien die zusammengeschusterten Beweise einer rassistischen Metaphysik gewesen. So hätten beispielsweise die Mitglieder von Kraftsportvereinen, aber auch Angehörige anderer Sportvereine ständig als Photoobjekte herhalten müssen. Mit eingeölten Leibern und der Sonne entgegengestreckten Händen hätten sie die Rassenideologie des Germanen illustrieren müssen. Die Zusammenarbeit zwischen der Sportwelt und HJ, SA und SS sei ebenfalls ausgezeichnet gewesen, und der Sport habe in diesen Organisationen eine zentrale Position eingenommen. Das antihumanistische Unterrichtssystem des Faschismus, in dem man, ausgehend von rassistischen Elite- und Herrenmenschentheorien, den kerngesunden, durchtrainierten arischen Sportlerkörper eine wichtige Propagandarolle habe spielen lassen, habe sich in ganz Europa des Sports als eines Mittels der militaristischen Kriegsvorbereitung bedient. Zahlreiche, ja in Wahrheit erstaunlich viele Sportler hätten sich in dieser Zeit von der Propaganda beeinflussen lassen. Da man ihnen eingeredet habe, sie seien die Elite einer Rasse und Vorbilder für andere, hätten sie sich in der faschistischen Bewegung sehr stark engagiert. Es sei, meinte Claus, durchaus keine Übertreibung zu behaupten, daß der Nationalsozialismus in der Sportbewegung seine sicherste Basis gehabt habe.

Im Zusammenhang mit dem Kriegsende und der dann folgenden Neuorientierung seien zahlreiche große Schwierigkeiten entstanden, besonders in der von der Sowjetunion besetzten Zone. In dieser ersten Zeit hätten sich Schwierigkeiten ganz spezieller Natur bemerkbar gemacht.

Weil dieses Gespräch in keiner Hinsicht offiziell war, wollten beide betonen, daß von beiden Seiten Fehler gemacht worden seien. Es sei kein Geheimnis, daß kompetente Führungskräfte gefehlt hätten, denn die führenden Kader des Sports hätten sich weitgehend aus Anhängern des Nationalsozialismus rekrutiert. In manchen Gegenden – und hier konnte sie sich auf eigene Nachforschungen stützen –, wie etwa in Mecklenburg, habe die Arbeitersportbewegung schon immer eine schwache Position gehabt. Die Versuche in den ersten Nachkriegsjahren, die Sportbewegung mit einem Schlag umzukrempeln, hätten einen totalen Zusammenbruch oder Stagnation zur Folge gehabt. Auf mehreren Gebieten des Sports seien restaurative Kräfte aufgetaucht, deren Absicht es gewesen sei, den Aufbau einer antifaschistischen Sportbewegung zu bremsen oder zu verhindern. Dem Einsatz der antifaschistischen Jugendorganisationen – ihnen vor allem – sei es zu danken, daß diese restaurativen Versuche hätten entdeckt und gestoppt werden können. Die Vorläufer der FDJ hätten sich hier große Verdienste erworben. Die Leitung der neuen Sportorganisationen sei nach und nach in die Hände der politischen Jugendorganisationen übergegangen.

Bestimmte Tendenzen zu einer unpolitischen Betrachtungsweise hätten damit ihr Ende gefunden.

In Wahrheit habe der Hauptkampf in den folgenden Jahren dem sogenannten »Nursportlertum« gegolten, also der Auffassung, die aus einer Isolierung des Sports von den übrigen Problemen der Zeit resultiere. Das »Nursportlertum« bedeute die einseitige Ausbildung von Muskelpaketen und Sportlern mit Scheuklappen. Demgegenüber wurde vor allem in der FDJ auf die Ausbildung allseitig fähiger, richtig orientierter und politisch bewußter Sportler Wert gelegt, die Politik und Sport als unauflöslich miteinander vereint sähen und am Kampf gegen den Faschismus teilnähmen – beim Sporttreiben und auch durch den Sport. Dem Schlagwort »Nursportlertum«, unter dessen sogenanntem »unpolitischem« Mantel sich ein verdeckt bürgerliches Muster verberge, werde das Schlagwort »Jeder Sportler ein Aktivist« entgegengestellt. In diesem Zusammenhang erinnerte sie kurz an unser erstes Zusammentreffen in Greifswald im Herbst 1956, als sie Mitglied einer Kabarettgruppe der FDJ gewesen war, einer Gruppe, deren Aufgabe es gewesen sei, anläßlich der wochenlangen Wettbewerbe in Greifswald politische Parolen in kabarettistischer Form auszugeben. Eine dieser Parolen, eine der wichtigsten in der Vorstellung, die ich gesehen hatte, hatte ja auch sehr richtig »Jeder Sportler ein Aktivist« gelautet.

Selbstprüfung sei notwendig, meinte sie. Es sei auch notwendig gewesen, bestimmte Sportarten vorübergehend zu verbieten, die in der Zeit des Faschismus direkt für militaristische Zwecke eingesetzt worden seien. Diese Sportarten seien während einer Übergangszeit verboten worden. Man sei der Meinung gewesen, sie seien allzu vorbelastet.

Beispiele?

Judo und Schießen etwa hätten dazugehört.

Dazu gehörte auch, sagt sie nach kurzem, nachdenklichem Schweigen, das Boxen. Man kann aber sagen, daß alle diese Sportarten heute rehabilitiert sind.

Rehabilitiert?

Der Ausdruck ist unglücklich gewählt, und in einer darauffolgenden Reflexion erklärt sie sich. Die Sportart an sich ist selbstverständlich weder gut noch böse. Es ist der Gebrauch, den man von ihr macht, der gut oder böse ist. Und in bestimmten historischen Situationen kann einer Sportart, die lange Zeit kompromittiert und prostituiert worden ist, der größte Gefallen getan werden, wenn man sie einige Zeit ruhen läßt. So ist es zum Beispiel auch mit den genannten Sportarten gewesen, die zu faschistisch-militaristischen Zwecken allzu lange ausgebeutet worden waren.

»Die ideologischen Richtlinien für den weiteren Aufbau des Sports in der DDR sind klar umrissen«, sagt sie.

Im folgenden lassen sich alle Etappen klar unterscheiden. Zuerst habe es die Auseinandersetzung mit dem faschistisch politisierten Sport gegeben. Dann den Kampf gegen all jene, die einen pseudo-entpolitisierten Sport hätten schaffen wollen, einen »Sport an sich«, was selbstverständlich nur der kleinbürgerliche Versuch gewesen sei, den Sport insgeheim in bürgerlicher Richtung zu politisieren. Dann die Schaffung eines politisch bewußten Arbeitersports mit klaren ideologischen Zielen und mit klar umrissenen politischen Zwecken.

»Worin besteht nun«, fragt G., »der Unterschied zwischen dem politisierten Sport unter dem Nazismus und dem unterm Sozialismus? In beiden Fällen wird der Sport für politische Zwecke eingesetzt. Der Unterschied ist genau der zwischen Faschismus und Sozialismus. Der Kampf dieser beiden Ideologien tobt in allen Bereichen des Lebens. Warum dann nicht auch im Sport? Widerwärtig sind nur die Versuche bestimmter bürgerlicher Kreise, die Welt des

Sports als eine Welt darzustellen, die außerhalb der Wirklichkeit steht.«

»Diese Kreise sind«, fährt sie fort, »bürgerlich kryptofaschistische Gruppen, die die potentielle Gefährlichkeit des Sports erkannt haben und diese gefährliche Waffe jetzt ihrer Schärfe berauben wollen. Sie sehen nämlich sehr klar, welch mächtige Waffe der Sport in der Hand der Arbeiterklasse werden kann.« »Ist denn«, so fragt sie weiter, »die Anwendung des Sports durch den Nazismus im Grunde politisch? Nein, auch die Politisierung des Sports durch den Nazismus folgte einem unpolitischen Muster. Man setzte auf den Teil im Wesen des Sports, der mit dem Körper, den Muskeln, der körperlichen Verfassung zu tun hat. Schöne Leiber, durchtrainierte Muskeln, schöne Posen vor der Sonne, arische Haltung. Die ›politische‹ Anwendung des Sports durch den Nationalsozialismus enthielt eine systematische Beschwörung zur Un-Bewußtheit, zum Antiintellektualismus, zur Animalisierung. In diesem Punkt ist die Einstellung des Nazismus zum Sport mit der bürgerlich-liberalen Haltung völlig identisch. Der Unterschied bestand nur darin, daß der Nazismus deutlich darüber Rechenschaft ablegte, daß diese antihumane Einstellung klare politische Effekte hatte. Die Nazis haben nie mit ihren Absichten hinterm Berg gehalten.

Die heuchlerische bürgerliche-liberale Haltung dagegen, die im Grunde mit der nazistischen identisch ist, weigert sich, die politischen Folgen und Wirkungen anzuerkennen.«

»Dieser liberal-faschistischen Haltung, mag sie maskiert oder offen daherkommen, steht jetzt«, wie G. sagt, die nun mit sehr klarer und entschiedener Stimme spricht, »die sozialistische Einstellung zum Sport entgegen. Diese ist intellektuell, fordert die Entwicklung des ganzen Menschen, fordert die politische Entwicklung und Bewußtheit des Sportlers, sein kritisches Bewußtsein. Was wäre wohl passiert, wenn der ›politisierte‹ nazistische Sportler durch allseitige Studien bewußt, ausgebildet, skeptisch und fähig geworden wäre – ja, was wäre mit ihm geschehen? Sein ganzer schöner arischer

Denkmalstempel wäre zusammengestürzt. Was geschieht mit dem sozialistischen Sportler, wenn seine Fähigkeit, seine Bewußtheit und seine kritische Observanz zunehmen? Er wird ein besserer und hingebungsvollerer Sozialist. Dies ist der ganze, der entscheidende und vielsagende Unterschied.«

Der politisierte Sport des Nazismus sei eine apolitische Droge gewesen, die betäubt und eingeschläfert habe. Die Ausnutzung des Sports durch den Nazismus sei die politisch bewußte Ausnutzung einer unpolitischen Verhaltensweise gewesen. Der Sport müsse aus dieser Betäubung erweckt werden. Es sei der Prozeß dieses Erwachens, der schmerzhaft und schwierig sei, dessen Umrisse sie gezeichnet habe. Die Jahre nach dem Weltkrieg seien mühsam gewesen. Daß man das Amateurboxen verboten habe, sei jedoch eher eine Kuriosität. Heute sei das Boxen ein vollwertiges Mitglied der Familie von Sportarten, die alle daran mitarbeiteten, den Sozialismus zu verwirklichen.

Ich habe die Aufzeichnungen noch; auch die gedruckten Broschüren, die ich damals erhielt. Es war ein seltsames Essen gewesen.

Sie spitzte den Mund, hauchte das Eisstück an. Die Konturen des Vogels lösten sich allmählich auf, bis schließlich nur noch die blanke Oberfläche des Eises übrigblieb.

Es war mitten am Tag; der Schnee leuchtete. Am nächsten Tag fiel wieder Schnee. Es war der vorletzte Tag. Der folgende Tag würde der letzte sein. Ich wachte spät auf, blieb noch liegen und starrte an die Decke des Hotelzimmers. Später aß ich zusammen mit den beiden. Wir fanden nicht viele Gesprächsthemen; nicht einmal eine Broschüre bekam ich. Ich fand, sie sah trauriger aus, aber ich kann mich geirrt haben. Mit jeder Minute, die uns dem Glockenschlag näher brachte, mit dem der bevorstehende Kampf beginnen sollte, fühlte ich mich immer überflüssiger, unnötiger, unerheblicher, wie ein aufdringlicher, unwillkommener Gast unter denen, die wirklich die Hauptrolle spielten. Ich stand in der

Hotelhalle und sah, wie sie sich alle versammelten, sah, wie die Koffer verstaut wurden und wie sie im Auto Platz nahmen, sah Gisela kommen, sah, wie sie die schwarze Aktentasche unterm Arm trug und mir gleichsam im Vorübergehen zuwinkte, ich solle doch mitkommen.

Ja, ich durfte mitkommen. Ich war ein Fremder und ein Kind unter ihnen, aber ich durfte mitkommen. Jetzt waren die Teilnehmer der Endrunde wichtiger; die Beobachter hatten keine Bedeutung. Ich sah, wie sie den Koffer ihres Mannes auf die sachlich liebevolle Weise aufhob, die mir irgendwo tief innen einen Stich versetzte, sah, wie sie mit weichen, völlig unsentimentalen Schritten auf den Bus zuging.

Ich durfte natürlich nicht neben ihr sitzen. Das Getriebe kreischte, es gab einen Ruck, wir fuhren an.

Die Sporthalle lag in einem Vorort von Minsk, beinahe draußen in der Ebene. Es wehte ein kalter, ein entsetzlich kalter Wind. Die Funktionäre standen am Eingang zur Sporthalle und zeigten den Aktiven den Weg. Sie taten das auf jene besonders höfliche und entschlossen kameradschaftliche Weise, die sozialistische Sportfunktionäre in osteuropäischen Ländern immer dann an den Tag legen, wenn Sportfreunde aus anderen Volksrepubliken zu Besuch kommen, um im Geist der Kameradschaft beispielsweise das wichtigste europäische Boxturnier des Monats Dezember auszutragen. Ich setzte mich auf die Tribüne, hinter zwei Sportjournalisten aus Estland, die die ganze Scheiße offensichtlich satt hatten und ihr Interesse am Verlauf des Turniers dadurch wachhielten, daß sie auf einen der jeweils Kämpfenden einen halben Rubel setzten. Dies war eine kapitalistische, nichtmarxistische Betrachtungsweise, die von den beiden Journalisten immer dann offenbart wurde, wenn sie mit müden, aufrichtigen Handbewegungen die Brieftasche zückten. Immerhin fiel es ihnen so leichter, das Turnier zu überstehen.

Dann sah ich G. Sie winkte und kam zu mir herauf. Umgeben von sechzehnhundert Menschen, waren wir zum erstenmal allein miteinander. Dort unten in der Halle sah alles so aus wie immer. Ein aufgebauter Ring, Parkettstühle in linearer Gruppierung drumherum, an einer Seite ein Siegerpodest mit drei Stufen und dahinter drei Fahnenstangen zu Ehren des Finale-Abends. Die Fahnenstangen hatte man findig auf Holzgestelle montiert.

Wir saßen still nebeneinander. Sie war sehr ruhig, aber auch abwartend oder verloren. Ich sagte:

»Wenn du etwas sagen willst, dann sag es jetzt. Denn weiter als bis hierher kann ich dem Zirkus nicht folgen.«

Und da ergriff sie schnell und überraschend meine Hand, stieß mir mit dem Kopf gegen die Schulter, und damit brach alles über mich herein. Wir waren wieder im Jahr 1956, und noch war alles möglich.

»Ich habe soviel nachgedacht«, sagte sie leise, »und weiß weniger als je zuvor. Hier arbeite ich nun und sehe, wie sie zu Stars oder mittelmäßigen Figuren werden, und dabei verstehe ich eigentlich gar nichts: Was treibt sie eigentlich? Und wo befinde ich mich eigentlich in all dem? Ich habe gar keinen Mittelpunkt. Nirgends.«

Claus sollte im dritten Kampf des Finales in den Ring. Im Semifinale hatte er einen polnischen Weltergewichtler aus dem Ring geputzt, indem er ganz einfach stillstand und in jede Blöße schlug, die der umherwieselnde Pole bot. Das war ein einfaches und zugleich sehr schwieriges Verfahren, aber das Finale würde sicher noch schwieriger werden, wie wir glaubten.

Das wurde es aber nicht.

Claus eröffnete mit zwei schrägen rechten Haken und war äußerst nahe daran, innerhalb einer Minute die Partie zu seinen Gunsten zu entscheiden. Danach glich sich alles aus, aber sein Sieg war dennoch sehr klar. Ja, er war klar. Wir brauchten nicht diese hysterisch aufsteigende Nervosität zu empfinden, die mit Vorliebe immer dann ausbricht, wenn die Richter herumgehen und die Punktezettel einsammeln. Nein, dies war eine klare Sache. Claus war ein Mann, auf den man sich verlassen konnte.

Ich betrachtete sie während der letzten Minute der letzten Runde. Sie saß still, sehr aufmerksam da, war sehr ruhig. Erst als das Urteil durch den Ringrichter verkündet wurde, entkrampfte sie sich in einem schwachen, fast mädchenhaften Lächeln. Sie erhob sich halb und hob den Arm zu einem Winken. Er aber sah nicht einmal während der Preisverleihungszeremonie in unsere Richtung, und dieses Verhalten war eigentlich auch nicht unbedingt nötig.

Es kam der Beifall. Dies war ein ruhiges, sachliches Publikum, höflich und nur in geringem Ausmaß chauvinistisch, voller Sachkenntnis, die einer Art kontrollierter Leidenschaft dennoch nichts in den Weg stellte.

»Heute abend fahre ich«, sagte ich wieder.

Wir sahen Claus zum Umkleideraum gehen; er ging mit seinem weichen, charakteristisch fließenden Gang, und gleichzeitig kam das neue Boxerpaar herein.

»Ich weiß«, sagte sie. »Ich muß noch ins Sekretariat und ein paar Sachen erledigen. Kommst du mit und guckst mir zu?«

Ich folgte ihr und dachte: Wie ein Hund laufe ich ihr nach und komme mit. Wie ein hoffnungsvoller und resignierter Köter. Sie ging schnell, ich drehte mich um. Der Kampf hatte schon begonnen. Ich dachte: Es wird ein mieses Match werden, und darum gehe ich. Als ich weiterging, war sie schon verschwunden.

Der lange Korridor war fast leer. Ich blieb eine Weile stehen und wartete auf nichts oder auf Mut oder Zusammenhang oder auf Trost, aber nichts änderte sich. Die Wand zur B-Halle bestand aus Glas, aus großen Scheiben, die durch tragende Pfeiler unterteilt wurden. Was sich hinter dem Glas befand, lag im Halbdunkel. Wie weit erstreckte sich diese Anlage?

In diesem Augenblick entdeckte ich den Vogel.

Gegen das Fenster, mit den Flügeln. Der Vogel flatterte mit schnellen, atemlosen Bewegungen: Ich sah ihn von der anderen Seite der Scheibe her, wie er gleichsam zitternd und vibrierend einige Sekunden lang in der Luft verhielt und seinen Vogelkopf auf mich richtete. Die runden Augen fixierten mich steif. Einen Augenblick lang sah ich mein eigenes verschwommenes Spiegelbild und den Kopf des Vogels sowie die vibrierenden Flügel in einem undeutlichen, atemlosen Bild vereint. War dies ein Wintervogel? Berührte er mit dem Schnabel die glasharte Fläche, wurde der dünne Überzug verdünnt, wurde der Berg kleiner? Eine Sekunde lang, die eine Ewigkeit währte, kam der Vogel zu mir, dann tauchte er weg und verschwand. Ich faßte mit der Hand an die Scheibe, aber das Glas war tatsächlich da und der Vogel war weg.

Ich stand vollkommen still und versuchte mich zu erinnern, wo um Himmels willen ich mich in meinem Leben befand.

Schließlich fand ich sie. Sie saß im Zimmer neben dem Sekretariat, im Kontrollraum des Mannes, der für die Lichtanlage verantwortlich war, auf einem Stuhl an der hinteren Wand. Ich trat durch die Tür ein, und sie warf mir einen Blick zu, der in seiner Erleichterung beinahe feindselig wirkte. Ganz vorn saß der Lichttechniker, dicht an der Glasscheibe zur Halle: Sie war der Typ einer modernen Sporthalle, die manchmal an ein Fernsehstudio erinnert. Hier also saß der Mann, der eine Atmosphäre der Konzentration und Intimität um den Ring schaffen sollte. Eine außerordentlich fortentwickelte Technik – wurde diese Anlage auch als reguläres Theater verwendet?

Sie schrieb an einem Protokoll. Ich setzte mich an ihre Seite, und da fing sie plötzlich an zu weinen, ohne den geringsten Anlaß. Durch das Panoramafenster sah ich, daß der Kampf dort unten bereits beendet war. Die Zettel der Jury wurden eingesammelt, und im Ring standen zwei Gestalten, deren resignierte, müde, zugleich aber erwartungsvolle Ruhe man nur in einem Boxring nach beendetem Kampf antrifft. Beide hatten noch die zwar nicht völlig objektiven, aber doch hoffnungsvollen Kommentare ihrer Sekundanten im Ohr: hoffnungsvolle Bemerkungen, die aber jetzt schon für immer jenseits der Möglichkeiten lagen, den Einsatz zu verbessern.

Und dann der rituelle Abschluß, der durch das Glas herüberklang: die Stimme des Hallensprechers im Lautsprecher, Arm in die Höhe, die kurze Wanderung zur Ringecke und hinaus durch die Seile. Ein schlechter Kampf war vorbei, sie saß neben mir und weinte, sie war noch lebendig; zu mir war der Vogel gekommen, aber er war verschwunden, ohne daß mir etwas geschehen war.

»Ich liebe dich trotzdem«, sagte ich leise zu ihr. Sie lächelte, gerade auf den Fußboden hinab.

Dann sagte ich:

»In sechzehn Minuten muß ich gehen.«

Gehörte das Amateurboxen in einem sozialistischen Land zum Überbau? Ja, wo sollte es sonst hingehören? Die Zimmertür war weit offen. Der Mann, der die Lichtanlage bediente, wandte uns den Rücken zu und bewegte sich nicht. Ich zog Gisela hoch, schloß die Tür zur Hälfte. Wir standen zwischen Tür und Wand. Wir lauschten nach Geräuschen, aber es gab keine. Ich nahm ihren Kopf zwischen die Hände und küßte sie. Ich fühlte, wie ihre Lippen sich bewegten, weich, langsam. Sie drückte ihren Bauch an meinen, er war weich und lockend. Ich sagte, an ihrem Ohr, ihr kurzgeschorenes Haar in der Nase:

»Woran hast du beim Lunch gedacht?«

Und sie antwortete erstaunt und mit vollkommener Selbstverständlichkeit:

»An das, was ich dir erzählte, natürlich.«

Es waren tatsächlich zwölf Jahre her, seit ich sie das letzte Mal geküßt hatte. Ihr Gesicht war weich und mädchenhaft, vollkommen unschuldsvoll; sie machte die Augen zu und strich mir übers Haar. Wir küßten uns, wir standen da, gingen leise hinaus auf den schmalen Gang zwischen den beiden Zimmern, drückten uns hart aneinander, wiegten uns sacht hin und her, mit geschlossenen Augen.

Johan Christian Lindner heiße ich, bin nicht mehr jung und noch nicht alt. Meine Aufzeichnung über Papa ist noch im Entstehen begriffen, aber alles fügt sich nach und nach zusammen. Wißt ihr, woran ich mich erinnere? An den Abend, an dem Papa und ich in 29.15 zum Tisch des Herrn gefahren waren und wie Mama aus der Kirche kam und uns dort vor Markströms Eisenwarenladen herumhängen sah. Papa mit Mamas spillerigem kleinen Fahrrad an der Hand, Mama mit ihrem kleinen gelben Hut, im Bewußtsein dessen, daß sie uns beide verloren hatte, und dann ich als dumme kleine Attrappe daneben. Jeder saß in seinem kleinen Glaskäfig, nicht ein einziges verdammtes Wort konnten wir zueinander sagen, obwohl wir uns liebten. So war's. Und hier stand ich nun mit Gisela, und keiner von uns wußte eigentlich, was wir mit unserem Leben angefangen hatten. Zwölf Jahre waren ausradiert, und ich hatte nie einen Verrat begangen. Wir wiegten uns, bewegten uns auf etwas zu, was völlig vorbehaltlos und direkt und selbstverständlich war. Wer die Eiszeit überleben wollte, mußte sehr hart und sehr weich zugleich sein. Das Leben im Eispalast erforderte einen besonderen Mut und Mangel an Vorbehalten. So etwas lernt man nicht an einem Tag, aber wir hatten Zeit, und wir wußten, was wir wollten. Wir waren schon eine seltsame Bande: Papa mit seinem Wurfhammer, Mama mit der frommen Träne, ich mit meinem Vogel, Gisela und dann Claus. Warum nicht?

Dezember 1969 war es. Wir standen eng aneinandergedrückt da; sie war weich und feucht und offen, und wir halfen einander ohne ein Wort. Sie hielt den Kopf die ganze Zeit hoch erhoben, die Augen geschlossen. Sie hatte ein leises Lächeln im Gesicht, das gleichzeitig von intensivem Ernst erfüllt war. Daran werde ich mich am besten erinnern: nicht an den Genuß, sondern an ihr Gesicht, an den Ernst und die Offenheit. Wir standen schaukelnd da, wiegten uns in einem Rhythmus, der Mann, der die Lichtanlage zu bedienen hatte, kam nicht, es kam auch niemand die Treppe herauf. Es war schön und sehr einfach. Ich legte ihr den Arm um den Rücken und fühlte, wie sie zitterte, wie vor Müdigkeit oder großer Lust. Und dann spürte ich, daß sie kam, langsam und pulsierend, und irgendwo tief drinnen fühlte ich, wie die Spitze von irgend etwas hervorstach, als wäre ihr Gebärmutterhals ein kleiner Hund, der sich schließlich aus der dunklen Hütte seiner Scheu hervorwagte; und er leckte mit der Zunge und der Schnauze weich und neugierig an der Spitze meines Gliedes, und da kam auch ich, in weichen Stößen, direkt in die Schnauze des kleinen Hundes und die leckende kleine Nasenspitze des Genusses.

Sie muß beim Höhepunkt etwas gesagt haben, aber ich weiß nicht mehr was. Aber dann fiel sie zusammen, und wir fielen gegeneinander, es war vorbei, und es war richtig gewesen. Sie nahm das Glied mit weichen, freundlichen Händen, strich es trocken und sauber, trocknete es mit den gleichen warmen, sachlichen, praktischen und liebevollen Handbewegungen an ihrem Kleid ab wie eine Mutter, die einem rotznäsigen Kind die Nase putzt, steckte das Glied in die Hose zurück, knöpfte den Hosenschlitz zu, drückte die Wange an meine und sagte:

»Ich bin schrecklich froh.«

Und ich sagte: »Auch ich bin schrecklich froh.«

Wir blieben eine Weile stehen und flüsterten uns gegenseitig etwas ins Ohr. Ich wußte nicht einmal, ob sie mich hörte oder verstand, aber ich flüsterte ihr etwas ins Ohr, und sie mir. Wir wollen unsere Liebe teilen, flüsterte sie, dann wird sie größer. Wir wollen aus uns herausgehen und keine Angst haben, uns selbst zu verlassen, flüsterte sie, dann werden wir nämlich mehr als nur ein Mensch. Fünf Laibe Brot und zwei Fische, flüsterte ich, zwei Laibe Brot und fünf Fische, teile die Liebe, dann wird sie größer, sie reicht für dich und mich und Papa und Claus und auch noch fürs österreichische Amateurboxen. Ich habe keine Angst mehr, flüsterte sie, ich weiß, was ich tue, ich bin mutig, und das wird mehrere Stunden vorhalten.

Wir warteten, vollkommen still und dicht aneinandergedrängt. Dann hörten wir den Gong zur letzten Runde des letzten Kampfes, die Stimme des Speakers, den Beifall. Da war es zu Ende. Sie machte sich frei und ging.

Sie ging vor mir die Treppe hinunter, schnell und ruhig. Und das letzte, was ich von ihr sah, war dies: wie sie einen Stock tiefer im Glaskäfig des Sekretariats, ein Blatt Papier in der einen und ein Telefonbuch in der anderen Hand, mit einem älteren Mann sprach, der eine Trainingsjacke trug. Und wie sie sich hinsetzte und eine Nummer wählte, und als das Klingeln ertönte, hob sie den Kopf und sah mich am anderen Ende des Flurs stehen. Und wie sie mich ansah: ohne den Kopf zu bewegen, aber doch mit einer Art Gruß in der Körperhaltung: Hier bin ich, sagte ihr Körper, und da bist du, wir haben uns ein wenig mitgeteilt, das hat uns nicht geringer gemacht, auch keinen anderen, ich liebe dich.

Dann neigte sie den Kopf zur Wählscheibe und fing an, in die Lautsprechermuschel zu sprechen. Da ging ich.

Das war am 19. Dezember 1969 in der großen Sporthalle in Minsk, die den Opfern des Großen Vaterländischen Krieges gewidmet ist. Ich ging, weil das Turnier beendet war und weil ich mit dem ersten Bus der Boxer ins Hotel zurückfahren sollte. Es war zu Ende, aber nicht hoffnungslos. Der Winter war da, aber wir ließen uns nicht verhärten. Das Amateurboxen gehört zum Überbau, ebenso wie die Literatur, die Liebe, das Hammerwerfen mit leichtem Hammer und alles andere, was gut ist. Jetzt stand es fest. Der Vogel war gekommen und hatte mit den Flügeln die Glasscheibe berührt, hatte sie einige Sekunden lang berührt, es war doch nicht alles hoffnungslos. Wir konnten fortfahren zu überleben.

Es war halb elf, als wir losfuhren.

Der Sonderbus der Boxer war alt. Es rumpelte und war fast unerträglich eng, weil viele Schnorrer und Gratisfahrgäste sich noch schnell hereingequetscht hatten. Der Kern der Aktiven, diejenigen, die sich schon umgezogen hatten und schnell nach Hause wollten, war jedenfalls dabei. Sie saßen still und müde da, nicht traurig, aber in jenen freundlichen Kokon eingesponnen, der zu gleichen Teilen aus Müdigkeit und Nachdenklichkeit besteht. Schräg neben mir sah ich den feinen russischen Schwergewichtler von irgendwo in Sibirien, der dank großer Schnelligkeit und großer Klugheit einen sehr viel größeren Polen geschlagen hatte. Er wirkte jetzt fast klein und schmal, hatte dunkles Haar und traurige schöne Augen, die noch völlig ungezeichnet waren, ohne die bei Boxern sonst so häufigen wulstig aufgetriebenen Augenbrauen. Würde er in einem anderen Land leben, würde er sicher sehr schnell Profi werden, Karriere machen und im besten Fall eine Million verdienen, dann ein Ringwrack werden und langsam abrutschen in die Welt, in der verbrauchte Güter keinen Wert mehr haben. Jetzt saß er da, still und in sich versponnen, und ich begann fast automatisch, eine Biographie für ihn zu skizzieren: Es würde ihm gutgehen, er würde ein ausgezeichneter Chemieingenieur am staatlichen Petroleumlabor in Nowosibirsk werden. Ein Profi würde er aber nie werden. Er würde nie die Chance kriegen, das große Geld zu verdienen, nein. Hier saß er wie ein schläfrig blinzelndes Denkmal der Unfreiheit in einem sozialistischen Land.

Ich wußte nicht viel über das Leben dieser Menschen, aber Papa hätte sie sicher gern kennengelernt. Sowjetische Boxer bewohnten einen kleinen Winkel in seinem Herzen. In seinem Album mit Zeitungsausschnitten aus der goldenen Zeit zu Beginn der dreißiger Jahre gab es eine oft wiederkehrende Figur, die auf seltsame Weise an den Schwergewichtler aus Nowosibirsk erinnerte, hinter dem ich über die Straße rumpelte. Im Album gab es ein Porträt, offensichtlich aus *Idrottsfolket* ausgeschnitten, das in mehreren Versionen auftauchte. Es zeigte den samtäugigen russischen Leicht-Schwergewichtler Viktor Michailov, »den hervorragendsten Boxer unseres Erdteils«. In der Vorstellungswelt meiner Kindheit überschattete er sogar Tandberg, der sonst das große bewunderte Vorbild aller anderen Jungen war.

Michailov war mein Mann und der Mann Papas. Einer in den Artikeln immer wiederkehrenden Notiz zufolge war er »als Privatchauffeur bei einer Bank in Moskau« angestellt: Diese verblüffende und verwirrende Mischung faszinierte mich unerhört. Ein Lakai, der vor sozialistischen Bankiers die Mütze in die Hand nahm und zugleich »ein hervorragender Vertreter der jungen Generation« war, »deren Aufgabe es sei, einem siegreichen Welt-Oktober den Weg zu bereiten«, war ein Mann, der zu einem vollständig verzaubernden Vexierbild wurde. Papa, der die gleiche Gewichtsklasse hatte, aber nie das Vergnügen erleben durfte, von Michailov ausgeknockt zu werden, hatte ihn sich offenbar zum sowohl sportlichen wie ideologischen Vorbild erkoren. Ich glaube sogar, daß Papa nur deshalb den Führerschein machte und um eine Einstellung als Chauffeur bei der Polizei nachsuchte, weil er unbewußt versuchte, sich mit Michailov zu identifizieren.

Es ist bemerkenswert zu sehen, mit welcher Sorgfalt Papa alles Erreichbare über diesen Mann ausgeschnitten und gesammelt hat. Es hat den Anschein, als spiegele sich Papas offenkundige, aber später heftig verleugnete Moskau-Treue nur hierin wider: in der schmucken Ordentlichkeit der Zeitungsausschnitte, den exakten Datierungen. Spiegelungen des ideologischen Bildungswegs von Mattias Jonsson in den frühen dreißiger Jahren, eines sozialdemokratischen Sillén-Anhängers und Boxers.

So, was sollte nun mit diesem schüchternen Schwergewichtler aus dem Innern der Sowjetunion geschehen? Was wußte ich über sein Leben?

In Leningrad, in der Bar für Ausländer, spät in der Nacht, als nur noch die letzten unermüdlichen Alkoholiker herumhingen, hatte ich in der Woche zuvor einen arabischen Studenten kennengelernt. Er trug das El Fatah-Abzeichen am Jackettaufschlag und hatte einen privaten kleinen Flachmann in der Tasche, den er zur wohlkontrollierten Wut der Bedienung dazu benutzte, die teuren Dollar-Drinks zu strecken. Er hatte fünf Jahre Leningrad hinter sich, würde bald fertiger Ingenieur sein, war ein Spezialist aus der militanten Ecke und sah es als seine künftige Lebensaufgabe an, den israelischen Militarismus zu bekämpfen. Für das sowjetische System hatte er nur Verachtung übrig. Ich bin Sozialist, hatte er gesagt, ich weiß, was Sozialismus ist, aber für diese beschissenen russischen Sozialisten gebe ich keine rote Kopeke.

Und ich selbst hatte eifrig nickend dagesessen, glücklich, zustimmen zu können: ein Proteus in der Bar in Leningrad, eine Amöbe, willig, den Weg des geringsten Widerstandes zu gehen, die Entsprechung Papas, übersetzt in eine mehr sophistische und intellektuellere Zeit. Nein, der russische Sozialismus war keine müde Kopeke wert. Es galt, sich zu wappnen.

Lieber alter Papa, dachte ich fast in Verzweiflung, Weltmeister in leichtem Hammerwerfen und an Nettigkeit unübertroffen, es war etwas grundlegend Ehrliches in deiner Moskau-Treue und der der alten Kommunisten der dreißiger Jahre, auch wenn sie manchmal nicht sehr klug war. Ihr hattet zwar nicht allzuviel Ahnung davon, was eigentlich gespielt wurde, aber ihr habt die sozialistische Utopie jedenfalls nicht dazu getrieben, eine ungefährliche Scheinwelt zu werden. Es gab einen Arbeiterstaat, den ersten. Dem gegenüber hatte man verdammt und zugenäht loyal zu sein, das war man diesem Staat schuldig, weil man der neuen Möglichkeit wenigstens ein paar Jahrzehnte Zeit lassen mußte, Fehler zu machen und zu experimentieren.

Falls Papa nun tatsächlich Kommunist war, moskautreu und loyal. Selbst zu Beginn der dreißiger Jahre. Jetzt war jedenfalls der Alltag wieder da, und alles schien ein wenig grau. Jetzt nahmen die Söhne der alten Getreuen oben auf dem grauen Kuchen Platz und verachteten ihn von links. Nein, von oben. Vielleicht hätte man Tscheche sein sollen? Dann hätten die Leiden vielleicht den Charakter eines Monuments erhalten?

Nein, zu Papas Zeiten ist es sicher leichter gewesen. Damals konnte man noch russische Boxstars, die im Gegenlicht aufgenommen worden waren, aus Zeitungen ausschneiden und sie als Beispiele des siegreichen Sozialismus ansehen. Jetzt aber gab es kein Gegenlicht, nur noch Gegenwind, nur eine kompakte Reaktion, nur eine Liste mit Niederlagen. Und dann kommt eine Staatsbildung ohne offenbare Niederlagen, aber mit absonderlichen Träumen von Sicherheit und Bürgerlichkeit: Michailov, das Idol meiner Kindheit, hatte für immer aufgehört, der siegreichen Oktoberrevolution den Weg zu bereiten, und war im Bankpalast hängengeblieben.

Ja, das ist auch richtig so, sagten sie. Du hast recht, wir können uns eure Träume nicht leisten. Wir sind arm, gehören zu dem traurigen Menschenschlag, der den mühseligen Alltag erfüllt, der der Revolution folgt. Wir träumen von Sicherheit. Wenn du über die Hohlheit dieses Traums enttäuscht bist, sollst du trotzdem nicht über uns moralisieren. Wir sind von so verschiedenen Ausgangspunkten aus gestartet.

Es gibt einen kleinen Mattias Engnestam in mir. Er hört genau zu und versteht das, und diesen Teil an mir mag ich, und zwar auf eine etwas abwartende Art. Ein anderer Teil Mattias Engnestams aber war der, der das Muster durchbrach und die äußerste aller Konsequenzen zog. *Himmel, hat er weit geworfen, ihr dämlichen grauen Duckmäuser!* Ich saß im Bus auf dem Weg zum Hotel in Minsk und fühlte, daß ich eiskalt wütend wurde: Na klar gibt es kleinbürgerliche Anarchisten in uns, aber *Himmel, hat er weit geworfen!* Das hat er getan. Das hat er getan. Das hat er getan. Wir sind kleinbürgerlich anarchistische Schummler, aber zum Teufel ist das schön, ein Idiot zu sein, ein linksopportunistischer Idiot dazu, oder vielleicht ein sozialdemokratischer Mogler wie Papa. Die ganze Scheiße ist ein Brei. Ich muß wieder von vorn anfangen. Ich muß wieder von vorn anfangen. Eben war alles noch so klar und offen, und dann krachte alles zusammen.

Und ich dachte: Was für einen sinnlosen Rekord hat er aufgestellt, was für ein hoffnungsloser Abend ist dies, welcher Brei mein Schädel doch ist. Ich muß wirklich wieder von vorn anfangen.

Wir rumpelten in unserem Boxerbus vorwärts.

Welche Schlußfolgerungen konnte ich aus dem Abend ziehen? Ich weiß nicht, ob es möglich ist, auf entscheidende Weise die Unterschiede zwischen zwei politischen Systemen zu erkennen, indem man die Verhaltensmuster von Boxern mit den Attitüden des Boxpublikums vergleicht, aber warum eigentlich nicht, es gibt wahrscheinlich schlechtere Methoden, politische Analyse zu betreiben. Es war ein halbes Jahr her, seit ich im Madison Square Garden gesessen und den Kampf Frazier gegen Quarry gesehen und die Brutalität plötzlich als eine Art Erleichterung und als Reinheit empfunden hatte.

Und jetzt – welch ein bemerkenswerter Temperaturunterschied war das doch.

Die Hitze, die Brutalität und die zynische Aufrichtigkeit im Garden – und hier die Disziplin, die Grauheit, die Wärme und Anständigkeit. Mir schien, als wäre der Garden meine Welt und die meiner Generation, während Papa sich in dieser anständigen, grauen sowjetischen Suppe wohl gefühlt hätte wie ein Fisch im Wasser. Und dennoch hatten wir einander kleine Träume von der anderen Welt eingeimpft. Ein Traum in jedem Lager: Wie ich in dem einen Land, den USA, immer eine starke und unkontrollierbare Angst verbunden mit jener befreienden Exaltation gefühlt habe, die einen beim Betrachten großer Naturkatastrophen oder bei Sturzläufen über unmögliche Steilhänge befällt. Und wie ich in dem anderen Land immer große Wärme und Sicherheit erlebt habe, gemischt mit dem Gefühl, die Welt durch einen grauen Filter zu sehen, und mit dem gleichen quälenden Bewegungsschema, als ginge man durch Wasser.

Die Lockung der Veränderung und die Angst davor. Proteus, das wechselnde Gesicht, auf der Flucht, der zehnten des Sekundanten.

War es im Sumpfland von Cape Cod, als ich den Vogel das letzte Mal sah? Die gesamte Bucht war voller Grasinseln, Kanälen, schwarzem, tiefem Wasser: wie ein afrikanischer Angsttraum. Es war Nachmittag, wir schwammen in den Kanälen. Ich lag auf dem Rücken und sah hoch, hörte die Stimmen der anderen von der anderen Seite der Glaswand, war aber allein. Da war der Vogel gekommen, war nur einige

Sekunden lang zitternd über mir gewesen, aber das hatte genügt. Ich hatte zu ihm hochgelächelt. Noch hatte ich nicht aufgehört zu fragen.

Am nächsten Tag fuhren wir nach New York. Am Abend Boxen, das war das übliche Ritual. Ich sah den ehemaligen Olympiasieger im Schwergewicht, George Foreman, bei seinem Profidebüt. Es war zwar nichts, aber dennoch interessant; er war der Mann, der trotz seiner schwarzen Hautfarbe in Mexiko eine smarte Anti-Black-Power-Demonstration unternommen hatte und folglich bei der schweigenden Mehrheit unerhört populär geworden war. Jetzt stürzte er in den Ring, kassierte den Beifall, tanzte herum, war drei Runden lang gegen einen Weißen fürchterlich überlegen, gegen einen ängstlichen, tolpatschigen, abgehalfterten armen Boxer, der voller Angst verwirrt und langsam zurückwich. In der Mitte der dritten Runde war es zu Ende, ein mieser Kampf, aber zum Glück wurde Foreman ungeheuer ausgepfiffen. Einige Augenblicke lang empfand ich so etwas wie Ergebenheit für das Publikum: Wenn es so etwas wie einen Volkscharakter gibt und dazu noch einen amerikanischen, dann erlebte ich gerade jetzt dessen beste Seite. Einen absolut ehrlichen und unkorrumpierten Zorn über ein getürktes Match.

Dann kamen Frazier und Quarry in die Halle, und diese wurde zu einem Orkan, einem enormen, donnernden Orkan, dessen Lautstärke langsam verebbte, während die alten Meister mit ihren gewohnten wiegenden Schritten in den Ring stiegen und vorgestellt wurden. Mein Gott, ich konnte noch immer fühlen, wie das Herz bei bestimmten Namen einen Satz machte: Es gibt alte klassische Schilderungen von Boxkämpfen, die man nie aufhört zu lieben, selbst dann nicht, wenn Balzac und Joyce schon längst ins Grab der Gleichgültigkeit gesunken sind. Jeder Name ein Mythos, tief in der Lektüre meiner Kindheit verankert. Und dann begann schließlich der Kampf.

Er nahm den einfachen, geradlinigen Verlauf einer von *Reader's Digest* gekürzten Boxnovelle in *Rekord-Magasinet*.

Die beiden Boxer standen sich fast bewegungslos gegenüber und schlugen kurze, zusammengekauerte Haken. Man sah die beiden wie zwei Federn, zwei hart gespannte Federn, die sich allmählich, unendlich langsam lockern und erschlaffen und endlich in die Ausgangsposition zurückkehren mußten.

Die Frage war nur, wer als erster schlapp machen würde. Nach drei Runden hatte Quarry keine Ähnlichkeit mit einer Stahlfeder mehr, nach vieren waren seine Augenbrauen aufgeschlagen. Da machte sich in der Halle jene Form von Unruhe breit, die sich immer dann zeigt, wenn die Augenbrauen eines Boxers zu bluten anfangen, jene Unruhe, die befürchtet, daß alles zu schnell und auf die falsche Weise zu Ende geht. Die Unruhe und Besorgnis angesichts der Möglichkeit, daß es zu dem unsportlichen, schnellen, medizinisch gebotenen Ende kommt, das jeder haßt, nur die Feinde des Boxens nicht, die das Blut lieben, weil es Wasser auf ihre Mühlen ist.

Auf jeden Fall: Nach sechs Runden war es zu Ende. Es war ein schneller, einfacher und unkomplizierter Kampf, er hatte aber zugleich jenen explosiven Charme und jene Dramatik gehabt, die ein Kräftemessen zweier einander ebenbürtiger Partner von achtzehn Minuten Dauer nur haben kann.

Gebrüll, Enttäuschung, Zigarettenrauch. Und nach dem Hauptkampf, als das übliche Chaos entstanden war, als Scheinwerfer eingeschaltet worden waren und man die schlampig und schlecht durchgeführte Siegerehrung schnell wie ein Kommazeichen hatte vorüberhuschen lassen, nachdem der Sieger zum letzten Mal den Arm gehoben hatte und die Boxer sich den Weg durch den unsortierten Haufen von Prominenten gebahnt hatten, die ihre Glückwünsche anbringen wollten, mit Managern und Trainern im Schlepptau, nach dem Hauptkampf also schlich ich mich in der Verwirrung dieses Chaos von meinem billigen Zwanzig-Dollar-Platz hinunter zum Ring, um besser sehen zu können. Mit dieser Operation war ich nicht allein: o nein, durchaus nicht. Überall sah ich vorsichtige Kreisbewegungen entstehen. Die Exklusivität des kleinen Mannes, wenn die große Gala vorüber ist.

Die Boxer, die jetzt in den Ring stiegen, waren die leicht erschöpften, die viele Male geschlagenen und schlecht trainierten, die Boxer, die schon viele Fehler gemacht hatten und vermutlich gezwungen sein würden, noch eine erhebliche Zahl weiterer Fehler zu machen, Männer, die dennoch mit sinnlosem, aber ergreifendem Heroismus versuchten, ihr Bestes zu geben. Sie versuchten, sich auf den Beinen zu halten, vermieden es, allzu auffällig zurückzuweichen, versuchten, sich so lange wie nur möglich zu schlagen. Sie schwitzten stark und wurden schnell blutig. Nur wenige Zuschauer sahen sie an. Um den Ring herum liefen zahlreiche unbefugte Personen durcheinander, die alle sehr geschäftig irgendwohin unterwegs zu sein schienen, aber kein bestimmtes Ziel hatten. Und dort oben zwischen den Seilen versahen die Nachkampfboxer ihren Job.

Dies waren die Parias der Boxwelt, die Unterschicht der Profiwelt, die einmal profitabel gewesen war oder zumindest auf dem Weg dorthin, die als Waren im Dienst der Gesellschaft ausgenutzt worden waren, langsam ihren Wert verloren hatten und jetzt allmählich in die Gesellschaftsschicht zurückrutschten, in die sie nach der Auffassung der Wettbewerbsgesellschaft auch gehörten: in die Schicht der Wertlosen. Die Müllkippe war ihr Zuhause. Hier schlugen sie sich, und indem man sie sah, sah man mit großartiger Deutlichkeit die Gesellschaft des Westens in grotesker Überdeutlichkeit: Es ist wirklich nicht verwunderlich, dachte ich, daß man in Schweden das Profiboxen verboten hat. Welcher Liberale mit Selbstachtung kann es ertragen, sein Weltbild mit derart vernichtender Deutlichkeit beschrieben, karikiert oder vergrößert zu sehen? Wie hießen sie noch alle, die Hasser: Sjöholm, Hamrin, wie sollten sie diese Überdeutlichkeit ertragen?

Hier schlugen sich die Boxer. Noch verfügten sie, selbst in der ermatteten Schlußrunde, über Stücke des Wertsystems, das ihnen eingeprägt worden war. Es galt, tapfer zu sein, männlich, sein Bestes für den Arbeitgeber zu tun, nicht mehr als unbedingt nötig an die Gesundheit zu denken, und sollte es zum Tod kommen, hatte man einen diskreten Abgang hinzulegen, möglichst außerhalb des Rings.

Sie machten ihren Job, und sie taten dies mit einer paradoxen Würde. Sie ermüdeten schnell. Nach der ersten Runde schon war im allgemeinen nicht mehr viel von Kampf zu sehen, aber es war trotzdem leicht, diese Boxer zu mögen. In einer anderen Gesellschaft, in einem anderen System, hätten sie vielleicht zu den Besten gehört, zu denen, die kein Aufhebens von sich machen, aber hart arbeiten und in der Lage sind, Solidarität und Gemeinschaft zu fühlen. Der letzte Boxer, der den Ring verließ, blutete aus einer Platzwunde über dem linken Auge, er ging mit schweren Schritten und schwitzte heftig. Er ging völlig allein durch den Korridor zum Umkleideraum und verschwand. Die Evakuierungskämpfe waren beendet, die ersten Scheinwerfer gingen aus, und es war sehr leicht, dies alles zu lieben, diese vital und heftig lebende Welt voller Zynismus, voll Mangel an Heuchelei, voller Deutlichkeit. Ja, die Situation war in ihrer totalen Offenheit so rein, so befreit von jeder Verstellung, daß es möglich schien, hinter dem Schweiß, dem Blut, den aufgeschlagenen Augenbrauen und dem Geschrei einen Wendepunkt auszumachen, eine beginnende Aufrichtigkeit, einen Gegenpol zu der präfaschistischen Gesellschaft, die zu entstehen drohte.

Aufrichtigkeit – war dies wirklich ein gutes Wort? War es nicht ein weiterer von Papas terroristischen Ehrbegriffen, die ihn selbst in eine vollkommen neue Falschheit geführt hatten? Aufrichtigkeit in bezug worauf? Gibt es wirklich eine abstrakte Aufrichtigkeit ohne politische Verankerung? Es gibt schließlich auch eine narzißtische Aufrichtigkeit, die ein kleines Loch in die Wirklichkeit nagt, immer dann, wenn man sie anwendet, so daß die Wirklichkeit am Ende löchrig wird. Cape Cod, das Sumpfland zum Süden hin, die gigantische Bucht voller Kanäle und schwimmender Grasinseln: Ich war in dem sich dahinschlängelnden schwarzen Kanal geschwommen, hatte die Stimmen der anderen von weither gehört, und der Vogel war gekommen und hatte über mir innegehalten, zitternd und vibrierend. Die vierzehnte Flucht des Sekundanten – oder die achte? Und dann war der Vogel wieder fort gewesen, fort für tausend Jahre und eine Sekunde, und nichts war mir geschehen.

Am Tag darauf zurück in New York: Aber in dieser Stadt gab es nur wenig Hoffnung zu kaufen. Alles schien sich auf dem Weg bergab zu befinden, machte den Eindruck von Zerfall, von Verwesung von innen her, von unerbittlicher Krankheit. Am erschreckendsten, weil der, der hier zerfiel, ein Riese mit ungeheuren Möglichkeiten war, mit ungeheurem Potential, aber nicht fähig, sich selbst zu retten. Über diese unendlichen Kilometer aus Slums und blankpolierter Brutalität schien eine Glaskuppel gespannt zu sein. Sie enthielt mit Gärungsbakterien gesättigte Luft, die man hineingepumpt hatte, um den Zerfall zu beschleunigen. Gleichzeitig aber lag in allem eine Verlockung, als wäre der Zerfall der Stadt gerade mit genau diesem Jahr oder genau dieser Zeit verbunden: als wäre der Tod in New York nicht New York vorbehalten, sondern als wäre er ein in mir beginnender Tod. Und aus all dem erwuchs eine Schönheit, die zwar verwittert und faulig, gleichzeitig aber schön war. Es war Regen gefallen, und die Pflanzen krochen wie Schlangen um die Welt. Nach dem Regen kam die Stille.

Der Vogel kam und verschwand Ich lag still auf dem Rücken in dem tintenschwarzen Wasser und atmete den Geruch schwimmender Grasinseln, eines klaren Himmels und von Morast ein. Es war die Luft jenes Jahres; ich würde mich an sie erinnern. Ich kam von einer Reise, kam von den Bergen, aber der Geruch war mir gefolgt, den ganzen Weg über Concord, Laconia, die Seen. Am Abend des 4. Juli stachen die Feuerwerkskörper wie glitzernde kleine Zeigestöcke überall in die warme blaue Dunkelheit. Papa war sehr weit weg, aber ich würde zu ihm zurückkehren, weil man nicht um ihn herumkam.

Die Nachkämpfe beendet, der Madison Square Garden geleert. Und als der letzte Nachkampfboxer verschwunden war, als sämtliche Scheinwerfer der gigantischen, verräucherten Halle erloschen waren, als alles im Halbdunkel lag und all diese Knaben von der Mafia und alle Promoter und Fans den Garden verlassen hatten, fiel es mir dennoch schwer, in mein Hotelzimmer zurückzugehen. Hier, in der geräumten Boxarena, gab es trotz allem eine Art Geborgenheit, eine Öffnung zurück zu dem angemessenen Leben, das es geben muß. Denn war es nicht so, daß es hier trotz allem eine elementare Anständigkeit gab, eine Oase offen dargelegter Voraussetzungen und Haltungen inmitten einer brutal heuchelnden Wirklichkeit? Vielleicht befand sich der gesunde Kern dennoch hier, nein, nicht der gesunde Kern, aber der Platz dafür, der lebendige und bereite Boden; der Regen gleich in der Nähe, der Eiterherd freigelegt, die Tränen weggewischt – war es hier?

Ich verließ Minsk gegen halb ein Uhr nachts, ohne sie wiedergesehen zu haben. Ich hatte drei Stunden lang in meinem Zimmer vergeblich gewartet und mich dann, zunächst eher widerwillig, aber dann mit immer größerer Begeisterung entschlossen vollgesoffen. Schluß und Punkt für eine von Christian Lindners Erwartungen. Irgend jemand, so hatte ich das Gefühl, half mir auf dem Weg durch die Hotelhalle zum Wagen. Die Kälte dort draußen war angenehm, und ich schwebte zwischen zwei Zuständen. Ich kam zum Bahnhof und ging hinein. Dort saßen die alten Tanten und warteten auf mich. Es war jetzt ein Uhr nachts. Der Zug sollte in einer halben Stunde einlaufen, und drinnen im Wartesaal saß ein großer Teil der erwachsenen Bevölkerung Weißrußlands und beobachtete mich, abwartend, mit unergründlichem Schweigen.

In mir stieg und fiel etwas. Mir war übel, aber mit diesen Menschen konnte ich nicht sprechen und fühlte mich folglich nicht einsam. Die Uhren waren stehengeblieben, aber die Zeit lief weiter. Bald waren zehn Minuten vergangen, und ich wollte schlafen. Warum hatte sie ihren Vogel auf ein Eisstück gezeichnet, und warum war er verschwunden? Ich stellte meine Reisetasche ab und winkte zu den inneren Räumen hin, aber die schlafenden Menschen auf den Sitzbänken rührten sich nicht. Mich fror, in mir stieg und fiel etwas, aber ich wurde nicht zum Fallen verlockt. Ich stellte die Tasche an die Wand und wartete. Ich ging langsam die Marmortreppe hinauf, die zum oberen Wartesaal führte. Ich wußte es: Draußen in der Kälte war die Ebene weiß, und der Mond schien, aber die Stimmen aus dem äußeren Weltraum hatten nie den Weg hierher gefunden.

Dort oben gab es auch einen Wartesaal. Ich ließ meine Tasche an der Wand stehen und ging die Marmortreppe hinauf, in mir stieg und fiel etwas, aber sie war nicht gekommen; sie hatte sich nicht verabschiedet. Dieser obere Wartesaal war schlechter erleuchtet als der untere und lag im Halbdunkel, aber auch hier befanden sich Menschen. An der einen Wand entlang verlief ein Marmortisch, vielleicht auch eine Balustrade. Im Dunkel sah ich Reihen von Menschen, die sich an die in der Wand verankerte Balustrade lehnten, die vielleicht ein Tisch, aber immerhin aus Marmor war. Ich hatte meine Tasche stehenlassen, wußte aber, daß ich sie wiederfinden würde. Der Glaube war für mich die größte Verlockung und zugleich die feigste Flucht gewesen. Auf dem äußersten Absatz der Unschlüssigkeit lag der Glaube wie ein Rettungsseil, aber plötzlich hatte ich verstanden, daß ich vereinfacht hatte, daß es eine andere Deutung gab, eine politische Deutung der christlichen Botschaft, die einen völlig neuen Ausweg eröffnete. Die Menschen standen um den Tisch und schliefen.

Brich die fünf Laibe Brot, und alles wird größer, teile und wachse.

Der Tisch war aus Marmor. Sie standen alle im gleichen Winkel an den Tisch gelehnt, sie schliefen im Stehen und bargen die Köpfe in Händen und Armen. Durch die hohen Fenster fiel Licht herein, vielleicht war es Mondlicht. Ich weiß:

Ich verbinde immer bestimmte Bilder miteinander. Mondlicht, Schnee, Papa steht in grauen Flanellunterhosen am Fußende meines Bettes. Er hat das kantige, seltsam traurig verschlossene Gesicht aufgesetzt und lauscht verständnislos freundlich dem Gesang der Fernsprechdrähte. Die innerste Windung der Schnecke, im Fruchtwasser ausruhen, die Mechanik sehen: nichts ausschließen, keine falschen Gegensätze aufstellen. Sie schliefen im Stehen, lehnten sich gegen die Marmorbalustrade, es war später als ein Uhr, mitten in der Nacht im Innern Weißrußlands, und wenn man die Liebe teilt, wird sie größer, wenn man nicht alles für sich behält, wenn man etwas wagt: Wie kann man das als Eskapismus bezeichnen? Ist es nicht vielmehr der innerste harte kleine Kern der Wirklichkeit? Hier schliefen sie im Stehen wie Vogelmenschen, und plötzlich fühlte ich mich vollkommen ruhig. Völlig offen. Sie schliefen wie stehende Vögel, aber wenn ich sie berührte, würden sie Teile von mir sein, hochblicken, ohne den leisesten Anflug von Fremdsein oder Erstaunen.

Und dann?

Es war an der Zeit, wieder von vorn zu beginnen. Von allen Zitaten, die ich zusammengetragen hatte: welches war das einzig relevante? »Der Arbeiter braucht Sport und Unterhaltung, weil er sonst den Anforderungen nicht gewachsen ist, die seine rationalisierte Arbeit an ihn stellt. Seine Unterhaltung und seine Sportausübung sollen aber dort stattfinden, wo er unter psychologischer Kontrolle seitens der Fabrikleitung stehen kann. Also schafft die Fabrikleitung Sportvereine, baut Sportplätze, bezahlt die Beiträge und die Geräte und Ausrüstungen und führt die Lehrlinge zwangsweise den Werksportabteilungen zu.«

Nicht schlecht. Zwar mit einem schwachen Duft nach den zwanziger Jahren, aber immerhin. Besaß diese Analyse aber irgendeine Relevanz in bezug auf das heutige Schweden? Åtvidaberg? MoDo? SAAB? Wie mußte das Zitat umgeschrieben werden, um völlig relevant zu werden?

Die Vogelmenschen schliefen. Es gab Möglichkeiten, eine Beschreibung unseres Lebens zu liefern, die alle erkennbaren ideologischen Zusammenhänge deutlich hervortreten ließ, aber es schlichen sich ständig bizarre kleine Mythen ein, füllten die Zwischenräume aus und verwischten die Umrisse zu klaren und verwirrenden Gebilden. In zehn Minuten sollte der Zug aus Moskau einlaufen, und dann würde ich endlich schlafen können.

Ich ging hinunter in den unteren Wartesaal. Die Welt blieb sich treu, die Tasche war noch da. Mitten im Saal stand ein breit lächelnder graubärtiger Russe, der eine graue Jacke trug und mit leiernder, beschwörender Stimme sprach. Er sprach mit immer größerem Enthusiasmus, aber niemand schien ihm zuzuhören. Dennoch sprach er weiter. Es kamen zwei Polizisten herein. Ich folgte der kleinen Gesellschaft hinaus. Der offene Platz vor dem Portal war weiß und leuchtete in der Nacht. Die Polizisten standen still und sahen dem Mann nach, den sie hatten laufen lassen und der jetzt über den Marktplatz torkelte. Erst jetzt war zu sehen, daß er betrunken war. Es blieben noch fünf Minuten bis zur Ankunft des Zuges. Ich interessierte mich im Grunde nur für russisches Amateurboxen und dessen Verhältnis zur Staatsideologie, was ich aber sah, waren Vogelmenschen und betrunkene Tschechow-Figuren, die man in Bahnhofshallen verhaftete. In mir stieg und fiel etwas, und ich ging mitten hinein. Neben dem Haupteingang befand sich ein großes Lenin-Relief. Er betrachtete mich, als wäre er eine Ikone. Er wurde vom Mondlicht hell beschienen, hob die Hand wie eine Ikonenfigur und machte ein aufforderndes Gesicht.

Schon vor Warschau hatte ich einen Brief begonnen.

Liebe Gisela, schrieb ich, über die Reise habe ich nichts zu berichten. Ich saß stundenlang da und sah aus dem Fenster, während die Dämmerung langsam heraufzog. Das einzige, was ich gesehen habe, waren eine Ebene, vereinzelte Häuser, ein weißes, wirbelndes Schneetreiben. Ich empfand leise

Melancholie, aber es gelang mir, sie zu meistern. Ich begrenze meinen Sektor, ich bin ein Tourist, ich habe ein im Grunde bürgerliches Seelenleben, also beschreibe ich die polnische Gesellschaft von heute aus meinem Aussichtswinkel und aus meiner augenblicklichen Melancholie heraus: Sie ist trist, leidet an Atemnot, und es fehlt ihr die Fähigkeit, sich sozialistischer Lusterlebnisse anzunehmen. Du hast recht, das ist nicht einmal witzig, ich muß Dir irgendwann einmal vom bürgerlichen Seelenleben erzählen. Wie hieß noch dieser polnische Schwergewichtler, der von dem schnellen russischen Schwergewichtler aus Nowosibirsk ausgeknockt wurde? Ich mochte seine Art, Prügel einzustecken, ohne dabei die Würde zu verlieren: Das ist heutzutage wichtig, vielleicht sogar das Wichtigste, meine Liebe. Einen Brief will ich Dir schreiben, einen Brief an Dich, die ich liebe, und ich will Dir sagen, daß Du mir fehlst. Du hast nie gesagt, daß ich Dich damals beim letzten Mal im Stich gelassen habe, daß ich feige oder oberflächlich oder gefühllos gewesen bin, und ich bin Dir dankbar dafür. Wenn Du von diesem Brief erzählen kannst, grüß bitte Deinen Mann. Ich mag ihn sehr gern, wirklich, aber ich sähe Euch lieber geschieden. Jedoch fehlt mir der Mut, unsere Liebe zu tragen, also freue ich mich, daß Ihr zusammen seid. Verstehst Du, daß dies eine Liebeserklärung ist? Ich habe stundenlang dagesessen und das östliche Polen im Schneetreiben vorbeiwirbeln sehen, habe versucht, mit dem Blick dieses bleiche weiße Dunkel zu durchdringen. Viele Stunden lang machte Europa den Eindruck, entvölkert zu sein, öde, als hätte es einen tödlichen Platzregen hinter sich, ich meine, einen inneren Tod. Nach diesem Tod kamen die Pflanzen, sie bedeckten alles, nichts von dem, was wir hinterlassen, war noch zu sehen. Kein Leben war mehr sichtbar, nicht einmal meins, obwohl meine Verwirrung in dem wuchernden Garten wie eine Uhr tickte. Der Schnee wirbelte, ich versuchte, mich an Dein Gesicht zu erinnern, aber nicht einmal das konnte ich mir ins Gedächtnis zurückrufen. Ich erinnerte mich an Deinen Vater, aber Du selbst warst ausgelöscht. Dennoch werde ich Dir alles vorlegen, alle Stücke in einer Reihe, und Dich bitten, sie zusammenzufügen. Eisstücke gebe ich Dir, Eisstücke mit Inschriften. Das nicht gezeichnete, aber traurige Gesicht des russischen Schwergewichtlers lege ich dorthin. Das Gesicht meines Vaters, als er am Fußende meines Bettes stand. Das Gesicht Michailovs, ausgeschnitten und in ein Album geklebt. Wenn Du nur hier säßest, dann könnten wir uns gegenseitig helfen. Wir könnten uns etwas aus unserem Leben erzählen, ohne jede Verstellung, unter der Bedingung, uns nie mehr wiederzusehen. Die dreißiger Jahre lege ich dazu. Mein Fahrrad im Regen, als ich auf dem Weg zum Tisch des Herrn war. Den Thron der Schneekönigin, den Jungen mit den Eisstücken, die Scherbe im Auge. Den Jungen mit dem Holzfernglas. Die Kabarettgruppe in Greifswald, als ich Dich zum erstenmal traf, die Bühne auf Tonnen. Die Luftballons hinter den Tribünen des Stadions. Sie fliegen, heben ab von den dreißiger Jahren und gleiten sacht in unsere siebziger Jahre hinein. Hier sollen wir uns festhaken und zu verstehen versuchen. Von der Reise habe ich nichts zu berichten. Ich habe stundenlang nur dagesessen und aus dem Fenster gesehen. Ich habe am Fenster gesessen und dabei gehofft, die polnische Kavallerie zu Gesicht zu bekommen, wie sie in letzter Verzweiflung die deutschen Panzer angriff. Aber sie kam nicht, Europa war tot, die Geschichte vernichtet, es tauchten auch keine Gespenster auf, und ich werde diesen Brief in Warschau einstecken. Ich denke unablässig an Dich, und bald wird mir auch Dein Gesicht wieder einfallen. Ich bin nicht müde. Von der königlichen Toilette mit Sportgruß: Christian.

Die Gefangenen der Zeremonien: kurzer Entwicklungsroman

»Vorwärts – und nicht vergessen!«
Bertolt Brecht

Geht es dir gut? fragt Mattias Lindner, und seine Augen sind voller melancholischer Hoffnung – *geht es dir gut?*

Er fragt mich, seinen Sohn Christian. Er kommt in der Nacht, und ich weiß nicht, was ich antworten soll. Ich glaube, es wird gutgehen. Aber ja, Papa, sage ich, es geht gut, in Wahrheit bin ich verflucht tüchtig. Ich sitze mit anderen tüchtigen Bürokraten an Konferenztischen zusammen, und uns geht es gut.

Du solltest mal dabeisein. *»Es ist ein zentraler Aspekt der Gleichheit, daß die Publikumsorganisationen ins Netz der Kontaktleute integriert werden«*, sage ich mit außerordentlicher Präzision, und die Tischrunde nickt beifällig. Hier, an unserem Tisch, befindet sich nicht ein einziger Bourgeois. Wir sind alle gute Sozialisten, und unsere Sprache ist nicht von dieser Welt. Papa, du solltest uns nur hören, du wärst stolz auf mich. *»Vergeßt nicht, daß die Koordinationsgremien der freien Theater in naher Zukunft enger ans Reichstheater gebunden werden müssen, wenn die Bezugsfunktionen zwischen den verschiedenen Interessengruppen – ich denke da etwa an den Gemeindeverband – nicht verspielt werden sollen«*, sagt der Mann, der mir gegenübersitzt, und es geht ein Beben des Verständnisses durch den Raum. Mir geht es gut. Du würdest mich vielleicht gar nicht mehr wiedererkennen, aber du mußt verstehen, daß ich mich ebenso wie die Bewegung weiterentwickelt habe. Es geht uns beiden gut. Die Bewegung kann Leute wie mich sehr gut gebrauchen, sie braucht sie, die Leute, die sich die technische Formelsprache angeeignet haben, die in jeder Beziehung durchwachsen sind, die genau die richtige Mischung aus Begabung, Gleichgewicht, technischem Können und gemäßigtem Radikalismus verkörpern und dem Ministerium nicht in die Suppe spucken. Hier sitzen wir alle um den Tisch, und wir bauen die Zukunft, Schritt um Schritt.

Mitunter wird es knifflig, wie eben. Da sagt der Mann an der Stirnseite des Tisches: »*Bevor wir einen Beschluß fassen, möchte ich nicht verhehlen, daß ich das Bedürfnis habe, mich rückzuversichern. Was sagt der Volksbildungsverband zu unseren Vorschlägen?*« Wir zucken zusammen wie unter einem Peitschenhieb. Verdammt, wir haben vergessen, auf die Bewegung zu hören! Was sollen wir tun? Hat denn kein Mensch unterderhand mit der Kulturdelegation der Studienverbände Kontakt aufgenommen? Hat niemand das für nötig gehalten? Können wir nicht wenigstens den Vorsitzenden zu einer Anhörung einladen, damit wir abgesichert sind?

Aber hab keine Angst, Papa, es wird alles ins Lot kommen. Uns geht es gut, und mir persönlich auch. Aber wie ich da so am Tisch sitze zwischen all den Mineralwasserflaschen und den Aktenhaufen, fallen mir doch einige Dinge ein, die mich beunruhigen. Ich denke an dich, Papa. Du wurdest in irgend etwas *gefangen*, aber worin? Und was ist es, was ich selbst tue? Verhält es sich so, daß die Sprache, die ich in solcher Vollendung zu beherrschen gelernt habe (gerade jetzt sagt jemand, daß »*der ästhetische Teil der Dramaturgen-Ausbildung wohl doch voll in … integriert zu sein scheint*«), die Sprache, die mich frei machen sollte, mich mitunter in eine Zeremonie einbindet, in der ich unwiderruflich festsitze? Dies alles ist ziemlich seltsam, in einer Zeremonie gefangen zu sitzen, oder in einer Sprache, einem technischen Ritual.

Und ich sage ihm: Man hat dich geschnappt, Papa. Und mich hat man auch geschnappt, vielleicht. Die Welt ist voll von zeremoniellen Institutionen, in denen man hängenbleiben kann. Du solltest mich jetzt aber trotzdem sehen, Papa.

Denn mir geht es gut. Denn Johan Christian Lindner ist die Fackel der Zukunft, er arbeitet im Dienst der Entwicklung und der Bewegung, und alles ist gut.

O ja, Christian Lindner geht es gut: kurzer Entwicklungsroman. Man nennt ihn nicht länger den Sekundanten, die vierziger Jahre sind vergessen, aber in Gedanken versetzt er sich oft in jene Zeit zurück. Er geht oft auf Reisen. Er wächst sich zurecht und entwickelt sich, kleidet sich gut, aber nicht bürgerlich. Er wird bald ein großer Mann sein. Auch Christian Lindner hat eine Entwicklung hinter sich, auch er liebt den Sport, o doch, das tut er, aber auf eine mehr sophistische Art als Papa. Nein, ein Dummkopf bin ich nicht. Extreme Auswüchse des Typs, den Papa sich leistete, schaden der Bewegung, nicht zuletzt dem schwedischen Sport. Liebe zum Sport kann man durchaus empfinden, aber sie muß zweideutig bleiben. Das macht die Liebe wahrer: Zweideutige Gefühle sind bei uns wahrer als eindeutige, und dies nicht verstanden zu haben, war Papas schwerster Fehlgriff. Johan Christians eigene Entwicklung ist jedoch nicht uninteressant; hier kommt eine wahre, zweideutige und komprimierte Biographie, paßt nur auf! Bald wird er gefangen sein, auch er, jetzt sind wir mitten in den fünfziger Jahren, jetzt fängt es an.

Hier beginnt er selbst mit einem einleitenden Gedanken, der nicht uninteressant ist: Johan Christian Lindner meint im Herbst 1956, die Behauptung, die bürgerliche Sportbewegung bringe nur politische Idioten hervor, sei selbstredend nichts als Unsinn. Er treibt ja selbst Sport, ist ein guter Mehrkämpfer und vielversprechender Hochspringer, er weiß das. Nicht zuletzt durch Reisen in fremde Länder sind Perspektiven eröffnet worden, die sonst verschlossen geblieben wären. Am heimischen Herd wird man nicht weltläufig.

Er selbst hatte beispielsweise im Herbst 1956 an einem Sportfest in Greifswald, DDR, teilgenommen.

Es war unmittelbar vor dem Aufstand in Ungarn, und der Besuch war außerordentlich lehrreich gewesen. Die Menschen, ihre Kleidung, ihr Aussehen und so weiter – alles trug dazu bei, ein Bild von ihnen und den Verhältnissen zu vermitteln, unter denen sie lebten. Er selbst war nicht in die Fußstapfen Mattias Engnestams getreten und Werfer geworden, nein, Hochspringer war er.

Greifswald im Jahr 1956 blieb ihm im Gedächtnis, weil sich dort eine der seltsamsten Hochsprunganlagen befand, die er je kennenlernte. Sie bestand aus roter Asche, war aber von eigentümlich weicher und elastischer Konsistenz. Beim Absprung versank der Absatz drei bis vier Zentimeter, aber ohne daß die Oberfläche einbrach: Unter dem vorderen Teil des Fußes fühlte sich die Unterlage völlig fest an. Man hatte das Gefühl, daß die Unterlage aus ziemlich hartem Plastilin bestand. Die Wirkung war natürlich, daß die Zugwirkung des Muskels verlängert wurde. Das Prinzip war das gleiche, das Ende der fünfziger Jahre bei der Erfindung der sogenannten »dicken Sohle« Pate stand – dabei wurde also mit einer bis zu vier Zentimeter dicken Sohle unter dem vorderen Teil des Fußes experimentiert, weil man die Hebelwirkung beim Absprung verbessern wollte. Diese Sohle wurde später verboten, und dann kam die Begrenzung auf 12,5 Millimeter.

Die damals erreichten Resultate jedoch als Teilergebnisse von »Betrug« und »Mogelei« anzusehen, wäre völlig falsch – es war nichts weiter geschehen, als daß die Regeln mit der technischen Entwicklung nicht Schritt gehalten hatten.

Die Absprunganlage in Greifswald enthielt den gleichen technischen Vorteil wie die dicke Sohle, aber auf völlig natürliche Weise. Es ist die Frage, ob selbst eine moderne Tartan-Bahn besser wäre. In den fünfziger Jahren wurde ja auf mancherlei Weise versucht, die Ergebnisse zu verbessern. Es war phantastisch interessant zu beobachten, wie manche Spitzenhochspringer (keine Namen!) sich mit Hilfe einer Schaufel beim vorletzten Schritt »eingraben« konnten. Besonders gut erinnert Christian Lindner sich an einen Wettbewerb in Örnsköldsvik, bei dem ein sehr bekannter Hochspringer am Punkt seines vorletzten Schritts vor dem Absprung ein zehn

Zentimeter tiefes Loch grub und auf diese Weise erreichte, daß er auf dem Weg zur Sprunglatte sozusagen »bergauf« rennen mußte. Es gab auch ein Ergebnis, das sich in der Liste der Weltbestleistungen sehen lassen konnte. Von seiten der Veranstalter wurde über solche kleinen technischen Verbesserungen kein Wort gesagt. Man freute sich, daß die Ergebnisse verbessert wurden.

Die Sprunganlage in Greifswald würde er nie vergessen; sie war bemerkenswert. Der Fuß *saß* auf eine merkwürdige Weise, und der Zug wurde furchtbar stark und vollkommen rein. Es muß den Konstrukteuren der Anlage gelungen sein, Lehm in die Asche zu mischen und sie ständig leicht feucht zu halten. Im übrigen war noch die gute Kameradschaft der teilnehmenden Mannschaften erwähnenswert. Über die DDR gab es sonst nicht viel zu sagen. Daß die Menschen mit dem Regime unzufrieden waren, war ja selbstverständlich, das hatte man schon in Schweden erfahren. Auf Sportler, die im Glauben fest waren, konnte man auch treffen, aber die waren klar in der Minderheit. Die Propaganda hatte auf die meisten der Gäste aus dem Ausland einen leicht lächerlichen Eindruck gemacht. Ein Mädchen, das er kennengelernt hatte, gehörte zu den politisch Überzeugten, aber sie war eher eine der Ausnahmen. Die Wettkämpfe waren im übrigen ausgezeichnet organisiert. Besonders gut erinnert sich Johan Christian, zu dieser Zeit auf der Höhe seiner Laufbahn als Sportler, an die wohlpräparierte Sprunganlage, die von hoher Klasse war. Sie gab ein wenig nach, der Fuß saß auf seltsame Weise, und der Zug wurde furchtbar stark. Die Bahn war rot. Die Frage ist nur, woraus sie bestand. Aus roter Asche, aus Ziegelstaub oder aus Lehm?

Geht es J. C. L. gut? Plötzlich findet er sich mitten in seiner eigenen Biographie wieder, und ein paar Augenblicke lang hat er seinen Vater und alle seine Fragen vergessen: Nein, sie sind weg. Johan Christian Lindner wird nicht ausreichend krank und trauert: eine Reflexion.

Wenn J.C. Fieber bekam, erlebte er dies teils als leicht beunruhigend, teils als unglaublich anregend. Vor allem interessierte ihn die Entwicklung der Fieberkurve. Er maß jede halbe Stunde die Temperatur und verband die Werte zu einer Kurve. Erst bei Notierungen über 39,5 hatte er das Gefühl, sie seien akzeptabel. Temperaturen über 40 Grad waren Ergebnisse, die er nur selten erzielte. Seine persönliche Bestleistung lag bei 40,6, die er anläßlich einer heftigen Erkrankung bei einem Manöver vor Lycksele notiert hatte. Er hatte sich damals eine Blutvergiftung in der Ferse zugezogen. Dieses Ergebnis hatte er später nie mehr übertroffen. Zugleich muß natürlich der Vorbehalt gemacht werden, daß es in J.C.'s früher Kindheit zu sehr hohen und heftigen Fieberspitzen gekommen sein kann; sie mögen sehr hoch gewesen sein, aber sie liegen sozusagen außerhalb der Grenze seines Bewußtseins. In den sechziger Jahren hatte er die Marke von 40,0 dreimal übertroffen, aber nie mehr als um 0,3 Grad. Vor allem hegte er einen Widerwillen gegen eine bestimmte Art von Krankheit: gegen die nämlich, die das Fieber um 39,3 hält, es aber niemals schafft, Temperaturspitzen zu erreichen.

Bei Erkrankungen dieser Art muß er sich mit Fieberbeschwerden herumplagen und unter ihren kräftezehrenden Wirkungen leiden, aber ohne die Sensation hoher Fieberwerte auskommen, die sich in der Nähe von Jahres- oder persönlichen Bestleistungen bewegen.

Jetzt bewegt sich der Mund auf der anderen Seite der gläsernen Wand wieder. Es ist Papa, der den Schnabel öffnet: Kein Laut ist zu hören, das ist schön. Wir glotzen unsere jeweiligen Spiegelbilder an und schneiden einander Grimassen. Ooiiittt, sagen wir: Was geschah mit Großvater nach 1920? Wie starb Peter? *Weißt du*, sagt Papa, Johan Christian, mein Junge, *weißt du*, und wie geht es dir so?

Du bist doch nicht etwa geworden wie ich? Du bist doch nicht etwa in der gleichen Falle gelandet wie ich?

Instinktive Reaktionen, bleibende.

Die empfindlichen Beine müssen gepflegt werden. Er geht auf der Straße, fühlt aber eine gewisse Unruhe angesichts der Stummheit des Asphalts. Er zieht dann gern alle Rasenflächen vor, kleine Parkstücke, und meidet den Asphalt. Es gibt in einer Stadt mehr Rasen, als man glaubt. Wenn er am Rand eines Bürgersteigs still steht, wird er von leichter Unruhe ergriffen. In solchen Augenblicken plaziert er gern die Spitze des Fußes auf dem Bordsteinrand und schaukelt dann mit der Ferse Richtung Rinnstein. Er dehnt vorsichtig, weich, fühlt, wie der Muskel sich strafft und sich entspannt, betritt wieder den Bürgersteig, hat dabei das Gefühl, daß dies richtiger ist, daß es mehr entspannt. Korrekt. Die Unruhe hat sich vorübergehend gelegt.

Wurfwinkel. Teilt beim Betreten des Sportplatzes instinktiv den Platz in Wurfsektoren ein, achtet auf die Dichte des umliegenden Waldes. Woher kann der Wind kommen? Notiert die Lage des Diskusrings, setzt sich höchst ungern im Umkreis um den Wurfring nieder, der den offiziell zugelassenen Sicherheitssektor um nicht mindestens zehn Prozent überschreitet. Erinnert sich an den September 1954, als er schräg hinter dem Diskusring auf der Erde saß, direkt neben einem Funktionär. Der Werfer verlor den Diskus bedauerlicherweise schon beim einleitenden Zurückpendeln. Der Diskus traf den Funktionär an der Stirn. Lehre: Kein Sektor ist völlig ungefährlich. Der Mann fiel mit einem kräftig blutenden Riß im Stirnknochen nach hinten und wurde schnell bewußtlos. Hinterher entstand auf dem Sportplatz ein ziemlicher Tumult. Umherfliegende Geschichte Nummer eins: Der dreizehnjährige Junge, der sich in der Nähe des Kugelstoßrings plötzlich umdrehte und eine Kugel auf sich zufliegen sah. Er glaubte, die Kugel sei ein Ball, sprang hoch und köpfte, entdeckte, daß es eine Eisenkugel war. Der Junge starb, das Ergebnis wurde nicht notiert. Die Geschichte ist seltsamerweise wahr und nicht konstruiert. Geschichte Nummer zwei: Ein älterer Mann, Speerwurffunktionär, steht beim Einschlagkreis, blinzelt in die Sonne, sieht den Speer nicht und bekommt ihn direkt ins Auge. Stirbt natürlich. Die Pointe der Geschichte: Der Speerwerfer nimmt sich den Unglücksfall so zu Herzen, daß er geisteskrank wird. Wahr? Die unerhörte Bedeutung einer korrekten Wurfwinkelanalyse bleibt jedoch bestehen.

Bushaltestellen. Mit der Tasche in beiden Händen, große Einsamkeit; er beginnt zu schwingen: Zeh – Ferse. Zeh – Ferse. Zeh – Ferse. Zeh – Ferse. Reminiszenzen an die Erziehung durch den Vater: Man muß jede freie Minute nutzen. Wer vorwärtskommen will, muß sich anstrengen. Nicht aufgeben. Du kannst sehr wohl ein guter Werfer werden. Zeh – Ferse, Zeh – Ferse.

Nein, Christian Lindner geht es gut.

Er beherrscht die Sprache, und die Sprache und der Apparat beherrschen ihn. Er ist ein guter Sozialist, aber über seinem Konferenztisch schwebt ein schwacher, aber unverkennbarer Duft von Mineralwasser, Pauschallösungen, Entschlossenheit und White Horse. Er bringt aber wirklich etwas zustande. Früher einmal hatte er geglaubt, daß er einen anderen Weg einschlagen würde: daß er das schwere Verbrechen seines Vaters *sühnen* würde, indem er selbst ein Sportler der Weltspitzenklasse wurde. Wie ging das? Hatte er etwas *gesühnt*? Oder war er nur von einer anderen Machtzeremonie und einer anderen Sprache eingefangen worden?

Die Sprunganlage in Gimo hatte er noch nie gemocht. Sie war hart an der Oberfläche, aber nach nur fünf bis sechs Sprüngen war die oberste Schicht beim Absprungplatz pulverisiert. Sie war lächerlich locker, man spazierte durch Watte und wußte kaum, welche Schuhe man wählen sollte. Bei den ersten vier bis fünf Sprüngen waren kurze Spikes das einzig Richtige, später war das unmöglich, aber der Gedanke, mitten im Wettbewerb die Schuhe zu wechseln, war auch nicht gerade lustig.

Gimo war ein Zwei-Tage-Wettkampf. Er war am Sonnabend gekommen und hatte im Dreisprung 13,50 erreicht, was einer mittleren Katastrophe gleichkam, aber das spielte keine große Rolle. Es war im Hochsprung, wo er etwas zeigen sollte. Am Abend Tanz, es war kühl und regnete. Er spürte in sich einen größer werdenden Hohlraum, den er nicht definieren konnte. Er hatte sich selbst versprochen zu sühnen, aber hatte er sich das wirklich selbst versprochen? Was bedeutete das, »sühnen«? Er fühlte mit deutlicher Unlust, daß es ein schlechtes Wochenende geben würde. Der Hochsprung sollte am Sonntag ausgetragen werden. Wenn er seine normalen 1,95 übersprang, würde er unter den drei Besten sein, aber in ihm war alles stumm.

Er schlief unruhig. Am Morgen sah er sofort, daß es windig war.

Dies war einer jener unzähligen Wettkämpfe auf dem Lande, mit denen er in diesen Jahren seine Sommer füllte: Er fuhr geduldig durchs Land, von Ort zu Ort, immer vom gleichen Ritual erfüllt, immer voller Hoffnung und bereit zur Resignation. Das Ritual wurde zu einem Teil seines Lebens; er lernte, in den Begriffen des Rituals zu denken. Er wußte, wo auf der sozialen Leiter des Sports er sich befand. Er befand sich direkt *unter*. Er hatte sich lange direkt *unter* befunden: gerade jenen kleinen Grad unter der absoluten Elite, die sich in der Nationalmannschaft einen Dauerparkplatz gesichert hatte. Er war in jene kleinbürgerliche Zwischenschicht des Sports eingefügt, die mit netter Großzügigkeit als »the best of the rest« bezeichnet werden konnte.

Es war windig. Am Sonntag zuvor war er in Mjölby gewesen, dann, an einem Mittwoch unter Flutlicht, in Södertälje, und vor einer weiteren Woche in Krillan, Mossen und dann noch in Ljusdal. Wenn er auf diesen Sommer zurückblickte, erinnerte er sich an ihn als eine lange Reihe von Sportplätzen, auf denen sich im Grunde immer die gleichen Menschen aufgehalten hatten. Dieses ständig herumreisende Gefolge der Sportwelt, Stars, Halbstars, Günstlinge, verstärkt und ausgestopft mit lokalen Größen, Blaubeeren, Nullen und unidentifizierbaren Personen, die 1,70 rissen.

Er zog sich langsam um. Streifte die dicken Socken über, welche die Fersensehnen wärmen sollten, rieb sich lange und sorgfältig mit Liniment ein, massierte vorsichtig die Leiste, die nach einem Bruch vor zwei Jahren wieder verheilt war. Er nahm die Tasche und ging hinaus. Es war windig, und zu allem Überfluß gab es beim Absprungpunkt fast direkten Gegenwind. Er sah es sofort. Instinktiv prüfte er, ob es eine zweite Sprunganlage gab, sah aber sogleich, daß dort nichts zu machen war. Dort sollten Hammerwerfen und Stabhochsprung über die Bühne gehen, da war für Hochspringer kein Platz mehr. Auch gut, in Gesellschaft mit der Hammerwerferbande fühlte er sich ohnehin nicht wohl. Wenn man das Ganze umdrehte, die Latte ans andere Ende der Grube stellte und vom Rasen aus sprang? Würde nicht gehen. Er kannte zu viele von der Hochsprung-Mafia, wußte, welche von ihnen es haßten, von einem losen Rasen zu springen. Die würden vor Wut auskeilen.

Es war grau, leichter Nieselregen fiel, und es war windig. Pfui Teufel, was für ein unmöglicher Tag. Er blieb lange still auf dem Rasen sitzen, zusammengekauert, um die Wärme zu halten, und dachte intensiv darüber nach, wie er sich aufwärmen sollte. Man konnte zwei grundlegend verschiedene Wege beschreiten. Entweder begann man zehn Minuten vor dem Einspringen mit dem Aufwärmen, steckte dann den Anlauf ab und sprang sich viermal ein, einmal davon über 90 Zentimeter; dann mußte man in der halben Stunde, die erforderlich war, um Nieten und 1,80-Springer auszusortieren, ruhen und sich leicht locker machen, dann direkt mit 1,85 anfangen und Gott bitten, für alles weitere zu sorgen. Oder aber man mußte auf das ganze Einspringen pfeifen, mit dem Aufwärmen beginnen, wenn die Knaben mit 1,70 im letzten Durchgang waren, sich schnell und brutal aufwärmen, schon mit 1,75 anfangen und 70 und 80 Zentimeter als Einsprunghöhen nehmen. Das zweite Verfahren hatte den Vorteil, daß die Aufwärmkurve gleichmäßig verlief, daß man seine Frische behielt, die ursprüngliche Lust zum Springen, die man nach einer Stunde mit einer großen Teilnehmerzahl und langen Pausen nur schwer behalten konnte.

Die zweite Möglichkeit also.

Er saß still im Gras und sah, wie die anderen sich einsprangen. Springt ihr nur, dachte er in einem ehrgeizigen Versuch, sich überlegen zu fühlen. Euch wird bald der Sack abfrieren, wenn ihr nämlich anfangt zu schwitzen und keine Lust habt, euch warmzuhalten. Dann werde ich anfangen, mich aufzuwärmen.

Um den Anlauf konnte er sich schon jetzt kümmern. Er bestimmte sorgfältig den Anlaufwinkel (Wind? Vier Grad mehr, so daß man nicht im Gegenwind da oben hängenbleibt?) und fing dann an, mit den Füßen den Anlauf abzustecken. Die Zwei-Schritt-Marke hatte er nach sechzehn Fuß; er zog den Strich, hielt inne und dachte nach. In den letzten Wochen war er immer sechs plus zwei gesprungen: also sechs Schritte vor der Markierung. Ob er zu vier plus vier übergehen sollte? Er wußte, daß er fast der einzige war, der mit sechs plus zwei sprang; das war manchmal angenehm zu wissen, brachte oft aber auch Hetze mit sich, und am Ende kam es oft zu psychologisch bedingter Schlamperei. Der letzte Schritt wurde oft vollkommen stumm und desparat. Mitunter zwei kurze statt lang – kurz. War das übrigens richtig? Alles, was hierzu gedacht wurde, schrieb vor, daß der letzte Schritt dreißig Zentimeter kürzer zu sein hatte als der vorletzte. Das gehörte zu den unbestreitbaren Axiomen der Pseudowissenschaft, die aus jeder Sportart hervorwucherte.

Plötzlich fühlte er sich sehr unentschlossen. Hatte er am falschen Ende mit der Analyse begonnen?

Bestimmte Komponenten waren gleichwohl unabänderlich. Der Wind war stark, vielleicht vier Meter pro Sekunde. Es hatte gute Gründe gegeben, den Anlaufwinkel zu ändern, die Latte quer anzuschneiden, sonst wäre die Gefahr groß, daß er nach rechts abdriften und direkt auf sie heruntersinken würde. Man muß sich der jeweiligen Situation anpassen und sich ihr gemäß ändern. Er hatte schließlich noch ein paar

Notausgänge, deren er sich bedienen konnte; kam einer von ihnen in Betracht? Er war zwar ein Springer, der quer zur Achse sprang, aber er könnte ja auch einmal einen Versuch machen und sich als Längsachsenspringer etablieren: einen engeren Anlauf nehmen, vier plus vier, mit geradem Bein pendeln und beiden Armen ziehen. Aber wäre das gut? Was war die *eigentliche* Bedeutung der Schwierigkeiten, die sich ihm entgegenstellten? Die eigentliche Problematik mit dem Gegenwind war nicht die Veränderung der Sprungkurve, sondern daß er seinen Anlauf ändern mußte, daß der Gegenwind ihn psychologisch hemmte und daß er bei der Zwei-Schritt-Marke eine vollkommen andere Körperhaltung haben würde: Kurz gesagt, beim Absprung würde er es nicht schaffen, die Schultern zurückzuziehen. Ja, das war's. Wie sollte er jetzt die Analyse verändern?

Sie hatten jetzt mit 1,65 angefangen; eine lokale Größe nahm diese Höhe mit Brillanz und im Trainingsanzug, und vom Publikum war das übliche Raunen und leichter Beifall zu hören: Stellt euch vor, im Trainingsanzug! Dummköpfe, dachte er, diese Einfalt macht mich krank. Ich springe wie fast alle andern mit oder ohne Trainingsanzug gleich hoch. Das Raunen ist überflüssig. Vielleicht sollte er in den dünneren Trikots springen? Vielleicht würde er dann den Wind weniger spüren, wenn er nicht direkt die Haut traf? *Verdammte Scheiße!* Er hatte die Baumwolle vergessen. Wenn man sich Baumwolle in die Ohren stopft und ein dünnes Trikot trägt, fühlt und hört man den Wind nicht, und damit ist das psychologische Moment weg! Dies war ein Kniff, den er im letzten Jahr von Dahl gelernt hatte, als dieser oben in Ljusdal trotz heftigen Winds 2,08 übersprungen hatte.

Er begann, sich vorsichtig aufzuwärmen. Er fühlte sich steif und widerwillig, das Schwungbein war unbeweglich und langsam; das war gar nicht gut. Er machte fünf Anläufe, rannte gegen den Wind. Der Wind war völlig unmöglich, er haßte ihn jetzt, und dazu fing es auch noch an zu regnen. Der Anlauf würde vielleicht eine rutschige Angelegenheit werden. Schuh nur am rechten Fuß, oder barfuß wie gewöhnlich? Weil Ästhetik und Formallogik des Hochsprungs in den Jahren 1955 bis 1960 vorschrieben, daß man am Schwungbein keinen Schuh zu tragen hatte, hatte er sich angepaßt. Aber auf glatter Bahn? Er hatte einen Reserveschuh mit abgefeilten Spikes bei sich, den er im Notfall anziehen konnte: Damit ging es aber selten gut, andererseits jedoch hatte er eine hysterische Angst davor, auf einer schlüpfrigen Bahn auszurutschen. Der vorletzte Schritt war immer der schlimmste. Er wagte nie, richtig aufzutreten und darauf zu setzen, daß er einen ordentlichen Halt bekam, und deshalb wurde der Ansprungwinkel immer falsch.

Was sollte er tun?

Sie hatten jetzt mit 1,70 begonnen, und er wurde von schneller Panik ergriffen, die sich aber gleich wieder legte. Okay, dachte er, vier plus vier mit dem alten Winkel und dem schrägen Anschneiden, ich kann mir keine Exzesse leisten. Auf jeden Fall bleibt mir wohl nichts anderes übrig, als es mit einem Schuh am rechten Fuß zu versuchen. Er war der erste auf der Liste; er sollte bald mit 1,75 beginnen und fühlte sich gar nicht wohl dabei. In letzter Minute riß er sich den Schuh vom rechten Fuß, nahm den Schaber, harkte hart und intensiv und bekam einige Zentimeter vom Oberflächenbelag herunter, sieben Fuß von der Absprungmarkierung entfernt. Dort war es einigermaßen trocken, mehr konnte man nicht verlangen; im übrigen war es immer gut, wenn man an dieser Stelle etwas tiefer kommen konnte, obgleich die goldene Zeit vorbei war, in der die Veranstalter erlaubten, daß man sich zehn Zentimeter tief einbuddelte. Er pfiff drauf, sich die Jacke seines Trainingsanzugs auszuziehen, ging die zwei Schritte zur ersten Markierung, ta tata, los.

Der Wind war genau so beschissen, wie er befürchtet hatte. Er spürte, daß er den Oberkörper straffte, beugte sich vor, als wollte er unter der Luftbarriere hindurchkriechen. Die Absprungmarkierung, schleppender und gedehnter Absprung, alles war falsch, er hielt den Oberkörper zu aufrecht, klappte ihn zu spät nach vorn, setzte das Bein verkehrt auf, glitt mit der Ferse schräg nach links hinaus, kam schlecht ab, pendelte schlecht mit dem linken Arm, der sich wie ein ängstlicher Hund an die linke Achselhöhle drückte, streckte sich zu spät und schwankte wie ein Rohr im Wind. Er hatte alles falsch gemacht, was man nur falsch machen konnte, aber die Höhe nahm er natürlich trotzdem. Er war schließlich kein Anfänger.

Irgendein Idiot klatschte Beifall, und ihm wurde fast übel. Eine freundliche Seele in der Hochsprung-Mafia kam zu ihm und wies leise darauf hin, daß er zu gestreckt rübergekommen sei, o ja, er sei ja kein Idiot, das habe er selbst gemerkt, er habe sich nach rechts gebeugt, als habe er vor der Latte Angst gehabt. Sollte er den Ansprungwinkel ändern? Es war schwieriger, in einem Haken zu springen, wenn man von vorn heranging. Er zog sich an, rieb das Schwungbein mit Liniment ein, massierte die Beinmuskulatur, dehnte, nahm zwei Anläufe; es war schon Zeit für 1,80. Und plötzlich stimmte alles. Er kam richtig auf den Absprungpunkt, kam richtig über Ferse und Schwerpunkt, kam gerade hinauf; nahm den Arm herunter, wirbelte herum, sah einen ewigen Augenblick lang die Latte unterm Bauch, zog den rechten Arm und das linke Bein hoch, tauchte herunter, rollte herum, kam auf die Beine. Gut. Verdammt gut. Verdammt gut. Dies kann gut werden. Er maß die Länge des letzten Schritts mit dem Fuß nach, sah sich die Fußspur des Absprungs an. Die Ferse war richtig plaziert und war also nur zwei bis drei Zentimeter weitergeglitten. Das kann gut werden.

Er dachte: Das Geheimnis des Erfolgs in dieser Welt besteht darin, daß man zum Schluß das richtige Tempo hat und daß man gerade aufs Ziel losgeht.

Fragestellungen. Denkt er in diesem Augenblick seines Lebens an die Süße des Sieges, daran, daß er sein Bestes geben soll, denkt er ans Vaterland, an die erzieherische Bedeutung des Sports, an die Spannung des Kampfes? Nein. Wie die meisten in der gleichen Situation läßt er sich vom technischen

Zeremoniell gefangennehmen. Er ertrinkt im Meer der technischen Sprache. Er sitzt im Käfig der Sporttechnokratie. Da hockt er, so ist das Denken. Er denkt an die Stellung des Fußes beim Absprung.

1,85 hatte er zweimal gerissen. Beim dritten Mal klappte es. Die Latte blieb vibrierend liegen. Was sollte er tun?

Er hatte offensichtlich falsch gedacht. Die Rolle des Gegenwinds in diesem Spiel war offenkundig, aber er hatte sie vielleicht nicht richtig analysiert. Er mußte sich härter anstrengen, um beim Anlauf genau hinzukommen. Er hatte den Schwerpunkt zu tief angesetzt. Hatte den Oberkörper zu sehr vorgebeugt. Hatte es nicht geschafft, bei der Zwei-Schritt-Markierung den Unterkörper vorbeilaufen zu lassen. War mit einer Schraube hochgesprungen. Hatte die falsche und zu flache Kurve erwischt.

Es hing ja alles von den letzten Schritten ab: Die Idioten, die ihm zusahen, glaubten, daß die Fahrt durch die Luft am wichtigsten sei, dabei war sie beinahe ohne jede Bedeutung (ihm fiel der Mythos vom »Hängen« beim Weitsprung ein, der Irrglaube, man könne durch Vorschieben der Hüften halbe Meter gewinnen; dabei kann der Schwerpunkt beim Flug durch die Luft nicht mehr verändert werden, wenn der Fuß einmal das Absprungbrett verlassen hat). Während der letzten beiden Schritte wurde alles bestimmt, vorbereitet und entschieden. Der Rest war nur eine Formsache.

Es war wie mit Vaters Mogeln: Die eigentliche Handlung war ohne Bedeutung.

Was sollte er tun? Bevor es mit 1,90 losging, steckte er noch einmal den Anlauf mit dem Fuß ab. Er kürzte die Strecke um einen halben Fuß und änderte den Winkel um zehn Grad. Reinigte sorgfältig den Schuh von Dreck: Er erinnerte sich plötzlich voller Gram an die Wettkämpfe in Turin, bei denen bis 1,96 alles nur ein Spiel gewesen war. Er hatte ohne jede Hetze und Nervosität alles übersprungen, und dann war der Absprung zum Teufel gegangen. Er hatte ihn um einen halben Fuß und fünf Grad verändert, aber danach war nichts mehr wie zuvor gewesen. Oder war dieses Geschwätz von weichen Anlaufbahnen nichts als eine dumme Ausrede – gab es in der ganzen Welt auch nur eine Bahn, auf der ein falsches Aufsetzen des Fußes keine Rolle spielte?

Kaum. Man konnte den Winkel nicht beliebig ändern.

Noch fünf Mann im Wettbewerb; er lag an letzter Stelle, daran gab es nichts zu deuteln. Beim ersten Versuch über 1,90 ging er desparat sehr hart heran, aber der Sprung war vollkommen tot und stumm. Er riß mit der Hand. Das Schwungbein wollte nicht so recht. Sollte er es wieder einreiben? Er wußte, wo der Fehler lag: also nicht beim Flug über die Latte, vielleicht nicht einmal beim Aufsetzen zum Absprung. Es war die Kurve der drei letzten Schritte, die nicht stimmte. Links niedrig, rechts oder niedriger, den ganzen Körper nachschleifen lassen, herein mit dem Bein, Fuß gerade aufsetzen, hoch über den Schwerpunkt, über die rechte Schulter, spring nicht hoch, sondern lauf hoch, *nicht springen, sondern laufen*. Zweiter Versuch: Er federte sich zu heftig ab, kam aus dem Takt, verlor an Geschwindigkeit, und zu allem Überfluß geriet auch noch der letzte Schritt zu lang: zu früh in die Kurve, und er landete genau auf der Latte. Fiasko.

Er sah, wie die Mienen der Sportfreunde aus der Mafia sich aufhellten. Dies war nicht sein Tag. Außerdem pendelte er miserabel. Wechsel zu parallelem Zug mit beiden Armen beim letzten Schritt? Wenn man sich aber beim letzten Versuch zu einer neuen Technik entschloß, ging das nie gut.

Er maß die letzten beiden Schritte nach. Wie erwartet: beide gleich lang. Vier Mann hatten die Höhe geschafft. Nur er allein hatte sie noch vor sich, und das bedeutete, daß er 1,95 schaffen mußte, wenn er noch aufs Siegerpodest krabbeln wollte. Der Fehler war irgendwo drei bis vier Schritte von der Latte entfernt zu suchen, dessen war er sicher. Vermutlich ein Tempofehler verbunden mit zu verkrampftem Oberkörper und falscher Schwerpunktkurve. Niedrig vier Schritte vorher, hoch bei dreien, hoch bei zweien, beim vorletzten schweres

Auftreten und dann eine flache Kurve beim Ansprung: Das konnte nur schiefgehen. Was tun? Er wünschte sich plötzlich Papier und Bleistift. Wenn er eine Skizze zeichnen könnte, würde das Problem sicher gelöst werden.

Dann ließ sich nichts mehr hinausschieben. Der Nieselregen war stärker geworden. Er stand regungslos bei der Startmarkierung und fixierte den ersten Strich. Wo steckte der Wind? Er hatte sich gelegt. Was bedeutete das für seine Dispositionen? Mußte er neue Berechnungen anstellen? Er dachte: Ba, ba, ba, ba, ba, ba, so, hm. Das dachte er. Der Regen fiel in immer dichteren Schauern, er stand still und fand keinen Ausweg. Er rannte los.

Er sprang, die Welt drehte sich, kippte, rollte herum. Er spürte Sand im Gesicht. Er saß in der Grube und hielt die Latte in der Hand. Aus der Traum für dieses Mal, aber die zeremonielle Sprache würde ihn noch lange festhalten. Er stand auf, ging automatisch zum Anlauf und kontrollierte die Länge des letzten Schritts, obwohl es keinen Zweck mehr hatte.

Er war zu lang gewesen.

Das Sekretariat lag Wand an Wand zum Umkleideraum. Er war direkt zum Duschen gegangen. Jetzt war er umgezogen. Blieb noch die letzte kleine Prozedur. Die anderen waren jetzt bei zwei Metern angelangt, er selbst war durch. Der Kassierer betrachtete ihn sachlich und sagte:

»Aha, jetzt schon? Wieviel macht's denn?«

Er quittierte den Reisekostenbeitrag sowie zusätzlich 65 Kronen an allgemeiner Unterstützung, wie es abgesprochen war. In dieser Sekunde schämte er sich entsetzlich, nicht wegen seines Mißerfolgs, sondern wegen dieser 65 Kronen.

Er hatte nicht den Voraussetzungen gemäß agiert. Als die Absprache getroffen wurde, geschah dies unter der Voraussetzung, daß sein Wert an der Sportbörse einer Summe von 65 Kronen pro Veranstaltung entsprach. Als Ware im Sporthandel hatte man für ihn einen Preis festgesetzt, und er hatte nicht nur sich selbst im Stich gelassen, sondern auch den Käufer der Ware, der sich vertrauensvoll auf ihn verlassen hatte. Er hatte sich von der halbprofessionellen Ebene, auf die ihn die 65 Kronen gehoben hatten, in jene Sphäre hinabbegeben, in der sich die amateurhaften Nieten aufhielten. Er war eigentlich eine Niete, er hatte kein moralisches Recht, gegen die Amateurbestimmungen zu verstoßen. Denn in diesem umherzigeunernden Zirkusleben, das die sommerlichen Leichtathletikveranstaltungen nun einmal darstellen, gab es scharfe Klassenunterschiede. Die Oberschicht hatte das Recht, bestimmte allgemeine Zuschüsse undefinierter Art zu kassieren, deren Höhe schwankte, die aber klar auswiesen, wer einen Wert hatte, welche Sportler als attraktive Gegenstände und Waren gelten konnten. Es lag auch eine Statusfrage darin, in der Definition nämlich, wer ein Recht hatte, Geld unterm Tisch zu kassieren, wer ein Recht hatte, Schmu zu machen. Dieses unanständige kleine Geschäft war eine moralische Eroberung, die das Selbstgefühl des Sportlers stärkte und seine Identität klarer machte.

Er hatte sich auf Grund alter Meriten unter die so Begünstigten eingereiht, hatte sich auf 65 Kronen hochverhandelt, hatte dann aber die in ihn gesetzten Erwartungen enttäuscht. Er schämte sich. Er nahm das Geld, quittierte, ging hinaus, ging zum Ausgang. Dort stand seit zwei Tagen die Vespa. Der Regen war jetzt noch stärker geworden. Er bekam den Motorroller in Gang und fuhr sofort auf die Hauptstraße hinaus. Ihm war kalt, der Regen fiel in Strömen und peitschte ihm kalt ins Gesicht. Das Sportfest von Gimo war für dieses Jahr zu Ende. Irgendwo hatte er einen Fehler begangen, und als hätte er auf einen Knopf gedrückt und ein Tonbandgerät eingeschaltet, begann er, sich die Analyse vorzuspielen.

Der Fehler war vermutlich beim Einspringen zu suchen. Er hätte sich in zwei Etappen aufwärmen sollen. Am kommenden Freitag in Sollentuna würde er es besser wissen. Die Anlage in Sollentuna hatte er immer gemocht.

In der technischen Formelwelt, die er in jenen Jahren um sich herum errichtete, sah er den Abstand zu der ihn umgebenden Welt nie in Gefahr, vielleicht, weil er nicht allein war, vielleicht, weil er von Wesen umgeben war, die die gleiche Sprache sprachen wie er und deren *Denken* ihm vertraut war. Er sah die Monate und Jahre vergehen, aber das schreckte ihn nicht. Die Formelwelt war dermaßen kompliziert und verlockend, daß sie nie ihre Attraktivität verlor. Diese Sprache war hochgradig kompliziert, und das Ziel von allem war ebenso klar definiert: die zum Schluß gelöste Gleichung, die ihn auf die Ebene des Erfolgs heben sollte, auf der er es sich als Verdienst, als moralisches Verdienst anrechnen konnte, als eine attraktive Ware angesehen zu werden. Es war nicht etwa so, daß das Geld an sich eine Verlockung darstellte: Ob er das Geld hatte oder nicht, war gleichgültig. Aber das Muster, in das er sich einfügte, schrieb seine eigenen Gesetze: Das Geld würde ihn als bedeutende und am Ende auch erfolgreiche Ware definieren.

Durch den immer dichter fallenden Regen fuhr er an diesem Sonntagnachmittag nach Stockholm. Es war für Johan Christian Lindner ein schlechtes Wochenende gewesen. Das nächste würde besser werden. Ihn fror, er dachte unablässig an die Probleme des Anlaufs, der Regen peitschte ihm ins Gesicht, die Scham, die er im Sekretariat gefühlt hatte, wich allmählich und war schließlich nur noch ein schmerzhafter Punkt in ihm, ein kleiner Schmerzpunkt, der irgendwann sicher verschwinden würde.

Es gab noch Hoffnung. Die Anlage in Sollentuna hatte er schon immer gemocht.

Doch, Johan Christian Lindner geht es gut. Es geht mir gut. Ich zeichne Papa auf ein Blatt Papier, wie er einen Wurfhammer in der Hand hält. Dann eine Planskizze über die Hammerschwünge. Den rechten Fuß schwarz; es sieht aus wie ein Tanzschrittschema. Jedem seinen kleinen Ritus. Wäre Papa jetzt hier gewesen, hätte ich erfahren, wo seine kleinen Fehlerquellen lagen, aber jetzt weiß ich es also nicht. Nur wer selbst sechs bis sieben Jahre lang Hammerwerfer gewesen ist, könnte diese Beschreibung liefern. Jedem seine technische Sprache, seine Gefangenschaft, seine Zeremonie. Mit der Kulturdelegation des Gemeindeverbands werden jedoch unterderhand Verbindungen angeknüpft. Die federnden Schritte im Abwurfring machen sich hübsch auf meinem Blatt Papier: Zehe – Ferse, Zehe – Ferse. Wie ein Tanz, ein Ritus.

Ich schreibe Gisela noch einen Brief, noch ein Telegramm vom Mittelpunkt der königlichen Toilette in der Welt. An sie schreibe ich: »Ich repariere. Ich versuche aufzuholen. Ich versuche, verstehen zu lernen. Ich sehe über mein Leben hin, überwintere unter meiner feuchtigkeits- und kälteresistenten Decke. Viele Jahre habe ich schon verloren, und ich versuche noch immer, aus dem Käfig hinauszukommen. Ich versuche, klar zu sehen. Nein, vielleicht nicht so dramatisch: Ich versuche nicht, Licht zu sehen, nicht, klar zu sehen. Aber dennoch möchte ich erkennen können, wie die Schatten und die Lichter sich bewegen.

Weißt du, wo die Grenze zwischen Blindheit und Sehen verläuft?

Ein Mann, den ich kenne, hat mir einmal etwas beigebracht. Nimm eine Gurke, sagte er. Schneide eine drei Millimeter starke Scheibe ab. Halte sie dir vors Auge. Was du dann siehst, ist das, was ich sehe, und dann bist du blind. Wenn du die Scheibe aber dünner machst, nur einen halben Millimeter, fängst du an zu sehen. Dann weißt du genau, wo die Grenze zwischen Blindheit und Sehen verläuft: in einer drei Millimeter starken Gurkenscheibe. Das hat dieser Mann mir beigebracht, und dort befinde ich mich jetzt. Ich kann zwar nicht klar sehen, das traue ich mir nicht zu, aber ich versuche, die Gurkenscheibe dünner zu machen.«

Ich schrieb Briefe, während ich reiste und flüchtete. Die achte Flucht des Sekundanten. Januar 1970: In Zwickau aß ich in einem Restaurant. Der Mann, der mir gegenüber saß, hielt die Hände gefaltet und sah mir unruhig forschend in die Augen. Ich wurde von Verwirrung ergriffen, versuchte, G. anzurufen, aber es nahm niemand ab. In Weimar saß ich vor Goethes Grabmal; das war später, im Frühling. Um mich gegen möglicherweise aufkommende Melancholie zu sichern, machte ich sehr genaue Aufzeichnungen über die Maße der Schwimmhalle, des Beckens, über die Funktionsweise der Anlage sowie einige kurze Notizen über die Geschichte des städtischen Schwimmvereins. Das Archiv der Leipziger Sporthochschule beeindruckte mich außerordentlich, aber das trug dennoch nicht dazu bei, Papas Leben zu erklären. Nach zweitägigen Versuchen gelang es mir, ein Treffen mit Gisela zu arrangieren. Ich freute mich sehr und hatte gleichzeitig Angst.

Als ich sie durch die Türen des Wartesaals eintreten sah, erkannte ich sie sofort. Sie hatte ihren blauen Mantel an. Wir stellten Augenkontakt her wie bei einem Manöver. Sie machte sofort kehrt und ging gleich in den kleineren Wartesaal. Ich schloß neben ihr auf, versuchte, ihre Hand zu ergreifen, aber sie sagte: »Nicht hier.«

Einmal – es war übrigens bei der seltsamen Begegnung in Minsk gewesen, hatte sie mich gefragt, ob ich mich für sie oder für das osteuropäische Amateurboxen interessiere. Was für eine unmögliche Frage an einen westeuropäischen Intellektuellen. Wie sollte so ein Mensch auf diese Frage eine klare Antwort geben? Ich hatte gesagt, daß jede Gesellschaft Kanäle brauche, durch die man die Aggressivität ableiten könne, und auf diese Weise kann man natürlich die Rolle des Amateurboxens in der DDR erklären. Es liegt im Boxen aber auch noch ein rituelles Moment, und in einer rationalistischen marxistischen Gesellschaft, in der Mystifikationen und Riten weitgehend fehlen, muß man Riten schaffen, die für die Gesellschaft und das System ungefährlich sind. Das Boxen ist so ein für den Marxismus notwendiger Ritus, und zwar ebenso, wie es die Kunst für bestimmte kapitalistische Gesellschaften ist. Der Ritus, den man »Profiboxen« nennt, entlarvt die Struktur der kapitalistischen Gesellschaft, ist also gefährlich und wird in Schweden verboten. Die Kunst hingegen ist erlaubt. In der DDR werden Schriftsteller der Zensur unterworfen, während das Boxen ungefährlich ist. Jedes System hat seine Ängste.

Gerade in diesem Augenblick erreichte ich sie. Sie blickte zur Seite, machte eine kleine Grimasse, lächelte. Sie sagte: »Danke für die Briefe.«

Wir konnten uns genau zwei Stunden sehen, dann würde sie gehen müssen. Sie sagte: »Ich werde dir einen Brief über unsere Möglichkeiten schreiben.«

Den Brief erhielt ich eine Woche später, als ich wieder zu Hause war.

In diesem Brief entwickelte sie ihre Ansicht von den Möglichkeiten, den Risiken der Überorganisation in der Welt des Sports zu entgehen, unter besonderer Berücksichtigung des Amateurboxens. Die Abschaffung des Berufsboxens, so meinte sie, sei selbstverständlich eine Notwendigkeit gewesen, weil man sich beim Profiboxen der Menschen als Ware bedient habe. Daß es in Schweden verboten worden sei, sei jedoch nur ein Ausdruck der Heuchelei, da eine Gesellschaft, die den Menschen konsequent als Ware mißbraucht, durch eine scheinhumanistische Geste, die nur an der Oberfläche bleibt, von etwas Wichtigerem ablenken möchte. Alle *deutlichen* Manifestationen der Struktur des Kapitalismus seien gefährlich und müßten daher verboten werden. Die Überorganisation im allgemeinen sei jedoch ein ernsteres Problem in der DDR. In der Theorie müsse der erste Schritt eine gewaltsame Revolution sein, was die DDR betreffe, historisch verbunden mit der Entwicklung des Krieges und nach dem Krieg, bei der die Abschaffung des Berufsboxens ja nur die logische Konsequenz aus der Zerschlagung der Macht des Kapitals gewesen sei. Die Gefahr aber, daß der Verwaltungsapparat des sozialistischen Amateurboxens sich eine eigene Welt schaffe, sei damit noch nicht gebannt, wie sie betonte. Das Boxen sei zwar von der Gefahr befreit, daß es zur Verwandlung des Menschen in eine Ware beitrage. Man müsse aber auch in die Zukunft sehen. In dieser Situation sei es wichtig, dafür zu arbeiten, daß die Führung des Amateurboxens allmählich »dahinsterbe« und durch einen anderen Administrationstypus ersetzt werde. Die Parallele dazu liege in dem Gedanken vom Dahinsterben der staatlichen Macht. Statt einer Steuerung der Sportwelt von oben trete in dieser späteren historischen Phase – die noch weit entfernt sei – eine Verwaltung und einfache Führung der Produktionsprozesse in den Vordergrund. Die Funktionen, die sie und ihr Mann jetzt in den regionalen Sektionen im Süden der DDR innehätten (und die ihnen eine Macht gibt, die sie selbstverständlich korrumpieren kann), würden in dieser späteren Phase in immer mehr vereinfachte Buchhalterfunktionen umgewandelt, die jeder am Amateurboxen Beteiligte in turnusmäßigem Wechsel ausfüllen könne. Dies seien Maßnahmen, an die sich schließlich jeder gewöhnen werde. Die genannten Funktionen würden aufhören, das Vorrecht einer bestimmten Gruppe oder einer bestimmten Bevölkerungsschicht zu sein.

Vielleicht, schrieb sie, läßt sich in unserer weitgehend spezialisierten und technologisierten Gesellschaft mit all ihren Risiken einer korporativen Leitung durch Experten, die man auch in sozialistischen Systemen findet, dieser sehr wertvolle marxistische Gedanke nur auf dem Gebiet des Amateurboxens durchführen. Vielleicht überläßt man uns dieses Gebiet, während der Winter immer kälter wird. Dieses einzige Gebiet.

Der Brief handelte davon: wie die Organisation des Amateurboxsports sich selbst auflösen und den Menschen befreien sollte. Ich weiß aber nicht, ob diese Zeilen aus tiefer Unschuld heraus oder aus dem tiefsten aller Brunnen, der Hoffnungslosigkeit, geschrieben worden sind. Wie dem auch sei: Ich werde diesen Brief archivieren. Wie sollten wir überwintern können, wenn wir nicht die Telegramme aufbewahren, die wir einander schicken?

Ein letzter bedeutungsvoller Moment: Die Situation Wolfgang Nordwigs ist sehr angespannt, als er den ersten Weltrekordversuch über 5,45 beginnt. Das Überspringen einer Latte mit Hilfe eines Glasfiberstabs.

Dieser Tag, der 17. Juni 1970, mit klarem und sonnigem Wetter sowohl über Ost- wie Westberlin, gehört dazu. Aus Anlaß der historischen Bedeutung des Tages (des Jahrestages des Arbeiteraufstands in Ostberlin am 17. Juni 1953) wird in Westberlin allgemein geflaggt. Größere Feiern werden jedoch nicht abgehalten. Man möchte der Gefahr entgehen, daß demonstrative Gedächtnisfeiern als provokativ und gegen die gerade stattfindenden Entspannungsbemühungen zwischen Ost und West gerichtet verstanden werden könnten. In der DDR ist dieser Tag ein normaler Arbeitstag. Im Jahnstadion jedoch wird der sogenannte Olympische Tag abgehalten.

Die Lage der ostdeutschen Genossen ist an diesem Tag schwierig. Zweifellos haben die enormen Erfolge der letzten Jahre – deren ideologische Grundlage die große kritische Durchleuchtung des DDR-Sports durch Walter Ulbricht bei der Sportkonferenz vom 25. November 1955 ist – zweifellos haben diese enormen Erfolge auf dem Gebiet des Sports dazu beigetragen, die politische Position der DDR in der Welt gegenüber der Bundesrepublik zu stärken.

An diesem Tag sind die Ausgangspunkte jedoch ungünstig.

Gegen elf Uhr abends wird das Semifinalspiel zwischen der Bundesrepublik und Italien bei der Weltmeisterschaft in Mexiko ausgetragen. Die Bezeichnung »Westdeutschland« wird in der DDR durch den adäquateren, aber schwierigeren Ausdruck »Kombination Westberlin-Westdeutschland« ersetzt, weil einige Spieler von Hertha BSC zur westdeutschen WM-Truppe gehören und weil Westberlin ja kein Bestandteil Westdeutschlands ist, sondern mit größerem Recht als besondere politische Einheit bezeichnet werden kann. In bestimmten Fällen kann die Abkürzung »Kombination« als ausreichend angesehen werden, dies um so mehr, als dieses Wort ja besser das Nationalgefühl verwischt, das sonst um den Begriff der westdeutschen Nationalmannschaft entstehen kann. Analog wird die Nationalmannschaft der DDR im Westen als Mannschaft der »Zone« bezeichnet – wird ein Länderspiel zwischen der »Kombination« und der »Zone« eines Tages möglich sein? Welcher Begriff wird in diesem Fall den Begriff »Länderspiel« ersetzen?

Die politischen Gefahren angesichts dieses Semifinales sind offenkundig. Es besteht das klare Risiko, daß die Bevölkerung der DDR, etwa bei einem glänzenden Sieg von elf westdeutschen Fußballspielern in einem wichtigen WM-Semifinale, dazu verlockt werden könnte, in sich das Gefühl nationaler Identität und der Zusammengehörigkeit mit der DDR als Staatsgebilde zu unterminieren, jenes Gefühl, bei dessen Aufbau eine große Zahl sportlicher Erfolge mitgeholfen hat. Eine Übertragung dieses Gefühls von der DDR auf die »Kombination« wäre sehr unglücklich. Ein sehr großer nationaler Erfolg oder eine einzelne Glanzleistung eines DDR-Sportlers würde ohne Zweifel dazu beitragen, diesen schädlichen Einfluß zu dämpfen und die Aufmerksamkeit wieder in die richtige Ecke lenken.

Die blendende Tagesform Wolfgang Nordwigs stellt plötzlich eine Möglichkeit in Aussicht.

Ein Weltrekord im Stabhochsprung ist ja immerhin etwas, etwas sehr Ungewöhnliches und Großes, überdies ein Rekord, der eine kompakte USA-Hegemonie brechen würde. An diesem Tag also, am 17. Juni 1970 gegen acht Uhr abends im Jahnstadion in Ostberlin (Stadtteil Pankow), bereitet Wolfgang Nordwig sich auf seinen ersten Versuch vor.

Hat er Erfolg, kann die Presse am kommenden Tag verständlicher- und natürlicherweise von diesem Ereignis beherrscht werden. Ein eventueller Sieg der »Kombination« würde in seiner Bedeutung reduziert. N. bereitet sich also sorgfältig vor. Er balanciert den Stab in der Absprungvertiefung aus, mißt die Entfernung des Sprunggestells zum Stab. Er läßt das Gestell drei Zentimeter weiter weg aufstellen. Er prüft den Handgriff des Stabs, verreibt die exakt richtige Menge Haftpulver zwischen den Handflächen.

Er prüft noch einmal die Bandagen. Er zieht den Trainingsanzug aus, trippelt, rückt eine Anlaufmarkierung ein wenig zur Seite. Nichts von dem, was er tut, ist eigentlich notwendig, aber überflüssig ist es auch nicht. Er baut sich seinen Ritus auf, und dieser ist notwendig. Er sieht sich um. Er schließt die Hand um den Stab und läßt ihn prüfend los. Zuviel Haftpulver? Er beginnt den Anlauf, bricht ihn nach fünf Schritten ab und geht sehr langsam, beinahe nachdenklich zurück. An dem, was er tut, ist nichts lächerlich oder absurd, obwohl jedes kleine Detail, wenn man es nicht im Zusammenhang sieht, durchaus lächerlich erscheinen könnte. Er beginnt von vorn. Der erste Versuch geht daneben; die Prozedur wird jetzt wiederholt. Er steht vor seinem zweiten Versuch.

In diesem zweiten Versuch wird er Erfolg haben.

Man betrachte die Zeremonie. Man betrachte auch die Einfassung der Zeremonie, ihre politische Einfassung. Man betrachte die kleinen Details, das Ritual, die Beschwörung. Man betrachte den Standort der kleinen Zeremonie in der großen. Man betrachte den Standort des Puzzle-Stücks im größeren Gesamtbild. Man betrachte das Umfeld.

Überbrückung: Ausgangspunkte

»Das mangelnde Verständnis für den Sport und dessen tatsächliche Bedeutung in der Gesellschaft, das sich in bestimmten Kreisen der Arbeiterbewegung findet, drückt allein das mangelnde Verständnis dieser Kreise für die proletarische Wirklichkeit aus.«

Helmut Wagner (1931)

Kurze historische Parallele von bloß anekdotischer Bedeutung. 1925 wurde in Deutschland das »Deutsche Institut für technische Arbeitsschulung« gegründet (DINTA). Sein Ziel war es, unter anderem mit Hilfe des Sports, »die feindselige Oppositionshaltung zwischen Arbeiter und Arbeitgeber zu überwinden«. In der Programmschrift des DINTA, »Der Kampf um die Seele des Arbeiters«, wird erklärt, daß es »zur Loslösung des Arbeiters von der proletarischen Bewegung« ein wirksames Mittel sei, Industriesportvereine zu gründen.

Es sei wichtig, dem Arbeiter Unterhaltung und Sport zu bieten, denn sonst sei er nicht fähig, seine Aufgaben als Arbeiter zu erfüllen. Die Unterhaltung und der Sport dürften aber nicht von der Arbeitssituation losgelöst werden. Beides müsse unter Kontrolle ausgeführt weden. Die Großindustrie müsse dem Arbeiter also Sportvereine zur Verfügung stellen, Sportplätze bauen, Mittel bereitstellen und die Führungsgremien der Sportvereine überwachen. Von großem Gewicht sei es auch, die bereitwillige Verfügung von Geldmitteln mit der Forderung nach Vorstandsposten für Vertreter der Industrie zu koppeln. Der Sport sei von zu großer Bedeutung, als daß man seine Verbindung mit der proletarischen Bewegung erlauben dürfe.

Das Ziel des DINTA, durch »Anwendung aller äußeren und inneren Methoden der modernen Pädagogik und der angewandten Psychologie, mit Hilfe von Werksschulen, Lehrlingsvereinen, Sportvereinen und ähnlichen Organisationen der Arbeitskraft eine enge, innerlich verankerte Verbindung mit der Industrie zu geben«, die Hoffnung, den Arbeiter den organisierten Gewerkschaften zu entfremden und die nichtorganisierten Gruppen auf jede erdenkliche Weise zu schützen und »unternehmensgemäß auszunutzen«, brachten natürlich eine scharfe Konfrontation mit der zur selben Zeit entstehenden deutschen Arbeitersportbewegung.

Heute, in Schweden, ist die Situation vollkommen anders.

Die schwedische Industrie wendet zwar in jedem Jahr sehr große Geldbeträge für den Bau von Sportplätzen, zur Unterstützung von Sportvereinen und Klubs auf, die der Industrie nahestehen. Das Programm des DINTA ist auf diese Weise also auch in Schweden klar zum Durchbruch gekommen, nicht zuletzt dadurch, daß unzählige Schlüsselpositionen in den Führungsgremien des schwedischen Sportlebens von Vertretern der Industrie gehalten werden, und das von den Spitzenorganisationen bis zu den Vereinen. Die Absichten jedoch, die das DINTA einst verfolgte, sind im heutigen Schweden andere. Die schwedische Industrie setzt klar aus unpolitischen Gründen auf den Sport. Man will den Sport unterstützen, weil er beim Arbeiter eine bessere physische Konstitution schafft und ihn also zu einem *effektiveren* Arbeiter macht. Man will die Klassenunterschiede abbauen, Verständnis wecken, Gegensätze überbrücken und zusammen mit progressiven Kräften in der Arbeiterklasse eine schädliche Politisierung des Sports verhindern.

Diese Entwicklung ist nur dadurch ermöglicht worden, daß die Führung der schwedischen Arbeiterklasse es verstanden hat, eine Atmosphäre des Verständnisses zu schaffen, ein

Gefühl der Zusammengehörigkeit und des Einvernehmens, das sich auf ein Denken gründet, das mit stereotypen Klassenkampfklischees nichts mehr gemein hat. Die schwedische Großindustrie leistet heute entscheidende Beiträge zur Unterstützung des schwedischen Sports, und diese Beiträge zeigen die Tendenz zu weiterem Wachstum. Diese Einsätze sind klar unpolitischer Natur und werden dies auch bleiben.

Die Entwicklung und die Ergebnisse

»Für mich ist die Bewegung alles, das, was man gewöhnlich das Endziel nennt, nichts.«

E. Bernstein

»Ich sage es ganz offen: Studenten, die zu Leitern von VEB's und Kombinaten ausgebildet werden, für leitende Funktionen in der Industrie, müssen im Wettkampfsport trainiert werden. Das bedeutet: Man muß ihnen beibringen, vom Drei-Meter-Brett zu springen, man muß sie lehren, sich im Winter von der Sprungschanze in Oberwiesenthal in die Tiefe zu stürzen – also nicht von irgendeiner einfacheren Übungssprungschanze. Warum? Es ist eine Frage der körperlichen und der seelischen Konzentration. Allein auf diese Weise werden sie auf die Aufgaben vorbereitet, die die moderne Industrie stellt.«

Walter Ulbricht in einem Diskussionsbeitrag anläßlich des elften Zusammentretens des DDR-Staatsrats am 20. September 1968.

Das beste Bild von Walter Ulbricht, das ich kenne, ist jenes, das im Januar 1961 in Klingenthal aufgenommen worden ist.

Es ist ein Farbphoto, als Frontispiz in eine jener unzähligen Huldigungsschriften eingeklebt, die ihm zu Ehren erschienen sind. Er läuft Ski. Er trägt Sportkleidung; blaue Skihosen, Windjacke und grüne Sportmütze. Er hat die Lederriemen der Skistöcke so gesetzt, wie ungewohnte Skiläufer das gern tun, nämlich auf jene etwas amateurhafte Weise, bei der die

Hand zehn Zentimeter unterhalb der Stockspitze gehalten wird. Die Sonne scheint. Er fährt an der Spitze einer kleinen Schar junger Leute, die sich ihre Loipe im tiefen Schnee nebenan selbst ausfahren müssen, sich aber heftig anstrengen, mit aufs Bild zu kommen. Er selbst sieht ruhig, fröhlich und freundlich aus, blickt aber unsicher auf die Spitzen seiner Ski. Hier fährt ein netter, einfacher Bursche an der Spitzes seines Volkes.

Ich puhlte das Bild los und schickte es Gisela. Auf die Rückseite schrieb ich: *»Hier ist ein Bild von Papa aus den vierziger Jahren. Sieh Dir sein Gesicht an! Vorbild, Lehrer und Freund! Verstehst du jetzt, wie Papa war?«*

Ich bekam keine Antwort. Ich hoffe, daß sie diese Sendung nicht als Beleidigung aufgefaßt hat. Das war jedenfalls nicht meine Absicht. Aber ich blättere oft in meinen Ulbricht-Biographien und sehe mit einem Glotzen des Wiedererkennens auf die Photos. Papa hat zwar nicht die leiseste äußere Ähnlichkeit mit Ulbricht, aber auf Bildern sehen sie dennoch so einzigartig ähnlich aus.

Die Gesichtszüge und die Körper sind grundverschieden, aber die Mienen, die Haltung, die Attitüden!

Es ist wirklich erstaunlich wohlvertraut, von Anfang an. Das erste große, unzählige Male reproduzierte Photo aus dem Arbeiterturnverein »Eiche« in Leipzig: W. U. als, na sagen wir Dreizehnjähriger oder Fünfzehnjähriger mit kurzgeschorenen Haaren und abstehenden Ohren: Einer jener unwiderleglichen Beweise dafür, daß er sich die Ohren hat operieren lassen, so daß sie sich heute eng an den Kopf schmiegen. Stimmt in der Mythologie: Papa schämte sich seiner Ohren und lag in seiner Jugend nachts mit einem Halstuch um Kopf und Ohren gewickelt im Bett. Aber vor allem die neueren Photos, die aus seinem Alter: Die sind sehr gut, wunderbar; wenn ich fähig wäre, sie zu beschreiben, könnte ich mir die Mühe sparen, Papa noch weiter zu beschreiben, dann wäre alles offenbart. Einige Bilder sind besonders gut. Ein paar habe ich ausgeschnitten und an die Wand geheftet. Dort hängen drei Bilder, sie zeigen den Genossen Ulbricht, sind aber im Grunde ein Triptychon über Papa.

Das erste Bild ist bei der Gelegenheit aufgenommen worden, als Ulbricht und Erich Honecker 1960 Harry Glass in Berlin am Krankenbett besuchten; Glass hatte auf den Ohren gestanden und sich kurz vor den Olympischen Spielen verletzt, konnte also nicht springen. U. beugt sich vor, mit jenem charakteristisch kameradschaftlichen und steifen Ausdruck im Rücken, den in der Sportgeschichte nur er und Papa aufzuweisen haben. U. legt den Arm um Harry Glass mit einem kräftigen Griff und lächelt diesem teilnehmend, warm und aufmunternd zu. Glass seinerseits blickt mit einem verwirrten und beinahe berauschten Lächeln auf Honecker, der jedoch von allem offensichtlich nichts begreift und wie ein Idiot dreinblickt.

Dies ist ein Bild, das Papa gemocht hätte, wahrhaftig. Es drückt sowohl Sportlichkeit, Humanität wie Einfachheit aus. Das Bild in der Mitte ist bedeutend fröhlicher. Hier sitzt er, den Eisengeländern nach zu schließen, auf einer Tribüne des Walter-Ulbricht-Stadions; er sitzt in einer allgemeinen Sektion, ist von applaudierenden Arbeitern und schüchternen kleinen Kindern umgeben, sitzt leicht vorgeneigt da und hat sein fröhliches, listiges und bauernschlaues Gesicht aufgesetzt. Was ist geschehen? Ich möchte glauben, daß ein Länderspiel im Gang ist. Die DDR hat ein Tor erzielt. Vielleicht hat ein schwedischer Verteidiger zu einem unglücklichen 2:1 ins eigene Tor geköpft; alle kichern gedämpft, und ich sehe in seinem Gesicht ein Spiegelbild jener frohen, entschlossen sportlichen Trauer Papas über den kleinen Fehler und das Pech der Gegner; *unser Weg ist der richtige*, aber ein wenig Glück kann auch nicht schaden; der Mund ist ernst, aber die *Haltung* ist glucksend freundlich, und die Augen lächeln.

Und das dritte Photo? Nein, es ist nicht jenes berühmte Bild mit dem volleyballspielenden U., auf dem er wie eine Luftblase zur Netzkante hochsteigt und den Ball gerade noch mit den Fingerspitzen erreicht. Es ist vielmehr jenes ziemlich schlechte und technisch schlampige Bild vom Massenturnen im Wohnbezirk 17 in Leipzig, auf dem man inmitten der Menge sich fleißig beugender Turner, älterer Herren, Damen mittleren Alters und kleiner Kinder plötzlich U. entdeckt. Er trägt Hosen, weißes Hemd und Schlips, ist tiefernst und schwitzt leicht unter den Armen. Die meisten Menschen auf diesem Bild machen ihre Übungen im Takt, nur er nicht. Er schwingt mit unerschütterlichem Gesicht in seine eigene Richtung, solidarisch in Bewegung, aber dennoch ganz er selbst.

Ich habe oft dagesessen und diese Bilder angestarrt. Die Gestalt Papas und die von U. sind zu einer verschmolzen. Ich kann nichts dafür, daß ich sie mag. Von den großen Politikern der Welt ist U. sicher der fanatischste Sportliebhaber; versöhnt das nicht beinahe mit allem? Doch, Papa würde aus seinem Himmel beifällig nicken, dies ist ein Plus, ein klares Plus. Und manchmal habe ich gedacht, daß es eine spezifische Begabung ist, die einen großen Politiker mit einem großen Sportler vereint. Nehmen wir beispielsweise einen Fußballspieler. Bei den wirklich großen Spielern gibt es eine Art von Intelligenz, die man sonst nur bei sehr bedeutenden Künstlern oder bei bestimmten Politikern findet: vielleicht ein Gefühl für Rhythmus, für Timing, für die strukturellen Möglichkeiten, die eine scheinbar chaotische Situation entwickeln kann. Ein großer Spieler sieht das Spielfeld nie als ein laufendes und springendes Chaos, sondern als ein Kraftfeld mit Zusammenhängen und potentiellen Möglichkeiten. Trotz des Falls Beckenbauer ist offenkundig, daß die großen Spieler in ihrem intuitiven und praktischen *Agieren* einem marxistischen Weltbild Ausdruck geben, sonst sind sie keine großen Spieler.

Und beim Politiker: ein Gefühl von Rhythmus, für die Bewegung der scheinbar chaotischen politischen Situation.

Es ist möglich, daß die DDR heute anders aussehen würde, wenn U. seine passionierte Liebe nicht dem Sport, sondern der Kunst zugewandt hätte. Hätte er aber die Kunst gewählt, wäre er sicher kein erfolgreicher Politiker geworden, sondern bloß ein Politiker. Der Gedanke, Papa hätte statt des Wurfhammers die Literatur erwählen können, ist beinahe blasphemisch, auf jeden Fall direkt anstößig, und etwas in der Richtung empfinde ich auch in bezug auf U. Jetzt war das ja nicht direkt aktuell; und ich bin noch immer ein bißchen kindlich auf die Bilder von Ulbricht fixiert, auf seine Biographie, seine Haltungen und sein Gesicht.

Und auf seine Liebe.

Seine Liebe zum Sport brach beileibe nicht plötzlich und unverhofft aus. Schon im ersten Jahrzehnt dieses Jahrhunderts, als Walter U. noch sehr jung war, packten ihn die Rätsel der Luftfahrt. Die Einstellung der Kleinbürger zur Aviatik war in jener Zeit oft höhnisch und überlegen. Man stellte »Scherzpostkarten« her, auf denen die Flugexperimente der damaligen Zeit ironisiert wurden. U. setzte sich jedoch über die neuen Fortschritte der Luftfahrt gründlich ins Bild. Er studierte viele wissenschaftliche Werke. Die Leihkarten der Bibliotheken zeigen die Ausrichtung seines Interesses: Er beginnt mit Werken über Montgolfier, der auf der Seite der französischen Revolutionsarmee gegen die konterrevolutionären europäischen Armeen kämpfte, geht weiter zu jenen späteren Versuchen des schließlich tödlich verunglückten Lilienthal bis zu den ersten geglückten Versuchen, über den Kanal zu fliegen, wie etwa die des Franzosen Blériot. All dies verfolgte U. sehr genau, und seine Einsichten über die Entwicklung der Luftfahrt trug er auch seinen Arbeitskameraden vor.

Auf den Bildern hat er noch immer abstehende Ohren, ruhige, stechende Augen und eine starke Selbstbeherrschung, die er sich zum Teil im Turnverein »Eiche« antrainiert hat. Später würde er eine beinahe unfaßbar große Zahl von Reden über den Sport in weltpolitischen Zusammenhängen halten, die sämtlich gedruckt und in Sammelbänden veröffentlicht worden sind.

Seine Leidenschaft ist die *Entwicklung*.

Er besitzt von Anfang an ein leidenschaftliches Interesse für Sport und Technologie. In seinem Interesse für Aviatik treffen sich beide Leidenschaften. Später wird es einen Wendepunkt geben, den man ruhig psychologisch nennen kann. Aber da sind wir schon in den zwanziger Jahren. Ein amerikanischer Millionär hat einen Preis von zwanzigtausend Dollar für den ausgesetzt, der als erster die Strecke New York–Paris im Nonstopflug bewältigt. Diejenigen, die den Versuch als erste unternahmen, hatten keinen Erfolg und kamen um. Da entschlossen sich ein paar Pariser Geschäftsleute, einen Versuch zu wagen. Sie wollten den Preis für sich kapern. Sie kauften für wenig Geld ein paar alte Kampfflieger, außerdem ein ausrangiertes Armeeflugzeug, montierten Zusatztanks unter die Tragflächen und schickten die Equipage über den Atlantik. Die Piloten hießen Nungesser und Coli. Sie wurden nie gefunden.

Jetzt entwickelt U. folgenden Gedankengang. Eine technologische Entwicklung ist notwendig. Die technologische Entwicklung hat sich jedoch lange Zeit im Dienst des Kapitals befunden, ebenso wie der Sport die Geschäfte der Bourgeois und des Kapitals besorgt hat. Der typischste und bezeichnendste kapitalistische Sport ist der technische, der Maschinensport. Die Jagd nach Rekorden wird vom Menschen gelöst und auf die Maschine übertragen. Die sportliche Leistung kann, wenn der Mensch von der Maschine losgelöst wird, leichter vom Menschen gelöst und kontrolliert werden. Die sportliche Leistung läßt sich am besten kontrollieren, wenn sie von einer Maschine ausgeführt wird. Darum liebt die kapitalistische Gesellschaft den technologischen Sport. Menschenleben werden aufs Spiel gesetzt, jedoch nie das des Kapitaleigners. Nichts unterscheidet den kapitalistischen Maschinensport von heute von den alten Gladiatorenwettkämpfen. Diese waren die äußeren Zeichen für die Degeneration und den Zerfall des alten römischen Reiches: das gekaufte und voyeurhafte Sporterlebnis. Die spätkapitalistische Gesellschaft erlebt heute die gleiche Entwicklungsphase.

Dies spiegelt sich im Sport wider. Der Sport ist immer der beste Spiegel der Gesellschaft gewesen. Der Sport in der DDR spiegelt die sozialistische Gesellschaft und deren Wertvorstellungen wider. Der Sport in der DDR will einerseits einen sozialistischen Menschen schaffen, was die Hauptaufgabe ist, und andererseits den Zielen des eigenen Landes und des Systems politisch dienen.

Die meisten Formen des Sports von heute sind in ihrer Grundstruktur Überbleibsel einer primitiveren, technisch noch unentwickelten Gesellschaft, in der Laufen, Speerwerfen und Ringen natürliche Erscheinungsformen des gesellschaftlichen Lebens waren. Die technologische Entwicklung bringt neue Formen des Sports mit sich. Sollen wir mit diesem Strom schwimmen oder ihm entgegenwirken? Der Maschinensport wird heute im Dienst des Kapitalismus ausgenutzt. Bedeutet dies, daß Maschinensport vom Übel ist? Bedeutet die technologische Entwicklung eine Gefahr?

Hier werden wir, meint U., vor ein Dilemma gestellt.

Es ist vielleicht der Rücken, den sie in erster Linie gemeinsam haben. Papas breiter, unglaublich haublockartiger Rücken, der, wenn Papa Alltagskleidung trug, einen so steifen, gedrungenen und statuarischen Eindruck machte. Und dann Ulbrichts *Haltung*; dieser Rücken hat nicht die gleiche Kraft, wohl aber die gleiche nach innen gekehrte, statuarische Steifheit, die immer den Eindruck von einem wandelnden Denkmal vermittelt. Na schön, der Rücken ist eine läppische Nebensache, aber es ist nicht das, was mich beunruhigt.

Es ist vielmehr die Entwicklung.

»Allein auf diese Weise werden sie auf die Aufgaben vorbereitet, die die moderne Industrie stellt.« Und dann taucht in meinem Schädel einer von Papas letzten großen veröffentlichten Aphorismen auf, derjenige, der ihnen allen das Mogeln erklären sollte: *»Es spielt doch wohl keine Rolle, wer mit dem leichten Hammer geworfen hat. Hauptsache, es wurde ein neuer Rekord erzielt.«*

Ich möchte gern wissen, wie Tage Erlander die Entwicklung beurteilte, bevor er unter Klang und Jubel gestürzt wurde. Ulbrichts väterliches Gesicht blinzelt mir von allen Bildern entgegen. Eine bekümmerte Falte zwischen den Augen, starke Haltung: der gigantischste und am meisten bevorzugte Spucknapf der westlichen Welt in den letzten zwanzig Jahren, der Liebling des Antikommunismus. Irgendwie empfinde ich für ihn die gleiche kühle, heftige und beunruhigte Liebe wie für Papa. Wie steht es eigentlich mit seiner Entwicklung und seinem Dilemma angesichts des »Maschinensports«? Dieser ist, so meint er, nicht ein im Grunde kapitalistischer Sport. In einer sozialistischen Gesellschaft, in der weder der Mensch noch seine Arbeit als Waren angesehen werden, kann man allen Formen des Sports einen Sinn geben. Es hängt alles davon ab, wie man den Sport nutzt. Der sozialistische Sport kann jedoch niemals die Erscheinungsform akzeptieren, mit der der Maschinensport das alte kapitalistische Prinzip des Profits illustriert: Leistung ohne persönliche Anstrengung.

In seinen Reden kommt U. mit manischer Beharrlichkeit immer wieder auf bestimmte Begriffe zu sprechen, etwa auf den Fortschritt, den technologischen Prozeß, der die Gesellschaft verändert, auf die Bedeutung der Schaffung einer wohlausgebildeten Elite, deren Wille, Entschlossenheit und Führungseigenschaften schon in jungen Jahren durch die harte Schulung des Sports verbessert worden sind. Breitensport und Leistungssport müssen Hand in Hand gehen, aber beide müssen dem Menschen und der Entwicklung dienen. Welcher Entwicklung denn? Ist die ökonomische Entwicklung unvermeidlich? Ist sie *die Entwicklung*? Gilt ihr der große Wettkampf zwischen dem kapitalistischen und dem kommunistischen System? Ist es so? Er stellt sich selbst die gleichen Fragen und macht eine kurze Pause, bevor er sie beantwortet.

U. verliert jedoch nie sein ursprüngliches Interesse für Aviatik. Als Staatsratsvorsitzender verteilt er seine Kraft und seine Leidenschaft auf zwei Hauptgebiete: auf die Versuche, eine neue, überlegene technische Struktur zu schaffen, eine Struktur, die der kapitalistischen überlegen, aber dennoch ihr artverwandt sein und von einer starken technologischen Elite geführt werden soll, sowie auf den Sport. Wie eine nostalgische Erinnerung an die erste Liebe seiner Kindheit läßt er im Historischen Museum in Berlin den Gleitsegler Otto Lilienthals an bevorzugter Stelle aufhängen. Es ist genau das Flugzeug, mit dem Lilienthal bei dem berühmten Unglück von Großlichterfelde ums Leben kam. Nur die Heckpartie ist eine Rekonstruktion.

Dort schwebt es in fast vier Meter Höhe in dem Saal, der Rosa Luxemburg gewidmet ist, dort schwebt es, in fast vier Meter Höhe, hoch über den Bildern der Revolution.

Meine drei Namen: Jonsson für den anspruchslosen kleinen Anfang, Engnestam für die eroberte Ewigkeit, Lindner fürs Vergessen. Ja, das ist eine Art Entwicklung. Aber Lindner geriet nie in so tiefe Vergessenheit, wie er oder ich gehofft hatten.

Bei einem Fest der Studentenvereinigung *Smådlands nation* im Herbst 1951, das stattfand, um die Überschreitung des 52. Breitengrades in Nordkorea durch die amerikanischen Truppen zu feiern (man dachte und sprach damals so in Uppsala), bohrte der Vorsitzende bei einer seiner torkelnden Inspektionsrunden von Tisch zu Tisch seine Augen in mich und sagte mit lauter, berauschter Stimme: *»Und Engnestam-Lindner nimmt wie immer mehr Soda als Whisky, wenn ich's richtig sehe!«* Sehr komisch, allgemeines Gekicher; ich soll seitdem unter dem Spitznamen *der Longdrink* bekannt gewesen sein, obwohl man mich aus Gründen der Barmherzigkeit nie direkt mit diesem Namen anredete.

Ich erzählte Papa mehr aus Zufall eines Tages von dieser Geschichte, und zwar bei einem unserer wenigen Zusammentreffen in den fünfziger Jahren. Ich weiß nicht, warum es mir herausrutschte, vielleicht war es eine Art Rache. Und ich werde nie vergessen, wie er gleichsam zusammenkroch, als er es hörte, als hätte er Prügel bekommen, und mir wurde sofort klar (aber zu spät), daß ich ihn in meiner Großzügigkeit mit einem weiteren Schmerzpunkt begabt hatte, um den er sich drehen und in dem er sich abkapseln konnte. Der Schmerz würde dort festsitzen und bohren, nicht dramatisch groß und im Grunde sehr bizarr sein, wenn man objektiv war und von außen kam, für ihn aber würde er wirklich und ausdauernd schmerzhaft sein. Ein kleiner, kleiner Schmerzpunkt: *Der Junge muß noch immer darunter leiden. Der Junge muß noch immer darunter leiden. Der Junge muß ...*

O pfui Teufel, ist die Welt doch lächerlich. Es sind so lächerliche Schmerzen, die wir uns gegenseitig beibringen. Wir, alle miteinander, eine Menge lächerlicher kleiner Schmerzpunkte, die trotzdem auf ihre anspruchslose und ausdauernde Weise weh tun.

Nun ja, es war von der Entwicklung die Rede. Der Entwicklung. Papa selbst war kein Mann, der viel Zeit darauf verwendete, seine in der schwedischen Sportgeschichte berühmt gewordenen Einsätze zu deuten; er begnügte sich damit, wortlos unter ihnen zu leiden. Aber bestimmte Öffnungen hatte auch er freigegeben, enge kleine Spalten, durch die ein dünnes blasses Licht auf Mattias Jonsson-Engnestam-Lindner und sein Weltbild fällt. Mir wurde die Gnade zuteil, den Augenblick seiner Entlarvung höchstpersönlich mitzuerleben: Man wog den Wurfhammer, fand ihn vierhundert Gramm zu leicht, Papa stand still und mit gequält starrem Gesicht da, bis man schließlich hinter seinen Kleidern den zweiten Hammer entdeckte. Papa schüttelte nur den Kopf. Und schließlich gestand er. Noch am heutigen Tag kann ich mich an den Geruch von Liniment, Verblüffung, Scham und Schweiß im Umkleideraum erinnern. Ja, daran erinnere ich mich, an den Geruch von Scham und Liniment.

In den Minuten danach, in der lächerlichen und erregten Stimmung von Verblüffung, Schadenfreude und Wut, die im Raum entstand, gab er einige Interviews. Oder, richtiger gesagt, er machte ein paar kurze Aussagen. Man fragte ihn, er nickte, schwieg oder murmelte kurze Antworten. Ich hörte von alldem nichts, denn das Gedränge war zu groß, aber ich las hinterher die Zeitungen mit einer fast perversen Genauigkeit.

Das war eine beschissene Lektüre. Der schwedische Sportjournalismus erblühte in Moralismus, und es gab zahlreiche Artikel, die – aufrichtig gesagt – stanken. Papa habe der schwedischen Leichtathletik nicht wiedergutzumachenden Schaden zugefügt, er müsse geisteskrank sein, und so weiter. Dort standen auch seine eigenen Aussagen, umgeben von verwirrten oder höhnischen Kommentaren.

Meist hatte er nur ja oder nein gesagt. Aber zweimal hatte er sich zusammengenommen und zusammenhängende Sätze formuliert, und diese beiden kurzen Aussprüche haben nie aufgehört, mich zu verwirren und zu beunruhigen.

Der erste Satz lautete wie folgt: *»Es spielt doch wohl keine Rolle, wer mit dem leichten Hammer geworfen hat, Hauptsache, es wurde ein neuer Rekord erzielt.«*

Der andere Satz lautete ähnlich, war aber kürzer; es war das letzte, was er sagte, bevor diese letzte große Pressekonferenz seines Lebens zu Ende ging. Als Abschiedsreplik war der Satz in seiner graumelierten Selbstverständlichkeit nicht übel. Papa sagte: *»Große Wettbewerbe erfordern große Ergebnisse.«*

Genau das. Große Wettkämpfe erfordern große Ergebnisse. Gar nicht dumm, nicht wahr? Und mit beinharter Logik hatte er dann den Hammer leichter gemacht und seine großen Ergebnisse erzielt.

Weil die großen Wettkämpfe und die Entwicklung dies erforderten.

Aus dem Abstand von vierundzwanzig Jahren erscheint die moralische Entrüstung, die sich über diesen armen mogelnden Hammerwerfer ergoß, vielleicht ein wenig rätselhaft, aber sie war da, und was die größte Empörung und Verwirrung verursachte, war die Tatsache, daß Papa den leichten Hammer und die großen Ergebnisse nicht sich selbst vorbehalten hatte. O nein, so einer war Papa nicht. Linkisch, herzlich und freundlich, wie es seine Art war, war er wie bei einem Kaffeekränzchen herumgegangen und hatte die hammerwerfenden Tanten des schwedischen Sports genötigt zuzulangen. Jeder sollte werfen. Jeder sollte seine eigenen großen Ergebnisse erzielen. Und dann würde er mit seinem blinzelnden, glücklich nach innen gekehrten Lächeln, mit zwinkernden Augen dastehen, die Hände fromm auf dem Bauch gefaltet, und vor Glück schnurren, weil er der schwedischen Leichtathletik, dem Publikum und der Sache des Hammerwerfens loyal gedient hatte.

Dies war es, was so zutiefst anstößig erschien. Hätte er nur auf eigene Rechnung manipuliert, hätte er sich, getreu der goldenen Maxime des schwedischen Bankwesens, »Jeder ist seines Glückes Schmied«, nur als smarter, gewiefter und ausgekochter Bursche erwiesen, der sich zwar äußerst dämlich angestellt hatte und der deshalb bestraft werden mußte, dann aber hätte man ihm einen gewissen Respekt nicht versagt. Aber jetzt hatte er nicht um des eigenen Sieges willen und nicht auf den eigenen Vorteil bedacht manipuliert, sondern um *die Ergebnisse* zu verbessern – nicht seine höchst eigenen und individuellen Ergebnisse, sondern die aller. Das war gegen jede liberale Fortschrittsphilosophie, und folglich mußte er geisteskrank sein. Das war gegen überhaupt jede Philosophie, von rechts bis links, und also konnte er im Oberstübchen nicht ganz richtig sein. Man hatte zwar, soweit Papa sich zurückerinnern konnte und auch schon vorher, unablässig gequengelt, wie wichtig es sei, die Ergebnisse zu verbessern, aber wenn jemand ruhig und in aller Stille die äußersten Konsequenzen zog und tatsächlich die Ergebnisse verbesserte, hielt man ihn für verrückt. Und je länger man darüber nachgrübelte, was Papa eigentlich mit »verbessern« und »Ergebnisse« meinte, um so verwirrter wurde man. Denn Papa hatte das Wort »Ergebnisse« so lange in seinen schwieligen Fäusten gehalten, daß es zu Fleisch geworden war; es hatte Leib und Seele bekommen und war in ein Ding verwandelt worden, in ein Wesen, in etwas metaphysisch absolut Greifbares mit einer Zahlenkombination als Seele.

Glauben Sie mir, so ist es gewesen. Ich habe das Wesen »Ergebnisse« selbst gesehen.

Große Wettkämpfe erfordern große Ergebnisse. Ich werde es aufrichtig sagen: Ich kenne keinen Menschen, der so bodenlos ehrlich und loyal ist wie Papa, und das Wissen darum hat mich immer dazu gebracht, der zur äußersten Konsequenz getriebenen Ehrlichkeit irgendwo zu mißtrauen. Ach, diese seine, mit den Jahren immer mehr zunehmende, wohlmeinende nette Ehrlichkeit: der Wille zur Loyalität, zur Hilfsbereitschaft. Er wollte sein Bestes geben, wollte keine Umstände machen, keinen Ärger.

Dankbar war er auch. Ein frommer Mensch war er nicht, und mit der Religion tat er sich grundsätzlich schwer, aber es gab Augenblicke, in denen er und Mama in leicht murrendem und billigendem Einverständnis mit der Heiligen Schrift vereinigt wurden. Dies waren die Momente, in denen Mama sich einen ehrgeizigen Ruck gab und uns Heiden etwas vorlesen wollte und immer bei den richtigen Stellen und den richtigen Worten landete.

In der Bibel finden sich die richtigen Worte in strategischen Abständen. *Dankbarkeit*, las sie, und er fuhr in seiner grislyähnlichen Dösigkeit zusammen, als hätte ihn eine Wespe in die Schnauze gestochen. *Demut*, fuhr sie fort, und er schüttelte sich und grunzte zustimmend. *Treue*, trumpfte sie auf, und er sah aus, als würde er sich bald auf die Hinterbeine setzen und Beifall brummen. Ja, Herrgott noch mal, natürlich war er ein ehrlicher Mensch. Wenn es ein Mensch aber als seine Lebensaufgabe ansieht, in dieser bestehenden Gesellschaft fundamental *gut*, *ehrlich* und *loyal* zu sein, muß das ja geradewegs in die Kriminalität führen. Seine Loyalität war allgemein, vage, hatte kein spezifisches Objekt und keine bewußte Richtung. Da ging er nun in seiner summenden, grunzenden und fürsorglichen Freundlichkeit herum, immer darauf bedacht, es jedem recht zu machen und Erwartungen zu erfüllen; jedem nicht gehbehinderten Wesen über zehn in seiner Umgebung brachte er das Hammerwerfen bei, fummelte Ergebnisse zurecht und wurde in der schwedischen Sportgeschichte zu einem klassischen Betrüger. Ein absolut logisches Ende.

Er sah nie ein, daß Güte und Loyalität und Solidarität abgegrenzt werden und eine Richtung haben müssen. Jedenfalls in der Gesellschaft, in der er lebte. Aber ein netter Kerl war er, ohne Zweifel. Als das goldene Zeitalter und die Erntezeit der schwedischen Leichtathletik zur Zeit der Abrechnung mit den Profis ins Grab sank, war er ernsthaft bekümmert. Denkt doch an all diese Veranstalter, sagte er zu den Menschen seiner Umgebung. Die haben es jetzt schwer. Und mit gerunzelter Stirn und bekümmertem Gewissen trainierte er sich weiter durch die Monate hindurch, ernstlich beunruhigt bei dem Gedanken, daß diese Ausbeuter des goldenen Zeitalters im Sport jetzt weniger Profite einstreichen würden; er machte sich Sorgen um die Zukunft des Sports, wegen der geringeren Zuschauerzahlen. Er war schon ein phantastischer Mensch: als schmerzgeplagter und in seiner Arbeitsfähigkeit eingeschränkter Sägewerkarbeiter traf ihn sein Mitgefühl mit den Kapitaleignern bei dem Verdacht, daß seine Schmerzen den Profit verringern könnten. *Schwedische Leichtathletik*, sagte er, und auf Grund des Ernstes in seiner Stimme bekam man den Eindruck, als spräche er von einer physischen Person, von einem nahen Freund, der ihm einmal bei einem schweren Unglück das Leben gerettet hatte, der jetzt in der Patsche saß und dem man helfen mußte.

Allen wollte er helfen: seinen Wettkampfgegnern wollte er zu einer besseren Technik verhelfen, dem Hammerwerfen zu besseren Ergebnissen, den Veranstaltern zu größerem Publikum, der schwedischen Leichtathletik zu neuen Erntezeiten. Und dann brach alles zusammen, er saß da in dem halbdunklen Umkleideraum im Gestank aus Schweiß, Scham, Liniment und Verachtung, sah den Halbkreis seiner Richter um sich und sagte mit seiner vorwurfsvollen, verratenen und völlig gefühllosen Stimme: *»Es spielt doch wohl keine Rolle, wer mit dem leichten Hammer geworfen hat. Hauptsache, es wurde ein neuer Rekord erzielt.«*

Nein, diese Gesellschaft war der unerbittlichen Logik Papas sicher nicht gewachsen. Die feine, liberale, immer abgesicherte und unerreichbare Wettbewerbsgesellschaft, in der er aufgewachsen war, hatte keine Verwendung für diese Art bodenloser treuer Loyalität, die nicht einmal clever genug war, vor der äußersten und entblößenden Konsequenz zurückzuweichen. Die Unvereinbarkeit wurde offenkundig, als wäre er die saure naive idealistische Sahne in dem feinen Gesellschaftskaffee. Wie saublöd, sagten sie. Die äußerste Loyalität wollten sie nicht haben. Nicht die alleräußerste.

Aber er war derjenige, der verurteilt wurde. Er, nur er.

Seit seinem Tod und seiner Beerdigung bin ich nicht mehr zu Hause gewesen. Es ist wenig sinnvoll, zu seinem Grab zu gehen und zu sehen, wie das verdammte Laub auf den einsamen Grabstein meines armen Papas herabsegelt, eine Träne zu trocknen und dann erleichtert wieder wegzufahren: Der Kirchenrat pflegt das Grab, wie es heißt. Ich hatte ja einen ausgezeichneten Vorschlag für den Text auf dem Grabstein, aber der pietätsvolle Pastor sorgte sich um die Anständigkeit und zensierte ihn. Schade eigentlich, es war nämlich ein richtig guter und im Grunde liebevoller Text. Wenn es nach mir gegangen wäre, hätte auf dem Grabstein stehen sollen:

Mattias Jonsson-Engnestam-Lindner
Geb. am 4. April 1903
Gest. am 8. September 1965
ER VERBESSERTE DIE
ERGEBNISSE

Man hätte das Ganze in Goldschrift ausführen können, hübsch und stilvoll: Jedem, der Papa kannte, hätte dies viel gesagt. Denjenigen, die Papas Einstellung sehr *gut* kannten, hätte dies auch viel über die Gesellschaft gesagt. Nicht über das Wesen des Sports oder so etwas, sondern über die Gesellschaft.

Papas berühmte Mogelei hatte ja zumeist pseudointellektuelle Kommentare des Typs zur Folge, bei dem über »die Opfer der Rekordraserei im Sport« oder über »die schonungslose Hetzerei des Spitzensports« oder derlei gejammert wurde. Ich selbst bekam des öfteren dummes Zeug dieser Art zu hören, während man mir teilnahmsvoll den Kopf tätschelte und ein einsichtsvolles Gesicht machte. Ich verspürte dann immer eine intensive Lust, dem Betreffenden hart in die Eier zu treten, denn all diese Leute begriffen so wenig von dem, worum es eigentlich ging: Man setzte eine kleine Glasglocke über Papa, stellte ihn als Ausstellungsstück heraus, versah ihn mit dem Schild *Sport*, und damit konnten die Sporthasser in aller Ruhe ihre Spiritualität entwickeln und gleichzeitig geschickt vermeiden, ihn in der Gesellschaft anzusiedeln, die ihn hervorgebracht hatte.

Natürlich, verdammt noch mal, gab es Hetzerei, Rekordraserei und all diese Sachen, angesichts derer die Sporthasser liebevoll zu onanieren pflegen; und Gott soll wissen, daß ich mein Leben in einer Umwelt gelebt habe, in der das ständige Gerede von *großen Ergebnissen* und von *Verbesserungen* wie Heuschnupfenpollen in der Luft herumgeschwirrt ist. Die technische Weiterentwicklung im Sport war aber keine isolierte kleine Luftblase, die hoch über der Wirklichkeit schwebte: neue Trainingsmethoden, Glasfiberstab, Tartanbahn, längere Zeiten im Trainingslager, Fosbury-Flop, neue strategische Modelle im Fußball, bessere Kondition und so weiter. Nein, der Sport befand sich mitten in der Gesellschaft, und in der Gesellschaft befand sich die technische Weiterentwicklung, in ihr war die Entwicklung als ein vollkommen schonungsloses diktatorisches Gesetz.

Die Autos, die wir kauften, veränderten sich. Die elektrische Schreibmaschine war plötzlich da, ob ich es nun wollte oder nicht, und früher oder später werde ich mir eine kaufen. Die Gehaltserhöhungen kommen mit schöner Regelmäßigkeit, schonungslos großzügig. Läuft die Entwicklung auf ein absolut vollendetes Endziel hinaus, oder ist die Entwicklung selbst das Ziel?

Walter Ulbricht blinzelt mir mit seinen listig hoffnungsvollen Augen freundlich von der Wand zu. Nein, es ist wohl kein schwedisches Eigentor, das er dort auf der Tribüne des Walter-Ulbricht-Stadions betrachtet; es dürfte die *Entwicklung* sein, die er dort unten entdeckt hat. Pfui Teufel, wie ähnlich ist er doch Papa in dieser hoffnungsvollen Schlauheit. Den vollreifen sozialistischen Menschen kann er nicht entdeckt haben: Nein, es dürfte die *Entwicklung* sein, die er gesehen hat, den Kampf der Systeme. Das tüchtige sozialistische System am Anfang der ersten Kurve, noch hinterherhinkend, aber bei der Jagd auf den kapitalistischen Wettkampfgegner entschlossen keuchend. Neue Rekorde zeichneten sich ab. Die Entwicklung war nicht mehr zu bremsen, und der dritte Wettkämpfer, der vollreife sozialistische Mensch, mußte in einem frühen Stadium des Wettkampfs wegen Milzstechen und Atemnot ausscheiden. Der Endkampf wird also zwischen der kapitalistischen und der kommunistischen technologischen *Entwicklung* ausgetragen werden. Jetzt geht es vorwärts! Hoppla, hätte Papa weit werfen können, wenn er auf den Dreh mit den vier Umdrehungen gekommen wäre!

Der Wettkampf wird heute unter den Bedingungen der führenden kapitalistischen Mannschaft ausgetragen. Solange der Wettkampf andauert, werden Spielregeln, Ziele und Bestimmungen nicht umgeschrieben.

Die Entwicklung als Ziel? Die Bewegung als Endziel? War es so, daß es in Wahrheit gar kein Endziel gab, sondern nur eine Bewegung, die *in sich* Endziel und zugleich der Sinn von allem war? Doch, das wäre eine Möglichkeit, die Papa gemocht hätte. *Für mich ist die Bewegung alles.*

Papa war ohne Zweifel, trotz seines IQ-Wertes von etwa 102, ein Genie. Nur Genies sind in der Lage, intuitiv zu erfassen, wo die äußerste, verdrossene und humorfreie Konsequenz eines Gedankengangs liegt. Ja, Papa war ein Genie. Einige Genies jedoch sprengen den Rahmen, und damit werden sie unerwünscht. Vor den Olympischen Spielen von Melbourne 1956 erfand ein mittelmäßiger spanischer Speerwerfer in einer spanischen Kleinstadt auf dem Lande den sogenannten Seifenstil, eine späte technische Variante der vielen Hammerwurfexperimente Papas mit der Rotation am Rand des Wurfkreises.

Dem Seifenstil lag das gleiche Grundprinzip zugrunde, nur war es den Erfordernissen des Speerwerfens angepaßt. Statt den Anlauf in gerader Linie zurückzulegen und mit einem konventionellen Speerwurf abzuschließen, erfand dieser begabte Spanier eine rotierende Wurfmethode wie beim Diskuswerfen.

Vor dem Wurf werden Hand und Speer mit Seifenlauge eingerieben, um den Reibungswiderstand beim Abwurf auf ein Mindestmaß zu beschränken. Danach wird der Speer in der Mitte in die rechte Hand genommen; das hintere Ende drückt man gegen den Rücken, dann dreht man sich um und wirft. Das ergibt weite, sehr weite Würfe, und zwar nicht immer in die gewünschte Richtung. Hätte dieser Wurfstil sich durchgesetzt, hätte es im Lauf der Zeit unter den Zuschauern einen gewissen Schwund gegeben. Einem vom spanischen Leichtathletikverband in aller Eile zusammengebastelten Angriffsplan zufolge sollten der Stil und der Werfer bis zu den Olympischen Spielen geheimgehalten werden. Erst dann wollte man die Bombe explodieren lassen. Das Regelkomitee sollte keine Zeit bekommen zu reagieren; es sollte vor eine vollendete Tatsache gestellt werden.

Jetzt geschah es aber, daß der zwar begabte, aber taktisch einfältige Spanier – wie alle Genies hatte er den unbändigen Drang, in Zeit und Unzeit sein Äußerstes für die Welt zu tun – ein paar Wochen vor der Abreise nach Melbourne an einem kleinen Dorfwettkampf teilnahm und dabei mit seinem Wurfstil beinahe einen neuen Weltrekord erreichte. Ein Journalist, national gesinnt und glücklich über die Neuigkeit, kabelte die Nachricht um die Welt; ein norwegischer Werfer (kann es Egil Danielsen gewesen sein?) versuchte drei Tage später sein Glück im Bislet-Stadion und warf im Training 102 Meter weit; das Regelkomitee hatte Zeit zu reagieren, und der Wurfstil wurde verboten.

Prinzip: kleine Verbesserungen wünschenswert. Kleine, aber gleichmäßige. Große unerwünscht. Die gleichmäßige Vorwärtsbewegung muß beibehalten werden.

Und das Ziel? *Na und?*

Mich nannten sie den Sekundanten; viel Sinn lag darin nicht. Alle Überlegungen des Sekundanten. Nicht immer sind sie sonderlich sinnvoll gewesen. Es sind so viele Jahre vergangen, und noch immer weiß ich nicht, wo in meinem Leben ich mich befinde.

Gestern abend war ich unten auf dem Sportplatz, auf dem ich einmal versucht hatte, *die Mitte* meines Lebens unterzubringen, aber ich kam zu spät. Die Dämmerung war schon gekommen und die Dunkelheit, und es gab kein Flutlicht. Ich zog mich trotzdem um und ging auf den Platz.

Später August, warme Dunkelheit.

Ich ging über die Aschenbahn und über den Rasen und legte mich exakt in der Mitte des Platzes hin. Es roch nach Gras und Aschenbahn, und dann roch es noch nach etwas anderem. In der Mitte muß man liegen, exakt auf dem Punkt, der das Gleichgewicht garantiert. Ich sah den klaren und schwarzblauen Himmel, es roch nach Aschenbahn und Leben und Gras. Ich befand mich exakt in der Mitte meines Lebens, wußte aber dennoch weder ein noch aus: Es gab Gründe nachzudenken. Ich befand mich in der Mitte, wußte aber nicht, wo in meinem Leben ich mich befand. Ich wünschte, ich könnte alles klar sehen. Ich dachte: Wie alt ist man, wenn man so alt ist wie ich. Wie sehr hat man schon lügen gelernt. Wie geschickt ist man geworden. Wie smart ist man geworden. Wie viele Gerüche hat man vergessen. Wie viele Jahre sind eigentlich in denen, die ich zu haben glaube. Wie weit habe ich mich von mir selbst entfernt.

Es war dunkel, ich sah nicht viel, aber ich konnte alles riechen, was verschwunden war. Es roch nach Gras, nach nasser Aschenbahn. Ich sog die Luft ein und versuchte, mich zu erinnern; ich hatte nicht vergessen, aber es war dennoch fort. Aufsetzen des Fußes, sechs plus zwei, der Rhythmus beim Aufwärmen? Es war fort. Ich lag still in der Mitte von allem, mit offenem Mund, und ich fühlte die Herzschläge, die mich mit einem schnellen, unerbittlich rhythmischen Takt älter und älter machten. So muß Papa es gefühlt haben: In der Mitte von allem, aber auf dem Weg nach draußen.

Er hatte dies alles so ungeheuer geliebt. Für mich war es fort. Ich lag still, es gab keine Möglichkeit zur Rückkehr, und ich wußte nicht, wo in meinem Leben ich mich befand.

Vorige Woche bekam ich einen Brief von Gisela: Jedesmal, wenn ich ihren Namen schreibe, versuche ich, mir ihr Gesicht, nicht von anderen Gesichtern überlagert, vorzustellen, aber es geht nicht, es verschmilzt mit dem einer anderen Frau, die mich ebenfalls entlarvend gut kannte.

Auf jeden Fall: Ich bekam einen Brief.

Wir schreiben einander; es sind seltsame, trockene Mitteilungen zweier Menschen, die nicht wissen, wo in ihrem Leben sie sich befinden, aber bis auf weiteres fortfahren, sich mitzuteilen. Datiert Dresden, mit dem trockenen, klaren Stil, der so wenig über sie aussagt. Sie ist froh. Sie meint Licht, meint klar zu sehen. Da antworte ich ihr im gleichen Ton. Sie ist einer der Menschen, an die ich schreibe; ich freue mich, daß sie antwortet. Ich habe sonst oft das Gefühl, derjenige zu sein, der auf unterbrochenen Leitungen telegraphiert, der Ratgeber, der aber niemanden hat, dem er einen Rat geben könnte, eine Führungskraft, die nichts zu lenken hat, ja, so ist es oft. Wir schreiben einander. Es sind objektive Briefe über unsere Probleme, jedoch ohne Empfindsamkeit. Wir diskutieren das, was wirklich ist, wir vermeiden Metaphysisches.

Sie spricht von der ideologischen Berechtigung des Amateurboxens in einem sozialistischen Staat. Die Briefe sind gerade, unironisch. Ironie ist eine bürgerliche Eigenschaft. Mitunter lesen sich ihre Briefe, als wäre sie irgendein Abgesandter des Ministeriums für Sport und Körperertüchtigung (vielleicht schreibt sie sogar einfach ab?): »*Selbstverständlich ist es schwierig, direkte ideologische Motivationen für das Amateurboxen zu finden*«, schreibt sie im Tonfall eines frisch promovierten FDJ-Führers, »*zumal ja weder Marx, Lenin noch sonst einer der ursprünglichen Ideologen sich zu diesem Thema oder überhaupt zum Sport geäußert haben. Ich selbst halte es für zweifelhaft, ob der Sport zum Überbau gehört. Die Einwände, die Du vorzubringen hast, sind, wie ich meine, weniger relevant, besonders deshalb, weil das Profiboxen bei uns ja verboten ist und ein Boxer also niemals als eine Ware betrachtet werden kann. Der Wert des Boxens liegt vor allem darin, daß junge Menschen in Mut trainiert werden.*« (Hepp! Beinahe ein wörtliches Zitat aus der Rede U.s!) »*Es erfordert Mut, einen Kampf von drei Runden gegen einen überlegenen Gegner zu bestehen. Wenn der junge Mensch später im Arbeitsleben oder am Verhandlungstisch Mut braucht, ist dieser Mut im Boxring bereits eingeübt und begründet worden.*«

Und dann, mit der großartigen unschuldsvollen Sachlichkeit, zu der nur sie in diesen zehn Jahre zu späten Kommentaren zu einem mißglückten Liebesverhältnis fähig war, kam der Knalleffekt: »*Wie Du weißt, stellt das Leben einen manchmal vor Situationen, in denen Mut nötig ist. Ich glaube, das Kennzeichen eines guten Sozialisten ist die Tatsache, daß er den Mut besitzt, seine Integrität aufzugeben, sein Gefühl einzusetzen und es wagt, sein Gefühl anzuwenden.*«

Unmittelbar darauf hatte sie die Stirn, auf die gleiche unschuldsvoll selbstverständliche und raffiniert schlagende Weise die verdammte SED-Direktive aus dem Jahr 1968 zu zitieren, als ob darin der Schlüssel zu unserem gesamten Verhältnis, zum Zusammenbruch der Liebe und zum Dilemma des Amateurboxsports läge: »*Sportliche Wettbewerbe und*

Wettkämpfe fördern den Leistungsvergleich der Jugend, ihren Wunsch nach Bewährung; der Sport gibt jungen Menschen Perspektiven und entwickelt das Gefühl für gegenseitige Hilfe im Kollektiv.« Was das am Ende wohl heißen sollte: »... entwickelt das Gefühl für gegenseitige Hilfe im Kollektiv.« Der Sport tut das also. Und dann kamen in Klammern ein paar diskrete Ausrufungszeichen hinterher, die dem Ganzen einen fast pornographischen Charakter gaben.

Nein, die Telegramme, die wir einander zuschickten, kamen an; die Leitungen vor meiner Toilettentür waren nicht unterbrochen, aber die Mitteilungen, die wir uns schickten, waren eigentümlich kodifiziert. Ich versuchte, von meinem Leben zu erzählen, berichtete aber über das Leben anderer.

Ich erzählte von dem kleinen griechischen Fliegengewichtler, der bei einem Städtevergleichskampf zwischen Berlin und Athen durch Jury-Entscheid vernichtet worden war: Ich erzählte davon, wie er sich auf noble Weise in einem angemessenen Abstand von seinem Gegner gehalten und seine Schläge beherrscht, gleichsam nachdenklich hereingehängt hatte. Davon erzählte ich. Als der Kampf zu Ende war, reckte der Grieche jubelnd die Arme hoch, um eine halbe Minute später vom Urteil der Jury getroffen zu werden, das wie eine eiskalte Dusche wirkte: Man hatte ihn zum Verlierer erklärt. Ein kurzer Augenblick starker Empörung, die Halle tobte, dann war es Zeit für den nächsten Kampf. Hier saßen einige hundert griechische Gastarbeiter, und die Halle erbebte unter ihrem *Hellas, Hellas, Hellas*. Viele dieser Männer mußten der Junta gegenüber feindlich gesinnt sein, dennoch saßen sie hier und waren glücklich in ihrer rhythmischen Huldigung an – ja, an was oder wen? An einen vagen, aber gefühlsstarken Begriff: *Hellas*.

Der schattengleich tanzende Boxer in dem blauen Trikot war ein Stellvertreter, er hatte gerade angefangen und würde nach 2.16 in der zweiten Runde ausgezählt werden, aber im Augenblick repräsentierte er etwas Feines und Begehrenswertes: einen festen Bezugspunkt, eine nationale Identität.

Der Sport ist nichts *an sich*. Der Sport ist ein Instrument, dessen man sich bedient. Ein Pauspapier. Der verhüllende Mantel um das Denkmal, der sich um etwas formt oder nach etwas Form annimmt. Das Messer des Revolutionärs oder des Faschisten, es ist im Grunde uninteressant, auf die Gleichheit der Messer hinzuweisen. Sie sind Instrumente, man bedient sich ihrer, und man muß die Frage stellen: wozu? Es ist so leicht, diese verführerische Analogie zu akzeptieren: Die ideologische Anwendung des Sports hat fast immer *gleich ausgesehen*. Die Messer sahen immer gleich aus, aber die Frage war: Wessen Hand hielt das Messer? In welcher Absicht? Der politisierte Arbeitersport der zwanziger Jahre, die Olympischen Spiele 1936, Båstad, der Einsatz des Sports durch den Faschismus, die DDR 1971. Die Formen waren ähnlich, aber das ist uninteressant. Dahinter stand der Kampf, der sich zwischen den Ideologien abspielte.

Schluß nach 2.16 in der zweiten Runde. Er ging dicht neben mir hinaus, und sein Gesicht war ruhig und beherrscht. Hatte er jetzt sein Training in Sachen Mut bekommen? War er bereit für den Verhandlungstisch?

Ihn versuchte ich in einem Brief zu beschreiben, den ich an sie schickte; sein Gesicht, den tanzenden blauen Schatten, meine irrationale Liebe zu all dem. Die Gesichter beschrieb ich ihr, und sie waren alle Teile meines eigenen Gesichts oder dem von Papa.

Ich hatte sie im Oktober 1956 kennengelernt, und als ich nach Hause kam, brannte draußen auf Bosön ein kleines Feuer: Es war vor der Abfahrt nach Melbourne, man mußte draußen trainieren. Es war Schnee gefallen, und die Springer wärmten sich am Feuer auf. An diesem Nachmittag verletzte sich B. N. an der Hüfte, und ich weiß noch genau, wie wir ihn hereintrugen: Sechzehntausend Trainingsstunden im Dienst der Entwicklung umsonst, das Feuer erlosch.

Wir trugen ihn herein, und sein Gesicht war ruhig und beherrscht! Im Grunde war nur ein Muskel quer gerissen. Aber er war ein bemerkenswerter Mensch; ich sah ihn, als er zwei Jahre später ein Comeback versuchte. Es war zu einer Zeit, als es die Mariebergs-Halle noch gab. Man kann 2,05 mit drei Schritten schaffen, wenn man es wirklich *will*, und man sah es in seinem Gesicht: Was hätte man mit dieser wütenden Entschlossenheit tun können? Sonst?

Und dann verletzte er sich wieder.

Ich schrieb ihr aber von griechischen Boxern. Die Runde zu Ende, die Sekundanten in den Ring, Handtuch, Warten. Ich schrieb ihr: Ich brauche Betäubung. Ich bleibe sitzen, sehe mir Kampf auf Kampf an, ich brauche immer stärkere Betäubung, und gleichzeitig liebe ich dies alles. So ist es bei uns, schrieb ich. *»Gern eine Medaille. Aber zuerst eine anständige Revolution!«* Ich schickte ihr einen Brief und sprach von den Schatten, die im Ring tanzten. Ich brauche meine Betäubung und meine Anregung, schrieb ich. Der Kampf zu Ende, Hand in die Luft, Umarmung, Buhrufe, Drama zu Ende. Zeit für die nächste Spritze, und dann die nächste, und dann wieder die nächste. Und zum Schluß nur noch Schmerz, der reine und klare Schmerz.

»Er verbesserte die Ergebnisse«, hätte auf dem Grabstein stehen sollen.

In Goldschrift, auf stilvolle Weise. Aber der pietätvolle Pastor kam dazwischen, und jetzt muß Papa also wie eine unbedeutende Notiz ohne Überschrift daliegen, als ob das besser wäre.

Eine Weile glaubte ich, »Ergebnisse« sei das Schlüsselwort. Aber, das ist wohl nicht so. »Verbessern« ist das wichtigere Wort. Papa war ein Verbesserer. Er mochte es, die Entwicklung bestätigt zu sehen, und darum konnte er sich auch nie so recht für Fußball erwärmen. Wenn man im Dreisprung 16,22 erreichte, wußte man genau, wieviel dieses Ergebnis wert war. Aber wie konnte man sicher sein, daß die Entwicklung im Fußball fortschritt? Einen Steilpaß kann man ja nicht mit einer Zahl beschreiben.

Manchmal, wenn ich an Papa und an die äußersten Konsequenzen von all dem denke, wofür er ein Ausdruck war, habe ich vor mir eine Art Zukunftswelt gesehen, in der man alles außer dem Zynismus beiseite gefegt hat, in der man den Glauben aufgegeben hat, daß die Entwicklung ein Ziel hat, und in der die Bewegung nach oben als Sinn des Lebens definiert worden ist: Die Bewegung ist der Sinn der Bewegung.

Es sieht wie folgt aus. Es würde mit einer Entwicklung anfangen, bei der die Kluft zwischen armen und reichen Ländern immer größer wird, was durchaus realistisch ist, um schließlich in einem Höhepunkt zu enden. Aber nicht in einem hoffnungsvollen Kulminationspunkt, einer Weltrevolution, die reinen Tisch machte, sondern eher im Gegenteil. Die Kontrolle über die Entwicklungsländer würde immer weiter verfeinert, die Machtinstrumente und die Waffen würden immer perfekter, die Freiheitsbewegungen immer besser kontrolliert und schließlich vernichtet werden. In dieser äußerst unmarxistischen Zukunftswelt würde das Auf und Ab der Geschichte aufgehoben und durch die Tatsache, daß die machthabenden Kapitaleigner in den reichen Ländern sich allzu vollendete Waffen verschafft haben, kontrolliert sein: die dialektische Bewegung vom Terror aufgehoben, die Geschichte tiefgefroren in einem luftleeren Raum.

In einer total kontrollierten Welt eröffnen sich Möglichkeiten für totale Kontrolle. Auf der einen Seite der Kluft befinden sich jetzt die Entwicklungsländer, deren Ausbeutung nicht mehr mit scheinhumanistischen Hilfsmaßnahmen verbrämt zu werden braucht. Sie sind in Produktionsreservate verwandelt worden, in große geschützte Gebiete, in denen die Eingeborenen sich hinter Stacheldraht frei bewegen können; sie werden jedoch mit Hilfe ausgezeichneter elektronischer Wachsysteme überwacht; Wirtschaft und soziale Struktur unterliegen einer stabilen Kontrolle. Die Überwachung dient dem Schutz vor schädlichen Entwicklungen und politischer Unruhe sowie der Schaffung stabiler Produktionsverhältnisse.

In den Fällen, in denen die Eingeborenen Einwände vorzubringen hatten, wurden strategische Gebiete vernichtet.

Die so statuierten Exempel schufen Arbeitsruhe. Venezuela wurde ausgelöscht, und Südamerika wurde ruhig. Laos wurde vernichtet, Asien verstummte. So erreichte man eine total kontrollierte Welt, wohlgeordnet und ohne Unruhe.

Die Veränderungen entscheidender Natur aber betrafen nicht die Produktionsreservate: Diese waren nur die ökonomische Basis für alles andere. Dort befand sich die stabile Grundlage der Situation, die Konsequenz der Haltung und der Struktur, deren Grundzüge man schon in den sechziger Jahren hatte erkennen können. Nein, die Revolution ereignete sich in den führenden, kapitalbesitzenden und machthabenden Ländern. Manchmal nannte man sie die Entwicklungs-, manchmal die Glücksreform. Die Idee dahinter war einfach: Es war der Gedanke an die wiederholte Entwicklung.

Entwicklung, so sagte man, ist nützlich, sofern man es vermeidet, das Ziel der Entwicklung zu definieren. Die Entwicklung ist mit sich selbst gleichbedeutend, die Entwicklung ist sich selbst ein Ziel. Die Bewegung der Entwicklung ist Glück. Eine zehnprozentige Entwicklung enthält immer das gleiche Maß an Glück, unabhängig davon, auf welcher Entwicklungsebene die Entwicklung vonstatten geht. Aber da es immer schwieriger wird, die Entwicklung weiterzuführen, je mehr man sich dem Leistungssoll nähert, so schreibt die rationale Logik einen Rückgang vor. Einen systematischen Rückgang. Das Glück war der Schritt zwischen zwei Zuständen und nicht etwa die Zustände selbst. Es war das Bergaufklettern, nicht das fertige Ergebnis. Die bessere Leistung und die schnelle Freude, eine bessere Couch oder besseren Lohn zu bekommen, nicht der Besitz der Couch oder des Lohnes. Die Entwicklung war das Ziel der Entwicklung. In den Verschiebungen lag das Glück. Die Ebenen konnte man vergessen: technologisch vollendet 1988 oder mittelalterlich 1432.

Zu welchen Methoden konnte jetzt gegriffen werden? Zu Rauschdrogen? Zu Glücksreservaten? Es gab eine andere Art und Weise, eine andere Konsequenz. Im Sommer 1998 wurde sie gezogen. Die Reform gründet auf dem Gedanken, daß der Mensch böse, das endliche Ziel der Gemeinschaft unerreichbar, die sozialistische Zukunft naiv sei, sowie darauf daß der einzige Ausweg in der organisierten Reaktion zu finden ist.

Schweden wurde als erstes Experimentierfeld eingesetzt. Das nördliche und mittlere Schweden wurden als Versuchsfeld abgegrenzt; die Grenze verlief am Göta-Kanal. Nördlich des Kanals entstand das, was man als Glücksreservat I bezeichnete. In der Nacht zum 23. Juli 1998 wurden alle Bewohner des Gebietes nördlich der Grenze mit Drogen behandelt. Ihre Erinnerungen und ihre Fähigkeiten wurden ausgelöscht, aber nur bis zu einer bestimmten Grenze. Maschinen und Industrien wurden zerstört oder verlegt.

Am Morgen des folgenden Tages wachten die Leute auf und fanden alles anders als zuvor: *Sie erwachten mit einem Gefühl seltsamer Schwerelosigkeit.*

Man fand sich zurückgeführt. Man hatte in diesem Experiment, dem ersten einer langen Reihe, sechs Millionen Menschen in ein Entwicklungsstadium zurückversetzt, das dem Stand von 1760 entsprach. Entwicklungsmäßig, technisch, sozial und – nicht zuletzt – moralisch.

Ein Stück von einer Welt, ein in die Geschichte zurückgeworfenes Stück, isoliert hinter den elektronischen Spiegelwänden der Macht, kontrolliert von Satelliten und Radarschirmen, ohne andere Erinnerungen als die, die von der Geschichte im Jahr 1760 zugelassen wurden. Die Menschen, die eingeschlossen waren, konnten vielleicht die sie bewachenden Augen ahnen, aber das Entwicklungsniveau der Geschichte erlaubte ihrer Phantasie nicht *zu wissen.* Sie befanden sich fest verankert im Schweden von 1760 und konnten mit ruhiger Gewißheit darangehen, die Ergebnisse zu verbessern.

Und sie strengten sich an. Sie hatten genügend Zeit zur Verfügung, bis die nächste Droge zum Einsatz kommen würde, um sie in die Geschichte und in die Vergessenheit zurückzuwerfen. Die Menschen entwickelten sich, weil die Geschichte und *der Zeitgeist* ihnen gesagt hatten, sie sollten ihre Welt entwickeln.

Und folglich taten sie, wie ihnen geheißen.

Wenn es ihnen möglich gewesen wäre, über ihre Grenzen zu blicken, hätten sie die anderen Reservate emporwachsen sehen können. Frankreich, ins sechzehnte Jahrhundert zurückgeworfen. Norwegen, in die Zeit um 1880 zurückgeführt. Dort gerieten die ersten Jahrzehnte recht eruptiv. Die Erfindung des Freilaufs beim Fahrrad. Die Konstruktion des ersten Maschinengewehrs. Die große Konfrontation zwischen der naturalistischen und der symbolistischen Ästhetik. Die Jahrhundertwende. Ein junger norwegischer Dichter aus Bergen erfand 1903 den inneren Monolog und wurde aus dem Schriftstellerverband ausgestoßen. Dann kamen die großen Sittlichkeitsdebatten, der Vormarsch der Sozialdemokratie, die Entdeckung der Sulfonamide, die Auseinandersetzung über den hinterherhinkenden Wohnungsbau. Akademiker im Streik: Ihre Gehaltsentwicklung, so wurde empört betont, sei zum *Stillstand* gekommen.

Und dann, mit einem Mal: Schluß, ein heftiges Zurückgeworfenwerden in die Geschichte. Die überwachenden Augen hatten eine neuerliche Retardierung beschlossen. Die Entwicklung konnte von neuem beginnen.

Denn die Welt schien ihre Zelte ständig von neuem aufzuschlagen. Die eine Hälfte, die Eingeborenen- und Produktionsreservate, hatte sich nicht verändert. Dort stand die Entwicklung der Sklaven still, während sie für die Machthaber und Kontrolleure Produkte herstellten. In den Experimentiergebieten dagegen war die Entwicklung um so interessanter. Dort hatten sich Gewächshäuser gebildet, künstliche Schöpfungen, die keine Produkte einer kontinuierlichen Entwicklung waren, sondern frühere Verläufe kopierten oder nacherlebten. Sie durchlebten ihre Geschichte von neuem, jeder einzelne erlebte seine Epoche; die Menschen taten es ohne Erinnerungen oder Trauer, ohne zu wissen, daß die Entwicklung, die sie schufen, schon einmal entwickelt worden war, ohne Wissen darum, daß die Fortschritte, über die sie sich wie Kinder freuten, bereits gemacht worden waren. Sie waren Tiere, die Menschen zu werden versuchten, Meerschweinchen in einer Kiste, Liebende, die unter der prüfenden Linse des Riesenauges krabbelten und krochen: Und wenn sie in der Geschichte weit genug gekrabbelt waren, packte die Riesenhand sie im Nacken, injizierte die Droge und legte sie in eine neue Kiste.

Zu einer neuen Entwicklung. Wo sie von dem gleichen Alptraum, der gleichen Ideologie festgehalten wurden.

Mal um Mal wurde die Uhr der Entwicklung zurückgestellt. Irgend jemand erfand das Rad, in derselben Sekunde, in der jemand in einem anderen Glücksreservat sah, wie die Atome sich bewegten, und wußte, wie man sie würde spalten können. Jemand schrieb in seinem Reservat, in seiner Glaskuppel, ein Drama, das er *Hamlet* nannte, während in derselben Sekunde ein anderer in einer anderen Glaskuppel einen Roman namens *Ulysses* schrieb.

Sisyphus rollte den Stein, und der Gipfel des Berges wurde laufend wegoperiert: nicht als Strafe, sondern als Belohnung. Der Wettbewerb war die Belohnung für den Kampf. Und jedesmal, wenn ich dieses Bild vor mir sehe, addiere ich es einem anderen hinzu: Papa im August 1947 im Umkleideraum, wie er den Umstehenden, die sich in einem Halbkreis um ihn geschart hatten, verwirrt und beschämt zublinzelte. Er war von ihrem Traum verführt worden und wurde jetzt von den Verführern verurteilt. Sogar seine Verwirrung verurteilten sie. Und das einzige, was im nachhinein hätte erklären können, warum er ihre Rahmen sprengte, das einzige, was den Schlüssel zu seinem Innenleben hätte liefern können, durfte ich nicht auf seinem Grabstein einmeißeln lassen. *»Er verbesserte die Ergebnisse.«* Gott stehe ihm in seinem Himmel bei, aber es ist wahr. Er verbesserte tatsächlich die Ergebnisse.

Nein, ich werde nicht mehr über die Entwicklung sprechen. Zum Abschluß nur einen Nebenkommentar zu Papa und dem Wort »Ergebnis«: kleine abendliche Vergegenständlichung. Ich hatte, im Frühjahr 1970, ein langes Gespräch mit einem Kugelstoßer, den ich kennengelernt hatte. Er hatte 19,90 geschafft und somit beinahe zur Weltelite gehört. Wir führten mehrere Gespräche miteinander, und immer ging es dabei um *die Ergebnisse*.

Also man schafft ein Ergebnis, meinte er, was ist das eigentlich? Nehmen wir zum Beispiel einen Kugelstoßer, der über 20 Meter kommt. Abgesehen davon, daß jeder (mit Recht) der Meinung ist, dies sei ein imponierendes Ergebnis, was *bedeutet* es? Er selbst war ja nur in die Nähe der Traumgrenze gekommen, glaubte aber dennoch zu wissen, was sie bedeutete. Also 20,16. Man steht da und stößt, es gelingt einem, das Übertreten zu vermeiden, geht aus dem Stoßring, sieht, wie gemessen wird. Man hat den Weg der Kugel durch die Luft verfolgt, wie es heißt. Dann beendet sie ihren Flug. Der Stoß wird gemessen, es ist zu Ende.

Dann kommt das Ergebnis. 20,16, das ist eine Zahl.

20,16. Diese Zahl ist sozusagen das einzig übriggebliebene Fossil, das davon erzählen kann, wie die Kugel einmal durch die Luft segelte. Die Zahl im Verhältnis zum Stoß ist wie eine fossile Geradhornschnecke in Marmor.

Aber ohne Zahl kein eigentliches Erleben des Ergebnisses.

Es ist schwierig, aus der Ferne den Unterschied zwischen einem Stoß von 15,34 und einem von 20,16 zu sehen. Beide sehen fast gleich aus. Das gleiche gilt für Laufwettbewerbe. 13.16 auf 5000 oder 14.45 – es kann unerhört schwer sein, ohne Stoppuhr in der Hand zu sagen, welches Tempo gehalten wird. Ein kleiner Läufer sieht immer aus, als habe er ein mörderisches Tempo drauf. Es sind das Maßband und die Stoppuhr, die darüber bestimmen, ob das Sporterlebnis, das man gerade gehabt hat, miserabel, mittelmäßig oder glänzend gewesen ist. Nicht das Ereignis an sich. Zeigt die Stoppuhr 13.16, hat man eine in der Sportgeschichte einzigartige Leistung erlebt, zeigt sie mehr als eine Minute mehr, ist es meist nichts gewesen.

Aber was bedeuten 20,16? Das läßt sich leicht beantworten, meint er. Es ist, kurz gesagt, ein langwieriger Trainingsprozeß, dessen Ergebnis sich in Zahlen wie dieser ausdrücken läßt. Aber was *bedeuten* 20,16? Wir bewegen uns, meint er, im Sport wie in der Gesellschaft mit bestimmten Vorstellungen, die, wenn bestimmte Zahlen- oder Buchstabenkombinationen als Auslöser wirken, bestimmte Gefühle und Erlebnisse erzeugen. 20,16 ist eine Kombination, welche die Stärke dieses Erlebnisses bestimmt, genauso, wie wenn jemand auf ein Bild zeigt und Max Ernst sagt. Dann bestimmt auch diese Äußerung den Charakter und die Stärke des Erlebnisses, nicht wahr? Hinter dem eigentlichen Leben steht eine Code-Sprache. Code-Sprache? Ja, ein Code, der bestimmte Dinge sagt: 20,16 bedeutet also, daß der Bursche, der 20,16 gestoßen hat, soundsoviel trainiert hat, stärker und schneller ist als fast alle anderen Kugelstoßer von heute. Er hat seine Aufgabe bewältigt und kann als ein 20,16-Kugelstoßer definiert werden.

Ein Zeugnis also, eine Plazierung in einer Rangordnung?

Nicht direkt, es ist eher wie ein freier Orden, der an die Brust geheftet wird, so daß man weiß, daß er ein 20,16-Kugelstoßer ist.

Die 20,16 haben also nichts mit dem Stoß zu tun?

Doch, und zwar auf diese Weise, daß 20,16 auch als Kodifizierung eines Erlebnisses dient.

Wessen Erlebnis?

Des Betrachters. Also, etwa so: Der Zuschauer hat einen Stoß gesehen und erfährt, daß es 20,16 gewesen sind und nicht 14,32. Teils beschreibt dies das Erlebnis, teils wird es in die Rangskala anderer Kugelstoßerlebnisse eingeordnet, die möglich sind, teils kodifiziert der Stoß den Kugelstoßer als Sportler.

Die Messung ist also wichtig, ein Teil des eigentlichen Vorgangs?

Die Messung ist die Antwort auf den Vorgang. Dabei erfährt man, ob der Vorgang an sich gut oder wertlos gewesen ist. Und ohne die Messung, ist der Vorgang ohne die Messung wertlos? Nicht wertlos, aber er ist kein *Ergebnis*. Ist der Begriff 20,16 ebenso wie ein Kunstwerk zu betrachten? Nein. Warum nicht? Na ja, weiß nicht. Ein Buch kann man ja noch einmal lesen. Aber wenn man zum zweitenmal 20,16 sagt?

Also so ist es: Mit dem Wort »20,16« drückt man aus, daß man in einem bestimmten Augenblick einen Kugelstoß erlebt hat, der unerhört weit gewesen ist, 20,16, um es genau zu sagen. »20,16« erhält dann Substanz. Es ist die Erinnerung an ein Erlebnis, ganz konkret.

Aber der eigentliche Begriff »20,16«, das *Ding* »20,16«? Es bedeutet in den meisten Fällen 20,16.

Bedeutet die Zahl mehr oder weniger als die Leistung?

Leistung zusammen mit Messung und Zahl – das ergibt das *Ergebnis*; das sollte aus dem hervorgegangen sein, was ich jetzt gesagt habe.

Ohne Zahl kein Ergebnis?

Begriffen.

Ob sich seine Einstellung zum Kugelstoßen im Verlauf der Jahre verändert hat?

Er muß zugeben, daß dies der Fall ist. Am Anfang – nun ja, jeder weiß, wie es am Anfang ist. Man ist ehrgeizig und möchte hinaus und reisen. Menschen kennenlernen, seinen Namen in der Zeitung sehen. Dann kommt man ins Vereinsleben herein und bekommt Kumpels. Das Sportleben ist ja so unglaublich lebendig, man fühlt Gemeinschaft. Ja, es ist ein gutes und lebendiges Leben, im Gegensatz zu sonstiger toter Zeit.

Aber vielleicht hat sich in den letzten Jahren etwas verändert. Natürlich hat es Spaß gemacht, auf Reisen zu gehen, und zu Reisen ist es oft genug gekommen, besonders, nachdem er zum erstenmal 19 Meter geschafft hatte. Aber vor allem hat es einen langen verfluchten Kampf gegeben, um die Ergebnisse zu verbessern. Einen Kampf gegen sich selbst. Man steht da und fummelt stundenlang mit den Gewichtshanteln rum. Stemmt und stößt stundenlang. Arbeit mit der Beinpresse. Rechnet aus, wie viele Tonnen man pro Tag gehoben hat. Und dann erst die Wettkämpfe. Man sieht die Ergebnisse. Wenn man meine Klasse erreicht hat, hat es ja nicht mehr viel Sinn, bloß zu gewinnen. Ich gewinne ja fast immer, es sei denn in richtigen Großkämpfen, zu denen die Kugel-Mafia zusammengetrommelt wird. Gewinnen kann jeder Weihnachtsmann, wenn er nur eine miese Konkurrenz hat. Es sind aber in Wahrheit die Ergebnisse, die zählen. Ich selbst finde es besser, mit 19,38 Zweiter zu werden, als Erster mit 16,80. Man kämpft mit seiner persönlichen Bestleistung: 19,86 werden zu einem verdammten *Gegner*. Einer Wand. Viele sehen nur noch diese Wand, nichts anderes. Ich hatte einen Kumpel, der 400 lief und vollkommen darauf fixiert war, daß er die Strecke nie unter 48 schaffen konnte. Er schämte sich so unglaublich wegen seiner ständigen 48,2, daß er schließlich die Lauferei an den Nagel hängte.

Die Ergebnisse sprechen ja für sich selbst. Man muß Respekt haben vor Zentimetern und Zehntelsekunden. Anfänger und schlechte Sportler haben keine Achtung vor Zahlen. Sie lügen und sagen, sie hätten im Training soundsoviel geschafft. Oder die Sprinter, die Zeiten angeben, die sie mit Rückenwind erzielt haben. Ich habe Achtung vor Zahlen. Eine Zahl ist etwas, wovor man Respekt haben kann. Ich habe beinahe Angst vor Zahlen. Ergebnisse können sozusagen zu Gegenständen werden. In den Ergebnissen liegt das Wesen des gesamten Sports.

Hat er nie Lust gehabt zu mogeln?

Mogeln? *Mogeln?* Wie zum Teufel soll man das denn anstellen? Das ist doch wichtig, daß das Ergebnis ein wirkliches Ergebnis wird, etwas Hartes und Festes, das man beinahe anfassen kann. Substanz. Etwas, das man beinahe in der Hand halten kann. 20,16 zum Beispiel – habe immer davon geträumt, einmal gerade 20,16 zu machen. Das klingt wie etwas Besonderes, nicht wahr? Das ist wie ein Name, ein Ding. 20,16, das ist jedenfalls etwas.

Nein, als er damals im Umkleideraum saß, im Halbdunkel, verstand er nicht die volle Reichweite ihrer Entrüstung, und sein Unverständnis war völlig echt. *»Die Angeklagten haben, mit ein paar halbherzigen Ausnahmen, bei dem anderthalbjährigen Prozeß in Frankfurt am Main nicht die leiseste Neigung gezeigt, ihre Mitschuld einzugestehen. Sie wiederholen ständig, daß sie nur ihre Pflicht getan hätten. Für uns klingt das vielleicht banal, aber dennoch ist es eine wichtige Tatsache. Warum ändern sie ihre Haltung nicht? Weil ihre Taten die natürliche Konsequenz einer Gesellschaftsordnung gewesen sind.«*

Er konnte nicht sehen, welchen Fehler er gemacht hatte: Er schämte sich zwar, aber er begriff nicht, wo der Fehler liegen sollte. Aber ein Verbesserer war er; das hätte auf seinem Grabstein stehen sollen, in Goldschrift.

Der Felsen im Meer

»Knie beugen, Arme recken!
Müde Geister muß man wecken!«

Eines habe ich übrigens zu sagen vergessen: Papa war wirklich ein kecker und frischer Mensch.

Kein »Hoppla-jetzt-komm-ich«-Typ, aber auch alles andere als eine nervöse Zimperliese. Wenn man herumsaß und den Kopf hängen ließ, wußte er immer Rat. *»Körperliche Betätigung zerstreut düstere Gedanken!«* Das klingt unsympathisch, aber er war wohl doch nicht direkt ein Terrorist. Mama übte ihren dämpfenden Einfluß auf ihn aus, und meistens hielt er die Schnauze, sah dabei aber aufmunternd aus. Erkältungen und Depressionen sollten wegtrainiert werden, das war seine direkte und im Grunde effektive Empfehlung, die er allerdings für sich behalten mußte, nachdem Mama begonnen hatte, sich ein wenig über seine Quacksalberei aufzuregen.

Manchmal ist er mir so ähnlich. Manchmal sind wir so grundverschieden, daß ich mich frage, ob er eigentlich mein Vater gewesen ist.

Ein Teil von mir war in ihm, ein anderer Teil weit weg. Ich saß einmal in der innersten Windung der Schnecke, vollkommen kalt und ruhig und bereit, zu der totalen Einsamkeit oder unverbindlichen Gemeinschaft überzugehen, von denen die singenden Stimmen sprachen. In der Nacht kam er dann, wiegend und schwer, und wurde zu einem Deckel, der die Öffnung des Schneckenhauses abschirmte und die singenden Stimmen zum Schweigen brachte. Welcher Teil von mir war er eigentlich?

Nachdem die Stimmen aus dem äußersten aller Welträume zum Schweigen gebracht worden waren, würden andere ertönen, Stimmen, die es in der Wirklichkeit gab. Vor ihnen Schutz zu finden, war schwieriger.

Über die Einsamkeit sprachen sie, hinterlistigerweise. Kollektivismus bedeutet Auslöschung, sagten sie. Jeder ist seines Glückes Schmied. Und irgendwo würde ich, mit einem allzu großen Teil meines Lebens, irgendwo dort im Innern der Schnecke bleiben, geteilt und voll zwiespältiger Gefühle, befreit in der Gemeinschaft und in mir selbst gefangen. Was Papa mich lehren konnte, war, daß der Sport es mit sich bringt, daß man aus der Einsamkeit herauskommt. Aber auf der Rückseite der Münze gab es eine andere Art von Einsamkeit, als wäre ich mit einer neuen, rituellen Gemeinschaft vereinigt worden, die eine auf leeren und toten Formeln beruhende Vereinigung bedeutete. Ich erlebte beide Seiten, ohne klar angeben zu können, was richtig war und was falsch. In der Bewegung, im Eigenleben des Spiels, schien ich teilhaftig zu werden: Ich konnte mit einem Gefühl klarer Befreiung Fußball spielen, als hätte ich mich im Spiel im Fruchtwasser bewegt, als wäre ich irgendwie teilhaftig geworden. Da schien ich aus der Einsamkeit hereinzukommen, und ich sagte mir, daß sie nie so heroisch und selbstverwirklichend war, wie sie gesagt hatten, und daß die Gemeinschaft nicht so auslöschend war, wie sie befürchtet hatten. Nichts war so, wie sie gesagt hatten, daß es sein würde.

Im September 1944 hatte ich ein seltsames Erlebnis. Ich ging durch den Wald, es war Nachmittag, und ich schien plötzlich aus mir herauszugehen und sitzenzubleiben. Ich sah Christian Engnestam dort gehen, aber ich blieb da. Die Zeit stand still. Ich befand mich in rasch wachsender Entfernung von mir selbst. Ich schien die Fähigkeit zu verlieren, zu riechen und zu fühlen; meine Haut war drei Zentimeter dick. Ich zog mich nach innen zurück. Jede Sekunde war unendlich.

Meine Definition der Ewigkeit hatte ich schon seit langem fertig. Sie war mir von der Schriftstellerin Mia Hallesby hinterlassen worden, und zwar in einer Sammlung von Betrachtungen für Kinder.

Die Betrachtung war einfach. Irgendwo weit draußen im Meer gibt es einen gigantischen Felsen, einen Berg. Der Berg ist sehr groß. Er ist vollkommen viereckig. Er ist zehn Kilometer hoch, zehn Kilometer lang und zehn Kilometer breit. Er besteht aus dem härtesten Gestein. Er erhebt sich als gigantischer, unerschütterlicher viereckiger Block mitten im Meer.

Niemand wohnt dort, nichts wächst dort. Aber alle tausend Jahre einmal bekommt der Berg einen Besucher. Es ist ein Vogel. Alle tausend Jahre einmal kommt ein kleiner Vogel angeflogen. Er läßt sich oben auf dem Berg nieder. Dort ruht er einige Minuten aus. Er wetzt seinen Schnabel.

Alle tausend Jahre einmal wetzt der Vogel seinen Schnabel an dem harten Gestein. Dann fliegt er weiter. Jedesmal wird ein winziger Teil des Berges abgetragen. Und wenn der Berg völlig verschwunden ist, ist dennoch nur eine Sekunde der Ewigkeit vergangen.

Wenn der Berg vom Schnabel des Vogels völlig abgetragen worden ist, ist eine Sekunde der Ewigkeit vergangen.

In dieser Ewigkeit saß ich also eingeschlossen, eingefangen in einem unendlichen Augenblick. Ich saß still, direkt neben Christian Engnestam, aber doch in unendlicher Entfernung von ihm. Wir waren beide in einem fallenden Tropfen eingeschlossen, der in unendlicher Stille durch den Weltraum glitt. Die Stimmen waren um uns herum und erreichten uns nicht; jede Sekunde war wie tausend Jahre. Meine Haut war dick, ich befand mich in unendlicher Entfernung, und jede Sekunde war wie tausend Jahre. Ich war rettungslos und für immer verloren.

Ich saß da und wartete auf den Vogel. Ich weiß nicht genau, was er bedeutete, aber ich wartete.

Nach einer Weile lockerte sich alles. Ich sah, wo ich mich befand, es war beinahe vorbei, aber die Dünung spülte noch über mich hin, und mir war kalt. Ich ging nach Hause. Ich setzte mich an den Küchentisch. Ich erinnere mich, daß Papa hereinkam und daß er mich ansah. Er fragte: »Was ist los?« Ich sagte: »Ich fühle mich so komisch. Ich fühle mich traurig.«

Er sagte freundlich: »Das kann man wegtrainieren.«

Wir saßen ein Weilchen da und sahen uns an, während es Nachmittag wurde, und nichts geschah. Ich war wie früher, aber ich erinnerte mich ja an das, was geschehen war. Ich war, in einem Tropfen eingeschlossen, eine ewigkeitslange Sekunde lang gefallen. Ich war mir nicht sicher, ob die Sekunde schon vorüber war. Ich zog meinen Trainingsanzug an und ackerte eine Stunde lang sehr hart. Allmählich wurde die Haut dünner, und ich fing an, mich daran zu erinnern, wie ich es früher empfunden hatte. Ich dachte: Ich halte einen Frosch in der Hand, dünne Haut, Leben, so muß es werden. Am Abend sah ich ein Fußballspiel von B-Mannschaften. Ich versuchte, zwei und zwei zusammenzuzählen. Der Felsen im Meer, der Schnabel des Vogels und die Sekunde der Ewigkeit. Die Haut, dick. Der Tropfen, der fiel. Papa am Küchentisch. Alles zählte ich zusammen und kam zu keinem Ergebnis.

Papa war ein recht starker Mensch. Wir waren einander ähnlich, und ich pflegte auf das zu hören, was er sagte, wenn er wirklich etwas sagte. Aber ich frage mich, ob er sich je in der innersten Windung des Schneckenhauses befunden, ob er je den Gesang gehört hat oder eine ewigkeitslange Sekunde lang, in einem Tropfen eingeschlossen, gefallen ist. Ich meine: Ich saß in meiner Glaskuppel, Mama in ihrer; warum hätte er nicht in seiner sitzen sollen?

Auf jeden Fall: In den folgenden Jahren lebte ich in ständigem Schrecken. Ich hatte Angst, allein zu sein. Ich fürchtete mich vor dem Berg im Meer, hatte Angst vor den Jahren des Wartens, bis der Vogel angeflogen kam: von weit her, wie ein Punkt, der an dem grauen Himmel immer größer wurde. Ich hatte Angst vor dem Vogel, fürchtete mich vor seiner Abwesenheit. Ich konnte nicht verstehen, was er bedeutete. Aber, er würde kommen, an meiner Seite landen und schließlich, einige kurze Sekunden lang, seinen Schnabel an dem harten Felsgestein wetzen.

Der Vogel des Sekundanten: Er kommt, bleibt, wetzt seinen Schnabel. Und verschwindet, verschwindet für tausend Jahre und eine Sekunde.

Der Sekundant, plötzlich nachdenklich geworden

»In seiner Haltung und in seinen Bewegungen zeigt der Mensch seinen Charakter und sein Wesen. Mit einer statischen Haltung können eventuelle Defekte vorübergehend verborgen werden, aber sobald man anfängt, sich zu bewegen, werden Fehler und Mängel sofort entblößt.«

Ernst Idla

Hat man einmal alles aufgegeben, gibt es nicht mehr sehr viel, was man noch aufgeben könnte; wenn man einmal gesehen hat, wie der Schalter betätigt und alles verdunkelt wird, hat man etwas erlebt und etwas abgeschlossen. Papa notierte im folgenden Jahr, 1948, den Tod seiner Frau, nahm ihn sich aber nicht nennenswert zu Herzen. Im folgenden Jahr notierte Papa außerdem den Staatsstreich in Prag und eine größere Zahl anderer dramatischer Ereignisse, aber weil dieses Jahr, 1948, kein Jahr war, in dem es für ihn viel aufzugeben gab, konnte er auch nicht viel aufgeben. Er behielt seine Ruhe, wurde nur selten nachdenklich oder verwirrt; weil Papa gesehen hatte, wie der Schalter betätigt wurde, und gesehen hatte, wie die Dunkelheit einbrach, nahm er von weiteren dramatischen Gefühlsausbrüchen Abstand. Ich habe keine Erinnerungen an ihn aus jenem Jahr. Mama starb auf ihre Weise, ein wenig ruckhaft, leicht schluchzend, kurz gesagt, so, wie sie in ihrem Leben gewesen war. Ich reiste ab. Papa bekam Arbeit bei der Müllabfuhr, änderte seinen Namen und bekam einen neuen Spitznamen. Ich kam nach Hause, es regnete, er saß da und aß Knäckebrot, er kaufte einen Hund, der Hund wurde angeschossen, Papa wechselte den Namen, und ich machte den Namenswechsel mit. Mama starb, und ich weinte sehr. Wir weinten in den letzten Wochen sehr viel zusammen, aber danach hörte ich unvermittelt auf: Es gab gute Gründe, mit dem Nachdenken zu beginnen.

Der Oktober 1969 war ein guter Monat fürs Nachdenken. Zuallererst der Parteikongreß, die Wahl eines neuen Parteivorsitzenden: Ich saß mit leicht tränennassen Augen auf der Tribüne, und damit war ich nicht allein. Nicht weil der Alte endlich abging, sondern wegen der enormen, massiven Stimmung aus Einigkeit, Stärke und Entschlossenheit, die die gesamte Bewegung zu durchströmen schien. Hätte Papa dabeisein können, als die Internationale durch den Saal dröhnte, als der sozialdemokratische Parteivorstand mit sanften, niedergeschlagenen, tränenerstickten oder barschen Stimmen aus den Kratern des Rechts donnerte, während die Delegierten dort unten aufstanden und eine neue Epoche in die schwedische Politik Einzug hielt; wenn Papa das alles hätte erleben dürfen, so glaube ich, daß er sich auf irgendeine Weise entweder rehabilitiert, siegesgewiß, in seinem Glauben bestärkt oder hoffnungsvoll gefühlt hätte. Es war ein langer und verblüffender Winter, Papa war tot, aber ich hatte allmählich angefangen zu leben.

Es war ein guter Winter. Die Verwirrung begann sich langsam zu legen, und es schien noch Möglichkeiten zu geben, die Zusammenhänge zu rekonstruieren. *»Wenn ihr aber die Gleichheit wünscht, dann muß die Freiheit eingeschränkt werden, und wenn ihr den Menschen Freiheit geben wollt, wird es keine Gleichheit geben.«*

Warum machen schwedische Politiker einen so seltsam gewissenhaften Eindruck? Beim Parteitag standen sie alle auf und sangen mit, so wie Papa es gemacht hätte, denn er liebte Manifestationen: Als ich an einem stürmisch mit Jubel gesättigten Abend in den vierziger Jahren in die Juniorenabteilung »Heerschar der Hoffnung« der Vereinigung »Blaues Band« gewählt wurde, stand er dort unter den anderen und sang mit brummender Begeisterung das Lied »Wind in den Segeln«

mit – woher kam eigentlich dieses sein zwar verhaltenes, aber sentimental aufgeladenes Gefühl? In Westberlin herrschte wegen des strengen Winters und einiger Fehler bei der Bedarfsplanung Kohlenmangel; alte CDU-Bonzen, die noch nie einen Arbeiter gesehen hatten, es sei denn auf irgendeiner Ansichtskarte, sahen ein weiteres Mal ein, daß Politik die Kunst des Möglichen ist, und meldeten sich freiwillig zum Kohleaustragen. Die Zeitungen brachten sie in dreispaltigen Photos; sie sahen ziemlich verschwitzt, aber nicht vergrämt oder mißvergnügt aus; sie trugen fröhliche, positive oder entschlossene Mienen zur Schau: Schade, daß Schweden elektrifiziert ist. Das gibt den hiesigen Politikern nur begrenzte Ausdrucksmittel an die Hand. Bei dichtem Schneetreiben ging ich hinüber in den Osten, fuhr noch am selben Abend nach Dresden. Ich fuhr auf Gedeih und Verderb, obwohl ich sie hätte vorher anrufen sollen. 1948 starb Mama, Papa bekam eine Anstellung bei der Stadtreinigung, legte sich einen anderen Namen zu und bekam einen neuen Spitznamen. Dies war während des Jahres in Eksjö.

Man nannte ihn das Krokodil.

Wenn man einmal alles aufgegeben hat, bleibt nicht mehr viel übrig, was man noch aufgeben könnte; wenn der kleine Betrug in aller Augen als der große dagestanden ist, verschieben sich die Proportionen; wenn der ständig Ehrgeizige und Dienstwillige als der große Falschspieler dasteht, kippt das Spiel. Der kleine Betrug ist dem großen gleich, und schließlich bleibt nur noch die endliche Müdigkeit. Im nachhinein würde Papas Jahr in Eksjö nur als Anekdote weiterleben. Zur damaligen Zeit kam es im Kanalisationssystem der Stadt Eksjö zu Verstopfungen, Überschwemmungen und anderen Widrigkeiten. Die vernünftigste Lösung wäre natürlich gewesen, das gesamte Kanalisationssystem aufzugraben oder es an bestimmten Stellen auszubessern. Das hätte jedoch sehr viel Geld gekostet. Da kam irgend jemand auf die Idee, Papa, der damals gerade eingestellt worden war, dazu zu überreden, sich in die unterirdischen Kanäle hinabzubegeben. Die Kloaken und Abflußtrommeln waren eng, man konnte sich dort unten nur unter Mühen bewegen, aber man band ihm ein Sicherheitsseil um die Taille, drückte ihm einen Rechen in die Hand, und dann zog er los, von Loch zu Loch, und bohrte sich allmählich durch das gesamte System hindurch.

Das war die Zeit, in der man begann, ihn das Krokodil zu nennen. Er wohnte fast ein Jahr lang in Eksjö. Dies war sein vierter Name: Zuerst kamen seine beiden richtigen Namen, dann der, den er sich nach der Mogelei zugelegt hatte, dann dieser.

Er empfand ihn niemals als erniedrigend. Er wohnte fast ein Jahr in Eksjö. Der Name folgte ihm später nicht weiter, er blieb eine Episode. Wenn man einmal alles aufgegeben hat, bleibt nicht mehr viel übrig, was man noch aufgeben könnte. Er fühlte keine Angst, wurde nie von Panik ergriffen, und weil er eine Neigung hatte, sein Leben in einfachen, greifbaren und oft überdeutlichen Bildern zu leben, schien er diese Möglichkeit zu packen, *sich durch etwas hindurchzuleben*, was in seiner Vorstellungswelt wie ein Lebenssymbol aussah. Und weil er gleichzeitig mit einer stummen Bockigkeit, die mit der Neigung eines Heiligen zur Selbstbestrafung verquickt zu sein schien, seine *Schuld* so schmerzhaft konkret zu erleben schien, mußten diese Wochen unten in den Kloaken von Eksjö eine beinahe metaphysische Dimension erhalten haben: Purgatorium in dem übelriechenden Brei, Reinigung durch den Schmutz, Wendepunkt durch Strafe.

Ich habe ihn mir, wie er in diesen Wochen war, oft vorgestellt (ich erinnere mich gut an diese Zeit, denn er stank so unerhört intensiv, trotz seiner minuziösen und solidarischen Waschungen jeden Tag) – oder vielmehr versucht, mich in ihm zu sehen. Zu sehen, wie es ihm möglich gewesen war, unten in diesem stinkenden, vibrierenden und von Ratten wimmelnden dunklen Tunnel trotzdem die untersten oder äußersten Wurzelfäden der Welt zu erleben, die unterste Schicht, die Schicht, in der ein Mensch sich selbst nicht mehr genug ist, sondern in der er die innerste Zellwand zu der menschlichen Gemeinschaft aufgesprengt hat, die auch den nicht so schmerzhaften, dafür aber verächtlichen Kreis der Mogler einschließt.

Als ich ihm einmal sagte, er stinke, und ihn fragte, wie er nur mit dieser unmöglichen Reinigungsarbeit, die dazu noch schlecht bezahlt werde, weitermachen könne, glotzte er mich nur abweisend und zornig an, rieb seine Hände in kleingehackten Mandeln (von allen denkbaren Gegenmitteln war er ausgerechnet bei diesem hängengeblieben) und sagte: *»Komm mal mit runter, dann kannst du sehen, wie wichtig es ist, daß die Scheiße wegkommt.«* Und wie ein fremder Organismus wurde er durch das Gefäßsystem der Stadt Eksjö geführt, ein ehemaliger schwedischer Rekordhalter im Hammerwerfen und früher allgemein beliebter Sportkamerad. Die Gesellschaft war ein Organismus, und er war ein Teil davon, die Scheiße. Elf Monate wohnte er in Eksjö, und gegen Ende der fünfziger Jahre fragte ich ihn einmal, woran er dort unten in der Scheiße gedacht habe. Er sagte mit einer absoluten Selbstverständlichkeit, die vernichtend überzeugend war:

»Ich habe für jeden zurückgelegten Streckenmeter die Zeit gemessen. Als ich den Job im Griff hatte, wurden die Zeiten schnell besser.«

Und ich bin davon überzeugt: Es ist ihm gelungen, die Ergebnisse bei der Abwässerrohrreinigung zu verbessern. Aber hat er während dieser Monate im Gefäßsystem der Gesellschaft die äußerste Zellwand zu den anderen gesprengt, die Zellwand zu all den anderen Moglern und einsamen kleinen Betrügern? Oder blieb er einsam in seiner sinnlosen Selbstbestrafung?

Was ich weiß, ist dies: Die Zellwand zu einem anderen sehr einsamen Menschen, seiner Frau und meiner Mutter, wurde nie aufgesprengt, und sie starb in der gleichen vernichtenden eisklaren Einsamkeit, in der wir uns alle drei aufgehalten hatten. Wir alle drei, jeder in seinem kleinen Eissaal stationiert. Sie lag da in ihrem Bett, von ihrem Haublock von Mann und ihrem bleichen Sohn mißtrauisch bewacht. Wir waren beide zu Tode erschrocken bei dem Gedanken, daß sie einsam und ohne Anteilnahme dahinscheiden würde, um am Tag des Jüngsten Gerichts womöglich mit vorwurfsvoll wackelndem Kopf, tränenerfülltem Blick und mit liederlicher Märtyrerstimme vor Gott und allen Engeln und versammelten Nachbarn ihren Tod zu verkünden und zu sagen, diesen habe sie *allein und vergessen* bewerkstelligen müssen, obwohl zwei ausgewachsene Männer im Haus gewesen seien.

Und folglich paßten wir wie zwei Wachhunde auf sie auf, aber Plopp! war sie tot, ohne daß wir irgend etwas kapiert hätten.

In der Nacht darauf aber stand ich auf und saß bei ihr. Sie lag weiß und still da; sie war eine Heilige, und ich wußte, daß sie in ihrem Eissaal einsam gestorben war, daß Papa einmal genauso einsam sterben würde und daß ich dazu verurteilt schien, den gleichen Weg zu gehen. Aber ich war es gewesen, der sie in die Einsamkeit eingeschlossen hatte, denn ich war der einzige gewesen, der sich durch die vielen Schlösser ihrer Bitterkeit einen Weg hätte bahnen und all die blockierten Türen ihrer Enttäuschung hätte aufbrechen können. Und in der Nacht sah ich sie still daliegen, bleich und ohne eine Bewegung. Alle Lasten hatte man von ihr genommen, alles Manierierte und alle Vorbehalte, die unsere Feindschaft ihr auferlegt hatten und die sie am Ende sowohl beim Angriff wie zur Verteidigung einzusetzen gelernt hatte. Und ich hätte mich töten können, als ich sah, was wir mit ihr gemacht hatten.

Ich packte in diesen Morgenstunden meine Reisetasche, stahl von Papa zweihundert Piepen, schrieb einen Zettel, auf dem es hieß: »Nehme zweihundert als Vorschuß auf die Gage als Sekundant. Bring Mama anständig unter die Erde. Hej.«

In einem Anfall von Effektivitätsdenken plazierte ich den Zettel zwischen Mamas Lippen, nicht weil ich einen witzigen Einfall hatte, sondern als letztes Zeichen unserer Zusammengehörigkeit, aber das sah nicht gut aus. Sie sah aus wie eine apportierende Heilige, also nahm ich ihr den Zettel aus dem Mund und legte ihn ihr auf den Bauch. Fast alle Schweden, denen ich begegnete, hatten einmal einsam ausgesehen; ein wenig zu mogeln, war ein Mittel gegen die Einsamkeit, weil das die Langeweile tötete und dem Gewissen Leben einhauchte; Papa war ein sehr schwedischer Mensch.

Ich ging auf die Brücke hinaus, es war beinahe Morgen, und mir war, als hätte ich einen großen Schritt hinaus in den Abgrund gemacht, hinaus aus meinem ersten Leben und hinein in mein zweites. Ich war schon seit bald einem Jahr ein erwachsener Mensch, war aber noch allein und wollte aus der Einsamkeit hereinkommen. Papa hatte mich gelehrt, daß der einzige Weg aus der Einsamkeit über den Sport hereinführte, und noch hatte ich keinen anderen Weg gefunden. Ich glaube, man muß die totale, glasklare und verlockende Brutalität der inneren Einsamkeit erlebt haben, um die Notwendigkeit des Sozialismus zu verstehen. Ich glaube zugleich, daß es in dem Sozialismus, der den Weg herein aus der Einsamkeit bedeutet, das Schwierigste ist, Abhilfe gegen den vollkommen irrationalen inneren Tod zu finden, den man überall zwischen den Rautenmustern in allen Fugen findet: Ich stand draußen auf der Brücke, und es war früher Morgen; ich machte den Schritt über den Abgrund aus meinem ersten Leben in mein zweites hinein, und ich würde Papa für immer hinter mir zurücklassen. Einen Teil von mir opferte ich der Einsamkeit, der zweite Teil floh; es war ein glasklarer Frühlingsmorgen, und die Luft war leicht. Auf Mamas Bauch lag mein Abschied. Ich würde reisen oder fliehen, ganz nach Belieben. Man schrieb das Frühjahr 1948, ein paar Monate vor jenen Olympischen Spielen, von denen Papa so viele Jahre lang gesprochen und auf die er so große Hoffnungen gesetzt hatte, die jetzt aber anderen vorbehalten waren.

Ich holte tief Luft, die Luft war kühl; sie konnte vielleicht eine kleine Flucht tragen. Der Sekundant verließ also die Ringecke.

Wenn man einmal alles aufgegeben hat, gewinnt alles angemessene Proportionen. Im Konzentrationslager Salaspils außerhalb von Riga, dem Lager, das 1945 dem Erdboden gleichgemacht worden war, weil man hatte verbergen wollen, was dort geschehen war, erheben sich heute einige riesige Standbilder über der Ebene. Eine einsame, ausgemergelte Frau. Eine Frau mit Kind. Ein Mann mit geballter Faust. Ein Häftling, der unter Mühen versucht, sich von der Erde zu erheben. Kommt man aus südlicher Richtung, sieht man plötzlich alle Standbilder: Sie sind riesenhaft, erheben sich über die Baumwipfel, sie zeigen leidende Menschen im Riesenformat, die über die Ebene wandern wie furchterregende riesige Marsmenschen.

Ihr Leiden ist monumental, und wenn man sie betrachtet, schrumpft die Wirklichkeit, und man sieht nur noch die Kunst.

Die Tragödie Papas war, daß sein Leiden so monumental klein und kurios war, daß es sich nie in Gefühlspornographie hätte verwandeln können: Nur die großen, bitter realistischen Tragödien können diesen Wandlungsprozeß durchmachen. Dem lächerlich unbedeutenden Leiden aber, dem Leiden, das privat ist oder auf dem seltsam anekdotischen Gebiet liegt, das von den Bestimmungen des Leichtathletikverbands erfaßt wird, werden keine Denkmäler errichtet.

Dennoch weiß ich nicht genau, wie sein Mogeln eigentlich aussah. Er selbst glaubte, daß es um seinen Wurfhammer ging. Hätte er mich gefragt, hätte ich ihm natürlich sagen können, daß der verdammte Wurfhammer nur der anekdotische Ausdruck für die von ihm begangene größere Mogelei war, die sich darin ausdrückte, daß er seine politische Entwicklung beschrieb, eine Entwicklung, für die er nicht allein verantwortlich war: Es wäre eine lange Antwort geworden, der er mit seinem netten Boxergesicht gelauscht, wobei er sein Gesicht in freundliche, aber mit Abscheu erfüllte Falten gelegt hätte.

Vielleicht aber lagen sein und mein eigentlicher Betrug auf einem ganz anderen Gebiet; waren wir schuldig, so lagen die

Antwort und die Lösung hinter Mamas jetzt versiegeltem, kalkweißen und erleichterten Mund. Sie hatten wir nie aus der Einsamkeit mit hereingenommen, und als wir an einem Augusttag des Jahres 1947 aus der Gemeinschaft ausgestoßen wurden, hatte sie dort draußen gestanden, die ganze Zeit. Sie und wie viele andere, denen nicht einmal das kleine Leidensdenkmal eines schummelnden Hammerwerfers errichtet wurde.

Als sie starb, empfanden sowohl Papa als auch ich, wie ich glaube, eine Art Erleichterung, weil das verdammte Jammern, die Tränen und das fromme Leiden endlich ein Ende gefunden hatten. Den Zettel mit meinem Abschiedsgruß hätte sie übrigens, wenn ich es mir recht überlege, gern in die Gefilde der Seligen apportieren können. Aber wieviel Erleichterung wir auch empfanden, Mama begann für uns erst nach ihrem Tod zu leben. Erst dann, als sie endlich die Schnauze hielt, begriffen wir, wie sehr wir sie im Stich gelassen hatten.

Ich floh, Papa fuhr nach Eksjö und wurde zum Krokodil. Im Sommer 1956 schrieb ich ihm einen Brief, in dem ich ihn unter anderem fragte, wie Mama als junges Mädchen gewesen war.

»Mama war in ihrer Jugend ein fröhliches und lustiges Mädchen, das viel und gern lachte und auch eine gute Sportlerin geworden wäre, wenn ihr die Gelegenheit dazu geboten worden wäre.« Was für ’ne Gelegenheit? Von wem? *»Ich sehe, daß Du Deine Ergebnisse verbesserst. Es wäre eine Freude für mich, wenn Du einen Platz in der Nationalmannschaft bekommen und durch Deine Leistungen in einem gewissen Grad das sühnen könntest, womit ich mich gegen den schwedischen Sport versündigt habe. Du weißt, was ich meine.«*

Ich hätte ihm eins in die Schnauze schlagen können für diesen untertänigen, niedergeschlagenen und kriecherischen Ton. Hätte er doch wenigstens den Grips gehabt, zu hassen oder nach hinten auszukeilen. Nein, dieser große, starke, ehrliche und schweigsame Mann machte weiter mit seinem Gequatsche von »Sühne«. Der verlorene Sohn des schwedischen Sports würde sein Verbrechen in einem fremden Land sühnen, dann ins Vaterhaus des Sports zurückkehren und mit einem wohltrainierten Sohn an der Leine sagen: Ich habe mein Verbrechen gesühnt, seht her. Ich habe meinen Sohn aufgezogen; er ist in Rekordform. Laßt ihn jetzt einen Rekord aufstellen und mir dann Gerechtigkeit widerfahren. Und dennoch, dennoch war es ja genau so, wie ich selbst an dem Augusttag dachte, an dem ich Papa allein ließ, als er mit einem Liedchen auf den Lippen auf seinem Bett saß, an dem Tag, an dem ich die Treppen hinunterging und dachte: Ich werde sein Verbrechen sühnen, indem ich der Weltklassemann werde, den die schwedische Leichtathletik jetzt braucht.

Was die schwedische Leichtathletik aber bekam, war nichts weiter als einen sich redlich abmühenden kleinen Krämer; kein Verbrechen wurde gesühnt, und der bloße Gedanke daran war wahnwitzig. Ich bekam seinen Brief eine Woche später, den Brief, in dem er von der Fröhlichkeit Mamas als junges Mädchen schrieb. Entweder war das ein Scherz oder eine bittere Wahrheit. Ich trug den Brief lange mit mir herum, auch im Herbst, als ich nach Greifswald fuhr und Gisela zum ersten Mal begegnete.

Wie erwachsen ich damals auch sein mochte: Gott weiß, daß es ein politisches Kind war, das ihr damals begegnete. Nein, kein Kind übrigens: ein Unfähiger, ein Unbeholfener, einer, der sich im Sport und im Liberalismus verborgen hatte.

Es waren zwei Kinder, die sich begegneten. Denn bei dem spontan – oder diszipliniert spontan – arrangierten Fest im Versammlungshaus der FDJ nach Abschluß der Sportwoche und am festlich arrangierten Schlußtag traten eine Reihe jungkommunistischer Studenten- und Arbeitertheatergruppen mit kleinen Sketches, Liedern und Couplets auf, und dort sah ich sie. Vor dem Feuerwerk, das in einem anderen Teil der Stadt vorbereitet worden war, nach den Wettbewerben, mitten in meinem zunehmenden Rausch. Ich kam zu spät, aber obwohl die Eingangstür von rund dreißig Menschen blockiert war, die noch hineinwollten, aber keine Eintrittskarten hatten, gelang es mir, mir Zutritt zu verschaffen: Die ostdeutschen Behörden hatten für gastierende Sportler zum Glück eine bestimmte Quote freigehalten, und ich kam noch hinein.

Die Veranstaltung fand in dem Versammlungshaus statt, das am Park neben dem alten Pulverturm steht. Ich war betrunken, sah sie aber klar, als sie auftrat. Sie hatte kurzgeschnittenes Haar, eigentümlich schräge Augen, die an die Augen Papas erinnerten, aber entschieden schöner waren, und dann hatte sie ein großes braunes Muttermal auf einer Wange, groß wie eine Zwei-Öre-Münze, und dies verlieh ihrem Gesicht einen seltsam bitteren Ausdruck: Die Kindlichkeit war nicht total, die Schönheit unterminiert, das Naive hatte einen Anstrich von unschuldsvoller Brutalität. Dort stand sie auf der Bühne, umgeben von einer Gruppe von Genossen in FDJ-Kleidung, die summend und unterstützend Hintergrund und Plattform für ihr Auftreten bildeten. Sie war allein hereingekommen, gefolgt von einem einsamen Spot, dann waren blitzschnell Tonnen aufs Podium gerollt und eine Art Miniaturbühne aufgebaut worden, und dann hatten sie angefangen zu singen.

»Singe, Freie Deutsche Jugend,
Maiengrün wogt weit und lind.
Wenn wir durch Berlin marschieren,
Frieden, Freundschaft triumphieren,
Und es wehen blaue Fahnen,
Stolz und kühn im Frühlingswind.«

Noch waren es einige Wochen, bis es zu Suez und Budapest kam. Sie sang mit vollkommen steif aufgerichtetem Körper und leicht zurückgeworfenem Kopf, aber mit einer eigenartigen Falte zwischen den Augen, die ihrem Gesicht einen Ausdruck äußerster Konzentration, starker Beherrschung und kontrollierter Hingabe verlieh. Ich glaube, ich habe niemals einen schöneren Menschen als sie in jenem Augenblick gesehen. Dies war ein Mensch vor allen Scheidewegen, an denen er den falschen Weg einschlagen konnte, nach einer bedeutungsvollen Wahl und vor den Fragen.

Nach einer Wahl?

Was mich an den letzten Jahren Mamas am meisten peinigte, war die Tatsache, daß sie ihren christlichen Glauben verließ: Dies geschah nicht aus Überdruß oder aus allmählich reifender Überzeugung, sondern schnell und brutal, und der Zusammenbruch des Glaubens hinterließ bei ihr einen Ekel und eine Bitterkeit, die entsetzlich anzusehen waren. Natürlich konnte ich selbst zweifeln, mit meiner Ironie spielen, natürlich nahm ich Abstand von diesem ganzen ein wenig lächerlichen religiösen Zirkus. Aber als sie ihren Glauben verlor, folgte diesem ein heftiger Haß, und so verbrachte sie ihre letzten Monate: voller Zynismus und Selbstmitleid, voller Tränen und Haß und schließlich offen dargelegter Enttäuschung. Denn natürlich konnte der Gott Israels sie mit Pest und Krankheit treffen, mit Leiden und mit Unglück; das wäre nur angemessen gewesen, und dann hätte sie dagesessen auf ihrem Aschenhaufen und in Erwartung der endgültigen Erlösung fromm und ausdauernd stöhnen können. Als die Plage sich aber wie ein Hecht an ihrer Leber festbiß und das Unglück die ins Lachhafte spielenden Dimensionen der Mogelei mit dem Wurfhammer annahm, muß irgend etwas bei ihr zerbrochen sein.

Sie sank direkt in die Bitterkeit, und sie, die Gott ein Leben lang gedient hatte, ging voller Haß und Blasphemie in den Tod. Dennoch glaube ich, daß sie die Mogelei ihres Mannes als schließlich willkommenen Vorwand benutzte, um über den Unglauben Rechenschaft abzulegen, an dem sie lange getragen hatte. Auch ihr Glauben war hohl gewesen, und sie hatte sich auf dünnem Eis bewegt, sich durchgemogelt und an ihren religiösen Formeln krampfhaft festgehalten. Und so vollendete sich alles für uns drei; wir trafen uns in unseren Betrügereien, aber ohne Freude und ohne Erlösung.

Oder irre ich mich? Fand Papa trotzdem eine Erlösung, wenigstens am Schluß? Gab es das für ihn als einzigen von uns?

»Du hast ja ein Ziel vor Augen,
Damit du in der Welt dich nicht irrst,
Damit du weißt, was du machen sollst,
Damit du einmal besser leben wirst.«

Sie sang mit geschlossenen Augen und ohne eine Bewegung, und sie war schön, aber hatte sie irgend etwas zu sagen, was meine dicke Haut durchschlagen und mir das Sehvermögen zurückgeben konnte? Ich befand mich tief innen in meinem Leben; ich hörte mein Herz, das mich methodisch und unerbittlich, Schlag um Schlag älter und älter machte, wußte aber dennoch nicht, wo in meinem Leben ich mich befand.

Vorher, bei der Preisverleihung, hatte ich neben dem üblichen Preis eine Erinnerungsplakette erhalten, die anläßlich des Jubiläums der Universität herausgegeben worden war. War es das 500ste oder 900ste Jahr seit der Gründung?

Die Frage war müßig, denn die Freundschaft der hier gastierenden Sportlertrupps und der Gastgeber hatte durch die einen Monat später ausbrechende konterrevolutionäre Erhebung in Ungarn noch nicht vergiftet werden können. Sie sang, und das braune Muttermal verlieh diesem bemerkenswerten Mädchen ein nacktes, vollkommen menschliches Leben, das man unmöglich vergessen konnte. *»Du hast ja ein Ziel vor Augen.«* Warum hatte sie das Mal nicht wegoperieren lassen?

Sie saßen auf den Rängen, die an der Wand hochkrochen, saßen auf Stühlen, drängten sich zwischen den zusammengeschobenen Tischen und versperrten einander die Sicht, standen im Halbdunkel und blickten unablässig auf die Mitte des Raums, wo die Bühne aufgebaut war. Dort stand sie und sang. Und ich beneidete sie um ihre Reinheit, ihre Überzeugung und ihre Hitze und mißtraute ihr zugleich deswegen: Wie ein roter Keil schlugen ihre Worte in meinem Panzer ein, und ich dachte: Ich fühle die schwache Witterung aus einer längst vergangenen Zeit, einer Zeit, die ich zwar erlebt habe, aus der ich aber schon lange in die Irre gegangen bin, weil alles, was mich umgab, undeutlich war, und weil alle, die meine Lehrer waren, gesagt hatten, nur das Komplizierte sei wahr, und eindeutige Wahrheiten müßten falsch und korrumpiert sein.

Oder vielleicht war es so? Ich konnte sämtliche einfachen Wahrheiten zusammenzählen, und sie führten alle, ebenso wie die einfachen Gefühle, die ich erlebt habe, in verschiedene Richtungen. Der Tod des Uncas in reiner, in der Wildnis abgeklärter Trauer, Phileas Fogg und seine Liebe zu der jungen indischen Witwe, das weinende Mädchen in Eksjö, das Bild der Menschen, die in Jackson, Mississippi, dicht beieinander standen und sich mit nach oben blickenden Gesichtern lauschend der Hingabe auslieferten: Dies alles waren Augenblicke starker und reiner Gefühle und Verführungen, und ich hatte mein Leben der Aufgabe gewidmet, mich gegen sie zu schützen, sie zu durchschauen, mich nicht von ihnen verlocken und mittreiben zu lassen,

Und dann die seltsamste Verführung: Papas drei Schwünge mit dem Wurfhammer, der Abwurf, und dann der abhebende Hammer, der schwerelos schwebte und wie ein havariertes Raumschiff schön dahintrieb – ein Kunstwerk, ein plötzlich freigelassenes Gefühl, ohne innere Zielrichtung, schön und lebensgefährlich.

Sie sang, und sie war wunderbar in ihrer kontrollierten Leidenschaft. Es war, als hätte sie aus einer Welt voller Aufrichtigkeit, Wärme, Gefühlsstärke, Sentimentalität und Freundlichkeit Signale ausgesandt. Zu der Welt Papas in ihrer besten Zeit, vor der Korruption und vor der Entlarvung. Und während sie sang, versuchte ich mir klarzumachen, wie mir alles zersplittert, sophistisch geworden, formalisiert und mystifiziert worden war, wie Papas und meine Welt sich so mit Rätseln gefüllt hatte, mit Vorbehalten, mit Zynismus und Ironie, Schutzmaßnahmen und dicker Haut. *»Im Fruchtwasser zu ruhen und den-*

noch den Mechanismus zu sehen« – sie stand dort mit ihren geschlossenen und schrägen Augen und sang einen kleinen Keil von Wärme herein. Was waren das für Worte? Hatte ich Zeit, ernsthaft mit dem Zuhören zu beginnen, oder war mein Leben schon zu weit mit mir spazierengegangen?

»Seid bereit und kampfentschlossen,
Wenn Gefahren uns bedrohn,
Unsre Zeit will Glück und Frieden,
Freundschaft zur Sowjetunion.«

Ja, mein Gott, so begegneten wir uns, und so sang sie, damals im Oktober 1956. Diese Strophe eben sang sie unter der Begleitung einer einsamen Querflöte, und diese einsame Querflöte, die melancholische Melodie-Schlinge und der Zusammenprall mit dem kampfesfrohen Text und ihrem intensiven, in sich gekehrt lauschenden Gesicht mit der harten kleinen Falte zwischen den Augenbrauen und dem braunen Muttermal auf der Wange verliehen dem Ganzen ein völlig unwirkliches Gepräge. Es war der Höhepunkt des ganzen Sportfests. Die Flöte hinter ihr sang mit schriller, trauriger Stimme, die Sportwoche war zu Ende, und jeder würde nach Hause fahren; die Wettkämpfe waren glänzend und gut organisiert gewesen: Plötzlich kam mir Papas Geschichte mit den Luftballons über dem Stockholmer Stadion im September 1934 wieder in den Sinn, wie sie abhoben und flogen. So war es: Der Sport war ein Luftballon, und er flog dorthin, wo man ihn hinblies. Es hatte keinen Sinn, darüber zu moralisieren; nicht der Luftballon, sondern der Wind war entscheidend. Ein guter Wind, oder ein schlechter. Ein hoffnungsvoller oder ein destruktiver, ein Wind ins Licht hinein oder zurück in die Dunkelheit.

Sie sang die letzte Strophe, jetzt nicht allein, sondern von allen begleitet; langsam und rhythmisch markierten sie ihren Gesang.

»Vorwärts, Freie Deutsche Jugend!
Der Partei unser Vertraun,
An der Seite der Genossen,
Woll'n wir heut' das Morgen baun.«

Dann war es zu Ende, und sie kamen alle herunter und setzten sich zu uns an die Tische. In einer halben Stunde sollte das große abschließende Feuerwerk vom Stapel gehen, wie es bei großen Volksfesten Sitte ist. Sie trug ein enges rotes Kleid, und weg vom Licht, dem Mittelpunkt der Aufmerksamkeit und der Konzentration sah sie plötzlich sehr jung und ängstlich aus. Und ich erinnere mich, daß ich mich dennoch sehr froh fühlte, als ich sie sah, und daß ich ihr irgend etwas in dieser Richtung sagte. Ich fühlte mich leicht, befreit, meine Haut war wieder für ein paar Stunden dünn, und alles, was sie sagte, erreichte mich schnell und leicht. Als sie zu mir sprach, war mir, als hielte ich einen sehr kleinen Frosch in der Hand, so wie früher, als ich ein kleiner Junge war und einen winzigen kleinen Frosch in der Hand hielt, der unter meinen gewölbten Händen lebte.

Und sie sagte: »Du hast doch wohl gesehen, was für eine Angst ich die ganze Zeit hatte?«

Nein, beeindruckt war sie nicht. Nicht von diesem Feuerwerk. Mangelhafte Koordinierung, schlechte Komposition; sie sagte das nicht, um zu meckern, sondern rein sachlich, weil sie zufällig, was zu den anderen biographischen Eigenheiten noch hinzukam, die Tochter eines Pyrotechnikers war.

Ihr Vater war während der dreißiger und der ersten Hälfte der vierziger Jahre Feuerwerksmeister gewesen (falls man seine Tätigkeit so beschreiben kann). Er war bei einer pyrotechnischen Fabrik als Fachmann angestellt gewesen und in ganz Mitteleuropa herumgereist, um größere Feuerwerke zu arrangieren. Ja, es stimmt, es gibt tatsächlich solche Menschen. Bei privaten und Vereinsfesten sowie bei Stadtjubiläen brauchte man Experten: Da genügte es nicht, daß ein paar gutwillige kleine Jungen ein paar Raketen nahmen und Streichhölzer dranhielten. Das Arrangieren von Feuerwerken ist in Wahrheit eine Kunst von seltsamem, aber interessantem Charakter. Rhythmus, Komposition, Aufbau, Kulmination, Muster und Ausgewogenheit – ihr Vater war ein routinierter und sehr gefragter Meister gewesen. Als der Krieg kam, wurden die Aufträge aus naheliegenden Gründen seltener. Teils verringerte sich die Zahl der Feste. Teils gewann der Sicherheitsaspekt die Oberhand, besonders, als die Front immer näher rückte. Im März 1944 wurde er krank, lag bis Ende des Krieges im Krankenhaus; 1948 wurde er in Gera als Turnlehrer einer Schule eingestellt (sie selbst betrachtet diese Stadt als ihre Heimatstadt), 1950 wegen seiner Vergangenheit entlassen: Bei den vielen von ihm arrangierten Festen sei er allzuoft mit der faschistischen Elite in enge Berührung gekommen, wie man meinte. 1953 starb er an einer Gehirnblutung.

Eine Fabel? Sie erzählte sie vollkommen gerade, ohne Anspannung, als wäre das Ganze eine Selbstverständlichkeit. Die Lichter stiegen in den Himmel und versanken. Wie resistent war ihre politische Überzeugung? Papas Feuerwurfhammer, der wie ein Lichtband in den dunklen Himmel aufstieg. Sie war 1938 geboren; welche Erinnerungen hatte sie? Sie konnte kaum viele Feste miterlebt haben.

Sie sagte: »Trotzdem mag ich so ein Feuerwerk. Sport mag ich auch, zum Beispiel Literatur und Boxen.«

In der Nacht, nachdem sie eingeschlafen war, lag ich lange wach und sah sie an. Ich war vollkommen ruhig, und mit mir war etwas geschehen, was ich mir nicht erklären konnte. Ihr Gesicht war beinahe weiß und hatte sich im Schlaf entspannt; sie schlief vertrauensvoll und atmete leicht, fast unmerklich. Ich kannte sie jetzt zwölf Stunden, sie schlief, es war, als hätte sich in meinem Panzer ein Spalt aufgetan, und ich begriff nicht, wer sie war. Ich konnte die Agitatorin und die Sängerin, das Kind und die Geliebte, die Tochter des Pyrotechnikers und die FDJlerin nicht zusammenfügen, aber selbst als sie schlief, hatte ich das gleiche Gefühl wie vorhin, als sie zu mir gesprochen hatte: ein kleiner Frosch in meiner Hand, ein Leben sehr dicht an meiner Haut.

Wir lagen in einer Studentenbude in Greifswald, es war der Herbst 1956; wir waren in der absolut unschuldsvollen Wärme eingeschlossen, die in mir sehr lange als Alternative erhalten bleiben würde, als Alternative oder als Schlüssel zur Welt sowohl meiner wie der von Papa. Sie atmete leicht wie Vogelschwingen gegen das Fenster meines Gesichts, sie war ein ganzer und lebendiger Mensch, und ich lag mit dem Gesicht neben ihrem: Im Traum bewegte sie sich leicht, der Traum bewegte ihre Hand, und sie zog vorsichtig die Decke über sich. Dann schlief sie tief und lange, während das Licht allmählich wiederkam und es wieder Tag wurde.

Da saß ich schon lange an ihrem Schreibtisch und versuchte, mein ganzes Dilemma in einem Brief zu formulieren, aber es war noch zu früh, wir schrieben erst den Oktober 1956, und alles war noch am Anfang.

Ich schrieb, ich sei ihrer nicht würdig, was eine grobe Lüge war, weil ich das nicht meinte. Ich schrieb, mich plage eine krankhafte Begierde, für das, was geschehe, immer eine persönliche Verantwortung zu übernehmen, was damals auch nicht zutraf: Ich schrieb, meine Einsamkeit quäle mich, so daß ich nicht wage, die Gemeinschaft zu suchen, weil die Anforderungen, die ich an die Gemeinschaft stellen würde, allzu totalitär und darum zum Scheitern verurteilt sein würden: Das entsprach den Tatsachen. Ich schrieb, daß ich sie liebe, was wohl nur vielleicht richtig war. Ich schrieb, ich hätte Angst, die Verantwortung für sie zu übernehmen, und auch das war die Wahrheit. Ich schrieb, sie sei ein kleiner Frosch in meiner Hand. Ich schrieb: Ich will, daß Du für mich die Verantwortung übernimmst und mich so sein läßt, wie ich bin; ich will auch, daß Du es mir ersparst, mich um Deine Liebe verdient zu machen; ich möchte auch nicht so tun, als sei ich besser, als ich in Wirklichkeit bin.

Habe ich das wirklich geschrieben?

Ich hätte schreiben sollen: Du mußt akzeptieren, daß ich hohl bin. Ich habe nichts, was aus mir selbst stammt, ich bin aus dem zusammengesetzt, was andere sind, ich bin unecht von der Schale bis zum Kern. Ich sorge mich ängstlich um meinen kleinen Individualismus, ich bin ein ganz bestimmter Mensch, tue aber so, als wäre ich ein anderer, ich bin bereit, für eine gelungene Formulierung alle Liebe zu opfern, ich bin falsch, unecht, ein Betrüger, aber kein großer, nur der geschickte kleine Sekundant des kleinen Betrugs; dennoch rede ich mir trotzig, aber voller Hoffnung ein, trotz alledem gar kein schlechter Kerl zu sein.

Aber nichts davon schrieb ich. Es war Morgen, sie schlief. Ich hatte einen langen Brief in der schwedischen Sprache geschrieben, die sie nicht verstand, und darunter setzte ich meinen Namen und meine Anschrift. Christian Lindner. Götgatan 26, Stockholm. Die Wettkämpfe waren zu Ende. Sie schlief, still und leicht, und ich ging.

Woran ich mich am besten erinnere, ist die Aschenbahn in Greifswald; sie war rot, weich, zugleich aber elastisch. Ihr leichter, vogelähnlicher Schlaf, als ich wegging, ist mir ebenfalls in Erinnerung geblieben. Ich hatte einen Brief geschrieben, aber er enthielt nicht die Wahrheit, nicht einmal die.

Wenn man einmal alles aufgegeben hat, gibt es nicht mehr viel, was man noch aufgeben könnte, aber wenn man einmal alles aufgegeben hat, ist man auch versucht, die Kapitulation zu wiederholen, immer und immer wieder. Ein Betrug gebiert den nächsten, am Ende sind die Kapitulationen keine Tragödien, sondern nur eine Art, leichter zu atmen, ein Aufschub zum nächsten Scheideweg und zur nächsten Prüfung. Um mich war es nicht so schlecht bestellt wie um viele andere. »Du hast ja ein Ziel vor Augen, damit du in der Welt dich nicht irrst.« Einen meiner besten Freunde aus der Pariser Zeit fand ich als Verwaltungsfritzen einer Catcher-Tournee wieder; er hatte das Problem auf seine, wenn auch nicht auf die beste Weise gelöst. Ich erzählte von meiner Abhandlung über das Leben Rimbauds im Exil, und für ihn war diese Geschichte sonnenklar, das Problem schien ihm leicht lösbar zu sein.

Ich weiß ja selbst, wie es ist, sagte er. Aber heute wird man natürlich nicht Waffenhändler in Abessinien, sondern Verwaltungschef von Catchertruppen auf Tournee. Im übrigen wiederholt sich die Geschichte ständig. Warum sollten sonst die Pariser Kommune von 1871 und die von 1968 unterschiedliche Reaktionen hervorrufen? Die gleiche Niederlage, wenn auch in neuen Kleidern.

Papa habe ich nach dem Tag im Mai 1948, als Mama starb, nicht mehr viele Male gesehen.

Das ist bemerkenswert: Ich dachte fast ununterbrochen an ihn, begegnete ihm aber äußerst selten. Ich glaube nicht, daß meine glanzvolle Untersuchung »Arthur Rimbaud im Exil« endgültig Schiffbruch erlitt, bevor meine Aufzeichnungen über Mattias Engnestam begannen, also irgendwann um 1968 herum, aber Gott weiß, daß ich schon lange eingesehen hatte, wie sinnlos sie war. Ich versuchte, mich auf die Zeit nach 1875 mit dem Tod in Marseille als Schlußpunkt zu konzentrieren, aber die gesamte Arbeit blieb immer wieder in Anekdoten und Absonderlichkeiten stecken. Das, was mich schließlich endgültig zu Fall brachte, war nicht die Zeit in Abessinien, auch nicht die Schwierigkeit, Material über den Aufenthalt in Harar zutage zu fördern, sondern das waren ganz einfach die Briefe aus Stockholm.

Rimbaud hatte sich in Oslo dem Zirkus Loisset angeschlossen. Im Frühjahr 1877 kam die Truppe nach Stockholm, und Rimbaud war Dolmetscher und Handlanger für die Verwaltung und schrieb in diesen Monaten eine Reihe von Briefen an seine Schwester Isabelle Rimbaud.

Die Briefe waren das, was mich zu Fall brachte, und mit mir das gesamte Projekt. Alles, was er schrieb, war von zentraler Bedeutung für mich, aber uninteressant für die Untersuchung. Ich blieb stecken. Vielleicht lag es an dem seltsamen Erlebnis, mich selbst, Papa und Gisela in einem einzigen großen verschwommenen Vexierbild mit Rimbaud zusammenfließen zu sehen. Und war da in dieser Totalansicht nicht auch ein Anflug von Mama zu sehen? Mein Gott, wie sehr veränderte sie sich in diesen letzten Jahren. Ich weiß nicht, worin ihre bohrende Unzufriedenheit gründete: Als sie in Hälsingborg bei der Post arbeitete, ging noch alles gut. Aber nachdem dieser Job zu Ende war, fiel sie in den alten Überdruß zurück.

Saß da zu Hause, in die immer gewisser werdende Überzeugung verstrickt, daß sie irgendwo eine falsche Wahl getroffen, daß sie einen Fehler gemacht hatte, als sie sich damit zufriedengab, daß sie nur ein Leben hatte, das bald beendet sein würde, und daß sie jetzt im Begriff war, dieses einzig verfügbare Leben zu verspielen. Obwohl sie im Grunde ein Mensch mit einem starken Sentiment war, gefror auch ihr Gefühl allmählich zu Eis, zu der Einsicht nämlich, daß keine Liebe und keine Verstellung das Unabänderliche verhindern können. Und plötzlich schien sie einzusehen, daß auch der Glaube und das Verzeihen nichts als Heuchelei sind, daß ihr nur noch übrigblieb, die Einsamkeit zu ihrer äußersten und bitteren Konsequenz zu treiben. Mama in den letzten Monaten: Sie hätte Vitalie Rimbaud in deren letzter verachtungsvoller Weigerung sein können, zum Totenbett des Sohnes nach Marseille zu fahren. Aller Hoffnung beraubt, waren das Leben und die Liebe nichts anderes wert als den Haß.

In Stockholm, in diesem Frühjahr und Sommer 1877, war schon jetzt alles unabänderlich: Seit den Tagen der Kommune (die er nie aus der Nähe hatte miterleben dürfen, deren Hoffnungen er aber teilte) waren sechs Jahre vergangen, und die Schüsse von Brüssel waren vier Jahre alt, und damit die spektakuläre Entschuldigung für die Flucht.

In den Briefen an die Schwester, den Briefen, die nie veröffentlicht worden, aber erhalten geblieben sind, spricht er von seinem inneren Tod, als wäre dieser eine Tatsache.

Er spricht von seinem inneren Tod, scheint dabei aber die Unwahrheit zu sagen: Seine Unruhe tickt wie eine Uhr in dem überwucherten Garten Europas, er hat nicht aufgegeben, flieht aber und glaubt sich besiegt; ein Wort könnte ihn aufhalten, aber niemand spricht zu ihm. Er meint, völlig allein zu sein wie alle anderen im Heer der Fliehenden: Er sieht sie nicht, obwohl sie zusammen fliehen. Er schreibt an seine Schwester und füllt die Briefe mit Belanglosigkeiten. *Meine Liebe*, schreibt er, *in der vorigen Woche stellten wir zwei Japaner ein, die eine Menge Kunststücke beherrschen, wie etwa gymnastische Sprünge und kühne Purzelbäume. Der Zuwachs an neuen Kräften kam uns gut zupaß, da der schwedische König am 29. Juni unseren Zirkus besuchte. Das brachte den Vorteil mit sich, daß viele Neugierige angelockt wurden und alle Plätze gut besetzt waren.*

Er beschreibt die hübsche Lage des kleinen Pferdezirkus auf Djurgården: auf dem Grundstück des Baumeisters Thorstensson beim Alkärret. *Meine Liebe, ich denke immer an Dich*, schrieb er an die Schwester, die nur siebzehn Jahre alt war und die er seit 1873 nicht mehr gesehen hatte.

Seine Gedanken kreisen ständig um die Möglichkeiten des Menschen zu überleben, um den Preis, der einen Verrat lohnend erscheinen läßt, um den Preis für das Leben, den zu entrichten man mutig genug ist. Er spricht oft von der Feigheit, von den Menschen, denen von der Gabe der Feigheit reichlich zuteil geworden ist und die darum nach einem Vorwand zur Flucht suchen. Er sagt, er suche nach tröstlichen Anlässen, behauptet aber, keine zu finden. Er sagt, er unternehme oft Spaziergänge nach Norden, durch Uppland; er geht spazieren und möchte nicht zurückkehren. Er erlebt sich selbst als jemanden, der falsch spielt, und in einem der Briefe sagt er, daß für denjenigen, der seine totale Unwürdigkeit erlebt und sich kurze Zeit in der Hölle aufgehalten habe, der Weg zum Kreuz der einzig mögliche sei, wenngleich auch dieser trügerisch sei. Er schreibt, er sei vollkommen gewillt und fähig, seine Situation offenzulegen, daß aber auch die Aufrichtigkeit nur ein sinnloser Versuch sei, seine Verwirrung einzukleiden und sich gegen die Wirklichkeit zu schützen.

Er spricht in mehreren der Briefe von der Zeit in Oslo, wo er für kurze Zeit mit einer der zwei russischstämmigen Primadonnen des Zirkus, »die einmal am russischen Hof vorgestellt worden sei«, ein intimes Verhältnis unterhalten habe. Er verließ diese Dame, weil er, wie er behauptete, aufkeimende Liebe zu ihr bemerkt habe, und die konsequente Täuschung schien ihm der einzig angemessene Ausweg zu sein. Er spricht davon, wie er nur dazu den Mut hatte, sich die Liebe als ein Verhältnis zwischen zwei Menschen vorzustellen, denen die Fähigkeit fehlt, füreinander die Verantwortung zu übernehmen und Solidarität zu empfinden. Die Liebe war für ihn nur dann möglich, wenn sie ihm fehlte.

Also hatte er sie verlassen. Er schrieb: Ich weiß, daß meine Vorwände falsch sind, aber hier in meinem Garten ist es ruhig, meine Unruhe wird bald gestillt sein. Das Ticken der Uhr ist verstummt, und binnen kurzem wird mein Tod vollständig sein. Die Reste meines Lebens quälen mich, aber ich habe Hoffnung, daß der Schmerz sich betäuben läßt.

Im vorletzten, im Juli 1877 geschriebenen Brief (der im übrigen eine Episode enthält, aus der klar hervorgeht, daß zumindest einer der Texte in *Les Illuminations* während dieses Sommers in Schweden geschrieben sein muß, was die Datierung der Sammlung verändert) spricht er davon, wie er vom Zirkus Abschied genommen und einige Wochen lang in einer im Süden Stockholms gelegenen Mühle gearbeitet habe.

Seine Briefe sind voll vager, empfindsamer, diffuser und schlecht durchdachter Ausbrüche, die in ihrer Verstellung jedoch rührend anmuten. Er sagt, er ziehe es vor, für die Probleme, die politischer Natur seien, metaphysische Lösungen zu suchen, weil er seine Schwachheit eingesehen habe. In der Mühle arbeitet er drei Wochen, aber dann hat er nicht mehr die Kraft dazu. Er kehrt in dem letzten Brief an die Schwester zu Fragen der Auslegung über das Kreuz, den Frieden in Jesus und die Möglichkeiten, die Vergebung der Sünden zu erlangen, zurück, jetzt aber mit einer absonderlichen Doppeldeutigkeit: Teils spricht er matt und ohne Überzeugung, teils mit einer besessenen Entschlossenheit, als wolle er aus zwei scheinbar unvereinbaren Lösungen eine einzige zusammenpressen, nämlich die, die ihn retten könnte.

Im selben Brief beschreibt er die lange Flucht zu »der schwedischen Stadt Sigtun, zwanzig Meilen nördlich von Stockholm gelegen«. Es ist ein Tag im Juli. Er ist leicht gekleidet und sagt von sich, er habe in einer Verzweiflung ohne Ursache zu laufen begonnen und sei den ganzen Weg gerannt. Sechs Jahre nach der Kommune, vier Jahre nach den Schüssen von Brüssel; er läuft nördlich von Stockholm nach Norden.

Die Sonne scheint, die Luft ist klar, es atmet sich leicht, er läuft.

Wenn Papa im Traum zu mir kommt und ein Kind ist und fragt, versuche ich immer, ihm zu antworten. Papa, sage ich, noch haben wir erst 1970, noch habe ich zuwenig Zeit gehabt. Ich weiß noch nichts. Weißt du noch nichts, sagt er dann traurig, aber loyal, wieviel Zeit wirst du denn noch brauchen? Mein ganzes Leben, sage ich, ich könnte dich zwar belügen, und eine Antwort aufzeichnen und diese Antwort mit Wahrscheinlichkeiten vollstopfen, und du würdest mir glauben, aber ich werde wohl dennoch ein Leben brauchen. Und wie geht es dir denn selbst, sagt er freundlich, geht's dir gut?

O ja, Papa, es ist alles in Ordnung. Mir geht's jetzt gut. Ich bin fleißig und kleide mein Leben ein, damit es sicher wird, hole kleine Sicherheiten in die Höhle; *ein Liespfund Butter, zwei Fässer Pulver, zwei Musketen, ein Hanfseil, zwei Fässer Rum, zwei Pistolen, ein Faß Salz:* Soll ich fortfahren? Nein, sagt er, ich will nur wissen, was eigentlich mit mir selbst geschehen ist. Was gedenkst du dagegen zu unternehmen? Ich muß weiter fragen, sage ich, ich muß bestimmte Dinge herausfinden, du mußt dich gedulden. Und wie ist dein Leben sonst, fragt er im Traum beharrlich, geht es dir gut, und bist du ehrlich? Es geht mir glänzend, sage ich, ich kleide mein Leben mit kleinen Sicherheiten ein, und bald werde ich ruhig und unerreichbar sein; mein Leben ist eine Folge blendender Leistungen, aber trotzdem ist mir verdammt übel, und ich will verflucht noch mal dein Moralisieren nicht mehr hören, ich habe genug davon.

Da wird er stumm und traurig und gleitet langsam aus meinem Traum heraus, und ich bin wach. Und ich muß weitergehen, er hat recht, Fakten müssen hinzugefügt werden, auf direktes Befragen gibt L. (28) im März 1970 zu, daß zwischen ihm und seinem Arbeitgeber das beste Einvernehmen herrscht. Er ist angestellt, um auch während der Vorbereitungen für den WM-Kampf gegen Piaskowy in Berlin als Sparringspartner zu arbeiten. Natürlich kann man billigere Sparringsleute finden – es gibt immer irgendwo ehemalige Amateure oder abgetakelte alte Profis, die willig sind, sich pro Tag ein paar Runden lang verprügeln zu lassen. Aber damit kommt noch kein Schwung in die Sache.

L. ist bei den Vorbereitungen also ein wichtiger Faktor.

Er bandagiert sorgfältig die Hände. Sitzt auf seinem Stuhl, während der Trainer wickelt und klebt. Um den Daumen, zwischen den Fingern, prüft die Festigkeit, beugt und streckt die Finger, nickt zustimmend. Das Bandagieren der Hände, so sagt er, sei die ruhevolle Ouvertüre zur Knochenarbeit. Er sitzt nachdenklich und still da und sieht die Hände in ihrer weißen Umhüllung verschwinden. Die Beleuchtung über dem Ring ist eingeschaltet, im übrigen ist die Halle dunkel, obwohl heute öffentlich trainiert wird. Es befinden sich jetzt etwa fünfzig Personen in der Halle; hinter ihnen verschwindet der leere Raum in einer stillen, leeren und heruntergekommenen Dunkelheit. Das Kennzeichen eines guten Sparringsmannes, sagt er, ist, daß er still, instinktiv und korrekt erfühlt, wie die verschiedenen Trainingsmomente einander ablösen sollten, daß er die Schwächen des anderen reibt, ohne sie zu seinem Vorteil auszunutzen.

Er läßt sich auf produktive Weise ausnutzen.

Das beste Verhältnis besteht bei diesen Runden zwischen ihm und seinem Arbeitgeber. Sie sind beinahe als Kameraden anzusehen. Eine schnelle Runde mit Boxen auf Abstand, und dann eine schwere Runde, die vorwiegend aus Ringen, Blockieren und Halten besteht. Immer wieder läßt er zu, daß der Arbeitgeber sich aus dem Nahkampf freischlägt. Es ist nicht so gefährlich, wie es aussieht, man spürt nicht viel; viele Schläge werden bloß markiert. An den öffentlichen Trainingstagen, an denen Eintrittsgeld verlangt wird, ist es üblich, den freundschaftlichen Charakter dieser Veranstaltungen durch fröhliches, scherzendes Geschrei und Gejohle zu kennzeichnen. Dabei ist auch wichtig, die Schwächen des Arbeitgebers nicht allzu demonstrativ hervortreten zu lassen, denn die kennt er ja zur Genüge. Oft wird ein Sparringspartner ja von der gegnerischen Seite dazu verführt, gerade diese Schwächen preiszugeben. Es ist ihm ein paarmal passiert, daß man mit einem solchen Wunsch an ihn herangetreten ist. Selten ist er so wütend geworden. Dies sind die einzigen Male gewesen, daß er Lust verspürte, jemandem vollkommen gratis und außerhalb des Rings eins auf die Schnauze zu hauen. Die Schwächen des Arbeitgebers preiszugeben, wäre Verrat, ein Betrug, man würde die Hand beißen, die einen füttert. Man muß loyal sein.

Nein, Freundschaft zwischen zwei Männern in einem Ring ist etwas, was sich rein grundsätzlich durchaus entwickeln kann. Aber das Verhältnis dieser beiden Männer ist ja so klar definiert, daß er sich scheut, es »Freundschaft« zu nennen. Mitten im Schweiß, der Müdigkeit und dem Schmerz fühlt er aber doch eine große Loyalität dem Mann gegenüber, dem er als Sparringspartner gedient hat. Einem anderen Menschen gegenüber fühlt er sich nicht zur Loyalität verpflichtet. Weder seinem Trainer noch dem Manager noch sonst irgend jemandem gegenüber. Möglicherweise dem Publikum gegenüber, aber wenn überhaupt, dann nur ziemlich indirekt. Aber die da drinnen im Ring, der Boxer und sein Sparringspartner, die schuften bei der Trainingsarbeit ja dennoch irgendwie für dieselbe Sache.

Sie produzieren einen *Wert*, der dann ungleichmäßig verteilt wird. Man muß auch denjenigen gegenüber Loyalität empfinden, die sich vom Kuchen ein größeres Stück abschneiden, ohne im eigentlichen Sinn zu kämpfen. Im übrigen haben viele eine sehr unrealistische Vorstellung von der Arbeit eines Sparringspartners. Sie wird vielleicht schlecht bezahlt, aber man kann trotzdem weiterleben, indem man seine persönliche Würde wahrt und hochhält. Damit kann man manchmal magere Lohntüten auf glückliche Weise kompensieren. Als Sparringsmann wird man nicht in Stücke geschlagen. Die Verletzungen kommen immer nur in den richtigen Kämpfen; dann ist eine Runde gefährlicher als hundert Runden beim Sparring. Einige Boxer zeigen zwar die Neigung, ihr Sparringsmaterial zu Kleinholz zu schlagen, aber dafür müssen sie dieses Material auch ständig erneuern. Das ist äußerst unwirtschaftlich. Solche Arbeitgeber werden selten beliebt. Ein moderner und vorausschauender Weltstar geht behutsamer und klüger mit seinem Material um. Er schlägt es nicht in Stücke, sondern achtet darauf, daß es immer in der besten körperlichen Verfassung bleibt.

Solche Arbeitgeber werden also auch beliebt.

Genügt das? Genügt dieses Stück? Nein, es genügt nicht. An der Wand bei Papa hing an dem Tag des Jahres 1965, an dem ich zurückkam, um die Reste seines Lebens zusammenzufegen, ein echtes Ölgemälde, das ihn in den Tagen seiner Kraft darstellt. Er trug einen Wettkampfdreß und war dabei, den Hammer zu werfen. Ich hatte dieses Bild schon bis zum Überdruß betrachtet, denn es war schon 1946 von einem dankbaren Amateur-Bewunderer gemalt worden, frei nach einem in einer Zeitung veröffentlichten zweispaltigen Photo.

Papa trägt auf diesem Bild seinen weißblauen Wettkampfdreß; sein Körper schwillt vor Kraft und ist von schweinchenrosa Farbe. Im Hintergrund ist absurderweise ein kleines Plumpsklo zu sehen, ein einsitziges Landklo mit einem Herzen in der Tür.

Es war voll authentisch: Die Aufnahme war in Papas privatem Trainingsring aufgenommen worden, das Klo war zur Zeit der Aufnahme nicht mehr in Gebrauch, sondern diente als Werkzeugschuppen, und der Künstler war nicht der Mann, der sich an der Wirklichkeit vorbeimogelte. Papa mochte das Bild, weil es über ihn als Mensch und Hammerwerfer die Wahrheit zeigte. In der Bewegung wird der Mensch oft entlarvt, wie er auf seine brutal aphoristische Weise sagte, die entweder von Kretschmer, Ernst Idla oder dem frühen Torsten Tegnér direkt entlehnt oder gestohlen war.

Das Bild zeigte, wo er in der Ästhestik des Hammerwerfens stand; und er zeigte oft mit seinem Klodeckel von Hand dahin, wo auf dem Gemälde sich der Hammer im Verhältnis zum Körper befand. Das Bild zeigt den Augenblick kurz vor dem Abwurf, in dem der Hammer sich auf dem tiefsten Punkt befindet, gerade am Beginn des Wegs nach oben, aber noch leicht schleifend. Und das, sagte Papa mit vergnügter Miene und energischer Befriedigung, das zeigt, daß ich recht hatte und Recht bekommen habe. In den vierziger Jahren predigten sämtliche schwedischen Trainer, Hugo Sjöblom eingeschlossen, der es hätte besser wissen sollen, weil er wie kein anderer Trainer in einem direkten persönlichen Verhältnis zum Hammerwerfen stand, daß der Hammer bei der letzten Umdrehung seinen niedrigsten Punkt genau neben der Senkrechten des Körpers haben sollte. Aber Papa hatte einmal irgendwann in den letzten dreißiger Jahren im Stadion gesessen und den Deutschen Blask werfen sehen. Papa hatte einen Platz genau hinter dem Abwurfring eingenommen und zufällig, aber mit unerbittlicher Genauigkeit gesehen, daß Blask sich verdammt noch mal nicht an die Lehrbücher hielt, sondern den Hammer bei der letzten Umdrehung immer wieder ein wenig *nachschleifen* ließ.

Erst kamen der Körper und die Hüften, dann, etwa dreißig Zentimeter später, als es die Schablonen der Lehrbücher zeigen, der Hammer.

Das echte Ölbild, das bis zu Papas Tod in den sechziger

Jahren in seiner Wohnung hing, war ein unwiderlegbarer Beweis dafür, daß er schon lange vor der Umstrukturierung der Grundideologie des Hammerwerfens die korrekte Linie eingehalten hatte. Außerdem mochte er das Bild; es gefiel ihm. Es ist wichtig, daß der Sport auch schön ist, sagte er oft. Sport ist wie ein Kunstwerk. Und dann blickte er warmherzig auf die schweinchenrosa Gestalt auf dem Gemälde; natürlich war das Kunst, aber es war wohl ein beachtlicheres und seltsameres Kunstwerk, das er an dem Abend des Jahres 1947 in Mjölby schuf, als er mit dem ein wenig zu leichten Hammer seinen ersten schwedischen Rekord erzielte.

Das Gemälde habe ich mitgenommen; ich besitze es noch heute. Ich lege es zu dem größeren Bild dazu, aber dieses wird dadurch nicht deutlicher.

Die Ästhetik des Sports? Das Erschreckende und Bemerkenswerte etwa an der Entwicklung des Eiskunstlaufs war die Tatsache, daß sich dort so rasch ästhetische Konventionen etablieren konnten, die dann, aus den unergründlichsten und launenhaftesten Anlässen, totalitäre und absolute Ansprüche stellten. Die gebotenen Leistungen wurden in jedem Jahr nach den ästhetischen Schablonen des vorhergehenden Jahres beurteilt, jedoch veränderten sich diese Schablonen alle drei Jahre. Als Mitte der sechziger Jahre die Protopopowsche Ästhetik des Paarlaufs zum Durchbruch kam, etablierte sich ein ästhetisches Wertungssystem, das vom Frauenturnen aus der Zeit vor fünf Jahren übernommen worden war (und das sich nach dem Höhepunkt der Olympischen Spiele von Rom als verbraucht erwiesen hatte), ein System, bei dem Verinnerlichung und Sentimentalität Schlüsselworte gewesen waren. Der Stil und die Ästhetik kamen von russischer Seite, waren politisch anwendbar, weil sie das Image von Vermännlichung und Brutalität zerstörten, das die russischen Sportlerinnen allzu lange mit sich herumgeschleppt hatten; beide knüpften an das klassische Ballett, an Tschechow und die feinen, gefühlvollen Abschiedsszenen in »Doktor Schiwago« an.

Beim Eiskunstlauf bedeutete diese neue sozialistische Ästhetik der Verinnerlichung in praktischer Hinsicht einen geringen technischen Schwierigkeitsgrad, große Weichheit und erhebliche Mengen romantischen Sirups. Die Protopopowsche Eiskunstlaufdoktrin verlieh dem Genre einen oberflächlichen Firnis aus Kultur, klassischer Bildung und bezeichnete eine für eine unsichere Kunstform typische Degenerationsperiode; ihren starken politischen Effekt erreichte sie, weil der Begriff »Schönheit«, ein Bestandteil der Doktrin, noch dazu in enger Verbindung mit einem sozialistischen Land, gegen »mechanische Äquilibristik« ausgespielt wurde, die in der amerikanischen Eiskunstlauftradition ihre Wurzeln hatte.

Die Olympischen Spiele des Winters 1968 wurden von der Tyrannei der Protopopowschen Ästhetik beherrscht, so wie alle anderen Olympischen Spiele von anderen ästhetischen Konventionen beherrscht worden waren. Es sollte aber zumindest eins festgehalten werden, daß das ästhetische Weltbild des Eiskunstlaufs in sehr hohem Maß eine geschlossene Welt ist, daß die Verbindungen mit den Doktrinen der Kunst in der Gesellschaft im übrigen sehr verzögert sind oder überhaupt ausbleiben, daß die Doktrinen ausgesprochen narzißtisch und aus einem augenscheinlich grob karikierten bürgerlichen Seelenleben geboren worden sind. Kollektives Handeln, selbst paarweises Handeln, sollte immer die Entwicklung der einzelnen Persönlichkeiten zum Ausdruck bringen und nicht nur Zuckerwatte übers Eis verteilen. Die romantische Verinnerlichung war von 1965 bis 1968 auf dem Eis Gesetz. Beim Abschluß der Pflicht pflegte das russische Paar sich zu küssen, was die Punktzahl um zwei Zehntel erhöhte und rasch der Doktrin einverleibt wurde. Der westdeutschen (!) Presse zufolge wurden in diesen Jahren ostdeutsche Eiskunstlaufpaare weinend in den Umkleidekabinen angetroffen. Der weibliche Partner, schluchzend: »Du, wir müssen uns auch küssen, sonst haben wir keine Chance!«

Papas Gemälde habe ich immer noch. Kunst des sozialistischen Realismus, etwas, was andere zu verachten vorgeben, ist etwas, was ich mag. Papa mit schweinchenrosa Teint, dämlichem Grinsen und mit korrekt nachschleifendem Hammer, bevor es zum Abwurf kommt, das nenne ich gute Kunst. Gute Kunst pflegte ich mit einem Sammelbegriff »Sozialistischen Realismus« zu nennen, ohne jedoch zu wissen, was ich damit meinte.

Ein für mein Gefühl außerordentliches Beispiel sozialrealistischer Kunst ist das zweite Streichquartett von Ligeti, besonders der letzte Satz. Für mich ist das realistische Programmusik, genauer definiert: eine akkurate und realistische Schilderung eines WM-Finales im Florettfechten. Allegro con delicatezza. Was im Bild fehlt, sind wohl nur die unerhört befreienden und erlösenden Entspannungsmomente zwischen jedem Treffer – die Pausen bei Ligeti, auch sie hatten eine Spannung, welche die Kraft der musikalischen Sequenzen abschwächten und also den Gesamteindruck einebneten.

Viele begingen ähnliche Fehler, nicht nur Tonsetzer. Ein üblicher Mißgriff bei Sprintern (und es lassen sich auffallende Ähnlichkeiten der Arbeitsmethoden feststellen) ist der Glaube, man könne über einhundertfünfzig Meter Schnelligkeitstraining betreiben, nämlich einigermaßen verteilt auf Kurve und Gerade; siebzig Meter Schnelligkeitstraining, der Rest Krafttraining. Die Kunst, zwischen den Anspannungen zu entspannen, das Gefühl für Rhythmus – das ist eine schwierige Kunst, ein Adelsprädikat für gute Lyriker und für Hürdenläufer. Ein Hochspringer von Weltklasseformat kann bis zum Augenblick des Absprungs mit Muskeln anlaufen, die entspannt flattern; wenn man Ekelöf liest, begreift man, warum dies richtig ist.

Ich selbst mochte übrigens, wo wir doch von Papa und seinem sozial-realistischen Gemälde sprechen, das Säbelfechten immer lieber als das Florettfechten. Eine der phantastischsten Theatervorstellungen meines Lebens habe ich 1959 in Turin gesehen, beim Finale im Säbelfechten. Ein Teil der Dramatik wurde dadurch geschaffen, daß es damals – ich weiß nicht, wie die Messungsmethoden von heute exakt aussehen – beim Säbelfechten keine automatische Treffermessung gab. Jeder Treffer mußte von vier Richtern registriert werden.

Sie standen da, alle Richter, und bildeten ein Rechteck um die Fechter. Nach jeder Konfrontation, nach jedem behaupteten oder wirklichen Treffer, rissen sich beide Fechter den Helm vom Kopf und starrten mit entsetzlich empörter, anklagender oder ermunternder Miene auf die Richter, die mit unergründlichen, steinernen Gesichtern ihre wohlabgewogenen kleinen Zeichen gaben. Treffer? Treffer! In der kleinen, brechend vollen Halle entstand eine ungeheuer verdichtete Stimmung mit einander abwechselnden Explosionen aus Freude, Wut, Enttäuschung, hysterischem Glück oder totaler Entspannung. Soviel totenstille Konzentration, soviel konzentrierte Leidenschaft. In dem hohen Spiel, das der Sport immer bedeutet, mit menschlichen Gefühlen, Erwartungen und Zuversichten, liegt immer die Verlockung, sich *um jeden Preis* durchzusetzen, selbst um die Preise, die nicht auf dem durch Gesetz definierten Gebiet liegen.

Papa war in diesem Punkt ein wenig zwiespältig: Er wiederholte oft den alten Schmus, daß nicht der Sieg wichtig sei, sondern die Teilnahme, der volle Einsatz, aber auf eine etwas seltsame Weise glaubten weder er, ich, noch irgendein anderer richtiger Sportler daran. Das Adelsprädikat eines richtigen Sportlers ist, daß er immer bis zum Äußersten kämpft. Wenn man ihn auf einem Tennisplatz zum Gegner eines schwer motorischbehinderten vierzehnjährigen Mädchens macht, das unsicher und nervös ist und in hohem Maße der Ermunterung und der Hilfe bedarf, da würde der gute Sportler natürlich ebenso wie jeder andere dies in einer solchen Situation täte, dem Mädchen helfen wollen und es ein paar Bälle gewinnen lassen. Aber unabhängig von seinen eigentlichen Wünschen in dieser Situation wäre es das Kennzeichen des guten Sportlers, daß er statt dessen auf der Höhe seiner

Leistungsfähigkeit spielt, sein Äußerstes gibt, um jeden Ball zu gewinnen und um jeden Preis zu verhindern sucht, daß der arme Krüppel auf der anderen Seite des Netzes auch nur einen Ball nach Hause bringt. Er würde den Platz mit einem schlechten Gewissen verlassen, jeder würde ihn verachten und verabscheuen, aber dennoch würde gerade diese bizarre Testsituation ihn als echten Sportler ausweisen, der sich von denen, die Liebe zum Sport nur heucheln, unterscheidet. Seine scheinbare Brutalität besitzt eine andere und höhere Moral, und ich bin überzeugt, daß Papa und andere gute Sportler in diesem Punkt einer Meinung sind. Mehr sage ich nicht.

Treffer? Die Masken wurden abgerissen, die Richter machten ihre Zeichen, die Wut des Publikums wallte auf. In diesem Topf geballter Gefühle schienen die Gesichter der Menschen freigelegt zu werden, nicht nur die der Fechter beim Ablegen der Masken, sondern auch die der Zuschauer. Sie wurden deutlich erkennbar und kindlich, völlig nackt, es gab keine Verstellung und keine Vorbehalte mehr: eine Nacktheit auf Gedeih und Verderb, aber sie war besser als die Maske. Wenn man doch nur auf die Maske verzichten könnte. Wenn wir in dieser engen Fechthalle in Turin doch alle nur mit abgelegten Masken und freier Kindlichkeit hätten dasitzen, aber trotzdem sehen können, wohin die Verzückung uns geführt hatte. Ich meine, sozial-realistische Musik vom Typ Ligeti enthält dies alles, ebenso Papas Gemälde mit dem Plumpsklo im Hintergrund.

Beim Schreiben habe ich es direkt vor mir. Es hängt dort an der Wand, und Papa blickt schräg aus dem Bild heraus auf die Erde. Er hat ein leicht schieläugiges Lächeln im Gesicht, das nicht realistisch zu sein scheint, sondern wohl eher ein eigener Beitrag des Künstlers zur Dokumentation über Papa ist. Soweit bin ich gekommen: zu seiner anderen Technik, den Hammer nachschleifen zu lassen, zum Klo, das als Werkzeugschuppen diente, und zu seinem schieläugigen Lächeln? Und weiter?

Im Traum soll er zu mir kommen, immer und immer wieder, ständig überblendet von den gleitenden Bildern: von mir selbst, von dem Mann, der 1877 im Juni auf die schwedische Stadt Sigtun zu läuft, ohne zu wissen, warum, von dem nackten Gesicht des Säbelfechters, vom Sparringsmann in Berlin, als dieser seine Hände bandagierte, und dann wieder von mir selbst. Und weiter?

Ich schrieb einen Brief. Es war an einem Morgen im Oktober 1956 in Greifswald, und sie schlief leicht, einem Vogel gleich; das kindlich weiche Gesicht war vollkommen schutzlos und ergeben. Ich schrieb einen Brief, legte ihn auf den Tisch und ging dann vorsichtig aus dem Zimmer, ohne sie zu wecken.

Genau ein halbes Jahr, nein, acht Monate später kam sie zu Besuch nach Schweden. Über Papa sagte ich ihr: Wenn man einmal alles aufgegeben hat, ist nicht mehr viel da, was man noch aufgeben könnte, er lebt, aber es ist ein eigenartiges Leben. Ich hätte hinzufügen können: Der Betrug ist eine Gewohnheit, aber man kann sie sich zu eigen machen. Es ist eine Art zu leben, wenn man nirgends mehr verwurzelt ist. Aber das sagte ich nicht, damals nicht. Ich traf sie in Stockholm, und sie gehörte zur Handballer-Truppe aus der DDR, die eine Woche lang in Schweden Spiele bestreiten sollte.

Sie war, glaube ich, stellvertretende Leiterin der Truppe.

Ich traf sie, und sie verließ ihre Truppe. Wir fuhren zu einem Ferienhaus vor Södertörn hinaus, das ein Bekannter mir überlassen hatte. Dort blieben wir sechs Tage lang, dann fuhr sie zurück. Dies war der gesamte Zeitraum, und unter Umständen ist er nicht einmal wichtig. Er war so kurz, nur sechs Tage.

Es fing an einem Montag an. Es läßt sich alles leicht erzählen. Sie hatte sich vorgenommen zu bleiben. Sie sagte es nie offen. Sie verließ ihre Truppe; wir fuhren zu der Hütte hinaus. Das Dach war in diesem Winter ramponiert, heruntergedrückt worden wie von einer großen Schneelast (es war vermutlich etwas anderes gewesen); die Deformation war geblieben. Wenn sie einmal ein Frosch in meiner Hand gewesen war, so war sie jetzt ein schöner, aber fremder Vogel. Ich räumte den Tisch auf, und wir aßen. Ich erzählte ihr an jenem Abend eine Geschichte; sie handelte vom Krokodil. In der Nacht lagen wir auf dem Fußboden. Wir empfanden große Freude, aber sie war still. Wir hatten eine Matratze auf den Fußboden gelegt. Es war kalt; wir schliefen miteinander. In ihrem Gesicht und ihrem Körper war noch alles aus dem Jahr davor vorhanden, aber ich war schwer, und meine Haut war dick. Ich lag auf dem Fußboden und rührte mit der Hand im Eispuzzle. Die Stücke gingen nicht zusammen, wir lagen im selben Schlafsack, und ich wollte, daß alles so würde wie damals: nackt und hautlos und ohne Vorbehalte, aber die Welt war mir umgekippt, und ich hatte eine dicke Haut. Sie lag neben mir und war dabei einzuschlafen. Am folgenden Tag würde ich die Polizei anrufen und für sie um politisches Asyl bitten: Der Vorschlag kam von mir.

Mitten in der Nacht wachte sie auf und fing an, mir ins Ohr zu flüstern, aber ich verstand nicht, was sie sagte.

Dort draußen regnete es. Wir wachten auf und aßen. Ich erzählte ihr von meinem Freund aus Göteborg, der ein Leben als Streikbrecher gelebt und dabei Freude empfunden hatte. Er war jetzt fünfundsechzig Jahre alt. Er war ein sachlicher Mann, der die Täuschung und den Betrug als die Berufung seines Lebens erlebt hatte: Wenn Menschen jemanden brauchen, der sie im Stich läßt, so hatte er für sich die Aufgabe gewählt, dieser Mensch zu sein. Ich sagte ihr, daß ich seine Worte für Vorwände hielt. Wir aßen zwei Tomaten, ein halbes Kilo Fleischwurst und tranken Bier. Er war jetzt fünfundsechzig Jahre alt und hatte viele Male seine verdienten Prügel bezogen, war aber in seiner Sehnsucht steckengeblieben, ein Betrüger zu sein: Das Schwierige mit unserer Gesellschaft, sagte ich, ist es, die eigentliche Ursache für diese Arten verzweifelter und irrationaler Abweichungen zu finden. Die Brücke war morsch, und wir sahen eine Schlange. Es regnete, aber der Regen hörte um die Mittagszeit auf. Ich kritzelte eine Zeichnung auf ein fleckiges Blatt Papier; es hatte auf einem Küchentisch gelegen. Sie wollte sehen, durfte aber nicht. Papa hatte während der ganzen dreißiger Jahre eine kleine, aber schöne Sammlung von Preisen zusammengebracht, in der die Medaille von der Moskauer Spartakiade (die jeder Teilnehmer erhalten hatte) ihm besonders wertvoll war, obwohl er selbst gar nicht daran teilgenommen hatte: Als 1939 der Winterkrieg begann und die Sammlungen einsetzten, verschenkte er seine gesamte Preissammlung. Sie sollte zugunsten der Sache Finnlands versteigert werden. Die Medaille von der Spartakiade bereitete ihm jedoch Kopfzerbrechen: Was sollte er tun? Teils war sie als Erinnerungsstück wertvoll. Teils wollte er mit seinem Gewissen keinen Kompromiß schließen (»etwas Halbherziges tun, sein Pfund vergraben, nicht alles geben«). Die Frage war jedoch, ob der Auktionator und die Teilnehmer an der Versteigerung diese Medaille überhaupt akzeptieren würden, denn sie stammte ja aus Moskau. Unleugbar ein Dilemma: Er behielt die Medaille, stiftete aber zehn Kronen in bar für die Sammlung. Auf das Blatt Papier zeichnete ich einen Mann, der mit ausgestrecktem Arm eine Stange parallel zur Erde hielt. Sie wollte sehen, durfte aber nicht. Ich zeichnete einen Mann mit einem Vogelkopf; sie wollte sehen und durfte. In der Nacht liebten wir uns wieder; es lief ihr über den Bauch, ich nahm ihre Hand und rührte damit, es lief in die Leiste, ich sagte: »Du mußt abtrocknen. Es läuft.« Sie schlief, und es wurde Morgen. Wir gingen hinaus. Ich setzte sie auf den Stein, von dem aus sie Aussicht über das Tal hatte, und sagte ihr, sie solle sich die Landschaft ansehen. Sie betrachtete gehorsam das Tal. Sie begann zu weinen. Ich versuchte auch zu weinen, aber es mißlang. Es geschah alles im Lauf einer Woche, und die Episode ist kurz, sinnlos und unmöglich zu erzählen.

An den folgenden Tag erinnere ich mich deutlich.

Wir gingen durch den Wald. Ich pfiff vor mich hin und folgte ihr. Sie stand gegen einen Baum gelehnt und sah mich an. Sie betrachtete mich prüfend, und ich wußte, daß ich die Prüfung nicht bestehen würde, weil ich durchfallen wollte.

Sie sah sehr einsam aus. Wir waren noch nicht zur Polizei gegangen. Sie sagte: »Du hast Angst.«

Sie wußte nicht, welche Richtung sie einschlagen sollte. Es gab kaum noch etwas zu essen, es war kalt. In dieser Nacht saß sie lange allein am Tisch in der Küche, und ich sprach fieberhaft von irgend etwas. Sie schlief ein, erwachte nach einer halben Stunde und fing an, wie ein Kind zu weinen, verlassen und wimmernd. Ich küßte sie, und wieder war die Haut dünn; der Schleier vor den Augen beinahe weg. Ich hielt sie gegen meine Wange, sie atmete gegen mich, ineinander eingeschlossen trieben wir wie in einer Luftblase an die Oberfläche des Traums, wie zwei Embryos, aber mit unveränderter Resignation. Wir trieben gemeinsam, und die Haut war wieder dünn, und wir kannten uns, wußten aber, daß alles bald zu Ende sein würde. Die Luftblase stieg an die Oberfläche des Traums, und wir wurden wach und waren wieder zwei. Wir aßen das letzte Stück Wurst und tranken Bier. Wir zogen uns an und reisten ab.

Sie war nicht länger ein Frosch in meiner Hand, und wir wußten beide, daß ich sie im Stich gelassen hatte oder daß meine Haut zu dick gewesen war. In Stockholm meldete sie sich beim Leiter der Handballer-Truppe und erklärte, sie habe einen Fehler gemacht, sei aber bereit, die Konsequenzen auf sich zu nehmen. Bei der Abreise aus Stockholm war die Truppe also wieder vollzählig. Ich stand am Kai und winkte. Ich gab Gisela Blumen, die sie ruhig entgegennahm. Das Schiff verschwand. Ich sah sie fast zwölf Jahre später durch einen unfaßbaren Zufall zuerst in Minsk, danach noch einmal in Ostberlin und zweimal in Dresden wieder. Als meine Mutter starb, waren sowohl Papa als auch ich zu Hause. Wir wachten über sie wie zwei unruhige Wachhunde, weil wir es für unsere Pflicht hielten, in der letzten Stunde mit ihr zusammen zu sein.

Sie überlistete uns trotzdem und starb allein.

Mama starb an jenem Abend, und ich stand in der Nacht auf und saß lange an ihrer Seite. In der Erinnerung verschmilzt ihr Gesicht mit dem Giselas, nicht weil sie beide Frauen waren, sondern weil beide mich entlarvend gut gekannt hatten, jede auf ihre Weise. Ich wußte in jener Nacht besser als je, daß ich abreisen und von vorn beginnen mußte. Ich stahl zweihundert Kronen und ließ einen Zettel zurück, und damit war Papa allein.

»Du hast ja ein Ziel vor Augen, damit du in der Welt dich nicht irrst.« Es war das Frühjahr 1948, vor den großen schwedischen Erfolgen bei den Olympischen Spielen in London. Papa hatte große Hoffnungen in sie gesetzt, die vierziger Jahre waren eine seltsame Zeit und ich wußte weder aus noch ein. Ich hatte einen Zettel zurückgelassen, ich ging auf die Brücke hinaus. Es war früher Morgen. Irgendwie habe ich mich mein ganzes Leben lang ununterbrochen von Dingen oder Menschen fortgestohlen und verräterische kleine Zettel zurückgelassen.

Warum auch nicht? Nur die Denkmäler verrieten sich nie.

»Mit statischer Haltung können eventuelle Defekte vorübergehend verborgen werden, aber sobald man anfängt, sich zu bewegen, werden Mängel und Fehler sofort bloßgelegt.« Großvater mit den Eisenbahnschienen, Papa mit dem Wurfhammer, ich mit meinen ausgeklügelten kleinen Tücken. Ja, in unserer Familiengemeinschaft stimmt auch die absonderlichste Bewegungsphilosophie: Wenn Papa weit geworfen hatte, ging er mit kleinen, kleinen Schritten zu seinem Trainingsanzug zurück. In den letzten Wochen vor Mamas Tod hatte ich viel geweint, aber Plopp! war sie tot und lag da wie eine Heilige, und weil mir zu spät aufging, daß ich sie geliebt hatte und daß ich mich um sie hätte kümmern sollen, hörte ich sofort auf zu weinen: Es bestand Anlaß, gründlich nachzudenken.

Es war im Mai 1948, mit kalter und klarer Luft. Die Sonne schien. Ich holte tief Luft; die Luft war kühl. Sie konnte vielleicht eine kleine Flucht tragen. Der Sekundant verließ die Ringecke.

Schweinehund!

»Vielleicht auf künft'gen Wegen
Schallt dir der Ruf entgegen
Und grüßt dich allerorts:
Hoch der Meister des Sports!«

Als er im September 1965 starb, war ich nicht da. Er wohnte sechzig Kilometer außerhalb von Bollnäs, und sie riefen mich an und sagten, er sei tot: Die Stimme der Frau kam von weit her, klang aber vorwurfsvoll. Ich war nicht dagewesen, ich hatte meinen Vater im Stich gelassen, und alles, alles wurde zusammengelegt. Ich fuhr hinauf und begrub ihn. Ich war als letzter übriggeblieben, und er wirkte sehr klein, laubtrocken und spröde, wie er da in seinem Sarg lag: Nur seine Hände waren noch immer gigantisch und hammerähnlich, und sie lagen wie zwei verloren treibende Anker auf seiner Brust, überdimensioniert und noch nicht zu dem anständigen Maß von Kleinheit und Demut zusammengeschrumpft, das sein Körper im übrigen bereits angenommen hatte.

In den letzten Monaten war er zu krank gewesen, um arbeiten zu können, aber man hatte ihn gnädig weiter in der Wohnung wohnen lassen, die ihm von der Gemeinde zum Dank für seine Dienste als Hausmeister überlassen worden war. Seinen Namen hatte er schon lange geändert; schon lange hatte er versucht, seinen Betrug zu verbergen. Er hatte ein neues Leben begonnen. Ich glaube, daß viele wußten, wer er war, und von der Geschichte mit dem manipulierten Hammer gehört hatten. In der Kirche Christi war man aber tolerant und weitblickend und ließ seinen Unwillen nur in Form schlechter Bezahlung und ausbleibender Sicherheit seines

Arbeitsplatzes an ihm aus. Und so schrumpfte er allmählich zusammen, hatte nicht einmal mehr die Kraft, jeden Abend zu seinen Pferden zu gehen. Er vergilbte und verdorrte: Er verwelkte wie ein Baum, beugte sich und starb in einem gelb resignierenden Schimmer dahin, der ihm nicht einmal den anspruchsvollen Mut ließ, seinem einzigen Sohn zu schreiben und ihn zu bitten, er möge kommen. Und letztlich glaube ich, daß er bis in die barmherzige Bewußtlosigkeit der letzten Stunden hinein annahm, ich würde ihn wegen seines Mogelns hassen, daß meine gegenteiligen Versicherungen nur von meiner Barmherzigkeit diktiert seien, daß ich ihn aber im Innersten haßte – nein, nicht ihn haßte, wohl aber ihn verachtete: als hätte er einen so großen Betrug begangen, daß die Vergebung, die er in Christo suchen konnte, um seine großen Sünden zu sühnen, dennoch zu klein war, um die gigantische Sünde wider den Heiligen Geist und den Schwedischen Leichtathletikverband wiedergutzumachen, die er begangen hatte, als er mit einem vierhundert Gramm zu leichten Hammer einen neuen schwedischen Rekord und eine europäische Jahresbestleistung aufstellte.

Er konnte sich wohl vorstellen, daß man ihm verzieh, so, wie man einem Kind verzeiht, aber nicht, daß man richtig vergessen oder für immer den kleinen Punkt aus Verachtung ausradieren konnte, der, wie er annahm, bei allen festsitzen mußte, ebenso wie die Scham wie ein brennender Punkt aus Selbstverachtung in seinem Innern für immer und ewig festgenagelt saß. Und so war er allmählich in gelber, spröder Resignation um seine Sünde herum eingetrocknet, hatte die Krankheit den Schmerz einkapseln und sie durch einen anderen, reelleren Schmerz ersetzen lassen, um schließlich zu erlauben, daß alles in blanker, weißer, barmherziger Betäubung versank.

Sie hatten ihn so gefunden, tot, halb aus dem Bett gefallen, mit schlapp gegen die Schulter gelehntem Kopf. Er hatte direkt in die Leere geblickt, in der die Schmerzpunkte für immer ausradiert waren und in der es keine Scham geben konnte.

Ich hatte ihn im Mai desselben Jahres zum letzten Mal gesehen. Wir hatten bei den Pferden gestanden, und es war dieser Augenblick, an den ich mich erinnern wollte, denn ich glaube, daß wir beide ein paar zeitlose Sekunden lang ein wenig mehr verstanden hatten, daß wir begriffen hatten, wie wir zusammenhingen und wie alles zusammenhing, und daß die Versöhnung sich gleich neben uns befand. Wir hätten sie sehen können, wenn wir sie hätten sehen wollen. So möchte ich mich an ihn erinnern: am Abend jenes Tages im Mai von Pferden umgeben. Als einen Toten, als ein verdorrtes Blatt möchte ich ihn nicht in Erinnerung behalten. Dennoch mußte ich ihn so begraben, ich allein, denn einzig ich war noch da. Es war die dritte Beerdigung. Erst die Beisetzung Peters, dann die von Mama, und jetzt seine. Bei zweien war ich anwesend gewesen, bei Papas und bei Peters. Sie waren beide irgendwie gleich; das gleiche Herbstwetter, der gleiche verfluchte Regen, die gleichen Kirchenlieder.

Aber diesmal weinte ich zum ersten Mal, denn er war derjenige gewesen, den ich am meisten geliebt hatte.

Danach blieb ich noch einige Tage, um seine Hinterlassenschaft durchzusehen. Es war nicht viel, was er besessen hatte, aber es kostete mich dennoch Zeit, weil einige Dinge interessant und andere quälend waren; aber alle waren sie Puzzle-Stücke und hatten eine Bedeutung. Während der Krankheit der letzten Wochen, als er nicht mehr die Kraft hatte zu lesen, aber offenbar dennoch ein Buch in der Hand halten wollte, als Trost oder um sich abzulenken, hatte er mit Bleistift verwirrende Streichungen vorgenommen oder Anmerkungen gemacht, in einigen Fällen kleine Zeichnungen gekritzelt, die kaum zu deuten waren, mitunter aber an die technischen Skizzen erinnerten, mit denen er früher zu laborieren pflegte, um der alles entscheidenden Lösung des Rätsels der Hammerwurftechnik auf die Spur zu kommen. Manchmal wurden die Skizzen zu kleinen Karten mit gestrichelten Pfaden, Pfeilen, Richtungsangaben und empfohlenen Marschwegen: lose Fragmente zu einer geheimen Welt,

Kreuze an bestimmten Stellen, Andeutungen über Schätze oder Zusammenhänge.

Und alles war noch vorhanden; die Lektüre der dreißiger Jahre mit den gebundenen Jahrgängen von *Idrottsfolket*, die kleine Schrift des kommunistischen Jugendverbandes über die Olympischen Spiele von Berlin, all die kleinen Broschüren, von denen er behauptet hatte, er habe sie einst verteilt. Die Informationen über die gewaltigen Fortschritte in dem ersten und wegweisenden Arbeiterstaat, der Sowjetunion. Ein Aufruf von Werner Seelenbinder. Freuds »Das Unbehagen in der Kultur« auf schwedisch. Die letzten fünfzig Seiten waren noch unaufgeschnitten. Und dann ein öfter gebrauchtes und gelesenes und vielleicht überraschendes Werk: der große prachtvolle Bildband über die Olympischen Spiele in Berlin.

Neben dem Photo eines Standbilds entdeckte ich eine Anmerkung. Die Statue zeigte eine kraftvolle Männergestalt. Beide Hände reckten sich der Sonne entgegen; der Kopf war zurückgeworfen. Am Seitenrand stand: »Vgl. Ähnlichkeit mit einem Abwurf. Die Hüfte in schlechter Position!«

Das war der Stil Papas, da gab es keinen Zweifel. Die arische Statue mit ihrer sonnenanbetenden, nackten, im Grunde rassistischen Haltung besaß ohne Zweifel die Haltung eines Werfers nach dem Abwurf, aber mit der Hüfte in schlechter Position. Und das hatte er gesehen.

Und ich erinnere mich, daß ich im Halbdunkel saß, mit dem Bücherhaufen und den Anmerkungen und den Zetteln vor mir, und daß ich sowohl weinen wie auch lachen wollte. Entweder war das, was ich sah, der Ausdruck großer Naivität oder aber großer Unzerstörbarkeit. Entweder blanke Dummheit oder äußerste Klugheit. Er war ein Teil von mir gewesen und ich ein Teil von ihm, und ich fing an zu lachen, aber es war nicht nur Lachen. Ich befand mich mitten in meiner politischen Umorientierung, und ich war ein Teil von Papa, und ich wollte ihn und mich selbst verstehen, aber was sollte ich mit all dem anfangen? Nach welchem ideologischen

Modell sollte dies gedeutet werden? Ein Schritt vorwärts, und zwei Schritte zurück. Zwei Schritte vorwärts, ein Schritt zurück. Ein Schritt zurück, zwei Schritte vorwärts. Das alles war gut und schön. Aber was machte man mit denen, die nur Dreisprung betrieben?

Die Statuen würde ich selbst erst einige Jahre später sehen, und zwar nicht in den reinen, abscheulichen, ideologischen Zusammenhängen, die ich vielleicht erwartet hatte. Ich weiß nicht, was Papa heute über sie gesagt hätte, über sie und ihre Umgebung: Aber in jenem Frühjahr hing ich oft draußen beim Berliner Olympiastadion herum, obwohl oder gerade weil der Winter in dem Jahr so schwer zu ertragen war. Der Schnee kam früher als erwartet und hielt sich das ganze Frühjahr. Erst Ende Februar wurden die Platzverhältnisse annehmbar. Aber die abnorme Kälte gab all diesen Sonnabendnachmittagen der Bundesliga dennoch eine besondere und eigentümliche Atmosphäre; wie wir alle aus den U-Bahn-Schächten heraufkamen, aus der Unterwelt ans Licht, wie wir aus den Treppenschächten quollen, wie man Köpfe sehen konnte, dampfenden Atem, Rücken wie von einem großen, dampfenden Tier, das sacht, aber trotzdem zielbewußt durch Sperren und Portale eindrang und sich auf die noch verschneiten, nur zum Teil freigeschaufelten Sektionen verteilte. Aber die Kälte, die graue, beginnende Dämmerung und der Schnee gaben den Spielen eine rätselhafte, beinahe unwirkliche Atmosphäre, die jedesmal gleichermaßen schockierend und bedrohlich war: Wie wir die Treppen hinaufgingen, uns auf die langen, kreisrunden Gänge verteilten und plötzlich durch die offenen Portale der Eingänge Hitlers altes Olympiastadion sich ausbreiten sahen, grau und brutal in dem treibenden, eiskalten Schneesturm. Dies war die Arena, die von innen immer überwältigender aussah als von außen, und diese winterlichen Spiele waren in ihrer windgepeinigten, hitzigen Eiseskälte zudem noch von phantastischer, brutaler Schönheit. Man konnte kaum die gegenüberliegenden Tribünenreihen erkennen; was man sah, waren der schräg treibende Schnee, das notdürftig freigeschaufelte schmutzig-graue Rechteck des Spielfelds, die eisblauen Lichtspeere der Flutlichtscheinwerfer, welche die treibende Dunkelheit durchbohrten, und dann die schwere, hitzige Stimmung, die nicht nur die übliche Stimmung der Sonnabendspiele war; es gab da einen Zusatz, der durch die Kälte, den Überdruß, die Wut, die Feuchtigkeit und den Druck der grauen Betonwände bestimmt wurde. Die an den grauen Wänden des Riesentopfes hochgekletterte Masse sah aus wie ein drohend in die Breite gegangenes grauschwarzes Tier, ein Tier, das sich festkrallte und fauchte, das Spiel dort unten auf dem Feld hitzig betrachtete und überempfindlich und brutal reagierte und ohne Barmherzigkeit war.

Hier war es nämlich schwierig, am Publikum vorbeizukommen, und immer wieder entdeckte ich, wie ich mit einer Art nervöser Lust das Publikum und nicht das Spiel betrachtete. Das war bemerkenswert, weil ich schon immer diese sogenannten Sportliebhaber verachtet habe, die auf den Fußballplatz gehen, um Milieustudien zu betreiben und das Publikum zu beobachten. Das ist eine Perversion, die lediglich mangelndes Können und ungenügende Liebe zum Fußball verrät. Aber das Heimpublikum von Hertha BSC, ein nicht unwesentlicher Teil der Arbeiterklasse Berlins, schien sich unter dem Druck der Kälte, der Feuchtigkeit und des Schneetreibens von dem jovialen, biertrinkenden, humorvollen und gefühlsstarken Tier, das an schönen Sommerabenden sich an die Wände des Stadions drückte, in etwas anderes zu verwandeln, in etwas Brutaleres und zugleich Ergreifenderes, Aggressiveres und offener Verwundbares. Die Liebe dieser Menschen zum Fußball hatte unzweifelhaft eine wichtige politische Rolle gespielt, ja man kann sogar fragen, welche Rolle der an sich blendende und liebenswerte deutsche Fußball für die Entwicklung oder den ideologischen Untergang der deutschen Arbeiterklasse gespielt hat. Fußballpublikum ist im Grunde auf der ganzen Welt relativ gleich, nur in seiner Gefühlssprache mehr oder weniger besonders, aber interessant ist, welchen Ausdruck sich das Gefühl verschafft. Die Hingabe findet man überall; sie ist von unterschiedlicher Stärke, existiert aber immer und ist dem Sport immanent. Weg wovon? Dies ist die alles entscheidende hypothetische Frage. Weg wovon?

Der Schnee trieb hart, und sie schrien. Sie schrien über das Spiel und über die Gegner und über Fouls und über die Kälte und über alles in dieser seltsamen Stadt. *Schweinehund!* schrien sie, hart und empört, wobei sie von den Wolldecken und zusammengefalteten Zeitungen aufstanden, mit denen sie sich vor der Feuchtigkeit und Kälte der Bänke schützen wollten. *Schweinehund! Schweinehund!*

Es war ein langer Winter, aber in jenem Winter habe ich die Statuen Papas zum ersten Mal wirklich gesehen.

Die Umgebung war so eigentümlich. Der Schnee trieb in dichten Schauern, alle froren entsetzlich. Das Stadion war grau und bodenlos trist in seiner überwältigenden Schönheit, es kam die Halbzeit, und das Spielfeld leerte sich. Und dann begann das Ritual, an dem die Statuen teilnehmen durften, wenn auch passiv. Um das Olympiastadion herum liegen Felder, ausgedehnte Freiflächen, die im Sommer vermutlich grasbewachsen sind. Jetzt waren sie weiß, und in der Ferne waren in dem grauen Schneetreiben die alten prächtigen Standbilder von 1936 zu sehen: mit schön gewölbten Brustkörben standen sie in dem treibenden Dunst, mit schönen, arischen Körperhaltungen; sie hatten aber etwas unbestimmbar Graues und Heruntergekommenes an sich. Das mochte aber an der Entfernung und der Dämmerung gelegen haben.

Und dann kam das Publikum in Scharen auf die großen Flächen heraus. Die Menschen kamen zu Hunderten, und zunächst erschien ihr Verhalten vollkommen absurd. Sie kamen aus all den kleinen Löchern der Sportburg; sie sahen aus wie graue verfrorene Menschenratten. Sie wieselten übers Feld und verteilten sich, blieben in gut verteilten Schwärmen stehen und standen völlig still, alle in die gleiche Richtung gewandt. Man sah ihre Rücken. Sie schienen unbeweglich auf etwas zu warten. Sie sahen unerhört seltsam aus. Es müssen Hunderte von Menschen gewesen sein, schwarze Gestalten vor dem weißen Feld, die mir die Kehrseiten zuwandten. Immer kleiner werdende Figuren auf dem unendlichen Feld, wo am äußersten Ende die Marmorstatuen sie zu betrachten und ihre äußerste Vorhut und eigentliche Begrenzung zu sein schienen.

Schließlich ging mir auf, was sie alle taten: Sie liefen bei Halbzeit hinaus aufs Feld und pinkelten. Es war sehr einfach, sie würden bald aufhören, sich umdrehen und zu den Löchern der Burg zurückkehren. Der deutsche Fußball ist ohne Zweifel der beste der Welt. In jenem Winter suchte ich lange nach der Statue, die Papa offensichtlich deshalb aufgefallen war, weil die Figur beim Abwurf mit der Hüfte nicht richtig *schob*, aber ich fand sie nicht. Während des Krieges sind wohl einige der Standbilder draufgegangen. Wie auch immer: Es lohnt sich nicht, große Nachforschungen anzustellen.

Hiervon einmal abgesehen, hatte es mit allen Abbildungen sporttreibender Menschen aus jener Zeit eine eigentümliche Bewandtnis. Und während der Tage, als ich im Herbst 1965 Papas Hinterlassenschaft durchsah, fand ich unter allem anderen auch einige seltsame Dinge, die ich, wie mir erst da einfiel, schon in meiner Kindheit gesehen hatte.

Papa hatte gegen Ende der dreißiger Jahre eine kurze, sehr kurze FKK-Periode gehabt. Er hatte offenbar einige der Schriften Are Waerlands bestellt, sie mit seiner nachdenklichen, wohlwollenden und unvoreingenommenen Miene gelesen und sie schließlich mit einem leise mißbilligenden Grunzen verworfen. Ich glaube, es waren die offensichtlich rassistischen Ausfälle gegen die bolschewistischen Untermenschen in der Sowjetunion und die Hetze gegen die Horden im Osten, die auch sein Wohlwollen auf eine zu harte Probe stellten und sogar seine sonst im Grunde positive Einstellung zur Freikörperkultur zunichte machten. Aber unter all diesen Pamphleten und Broschüren gab es auch ein Buch von größerem Interesse, und an das erinnerte ich mich.

Es war Hans Suréns »Mensch und Sonne«. Es hatte den Untertitel »Arisch-olympischer Geist«.

Es war nicht Papas Buch gewesen; auf dem Vorsatzblatt stand ein anderer Name, den ich nicht nennen will, im Namen der Barmherzigkeit. In dieses Buch, und zwar vor Seite 147, hatte Papa einen Brief gesteckt. Gerade an der Stelle, wo sich das Bild von den vier mit den Muskeln spielenden, mit Öl eingeriebenen Männern am Strand findet, aber vor dem Bild mit dem ebenfalls nackten, mit einem Speer bewaffneten Mann, der aus irgendeinem unerfindlichen Grund einen einsamen Baum in einer Ebene bestiegen hat und jetzt, mit spielenden Muskeln und entschlossenem Gesicht, auf einen auf der Erde befindlichen, für den Besucher aber unsichtbaren Gegenstand zielt (Überschrift »Auf Wache«). Genau dort fand ich einen Brief. Er war kurz, und ich sah sofort nach Unterschrift und Datum.

Er war im Dezember 1942 geschrieben worden.

Absender war ein ehemaliger Boxer von Stockholms AIF, ein Federgewichtler, von dem Papa einiges erzählt hatte und der bei einer Aktion im Zusammenhang mit dem schwedisch-deutschen Länderkampf im Stockholmer Stadion im Herbst 1934 sein Genosse gewesen sein sollte. Der Brief hatte folgenden Wortlaut: *»Genosse. Ich hoffe, der Island-Hering hat geschmeckt. Diese Welt ist seltsam. Die Winde blasen oft in die falsche Richtung. Wenn sie in die falsche Richtung blasen, fliegen die Luftballons mit. Die Luftballons von 1934 sind in die falsche Richtung geflogen, aber das hätte nicht zu bedeuten brauchen, daß wir geschlagen sind. Aber es ist besser, ein angestochener Luftballon zu sein, als mit dem Nazi-Wind zu fliegen. Kopf hoch, Kämpe.«*

Der Brief war aus dem Långmora-Lager abgeschickt worden und trug das Datum des Tages vor Heiligabend 1942.

Ich sah diesen Brief zum ersten Mal und begriff nicht so recht, was er bedeutete. Ich saß in Papas jetzt verlassener Wohnung und ging all das durch, was er hinterlassen hatte, all die kleinen Papiere, die, über das Zimmer verstreut, eine Art

Weg durch die zwanziger, dreißiger und vierziger Jahre schnitzelten, einen launenhaften und verwirrenden Weg, dessen launenhafte Punkte ich mit Strichen zu verbinden versuchte, um zu sehen, ob es überhaupt ein Weg war und ob er mir weiterhelfen konnte. Und er selbst war nicht mehr da und konnte mich nicht mehr führen; ich hatte ihn in die Erde gesteckt, als wäre er ein verdorrtes Blatt gewesen. Ich hatte dem Pfarrer die Hand gegeben und bezahlt und war weggegangen; weg von dem dritten meiner Toten.

Es dauerte lange, ehe mir der Zusammenhang zwischen dem Gesundheits- und Rassenapostel Hans Surén, den Luftballons überm Stadion 1934 und dem Brief aus dem Lager in Långmora aufging.

Daß Papa sich im Herbst 1942 überhaupt bei der Polizei bewarb, war ja in jeder Hinsicht ein absurder Irrtum. Die Arbeit bei der Post war zu Ende gegangen, dann hatte er drei Monate lang als Pförtner oder etwas Ähnliches im Gefängnis von Långholmen gearbeitet (ein ständig wiederkehrender und immer gleich ermüdender Scherz: »In dem Jahr saß ich in Långholmen – als Pförtner.«), und weil er den Führerschein hatte und ein geübter Fahrer war, bewarb er sich bei der Polizei und bekam eine Anstellung beim 6. Kommissariat. Ich glaube, er war der einzige Zivilist unter den Polizeifahrern in Stockholm. Dieser Job dauerte nur vier Monate. Natürlich war es vollkommen absurd, daß ein Mann mit seinem Hintergrund, mit der Zeit beim AIF und mit all den kommunistischen Kontakten, die er gehabt hatte, überhaupt an eine Einstellung bei der Polizei dachte. Ihm selbst aber schien es völlig natürlich vorgekommen zu sein. Er verstand nichts von den politischen Komplikationen und sprach mit seinen Arbeitskameraden lieber über Sport als über Politik.

Der ungeheuerliche deutsche Gesundheitsapostel Hans Surén, der sich gern nackt und mit Öl eingerieben photographieren ließ, und zwar immer von einem Mann namens Exner, trat in Papas Leben, nachdem er sich zum freiwilligen

Deutschunterricht bei der Polizei gemeldet hatte. Daß er über seinen politischen Hintergrund seine Schnauze hielt, schien ein Zufall zu sein, daß er sich freiwillig zum Deutschunterricht meldete, wurde als ein Zeichen politischer Zuverlässigkeit gewertet und war folglich in Ordnung.

Er selbst dachte in diesem Jahr meist ans Hammerwerfen. Dies war sein erstes Jahr auf dem Weg nach oben, und er mußte auf die Bewerbung bei der Polizei gekommen sein, weil das Wort »Hammerwerfen« ihm ein Licht aufgesteckt hatte. Alle guten Hammerwerfer der Geschichte waren Polizisten gewesen. Folglich mußte auch er einer werden. Für den Anfang würde es sicher genügen, Polizisten zu fahren.

Damals waren Führerschein und Fahrpraxis nicht allzu üblich. Ihm wurde ein Opel Kapitän zugeteilt, er meldete sich freiwillig zum Deutschunterricht, war freundlich zu jedermann und widmete sich im übrigen dem Hammerwerfen und hielt die Schnauze. Dies war, besonders in jenen Jahren, eine verdammt kluge schwedische Einstellung, und er wurde schnell akzeptiert.

Die Sprachstudien waren selbstverständlich polizeiintern. Als Lehrbuch wurde »Die deutsche Polizei« verwendet, ein Buch, das außer einer Menge guten Sachtexts auch ausgezeichnete Paradephotos von Himmler und anderen deutschen Pioniergestalten enthielt. In jenen Jahren gehörten zwischen fünfzehn und zwanzig Prozent der Polizeibeamten – je nach Berechnungsgrundlage – nazistischen schwedischen Institutionen an, aber auch die übrigen waren nicht gerade unpolitisch zu nennen, selbst wenn vom 4. Kommissariat behauptet wurde, es gebe dort einen Polizisten, der Sozialdemokrat sei. Nun wurde beim Sprachunterricht versucht, die Texte ein wenig zu variieren, und Papa, dessen Ruf als Hammerwerfer sich bei der Polizei rasch verbreitet hatte, erhielt einmal die Hausaufgabe, einen Text von Surén zu übersetzen und vorzustellen. Das Buch wurde Papa vom Kursusleiter überreicht, der dabei geheimnisvoll blinzelte und Papa bedeutete, er solle nicht allzu lange die schönen nordischen

Mädchen betrachten, die auf bestimmten Seiten nackt herumtanzend zu sehen waren.

Das dürfte Papa auch nicht getan haben. Er schlug das Buch an einer beliebigen Stelle auf, strich einige Absätze an und setzte sich hin, um diesen Text gewissenhaft und sorgfältig zu übersetzen.

Zwei Tage später meldete er sich von seinem Platz auf der hintersten Bank, hob die Hand mit aufgestütztem Ellbogen und erhielt das Wort. Er erklärte sich bereit, über seine Übersetzungsaufgabe zu referieren und den Text vorzulesen. Es handle sich bei der von ihm ausgewählten Textstelle, sagte er, um einen Bericht über die alte arisch-germanische Sitte des Schlamm- und Lehmbades, die in Deutschland jetzt offensichtlich wieder zu neuem Leben erweckt worden sei.

Und dann fing er an zu lesen, mit ehrgeiziger, sorgfältig artikulierender und vertrauensvoller Stimme. »*Vornehme Herren*«, las er, »*die zunächst vor diesem Schmutz zurückscheuten, warfen sich dann mit kindlicher Freude in das Schlammbad. Bei diesen Schlammbädern herrschten ausschließlich Freude und Jubel. Die warme, zähe Masse klebte an unserer Haut, und wir rollten uns wie wild im Lehm herum.*« Schon jetzt war im Unterrichtssaal zu merken, daß die Aufmerksamkeit der sprachbeflissenen Polizeibeamten eine Grenze erreicht hatte, bei der höfliches Interesse sich mit Verblüffung oder Begeisterung paarte. »*Wir fühlten uns stark und wohlgeformt. Allein schon das Gefühl, das darin liegt, daß man sich mit reiner, glänzender Haut in den Schlamm stürzt, ist so ungewöhnlich und unerwartet, daß es alle Begriffe verändert. Wenn man sie fragt, diese sonnenfrohen Männer und Frauen, was denn besser sei: den nackten Körper langsam in den Schlamm hinabgleiten zu lassen oder sich gegenseitig in den Lehmgraben hineinzustoßen, wenn man sie danach fragt, wissen sie sicher keine Antwort.*«

Und dann fuhr Papa fort zu lesen, während sich kompaktes und verwirrtes Schweigen über den Saal legte. Danach hob er ernst den Kopf, wartete vermutlich auf Lob, und als besondere pädagogische Pointe teilte er zum Schluß mit, daß er in manchen Abschnitten versucht habe, die Sätze zu zergliedern. In der absonderlichen Stimmung, die in diesen Minuten einer orgiastischen Beschreibung edler arischer Männergestalten entstanden war, die sich im Schlamm wälzten, in der deutlich positiven, bekümmerten, empörten oder begeisterten Stille, die sich nun auf den Deutsch lernenden Teil des schwedischen Polizeikorps herabsenkte, fiel dem Lehrer nichts anderes ein, als beifällig zu nicken. Und dann holperte Papa mit entschlossener Miene, aber geringer Präzision durch den geschnörkelten Frakturstil der letzten Sätze, um in der triumphierenden Klimax des letzten Satzes mit mindestens drei schweren Übersetzungsfehlern zu enden: *»Gebt euch gläubig der Natur hin und erlebt ihre geheimen Kräfte und unermeßlichen Freuden!«*

Es gab niemanden, der auf die gleiche besinnungslose natürliche Weise wie Papa in ein Phänomen hineinstolpern, es freundlich positiv untersuchen und instinktiv und wohlwollend die absolut äußersten und im Grunde vernichtenden Konsequenzen daraus ziehen konnte. Weil Papa ein Mensch war, dem nicht der geringste Hang zur Ironie nachgesagt werden konnte, war er eine Gefahr für alle Phänomene, in die man ihn steckte. Seine Tragödie und die des schwedischen Hammerwerfens lag darin, daß er von Liebe zum Hammerwerfen gepackt wurde. Keine Erscheinung, mit der er in Berührung kam, konnte die Fähigkeit aufbringen, seine unironische Liebe zu ertragen. Und damit ging es zum Teufel immer und immer wieder.

Nachdem das Schweigen im Unterrichtssaal geendet und der Lehrer auf bestimmte Fehler in Papas Satzbau hingewiesen und gleichsam im Vorübergehen bemerkt hatte, daß das grundlegende Lebenssymbol des arischen Menschen nicht der Schlamm, sondern die Sonne sei, gelang es den Anwesenden, auf natürliche Weise auf den geraderen und vertrauteren Text in »Die deutsche Polizei« überzugehen.

Das Buch von Surén durfte er in der allgemeinen Verwirrung behalten, und zwar für immer. Es ist erhalten geblieben. Als ich es in der Hand hielt, hatte es einen Duft von blaßbraunen dreißiger Jahren an sich, einen Duft von Verwirrung und Widersprüchlichkeit der Epoche, den zu erleben ich nie den Vorzug oder die riskante Gelegenheit hatte. Diese Bilder von nackten Frauen in schönen Bewegungen vor nordischen Landschaften – wo hatte ich diese Gebärden schon einmal gesehen? Die sonnenanbetende überlegene nordische Rasse unter der Sonne des germanischen Menschen, schönes Muskelspiel und schöne Gebärden – gibt es auch hinter scheinbar abstrakten oder unpolitischen anatomischen Stellungen ein politisch-ideologisches Muster?

Woher haben die schönen Figuren vor dem Konzerthaus in Stockholm, diese Sonnensänger mit rassereinen Gebärden, ihren Ausdruck? Warum erinnern sie an die eingeölten Rassepferde Suréns, warum gemahnen alle ihre Gebärden daran? Kann eine verpestete Ideologie, indem sie eine Bewegung, eine Gebärde ausnutzt, dieser für immer ihren Kastenstempel aufdrücken? Wie weit lassen sich politische Interpretationen von Bewegungen und Gebärden eigentlich treiben? Die moderne Bewegungsgymnastik ist voller unpolitischer und freier rhythmischer Bewegungsmuster: Aber was hat es zum Beispiel mit der Art der Idla-Mädchen zu laufen auf sich, mit diesem angeblich extrem »natürlichen« Bewegungsmuster mit hocherhobenen Häuptern, stilisierten Beinbewegungen und Bewegungslinien, die sämtlich in ein germanisches Sonnensymbol zu münden scheinen, mit all dem, was im Verein mit der bewußten Auswahl schöner *schwedischer* Mädchengestalten einen so absonderlich wohlbekannten Eindruck hervorruft? Gibt es selbst hinter einer Kniebeuge eine erkennbare ideologische Vorgeschichte? Hinter diesen der Sonne zugewandten Gesichtern? *Bedeutet* es etwas, wenn man mit schräg nach oben gewandtem Gesicht läuft?

Aber Papa hatte sich mit seiner natürlichen Neigung, in jeder existentiellen Situation die äußersten Konsequenzen zu ziehen, der Bewegungsanalyse enthalten und war mitten in der Beschreibung des Schlammbads gelandet. Die ideologische Vorgeschichte der Haltungsgymnastik war für ihn uninteressant. Wenn er eine Gestalt mit hochgereckten Armen sah, die zudem noch eine unkorrekte Hüfthaltung aufwies, konnte es sich dabei nur um einen Hammerwerfer nach dem Abwurf handeln. Und alles machte ihn verwundbar und zu einem furchtbar leicht auszunutzenden Mann, der im Grunde stark und vollkommen wehrlos war, und alles, alles wurde zusammengelegt, und jetzt lag er da wie ein verdorrtes Blatt, und nur noch im Traum konnte er kommen und fragen: Weißt du? *Weißt du jetzt?*

In jenem Herbst, dem Kriegsherbst 1942, war er also ganze neununddreißig jahre alt.

Es ist wichtig, sich daran zu erinnern: Er war tatsächlich neununddreißig. Er hatte eine Frau und zwei Kinder, hatte eine Reihe von Berufen ausprobiert, von dem halben Jahr bei der Zivilverteidigung zur See über die Zeit als Holzfäller, der Arbeit im Lager, der Tätigkeit als Postbediensteter bis zu diesem Job bei der Polizei. Er war neununddreißig Jahre alt, hatte schon vor langer Zeit seine mißlungene Karriere als Amateurboxer beendet, hatte AIF und die Komintern-Fraktion der kommunistischen Partei verlassen, ohne bei den Kilbom-Leuten zwischenzulanden, und war im Grunde Sozialdemokrat gängiger schwedischer Abfüllung. Und in dieser Situation, neununddreißig Jahre alt, begann er dann seine neue märchenhafte Sportkarriere, diesmal im Hammerwerfen.

Im Sommer 1942 warf er 40,65. Das war nicht schlecht, aber es würde noch besser werden. Fünf Jahre später sollte er als Vierundvierzigjähriger zur Weltelite gehören.

Der Brief war auf liniertem Papier geschrieben; das Blatt war offensichtlich aus einem Schulheft herausgerissen worden. Der Stil war kindlich, aber dennoch nicht der eines Kindes. *»Genosse. Ich hoffe, der Island-Hering hat geschmeckt.«* Diesen Brief hatte er mir nie gezeigt. Vielleicht war er ein weiterer dieser Schmerzpunkte, die er in sich sammelte und in seiner bockigen Schamerfülltheit abkapselte. Von dem Besuch in Långmora hatte er mir aber berichtet, allerdings eher wie von einer anekdotischen Farce als wie von einer schmerzerfüllten Niederlage.

Sie hatten sich früh am Morgen des 13. November versammelt – nur eine Woche nach seiner berühmten Lesung aus dem Schlammbad-Kapitel, und das Polizeikorps hatte sich noch nicht wieder völlig sammeln und fassen können. Er sollte seinen Opel Kapitän fahren (das war der beste der verfügbaren Wagen), stand um 2.15 Uhr auf und entdeckte, daß der Seilzug der Handbremse festgefroren war. 3.00 Uhr war er trotzdem beim Sammlungsplatz am Nordtor des Haga-Friedhofs, lud den Wagen voll und fuhr in Richtung Krylbo, wo die Delegation der Polizei von Gävle hinzustoßen sollte.

Es schneite und war kalt; im Wagen hatte Papa die Freude, daß er Nils Fahlander fuhr, den er schätzte, mit dem er aber nicht per du war. Sie fuhren gleichmäßig mit sechzig Stundenkilometern, und soweit erinnere ich mich genau an seinen Bericht: Die kurze Zeit bei der Polizei hatte ihn die Grundzüge der Kunst des Darlegens gelehrt, unter anderem, daß man 3.00 sagt und nicht drei Uhr morgens. Dies würde ihm sein ganzes Leben lang anhängen, als ein kleines Emblem des schwedischen Polizeiwesens mit Dank für kurze, aber treue Dienste.

Das Lager von Långmora, so erzählte man es den Unwissenden, war das Lager, in dem die für die Gesellschaft gefährlichen und unzuverlässigen bolschewistischen Elemente zusammengefaßt worden seien, jene, die wegen ihrer Russenfreundlichkeit möglicherweise das Land verraten würden. Jetzt hatte man die Absicht, in diesem Lager eine Razzia durchzuführen, denn man hatte gerüchteweise erfahren, daß es dort subversive und für die Gesellschaft gefährliche Aktivitäten gab. Das heißt, Papa erzählte man davon natürlich nichts; er hatte nur den Befehl erhalten, sich um 3.00 Uhr am Nordtor des Haga-Friedhofs mit gefülltem Tank einzufinden. Unterwegs im Wagen hörte er Bruchstücke des Angriffsplans: Eine alte Schmiede auf dem Lagergelände sollte eine Agentenzentrale sein. Es galt, den Angriff zu koordinieren, so daß keine Beweisstücke beiseite geschafft werden konnten.

Als es losging, durfte Papa natürlich nicht mitmachen. Er saß etwa eine halbe Stunde lang im Wagen herum, wurde müde und betrat das Lagergelände.

Die Durchsuchung war im vollen Gang; Paulsson führte den Befehl. Die Insassen in Reihe und Glied auf dem Hof wurden durchsucht. Da gab es nichts zu sehen. Nichts Besonderes geschah. Da gab es nichts zu sehen. Papa ging dann in die Küche. Dort saß ein Teil des Polizeikommandos und aß. An diesem Tag wurde Island-Hering mit Kartoffeln serviert. Papa stand lange da und schnüffelte, ehe er sich entschließen konnte. Dann nahm er selbst einen Teller, bediente sich aus den Töpfen mit Hering und Kartoffeln. Der Island-Hering war fett. Dieses Jahr, 1942, war nicht besonders fett gewesen, nicht einmal für die, die der Polizei angehörten, und Island-Hering war nicht zu verachten. Papa aß sorgfältig seinen Teller leer, ehe er sich einen Nachschlag holte. Die Durchsuchung dauerte noch immer an; jeder Winkel des Lagers wurde durchsucht, während Papa seinen dritten Teller mit Island-Hering aß

Woran dachte er? Wenn er erzählte, was geschehen war, erzählte er nur vom Island-Hering, der gut gewesen sei.

Außerdem erzählte er sehr kurz von dem Federgewichtler.

Nachdem er eine halbe Stunde in der Küche gesessen hatte, kam der Federgewichtler herein. Dieser hatte um die Mitte der dreißiger Jahre für die Boxabteilung im AIF geboxt, dort hatten sie sich kennengelernt. Sie hatten einmal gemeinsam an einer Demonstration gegen den schwedisch-deutschen Leichtathletik-Länderkampf teilgenommen. Das war 1934 gewesen. Danach hatten sie sich nicht oft gesehen, aber Papa hatte gehört, daß der andere in der Partei aktiv tätig geworden war, und jetzt sahen sie sich wieder. Na, sieh mal einer an, du sitzt hier, hatte der andere gesagt. Hallo, wie geht's dir denn? hatte Papa auf seine herzliche und freundliche Weise gesagt. Das ist aber nett. Dann hatten sie sich eine Zeitlang unterhalten, während Papa methodisch und ohne sich stören zu lassen seinen dritten Teller mit Island-Hering aß. Du bist jetzt bei *denen?* hatte der Federgewichtler gesagt. Ja, ich habe einen Job als Fahrer beim 6. Kommissariat, hatte Papa wohlwollend geantwortet. Und du, was machst du? Er selbst sitze, so hatte der Federgewichtler gesagt, seit Herbst 1940 in diesem verdammten Konzentrationslager, falls es interessiere. Das ist aber ein Ding, hatte Papa interessiert festgestellt. Und wie geht's denn so? Nun, es ist gar nicht so übel hier, denn hier im Lager sitzen nur gute Leute. Man braucht nicht all die Arschlöcher zu sehen, die da draußen in der freien Welt herumlaufen. Aha, hatte Papa seelenruhig festgestellt und den letzten Soßenfleck mit dem letzten Stück Kartoffel aufgewischt, so ist das also. Ja, war der Federgewichtler fortgefahren, hier gibt es nur gute Genossen und Kameraden mit Rückgrat und keine verdammten Nazi-Sympathisanten und Abtrünnige, sondern wirklich nur gute Leute.

Papa hatte ihn nachdenklich und kameradschaftlich angesehen, und plötzlich war ihm eine Idee gekommen: Willst du nicht auch ein Stück essen, wenn du schon mal hier bist? Nein, warum zum Teufel sollte ich? Weißt du, Island-Hering mit Kartoffeln gibt's nicht jeden Tag, jedenfalls nicht in Stockholm. Dort nagen wir jeden Tag nur an Mohrrüben herum. Hier gibt's auch nicht jeden Tag Hering, hatte der Federgewichtler gesagt, das gibt's nur, wenn die Lagerleitung vorgewarnt wird, daß eine Razzia bevorsteht. Dann servieren sie Island-Hering, damit sie zeigen können, wie die verdammten Kommunisten auf Kosten der Allgemeinheit gemästet werden. Aha, so ist das, hatte Papa schon etwas kleinlauter gesagt, aber jetzt kannst du ja ruhig essen, dich haben sie ja schon durchsucht. Nein, verdammt noch eins, du kannst einen drauf lassen, daß ich nicht essen will. Warum denn nicht? Weil ich dann anfange, mich zu übergeben. Geht's dir nicht gut? hatte

Papa bekümmert und ein wenig unsicher gesagt, du mußt dich übergeben? Herrgott, mir wird immer übel, wenn ich einen alten Genossen sehe, der zur anderen Seite übergelaufen ist und mit den Nazis und den Polizeifaschisten zusammenarbeitet. Meinst du etwa mich? hatte Papa mit absolut aufrichtiger Wut gesagt, sprichst du etwa von mir? Ja, genau dich meine ich, dich beschissenen Überläufer, aber iß du nur ruhig deinen verdammten Hering weiter, denn ich gehe jetzt.

Und damit war er gegangen.

Im Lager hatten sie nichts gefunden, was sich hätte verwenden lassen, und Papa war zum Wagen zurückgegangen, hatte sich hinters Lenkrad gesetzt und vor sich hingestarrt. Aus irgendeiner entfernten Baracke hörte er nach einer Stunde, wie irgend jemand mit lauter Stimme rief: »Verdammtes Schwein!« Nach kurzer Zeit hörte er ein lautes »Nazischwein!«, und nach einer Weile ließ sich der Rufer in seinem äußersten Ehrgeiz, sich unter diesen schwedischen Polizisten verständlich zu machen, mit dem deutschen Ausruf »Schweinehund!« vernehmen.

Papa war das ziemlich sauer aufgestoßen.

Es war nicht angenehm gewesen, denn er selbst war ja nur Fahrer bei der Polizei. Wenn die Polizisten Nazis oder Deutschenfreunde waren (was er später übrigens für fraglich hielt), so war er selbst ja nichts weiter als ein Sozialdemokrat, der zufällig Fahrer bei der Polizei war. Und was zum Teufel sollte er machen? Er mußte überleben und sich sein tägliches Brot verdienen. Dies alles empörte ihn lange und in tiefster Seele, es war teuflisch ungerecht und im Grunde der Ausdruck eines destruktiven und snobistischen Sektierertums. Ja, noch verfügte er über einen Teil seines Wortschatzes aus der ersten Hälfte der dreißiger Jahre. Er wußte noch, was ein Sektierer ist und ein Klassenverräter. Das Zusammentreffen in Långmora muß ihn tief getroffen haben.

Sie verließen das Lager am Nachmittag desselben Tages, nachdem man ihnen zum Mittagessen Pfannkuchen serviert und für den Rückweg Butterbrote mit zerdrückten Bouletten drauf mitgegeben hatte. Am Tag darauf wurde er zu irgendeinem Chef zitiert, der von ihm wissen wollte, wie gut er den Mann gekannt habe, der ihn in der Küche des Lagers angesprochen hatte. Und Papa erzählte natürlich alles. Eine halbe Stunde später war er ohne Arbeit, und ich kann mich eigentlich nicht erinnern, daß er besonders traurig war, als er nach Hause kam. Er wurde arbeitslos, und wir zogen in den Norden.

Es war nicht nur Polizisten möglich, gute Hammerwerfer zu werden, wie ihm allmählich aufging.

Den Brief aus Långmora zeigte er aber nie, niemals. Da lag er, in Hans Suréns kleiner arischer Gesundheitsfibel versteckt, winzige versteckte Schmerzpunkte, die sich ineinander rollten, aber nie vernichtet werden konnten. »Ich war bei der Långmora-Razzia dabei«, war ein Satz, der nie den gleichen Klang hatte wie »Ich war in Narwa dabei«, obwohl viele es damals erwartet hatten. Die Schmerzpunkte wurden zueinander gelegt, und der kleine Betrug war des größeren Nachbar. In dem, was er hinterlassen hatte, fand sich alles, alles. Aber die Striche zwischen den Punkten, die das totale Bild hätten ergeben sollen, die konnte ich nicht ziehen.

Ballangrud im Stockholmer Hauptbahnhof, die Luftballons, die über dem Stadion aufstiegen und verschwanden, der Island-Hering, die Briefe, die Zettel; und ich saß in seiner jetzt verlassenen Wohnung im Halbdunkel und wußte, daß alles irgendwie meine Schuld war. *Lieber Gott und Papa, wir hätten uns umeinander kümmern können*, dachte ich, aber was half es, so zu denken, was half es. Und dann kam schließlich unter all den Zetteln und all der Scheiße das Telegramm hervor, das ich viele Male gesehen hatte und dessen Text wir beide, wie ich glaube, auswendig konnten.

Absender war der Schwedische Leichtathletikverband, und der Inhalt lief kurz und bündig darauf hinaus, daß Papa wegen des Verdachts, bei Wettkämpfen mit einem manipulierten Gerät angetreten zu sein, bis auf weiteres für alle Wettkämpfe gesperrt war. Nein, so stand es nicht da, sondern es hieß: »von jeder sportlichen Betätigung ausgeschlossen.«

Dies war der letzte Abend, den ich in seiner alten Wohnung verbrachte, und von allem, was ich darin gefunden hatte, tat dies am meisten weh, und dieses Telegramm verbrannte ich. Es verschwand schnell, wurde blitzschnell von den Flammen in dem alten Kachelofen aufgezehrt und zu Staub und Asche.

Ich saß lange still vor den offenen Luken, es brannte, es brannte in meinem Gesicht, aber mein Kopf war leer, und mein Inneres war leer; ich war vollkommen ohne Substanz und nirgends entdeckte ich einen Punkt, bei dem ich anfangen konnte; ich fand nirgends eine *Feste*, wie es einmal in den alten Liedern hieß.

Schließlich war das Telegramm verbrannt. Aber keine Flammen und keine Worte konnten vernichten, was geschehen war. Im Traum würde er auch weiterhin zu mir kommen, und er würde mir immer und immer wieder das gleiche sagen, die Frage wiederholen, die er im Café gestellt hatte, als er zu meiner Rechten gesessen und nicht gewagt hatte, mich anzusehen; damals, als er plötzlich in ein Kind verwandelt worden war und gefragt hatte: Weißt du? *Weißt du?*

In jenem Sommer, im Sommer 1947, war ich sechzehn Jahre alt, und wir wohnten in Hälsingborg. Es war das Jahr nach seinem Durchbruch.

Im nachhinein habe ich viele Male versucht herauszubekommen, *wann* genau er mit dem Mogeln anfing, aber ich bin meiner Sache noch immer nicht sicher. Er selbst behauptete, es habe im Mai 1947 angefangen, aber ich frage mich, ob er nicht schon im Herbst 1946 mit dem präparierten Hammer geworfen hat, zumindest im Spätherbst dieses Jahres. Sicher ist jedenfalls, daß er 1946 mit einem den Bestimmungen entsprechenden Hammer eine verdammt gute Saison hatte, daß er ständig weiter als 53 Meter warf, was damals nicht schlecht war. Im Herbst 1946 aber begannen die wirklich großen

Ergebnisse sich einzustellen, und diese Erfolgsserie setzte sich im Frühjahr und im Sommer 1947 fort.

Ich weiß, daß viele, sowohl vor wie nach der Entlarvung, der Meinung waren, daß Papa eigentlich eher ein Trainermaterial als ein Werfermaterial war. Er war unter seinen Werferkameraden im Grunde furchtbar beliebt und besaß eine seltsame Art programmatischer Großzügigkeit, die bewirkte, daß er seinen Kameraden beinahe manisch zu helfen versuchte. Er konnte in der Dämmerung stundenlang unten auf dem Sportplatz stehen und mit Kumpels, Konkurrenten und anderem losem Volk auf Stildetails herumreiten.

Dies klingt wie die Beschreibung eines Heiligen, kann aber genausogut, wie ich glaube, das Symptom eines schwedischen Krankheitsbildes sein. Und ich glaube auch, daß viele seiner Wettkampfkameraden seine eisenharte Nettigkeit als etwas im Grunde ein wenig Erschreckendes erlebten, und als er entlarvt wurde, kehrte seine Nettigkeit sich gegen ihn, und man sagte mit der vollen Kraft dessen, der hinterher schlauer ist als vorher, dies sei einem schon längst klar gewesen, er habe ja schon immer einen so verdammt großzügigen Eindruck gemacht, und das sei nicht recht natürlich. Das sei krank. Ein Mensch könne nicht so großzügig sein, ohne gleichzeitig geisteskrank zu sein.

Eines wurde zum andern gelegt, man zählte zwei und zwei zusammen, und so wurde das Bild des schwedischen Betrügers am Ende kodifiziert. Der ewige Nebel der Verdammnis senkte sich über Papa und seinen allzu leichten Wurfhammer. Er hatte das schwedische Hammerwerfen verführt. Man legte ihm zwar keinen Mühlstein um den Hals, aber er mußte seinem verdammten leichten Hammer in die Tiefe folgen. Dennoch glaube ich, daß Papa nie so recht begriff, wie banal und einfach der eigentliche *Mechanismus* in dem Prozeß war, der ihn zu Fall brachte.

Es hatte als Selbstverständlichkeit begonnen. Einer seiner Wurfhammer, derjenige, den er in Århus bestellt und gekauft hatte, wies auf einer Seite ein festgelötetes kleines Blechstück auf, das aufgesetzt worden war, nachdem die exakte Menge Blei ins Innere des Hammers hineingeschmolzen worden war. Papa pflegte mit diesem Hammer zu trainieren, und eines Abends war das Blechstück herausgeschlagen worden, und ein Teil des Bleis war herausgefallen. Bei der Reparatur in der Werkstatt hatte irgendeine wohlmeinende Seele das Ganze mißverstanden und leichteres Metall nachgefüllt, vermutlich Zinn, das Blechstück wieder aufgelötet und das Kunstwerk zurückgegeben.

Papa ging nach Hause und warf am folgenden Abend beim Training annähernd 55 Meter. Er trug dabei einen Trainingsanzug und fühlte sich überhaupt nicht in Wettkampflaune.

Von dem zufälligen Glücksgefühl einmal abgesehen, war ihm sofort klar, daß etwas nicht stimmen konnte. Er wog den Hammer sofort auf der Küchenwaage. Er war mehr als vierhundert Gramm zu leicht.

Gewöhnliche Menschen würden in einer solchen Situation wütend werden, aber Papas konstruktives Denken war nicht von dieser Art. Man hatte ihn jahrelang ausgeschimpft, weil er zu langsam sei, er drehe sich zu langsam. Diese Vorwürfe hatte er mit seiner einsichtigen, treu nickenden hundeähnlichen Klugheit akzepiert: Ja, er war langsam; der Langsame muß sich ändern und weniger langsam werden. Es gilt, sich zu vervollkommnen, es gilt, *besser* zu werden, nicht nur im eigenen Interesse, sondern im Namen des *Sports*. Und mit der gleichen geduldigen, freundlichen, großzügigen und im Grunde naiven pädagogischen Deutlichkeit, mit der er sich Abend für Abend auf dem Sportplatz und seine »Sportkameraden«, wie er sie nannte, hindurchquälte, galt es auch, Details und Grundsätze einzuüben, Fehler und Ungenauigkeiten auszumerzen, was er mit dem eingebauten Berufsstolz des geborenen Stukkateurmeisters tat, und mit der gleichen Entschlossenheit versuchte er, Jahr um Jahr, seine Schnelligkeit zu erhöhen.

Zu diesem Zweck hatte er eine Reihe von Maximen oder Aphorismen ausgearbeitet, die nicht zur Veröffentlichung bestimmt waren, wohl aber zu seiner eigenen Erbauung und zur rituellen Stärkung der Zuversicht seiner Umgebung. »Wenn man über 100 Meter schnell ist, ist man es noch lange nicht im Ring.« »Lange Muskeln sind selten schnell.« »Schnelligkeit darf nie zum Selbstzweck werden.«

Zu diesem letzten Aphorismus griff er, wenn irgend etwas auf irgendeine Weise falsch war, gleich, worum es sich handelte. »Schludrigkeit und Schnelligkeit sind zwei verschiedene Dinge«, war ein weiterer von Papas goldenen Sprüchen. Er ließ sich in kritischen Situationen auf alles anwenden, vom Kartoffelpflanzen bis zum Staffelwechsel. Eigentlich war Papa ein großer Aphoristiker, und als er den allzu leichten Hammer in die Hand bekam, muß irgend etwas irgendwo in ihm zum Klingen gebracht worden sein; es müssen sich Hebel bewegt haben, bis schließlich ein kleines metallisch glänzendes Blechschild mit einem Axiom, frisch gestanzt und verlockend, herausfiel. »Training mit leichtem Gerät kann Schnelligkeit erzeugen.«

Rums. Das saß. Das war perfekt. Wenn er mit einem zu leichten Hammer warf, konnte er die Drehungsgeschwindigkeit erhöhen. Und das tat er dann auch.

Ich glaube, er hätte diesen Kreis nie verlassen, wäre nie über die Schwelle gekommen, wenn nicht der für meinen Geschmack ziemlich einfältige achtzehnjährige Bengel, den er in der B-Mannschaft im Fußball aufgefischt hatte (und der dort die Rolle eines zwar imposanten, aber langsamen Stoppers spielte), seine Hoffnung und sein Schüler geworden wäre. Als Hammerwerfer war der Junge jedoch entwicklungsfähig, und zur unfaßbaren Verblüffung beider gelang es ihm eines Abends, mit dem leichten Hammer 40,65 zu werfen. Da wußte er nicht, daß der leichte Hammer leicht war. Er bekam in seiner dicklichen achtzehnjährigen Begeisterung einen heftigen Anfall von Freude, sah sofort in der Ferne einen Platz in der Nationalmannschaft winken, hörte das Raunen des großen Publikums und entschloß sich auf der Stelle, bevor Papa sein Glück hätte dämpfen können oder auch nur Zeit dazu gefunden hatte, in Zukunft alles aufs Hammerwerfen zu setzen. Das war liebliche Musik in Papas Ohren.

Ein großer starker Achtzehnjähriger, der bereit war, sein Leben dem Hammerwerfen zu opfern. Also hielt Papa die Schnauze, empfahl hartes Krafttraining, erklärte den offensichtlichen Ergebnisverfall, der beim Gebrauch eines regulären Wurfhammers eintrat, als ein Ergebnis dieses nützlichen Krafttrainings und brachte den Jungen so dazu weiterzumachen.

Das war ein meisterhafter Coup, dessen eigentliches Opfer Papa selbst wurde. Er schien nämlich auf irgendeine Weise von der Verbesserung der Ergebnisse eingefangen zu werden; er wurde auf die abnorme Leistungssteigerung fixiert. Man darf auch nicht vergessen, daß dies die Zeit nach der großen Abrechnung mit den Profis war, welche Hägg und Arne Andersson sowie eine Anzahl kleiner Krauter in den dunklen Brunnen der Disqualifikation gefegt hatte. Viele Jahre lang war die schwedische Leichtathletik zu immer größerer Stärke herangewachsen, hatte enorme Publikumsmassen angelockt; sie war der erfolgreiche Zirkus gewesen, der auf Jahrzehnte hinaus den gleichen Erfolg zu garantieren schien. Jetzt hatte man die Stars dieses Zirkus in der Versenkung verschwinden lassen, während das Publikum noch auf den Rängen saß.

Aber welche Nummern sollte man den Leuten vorsetzen?

In diesen verwirrten Jahren nach dem Profi-Skandal hielt sich bei den Hinterbliebenen ein Gefühl der *Verantwortung* von düsterer Loyalität dem *Unternehmen* gegenüber. Das Unternehmen hieß schwedische Leichtathletik, und niemals hat es im Weinberg einen treueren Arbeiter gegeben als Papa. Und in seiner netten, phantasielosen, formbaren, großzügigen und nicht sehr sophistischen Loyalität spiegelt er eine Art *schwedischer Haltung* wider, eine Haltung der vierziger Jahre mit Wurzeln in den dreißigern und mit Verzweigungen in dem Typus moderner Sozialdemokratie der siebziger Jahre, von der ich mich selbst nicht befreien kann, wohl auch nicht befreien *will*, die ich aber weder richtig verstehen noch akzeptieren kann.

Die feinen Zirkuspferde Hägg und Andersson hatte man unter traurigen Trompetenstößen aus der Manege geführt. Die kleinen Krauter waren noch da, und das Publikum fing an zu pfeifen. Die Leute wollten neue Nummern sehen.

Und da trabte Papa mit seinem leichten Hammer im Trainingsring herum und erzielte seine Weltklasseleistungen; niemand applaudierte ihm, und das Unternehmen hatte keinen Nutzen davon. Die große Erntezeit der schwedischen Leichtathletik war vorbei, ohne eigentlich existiert zu haben. Jetzt galt es, sehr loyal und sehr raffiniert zu sein und sich gut abzusichern, um nicht das Interesse des Publikums zu verlieren. Leistungen um jeden Preis oder, wenn Leistungen nicht zu erbringen waren, auf jeden Fall etwas, was nach Leistungen aussah.

Ich weiß natürlich nicht, ob Papa jemals in dieser Weise argumentierte, aber ich glaube genau zu wissen, in welchem Gefühls- und Vorstellungsrahmen er sich bewegte. *»Große Wettkämpfe erfordern große Ergebnisse«*, wie er es in seinem absolut letzten großen veröffentlichten Aphorismus ausdrückte, der am Tag nach der Katastrophe in *Idrottsbladet* abgedruckt wurde, ohne daß er ein Honorar erhielt. Am 12. Mai hatte er in Mjölby seinen ersten Rekord aufgestellt. Danach lief es den ganzen Sommer über, es lief und lief, und am 27. August war es zu Ende. Da hatte er jeden verdammten Platzrekord überboten, der überboten werden konnte, neue schwedische Rekorde aufgestellt und am Weltrekord geschnuppert. Am 12. Mai hatte es angefangen, in Mjölby, und danach lief es den ganzen Sommer über, und im August war es zu Ende.

Es war der letzte Sommer, in dem Mama lebte: Sie starb im Mai 1948. In jenem Sommer war sie noch gesund, nichts war ihr anzusehen, und wir wohnten in Hälsingborg. Hinterher glaubten alle, Papa habe aus den Veranstaltern eine Menge

Geld herausgepreßt, und der Grund zum Betrug sei eigentlich dort zu sehen. Ich selbst wußte es besser, und mit der Zeit wurde eine kleine Untersuchung durchgeführt, die auch sehr richtig ergab, daß er außer den Reisespesen keinen roten Heller genommen hatte: Zu diesem Zeitpunkt muß er Schwedens letzter Leichtathletikamateur von Nationalmannschaftsklasse gewesen sein, was als Beweis dafür genommen wurde, daß er herzlich dumm oder aber ein Mann mit reinem Herzen sein müsse. Die meisten waren wohl zutiefst überzeugt, daß dies eher ein weiterer Beweis dafür sei, daß Papa geisteskrank sein müsse.

Auf jeden Fall war es Mama, die uns in diesem, ihrem letzten Sommer versorgen mußte. Sie erhielt in Hälsingborg einen Job bei der Post. Davon lebte die ganze Familie, und große Sprünge konnten wir nicht machen. Aber nach dem Durchbruch in Mjölby hielt die Familie einen Kriegsrat ab, das heißt, Mama schwieg mißbilligend, weil es für eine *Christin* nicht annehmbar war, ihren Mann als Hammerwerfer in Schweden herumreisen zu lassen. Am Ende wurde jedenfalls beschlossen, daß Papa in diesem Sommer freie Hand haben sollte. Er sollte so viele Wettkämpfe bestreiten, wie er mochte, und mit dem Beginn der Schulferien würde ich ihm unter Umständen folgen dürfen.

Es ist schwierig, im nachhinein jemandem verständlich zu machen, wie sehr Papa den Sport und das Hammerwerfen liebte. In seinem ganzen vierundvierzigjährigen Leben hatte er die Welt des Sports geliebt, davon geträumt, in ihr zu leben, einer der eigentlichen Bürger dieser Welt zu sein.

In diesem Sommer durfte er schließlich das Leben leben, das er sich erträumt hatte.

Er liebte den Hammer, die Wettkämpfe, die Atmosphäre, die sie umgab, die Sportlersprache, seine Wettkampfkameraden, den Duft von Liniment und die Trockenheit der Aschenbahn; er liebte den kurzgeschorenen Rasen und das Raunen auf den Rängen, liebte das alles mit einer hoffnungslos leidenschaftlichen Glut, die ich fast nie bei einem anderen

Menschen gesehen habe, die sich aber, wie ich weiß, als kleiner Funke auf mich übertrug und einen Teil meines Lebens formte. Man sprach davon, er lasse sich für sein Auftreten bezahlen: Das war so absurd und zeugte von soviel Unkenntnis. Papa hätte sogar bezahlt, hätte alles hergegeben, um dieses Leben führen zu können, um sich in dieser Welt zu befinden. Und als in jenem Frühjahr die Ergebnisse sich einstellten, wurde er ja ein Teil von ihr.

Ich fuhr am Tag vor Mittsommer nach Skövde, und von da an begleitete ich ihn. Es war bemerkenswert, seine Liebe zu sehen. Das ein wenig Lasche, Apathische, das man mitunter bei Papa finden konnte, war wie weggeblasen. Er war lebendig, vital, sein jetzt braungebranntes kantiges Indianergesicht leuchtete; er lachte mehr als sonst. Er war wie neu geboren, und er durfte genau drei Monate leben.

Dann platzte die Blase.

Nachträglich kann man sich ja darüber wundern, daß sie so lange gehalten hatte. Er war immer sehr genau damit, den Hammer vor einem Wettkampf auszuwiegen, verschwand oft zu einem Kolonialwarenhändler, um den Hammer wiegen und sich eine Bescheinigung darüber ausstellen zu lassen, mit Datum und Unterschrift. Und mit dem Hammer gab es keine Probleme.

Es verhielt sich nur so, daß er einen Hammer wiegen ließ und mit einem anderen warf. Und weil er niemandem, nicht einmal mir, zu beobachten erlaubte, daß er überhaupt mit zwei Hammern herumlief, läßt sich leicht verstehen, daß der Bluff gelang. Er muß außerdem ein Meister im Verstecken des zweiten Hammers gewesen sein, den er in seinen Taschen unter den Kleidern verborgen haben muß. Sein bemerkenswerter erfolgreicher Wurfhammer war selbstverständlich Gegenstand lebhafter Diskussionen – die anderen durften ja auch mit ihm werfen, wenn sie wollten, und die Hammerwurfhausse ging weiter mit Serien ausgezeichneter Ergebnisse. Aber es gab immer kleine Details, welche die Aufmerksamkeit vom Gewicht ablenkten – Papa hatte die

Angewohnheit, im Rahmen des Reglements mit kleinen Variationen zu experimentieren. Er änderte die Länge des Stahlseils (Papa war klein; ein kurzes Seil wäre für einen großen Werfer unmöglich gewesen. Dies verringerte den Wettbewerbsvorteil hochgewachsener Werfer), machte einen Knoten hinein, veränderte die Form des Handgriffs, und so weiter. Die meisten nahmen an, daß Papas Erfolge auf diesen Spielereien beruhten, daß er ein kürzeres Seil brauchte, weil er kleinwüchsiger war als seine Gegner.

Hinterher konnte man hören, daß getuschelt worden war. Viele waren mißtrauisch gewesen, wenige hatten Lust gehabt, ihr Mißtrauen zu äußern. Es war immerhin zutiefst verblüffend, daß ein vierundvierzigjähriger Ehemaliger plötzlich den Schritt in die Weltspitze schaffte. Da mußte etwas faul sein.

In Örebro stellte er einen neuen schwedischen Rekord auf, und ich war dabei. Noch heute erinnere ich mich an das Glück, das ich damals empfand. Es war mein Vater, der dort unten herumging, er war es, der an diesem stillen schönen Sommerabend warf, und das Publikum war zu einem Teil nur seinetwegen gekommen. Und er warf, und er warf weit, und hinterher saßen wir lange im Umkleideraum und sprachen über den Wettkampf.

Ich und er, zusammen, nachdem alle gegangen und die Interviews beendet waren und alle sich umgezogen hatten.

Ich erinnere mich sehr wohl. Und dennoch muß er damals das Gefühl gehabt haben, auf sehr, sehr dünnem Eis zu gehen. Es muß etwas Hohles in all dem gewesen sein, ein Gefühl, daß alles bald zusammenkrachen würde. Ich erinnere mich sehr wohl, aber an Unruhe oder Angst bei ihm kann ich mich nicht erinnern. Ich erinnere mich an die absolut ruhige, beherrschte Stille, als wir dort mit dem Hammer auf dem Fußboden vor uns saßen, mit dem Hammer, der nichts mehr zu tun hatte. Kein Eis war dünn, und keine Prätentionen falsch; was er getan hatte, war reell gewesen und würde es auch weiterhin sein: Sein Name war in den Rekordtabellen notiert, das

Ergebnis ebenfalls, sein Name und meiner würden für immer erhalten bleiben.

Und es war, als hätte er uns ein Stück der Ewigkeit erobert.

Was ich aus nachträglicher Sicht nicht verstehe, ist, warum er sich nicht mit dem Erreichten begnügte, warum er nicht das Stück von der Ewigkeit behielt, das er schon erreicht hatte, und das Hammerwerfen aufgab. Wenn es aber wirklich so ist, daß Liebe blind macht, so war Papa eine Illustration dazu. Er konnte nicht aufhören, dieses Leben zu leben. Und so kam es eben, daß wir weiterzogen, im Juni, im Juli und im August, zu kleinen wie zu großen Wettkämpfen in ganz Schweden.

Und ich weiß, wie es war, ich werde es nie vergessen; es war der wunderbarste Sommer meiner Jugend. Und wieder war ich Papas Begleiter und Sekundant, wieder saß ich am Ring und betrachtete ihn, bereit, hineinzugehen und mit ihm zu sprechen, sein Freund und Vertrauter.

Ich weiß, daß er mich auch sehr gern mochte. Und er sagte: Es ist gut, mein Junge. Du bist mein guter Kamerad. Man muß voreinander Respekt haben. Man muß Achtung haben. Aber aus seinem Mund klang das nicht pathetisch oder sentimental, sondern nur richtig.

Im August hatte es ein Ende.

Wir kamen am Morgen des 27. August nach Stockholm und frühstückten im Norma in der Vasagatan. Papa war ungewöhnlich still. In der Nacht hatten wir seine Formkurve diskutiert. Sie war ein wenig rauf und runter gegangen. Bei Länderkämpfen hatte sie bedauerlicherweise meist eine Tendenz nach unten gezeigt; bei diesen Gelegenheiten hatte er sogar ein paar geradezu schwache Ergebnisse erzielt (was möglicherweise darauf zurückzuführen war, daß man bei Länderkämpfen nicht das gewohnte eigene Gerät verwenden darf). Zwischendurch hatte er jedoch einige glänzende Leistungen gezeigt, meist bei kleineren Veranstaltungen. Das Beste dürfte jetzt vorbei sein, hatte er gesagt, sich aber nicht näher erklären wollen.

Es wäre gut mit einem letzten Volltreffer bei einem großen Wettkampf.

Es war ein guter Sommer für Leichtathletik. Ich hatte das meiste zu sehen bekommen, einschließlich der Einstellung des Weltrekords durch Strand, als dieser *auslaufend in 3.43,0 durchs Ziel lief* – wenn mich jemand fragt, wer Lennard Strand ist, so werde ich bis zum Ende aller Tage sagen, daß er der Mann war, der *auslaufend in 3.43,0 durchs Ziel lief*. An dieser Formulierung darf nicht ein Wort verändert werden.

Das Stadion war aber trotzdem etwas Besonderes. Ich weiß, daß man diesen Typus nationalromantischer Architektur nicht mögen sollte, aber ich kann nicht anders. Es gibt eine so unerhörte Wärme und Intimität in dieser Burg, aus welcher Richtung man auch kommt. Allein wenn ich daran denke, wie man durch das Portal an der Vallhallavägs-Kurve hereinkommen kann, wenn die Wettkämpfe gerade begonnen haben, und erlebt, wie das Stadion sich gleichsam öffnet. Es ist so, als wenn der Vorhang im Kino aufgeht und sich eine riesige Leinwand zeigt und man ins Alpental hinabtaucht, während bei dieser riesigen Schußfahrt das Leitmotiv hervorströmt (Sound of Music, erste Sequenz, die ich allein schon wegen dieser einleitenden Kamerafahrt liebe, die den Gedanken immer zum Stadion führt, zum Stadion, durchs Vallhallavägs-Portal gesehen). Jeder Sportplatz hat seine guten Blickwinkel; im Stockholmer Stadion muß man unten im großen Vallhallavägs-Portal stehen und über die Burg hineinsehen, und zwar von dem Platz aus, an dem die Hoch- und Stabhochspringer mit einem Dach über dem Kopf stehen, wenn es regnet. Dort sollte man stehen: Am besten habe ich das Stadion von einem Abendwettkampf in Erinnerung, als es einen heftigen Wolkenbruch gab. Da stand ich dort. War es 1959?

In diesem Portal pflegten Papa und ich uns zu treffen und zu konferieren, wenn er im Stadion antrat.

Der Hammerwurfring lag damals auf der linken Seite. Es war der falsche Winkel, um gut zu sehen, aber man war den

Wettkämpfern nahe. Und obgleich die Erinnerung ans Stadion, wie es damals war, so quälend und schmerzerfüllt ist, kann ich dennoch nie aufhören, dieses rührendste Bauwerk Stockholms zu lieben, das nur unwesentlich häßlicher wurde, als neue Stehplatztribünen angebaut wurden: Nein, kein Sportplatz ist wie dieser, das Leben, das einem entgegenströmt, wenn man durchs Vallhallavägs-Portal hineingeht, ist etwas Einzigartiges, prall, saftig, rührend, alles.

Ich folgte Papa in den Umkleideraum. Er zog sich um, begrüßte alle Bekannten; die gewöhnliche Stimmung zuversichtlicher Nervosität breitete sich aus. Und dann ging er mit der Tasche in der Hand hinaus. Ich begleitete ihn ein kurzes Stück, bog dann ab und ging auf der Außenseite um die Würstchenstände und die Königliche Loge herum, durchs Portal hinein und machte mich dann auf den Weg zur zehnten Bankreihe in der Kurve.

Das Stadion war fast voll besetzt: Dies waren die großen Jahre, noch vermochte ein normaler internationaler Wettkampf ein volles Haus zu garantieren. Ich folgte Papa die ganze Zeit mit den Augen. Ihm und seinen Kameraden. Sie sahen alle wie verspielte tolpatschige Bären aus. Sie tapsten herum und versuchten, sich mit kurzen Starts ehrgeizig aufzuwärmen: Dies war der kurzbeinige, ein wenig holprige Laufstil der Werfer, den ich so gut kannte. Hammer in der Hand, Hand wechseln und rotieren, Knie heben, aufwärmen, beugen, sprechen: Die Sonne war verschwunden, und eine weiche Dämmerung strömte langsam herein. Dies wäre eine Gelegenheit für das Werfen mit Feuerhämmern, wie man es beim Griechenland-Fest getan hatte, als man in drei Versuchen mit einem Feuerhammer geworfen und dann wie gewöhnlich weitergemacht hatte: Aber dies war nicht der Ort für Feuerhämmer und andere pyrotechnische Arrangements. Hier sollte man Rekorde aufstellen. Am liebsten Weltrekorde.

Und einen Rekord gab es auch, wenn auch keinen Weltrekord. Die Dunkelheit hatte sich schon über das Stadion gesenkt, und die Scheinwerfer waren eingeschaltet worden.

Ich sah den Rekordwurf von Anfang bis Ende, und das war schön. Es war ein schönes Gefühl.

Ich sah dieses gesamte Kunstwerk vom Augenblick seiner Entstehung an: Wie der Werfer seinen Trainingsanzug auszog, in den Ring stakste, wobei er den Hammer hinter sich herschleifen ließ (warum erinnern diese Werfer auf dem Weg zum Ring immer an Christopher Robin, wie er Pu den Bär die Treppen herunterschleift?), wie er seine Füße sorgsam an der hinteren Kante des Rings plazierte, mit der scharrenden, schwerfüßigen Präzision, die notwendig ist, wie er zu den Tribünen hochsah, stillstand, den Hammer vor sich auf die Erde legte, ihn in einer ruhigen, pendelnden Bewegung nach hinten zog und loslegte.

Pendeln, den Klumpen herumgewirbelt, Schwung eins, Schwung zwei, und dann fing er an zu rotieren. Eine Umdrehung, zwei Umdrehungen, drei Umdrehungen, und dann hinaus. Und freigelassen stieg Papas vierhundert Gramm zu leichter Hammer in den Himmel, wobei Stahlseil und Handgriff sich langsam um den Klumpen drehten; er stieg und stieg und glitt weiter dort oben an dem dunklen warmen Sommerabend in Stockholms feinem altem Olympiastadion. Es war ein schöner Anblick, der Hammer beschrieb eine schöne Kurve. Und als der Hammer sank, begann der Jubel des Publikums anzuschwellen. Sie begegneten sich. Der Hammer sank, aber ihm entgegen stieg langsam und dann immer schneller der anschwellende Jubel, um in einem allgemeinen Gebrüll zu kulminieren, als der Hammer jenseits der schwedischen Rekordflagge aufschlug. Oh, das war schön. Es war zwar ein gefälschter Rekord, aber schön war er trotzdem. Ein Kunstwerk war das, ein richtig echtes Kunstwerk.

Es wäre alles vollkommen gewesen, wenn der Werfer nur Papa gewesen wäre. Aber er war's nicht.

Der Werfer war ein anderer Schwede, dem Papa seinen Hammer aufgeschwatzt hatte; in seiner wahnwitzigen, vollkommen absurden Liebe zum schwedischen Hammerwerfen hatte er sich ein für allemal entschlossen, daß hier, der Teufel soll mich holen, ein Weltklasseergebnis erzielt wird, und zwar von einem schwedischen Hammerwerfer, wer er auch sein mag.

Und ein Weltklasseergebnis wurde es, und ich sah Papa sofort als ersten Gratulanten heranrollen. Sein Gesicht leuchtete vor Begeisterung und Glück. Das schwedische Hammerwerfen befand sich wieder in der Weltspitze.

Aber unten am Aufschlagpunkt befand sich ein Mann, den der Schwedische Leichtathletikverband herbeordert hatte. Er hatte die Aufgabe, die Verhältnisse, unter denen schwedische Rekorde im Hammerwerfen aufgestellt wurden, einer näheren Prüfung und Kontrolle zu unterziehen. Er war aus Anlaß der in den letzten Monaten seltsam florierenden Gerüchte abgesandt worden, die sich um Papas Ergebnisverbesserungen rankten. Und Papas dänischer, vierhundert Gramm zu leichter Wurfhammer, der von einem anderen schwedischen Hammerwerfer geworfen wurde, stieg in den dunklen Sommerhimmel, wurde in einem weiten Bogen an der schwedischen Rekordflagge vorbeigeführt, landete unter dem Jubel der Menge und wurde sofort von diesem Kontrolleur in Verwahrung genommen. Mit dem Hammer in der Hand ging er zum Abwurfring zurück. Er fragte: Wem gehört dieser Hammer? Papa antwortete sofort: Es ist meiner. Der Kontrolleur fragte: Hast du deine schwedischen Rekorde in Mjölby und Örebro mit diesem Hammer erzielt? Papa erwiderte: Ja, mit genau diesem Hammer. Der Kontrolleur sagte: Jetzt ist mit deinem Hammer ein neuer Rekord aufgestellt worden. Jetzt müssen wir ihn wiegen. Papa sagte: Er ist schon gewogen worden. Ich habe ihn vor fünf Stunden wiegen lassen und habe auch eine Bescheinigung darüber.

Und der Kontrolleur sagte: Dann werden wir ihn eben noch einmal wiegen.

Der Rekordmann, der Kontrolleur und Papa gingen gemeinsam quer über den Platz und betraten den Umkleideraum, in dem eine Waage stand, die speziell für diesen Anlaß herbeigeschafft worden war. Ich sah sie von meinem Platz auf der Tribüne hineingehen. Ich dachte: Jetzt gehen sie rein, um den Hammer zu wiegen. Ich werde mitgehen. Und ich sah sie über den lieblich grünen Rasen des Stadions gehen; einen kleinen, korrekten Mann in dunklem Anzug, der noch immer den Hammer in der Hand hielt, und hinter ihm zwei Hammerwerfer. Sie gingen quer übers Feld, und als sie das Läuferziel passierten und beim Uhrenturm hinausgingen, erhielten sie großen und warmen Beifall.

Und ich wußte da noch nicht, daß das, was ich sah, Papas endgültiger Auszug aus der schwedischen Sportgeschichte war.

Ich war noch ein Kind, mit den Gedanken eines Kindes und dem Vertrauen eines Kindes: Aber noch achtzehn Jahre später, als ich in Papas leerer, verlassener und totenstiller kleiner Wohnung saß, mit den Resten seines Lebens wie nachlässig hingeworfenen Anmerkungen um mich herum, achtzehn Jahre später, als ich kein Kind mehr war, kein Zutrauen mehr hatte und keine Unschuld, noch so lange Zeit danach konnte ich deutlich und mit schmerzhaft klaren Konturen das Bild aufzeichnen, das sich meinen Augen bot, als ich mich in den Umkleideraum gestohlen hatte, der in einen Gerichtssaal verwandelt werden sollte.

Man hatte den Hammer gewogen und ihn sehr richtig für zu leicht befunden. Mehr als vierhundert Gramm zu leicht.

Sie standen alle, und mit dem Wort *alle* sind auch zahlreiche Journalisten gemeint, um die Waage herum, die man auf eine Bank gestellt hatte und bei der ein zu diesem Zeitpunkt äußerst irritierter Hausmeister immer wieder sagte: »Die Waage ist korrekt, und sie hat bestimmt keinen Fehler, verflucht noch mal, denn sie ist in Ordnung« – was den meisten offenkundig erschien, aber ruhig wiederholt werden konnte, weil es in der Praxis bedeutete, daß mit dem Hammer etwas nicht in Ordnung war.

Papa sagte fast nichts. Er stand still und glotzte die Waage an und schüttelte ab und zu den Kopf, was den Hammer aber nicht schwerer machte. Und der Kontrolleur wiederholte zum fünften oder sechsten Mal: Bist du sicher, daß dies der Hammer ist, den du hast wiegen lassen? Und Papa nickte hartnäckig, aber stumm, als hätte er im Augenblick alle Worte bereits verbraucht: Er glotzte steif und verstockt die Waage an, auf der der Hammer lag, und plötzlich schlug es mich, daß er der einzige war, der nicht verwirrt oder verblüfft aussah. Nein, wenn man sein Gesicht betrachtete, hatte er eher den Gesichtsausdruck eines gequälten Menschen, der sich seiner Qual schämte und sie nicht zeigen wollte: Seine Miene war steif, voller Vorbehalte und verlegen, zugleich aber schamvoll flehend, als wollte er den Zeiger der Waage mit seinen Blicken dazu bringen, sich weiter zu neigen und schließlich das erleichterte Raunen und lachende Einverständnis zu erzeugen, besiegelt in einem letzten orgiastischen Finale mit Schulterklopfen, Interviews und kecken Versprechungen, daß dieser Rekord weiß Gott nicht sehr lange halten werde.

Aber kein Blick und kein Wort konnten den Zeiger bewegen, der felsenfest und mit Hilfe vieler kleiner Gewichte eine ganze und unteilbare Wahrheit verkündete: daß nämlich der Hammer, der noch vor fünf Stunden das korrekte Gewicht gehabt hatte, jetzt mehr als vierhundert Gramm zu leicht war.

»Und du hast keinen weiteren Hammer?« fragte der Kontrolleur mit absolut trockener und leidenschaftsloser Stimme. »Hast du einen oder zwei Hämmer?«

»Ich habe nur einen Hammer«, sagte Papa breiig. »Nur einen Hammer?«

»Ich habe nur einen Hammer.«

Ich war zwischen zwei fetten Sportjournalisten aus Göteborg eingeklemmt und hatte in der wahnwitzigen Panik eines kurzen Augenblicks vor, ihm zuzurufen: Papa, hätte ich gerufen, dir ist doch klar, daß jeder sehen kann, daß du lügst! Du kannst doch nicht lügen! Auf jeden Fall sah ich es, ich, der ich ihn kannte, mit entsetzlicher Klarheit: Diesen verlegenen, abweisenden, steifen und gequälten Gesichtsausdruck, der so kristallklar einen Menschen beschrieb, der nicht gewohnt ist zu lügen, aber im Begriff, es zu versuchen. Und der Kontrolleur sagte:

»Du hast also keinen zweiten Hammer mitgebracht?«

Ich war noch ein Kind, mit den Gedanken eines Kindes und dem Vertrauen eines Kindes, aber wie gut erinnere ich mich noch an all diese Leute, die sich um diesen seltsamen Hammer versammelt hatten, die Leute in diesem Umkleideraum, der plötzlich in einen Gerichtssaal verwandelt worden war. Und da stand der frischgebackene Rekordhalter, ein rundlicher Jüngling in seinen besten Jahren mit fröhlichem, rosarotem Teint, spulförmigem Leib und treuherzig wasserblauen Augen, Augen die jetzt immer empörter, verwirrter und wütender zwischen dem boshaften Hammer und dem Eigentümer desselben hin und her flackerten, diesem präsumptiven Mogler, dessen Untat ihn jetzt vielleicht der Freude berauben würde, einen neuen Rekord aufgestellt zu haben. Und er beugte sich vor, betatschte mit seinen graziösen Wurstfingern den Hammer, drehte ihn um und sagte sehr ruhig, aber mit leicht vor Empörung zitternder Stimme:

»Dieser verdammte Hammer ist heil, das kann doch jeder Idiot sehen. Ein Hammer kann nicht plötzlich vierhundert Gramm Gewicht verlieren, ohne daß er kaputtgeht, so daß man es sieht. Und dieser Hammer ist nicht kaputt.«

In der darauffolgenden Stille (und Papa war noch immer mit Stummheit geschlagen) sagte der Kontrolleur langsam:

»Ich muß leider deine Tasche kontrollieren.«

»Aber gern«, sagte Papa.

Die Tasche wurde kontrolliert. Sie enthielt keinen Wurfhammer. Das Aufsehenerregendste, was sie enthielt, war ein Butterbrotpaket mit sieben Doppelschnitten Knäckebrot. Der Kontrolleur stand einen Augenblick lang still, fragte dann:

»Wo hängen deine Kleider?«

»Dort«, sagte Papa.

An der Wand, an einem Nagel, hingen alle seine Kleider.

Der Kontrolleur ging hin und rührte mit einer Hand in den Kleidern herum. Hielt inne, tastete sich weiter und holte dann den Hammer hervor, der hinter den Kleidern verborgen war.

»Ist dies deiner?« fragte er kurz.

Von Papa kam kein Laut, aber er nickte.

»Wiegen«, sagte der Kontrolleur.

Und dann wurde alles so klar und offenkundig: Der versteckte Hammer wog aufs Gramm genausoviel wie der Hammer, der vor dem Wettkampf gewogen worden war. Papa hatte einen Hammer wiegen lassen, diesen dann hinter seinen Kleidern im Umkleideraum versteckt und mit dem zweiten, leichten Hammer geworfen. Der Fehler bestand nur darin, daß die Prozedur des Wiegens diesmal sorgfältiger vorgenommen wurde als bei früheren Anlässen in diesem Sommer, so daß Papa keine Gelegenheit gehabt hatte, die Hämmer nach dem Wettkampf wieder zu vertauschen. Die Sache war einfach, kristallklar, und es gab nichts mehr, worüber man noch hätte diskutieren können: Aber er wurde in einen angrenzenden kleinen Raum gebeten, um unter vier Augen mit dem Vertreter des Leichtathletikverbands zu sprechen. Nach einer Viertelstunde kamen beide heraus, und der Kontrolleur sagte:

»Jetzt steht es fest. Er hat gestanden.«

Es war dennoch ein befreiendes Gefühl für mich, daß Papa sich nicht in Erklärungen, Beschönigungen über Verwechslungen, Irrtümer, daß er die Hämmer durcheinandergebracht habe, verheddert hatte. Denn im Verhältnis eines Sportsmanns zu seinem Gerät gibt es ja nichts Naives; Papa kannte seine Hämmer, jeden Kratzer und jede Unebenheit, jede Besonderheit und Eigenheit. Seine Geräte waren deutlich profilierte Individuen mit klar erkennbaren Identitäten, und für Papa war der Unterschied zwischen zwei Wurfhämmern genauso groß wie der zwischen mir und Mama, und so geht es allen Sportlern. Aber trotzdem schlug das Verdikt des Kontrolleurs wie ein Blitz im Raum ein. Wir standen alle mucksmäuschenstill und blickten ihn an. Papa sah beharrlich zum Fenster hinaus; sein Gesicht war neutral, aber gleichzeitig gequält gefaßt, und ich dachte: Sieh mich an, Papa. Wenn du mich ansiehst, werde ich dir helfen. Wir müssen zusammenhalten. Du mußt mich *ansehen*. »Es können jetzt Fragen gestellt werden«, bemerkte der Kontrolleur mit trockener Stimme und leicht betontem Abscheu.

Sie setzten Papa auf die Bank an der Wand und fingen an, ihm Fragen zu stellen. Diesen Teil der Zeremonie sah ich nicht, weil jemand mich beiseite nahm und fragte, ob ich der Sohn sei: Der Mann mußte mich wiedererkannt haben. Ich bejahte. Dieser Jemand – ein Sportjournalist, wie ich glaube – sah mich dann nachdenklich an und fragte:

»Hast du sonst niemanden, der sich um dich kümmern könnte?«

Und ich konnte nicht antworten, denn wenn ich »Doch« gesagt hätte, was hätte das bedeutet? Einen Verrat? Dennoch war ich auf die dann folgenden Ereignisse nicht richtig vorbereitet. Irgend jemand begann, mit hoher und klarer Stimme über das schlimmste Verbrechen zu sprechen, das dem schwedischen Sport je angetan worden sei, und in dem nachfolgenden Schweigen sahen alle intensiv auf Papa, der dasaß und starr auf den Fußboden blickte. Und jemand sagte mit erstaunter, verächtlicher und schonungsloser Stimme:

»Von einer solchen Schweinerei hat doch wohl noch niemand von euch je gehört. Was? So ein verdammter Verrat an der *Idee* des Sports!«

Und sie sagten:

»Die Frage ist nur, wie sehr dieser Vorfall dem schwedischen Sport in den Augen des *Auslands* schadet.«

Und sie sagten:

»An der ganzen Geschichte ist immerhin eins gut: Dieser Mann hat zum letztenmal seinen Fuß auf einen schwedischen Sportplatz gesetzt.«

Und sie sagten:

»So eine verdammte Sauerei gegenüber seinen Sportkameraden.«

Ich war noch ein Kind, mit den Gedanken eines Kindes und dem Vertrauen eines Kindes, aber an die Stimmung, die jetzt in den nächsten Minuten in diesem Umkleideraum aufkam, werde ich mich bis zum Augenblick meines Todes erinnern. Der Wurf war so hart und so gewaltig gewesen: Es war erst eine halbe Stunde her, daß ich auf der Tribüne gesessen hatte und Papa dort unten als eine der großen Vordergrundsgestalten des schwedischen Sports hatte herumlaufen sehen. Und jetzt diese kompakte Stimmung aus Verachtung, Schadenfreude, Wut, dieses Gefühl, betrogen worden zu sein. Die ganze Zeit über saß Papa auf seiner Bank und sah beharrlich und verlegen und gequält auf die Dielenbretter vor sich hinunter.

Sie schlugen ihn nicht: Nein, sie rührten ihn nicht an. Und kein einziger der Anwesenden spuckte ihn an. Aber geschlagen war er, ausgeschlagen, pfui Teufel, wie ausgeknockt und niedergespuckt er war. Und ich selbst stand während dieser quälenden Minuten in einer Ecke und wäre am liebsten tot gewesen; ich hätte weinen mögen, aber zu nichts davon hatte ich den Mut, denn es hätte Aufmerksamkeit erregt, und ich wollte nicht, daß jemand mich sah.Und schließlich wurde die Stimmung ein wenig leichter, die wütende Verachtung verdünnte sich und wurde zu etwas, was im Grunde viel schlimmer war: Man fing an zu lächeln, breitete die Arme aus, schnaubte, man unterhielt sich leise und ging allmählich hinaus. Nach der Verblüffung, dem Zorn und der Wut kamen die Verachtung und die Lächerlichkeit. Schließlich waren Papa und ich allein im Umkleideraum.

Er fing an, seinen Trainingsanzug auszuziehen. Er wollte duschen. Und ich weiß nicht, warum ich es sagte, aber ich ging zur Tür und murmelte:

»Ich gehe raus und gucke ein bißchen zu. Ich stehe am Zaun zum Innenraum.«

Er sagte kein Wort. Und als ich dort draußen stand, ging mir plötzlich auf, daß er meinen Auszug als einen weiteren Peitschenhieb ins Gesicht empfunden haben mußte: Ich hatte mich seiner geschämt, nicht mit ihm sprechen wollen, war zu den anderen hinausgegangen. Ich stand still und starrte die abschließenden Staffelläufe an, verstand aber nichts und war vollkommen tot. Ich war furchtbar einsam, und er stand da drinnen und zog sich in seiner Einsamkeit an, und es war zu Ende, zu Ende, zu Ende.

Ich ging wieder hinein. Papa hatte sich schnell angezogen. Er stand schon mit der Tasche in der Hand da, sah mich schnell an und sagte:

»Kommst du mit, oder willst du hierbleiben und dir alles bis zum Schluß ansehen?«

Ich sagte:

»Ich komme mit.«

Er stand mitten im Raum und schien über irgend etwas nachzudenken. Die Hämmer hatte er eingepackt, aber die Waage stand noch da. Schließlich sagte er:

»Vielleicht möchtest du ein Stück vorgehen?«

Ich schüttelte nur den Kopf. Pfui Teufel, wie sehr war es ihnen gelungen, ihn fertigzumachen, pfui Teufel, wie sehr war er angeschlagen. Ich war noch ein Kind, mit den Gedanken eines Kindes und dem Vertrauen eines Kindes, aber ich war bereit, von diesem letzten Wettkampf seines Lebens mit ihm gemeinsam hinauszugehen; ich wollte mich nicht vor ihm wegstehlen oder hinter ihm herschleichen.

Und dann gingen wir den langen Flur entlang, der beim Uhrturm endete.

Es waren viele Menschen, die uns ansahen. Papa ging vor, und ich folgte ihm auf den Fersen. Er ging sehr schnell. Er bog nach rechts ab, es blitzte kurz auf, als ein paar Photographen seinen Abgang aufnahmen, und ich habe diese Bilder gesehen: Er geht mit der Tasche in der rechten Hand, den Blick fest nach vorn gerichtet; ein kräftiger, kleinwüchsiger Mann mit schwarzem, zurückgekämmtem Haar, das sich wie geleckt an den Kopf schmiegt. Sein Gesicht sagt nichts aus. Auf einem der Bilder bin auch ich zu sehen. Hinter dem Mann, dicht hinter ihm an seiner linken Seite ist ein Junge in

Knickerbockern, Cardigan und mit seitlich gekämmtem Scheitel zu sehen. Der Junge ist recht mager und wendet das Gesicht der Kamera zu: Die Augen sind erstaunt oder unsicher aufgerissen, der Mund ist halboffen, und die rechte Hand ist halb erhoben, als suche ich am Rockschoß des Vaters einen Halt.

Dies ist ein Bild vom Betrüger und seinem Sekundanten. Am folgenden Tag war es in der Zeitung zu sehen.

Wir gingen durch die Stadiontore hinaus, und so waren wir schließlich endlich draußen. Wir gingen die Sturegatan hinunter, direkt in die Stadt. Papa hielt seine Tasche in der rechten Hand, ich ging neben ihm und wußte nicht, was ich sagen sollte. Und da sagte Papa zum ersten Mal etwas zu mir.

»Das ist eine unglückliche Geschichte«, sagte er. Dann wiederholte er den Satz gleichsam zu sich selbst. »Eine unglückliche Geschichte. Gar nicht schön, das Ganze«, fügte er hinzu. Wir waren zum Humlegården gekommen. Er ging nicht mehr so schnell. Ich glaube, er wußte nicht einmal, wohin er unterwegs war. Dies war gar nicht gut. Und ich hatte seine Hand ergriffen, ging an seiner Seite und sah zu ihm hoch. Ich glaube, er schämte sich mit so furchtbarer Stärke und Intensität, daß er nicht mehr recht wußte, wo er war. Seine Scham war heftig, und ein Teil der Stärke dieser Scham wurde durch die Tatsache bestimmt, daß ich, sein Junge, dabeigewesen war und alles gesehen und alles miterlebt hatte. Eine unglückliche Geschichte, hatte er gesagt. Und ich ging an seiner linken Seite und blickte hoch und sah ihm ins Gesicht; er weinte nicht und war sehr ruhig, aber als ich ihn sah, wußte ich alles.

Ich konnte auch nicht weinen, aber ich weiß noch, daß ich seine Hand drückte. Wir gingen zum Stureplan hinunter. Wir gingen zusammen und gingen sehr langsam. Ich sah ihm ins Gesicht und wußte, wie stark seine Scham und sein Schmerz waren, und ich hielt seine Hand ganz fest in meiner.

Ich war nicht bei ihm, als er starb. Er mußte ganz allein und einsam sterben. Das war im September 1965. Ich weiß eigentlich nicht, was ich ihm hätte sagen sollen. Ich weiß nicht, welchen Trosts er bedurfte und welchen ich ihm hätte geben können.

»Trost« ist ein seltsames Wort. In Helsinki hatte ich einmal ein langes Gespräch mit einem sehr parteitreuen sowjetischen Kommunisten, der, hart bedrängt, welchen schwachen Punkt es in der Kette seines Lebens gebe (und er dachte sehr lange nach), auf meine Frage antwortete: »Ich fühle mich arm angesichts des Todes.«

Ich erinnerte mich, daß ich zunächst dachte: Welch eine erstaunliche pseudobürgerliche Äußerung. Was meint er? Hält er seine Ideologie für arm an Ethik, dann ist er kein Kommunist, was meint er mit »arm«, welchen Trost sucht er? Er war aber kein Krypto-Bürger, und er meinte, was er sagte, denn er hatte vor kurzem seine Armut erlebt. Ein Freund von ihm hatte auf dem Totenbett gelegen, und er hatte dort gesessen, Stunde um Stunde, und erlebt, wie groß seine Armut an tröstlichem Zuspruch war. Es war nicht seine Empfindsamkeit, die er witterte, sondern seine Verwirrung: Und er sah sein Leben im Spiegel des Todes.

Der Trost und die Armut. Aber das, was man »die Armut angesichts des Todes« nennen konnte, war ja nur ein Abdruck der Armut im Leben. Die Befreiung, die Papa suchte, hatte er im Leben nicht gefunden, und im Tode erlebte er das Spiegelbild des Lebens. Die Leere auf der anderen Seite der Dunkelheit des Todes war das Spiegelbild der Kälte diesseits des Spiegels: Ja, ich glaube, daß Papa den Tod als einen Spiegel erlebt haben muß, als hätte er vor einer äußersten Wand gestanden und diese mit einem Spiegel bekleidet gefunden, als wäre der Tod, den er betrachtete, das Glas, das alles reflektierte, was er nicht gelebt hatte. Der Mangel an Versöhnung, Gnade und Vergebung war nicht auf die andere Seite verlegt; alles war in dem Leben enthalten, das er gelebt hatte. Das Fehlen von allem, von Solidarität, Gnade, Versöhnung und Christus: alles sah er im Spiegel des Todes, und es lagen keine *Geheimnisse* darin, weil er jetzt sah, wie sie ihm alles gestohlen hatten;

nicht in einem entfernten Himmel, sondern in dem Leben, das er selbst gelebt hatte.

Ich meine: Ich *hoffe*, daß er's gesehen hat.

Welchen Trost hätte ich ihm denn geben sollen?

Der Trost, nach dem er sich vielleicht sehnte, war nicht der meine. Und obwohl ich selbst bis zu diesem Zeitpunkt nie hatte glauben können oder nie hatte glauben wollen, schlug es mich plötzlich wie ein Blitz, daß ich zutiefst hoffte, er möge den Weg zurück zum Glauben in Jesus gefunden haben. Daß die Qual angesichts des Todes, die Einsamkeit und all die anderen absurden, leblosen, metaphysischen und schmerzhaft wirklichen Begriffe am Ende vernichtet worden seien. Ich weiß, das ist inkonsequent, und ich bin müde. Aber dennoch würde ich ihm gern, seitdem dies alles in seinem eigenen Leben zu spät gekommen ist, dies geben: Versöhnung, Vergebung zu hoffnungslosen Bedingungen. Daß Christus schließlich auch zu ihm kommen möge, den Sack mit Sünden von seinen Schultern nehmen und sagen möge: Du bist frei, ich nehme alles von dir, deine Schuld ist leicht wie eine Feder, und sie fliegt weg, ich gebe dir Versöhnung und Frieden, ich trage deine Bürde, den ganzen Sack, einschließlich deines verdammten manipulierten Hammers, und jetzt bist du frei.

Ich meine nicht, daß ich recht habe oder daß ich *glaube*, oder daß es so sein sollte. Ich meine: So wird es eben bei uns. So denke ich eben, das muß man so hinnehmen. Das ist keine Flucht, kein Selbstbetrug, nur eine einfache, banale Feststellung, daß Papa ein Leben gelebt hat, ohne Zusammenhänge oder Versöhnung zu finden, daß ich aber hoffe, daß er schließlich doch der Vergebung teilhaftig wurde.

Ich scheiße auf alle Einwendungen. Ich hoffe, daß es so geworden ist.

Heute weht ein steifer Wind. März 1971, ich gehe am Strand entlang und sehe, wie das Eis aufs Land hochgepreßt wird. Es steigt, zerfällt mit einem weichen Rasseln. Das Meer gibt sich nicht geschlagen, zerbricht das Gefängnis. Gibt sich nicht geschlagen.

Ich habe noch immer vergilbte kleine Zeitungsausschnitte von Papas denkwürdiger Katastrophe. Ich kann manche von ihnen stundenlang anstarren, ohne zu verstehen. *»Die Größe des Sports besteht ja unter anderem darin, daß er niemals irgendeinem Menschen erlaubt, besser oder schlechter zu sein, als er tatsächlich ist; der Versuch, dieses Grundgesetz aufheben zu wollen, ist nicht nur ein sehr schweres Verbrechen, sondern etwas Einzigartiges.«* Ein Ausschnitt aus *Dagens Nyheter*, und dann muß es wohl so sein. Aber ich komme trotzdem nicht davon los: Warum kommt es zu diesen verzweifelten Betrügereien, was bedeuten sie *eigentlich*, wie ist das Grundgesetz beschaffen, das festlegt, wie wir sind? Wie sind wir *eigentlich?* Ich pfeife auf das mit dem Sport, es geht hier um uns selbst, und der »einzigartige, niederträchtige Betrug«, den Papa begangen hatte, schien manchmal seltsame, beinahe symbolische Untertöne zu erhalten.

Habe ich die ganze Zeit falsch gedacht? Habe ich das, was er tat, völlig mißverstanden, war es im Grunde eine Befreiung, eine Revolte, die weit hinter allem gemeint war: als ob Papa lieb, nett und still in einer Glasform gesessen hätte, die *sie* ihm zugedacht hatten, mit einem Wert, den *sie* ihm zugemessen hatten, und als ob er plötzlich die Form gesprengt und sich hingestellt und geschrien hätte: *Ich scheiße auf euch, ich gehe darauf nicht ein, ich habe einen anderen Wert, ich sage nein!* Und als ob er dann mit gerötetem Gesicht und verlegen wegen seiner Verzweiflung plötzlich eingesehen hätte, was er getan hatte, als hätte man ihn wieder in die Form gesteckt, als hätten *sie* freundlich betont: Du bist wohl verrückt geworden. Du mogelst ja. Du mußt das Grundgesetz akzeptieren.

Ja, das war häßlich. Das war sehr übel. Und ich zerknülle den Zettel mit dem Zitat und weiß, daß dies überhaupt nichts Wichtiges ist, es geht dabei nur um einen mogelnden Hammerwerfer, der zufällig mein Vater war. Und dennoch komme ich davon nicht los. Gibt es einen *Zusammenhang*? Zwischen dem, was er tat, und dem, was alle diejenigen, denen jemand *Werte* zugeteilt hatte, ein Leben, ein Naturgesetz, einen Platz, *nicht* taten? Immer wieder lasse ich die Hand über Großvaters leicht spackes, schön geschnitztes kleines Butterfaß gleiten: Der Duft steigt auf, es gibt einen Zusammenhang, aber ich sehe nicht, welchen, aber Jemand oder Etwas verdient sich eine goldene Nase damit, daß wir da in unseren Fächern hocken mit unseren uns zugemessenen Werten. Das glaube ich jedenfalls, ich meine: Es kann nicht schaden, wenn man die Sache ein Weilchen überdenkt.

Aber zu denen, die gegen das Grundgesetz verstoßen und ihren Platz nicht gekannt und ihren rechten Wert nicht gewußt und gemogelt und sich lächerlich gemacht haben, wird, so hoffe ich, trotzdem jemand kommen, so wie ich hoffe, daß jemand zu Papa gekommen ist, und Gnade anbieten. Doch, das hoffe ich. Denn ich weiß, was sich auf der anderen Seite dieser Gnade oder Einsicht befindet. Doch, wir nennen es Einsicht.

Ich weiß, daß das alles zynisch klingen mag; nein, Papa hätte es, wenn er gelebt hätte, nicht zynisch genannt, aber vielleicht »unschlüssig«. Das war eins seiner Lieblingswörter, wenn er etwas nicht mochte. Was mich selbst betrifft, behalte ich mir das Recht vor zu glauben, daß die Lösung politischer Natur ist, aber Papa behalte ich eine Metaphysik vor, vor der ich selbst eher zögere: Doch, es ist wohl ziemlich übel, ziemlich unschlüssig. Es gibt aber mehrere Wege zur endgültigen Befreiung, von der wir träumen, und während der Winter andauert und unsere Hoffnung unter ihrer Schutzhülle aus kälte- und feuchtigkeitsresistentem Material vielleicht überleben kann, ist es wohl nicht zuviel verlangt, ein wenig Zeit auf die unschlüssigen Wege zu verwenden und auch über sie zu sprechen. Es ist dies keine Flucht, sondern nur ein Gespräch, das unseren Mut aufrechterhält. Denn in der Gesellschaft, in der wir leben, die eine so geringe Neigung zeigt, vom Bodensatz der Vergebung, der Befreiung und der Erlösung aus die nicht so Vollendeten, die Ausgeschlagenen oder Machtlosen in einer gemeinsamen Marschrichtung zu sammeln, in einer so beschaffenen Gesellschaft sollte es Menschen wie Papa und mir nachgesehen werden, daß sie dies alles dort suchen, wo es möglicherweise angetroffen werden kann. Und dann ist es vielleicht denkbar, daß der metaphysische und der politische Weg zusammenfallen. Plötzlich finden wir Lösungen, plötzlich gibt es eine gemeinsame Basis, und man kann anfangen zu gehen.

Ich bin meiner Sache weiß Gott nicht sicher. In dem Augenblick, in dem ich dies schreibe, spät in der Nacht und mit einer Müdigkeit, die mich vollkommen hilflos, leer und leicht beweglich macht, aber meine Erinnerung quälend lebendig hält an Papas schließlich völlig versteinerte Überzeugung von seiner eigenen Schäbigkeit, da komme ich gerade von einem Klavierkonzert, bei dem Liszt gespielt worden ist. Er erschreckt mich, und zwar gerade weil seine Musik die metaphysische Lösung, von der ich gesprochen habe, zu servieren scheint, wenn auch in karikierter Form und vollkommen unfruchtbar. Nach all diesen exponierten Gefühlen, Variationen, diesen virtuosen Komplikationen, die ja im Grunde nicht nur formell, sondern auch moralisch sind, greift er zum Schluß zu einer metaphysischen Lösung als rettendem Strohhalm: Nach dem Sturm von Fragen, Variationen und Themen ertönen diese stillen und Hoffnung eingebenden Themen, eine endliche fromme Lösung, die mit absolut blankem unergründlichem Gesicht ausgespielt wird, und, wie es scheint, mit totalem Mangel an Überzeugung. Es ist so, als ginge man aus einer Welt aus Verwirrung, Kampf, tiefer Enttäuschung und großer Komplikation in eine Kirche und sähe mit kühlem, ruhigem, hoffnungsvollem und geglättetem Gesicht zum Gewölbe hoch, dem kühlen Gewölbe, wo man das ruhig dahinsegelnde Schiff der metaphysischen Welt vorwärts gleiten sehen kann, das Schiff Gottes mit Takelage, Tauen, Flaute und Vertrauen.

Nein, dieses Schiff kann man ruhig in Grund und Boden versinken lassen. Diese Stille und diese endliche Ruhe waren nicht das, was ich Papa gönnte. Es war etwas anderes, etwas, was in der Welt, in der wir leben, recht selten ist und das man festhalten sollte, wo man es auch findet, und wäre es im Glauben. Es ist die Vergebung, die nicht das Produkt einer Leistung ist, die nicht Wiedergutmachung ist, die von tüchtigen und erfolgreichen Sühnenden zustande gebracht worden ist, sondern nur Loslassen ist, *agape*.

Die sich nicht um die Würdigkeit desjenigen schert, sondern nur sagt: Es ist weg, es ist vorbei. Du, kleiner Mogler, bist befreit. Du kannst dich mit den anderen vereinigen, ohne Schuld, denn die Schuld, von der sie behauptet haben, sie liege bei dir, liegt bei ihnen selbst. Sie hatten sie für dich erfunden. Das war in gewisser Weise auch deine Schuld, aber auch von deinem eigenen Teil bist du frei.

Du kannst dich mit all den anderen vereinigen, mit denen, die nicht glaubten, genug für eine Wiedergutmachung zusammenzubringen. Mit denen, die sich so hohl wähnten, daß sie nicht den Mut aufbrachten, sich wiegen zu lassen. Und dann könnt ihr anfangen zu gehen.

Und ihr seid sehr, sehr stark.

In der späten Nacht, in der ich dies schreibe, fühle ich plötzlich peinigend klar, daß so ein mogelnder Hammerwerfer vielleicht gar nicht wert ist, daß man so viel Aufhebens von ihm macht, jedenfalls nicht in den Augen aller toleranten, sophistischen und gebildeten Menschen, und daß das bizarre kleine Schicksal Papas eigentlich in den Tiefen der Geschichte begraben werden sollte. Aber weil sein Schicksal seines war und für ihn und mich also keine Anekdote, sondern Wirklichkeit, schreibe ich dies trotzdem zu Ende. Die Leiden der meisten Menschen sehen ja so anekdotisch aus. Und ich ging an seiner Seite die Sturegatan zum Stureplan hinunter und hielt seine Hand, aber Worte konnten ihm nicht helfen. Ich war loyal, aber hinter der Mauer, welche der Schmerz und die Scham errichtet hatten, sah er meine Loyalität nicht.

Wir gingen zum Hauptbahnhof hinunter.

Bis zur Abfahrt des Zuges hatten wir drei Stunden Zeit.

Wir wohnten damals in Hälsingborg, aber Papa war für den folgenden Tag für einen Wettkampf in Västerås gemeldet, also fuhren wir nach Västerås, obwohl Papa gesperrt war. Västerås also, der Teufel weiß, warum.

Wir setzten uns ins Café des Hauptbahnhofs und warteten oben auf der Empore. Normalerweise saßen wir uns gegenüber; heute aber nicht.

Er ging um den Tisch herum und setzte sich an meine rechte Seite. Ich weiß, warum: Er wagte nicht, mir in die Augen zu sehen. Er konnte ganz einfach nicht.

Wir tranken Kaffee. Und er sagte:

»Wenn ich nur wüßte, warum ich das getan habe.«

Er saß lange stumm da, dann wandte er sich zu mir und *sah* mich zum ersten Mal an. Und er sagte: »Weißt du?«

Wenn er im Traum zu mir kommt, stellt er immer diese Frage: Weißt du? Dann ist er ein Kind, und ich bin erwachsen, und ich kann genau angeben, wann diese Verwandlung geschah: Es war am Abend des 27. August 1947 gegen neun Uhr nach dem internationalen Leichtathletik-Sportfest im Stockholmer Stadion. Er wandte sich mir zu und verlangte meine Hilfe. Damals wußte ich noch nicht, daß ich fast mein ganzes Leben lang versuchen würde, diese Frage zu beantworten, nicht etwa weil es so wichtig war zu wissen, warum ein alternder Hammerwerfer, der zufällig mein Vater war, mit seinem Hammer Schmu gemacht hatte, sondern weil die Antwort ebensosehr mich selbst betraf.

Und als eine letzte Geste oder als das äußerste Zeichen seiner totalen Kapitulation gab er mir seine leicht fettige, einigermaßen wohlgefüllte Brieftasche, die er in der rechten Gesäßtasche verwahrte, und sagte: »Bezahl du.«

Dann fuhren wir nach Västerås. Habe ich davon schon berichtet? Nun gut, dann bleibt jetzt nicht mehr viel zu erzählen. Dies alles ereignete sich ein halbes Jahr, bevor Mattias Engnestam sich gezwungen sah, einen anderen Namen anzunehmen und zu Lindner zu werden. Er trug noch immer den Namen, von dem wir beide glaubten, er würde für uns ein

Stück der Ewigkeit erobern, indem er für immer in die Rekordtabellen eingezeichnet wurde. Er durfte aber nicht einen Rekord behalten. Die Disqualifikation war auf Lebenszeit ausgesprochen worden, und mit einem einzigen Federstrich wurde alles ausgelöscht, alles vernichtet. Nach der Scham und der Lächerlichkeit kam die große weiße Leere, die entsteht, wenn alles vernichtet wird. Wir gingen zum Zug. Dies war das letzte Mal, daß er Stockholm besuchte, und als wir den Bahnsteig entlanggingen, war ich kein Kind mehr mit den Gedanken eines Kindes und dem Vertrauen eines Kindes.

Der Betrüger war ein Kind, und der Sekundant war endlich erwachsen geworden.

Die Pferde, Großvater und ich

»Gerade weil der Mensch nicht ohne Hoffnung leben kann, wird der, dessen Hoffnung zunichte gemacht worden ist, das Leben hassen.«
Erich Fromm

Und damit wird diese Geschichte gleich zu Ende sein. Nein, es ist nicht so, daß sie endet, aber ich höre auf, sie zu erzählen. Ich mache die Schnauze zu, aber die Geschichte geht weiter. Ein eigenartiges Gefühl, eigentlich. Was habe ich vergessen? Ich habe sorgsam versäumt zu erzählen, wie mein lieber Vater im November 1933 den bekannten Dänen Hansen mit einem schrägen, geschraubten linken Haken auf die Bretter schickte, der eigentlich hätte danebengehen müssen, wie er den Ausländer, der sich wundersam auf dem Ringboden wand, verblüfft anstarrte, wie er sich dem Ringrichter zuwandte und in einem Zustand äußersten Glücks, voller Verwirrung, Wohlwollen und Unruhe schrie: »Werft das Handtuch jetzt!« Niemand hat je in Erfahrung bringen können, was Papa damit meinte, aber der Däne kam wieder auf die Beine und ging einer stabilen Punktniederlage entgegen, und das war der Gipfel der Boxerkarriere Papas. Ich war damals ein Jahr alt.

Mein Gott, es hat im Leben Mattias Jonsson-Engnestam-Lindners wahrhaftig Stunden des Glücks gegeben.

Aber ich weiß, es gibt viele Öffnungen. Wie war es eigentlich mit Großvaters Butterfaß? Nun, damit verhält es sich so, daß es eine ganze eigene Geschichte enthält, die es eigentlich verdient, gesondert aufgezeichnet zu werden. Großvater war ein guter Mann, aber einen kranken Rücken hatte er. Jahrzehntelange Plackerei hatte ihn nicht gesünder werden lassen, und dann ging es zum Teufel: Dann saß er da als umgeschulter Schuhmacher, und von seiner Loyalität hatte er gar nichts. Ich glaube, daß er sich betrogen fühlte. Er wurde ein stiller, in sich gekehrter Mann, verschloß sich und wurde sehr einsam und fing an, nach saurem Leder zu riechen. Und dann kam jene seltsame Geschichte, und Großvater mußte für zwei Jahre einsitzen, und als er wieder herauskam, starb er zum Glück. Papa erzählte einmal, jedesmal, wenn er saures Leder rieche, denke er an ruinierte Rücken, Großvaters Schweigsamkeit und dessen seltsames Ende.

Das Butterfaß hatte er im letzten Jahr seines Lebens angefertigt. Nach saurem Leder roch es aber nicht: Nein, es stieg ein eigentümlich leichter Duft nach Wacholderreisig, Jugend, unverbrauchten Möglichkeiten und mangelnder Dankbarkeit von ihm auf, ein schwach schimmernder, aber trotziger Duft nach Großvater, wie er war, bevor all das kam, was ihn abnutzte.

Der, dessen Hoffnung zunichte gemacht worden ist, wird das Leben hassen. Gar nicht dumm: Ich bin mir aber nicht sicher, was »hassen« bedeutet, oder »das Leben«. Verhält es sich nicht so, daß der, dessen Hoffnung zunichte gemacht worden ist, den haßt, der sie zunichte gemacht hat? Doch, sicher, und dann wird alles weniger defätistisch. Die Bedeutung dessen, so zu hassen, daß Liebe entsteht und Leben. Das klingt zwar gut, aber Großvater, tot seit 1924, ist jenseits aller Errettung, so auch sein Sohn Mattias. Nur ich bin noch da, ich, und das Butterfaß gibt's auch noch.

Ich sah Papa zum letztenmal am 28. Mai 1965.

Es soll niemand kommen und sagen, die Entwicklung stehe still. Als Großvater ausgeschlagen wurde und verbraucht war, saß er in seinem verdammten Rattenloch von Werkstatt, trocknete um sein Schweigen herum ein und begann, nach saurem Leder zu stinken. Als Papa entlarvt worden war, nahm er einen neuen Namen an, wurde zu einem Mann, der sich mit vielen Dingen beschäftigte; schließlich arbeitete er als Stallbursche und fing an, frisch nach Pferd zu riechen: Es ging deutlich aufwärts mit ihm. Ich selbst sitze mit dem Konferenz-Mineralwasser vor mir und habe gelernt, was »kulturelle Integration« ist, und rieche nach White Horse wie alle anderen. Nichts steht still; das versteht man unter Bewegung. Und ich bin aufrichtig der Meinung, daß dies nicht zu verachten ist, es ist eine Entwicklung, ja, so ist es. Ich versuche nur, die Verbindung zwischen Großvaters saurem Gestank und meinem diskreten Mineralwasserduft zu sehen, und wenn möglich, die Verbindung und den Unterschied zu erkennen. Es gibt beides, ich glaube fest daran, und beide Dinge wären vielleicht leichter auszumachen, wenn wir nicht auf diesen eigenartigen Mattias Jonsson-Engnestam-Lindner, seinen Betrug und seine manipulierten Weltklasse-Ergebnisse Rücksicht nehmen müßten.

Also: Ich sah Papa zum letztenmal im Mai 1965.

Ich fuhr mit dem Wagen nach Hälsingland hinauf, fuhr langsam. Der Mai 1965 war ein schöner Monat, 65 war ein schöner Frühling, falls sich jemand daran erinnert. Das junge Grün war früh gekommen, und alles war unglaublich frisch und schön. Ich fuhr langsam und wußte plötzlich, wie sehr ich dies alles liebte. Das teile ich mit Papa: die Liebe, diesen absonderlich vorbehaltlosen Nationalismus, der mich gelegentlich überfällt und vor Kritiklosigkeit total auflöst. Ich fuhr durch Schweden. Papa erzählte manchmal, wie es in den dreißiger Jahren aussah. Es hatte sich verändert. Manchmal finde ich, daß es Anlaß gibt, auch das zu mögen, was geschehen ist: Ich meine, dieser verdammte Wohlstand ist vielleicht hohl, aber auf seine Art ist er auch ein kleines Kunstwerk, das es verdient, mit skeptischer, aber ergebener Liebe verehrt zu werden.

An den Mai 1965 erinnere ich mich gut. Ich war völlig ruhig und fuhr durch Schweden, und es war sehr, sehr schön. Und ich hatte keine Ahnung davon, daß etwas im Begriff war, sich zu verändern.

Ich glaube mich zu erinnern, wie man im Mai 1965 fühlte und wie Schweden roch und wie ruhig ich war. Erinnert ihr euch, wie es war?

Gestern, am 3. April 1971, steckte ich einen Brief an sie in den Briefkasten des Missionshotels in Rönne, Bornholm.

Es ist recht schön hier, und ich fühle mich nicht hoffnungsvoll, aber ruhig. Das schrieb ich ihr. »Jetzt geht es mir besser. Ich sehe nicht klar, aber die Gurkenscheibe ist dünner, und ich lasse mich nicht mehr erschrecken. Angst habe ich, aber ich bin nicht apathisch. Das Meer ist hier sehr schön. Einige Stücke haben uns nicht geschlagen, trotzdem.«

Rönne ist schön, und ich ging weit. Ich kam zur Kirche, der Kirche von Rönne. Der Vorplatz war leer, aber ich ging hinein und setzte mich. Ich war schon früher dort gewesen. Unter der Decke hängt ein Schiff, ein großes Schiff. Es gleitet mit einer absolut zeitlosen, unwirklichen Stille dahin. Ich setzte mich auf eine Kirchenbank und blickte zum Schiff hoch. Ich fühlte mich vollkommen ruhig, aber nicht zur Kapitulation bereit. Taue, Spanten, zerbrechliche Masten; es segelte dort oben durch den unfaßbar ruhigen und unbeeinflußbaren Weltraum dahin.

Und es war, als säßen wir alle dort; Großvater und Papa und Mama und Gisela und Claus und ich; als hielten wir uns an den Händen und als sagten wir: Noch geben wir uns nicht geschlagen, trotzdem. Nein, noch nicht.

Es gibt eine Ruhe, die entschlossen, lebendig und aktiv ist. Ich glaube, so empfand ich es, und wenn ich sechs Jahre zurückdenke und mich erinnere, wie ich im Mai 1965 nach Norden fuhr, ist es beinahe unfaßbar, wieviel sich verändert hat. Ruhig war ich damals, wenn auch auf andere Weise. Es war Abend, als ich ankam, der Abend des 27. Mai 1965. Papa war nicht vorbereitet, aber ich glaube, er freute sich sehr, obwohl er die meiste Zeit dasaß und mit Schnürsenkeln fummelte, die sich nur schwer zubinden ließen. Er sah kaum einmal hoch.

Er hatte sich dort endgültig festgesetzt. Dies war die Endstation, und Mattias Lindner war mit fünfzigprozentiger Erwerbsunfähigkeit in den vorzeitigen Ruhestand versetzt worden. Er wohnte in der Hausmeisterwohnung der Gemeinde; ein Zimmer und Kochnische. Es oblag ihm, die Heizung und das Saubermachen in der Kapelle zu besorgen, und das hatte ihm die Wohnung eingebracht. Gleichzeitig hatte er einen Teilzeitbeschäftigungsvertrag mit einem Gestüt. Diese Arbeit als Stallbursche hatte ihn jetzt schon viele Jahre ernährt und ihm überdies seine einzige verbliebene Freude geschenkt.

Mit den Tieren hatte er keine Schwierigkeiten. Es war seltsam, ihn zusammen mit den Pferden zu sehen. Er bewegte sich unter ihnen wie unter Freunden, und die Pferde waren wie treue Hunde, die ihn liebten.

Ich blies meine Luftmatratze auf dem Fußboden auf. Wir schliefen zeitig ein. Mitten in der Nacht – es kann drei Uhr gewesen sein – wurde ich von schwachen Geräuschen geweckt, und da sah ich ihn. Er war wach, und im bleichen Lichtschein vom Fenster her sah ich ihn auf der Ausziehcouch sitzen, die ihm als Bett diente. Er saß wie eine schwere dunkle Silhouette vor dem etwas helleren Fenster und schaukelte langsam hin und her. Er gab sehr schwache Geräusche von sich, als täte ihm etwas weh, aber als wagte er nicht recht, die Schmerzen ausbrechen zu lassen. Ich lag still und sah ihn an. Er schaukelte hin und her, und allmählich trat auch sein Gesicht klarer hervor: Er schien mich gerade anzusehen, sah mich aber nicht; die Dunkelheit verbarg mich.

Vielleicht tat ihm etwas weh, was weiß ich. Er starb vier Monate später, aber in der letzten Zeit ging alles so schnell. Vielleicht war er wie schon früher immer aufgewacht, weil die eigenartige Unruhe, die niemand verstehen konnte, ihn gepackt hatte, und ein bißchen auf und ab gegangen. So hatte ich ihn ja in Erinnerung: wie er im Dunkeln angetapst kam und dort am Fußende meines Bettes stand, damals in einem dieser Kriegswinter in den vierziger Jahren, als die Kälte sehr streng und das Tal schneebedeckt war, als ich zusammengekauert unter den Wolldecken lag und vom Gesang der Telefondrähte gefangengehalten wurde, von den Signalen, die aus dem äußersten aller Welträume kamen. Damals war er nachts zu mir gekommen in seinen grauen Flanellunterhosen und mit hilflos herabhängenden, aber doch Sicherheit gebenden Fäusten. Jetzt war er alt. Er war in den letzten Jahren eingetrocknet und auf seltsame Weise geschrumpft, aber noch immer wurde er nachts wach und von seiner Unruhe wach gehalten. Oder war es die Begegnung mit mir, die er verlängern wollte?

Mattias Lindners Junge war zu Hause. Es galt, ihn jetzt anzusehen, denn bald würde es zu spät sein. Und weil er Angst hatte, das Tageslicht könnte zu scharf sein, und weil seine Liebe ihn verlegen machte, saß er in der Nacht da und sah mich an.

Ich stellte mich schlafend, aber durch meine halbgeschlossenen Augenlider sah ich ihn. Er saß in der Nacht lange im Dunkeln da und betrachtete mich ohne ein Wort, schaukelte lange hin und her. Schließlich schlief ich ein.

Am Morgen des 28. Mai 1965 kochte er Kaffee für mich. Ich wollte am selben Abend fahren.

Eine Stunde vor der Abreise folgte ich ihm auf einem Rundgang durch die Ställe. Ich weiß nicht, ob er dort irgendeine wirkliche Funktion hatte, aber er mochte die Tiere und wollte sie mir zeigen. Die Ställe waren sein eigentliches Zuhause. Er hatte jetzt lange hier gelebt und sich eingerichtet. Bei dieser unserer letzten Begegnung zeigte er mir die Reste seiner Preissammlung. Er hatte nämlich noch ein paar Kannen übrig, es mögen acht oder zehn Stück gewesen sein. Aus irgendeinem Anlaß wollte er sie nicht in seiner Wohnung aufbewahren. Er hatte sie statt dessen in einem der Ställe ans Fenster gestellt. Dann hatte er sie mit ein paar Brettern gesichert, damit sie nicht herunterfielen: So war eine merkwürdige kleine Box entstanden. Das Fenster war voller Fliegendreck und Schmutz. Überall lag Staub. Erst als er auf die Trophäen zeigte, sah ich, daß sie dort waren. Sie standen säuberlich in einer Reihe an die Fensterscheibe gelehnt. Angenagelte Bretter schützten sie vor dem Herunterfallen.

»Hier stehen sie«, sagte er vorsichtig und zeigte auf sie.

Die Jahre waren mit den Pokalen der vierziger Jahre nicht sonderlich schonend umgegangen, aber hier standen sie, die, die noch da waren. Wir drehten sie ein bißchen: Die Inschriften waren undeutlich, überdeckt, aber Papa nahm einen Pokal nach dem anderen hoch und zeigte mir, was dort stand. Auch dies waren gleichsam Stimmen aus einem sehr weit entfernten Weltraum. Wir standen da und lauschten einem fernen, halb verrosteten und nur schwach vibrierenden Echo der glücklichen Jahre Mattias Engnestams. Im Halbdunkel des Stalls schien sein Gesicht sehr alt zu sein. Seine Hände waren nicht mehr so unüberwindlich stark; aber noch lebte er und nahm die Pokale, einen nach dem anderen, entfernte den gröbsten Dreck und stellte sie zurück. Denkst du noch an diese Zeit, Papa? fragte ich. Er sah mich mit einem verwirrten, aber wachsamen Gesichtsausdruck an. Nein, sagte er, es lohnt sich nicht mehr, daran zu denken. Findest du nicht auch?

Findest du nicht auch? Ich war es, den er fragte, nur ich konnte den Ablaß und die Befreiung gewähren. Nein, Papa, dachte ich, während wir den Stall verließen und an die frische Luft gingen, du bist kein sehr guter Lügner. Du denkst immer daran. Du denkst immer an diese Jahre.

Aber die letzten hinterlassenen Pokale Papas sah ich nie mehr, keinen davon. Nachdem er vier Monate später gestorben war, ging ich zurück zum Stall und zu dem Fenster, und da waren sie weg. Das Fenster leer, sauber gescheuert, die Bretter entfernt. Vielleicht hatte er die Pokale selbst irgendwo vergraben, an einem bewaldeten Abhang oder in einer für tote Pokale vorgesehenen Abfallgrube, in diesem letzten Sommer seines Lebens.

Und damit ist die Geschichte von Großvater und Papa und mir zu Ende. Jetzt ist sie zu Ende, jetzt habe ich zu Ende erzählt, jetzt geht die Geschichte weiter, ohne daß ich sie erzähle. Wir schreiben jetzt April 1971, ich sitze in meinem Zimmer des Missionshotels in Rönne, Bornholm, das Fenster ist geöffnet, und die Luft ist lau. Die Welt ist seltsam, aber noch ist es möglich zu atmen, und nichts ist hoffnungslos. Ganz unten auf dem letzten Blatt schreibe ich wieder seinen Namen hin: Mattias Jonsson-Engnestam-Lindner. Sohn des Mannes, der Gleise schleppte, Sieger über den Dänen Hansen, Mann, der Luftballons aufsteigen ließ, Heringesser, Betrüger und Betrogener. Jetzt sind meine Aufzeichnungen über dich fertig, Papa.

Im Traum ist es aber immer diese letzte Begegnung, die wiederkehrt. Es war am Abend, er rief die Pferde, die durch die laue Dämmerung sacht auf uns zutrabten. Zusammen mit ihnen war er ein anderer, und sie waren wie verspielte Hunde, stießen ihm mit sanften freundlichen Mäulern gegen die Wange. Einen kurzen Augenblick lang schienen Papa, die Pferde und ich in eine Fruchtblase aus Wärme und Versöhnung eingeschlossen zu sein; diese Empfindung währte nur kurz, aber das genügte. Papa und ich waren ja nicht viel gewohnt. Dann sagte ich ihm, ich müsse gehen. Er nickte, und wir lächelten uns an. Er hob die Hand und tätschelte mir den Kopf, als ob ich ein Pferd gewesen wäre. Dann drehte ich mich um und ging, und ich sah ihn nie mehr.

Inhalt

Per Olov Enquist

Der Besuch des Leibarztes

Roman

Aus dem Schwedischen
von Wolfgang Butt

Band 15404

Zwei Jahrzehnte vor Ausbruch der französischen Revolution kommt der Arzt und Aufklärer Struensee aus Altona an den Hof des dänischen Königs Christian VII. Ein kleinwüchsiger, kindlicher, kranker König, der mit der dreizehnjährigen englischen Prinzessin Caroline Mathilde verheiratet wurde, die weinte, als sie nach Dänemark reiste. »Die Königin ist einsam, nehmen Sie sich ihrer an!« befiehlt der König seinem Leibarzt. Und die drei werden Figuren in einer unaufhaltsamen und bewegenden Tragödie.

»Ein einzigartiges Buch ... atemberaubend spannend
... ein ungemein frivoler erotischer Roman.
›Der Besuch des Leibarztes‹ liest sich
wie großes Kino, im Ohr der Klang
einer großen Oper.“
Hajo Steinert, Focus

»... ein leidenschaftlicher Roman über Macht und
Politik ... Ein Buch, das man nicht mehr
aus der Hand legen möchte.«
Max Eipp, Stern

Fischer Taschenbuch Verlag

fi 15404 / 1

Per Olov Enquist

Gestürzter Engel

Roman

Aus dem Schwedischen von Wolfgang Butt

Band 15742

Per Olov Enquist hat nicht erst in seinem international erfolgreichen Roman ›Der Besuch des Leibarztes‹ von verbotener Liebe erzählt. In ›Gestürzter Engel‹ sind drei unerhörte Liebesgeschichten kunstvoll miteinander verbunden. Sie streifen den Schrecken, den Schock, das Skandalöse und führen in Grenzbereiche des Menschlichen, wo das kaum noch Erzählbare zum Ereignis wird.

»Man sollte sie lesen wie Offenbarungen
oder hören wie den Gesang von Sirenen.«
Verena Auffermann in Frankfurter Rundschau

Fischer Taschenbuch Verlag

fi 15742 / 1

Per Olov Enquist

Auszug der Musikanten

Roman

Aus dem Schwedischen von Wolfgang Butt

Band 15741

In der nordschwedischen Provinz Västerbotten lebt seit Generationen die Familie Markström, fest verwurzelt in der ländlichen Gemeinschaft und streng im Glauben. Als zu Anfang des 20. Jahrhunderts der sozialdemokratische Agitator Elmblad aus dem fernen Stockholm ›das finstere Land im Norden‹ bereist und den Sozialismus predigt, trifft er auf taube Ohren, denn die nordschwedischen Eigenbrötler und Dickschädel wollen von den neuen Ideen nichts wissen. Auf seine einzigartige Weise läßt Per Olov Enquist all diese Frommen, Ergebenen, nicht so Vollkommenen, Machtlosen aus dem Halbschatten der Geschichte hervortreten, zeigt sie in ihrer Tragik und oft auch komischen Größe.

»Per Olov Enquist hat sich als Archäologe ungestillter Vergangenheiten einen Namen gemacht.«
Neue Zürcher Zeitung

Fischer Taschenbuch Verlag

fi 15741 / 1

Per Olov Enquist

Die Kartenzeichner

Roman

Aus dem Schwedischen von Wolfgang Butt

Band 15405

Als Kind, so erinnert sich Per Olov Enquist, verbrachte er lange Abende damit, Karten zu zeichnen – von seiner schwedischen Heimat ebenso wie von phantastischen Ländern. Auch die Literatur ist für ihn ein System aus Zeichen, das Reales genauso abzubilden vermag wie Imaginäres. ›Die Kartenzeichner‹ – eine poetische Landvermessung der eigenen Biographie und des 20. Jahrhunderts in Worten – ermöglichen einen persönlichen Zugang zum Denken, Schreiben und der Welt dieses bedeutenden schwedischen Autors, dessen einzigartiger Roman ›Der Besuch des Leibarztes‹ ein großer Publikumserfolg wurde.

»›Die Kartenzeichner‹ sind ein Buch
von europäischem Rang.«
Heinrich Vormweg

Fischer Taschenbuch Verlag

fi 15405 / 1

Lars Gustafsson
Die Tennisspieler
Erzählung
Aus dem Schwedischen von Verena Reichel
Band 15648

Jeden Morgen radelt Gastprofessor Gustafsson auf seiner Zehngang-Italo-Vega zum Tenniscourt, um danach an der Universität in Austin, Texas, sein Seminar zur Ideengeschichte des 19. Jahrhunderts abzuhalten. Als ihm ein Doktorand eine brisante These zur Strindberg-Forschung liefert, läßt er das dazugehörige Beweismaterial auf den Zentralcomputer der Luftraumüberwachung in Texas programmieren. Der daraufhin zusammenbricht ...

Diese und andere Tragikomödien aus einem glücklichen Campus-Sommer, machen den Charme der Geschichte aus, die wie eine zarte Sommerwolke am Auge des Lesers vorüberzieht.

Fischer Taschenbuch Verlag

fi 15648 / 1

Carlos Fuentes

Aura

Novelle

Aus dem mexikanischen Spanisch von Christa Wegen

Band 13988

›Aura‹ ist eine erotisch phantastische Novelle. Ebenso modern wie einer romantischen Erzähltradition verpflichtet, bannt ihr dunkler magischer Zauber, ihr vampirhafter Sog und Spuk den Leser von der ersten bis zur letzten Zeile. Ihr zentrales Thema ist die sexuelle Begierde. Diese treibt den jungen Historiker Felipe Montero in den Bannkreis zweier Frauen, die in Wirklichkeit ein- und dieselbe Person sind: die zwanzigjährige Aura und die uralte Senora Consuelo. In einem Patrizierhaus aus der Kolonialzeit Mexikos inszeniert Fuentes die Geschichte einer Leidenschaft, in der das weibliche Verlangen die Aporien des Daseins – Jugend und Alter, Tod und Leben – zu überwinden scheint.

Fischer Taschenbuch Verlag

fi 705 / 13